尊経閣文庫本 日本書紀

本文・訓点総索引

石塚 晴通 編

八木書店

目次

本文篇

釈文 …… 三

巻十一 仁徳天皇

即位前紀 …… 三
元年 …… 一〇
二年 …… 一一
四年 …… 一一
七年 …… 一三
十年 …… 一四
十一年 …… 一五
十二年 …… 一六
十三年 …… 一七
十四年 …… 一七
十六年 …… 一八
十七年 …… 一九
二十二年 …… 二〇
三十年 …… 二一
三十一年 …… 二一
三十五年 …… 二五
三十七年 …… 二五
三十八年 …… 二六
四十年 …… 二七
四十一年 …… 三一
四十三年 …… 三二
五十年 …… 三三
五十三年 …… 三三
五十八年 …… 三五
六十年 …… 三六
六十五年 …… 三七
六十七年 …… 三七
八十七年 …… 三九

巻十四 雄略天皇

即位前紀 …… 四〇
元年 …… 四五
二年 …… 四六

i

一

目　次 ii

巻十七　継体天皇 ……… 八四

即位前紀 ……… 八四
元年 ……… 八六
二年 ……… 九二
三年 ……… 九二
五年 ……… 九二
六年 ……… 九二
七年 ……… 九五
八年 ……… 九九
九年 ……… 九九
十年 ……… 一〇〇
十二年 ……… 一〇一
十七年 ……… 一〇一
十八年 ……… 一〇一
二十年 ……… 一〇一
二十一年 ……… 一〇一
二十二年 ……… 一〇三
二十三年 ……… 一〇四
二十四年 ……… 一〇八
二十五年 ……… 一一二

巻二十　敏達天皇 ……… 一一三

即位前紀 ……… 一一三
元年 ……… 一一四
二年 ……… 一一七
三年 ……… 一一八
四年 ……… 一一九
五年 ……… 一二一
六年 ……… 一二一
七年 ……… 一二二
八年 ……… 一二二
九年 ……… 一二二
十年 ……… 一二三
十一年 ……… 一二三
十二年 ……… 一二四
十三年 ……… 一二九
十四年 ……… 一三一

三年 ……… 四九
四年 ……… 五〇
五年 ……… 五二
六年 ……… 五五
七年 ……… 五六
八年 ……… 六〇
九年 ……… 六二
十年 ……… 六九
十一年 ……… 六九
十二年 ……… 七〇
十三年 ……… 七二
十四年 ……… 七四
十五年 ……… 七七
十六年 ……… 七七
十七年 ……… 七八
十八年 ……… 七八
十九年 ……… 七九
二十年 ……… 七九
二十一年 ……… 八〇
二十二年 ……… 八〇
二十三年 ……… 八一

目次

声　点

本文に附された声点 …………………… 一三五
　巻十一……一三六　　巻十四……一四〇
　巻十七……一四七　　巻二十……一五三

訓点に附された声点 …………………… 一五六

万葉仮名実字訓に附された声点 ……… 一五六

片仮名に附された声点 ………………… 一五六
　巻十一……一五六　　巻十四……一七八
　巻十七……二〇〇　　巻二十……二〇一

索引篇 ……………………………………… 二〇三

凡　例 …………………………………… 二〇五

訓　点 …………………………………… 二〇七
　あ……二〇七　　い……二一三　　う……二二〇　　え……二二三　　お……二二四
　か……二三〇　　き……二三九　　く……二四一　　け……二四四　　こ……二四五
　さ……二五二　　し……二五五　　す……二六一　　せ……二六五　　そ……二六五
　た……二六七　　ち……二七五　　つ……二七六　　て……二八二　　と……三〇四
　な……三二一　　に……三二六　　ぬ……三三五　　ね……三三七　　の……三三八
　は……三六二　　ひ……三六九　　ふ……三七二　　へ……三七四　　ほ……三七四

ま……三七五　み……三八一　む……三八八　め……三九二　も……三九三
や……三九七　ゆ……四〇〇　よ……四〇一
ら……四〇四　り……四〇四　る……四〇六　ゑ……四〇一
わ……四〇六　ゐ……四〇八　ゑ……四〇八　を……四〇八

本文篇

3 釈　文　巻11　仁徳天皇　即位前紀

1　日本書紀巻第十一

2　大鷦鷯天皇　仁徳天皇

3　大鷦鷯天皇は譽田天皇之第四子也。母曰仲姫

4　命。五百城入彦皇子之孫也。天皇幼而聰明

5　叡智。狼容美麗。及壯仁寛慈恵卌一年春二月

6　譽田天皇崩。時太子菟道稚郎子讓位于大

7　鷦鷯尊未卽帝位。仍諮大鷦鷯尊、夫君天下

8　以治萬民者、蓋之如天之容之如地。上有驩心以

9　以使百姓、欣然天下安矣。今、我也、弟之。

10　且、文献不足何敢繼副位而登天業乎。大王者

＊下欄の注記（影6）等は、尊経閣善本影印集成26『日本書紀』の頁数を示す。

〔影6〕
〔影7〕

日本書紀巻第十一　〔影6〕
大-鷦-鷯《オホサヽキ》天皇　　仁徳天皇
大鷦鷯天皇は譽《ホムタ》-田天皇之第四子《ミコ》也母《イロハ》を曰仲姫《ナカツヒメ》の
命《ミコト》と。五-百-城《イホキ》入《イル》-彦《ヒコ》皇-子《ミコ》之孫也。天皇幼《イトキナウ》而聰-明《トク》叡《サカシクマシマス》む
智。貌《ミカタチ》容《ミスカタ》、美-麗《ウルワシ》。及《タマヒ》拄《ヒ》（ミセケチ）壮《ヲトコサカリ》に一て仁-寛《メクミ》、慈-恵《ウツクシヒマシマス》卌一年春二月
譽田の天皇、崩《カミアカリマシヌ》に。時、太《ヒツ[キ]ノミコ》子、菟-道《ウチノワカイラツコノミコ》稚-郎-子、譲位を于大-
鷦鷯尊一て未《アマツヒツキシロシメサス》-即-帝-位。仍て諮《マウシタマハク》大鷦鷯尊に、夫、君天ノ下《シタ》に一て
以治萬-民《タミ》を《オホムタ[カ]ラ》者、人蓋《ウタキオホフコト》之、如天の、容《ウケイルヽコト》之、如地。の上、有驩-心《ヨロコフコヽロ》一て　〔影7〕
以使《ツカフ》百-姓○○《オホムタカラを》（消）ゝゝ欣《ヨロコヒ》て-然天下安《ヤスラカナリ》矣。今、我《ヤツカレ》也、弟《イロトナリ》之○○（消）
且、文-獻《サトリ》不足○○（消）何敦（敢歟）て継-副《ツイテノ》位に一て登《シラムヤ》天-業《アマツヒツキ》、乎。大-王《キミハ》者

（「社稷」訓
合符虫損歟）

11 風-姿岐嶷。仁孝、遠く聆えて（こと）亂且長足、爲すに天下の君。

12 其の先-帝、立我て爲たる大-子、豈、有能（よきひと）乎。唯、愛之者（うつくしびたまへる）也。

13 亦、奉宗-廟社稷重第事也。僕（やつかれ）之不-倭（みつなうし）て不足以稱（かなふに）。

14 夫、昆-上而季-下、聖君にして愚臣は、古-今之典（つねのり）焉。願は王、

15 勿-疑、須-即-帝-位。我則、爲臣（やつこらまつりて）之助、耳。大鷦鷯尊、對（こたへ）て

16 言、先皇謂、皇位者、一日之不可空。故、預（あらかじめ）選明-德を

17 立て王と爲貳（みこをしたまひに）。祚（さいはひ）之以嗣、授之以民。崇其寵章て令聞

18 於國（くに）。我、雖不-賢、豈、棄先帝之命て、從（したがひ）弟-王之願、

19 乎。固辭（かたくいなびたまひ「て」）不承て各、相讓之。是時に額田大中彦皇子、

20 將に掌（つかさ）倭の屯-田及屯倉（みやけ）を而謂其屯-田の司、出雲の臣のおふかと之

〔影 8〕

5 釈　文　巻11　仁徳天皇　即位前紀

21 祖、游宇宿禰に曰、是屯田は自本、山守地。是を以て今

22 吾將に治めむとす。爾は之れ掌るべからず。時に游宇宿禰、啓す于太子に。

23 之を謂て曰、汝、便ち啓せ大鷦鷯尊に。於是、游宇宿禰、

24 啓す大鷦鷯尊に曰、臣所任屯田は大中彦皇子、距め

25 不令治。大鷦鷯尊、問倭直祖麿に曰、倭屯田は元より謂

26 山守地、是、如何に。對へ言す、臣之れ知らず。唯、臣弟吾子籠

27 知るなり。適是の時に吾子籠、遣されて韓國に未還。爰に大鷦

28 鷯尊、謂游宇に曰、爾、躬往於韓國に以て喚吾子籠を。其、

29 兼日夜して急に往かしむ。乃ち、差淡路之海人八十を為水手

30 爰、游宇、往于韓國に即、率吾子籠を而來之。因問倭の

垂仁天皇也

31 屯田を對へ言、傳へ聞之。於纏向玉城宮、御宇天皇之

景行天皇也

32 世、科太子大足彥尊、定倭之屯田也。是時、勅旨凡、

33 倭之屯田者、毎御宇帝皇之屯田也。其、雖帝皇之

34 子、非御宇者、不得掌矣。是を謂山守の地、非之也。時に

35 大鷦鷯尊、遣吾子籠於額田大中彥皇子而令

36 知狀。大中彥皇子更無如何焉。乃、知其惡而赦

37 之勿罪。然後大山守皇子、毎恨先帝廢之非

38 而、重有是怨。則、謀之曰、我殺太子遂、登帝位。爰、

39 大鷦鷯尊、預聞其謀密告太子て備兵て令守。時、太

40 子設兵て待之。太山守皇子、不知其備兵て獨、領數

31 屯田《を》。對《て》言、傳、聞《ウケタマハル》之。於纏向《マキムクノ「の」》玉城《タマキの》宮《に》、御宇《アメノシタシラシ、》天皇之
32 世《ミヨニ》、科《オホセ》太子、大足《オホタラシ》彦《の》尊《に》一て定倭《の》屯田《を》也。是《の》時、勅旨《ノタマフオホムコトは》凡、〔影10〕
33 倭《の》屯田《は》者毎《ツに》、御宇《すの》帝皇《スメラミコトの》之屯田也。其、雖帝皇《ミカト》之
34 子《ミコと「こと」)》、非《は》御宇《アメノシタシラスに》者、不《と》得《ノタウヒキ》掌《こと)》矣。是《を》謂《は》山守《の》地《トコロと》、(「ト」薄墨)非《「ト」アラストマス》之也。時《に》、
35 大鷦鷯《の》尊、遣《ツ》吾子籠《を》於額田大中彦《の》皇子《ミコノミモトニに》而令
36 知狀《コトノカタチを》。大中彦《の》皇子更《に》無如何《と云》焉。乃、知其《シロシメセレトモの》惡《サカナイを》而、赦
37 之《て》勿罪《ツミセス》。然《て》後《に》大山守《の》皇子、毎《に》恨先《の》帝《の》廢之一て非《ことを)》立《タテタマハサル》、
38 而、重有《マス》是《の》怨。則、謀之一て曰、我、殺太子《ヒツキノミコを》一て遂、登《シラム》帝位《アマツヒツキ》。爰《に》、
39 大鷦鷯《の》尊、預《アラカシメ》、聞《キコシメシ》其謀《を》一て密《ヒに》告太子《に》一て備兵《イクサを》一て令《シメタマフ》守。時《に》、太
40 子設兵《を》一て待《ツ》之。太《(マ、)》山守《の》皇子、不知其備《タルことを)》兵一て獨、領《ヒキヰ》(「キヰ」薄墨)數〔影11〕

41 百兵士を以て夜半、發して行之。會明に菟道に詣て將に度河。時
（「河」ハ「阿」ノ上ヲ後筆訂正）

42 太子、服布袍て取槧櫓て密に接度子に以載大山守皇

43 子而濟。至于河中て誂度子て踏船而傾。於是、大山

44 守皇子、墮河而沒。更、浮流之、歌曰、知破揶鷄務臂苔

45 于祁能和多利珥。佐烏刀利珥。破揶鷄務臂苔

46 辭。和餓毛胡珥虛務。然、伏兵、多起て不得着岸。遂

47 沈而死焉。令に求其屍、泛於考羅濟。時に太子、視其

48 屍を歌之て曰、智破揶挪臂等于祁能和多利珥和多

49 利涅珥多氐屢阿豆

51 閇耐。望苔幣破。枳瀰烏於望臂涅。須慧幣破伊
52 暮烏於望比涅。伊羅那鷄區。曾虛珥於望比。伽
53 那志鷄區。虛〻珥於望臂。伊枳羅儒層。區屢。阿
54 豆瑳由瀰。摩由瀰(句點虫損歟)乃、葬于那羅山。既而興宮室
55 於菟道而居之。猶、由讓位於大鷦鷯尊以大(久)、不
56 即皇位。爰、皇位空之既、經三載。時、有海人齎鮮
57 魚之苞苴獻于菟道宮也。太子、令海人曰、我、非
58 天皇乃、返之令進難波。大鷦鷯尊、亦、返以令獻
59 菟道(句點虫損歟)於是、海人之苞苴、鯘於往還更、返之取他
60 鮮魚而獻焉。讓如前日。鮮魚亦鯘。海人、苦於屢

9 釈　文　巻11　仁徳天皇　即位前紀

61 還て乃、棄鮮魚を而哭。故、諺に曰、有海人耶。因己物、以

62 泣、其是之縁也。太子の曰、我、知不可奪兄王之志。

63 豈久生之煩む天下を乎、乃、自、死焉。時に大鷦鷯尊聞

64 太子薨以驚之從難波、馳之到菟道宮。爰に太子

65 薨之經三日。時に大鷦鷯尊擗摽、叫哭不知所如。乃、

66 解髮を跨屍て以三、呼て曰、我弟皇子。乃、應時而活。自起

67 以居。爰に大鷦鷯尊、語太子て曰、悲分、惜分。何所以歟、

68 自、逝。若、死者、有知、先帝、何謂我乎。乃、太子、啓兄王て

69 曰、天命也。誰か能留焉。若、有向天皇之御所、具奏兄の

70 王聖之且、有讓矣。然、聖の王、聞我死と以急馳遠路を。豈

還に一て乃、棄鮮魚を而哭(ナク)。故、諺に曰、有‖海‖人‖耶(アマナレヤ)。因‖己‖物(オノカモノカラ)、以泣(ネナクトイフ)は、其是之縁(コトノモト)也。太子の曰、我、知不を可奪兄‖王(イロネノキミノ)之志(ミコヽロサシを)。豈、久生(イキ)之て煩む天の下を乎(ヤとノタマて)乃、自、死焉(ヲヒタマヒヌ)。時に大鷦鷯の尊聞(キコシ)太‖子薨(カムサリタマヒヌ)と以て驚之て從難波、馳之て到(イタリマス)菟道の宮に。爰に太子薨(カムサリマシて)之經(ナリヌ/ヘヌ)三日に。時に大鷦鷯の尊摽‖擗(ミムネヲウチ)、叫(オラヒ)哭(ナイタマフて)不‖知‖所‖如(セムスヘシラス)。乃、解(トキ)髪を、跨(|マ|タ|カ|リ／マタコエ)屍に一て以三(ヒ)、呼(ヨムテ)、曰、我か弟(イロト)の皇子(ミコトノタマフ)。乃、應(コタヘテ)時に而活(イキテタマヒヌ)。自起(オ)て以居(マシマス)。爰に(消)大鷦鷯尊、語太子に一て曰、悲(カナシキカモ)兮、惜(ヲシキ)兮(カモ)。何所(ナニノユヱニカ)以‖歟、自、逝(スキマス)。若、死(ヲハ)者(ヒト)、有は知(サトリ)、先帝、何‖謂‖我‖乎(ヤツカレヲイカヽオホサムヤ)。乃、太子、啓(マ)兄の王(ミコに)一て曰(マウシタマハク)、天‖命(|イ|ノチノカキリ)也。誰か能留む焉。若、有は向(マウテイタル)こと)天皇之御‖所(オフモトニ「に」)、具に奏(マウサム)兄の王(ミコ)聖に之て且、有(マシマス)ことを)讓矣。然、聖の王(ミコ)、聞(キコシメシ)は我死と以急‖馳(イソキイテマセリ)遠(キ)‖路を。豈
〔影14〕

71 得(むこと)無(やとノタマヒテ)勞(ネキラヒタテマツル)乎(オホシハラノイロメ)、乃、進(タテ)同母妹、八田皇女(ヒメミコを)曰、雖不足(と)納(アトフル)采(メシイル)、

72 僅(わづかに)充(ツカヒタマヘ)掖(ウチミヤノカス)庭(カス)之數(カスに)。乃、且(マタ)、伏(ヒトキに)棺(カム)而薨。於是、大鷦鷯(オホサザキノ)尊(ミコト)、素(アサノミソキタテマツリ)服(アサノミソキタヒテ)、

73 爲(カナシヒタマフコト)之(ミ□□タマフコト)發(ミ□タマヒ)哀(スキタリ)、甚(ミネナイタマ□)慟(スキタマヘリ)。仍(ヨリ)葬(マツ)於菟道(ヒトキに)山之上(ミキに)。

74 元年春正月丁丑朔己卯、大鷦鷯尊、即(アマツヒツキシロシメス)天(アマツヒツキシロシメス)皇位。尊

75 皇后(キサキを)曰皇(オホキサキ)大(オホキサキ)后。都(ミヤツクル)難波(に)。是(ツクル)謂高津宮(タカツノミヤと)。卽、宮(ミカキ)垣、室(オホトノ)屋(オホミヤ)、

76 不(ウハヌリセス)堊(ウハヌリセス)色也。桷(ハヘキウツハリハシラウタチエカキカサラス)、梁、柱、楹(ハヘキウツハリハシラウタチ)、弗(エカキカサラス)藻(カヤシリキリト、ノヘス)餝也。茅(カヤ)茨(カヤ)之蓋、弗(マクトキニ(フ)カ)割齊

77 也。此、不以私(ワタコシ)典(ワタクシ)之故(ゆゑを)留(に)者也。初、天皇、生(アレマス)

78 日、木菟(ツク)入(トヒイレリ)于(ウフトノに)產(クルアシタ)殿。明旦、譽田(ほむだの)天皇喚(メシ)大臣(オホイキミ)武內宿禰(スクネ)、

79 以語(を)之曰、是何(ナラムナラヒシウムヒシウム)之瑞(ミツミツ)也。大臣(ナラヒシウムヒシウムつつくりすム)對(て)言、吉祥(サカナリ)也。復當昨(キネフ)

80 臣妻產(ヤツカレかのコウム)時(に)、鷦鷯(トヒイレリ)入于產時(ウミヤ(ミセケチ)に)屋(ミフヤ(ミセケチ))。是亦異(アヤシ)焉。爰、天皇(の)曰、

〔影15〕

〔影16〕

81 今朕之子、與大臣之子、同日共產。並有瑞。是、天之表焉。以契爲取其名各相易爲後葉之契

82 表焉。以契爲取鷦鷯名以名子取木菟

83 也。則取鷦鷯名以名大子曰大鷦鷯皇子。取木菟

84 名號大臣之子曰木菟宿禰。是平羣臣之始祖也

85 是年也、太歲癸酉、

86 二年春三月辛未朔戊寅、立磐媛命爲皇后。

87 '、生大兄去來穗別天皇、又、住吉仲皇子、瑞齒

88 別天皇、雄朝津間稚子宿禰天皇。又、妃日向髪

89 長媛、生大草香皇子、幡梭皇女

90 四年春二月己未朔、甲子、詔羣臣曰、朕、登高臺て

91 遠望之、烟氣、不起於城中。以爲百姓既貧而家無炊者。朕、聞、古聖王之世、人人誦詠德之音、每家有庚哉之歌。今、朕、臨億兆、於茲三年。頌音、不

92 （以上92）

93 聆、炊烟轉疎。卽知、五穀、不登、百姓窮乏也。邦畿

94 之內、尚有不給者。況乎、畿外諸國耶。●三月己丑朔

95 己酉、詔曰、自今以後、至于三年、悉、除課役、以息百

96 姓之苦。是日、始之縫衣絓履、不弊盡、不更爲也。溫

97 飯煖羹、不酸餧、不易也。削心約志、以從事乎無

98 爲。是以宮垣崩而不□□。茅茨壞以不葺。風雨入

99 隙而沾衣被。星辰漏壞而露床蓆。是後、風雨、順

100 （以上100）

域遠《ミノ》望《ソムニ「に」》之、烟氣《ケフリ》、不起《タヽ》於城中《クニノウチに》。以爲《に》百姓《オホムタカラ》既貧而家無《か》炊《イヒカシク》者。朕、聞、古《は》聖《の》王之世《ミヨニハ「には」》人人誦《アケ》詠《ホムル》德之音《を一て》每家、有庚《ヤスラカナリトイフ》《良》哉之歌《ウタ》《樂》。今、朕、臨億兆《オホムタカラニ「に」一て》於茲三年《ミトセニナリヌ》。頌音《ホムルコエ》、不聆《キコエ》、炊烟《イヒカシクケフリ》轉《イヨ〱》疎《ナリ》。卽知、五穀《イツヽノタナツモノ「の」》、不登《ミノラスシて》百姓窮乏《と》也。邦畿《ウチツクニスラ》之內、尙《ナ》、有不給《ツカサルコト》者。況乎、畿外《トツ》諸國《クニクニヲヤ》耶。●三月己丑朔己酉、詔《てオホムコトノリシ》曰、自今以後至《にて》于三年《に》、悉、除課役《ヤメテオホセツカフことを)一て》以息《イコヘヨ》百姓之苦《を》。是《の》日《ヨリ》、始之《て》黼衣《オホムソ》、絓履《オホムクツ》、不弊《ヤレ》盡《ツ》、不更《に》《ツタ》爲《ツク》也。溫《オホモノ》飯煖羮《オホミアツモノ》不酸餧《スユリクサラスハ》、不易也。削心《ミコヽロヲトクシ》、約志《ミコヽロサシヲセメテ「て」》以從事《シツカニオハシマス》乎無爲。是以《て》宮垣《ミカキ》崩《クトモ》而□□。茅茨《カヤシリ》壞《クツレてトモ》以不葺《フカ》。風雨入隙《に》而沾(消)《ウルホす「す」》衣《オホムソを》被《オホムフスマ》。星辰《ホシノ》漏壞《ヤレマヨリ》《ヤフレマヨリモリテ》而露《アラハにす》床蓐《ミユカミマシキを》。是後、風雨、順
〔影18〕

101 時に五-穀、豐-穰。三-稔-之-間、百-姓富寛。頌-德、既に滿炊-

102 烟亦繁。

103 七年夏四月辛未朔に、天皇、居臺上に而遠望之、烟-

104 氣多起。是の日、語皇后て曰、朕既に富矣。豈更、有無愁焉。皇

105 后、對諮、何謂富矣。天皇の曰、烟-氣滿國にを百-姓乎自

106 富歟。皇后、且言、宮垣壞而不得脩こと殿-屋破之衣

107 被、露。何謂富と乎。天皇曰、其天之立は君、是爲百姓の

108 然則、君は以百姓を爲本。是以古の聖王者一の人、飢寒には

109 顧之責む身。今、百姓、貧は則朕か貧也。百姓富るは

111 朔丁丑、爲に大—兄(イホ)(イヒネ)去—來(イサ)穗—別(ホツワケの)皇子、定壬—生部(ミフヘ)。亦、爲に

112 皇—后の定葛—城部。●九月、諸—國、悉請之曰、課—役(オホセツカフコトに)並免(オホセツカフコトを)して、黔—首(オホミタカラ)

113 既に經(ヘヌ)三年(ナリヌ)。因此に以宮—殿、朽—壞(クチヤモフ)府—庫已(ミクラ)空。今、黔—首(オホミタカラへ)

114 富—饒而(ユタケクシテ)不拾—遺(ヒロハオチモノ)。是以里に無鰥(ヤモフ)寡(ヤモメ)家(イへ)に有餘儲(タクハへ)。若當(ノコリモノヒロハス)

115 此の時にして非貢—稅—調(ミツキ)ては脩—理(ツクロフに)宮—室者(オホミヤを)懼は之其獲む罪を于

116 天乎。然猶、忍之不聽矣。(キミにカ)(ユルシタマハス)

117 十年冬十月、甫(ハシメて)科(オホセ)課—役(ことを)以構—造宮—室。於是、百—姓(オホ□)(ツクル)(オホミヤを)

118 之不領而(ウナガサレスシテ)扶老(を)攜幼(を)運材、負簣。不問日—夜(ヒルヨルト)竭力(を)て(イヘ)

119 競—作。是以未經幾の時而宮—室、悉成。故、於今、稱聖(ハシめて)(オホミヤ)(イマニ)(ホメ申)

120 帝—也(ミカトと)

121 〽十一年夏●四月戊寅朔甲午、詔羣臣曰、今、朕、視（消）
是國者、郊澤曠遠而田圃少之。且、河の水、横逝以
122 流末不駃。聊、逢霖雨、海潮逆上而巷里、乗船道
123 路、亦、泥。故、羣臣、共視之、決横源而通海、逆流以
124 （「西」字補入）
125 全田宅。●冬十月掘宮北之郊原を引西海に因て
126 以號其水曰堀江。又、將防北河之澇以築茨田堤（消）
127 是時有兩處之築而乃壞之難塞。時、天皇夢有神
128 誨之曰、武藏人強頸、河内人茨田連衫子、
129 二人以祭於河伯、必獲塞。則覓二人而得之。因以禱
130 于河神。爰、強頸、泣悲之沒水而死。乃、其堤成焉。唯、衫
〔影22〕

131 子取全匏両箇臨于難塞、水乃、取両箇匏投於水中

132 請之曰、河神、祟之以吾為幣。是以今吾来也。必、欲得

133 我者、沈是匏而不令泛。則、吾、知眞神親入水中。若、不

134 得沈匏者、自知僞神。何徒亡吾身。於是、飄風、忽起

135 引匏没水。匏、轉浪上而不沈。則、潝々汎以、遠流。是

136 以衫子雖不死而其堤、亦、成也。是、因衫子之幹其

137 身、非亡耳。故、時人、號其両處曰強頸斷間、衫子斷

138 間也。是歳、新羅人、朝貢。則勞於是役。

139 十二年秋七月辛未朔癸酉、高麗、貢鐵楯、鐵（消「の」）

140 的。●八月庚子朔己酉、饗高麗客於朝。是日、集

〔影23〕

141 葦臣及百寮、令射高麗所獻之鐵盾的。諸人不得射的。唯、的臣祖盾人宿禰、射鐵的

142 而通焉。時に高麗の客等、見畏其射之勝、共起以

143 拜朝。明日、美盾人の宿禰を而賜名て曰的戸田の宿禰。同

144 姓

145 曰、小泊瀨造の祖宿禰の臣、賜名て曰賢遺臣。賢遺此云左舸能莒里

146 ●冬十月、掘大溝於山背栗隈縣以潤田。是以其百

147 姓、每年豐之

148 十三年秋九月、始て立茨田屯倉。因定春米部●冬十

149 月、造和珥の池。是の月、築橫野堤を

150 十四年冬十一月、爲橋於猪甘津。卽、號其處て曰小

151 橋也。是歲、作大━道於京━中。自南門、直━指之至丹比の邑。又、掘大━溝於感玖に乃、引石河の水を而潤上鈴鹿、下鈴鹿、上豐浦、下豐浦、四處の郊━原に以墾之得四━萬━餘━

152 邑。又、掘大━溝於感玖に乃、引石河の水を而潤上鈴鹿、下

153 鈴鹿、上豐浦、下豐浦、四處の郊━原に以墾之得四━萬━餘━

154 項の之田。故其處の百姓寬━饒て無凶━年之患。

155 十六年秋七月戊寅朔、天皇、以宮人桑田玖━賀媛を

156 示近━習舍人等に曰、朕欲愛是婦━女、苦皇后之妬て不能

157 合て以經多━年。何徒、妨其盛━年を乎。仍、以歌て問之曰、瀰儺

158 曾虛赴。於瀰能焉苦咩焉。多例挪始儺播務。於是、

159 播磨の國造の祖、速━待獨進之歌て曰、瀰箇始報破利摩。

160 波揶摩智。以播區娜輸。伽之古俱等望。阿例挪始

161 儺破務。即(ノ)日、以(テ)玖賀媛(ヲ)賜(フ)速待(ニ)。明(クルツヒノヨ)日之夕、速待、詣(ヤマナハス)

162 于玖賀媛之家(ニ)。而、玖賀媛、不-和(アナカチ チカツク ネトコロ)。乃、強近帷-内(ニ)。時、玖

163 賀媛曰、妾(ヤツコメ)之、寡-婦(ヤモメ)以終(ヲ)年(ソ)。何、能、為(ナム)君之妻(ツマ)乎。於是、

164 天皇、欲(オモホ)遂(ト)速待之志(ヲ)以玖賀媛(ヲ)副速待(ツカ)送-遣(ツカハス)於桑

165 田(ニ)。則、玖賀媛(ヤハヒシテ)發-病死于道中(ニ)。故、於(イマ、テニ)今、有玖賀媛之

166 墓(ハカ)也。

167 〽十七年、新羅、不朝貢(ミツキタテマツラ)。秋九月、遣(ツカハシテ)的(イク)臣祖楯人宿

168 禰、小-泊-瀬造祖、賢-遺(サカノコリ)臣而問(ツカハシヌ)闕貢(ミツキタテマツラヌ)之事(ヲ)。於是、新

169 羅人、懼(カシコマリ)之乃、貢-獻(ミツキタテマツル)調。絹一千四百六十匹、及、種(クサハヒノモノ)

170 種雑物、并(テ)八-十(ヤッ)艘(フセナ)。〔セ〕ミセケチ

本文篇　巻11　仁徳天皇　22年正月　20

171 廿二年春正月、天皇語皇后に曰、納八―田皇―女ヒメキミをて將に為

172 妃ミメと時に、皇后、不聽ウケユルサス。爰天皇歌ヨミて以乞於皇后にて曰、于磨臂由豆流。多曳ヘ靡菟

173 苔能。多菟鷹ツル等太氏。于磋

174 餓務珥。奈羅陪氏毛餓望。皇后答カヘシ歌てマシダマハクて曰、虛呂望虛

175 曾。赴多幣茂豫者キ瑳用呹虛烏。那羅陪務者瀰破

176 介カ辭古者呂介茂。天皇、又歌て曰、於辭氏屢ルノ那珥破ニと

177 能瑳耆キ能。那羅弭ヒ破莽マ那羅陪務始能。譬務始曾能

178 破。阿利鷄梅。皇后答カヘシ歌て曰、那菟務始能。譬務始能

179 虛呂望赴多幣セキ者氏。介區瀰夜儞ダ利破。阿珥豫區

180 望阿羅儒。天皇、又歌て曰、阿佐豆麿能。避介能烏瑳

[影28]

181 介烏介多那者珥。瀰致喩區茂。多過譽氏序（誤）能茂。

182 豫枳。皇后、遂謂不─聽て故、默之亦不─答─言。

183 卅年秋九月乙卯朔乙丑、皇后、遊─行紀國に到熊野の

184 岬に卽取其處之御─綱─葉箇始婆而還於是、天─皇、伺皇

185 后にて不─在而娶八田の皇女を納於宮中。時に皇后、到難波の

186 濟て聞天皇合八─

191 時に、皇后不泊于大津て更に引之、泝‐江自山‐背、廻而向

192 倭に明日、天皇、遣舍人鳥山を令‐還皇后を。乃、歌之て曰、夜

193 莽之呂珥。伊辭鷄。苫利夜莽之鷄。阿餓茂

194 赴莵麿珥伊。辭枳阿波牟伽茂。皇后、不還猶行之。

195 至山背河に而歌て曰、莵藝泥赴。挱莽之呂餓波烏。箇

196 破能明利流餓能朋例廛。箇波莽之呂珥。多知瑳介

197 喩屢。毛ミ多羅儒。挱素麼能紀破。於朋者瀰呂介

198 茂。卽、越那羅山を望葛‐城を歌之て曰、莵藝泥赴起。挱莽之

199 呂餓波烏。瀰挱能朋利。和餓能朋例麼。阿烏珥豫預

200 辭。儺羅烏輸疑。烏陁氏夜莽苔烏輸疑。和餓瀰餓朋

201 辭區珥波。箇豆羅紀。多伽瀰挪。和藝幣能阿多利。更に

202 還山背に作て興宮室を於筒城岡南而居、之。●冬十月甲申

203 朔、遣的臣祖、口持臣て喚皇后を 一云、和耶臣の祖、口子臣

204 筒城の宮に雖謁皇后に而默之不答。時に口持臣沾、雪雨に

205 以經日夜て伏于皇后の殿の前而不避。於是、口持臣之

206 妹、國依媛、仕于皇后に適是時て侍皇后の之側に見其の兄

207 沾雨而流涕之歌て曰、挪莽辭呂能。菟ゝ紀能瀰挪

208 珥茂能莽烏輪。和餓齊烏瀰例麼。那瀰多遇摩辭

209 茂。時に皇后、謂國依媛て曰、何爾泣之對言、今伏庭て請

210 謁者妾兄也。沾、雨て不避。猶を伏て將謁。是以泣悲、耳。時に

本文篇　巻11　仁徳天皇　30年10月―11月　24

```
「塗抹」右ノ横ノ字
「飱」下ノカノ字
「正」飲」カノ訂字
```

211 皇后、謂之曰、告汝兄に令速還。吾は遂に不返焉。口持、則、

212 返之復奏于天皇。十一月甲寅朔庚申、天皇、浮江

213 幸山背時、桑枝、沿水而流之。天皇、視桑枝て歌之曰、

214 菟怒瑳破赴。以破能避臂謎餓飱明呂伽珥。枳許瑳

215 怒于羅遇愚破能紀。豫屢麻志枳。箇破能紀。明日、乘輿

216 莽豫呂朋譬。喩玖伽茂。于羅愚破能紀。明
（「朋」ノ上ヲ後筆「朋」）

217 詣于筒城宮て喚皇后。不肯參見。時に天皇、歌曰、
（消）

218 菟藝泥赴。挪摩之呂謎能。許久波茂。于知辭。於

219 朋泥佐和佐和珥。儺餓伊幣齊虛曾。于知和多須。
（消）

220 挪。餓破曳儺須。企以。利摩葦區例。亦、歌て曰、菟藝

〔影33〕
```
```

25　釈　文　巻11　仁徳天皇　30年11月―37年11月

221 （左消セリ）泥赴夜莽之呂謎能許玖波茂知（左消）于智辞於朋㮈泥。

222 泥泥士漏能。辞漏多娜武枳。摩箇儒鶏麼虚曾。

223 辞羅儒等茂伊波梅。時に皇后、令奏言、陛下、納八

224 田皇女為妃。其、不欲副皇女而為后遂不奉見。

225 乃、車駕、還宮。於是、恨。皇后の大忿而（誤）猶有戀思

226 卅一年春正月癸丑朔丁卯、立大兄去來穂別

227 尊を為皇太子。

228 卅五年夏六月、皇后、磐之媛命、薨於筒城の

229 宮に。

230 卅七年冬十一月甲戌朔乙酉、葬皇后を於乃樂羅の山に

231 卅八年春正月癸酉朔戊寅、立八田皇女爲皇后。

232 ●秋七月、天皇與皇后、居高臺而避暑。時、毎夜、自

233 菟餓野、有聞鹿鳴。其聲寥亮而悲之。共起可怜

234 之情。及月盡而鹿鳴不聆。爰天皇語皇后曰、

235 當是夕而鹿、不鳴。其何由焉。明日、猪名縣佐

236 伯部獻苞苴。天皇、令膳夫以問曰、其苞苴何

237 物也。對言、牡鹿也。曰、何處鹿也。曰、菟餓野。時、

238 天皇、以爲、是苞苴必其鳴鹿也。因語皇后曰、朕、

239 此有懷抱、聞鹿聲而慰之。今、推佐伯部獲鹿

240 之日夜、及、山野、卽、當鳴鹿。其人雖不知朕之愛

（「部」ノ「か」消セリ）

〔影36〕

〔影35〕

241 以適逢獼—獲、猶不得已而有恨。故、佐—伯部不欲
242 近於皇—居。乃、令有—司て移—郷于安藝の淳田。此今の淳
243 田の佐伯部之祖也。俗曰、昔、有一の人て往菟—餓にヤトリて宿于
244 野の中に。時に二の鹿、臥傍。及將鷄鳴て牡—鹿謂牝鹿て曰、吾
245 今夜夢之、白霜、多降之覆吾身。是何祥焉。牝
246 鹿答曰、汝之、出—行、必、爲人見射而死。即、以白鹽て
247 塗其の身、如霜の素か之應也。時に宿—人、心の裏異之。未
248 及—昧—爽、有獦—人て以射牡—鹿而殺。是以時人の諺曰
249 鳴牡鹿矣、隨—相夢也
250 卌年春二月、納雌—鳥の皇女を欲爲妃て以隼別皇

251 子をタマフナカタチとて爲媒。時に、隼別皇子、密に親、娶而久之、不―復―命。

252 於是、天皇不知(タマことを)有夫而親、臨雌―鳥の皇女之殿。

253 時に爲に皇女の織―縑ヲムナトモ女―人等歌之て曰、比佐箇儺麼多能。

254 阿梅箇儺麼。謎廼利餓。於瑠箇儺麼多能。波

255 揶步佐和氣能。瀰於須譽鵝泥。爰天皇、知隼

256 別の皇子の密にことを婚而恨之。然重皇后之言、亦、敦―友マキタマヘル

257 于―之―義而忍之―勿―罪。俄に

養老記｜隼鳥昇天兮飛翔衝搏鷦所執乎私搏居與梘鷦鷯歟

261 波。阿梅珥能朋利。等弭箇慨梨。伊菟岐餓宇倍
262 能婆裝岐等羅佐泥。天皇、聞是歌而勃然大怒
263 之曰、朕以私恨不欲失親忍之也何舋矣私事
264 將及于社稷則、欲殺隼別皇子。時皇子、率雌鳥
265 皇女欲納伊勢神宮而馳。於是、天皇、聞隼別皇
266 子、逃走卽、遣吉備品遲部雄鯽、播磨佐伯直阿
267 餓能胡曰、追之所逮、卽殺。爰、皇后、奏言、雌鳥皇
268 女、寔當重罪。然其殺之日、不欲露皇女身。乃、因
269 勅雄鯽等、莫取皇女所齎之足玉、手玉。雄鯽等、
270 追之至菟田迫素珥山。時隱草中僅得免。急走

〔影39〕

271 而越山を。於是、皇子、歌曰、破始多氏能。佐餓始枳

272 揶摩。和藝毛古等。赴駄[ナ利]古喩例麼。揶須武志
（「利」補入）

273 呂箇茂。爰、雄鯽等、知免を以急に追及于伊勢の蔣代

274 野而殺之。時に雄鯽等、探皇女之玉て自裳中、得之。

275 乃、以二王屍を埋于廬杵河邊而復命。皇后、令

276 問雄鯽等曰、若見皇女之玉乎。對言、不見也。是

277 歳、當新嘗之宴會之日以て賜酒於內外命婦等
（「以月」二字補入）

278 於是近江の山君、稚守山か妻與采女磐坂媛、二の女

279 之。手に有繩良珠。

280 佐伯直、阿俄能胡妻之玉也。仍推鞠阿俄能胡。

281 對（ケチ「對」ミセ）曰、誅皇女之日、探取之。卽將殺阿俄能胡。對

282 於是、阿俄能胡、乃獻己私之地請贖死。故、納其地

283 赦死罪。是以號其地曰玉代

284 卌一年春三月、遣紀角宿禰於百濟、始分國郡

285 壇場土所出。是時百濟王之族、酒君、无

286 禮由是紀角宿禰、訶責百濟王。時百濟王、悚之以

287 鐵鏁縛酒君而附襲津彥而進上。爰、酒君、來之則、逃

288 匿于石川錦織首、許呂斯家之則、欺之曰、天皇、既

289 赦臣罪。故、寄汝而活焉。久之天皇遂赦其罪

290 卌三年秋九月庚子朔、依網屯倉阿弭古、捕異鳥、獻於天皇曰、臣、毎張網捕鳥、未曾得是鳥之類。故

291 獻於天皇曰、臣、毎張網捕鳥、未曾得是鳥之類。故

292 寄而獻之。天皇、召酒君示鳥曰、是何鳥矣。酒君對

293 言、此鳥之類、多在百濟。得馴而能從人。亦、捷飛之

293 掠諸鳥。百濟俗號此鳥曰倶知。今乃、授

294 酒君令養馴。未幾時而得馴。酒君、則以韋緡着其

295 足、以小鈴着其尾而居腕上獻于天皇。是日、幸百舌

296 鳥野而遊獦。時、雌雉多起。乃、放鷹令捕。忽獲數

299 五十年春三月、壬辰朔丙申に河—内の人、奏言て、於茨田堤、鷹產之。卽の日遣使を令視。日、既實也。天皇、於是、歌

300 以問武內宿禰て曰、多莽耆破屢。宇知能阿曾。儞虛曾。

301 破。豫能等保臂等。儞虛曾波。區珥能那餓臂等。阿

302 耆豆辭莽。揶莽等能區珥と。箇利古武等儞波企箇

303 輸揶（句點虫損歟）武內宿禰、答歌て曰、夜輸彌始之。和我於朋枳彌

304 波。于陪儞。于陪儞。和例烏斗波輸儞。阿企菟辭摩。

305 揶莽等能倶珥。箇利古武等等。和例破枳箇儒。

306 五十三年、新羅不朝貢。●夏五月、遣上毛野君の祖、

307 竹—葉—瀬をて令問其の闕—貢。是、道路之間に獲白鹿を。乃、還

308

309 之を天皇に獻る。更に改日して行く。俄かに且つ、重ねて竹葉瀬の

310 弟、田道を遣わす。則ち詔して曰く、若し、新羅距者ば舉兵して之を撃てと。仍りて

311 精兵を授く。新羅、起兵して之を距ぐ。爰に新羅人、日日挑戰す。田道

312 固め塞ぎて出でず。時に新羅の軍卒一人、營外に有り。則ち、掠俘

313 之。因りて問ひて消息を。對へて曰く、有強力者。輕捷猛

319 妻、乃抱手纏而縊死。時人聞之流涕矣。是後、蝦夷、亦襲之略人民。

320 亦襲之略人民。因以掘田道墓。則有大蛇發瞋目、

321 自墓出以咋。蝦夷悉被蛇毒而多死亡。唯一二人、

322 得免耳。故、時人云、田道雖既亡、遂報讎。何死人之無

323 知耶、

324 五十八年夏五月、當荒陵松林之南道忽生兩

325 歷木。挾路而末合。●是冬十月、吳國、高麗國、並朝

326 貢、

327 六十年冬十月、差白鳥陵守等充役丁。時天皇、親

328 臨役所。爰、陵守、目杵忽化白鹿以走。於是、天皇、

329 詔之曰、是陵、本自空。故、欲除其陵守而甫差役丁。

330 令視是悋者、甚懼之。無動陵守者。則、且、授土師連等。

331 六十二年夏五月、遠江國司表言、上有大樹、自大井河流之、停于河曲。其大、十圍。本壹以末、兩、時、遣

332 倭直吾子籠、令造船而自南海、運之將來于難波津、以充御船也。是歳、額田大中彥皇子、獦于闘鷄。

333 （「其」補入）

334 倭直吾子籠令造船而自南海運之將來于難波

335 時、皇子自山上、望之瞻野中、有物。其形如廬。乃遣

336 使者令視。還來之曰、窟也。因喚闘鷄稲置、大山主而

337 問之曰、有其野中者、何窟矣。啓之曰、氷室也。皇子曰、

338 其藏如何。亦、奚用焉。曰、堀土丈餘。以草蓋其上、敦、

339 敷茅萩て取氷を以て置其上に。既に經夏月て不泮。其用之。

340 即當熱月て漬水酒て以用也。皇子、則、將來其氷て獻于御所。

341 御所。天皇、歡之。自是以後每當季冬、必、藏氷至于春分て始散氷也

343 六十五年飛驒國に有一人。曰宿儺。其、爲人、壹體て有兩面。と各、相背て頂合て無項各、有手足。其有膝

344 有兩面。

345 而無膕。力多て以輕捷。左右に佩劍て四手並用弓

346 矢を是を以て不隨皇命。掠略人民て爲樂。於是遣和珥

347 臣祖、難波根子武振熊て誅之。

348 六十七年の冬十月庚辰朔甲申に幸河內の石津の原に

349 以定陵地。丁酉始築陵。是日、有鹿忽起野中、走
之入役民之中而仆死。時異其忽死、卽
350 探其痍。
351 百舌鳥、自耳出之飛去。因視耳中、悉咋割剝。故、號
352 其處曰百舌鳥耳原者、其是之緣也。是歲、於吉備
353 中國川嶋河派、有大虬令苦人。時路人觸其處而
354 行必被其毒以多死亡。於是、笠臣祖縣守爲人勇
355 捍而強力。臨派淵以三全瓠投水、曰、汝、屢、吐毒令
356 苦路人。余殺汝虬、汝沈是瓠則余避之。不能沈者、
357 仍斬汝身。時水虬化鹿以引入瓠。不沈。卽、擧劒
358 入水斬虬。更求虬之黨

359 穴悉斬之。河水變血。故、號其水曰縣守淵也。當此時に

360 妖氣稍動叛者一二始起。於是、天皇、夙興、夜寐輕賦、薄斂以寬民萌、布德、施惠以振因窮。弔死、問□

361 （「ヲサメ」「ヲサメモノ」「ヲサメノ」墨消）

362 以養孤孀。是以政令流行天下大平。廿餘年無事矣。

363 八十七年春正月戊子朔癸卯、天皇崩。冬十月□

364 未朔己丑、葬於百舌鳥野陵

365 日本書紀卷第十一大鷦鷯天皇

1 日本書紀卷第十四

2 大泊瀬幼武天皇 雄略天皇

3 大泊瀬幼武天皇、大泊瀬稚武天皇、雄略天皇第

4 五子也。天皇產而神光、滿殿。長而伉健、過人

5 ●三年の八月、穴穂の天皇、意將沐浴

6 登樓て兮遊目。因命酒肆宴。爾

7 間以言談顧謂皇

8 香皇子聖長田皇女生眉輪王也。於後、穴穂天皇用根臣て殺大草香皇子而立中帝姫皇女て爲皇后。語在穴穂天皇紀也

9 曰吾妹、古之俗乎稱妻て爲妹、蓋汝、雖親暱、朕、畏眉輪王。

10 年て遊戲樓下て悉聞所談。既而穴穂天皇枕皇后膝て

日本書紀巻第十四
大《オホ》泊《ハツ》瀬《セの》幼《ワカ》武《タケ》天皇《は》雄《ヲ》朝《アサ》嬬《ツマ》稚《ワカ》子宿禰《の》天皇第（今案瀬下不可加之辭下文云大泊瀬天）
五子也天皇產《アレマシて》《レタ》而神《□ヤシヒ》光、滿《イハメリウチに》殿《オホトノ》。長《ヒ》而伉《タクマシ》健《タケク□シ》、過《ヘリ》人
●三年《の》八月、穴穗《の》天皇、意《オホシ》將《ミユアマムト》沐浴《イテマス》
□《シ》登樓《タカトノに》兮《て》遊《アソヒタマフ》目《ミ》。因《て》命《メ》酒《オホ□を》□肆《トヨノ□カリキ》宴。爾
間《マシフルに》以《シタマヒ》言談《ミモノカタリをヒソカにカタラヒ》顧《て》謂皇（長田の大《イラツ》女）
香皇子聖《娶マク》長田《の》皇女《を》生《メリマユ》眉輪《ワノ》王《を》也。於後、穴穗天皇、用根臣《オミ》□□□殺《ト》《コト》大草香皇
子《を》而立中蒂《ヒ》姬《シの》皇女《を》《タマ》爲皇后。語《は》在穴穗天皇紀《ミマキに》也
曰吾《ワ□》妹《モ□》、稱妻《てツマをことは》《クコト》爲妹、蓋古之俗乎《ヒトコトカ》汝《イ□シ》、雖親昵《ムツマシクムツ□シト》、朕、畏眉《マイ》輪《マヨワノオホキミ》《マヨワケノオホキミ》王《を》、幼《ワカクシ》
年遊戲樓下《タカトノのシに》悉聞《ツ》所談《モノカタリコト》《を》。既而穴穗天皇枕皇后《タマヒ》膝《に》

41　釈　　文　巻14　雄略天皇　即位前紀

11 晝酔て眠リ臥。於是に眉輪の王伺其の熟睡て而刺殺之。是

12 大舎人驟言於天皇。穴穗の天（「日」字補入）

13 殺。天皇大驚即

14 逼問八釣の白彦皇

15 語。天皇乃拔刀而斬。更逼問坂合の黑彦の皇子と

16 子も亦知將害。嘿坐て不語。天皇忿怒彌盛。乃

17 復并て為欲殺眉輪の王を案劾所由。眉輪の王曰、臣

18 不求天位。唯報父の仇を而已。坂合黑彦の皇子

19 所疑て竊語眉輪の王に。遂共に得間

21 事、逃入王室。未見君王(キミノミヤに)方今坂合黒

22 彦皇子、與眉輪王、深恃臣(カ)心て來臣之舍。詎(イカにしテ)忍[隱匿](ヤ□ノヤを「に」イヘニ)臣舍(イヘニ)方今坂合黒送(オクリマツラムヤ タテマタ□ムヤ)

23 歟。由是て天皇復盆與兵(を)圍大臣之宅。大臣出立於

24 庭て索脚帶。時大臣の妻持來脚帶をカナ(コ、ロヤフレシ)傷懷而歌(ヨミ)(アシユヒアユヒを)

25 曰飫(オミ)彌能古簸多倍能波伽摩

26 儞播儞陁と始諦阿遙□那陁

27 已畢進軍門て跪拜(マウス、ムテミカトに)(ワカミラて)[被戮、莫敢]て

28 有云、匹夫之志、難可奪、方屬乎臣。伏願は大王奉(イヤシヒトの)(コと)(モシイヘルは コと)(ヤッコに)(アタレリ)(キミ)

29 獻臣女韓媛與葛城宅七區て請以贖罪。天皇不(カツラキ)(ナ、トコロ)(ウケタマハラム)(アカハム)(カハ)(ムスメ)(イ)

30 許て縱火て燔宅。於是大臣與黒彦皇子眉輪王、倶(タマハ ツケ)(ムスメ)(タマフ)

[影61]

43　釈　　文　巻14　雄略天皇　即位前紀

31 被ㇾ燔死。時坂合部の連贄宿禰抱二(への)皇子一

32 死。其舎人等名闕收取所燒遂難レ擇

33 合(ヒ)葬(ミセケチ「舍」字)新(イマノ)漢(アヤの)擬(ツキの)本(モトの)南丘に擬(ツキの)多十

34 恨(イカリヲ)穴穗天皇曾欲下以市邊押磐皇子(ミコトノモトを)(イッて)陽(イツハリ)期(チギリ)校(カリセムトハカルマネシテ)獵(カリセムト)勸(カリセムトチギリ)

35 付(ユタネケトオホセシヲ)囑(チカホセシヲ)後事乃使二人於市邊○磐皇子て而上(押「て」字補入)

36 遊(ノアソヒセムトスヽメテ)郊(ノ)曰二近江の狹々城山君韓帒に一、言、今於近江の

37 來(クル)田(ワタの)綿(カヤ)蚊屋野に猪鹿多ニ有一。其戴(サンケタルツノを)ニ角(ニタリ)類二枯樹末一(エタに)。

38 聚(アツマルアシ)脚、(ツトヘタル「こと」)如二木株。呼吸氣息、似二於

39 孟冬(カムナツキの)之月、寒風蕭(サム□セノ)□之晨(トキに)

40 聊、娯情(を)て以(ハセ)騁射(イム)。市邊□子乃隨

41 大泊瀬天皇彎弓、驟馬而陽呼曰猪有て即射□

42 市邊の押磐皇子と帳内佐伯部賣輪更名仲手子抱

43 屍て骸り惋て不解所由。反側呼號往還頭脚。天皇□

44 誅之。是月御馬皇子以曾善三

45 欲遣慮而往。不意道逢□軍於

46 戰。不久て被捉。臨刑て指□此水

47 得飲焉。王者獨、不能飲矣●十一月壬子朔甲子□

48 皇命有司て設壇於泊瀬朝倉て即天皇位。遂定宮焉。

49 以平羣臣眞鳥て為大臣。以大伴連室屋物部連目て

50 爲大連

大泊瀬天皇彎《ヒキマカナヒ》弓、を驟《ハセ》馬を而陽《イツハリて》呼《ヨハヒシて》の曰《ノタマヒ》「の」ニ猪有トて卽射□
市《タマフ》邊の押磐皇ゝ子。をゝ帳内《トネリ》舍人也佐伯部の賣輪《ウルワ》更名仲《マタノナハナカテコ》《チ》手子抱
屍《ミ》をて骸惋《イワケアワテ、「て」》《アツカヒ》不解《シラス》《スルスヘシラス》所由。《セムスヘを》反側《コイマロヒ》呼號《ヨハヒオロヒて》《オラヒヨハフ》ラ往還《カヨ》頭脚。《アトマクラニ》天皇□
誅《タマヒツ》《コロ》之。ノ是月御《ミニマノ》馬の皇子以曾善《ハムサよりウルワシカシ》《イムサキ》三輪□
欲遣《ヤラム》慮《コ、ロ》而て往。《イテマス》《オモホスミコ、ロヤラムトオホシテイテマス》不意《思ノホカニ》《ユクリニ》道逢ニニ□軍《タフル》於三□
戰。不久て被捉。《トラハ》臨刑《ツミセラル》て指、に□此水□
得む飲こと焉。王者《ヒトノキミタルヒトハ》「は」獨、不能飲こと矣●十一月壬子朔甲子□
皇命《コトオホセ》有司《ツカサに》て設壇《タカ》御倉を於泊《ハセノ》瀬「の」朝《ア□□ラ》倉て卽《にアマツヒツキシロシメス》天皇位。遂定宮を焉。
（「鳥」ノ「を」點二ツ有、右消セリ）
以平羣臣眞鳥をて爲大臣。以大伴連室屋《モルヤ》物部連目をて
爲大連《オホイムラ》
〔影64〕

45 釈　文　巻14　雄略天皇　元年3月

51 元年春三月庚戌朔壬子、立草

52 爲皇后　更名橘姫皇女　是月に元妃

53 日朝媛 (ケチ「朝」ミセ)　生白髪武廣國押、稚日本根子天皇、與

54 稚足姫皇女　更名栲幡姫皇女　是皇女侍伊勢の大神祠。次に有

55 吉備上道臣女稚姫　一云本吉備　媛生二男。長曰磐城の窪屋臣女

56 皇子。少曰星川稚宮皇子　次に有春日和珥

57 深目女。曰童女―君。生春日の大娘皇

58 君者本是采女。天皇　夜而脈

59 皇疑不養。及女子の行―歩に　皇御大殿に

60 連侍焉。女子過庭を、目の大連顧謂栗臣て曰麗哉女

本文篇　巻14　雄略天皇　元年3月—2年7月　46

61 子。古人有云。娜毗騰耶。幡蘩珥 此古語未詳也 條 徐步清

62 庭者言稚女子。天皇曰、何故問耶。目大連對

63 觀女子の行步、容儀能似天皇。曰 （「天」「皇」二字補入）

64 所導。然朕與一宵而脈 （殊常）

65 曰然則一宵喚、幾廻乎 皇曰七廻

66 此の娘子、以清身意を奉與に一宵。安輙生。疑嫌他有 （「生」ノ右下ノ句點ハ「疑」ノ「を」點ノズレカ）

67 臣聞。易產腹者以褌觸體、卽便懷脈。況與終宵

68 而妄生疑也。天皇命大連以女子爲皇女以母爲

69 妃。是年也大歳丁酉

70 二年秋七月百濟の池 津媛違 天

47　釈　　文　巻14　雄略天皇　2年7月―10月

71 川楯（タテニ）舊本云石河股合首祖楯　天皇大怒（タマヒ）□伴室□

72 目部（ヘニ）張夫婦（メヲト）四支於木て置假廐（スキ）上て以火て燒死（シム）百済新撰

73 云己巳年蓋鹵王立。天皇遣阿禮奴跪來索女郎（ハシカシ）□洛反荘飾慕尼（カサラシム）（ムイシカシノ）夫人（フジン）女（ヨソヒ）日適（ハジト）稽（タテマツル）女郎（ヨソヒ）百済貢進於天皇●冬十月辛未朔

74 癸酉幸于吉野宮。丙子□　幸吉野宮御　疑止

75 縦獵（マカリノカリ）。凌重巘（ミネニ）赴長莽（ヒロ原ハラニ）。　未□□影獼什□てェっ　ヒモカタフ か

76 獲（ウシ）鳥獸、將盡。遂旋憇乎林泉（ホトリアソヒ）て

倭の采女日媛、擧酒て迎進奉。[見|采|女]

81 倭采女日媛擧酒迎進奉。

82 曰朕豈不欲觀汝妍咲乃

83 形容溫雅和顏悅色[曰]

84 相携手入於後宮。語皇大后曰今日遊獵大獲禽獸。欲與羣臣割鮮野饗歷問羣臣莫能有對。故朕

85 嗔焉。皇大后知斯詔情奉慰天皇曰羣[不悟陛]

86 下因遊獵場置宍人部降問羣臣[下]

87 難對。今貢未晩。以我爲[臣長羣臣の侍嘿然理]

88 以此貢。天皇跪禮而受曰善哉鄙人所云貴相知

89 心之謂也。皇大后觀天皇悅歡喜盈懷。更欲貢

90 人曰、我之厨人菟田御戸部眞鋒、田高天、以此二人を

（「對」實字訓「申」ノ左ニ誤點アリ）
（「コトノリノ」ハ次行「詔」ノ右訓ノ誤）
（羣以下四字前行ノ同位置ノ補修ノ誤）
（「マサシキタ、カメ」ハ同行「眞鋒ノ田高天」ノ右訓ノ誤）
倭の采女日媛《「の」ヒノヒメ》をて擧《サ、ケ》酒《オホミキを》て迎進奉。　見采女
形容《スカタ》溫雅《ミヤヒカナルを》て乃、和顏悅《ウレシヒタマフ》色ての曰朕、豈不欲《むヤトノタマ》觀汝《イマシカか》姸咲《□キエマ□を》て乃《□ミ》
相携《タツサハ》手《ウツラカヒ》て入《イリマシヌ》於《タマフ》後宮《キサノ》に。語皇大后《オ》にて曰今日の遊獵《カリ》に、大に獲《タリ「たり」》禽《トリシ、ヲ》
獸「を」。欲《トシ》與羣臣、割鮮《ナマスツクテコトノリノアヘセムト》て野饗《ウチツミヤノアヘムトてトナヘ》歷問《ト》に羣臣に莫能有對《こと》。答申人　故朕《オノレ》
嗔《イカツ》焉。皇大后、知斯の詔《ミコトノ□ノ》情をて奉《ト》慰《ヤスメ》天皇を曰羣不悟《シ》陛
下《「の」キミノ》、因二遊獵場《カリニハノアソヒに》て置四宍人部《オイタマハムトシ》三て降《トヒタマフを》問六羣臣五にて
難《カタミナリ申こと》對《ケム》。今貢《タテマツルトモ》、未《シ》晩《オカラ》。以我《オノレを》て爲《セヨ》　臣長羣臣の嘿《モタ》然《侍タル》理□
以此をて貢《ラム》。天皇跪《キヤヒ》禮て而受《タマ□て》曰善哉、鄙人《イヤシキの》所の云《□ヒタ》、三貴相知二
心、此を之謂也。皇大后、觀《ソナハシ》天皇の悅《タマフを》て歡喜盈懷《エラキマス》。更欲《トシ》貢《タテマツリタマ》
人をて曰、我之厨《クリヤ》人菟《ウ》田《「の」タノミトヘノマ》御《「の」サシキタ、カメ》戶部眞《マ》鋒《サキ》、田高《タカ》天《メ》、以此二
〔影69〕

49　釈　　文　巻14　雄略天皇　2年10月―3年4月

〔「名」ノ「と」ハ「を」ノ誤カ〕

91 人て請將加─貢爲宍人部。自茲以後、大倭國造吾子

92 籠宿禰、貢狭穗子鳥、別爲宍人部。臣連伴造國造

93 又隨續貢。是月置史戸河─舍人─部。

94 師。誤殺人、衆。天下誹謗言大惡天皇也。唯所愛─籠、

95 史部の身狭村─主青、檜隈民使博德等

96 三年夏四月阿閇臣國見

97 人廬城部の連武彦

98 武彦之父、枳莒喩聞此流言て恐禍の及身。誘率

99 於廬城河に僞、使鸕鷀沒水捕魚因

100 之。天皇聞遣使─者て案問皇女。と對言妾は不識也。

101 俄にて皇女齋持神鏡て詣於五十鈴河上て伺、人不行て所を
102 埋鏡て經死。天皇疑皇女の不在て恆、使闇夜東西求覓。
103 乃於河上虹見、如蛇て四五丈者。掘虹起處を
104 鏡を移行未遠得皇女屍。割而觀は腹中に有物如
105 中に有石。枳苺喩由斯に得 罪還悔 殺
106 見。逃匿石上神宮に
107 〈四年春二月天皇射獵於葛城山。忽見長人。
108 來望丹谷面貌容儀相似天と皇。こ知是、神、猶
109 故問曰、何處公也。長人對曰現人之神。先稱王

110 然後に應導。天皇答て曰〔申〕（タマハク）朕は是幼武（ワカタケル）の尊也。長人（ナカヒト）次稱（ニナノリ）

111 是一事主（ヒトコトヌシノ）神也。遂に與盤于遊田駈逐（カリニオヒ）一鹿

112 並轡て馳騁〔を〕（ナヘクツテハマノクチヲ）〔消〕言詞（コトコトハ）恭恪（キヤクツテ）有若逢仙（コトヒシ

本文篇　巻14　雄略天皇　4年8月―5年2月　52

〔「武」字補入〕

120 飫哀枳瀰簸賊據嗚。枳䏓斯題。拖磨と枳能。阿娯
ハ フ ケ テ キ ク
賦歟賊據

121 羅儞陀と伺と
シ
易伊麻司也
一本以陀と伺てシ
絶都魔枳能。阿娯羅儞

122 と伺。斯と麿都登倭

53　釈　文　巻14　雄略天皇　5年2月

130 嗔猪、從草中、暴出逐人。獵徒縁樹而大懼。天皇詔舍
131 人曰猛獸逢人則止、宜逆射而且刺。舎人性、儒-弱
132 縁樹失-色、五-情无-主。嗔猪直來欲噬天皇。
133 人て刺止擧脚踏殺。於是田罷欲斬舎人。臨刑而作
134 歌曰野須瀰斯。倭我
135 志こ能。宇拖枳。阿斯
136 理鳴能。宇倍能。婆利我曳陛。阿西鳴。皇后聞悲興
137 感、心止之。詔曰皇后不與天乃、不可乎。今陛下
138 人皆謂、陛下安野而好獸を無乃、寧也。
139 嗔猪の故て而斬舍人。陛下譬は無異於豺狼也。天皇乃與

（「ワトシ（性）」、「ヒトヽナ」ノ誤）

（「に」ノ誤）

（「舎人」二字補入）

〔影75〕

140 皇后上レ車而歸。呼萬歲曰樂哉。人皆獵禽獸朕獵得善

141 言而歸。夏四月百濟加須利君〔蓋鹵王也〕飛聞池津媛之

142 所燔殺〔適稽女郎〕而籌議曰、昔貢女人爲釆女。而既无禮而失

143 我國之名。自今以後不合貢女。乃告其第軍君昆支曰、汝

144 宜往日本以事天皇。軍君對曰、上君之命不可奉違

145 願賜君婦而後奉遣。加須利君則、以孕婦嫁與軍君

146 曰我之孕婦既當產月。若於路產冀載一船隨至

147 何處、速令送國。遂與辭訣奉遣於朝。六月丙戌朔

148 孕婦果如加須利君之言、於筑紫各羅嶋產兒。仍名

149 此兒曰嶋君。於是軍君卽以一船送嶋君於國。是

55　釈　文　巻14　雄略天皇　5年6月―6年3月

（割注「皇」）
（ミセケチ）

150 爲武寧王と百済人、呼此嶋を曰主嶋と也。

151 君入京。既而有五子
百済［新│］辛丑年蓋鹵王　以二　王　　ヒ
支ヲ向　大倭　脩兄王　之好也。
ニツカム マツラシ　　　　　　　　コキシ ヨシヒ
侍天皇

152 〈六年春二月壬子朔乙卯天皇遊乎泊瀬小野に

「山野」ノ合
符朱消「知」
（ミセケチ）

153 觀山─野之體─勢を慨─然興感歌曰擧暮利知能。播
ミソナハ　　　　ナリカタナナケイテテミオモヒヲオコシ　　　　　　　　　コモ　　ハ
又説波介牟天ハケム

補入
「和」ヨリマテ
「麼」

154 都制能野麼播。伊廠拖智能。與慮斯企野麼
（ミセケチ）

155 ○能。據暮利矩能。播都制能、夜麼播阿と野と儞

156 と于と羅と虞と波と斯と。於是名│野│を

157 小

本文篇 巻14 雄略天皇 6年3月―7年8月 56

160 宜自養。螺卽養嬰兒於宮牆之下。仍賜姓爲少

161 子部連。夏四月呉國遣使貢獻也

162 七年秋七月甲戌朔丙子天皇詔少子部連螺

163 曰、朕欲見三諸岳神之形 或云此山之神爲大物主神也或云菟田墨坂神也 汝㩁

164 力過人。自行捉來。螺答曰試往捉之。乃登三諸

165 岳捉取大虵奉示天皇。不齊戒。其雷𤹪々

166 精赫。天皇畏蔽目不見却入殿中。使放於岳

167 賜名爲雷。八月官者吉備󠄀□削部󠄁虛空、取急歸家吉

168 備下道臣前津屋 或本云吉備󠄀國造 留使經月不肯聽上。

169 京都。天皇遣身毛君丈夫召名焉。虛空被召來言前

160 宜自養《ヤシナヘ》《ヒタ》。螺蠃卽養《ヒタ》嬰兒を於宮《ミエシ》墻《ミカキノホトリ》之下。に仍て賜姓を一て爲少《チヒ□コヘノ》〔影78〕
161 子部連。●夏四月呉國遣使を一て貢獻《モノタテ□ツル》也
162 七年秋七月甲戌朔丙子天皇詔少[子]部の連螺
163 蠃に一て曰、朕、欲《オモフ》見三《ミ》諸《モロの》岳《ヲカの》[神]之形を 或云此山之神をは爲大物主の神 也或云菟田墨坂《スのスムサカの》神也 汝膂
164 力過《スキタリ》人。に（「たり」）自行て捉《トラヘキテマコ》來。螺蠃答て曰試《にマカリて》往捉《トラヘむ》之。乃登三諸の
165 岳に一て捉《トラ》取大虵を一て奉示《タテマツルミセ》天ゝ皇。にゝ不齋《モノイミ》戒。物忌《タマハ》其雷《カミ》虺《ヒカリヒロメキテ》ゝ目 養老《フ》
166 精《マナコ》、赫《カヽヤク》ゝ。天皇畏《タマヒて》蔽《ミメヲオホヒ》目《フタキ》を一て不《シ》見《タマハ》一て却入《カクレタマヒヌ》殿《オホトノ》中。に使《タマフ》放於[岳][　]
167 賜名を一て爲雷《□カツチ》。八月官者《トネリ》 舍人也 吉備の□削部の虚空《オホソラ》、取《アカラ》[急歸家吉]に
168 備の下《ツ》道《ノ》臣《オム》前《サキ》津《ツ》屋《ヤ》 或本云國の[造] 吉備の[臣]□ 留《メ》使《ツカフ》虚《ソラ》空。を經《フルマ》月を一て不肯聽《タテマツリアケス》《ミヤコニユルシマウノホ□□□□ニス》上。〔影79〕
169 京都《ミヤコ》。に天皇遣身《ムケ》毛の君丈夫《マスラヲ》《ヲノコ》を一て召《シム》名《ヒ》（ミセケチ）焉。虛空被召《メサ》一て來《マウキて》言《ク》前

57　釈　　文　巻14　雄略天皇　7年8月―是歳

170 津屋以小女為天皇人、以大女為己人令相闘。見

171 幼女勝即拔刀而殺。復、以小雄鷄呼為天皇鷄

172 剪翼以大雄鷄呼為己鷄着鈴金距競令闘之。見禿

173 鷄勝亦拔刀而殺。天皇聞是語遣物部兵士卅人誅

174 殺前津屋幷族七十人是歳吉備上道臣田狹侍於

175 殿側、盛稱稚媛於朋友曰、天下麗人莫若吾婦。茂矣、

176 綽矣諸好備矣。曄矣、温矣、種〻相足矣。鉛花弗御。蘭澤

177 無加。曠世罕儔。當時獨秀者也。天皇傾耳遙

178 聴而心悦焉。使、欲自求稚媛為女御。拝田狹為任國

179 司。俄而天皇幸稚媛。田狹臣娶稚媛而生兄君、第君

170 津屋以は小—女《ヲトメ》を一て爲天皇《ノ》人《ミヒト ヒトに》、以は大《オホ》—女《メノコ》を一て爲己か人一《に》とて競令相鬪。見 （「に」ノ誤點モアリ）
171 （「呼」ニ誤點アリ） 幼—女《ヲトメノ》「の」勝《カツ》を一て卽拔刀を一て而殺す。（誤點）復、以小《スコシキナル》雄鷄《ミニハトリ》を一て呼て爲天皇の鷄と拔毛を
172 剪翼を一て以大《オ》雄鷄を一て呼て爲己鷄一て着鈴、（消）を金距《アコエ》を一て競て令鬪之。見禿
173 鷄の勝を一て亦拔刀を一て而殺《コロストマウス》。天皇聞是の語を一て遣物部の兵《イ□サ□□》士卅人を一て誅—《シム》
174 殺前津屋幷て族《ヤカラ》七十人を是歲吉備の上道の臣田—狹侍於
（入換符號）
175 殿《オホトノ、》「の」側《ホトリ カ》に一て盛に、稚—稱《レ ホメカタラリテ》媛を於朋—友《トモニ》一て曰、天下の麗—人《カホヨキ》は莫若は吾婦。に茂《コマヤカニ》「に」矣、
176 綽《キハヤカニシ》「に」て矣諸《モロ〱》の好《カホ》備《レリ》矣。曄《アカラカニ》「に」矣、溫《カ》「—」に矣、種、《クサ〱ノカタチ》相足《レリ》矣。鉛—花《イロモツクロハス》弗—御。蘭—澤《カモソフルコト》「ナ」「シ」
177 無加。《ソフルこと》曠—世。（ヒサシキヨニモタクヒハマレシアラム）「に」《フスヘマシフルコトナシ》加曠《ヒ》世《ヒ》罕《ヒ》儔《タクヒマレラナラム》。（ミセケチ）（ミセケチ）（ミセケチ）當時は獨に《イマノ》秀者《スクレタルヒト》也。ト云天皇傾耳一て遙
〔影80〕
178 （「那」字補入） 聽て《キコシメシ》而心《ミコ》に悅《タマフ》焉。使、欲《オホ》す自求稚媛一て爲《タマハ》女—御《ミメト》。拜《コトヨサ□》田狹を一て爲任那の國の
179 （「ミマナノクニノミコトモチト」ハ元來「任那國司」ノ左訓） 司に俄《ア》て而天皇幸《メシ》豆稚媛を田狹の臣、娶稚媛を一て而生たり兄君、第君を《ミマナノクニノミコトモチト》

本文篇 巻14 雄略天皇 7年是歳 58

180 別本云田狭臣婦名毛媛者葛城襲津彦子玉田宿禰之女也。天皇聞體貌閑麗殺夫而自幸焉 田狭既任所聞天

181 皇之幸其婦思欲求媛援而入新羅。于時新羅不事中

182 國。天皇詔田狭臣子、第君與吉備海部直赤尾汝

183 宜往罸新羅。於是西漢才伎歓因知利、在側。乃進而

184 奏曰巧於奴者、多在韓國。可召而使。天皇詔羣臣曰

185 然則宜以歓因知利副第君等取道於百済幷下勅

186 書而令獻巧者。於是弟君銜命率衆而行到百済而入其

187 國。國神化為老女忽然逢路。弟君就訪國之遠近老

188 女報言、復行一一日而後可到。弟君自思路遠、不伐而

189 還。集聚百済所貢、今来才伎於大嶋之中託稱候風而淹
〔影81〕

190 留數月。任那國司田狹臣乃喜弟君不伐而還密使
人於百濟戒弟君曰、汝之項有何窂錮而伐人乎。
192 傳聞天皇幸吾婦遂有兒息
193 可蹄足待。吾兒汝者跨據百濟勿使通於身
194 者據有任那亦勿通於日本。弟君之婦樟媛、國家
195 情深、君臣義切。忠踰白日、節冠青松。惡斯謀
196 殺其夫而隱埋室内乃與海部直赤尾、將百濟所獻、
197 手末才伎在於大嶋。天皇聞弟君不在而遣日鷹吉
198 士堅磐固安錢堅磐此云柯陀之波使共復命。遂即安置於倭
199 國吾礪廣津吾礪廣津此云阿膩比慮岐津邑。而病死者衆。由是天皇詔

190 留《ト》て數月《マレルコトツ□ヘヌ》を。任那國の司《ミコトモチ》田狹の臣乃喜弟君《カ》不伐而還ことを）一て密《シノヒ》に使《ヤ□》
191 人を於百濟一てに戒《シ》弟君一てに曰、汝之顧《ク》—項《ヒ》有《アリテカ》何の牢《カタイコト》金也—錮《カタキ》而伐レむ（撥音符カ）人を乎《ヤ》。
192 傳に聞天皇幸婦を一て吾レか（入換符號）遂に有《タモツ》兒—息《コトモ》兒息は已見上の文に—タリ今恐は禍の及む於身
193 可蹻《タテ、》立也足を一て待。吾兒汝は者跨《コエ》據《ヨリ》百濟に一て勿《ナカ》—使《ヨヒソ》—通於日本に。吾は
194 者據《ヨリ》—有《タモ》任那に一て亦勿《カヨハシカヨ》レ通於日本。に弟君之婦《メ》樟《クス》媛、國《オホ[ヤ]□》家の
195 情深、君臣義《キミノヤツコノコトワリ》切。忠《マメナル》ことタシカナリ）踰《コエ》白《テルヒ》—日、に節《マタキコ、ロ》全事冠《スキタリ》なり）青《トコ》松。マツに惡斯の謀《ミカトカタフケムトスルことを》）ミカトカタフケ奉叛《ヒソカ》「と」一て盜
196 殺其夫を一て隱—埋《ウ》室《ネヤノ》內に一て乃與海部の直《ヒエ》赤尾、將《ヒ》百濟所獻、
197 手《タナスエノ》—末—才—伎《テヒト》[在]なり）於大嶋。天皇聞弟君の不—在《ナキことを》）一て遣日鷹《ヒタカ》の[吉]
198 士堅《カタ》磐《シハ》、固《コ》安錢を一て堅磐此を云柯陀之波使《タマフ》共に復命《カヘリコト申》。遂に即（朱消）《ハムヘラス》安《ハムヘラル》《ハヘリ》—[置]於倭
199 國の吾《ア》礪「の」《トノ》廣《ヒロキ》津《ツ》の廣津をは此云比慮岐津邑。に而病て—死[‖]者衆《シ》。由是一て天皇詔
〔影82〕

200 大伴大連室屋に命て東漢直掬て以新漢陶—部高貴、

201 鞍部堅貴、畫部因斯羅我、錦部定安那錦、譯—語卯

202 安那等を遷—居于上桃原、下桃原、眞神原三所に

203 還自百濟て獻漢手人部、衣縫部宍人部

204 八年春二月遣身狹村主青檜隈民—使博—德て使於

205 吳國に自天皇卽位、至于是歲、新羅國、背誕苞苴不

206 入、於今八年。而大に懼中國之心て脩好於高麗。由是て高

207 麗王、遣精—兵一百人て守新羅。有項て高麗軍士一人取假て

208 歸國。時以新羅人て爲典—馬此云于麻柯比而顧謂之曰、汝の國は吾の

209 國、所破、非久矣一本云汝國果成其典馬聞之陽患其腹て退

（〔羅〕補入）
（「人」ミセケチ）
（「羅」補入）

210 而在─後。遂逃─入國─て說其所─語。於是に新羅の王乃知高麗の僞─

211 守─て遣─使─て馳告國─人─て曰（に・─て消セリ）人殺家の

212 知意を盡殺國─内に所有─アル高麗人を惟コヽに有遣高麗人一人て乘間ヒ─て

213 得脫─て逃─入其國─て皆具に為

220 臣等未だ至營ー止。高麗の諸將未だ膳臣等と相戰はずして皆怖づ。

221 膳臣等乃ち自ら刀を勞軍中に(ツトメてネギラフ)(スミヤカに)促して具に急に進み攻むとて攻む之を。

222 (「車」ミセ)(ケチ)膳臣等與高麗相守十餘日。乃ち夜(ウカ)鑿險(サカシキ)為地ー道て悉(ニクルマヒト)過輜ー重車。

223 疑(ニモチカクレタルツハモノ)(ノ)會ー明に高麗謂膳臣等て為逅也。悉に軍て來ー追。乃

224 設奇(マウケヌリ)兵。□□(ノ)(タダ)言は二相挾而攻也(ヨ「ヒ」消)【影86】

225 放出奇(カサイクサムマイクサ)兵て步、騎(カチツハモノ)夾て攻大に破之。二國之怨自此而生、國者相挾而攻也。

226 高麗、新羅也 膳(モマレナマシ)臣等謂新羅て曰汝(シノカレ)以至弱て當

63　釈　文　巻14　雄略天皇　9年2月―3月

「カムニハ」ハ元來前行
「壇所」ノ左行訓

230 其采女を天皇聞て之を曰、祠神て祈福、可不愼歟。乃

231 遣難波の日鷹吉士て將誅之。時に香賜退逃亡て不在。

232 天皇復遣弓削の連豊穂を普求國郡縣に遂於三嶋の

233 郡の藍原にて執而斬焉●三月天皇欲親伐新羅を神、

234 戒天皇て曰無往也。天皇由是て不果行。乃勅紀

235 小弓の宿禰、蘇我の韓子宿禰大伴の談連 談此云 小 為蕃所生 日本人娶
筒陀利云 乎𪭰𩜙 韓子

236 鹿火宿禰等て曰新羅自、居西の土て累葉て稱─臣。朝─

237 聘無違。貢─職允濟。逮乎朕之王の天下に投身を對

238 馬の外に窺跡匿羅之表、阻高麗之貢て呑百濟

239 之城。況復朝─聘既闕て貢─職莫

本文篇　巻14　雄略天皇　9年3月　64

240 飛、飢附。以汝四卿(マヒチノ)(コトヨサシ)大夫(ノマチキミ)(ヨタリノマヘ)拝(ヲ)為(シテ)大將(ミイクサノキミ)。宜以王(ミコ)師(イクサ)(ヲ)(セメ)(ウチ)薄伐(ツミツ)天罰(ツミヲ)

241 謹(ツツシミ)也。襲行。於是紀小弓宿禰、使大伴室屋大連(ヲ)(シテ)憂陳(ウレヘ)申(マウ)御言(ミコトノリ)於

242 天皇(ニ)曰臣雖拙弱、敬奉勅矣。但今臣婦(ヤツコノ)(ミマカリタル)命過之際(ナリ)、

243 莫能視養臣者。公冀將(マウス)此(誤點アリ)事(ヲ)具(ニ)陳(申タマヘ)天皇。於是大伴(讀點ハ元「す」カ)

244 室屋大連具(サマ)(コトヲ)為陳、之。天皇聞悲、頬歎以吉備上道(ノ)

245 采女大海(ヲ)(メタマフ)賜於紀小弓宿禰(ニ)為隨

65　釈　文　巻14　雄略天皇　9年3月—5月

250 等會。兵復大に振與 遺衆 戰。是夕は大伴談連、及紀岡（誤點アリ元「の」カ）

251 前の來目連、皆力メ鬪而死。談連の從人同姓津麻呂、後に（「來目」六字元「不見」三字カ）

252 入軍の中に尋覓其主。從軍覓出問曰吾主大伴公何處

253 在也人告之曰汝主等果爲敵の手所殺指示屍處。津（「死也」消）

254 麻呂鬪之蹈叱曰主既已陷。何用獨全。因復赴敵て同（「陷」墨消 句點上）

255 時に殞命。有項て遺衆自に退。官軍亦隨而却。大將軍紀小（「而」補入）

256 弓宿禰、値病○薨。夏●五月紀大磐宿禰聞父既薨て乃向（ヤマヒシテ「而」ミウセヌ「ぬ」（誤）消）

257 新羅に執小鹿火宿禰の所掌兵馬船官及諸の小官を專用

258 威命。於是小鹿火宿禰、深怨乎。（消）大磐宿禰を乃、詐て告於

259 韓子の宿禰に曰大磐の宿禰、謂僕に曰我當に復執韓子宿禰

〔影90〕

本文篇 巻14 雄略天皇 9年5月 66

（衍カ「日大」ハ）
260 曰大所―掌之官、不シ久也。願ハ固守之。由是にて韓子宿禰

261 與大磐宿禰有隙。於是、百濟王聞日本諸將、縁小

（「日」カラ「宿禰等」マテ補入）
262 □國堺。請垂降―臨。

262 事て有隙。乃、使人於韓子宿禰等のモトに曰、

263 是以韓子宿禰等並轡にて而往。及至に

264 河にて大磐宿禰飲馬於河。是時韓子宿禰從後而射

265 大磐宿禰の鞍―几。後橋。大磐宿禰愕―然反視射墮韓

266 子宿禰於中流也にて死。而是三臣由―前相―競行―亂於道不及

267 百濟王宮にて却還す矣。於是采女大海、從小弓宿禰喪に到

268 來日本。遂憂―諸於大伴の室屋の大連に

67　釈　文　巻14　雄略天皇　9年5月

269 弓宿禰、龍驤（タツノアカリノ如ク）、虎視（カタクミテ）旁眺（ハタフマネク）八維（ヤモノクニヲ）。掩討（ウチトリテ）逆節（ソムクモノヲ「ヲ」クシャクツ）、折衝（ツカサヲトムク）四海（ヨモノクニ）。然（シカラハ）

270 則、身勞（イタツキ）萬里（トホキニ）命墜（ハフリノ）三韓（カラクニ）。宜致哀（メクミコトヲ）矜（アハレミ）充視葬（ツカサヲハフリノ）者。又汝大

271 伴卿與紀卿等、同國近隣之人、由來尚矣。於是大連

272 奉勅（オホムコトノリヲウケタマハリテ）使土師連小鳥（ヲ）依（ヨリテ）冢墓（ハカ）於田身輪邑（ムラニ）而葬之也。（滑）

273 由

278 連爲奏於天皇て使む留居于角の國に。是の角臣等初居角國。
279 而名角臣、自此始り也。●秋七月壬辰朔河內國言、飛鳥
280 戸の郡人田邊史伯孫女者、古市郡人書首加龍之妻
281 也伯孫聞女產兒て往賀聟家を而月夜に還於蓬蕾の丘譽
282 田陵下に逢騎赤駿者。其馬時に渡略而龍の蕡
283 聳擢而鴻驚。異體、蓬生。
284 之。乃鞭所乘驄馬て齊頭を並轡爾。乃赤駿、超擧絕於埃
285 塵驅驚迅於滅沒、於是驄馬後沒而怠足不可復追。其
286 乘駿者知伯孫所欲て仍停換馬て相辭別取。伯孫得駿て甚、
287 歡驛而入厩。解鞍秣馬て眠之。其明旦に赤駿變爲土馬。伯

連爲奏《マウシ》於天皇に一て使む留居于角の國に。是の角臣等初《シメ》居《リ》角國。
而名《ラル、こと)》角の臣《ト》、自此始《リ》也。●秋七月壬辰朔河内國言《マサク》、飛鳥《アスカヘ》
戸の郡人田邊の史《フヒト》二伯一孫か女《ムスメ》は者、古市《ノ》郡人、書《フムの》首《オヒト》加龍之妻〔影93〕
也伯孫聞《ミ||ム□ヲノコ□に》(朱消)《ウマハリセリト》女産《ウマハリセリト》兒一て往て賀《ヨロコヒ》聟《ム》の家を一て而月《ツク》夜に還於蓬《イチヒコ》蔂の丘の譽《ホフメ》 蘽欺
田の陵《ミサの》下に 蓬蔂此云伊致寐姑也 逢騎《レル》赤《アカ》駿《ウマに》者《ヒトに》。其馬時に渡《モコトカニシて》 濩 略《ヨ》而龍のに翥《トフ》 飛也 翥。欻《アカサマニ》《アカシマニ》
聳《タカクヌケイテ》擢て而鴻《カリノ「の」に》鶩。異《アヤシキカタチカ□□ナリ□》體、蓬生《ナレリ》て。殊相《カタチ》《カキ》逸《スクレテ》發《タテリ》《ニエリ》。泊孫就《チカツキ》視《ミて》而心に欲《ホリス》「す」
之。乃鞭《ムチウチ》所乘レ驄《ミタラヲノ》馬に一て齊《ヒ》頭を並轡《クチヲ》。爾て乃赤駿、超攄絶於埃《コエノヒテ ヌケテ タエタルコト クモノミチ、リノミチニエエ》《コエノヒテキヌケタユルチリクモチニ》
塵《ミエ》驅騖迅於滅没《ハシル光ノ章ナルコト ホ流母可爾□□ウセヌ》《ハシリサイタツトキカタチ保ルモカニシテウセヌ》、於是驄《マタラヲノ「の」》馬没《オクレて》 後 而怠《オソシ》足て不可復追。其《カ》の
乘駿に者の 馬《トキ》 知伯孫の所欲を一て仍て停て換《カヘ》馬を一て相辭《サリて》取別《ワカレハ□ヌ》。伯孫得駿《トキムマを》一て甚、
歡驟《ヲトラシて》而入廐に。解《オロシ》と鞍を秣《マクサ》馬に一て眠《ネヌ》之。其明旦に赤駿變《カハて》爲《レリ》土《□ニ》馬《マに》。伯

69 釈　文　巻14　雄略天皇　9年7月―11年7月

288 孫(アヤシムて)異之遂覓譽田陵乃見驄馬之在於土―馬之間(ナカニ)。取て代へ―〔影94〕

289 [而]置(オクシ)所―換土馬也

290 十年秋九月乙酉朔戊子身狹(サノスクリ)村主青等(誤點アリ)將吳所―

291 吳(ミセケチ「一」)一獻(タテマツ)二の鵝を到於筑紫(ミマノ)鵝爲水間(ミマノ)君の犬ノ所(アタシフミニ)別本云是

292 爲鵝筑紫嶺縣主(入換符號)泥=麻呂犬、所囓死

293 十(ロット)隻與養鳥(トリカヒ)人て請て以贖(ことを)罪。天皇許焉。●冬十月乙卯

294 朔辛丑水間君の所獻(タテマツレル)養鳥人等(オカシム)て安―置於輕(カロ)村、磐余(イハレの)〔影95〕

295 村二(フタ)所(トニ)

296 〈十一年夏五月辛亥朔近江ノ國の栗太ノ郡言、白―鵠(キウ)―鵝(消)

297 居于谷上濱

298 國、逃化來者。自稱名曰貴信。又稱貴信は吳國の人也。

299 磐余の吳琴彈、塩手屋形麻呂等是其後也。冬十月

300 鳥官之禽為菟田人の物の所嚙て死。天皇瞋瞋面て而為

301 鳥養部。於是信濃國直丁武藏國直丁侍宿相謂て

302 曰嗟乎我國に積、鳥之高、同於小墓。旦暮て食。尚有

303 其餘。今天皇由一鳥之故て而鱠人の面を。太無道。理。惡

304 行之主也天皇、聞而使聚積之。直丁等不能忍に備こと。

305 仍て詔為鳥養部

306 〈十二年夏四月丙子朔己卯身狹村主青、與檜

307 隈、民使博德、出使于吳に冬十月癸酉朔壬午天

〔影96〕

71 釈　文　巻14　雄略天皇　12年10月

「刑」ノ「て」
點誤點墨消
モアリ

308 (誤點アリ)皇命木工闘鶏御田(コノタクミツケノミタ)に一本云猪名部(の)御田(て)御田蓋誤也。於是御

309 田、登樓(ること)て疾―走。四面、有若飛行。時に有伊勢采女(て)仰て

310 觀樓の上(を)て性彼疾―行(を)顛―仆於庭(に)コホシツ(て)覆所而擊饌(オホモノ)饌者御(ミケツモノ)膳之物天

311 皇便疑御田(を)奸其采女(を)コロサムトオホシテ自念將[タマフ]刑而付物部。時秦

312 酒(の)公侍―坐(オモトニハヘリ)。欲以琴聲(て)使悟於天皇。横琴(を)て弾曰柯武

313 柯笙能伊(ミ)制(き)能(て)。奴能(ヤツノ)。婆柯曳鳴。伊哀甫流

314 柯枳底志我都矩屢(テ)麻泥爾。飫哀枳瀰爾。柯陪倶。

315 都柯陪志。麻都羅武騰(テ)。倭我伊能致謀。那我倶母鵝

316 騰。伊比志。拖倶彌幡夜阿拖羅。陁倶彌幡夜。於是

317 天皇悟琴(タマヒ)の聲(を)て而赦(タマフ)其罪(を)

318 十三年春三月狹穗彦ノかコ玄ヤコ孫齒田根命、竊奸采女

319 山邊小嶋子。天皇聞以齒田根命をシメタマフコロ

320 大連而使責讓。齒田根命、以馬八疋大刀八口て祓

321 際罪過既而歌曰、耶麼能（誤點アリ）

322 比登涅羅賦。宇麼能耶都擬播。鳴思稽矩謀那斯。

323 目大連聞而奏之。天皇使齒田根命資財、露置於

324 餌香市邊、橘本之土。所遂以餌香長野邑賜物部目

325 大連秋八月播磨國御井隈人、文石小麻呂有力

326 強、心肆行暴虐。路中抄却、不使通行又斷商客艇

327 舮悉以奪取。兼違國法不輸祖賦。於是、天皇遣春

328 日小野臣大樹をて領敢死士一百て並に持火炬て圍宅て而燒時に自火炎中、白狗暴出逐大樹臣。其大如馬。大

329 樹臣神色、不變て拔刀て斬之、即化為文石小麻呂●秋九

330 月木工韋那部眞根以石て為質て揮斧て斲材。終日斲之

331 不誤傷刃。天皇遊詣其所而性問て曰恆に不誤中石耶。

332 眞珠答曰竟不誤矣。乃喚集采女て使脫衣紲て而著襠

333 鼻て露所相撲。於是眞根蹔停仰視而斲。不覺手誤傷

334 刃。天皇因

338 儺幡。旨我那稽麽拖例柯〻該武預婀拖羅須儺幡。

339 天皇聞是歌、反生悔惜、喟然、頼歎曰幾失人哉。乃以

340 赦使乘於甲斐黒駒馳詣刑所而赦之。用解徽纏。

340（「乘」ヨリ「歌曰」マテ補入）

341 復作歌曰農播拖麿能。柯彼能。矩盧古麿。矩羅枳制播。伊（一本換伊能致志儺而云伊志歌儒）

342 阿羅麻志也

343 能致志儺麿志柯彼能。倶盧古麿

344 十四年春正月丙寅朔戊寅身狹村主青等、共吳國

345 使、將吳所獻手末、才伎漢織吳織及衣縫兄媛、第媛

346 等泊於住吉津。是月爲吳客道通磯齒津路。名吳坂。（「津」字ヘノ誤點

75　釈　文　巻14　雄略天皇　14年3月─4月

347 原。以衣縫兄媛を奉大三輪の神。以第媛を為漢の衣縫部也。

348 漢織、呉織、衣縫。是飛鳥の衣縫部、伊勢衣縫之先也。

349 夏四月甲午朔天皇欲設呉人歴問羣臣曰、其、共─

350 食者、誰か好む乎。羣臣僉曰可。天皇即命根使

351 主て為共食者。遂於石上高抜原饗呉人時密遣舎

352 人て視察装餝。舎人服─命曰根使の─所─着玉縵大貴

353 最好。又衆人云前迎使時人亦着之。於是天皇欲

354 自見て命臣連て装如饗之時て引─見殿前。皇后仰天て歔─

355 欷、啼─泣、傷─哀。天皇問て曰何由泣乎。皇后避床て而對

356 曰此の玉縵者昔妾兄大草香皇子奉穴穂天皇の勅て

（「好」ヨリ「曰」マテ左朱傍點）
原《ハラと》。以衣縫兄《エ》媛《を》一て奉大《オホ》三輪《の》神《に》。以第媛《を》一て為漢《の》衣縫部《「と」ト》也。漢織《アヤハトリ》、呉織《クレトリ》、衣縫。是飛鳥《の》衣縫部、伊勢衣《キヌ》縫《ヌヒラカ》之先《オヤ》也。
●夏四月甲午朔天皇欲《オホ》設《アヘタマハムトシテ》呉人《に》一て歴《トナヘテメ》《トナメ》問《トヒ》羣臣《に》一て曰、其、共《イヒタケヒト》―《ア》□食者《アロシヒト》、《に》誰《か》好《む》乎。羣臣僉《に》曰根《ネノオヤ》《の》使主可《「む」ヨケム》《ヨカラム》。天皇即命根《ネノオヤ》使《オム》主《に》一て為《シタマフ》共《イヒタケヒト》―食者。遂於石《の》上《カムの》高《アカ》抜《ヌクルの》《ヌキ》原《にて》饗《アヘタマフ》呉人《に》。時密《シノヒに》遣舎人《を》一て視《ミシムメ》―察装《ヨソヒを》―餝。舎人服《カヘリコトマウシて》―命曰根《の》使―主《オムの》所《セル》《ケル》―着玉縵《カツラ》大貴《ハナハタケヤ》□最《イト》好《ウルワシ》。又衆人《モロヒトの》云前《に》迎使《を》時《に》人亦《マタ》着《セリキ》之。於是天皇欲《「と」とシ》《オホ》□自見《ミタマハム》一て命臣連《に》一て装《こと》（ヨソヒセシムル）如《シ》饗《アヘセシ》之時《トキノ》一て引《召》―見《ミタマフ》殿《の》前《に》。皇后仰《アフイ》天《に》一て歔《「ナ」ケキ》―欷、啼《イサチ》《ナキ》―泣、傷《カナシヒタマフ》―哀《「タマフ」》。天皇問《て》曰何由《てか》泣《イナチタマフヤ》（左消）乎。皇后避《オリ》床《ミユカヨリ》《を》《ミトコ》一て而対《て》曰《ハク》此《の》玉縵《は》者昔妾《ヤツコカ》《「か」》兄《イ》大草《クサ》香《の》皇子《の》奉《ウケ》六《穴歟》穂天皇《の》勅《オホムことを》一て

357 進妾於陛下、時爲妾、所獻之物也。故疑於根使主

358 不覺涕垂哀泣矣。天皇聞驚大怒。深責根使主

359 對言、實臣之愆。乃詔曰根使主自今以

360 後、子と孫と八十聰綿、莫預幸臣之例。乃將欲斬

361 之。根使主逃匿至於日根、造稻城而待戰。遂爲官

362 軍見殺。天皇命有司に分子孫を爲大草香部

363 民以封皇后。一分賜茅渟縣主爲負囊者即求難

364 波吉士日香香子孫に賜姓爲大草香部吉士。其日

365 香と等語在穴穂天皇紀。事平之後、小根使主

366 主の夜臥て謂人て曰天皇の城は不堅。我父の城は堅。天皇傳聞

357 進《タテマツリシ》妾《を》於陛《キ》—下《ミに》時《に》爲《に》妾、《か》所—獻《タテマツレル》之物也。故疑《を》於根《「の」ネノオミ》使主《に》㆒《て》
358 不—覺《オロカニ》滯—垂《ナミタヽリて》哀—泣《イサチラル》矣。天皇聞驚《て》大怒。深責根〇使《のゝ。（補入）（誤）》[ゝ]主。《を》
359 ゝ對《て》言、死《ウヘナリ》ゝ罪。ゝ實《に》臣之愆。《アヤ)なり》詔《て》曰根使主《は》自今以
360 後、子—ゝ—孫《コムマコヤソツヽキ》《ウミノコノヤソツヽキニ》—ゝ—八—十—聰—綿、《に》莫—預《ナアツカラシメソ》《ナクハラシメソ》羣臣之例。《ツラに》列歟乃將欲斬
361 之。根使主逃—匿《カて》至於日—根㆒《て》造稻《イナ》城《キを》㆒《て》而待—戰。遂爲官《ミ》
362 軍、《イクサの》見《ヌ》殺。天皇命《ミ》有《ツ[カ]サくに》—司㆒《て》二《ツに》分《ワ》子孫《を》㆒《て》一—分《ナカハヲハ》爲大草香部《の》
363 民《ト》㆒《て》以封《ヨサス》《ヨサシタマフ》皇后。《に》一分《をは》賜茅《チ》渟《ヌの》縣主《に》㆒《て》爲負《カミツキ》囊《フクロ》者（〇）《ヒ[ト]》（句點虫損歟）卽求難
364 波《の》吉士日—香《ヒカ》ゝ子孫《を》㆒《て》賜姓《カハネを》爲大草香部《の》吉士。其日
365 香ゝ等《のラカ》語《は》在穴穗《ノ》天皇紀。《ノミマキに》事平之後《に》小《ヲ》根《「の」ネノオミ》使—主《オム》小根《ノ》使—主《は》根《の》使
366 主《の》子。夜臥《て》謂人《に》㆒《て》曰天皇《の》城《は》不堅。我《カ》父《カソの》城《は》堅。天皇傳《に》聞
〔影103〕

77　釈　　文　巻14　雄略天皇　14年4月―16年10月

367 是語て使に人いて見根使主の宅に。實に如其言。故、收殺て之。根の使主

368 之後の爲こと坂本臣、自是始焉

369 十五年秦の民、分散て臣連等に各隨欲、駈使ひ。勿委秦

370 造。由是て秦の造酒、甚以て爲憂。而仕於天皇に。仍領率百八十種の

371 寵之。詔聚秦の民て賜於秦酒公に。こ

372 勝て獻庸調、絹縑て充積朝庭に。因て賜姓を曰禹豆麻佐□□一云

373 母利麻佐皆盈積之貌也

374 〈十六年秋七月詔て宜桑國縣て殖桑。又散遷秦の民て

375 使獻庸調。●冬十月詔て聚漢部て定其伴の造者賜姓を

376 曰直一云賜姓を漢の使主曰直也

（「アヤヘ」ハ「聚」ノ右訓「シノ位置ニ近）

377 十七年春三月丁丑朔戊寅詔土師連等ヲて使進ヘキ應ニ盛朝夕ノ御膳物ミケツキ清器ヲ者。於是土師連の祖、吾笥アケ仍て進攝

378 盛朝夕の御膳物清器者。於是土師連の祖、吾笥仍て進攝

379 津國の來狹さ村、山背國内村、伊勢國藤形

380 村、及丹波但馬因播の私「の」民部。名曰贄土師部

381 十八年秋八月己亥朔戊申遣物部の菟代宿禰物（「て」誤點モアリ）

382 部目の連て以令伐伊勢の朝日郎朝日郎聞官軍至て即逆

383 戰於伊賀の青墓。自、矜能射て謂官軍曰、朝日郎か手誰

384 人可中也。其所發、箭穿二重甲。官軍皆懼菟代宿

385 禰不敢て進擊。相持二日一夜。於是物部目の連、自執

386 大刀て使筑紫の聞、物部大斧て手て執楯て叱於軍の中て俱進

387 朝日郎乃遙見而射穿（イツ）大斧手楯二重（ヘ）ノ甲（テカタテ）并入身（ミ）ト

388 肉（ニ）一寸（ヒトキ）。大斧手、以楯（タテヲ）サシカクス物部目ノ連（ムラシ）。乃獲朝日郎（イラツヲ）斬之。由是（ヨリコノカタ）菟代宿禰羞愧（ハヂ）不克（カツコトヲ）七日（ニ）不服命（カヘリコトマウサ）

389 郎（イラツ）ヲ斬之。由是（ヨリコノカタ）菟代宿禰羞愧（ハヂ）不克（カツコトヲ）七日（ニ）不服命（カヘリコトマウサ）。天

390 皇問（オホトコニ）侍臣（オフモトマチキミニ）曰菟代宿禰何不服命（ナトカカヘリコトマウサヌ）。爰（ココ）ニ有讃岐ノ田蟲（タムシワケ）

391 別（ワケ）云而奏曰菟代宿禰怯（ヲチナシ）也二日一夜之間不能

392 擒執（トラヘトラフル）朝日郎（イラツヲ）。而物部目ノ連率筑紫（ツクシ）ノ聞物部大斧手

393 獲斬（トラヘキル）朝日郎矣。天皇聞之怒。輒、奪菟代宿禰所有（タモテル）

394 猪使部（ナ）賜物部目ノ連

395 十九年春三月丙寅朔戊寅詔て置穴穂部を

396 〈廿年冬高麗王大發軍（イクサ）兵を伐盡（ホロフス）百済。爰（ココ）ニ有小許（スコシ）遺（ノコレ）

397 衆て聚り居り倉を下す。兵粮既に盡きて憂泣ること茲に深し。於是高麗の諸將

398 言於王曰百濟の心許、非常に。臣每に見之不覺自失を。恐は

399 更夢生。請、遂除之。王曰不可矣。寡人聞、百濟の國は

400 本國之官家と所由來、遠久矣。又甚其王入仕天皇。四隣

401 之所共識也。遂止之。

百濟記云蓋鹵王乙卯年冬狛の大軍來攻大城て七日斤於流失尉禮國を王及大后王子等皆沒敵の手に

402 廿一年春三月天皇聞百濟爲高麗、所破て以久麻那利を

403 賜汝洲王て救興其國。時人皆云百濟の國雖屬既亡聚憂倉

404 下、實賴於天皇、更造成其國を汝洲王は蓋鹵王母弟なり日本舊記云以久麻那利て賜末多

巻14 雄略天皇 22年7月—23年8月

407 丹波國餘社郡管川人瑞―江浦嶋子乗舟而釣遂得

408 大―龜。便化―為女。

409 蓬―萊山に歷―覩仙―衆。語は在別卷

410 廿三年夏四月百濟久―斤―王薨。

411 天王以昆支王五子中第二、末多王幼年聰―明て勅喚内―裏親、撫―頭面て誡―勅

412 慇―勤使王其國。乃賜兵―器、幷遣筑紫國軍士五百人て

413 衞―送於國是為東城王。是歲百濟の調―賦益於常例。

414 紫の安―到臣、馬飼の臣等、率舩師て以撃高麗。●秋七月辛丑

415 朔天皇、寢―疾不―預。詔

416 子●に八月庚午朔丙子天皇疾、彌―甚。與百寮辞―訣て並握

407 丹波國餘《ヨ》社《サ》郡の管《ツ》、川人《カハヒト》瑞江《ミツノエ》の浦嶋の子乘舟にして而釣《ツリ》す。遂得
408 大龜《カハカメ》を。ニ便化《ナル》女《ヲトメ》に。爲於是浦嶋子感《タケリて》《メテ》以爲婦にト相逐《シタカヒヌ》て入海に。到
409 蓬萊山《トコヨノクニ》にして歷《メクリ》覩《ミル》仙衆《ヒシリ》。語は在別卷
410 廿三年夏四月百濟ノ久《サ》斤王 分坐含反 薨《ウセヌ》。身《ミウセヌ》《ウキヌ》天王以昆支王の五《トリの》子の
411 中に第二《フタリニアタル》「に」、末多王の幼《ワカク》年して聰明《サトキ》して勅て喚《メス》「す」《メシ》內裏。大內に《ウセヌ》（消）親《ミ》、撫頭《カウ》へを面して誡勅《ミ》を
412 慇懃《ネムコロニシて》使爲む王《コキシ》其國。に乃仍て賜兵器《ツハモノ》、を幷て遣ッ筑紫國の軍《イクサ》士五百人してを
413 衞送《シム》於國に是を爲東城王。是歲百濟の調賦《ミツキモノ》御調物益《レリ》於常の例《アト》。筑
414 紫の安《アチ》到致ノ臣、馬飼の臣等、率《ヒ》舩《フナ》の師《イク》して以擊高麗。を●秋七月辛丑
415 朔天皇、寢疾《シタマフ》御病不預。詔て諸□《スヽ》メ退ケ謀事賞罰支度《オキテ》、事無ク巨細《オホキナルチヒサキト》、並に付《ユタニタマフ》皇《ユタネタマフ》太
416 子に。●八月庚午朔丙子天皇疾、彌甚《オモシ》《オホムヤマヒイヨヽオモシ》。與百寮辭訣《ワカレタマヒ》して並に握
〔影109〕
〔影110〕

417 手て戯欷歔。崩于大殿。遺詔於大伴室屋大連、與東漢掬直て曰

418 方に今區宇一家、煙火萬里。百姓又安。四夷賓服。此又天意欲寧

419 區夏。所以、小心を勵み、己日愼（こと）一日蓋為百姓、故也。臣連伴造毎日

420 朝參國司、郡司隨。朝參集、何不罄竭心府て誠勅慇懃。

421 義乃、君臣。情兼父子。庶藉臣連の智力、內外の歡心て欲令

422 普天之下、永保安樂。不謂遘疾彌留至於大漸。此乃人

423 生常分。何足言及。但、朝野衣冠、未得鮮麗。教化政刑、猶

424 未盡善。興言念此、唯以留恨。今年、踰若干。不復、稱天。筋

425 力精神、一時勞竭。如此之事、本、非為止、欲安養百姓所以致

426 此の生に子孫、誰か不屬念。既、為天下、事須割情。今星川の王心に懷悖

手《を》一て歔《ナケキタマフ》欷。崩《ヌ》于大殿《に》。遺《ノチノ》—詔《ミコトノシ》《シ》於大伴室屋大連、與《に》東《ヤマト》漢《の》掬《ツカの》直《アタヒ》一て曰方《に》今區—宇《天下》《アメノシタ》一家《にて》煙《ケフリ》—火萬—里《遠事》《トホシ》。百姓[又]《艾安》安《ヲサマリ》《ヤスク》《て》四《の》夷《ヒナ》賓《カナ》[ヒ]—服《マ》[ツル]《ヨモノヒナマウテキシタカフ》。此又天意《アマツミコヽロ》《ミに》欲寧《オホスセリ》《ヤスラカニセムト》區—夏。所以《に》小心《セメ》《を》勵《ハケ》(補入)己《オを》《ミヲ》一て日愼《ヒニヒニ》《こと)》一日《を》《ヒトヒヲツ丶シムコトハ》蓋爲《の》百—姓《オホムタカラ》、故也。臣《の》連《の》伴造毎日《ヒニヒニ》朝《三門》《マキリシ》《ス》—參《の》國《宰也》司、郡《の》司《御奴》隨《時》一て《に》○朝《マウテコハ》《マウテキ》—參《ウコハレリ》集、何不《ラむ》罄《ツクシ》—竭《コヽロキモヲ》心《キミ》(消)—府一て誠—勅《こと)》慇《ネムコロ》懃。義《コトワリニオイテハ》乃、君《ヤツコナリ》《ヤツコラマサリ》—臣。情《には》《オイ》兼父子《カソコ》《を》。庶《ネ》藉《ヨリ》臣連《の》智《サトリ》《の》—力《チカラ》、内—外《の》歡心《に》一て欲《オモフ》《む》令《人》普天《アメノシタ》之下《を》一て永、保《タモ》—安《ラカニ》—樂《ことを)》。[キ]不[オ二]謂遘《ヤマヒシアツシレテ》—疾彌《アツエ》留《次》《「て」》至《こと)》《ト云》於大《トコツクニ》—漸《に》。此乃人《ヒトノ》《「の」》生常《ツネノ「の」》分《コトワリ》《なり)》。何足《む》言—及。但、朝《都也》《ヒナの》《ミヤ》野衣冠、未得鮮《アサヤカニ》—麗《こと)》。教《オモフクコト》《「こと」》—化、政《マツリコトノリ》刑、猶、未盡善《ことを)》。興《アケ》言《を》一て念《に》此《を》、唯以《て》留恨《を》。今年、踰《コエヌ》若《ソコラ》—干《に》。不復《マタ》、稱《イノチミシカシトイフヘカラス》—夭。筋—〔影111〕力精《心也》《コヽロタマシヒ》—神一—時《モロトモ》《に》勞—竭《ツキヌ》。如此之事、本、非爲《ノミには》《タヽ》止、欲安《メ》—養百姓《を》所《三》—以《は》致《二》此《の》生《の》—子《ウミノコニ「に」》—孫、誰《か》不屬《ツ》念《オモフコヽロ》《を》。既、爲《とは》天下、事須割《ツクス》情《を》。今星川《の》王心《に》懷《イサカシマニ》悖—

83　釈　文　巻14　雄略天皇　23年8月

（「知子莫若」ノ四字補入）

427 惡を行、厥の友子。古人有言、知臣莫若君。知子莫若父。縦使、星川得志て共治國

428 家を必當戮辱、遍於臣連て酷毒流於民庶。夫惡、子孫已為百姓所

429 憚。好、子孫足堪負荷符 此、雖朕か家の事、理不容隠。大連等、

430 民部廣大充盈於國。皇太子、地居

431 行業、堪成朕志。以此て共に治天下を朕雖瞑目、何、所復恨

（「助」字補入）

432 汝等民部甚多努力相助勿令悔慢也

433 行至吉備國後所率五百の蝦夷等聞天皇崩乃相謂之

434 曰、領制吾國

437 濱上𛂞て射死踊伏者二隊。二簇之箭、既盡。即喚船人索箭。船人恐而自退。尾代乃立弓執末而歌曰瀰致儞阿賦

438 船人恐而自退。尾代乃立弓𛂞執末而歌曰瀰致儞阿賦

439 嗚之慮能古。阿母儞擧曾。枳擧曳儒阿羅毎矩儞

440 播。枳擧曳底那。唱訖自斬數人。更追至丹波國浦桂水

441 門𛂞て盡逼

釈　文　巻17　継体天皇　即位前紀

3　男大迹天皇は更名彦太尊、彦主人王の五世孫、

4　〔補入「媛」に〕之子也。母曰振媛。〔補入「と」〕活目天皇の七世之孫也。天皇の父公也

5　＝聞振媛顔容、妹妙甚有嬌色自近江國の高嶋郡の三

6　尾之別業、遣使聘于三國坂中井納以為妃。遂産

7　天皇。天皇幼年て父王薨。振媛廼歎曰、妾今遠離桑

8　梓。安得能膝養。余、歸寧高向、奉養天皇。

9　人也禮賢て意壑如也。

10　八年冬十二月己亥小泊瀬天皇崩。元無男女て

11　可絶継嗣。大伴金村大連議曰、方今絶無継嗣。

12　天下何の所、繋心。自古迄今、禍由斯て起。今、足仲彦

男《ヲホト》大迹の天皇は更名彦太《フト》尊譽田の天皇五世《ツキ》の孫、彦主人《ヒコアルシ》の王《オホ》君の
（「媛[ゝ]」補入）
之子[也]母《□ロハ》を曰振《フル》ゝ○媛《ヒメ》。（補入）[ゝ]はト云活目《メノ》天皇の七世之孫也。天皇の父《カソノミコト》、公也
二聞振媛顔《カホ》容、姝妙《キラくシて》甚有こと)を一孅色《ウルワシキイロ》一て自近江國の高嶋郡の三
此中云那
尾之別業《ナリトコロタイホ》、クリイ所遣使一て聘《ヨハフ》を迎也于三國の坂《サカ》中井に召入て一て納以爲《シタマフ》妃《ミメ》。遂産
天ゝ皇。ゝ二幼年《トシワカクシ》御一て父王《オホキミ》薨《ウセマシヌ》。振媛廼歎曰、妾《□ツコ》今遠離《ハナレタリ》桑《モトツクニ》—
（「高向者越前國邑名」ハ「向」ノ下ノ割注補入）
梓を。安能得膝養《ヒタシマツル ヒタシマツラム》。余、歸寧《オヤトフラヒカテラニ》高《タカ》向、高向者越前國邑ノ名に奉養《ヒタシタテマツラム》天ゝ皇を。ゝ男壯大《サカリニシて》愛《メテ メクミ》
士、人也を禮賢《キヤマヒタマフ》を一て意、御心豁如《ユタカニマシマス ホカラカニマシマス》也。天皇年五十七歳
八年冬十二月己亥小泊《ツ》瀬の天皇崩。元《モトより》)無男女《ヲトコミコヲウナミコ》一て
可絶《タユ》繼嗣《ツキ》御。大伴金村ノに(誤)大連議て曰、方に今絶て無繼嗣。
天下何の所、繫ム心を。自古迄今、に禍由斯に一て起。今、足《タラシ》仲《ナカツ□□の》彦

13 天皇の五世の孫、倭彦王、在丹波國桑田郡。請、試設

14 兵杖夾衛垂輿就而奉迎立爲人主。大臣大連

15 等一皆隨焉奉迎、如計。於是倭彦王、遙望迎兵

16 懼然失色。仍遁山壑不知所詣

17 元年春正月辛酉朔甲子大伴金村大連更籌

18 議曰、男大迹王、性、慈仁孝順。可承天緒。翼慇懃

19 勸進紹隆帝業。物部麁鹿火大連、許勢男人大

20 臣等僉曰、妙簡枝孫賢者、唯男大迹王、也。丙寅

21 遣臣連等持節以備法駕奉迎三國。夾衛兵仗、

22 肅整容儀警蹕前駈奄然而至。於是、男大迹天

87　釈　文　巻17　継体天皇　元年正月―2月

23 皇妥然自若、蹲坐胡床、齊列陪臣、既如帝坐。持

24 節、使等由是敬憚傾心、委命翼盡忠誠。然天皇

25 意裏尚、疑久而不就。適、知河内馬飼首荒籠、密

26 奉遣使具、述大臣大連等、所以奉迎本意。留二

27 日三夜遂發。乃喟然歎曰懿哉。馬飼首、汝若、無

28 遣使來告殆取嗤於天下。世云、勿論貴賤、但、重其

29 心、蓋、荒籠之謂乎。及至踐祚厚、加荒籠籠待。甲申

30 天皇行至樟葉宮。●二月辛卯朔甲午大伴金村大

31 連乃跪上天子鏡劒璽符再拜。男大迹天皇謝曰

32 子民治國重事也。寡人、不才不足以稱。願請廻慮

（「射」ミセ ケチ）

33 擇賢者。寡人不敢當(○)大伴大連伏地固請。男大迹
（消）（句點虫損歟）

34 天皇西に向て讓者三。南向讓者再。大伴大連等皆曰、

35 臣伏て計之大王、子民を治て、最宜稱。臣等為宗廟社

36 稷、計不敢忽。幸藉眾願て乞聽垂納。男大迹天皇曰

37 大臣大連、將相諸臣、咸推寡人。敢不承て乃受

38 璽符。是日即天皇位。以大伴金村大連て為大連、並に

39 勢男人大臣を為大臣、物部麁鹿火大連、為大連、

40 如故。是以大臣大連等、各依職位焉。庚子大伴大

41 連奏請曰、臣聞前王之宰世也、非維城之固、無以

42 鎮其乾坤。非披庭親、無以繼其跌荓。是故、白髮天

43 皇無嗣。遣臣祖父大伴大連室屋、毎州、安置三種（白髪部舎人。二百以留後世之名。嗟夫

44 白髪部を言は三種と者、一に白髪部舎人。二に白髪部供膳。三に白髪部靭負也

45 可不愴歟。請、立手白香皇女を納て為皇后。遣神祇

46 伯等て敬祭神祇て求天皇の息て允答民望。

47 矣。三月庚申朔詔て曰神祇に不可乏主。宇宙下に不可

48 無君。天、生黎庶て樹、以元首て使司助養て令全性命。

49 大連、憂朕無息て披心也て誠款て以國家を世と尽忠。豈唯、

50 朕曰賊宜備礼儀て奉迎手白香皇女。甲子立皇后

51 手白香皇女て修教于内。遂生一男。是を為天國排開

52 廣庭尊開此云波是嫡子にて而幼年。於二兄、治後有其天

本文篇 巻17 継体天皇 元年3月 90

〔「レ(乎)」ハ 撥音符(ン)〕
〔「子」ノ「を」消セリ〕

53 下を二兄者は廣國排武金日尊、與武戊辰詔て曰朕聞、士、有當年て小廣國押盾尊也下文に

54 而不耕者、則天下或受其飢矣。女有當年て而不續

55 者、天下或受其寒矣。故、帝王、躬耕而勸農業

56 親鸞而勉桑序。況厥百寮、曁于萬族、廢棄農續后妃、

57 而至殷富者乎。有司、普告天下て令識朕懷。癸酉

58 納八妃、雖有先後而此曰癸酉納者據即天位て元妃尾張占擇良日て初拜後宮爲文。他、皆放此也

59 連草香女、曰目子媛色部生二子。皆有天下。其一曰、

60 勾大兄皇子。是爲廣國排武金日尊。次妃檜限、

61 高田皇子。是爲廣國排武金日尊。次の妃三尾角折

62 君の妹を曰稚子媛。生大郎皇子與出雲皇女。次、坂田

91　釈　　文　巻17　継体天皇　元年3月

63 大━跨王女を曰廣媛。生三女。長を曰神前皇女。仲を曰茨

64 田皇女。次、息長眞手王の女を曰麻

65 續娘子。生豈━角皇女娶角此云沙左礒是侍伊勢大神祠に

66 次、茨田連小望女、妹或は曰關媛。生三女。長を曰茨田

67 大娘皇女。仲を曰白坂活日姫皇女。小を曰小野稚

68 郎皇女 更名長石姫 次、三尾君堅━楲女を曰倭媛。生二男

69 二女。其一を曰大娘子皇女。其二を曰椀子皇子。是三國

70 公之先也。其三を曰耳皇子。其四を曰赤姫皇女。次、

71 和珥臣河內女を曰荑媛。生一男二女。其一を曰稚綾

72 姫皇女。其二曰圓娘皇女。其三曰厚皇子。次、根王の

73 女を日廣媛。生二男。長曰菟皇子。是酒人公之先也。

74 少曰中皇子。是坂田公之先也。是年也大歲丁亥

75 二年冬十月辛亥朔癸丑葬小泊瀬稚鷦鷯天皇を

76 于傍丘磐杯丘陵に●十二月南海中の耽羅人初て通

77 百濟國に

78 三年春二月遣使于百濟に百濟本記云久羅麻致支彌、從日本來。未詳也括出在

79 任那日本の縣邑、百濟の百姓浮逃絶貫三四世者並に

80 遷百濟に附貫也

81 五年冬十月遷都山背の筒城に

82 六年夏四月辛酉朔丙寅遣穗積臣押山を使於

（「下哆唎」三字補入）
（左ノ句黙消セリ）

83 百済に仍りて賜ふ筑紫國の馬冊定を●冬十二月百済遣使て

84 貢調。別に表を請して任那國の上哆唎、○下哆唎、娑陀、牟婁、四縣。哆

85 唎國の守穗積臣押山奏て曰此四の縣近、連百済に遠、隔

86 日本。旦暮易通て鶏犬難別。今賜百済にて合て爲同國、固

87 存之策、無以過此。然、縦賜合國、後世に猶危、況爲異

88 界也近也場て幾年能く守。大伴大連金村具に得是言を同謨て而奏。

89 廼以物部大連麁鹿火を宛て宣

93 武內宿禰、每國に初て置官家為海表之蕃屏て其來尚

94 矣。抑有由焉。縱削賜他は、違本の區域。綿世之刺詆離ム

95 於口。大連報へり申日教示、合理、恐背天勅。其妻切諫云

96 稱疾莫宣。大連依諫。由是改使て而宣勅。付賜物并て

97 制旨て依表て賜任那の四縣。大兄皇子、前に有緣事て不關

98 賜國て晚知宣勅。驚悔欲改。令日、自胎中之帝、置官

99 家之國。輕隨蕃乞、輒爾賜乎。乃遣日鷹吉士て改宣

100 百濟客。使者答啓、父の天皇、圖計便宜て勅賜既畢。子

101 皇子、豈違帝勅に妄に改而令。必是、虛也。縱是實者持

102 杖の大頭て打執與持杖の小頭て打、痛二乎三遂罷。於是或、有

95　釈　　文　巻17　継体天皇　6年12月―7年9月

103 流言て曰、大伴大連與哆唎國の守穗積臣押山、受たり）百

104 濟之賂を矣

105 〈七年夏六月百濟遣姐彌文貴將軍州利卽爾將。（消）

106 軍を副穗積臣押山に百濟本紀云委意斯移麻岐彌經五經博士段楊爾。別奏云伴

107 跛國、略奪臣國の己汶之地。伏て願請天恩判還本屬國也に●秋

108 波への門●九月勾の大兄

109 八月癸未朔戊申百濟太子淳陁薨。

110 皇子親聘春日皇女。於是月夜清談不覺天曉。斐

111 然之藻、忽急に春日皇女形たり）乃口唱曰、野絕磨倶

112 儞。都磨ミ祁哿泥底播屢比能哿。須我能倶儞。

113 俱波

113 枳コ底與慮(ミセケチ)志謎嗚。阿利ヒ等枳コ底ヒ莽紀佐倶。避

114 能伊陁圖トヽ嗚。飯斯毗羅枳。倭例シ以梨マ志。阿都圖

115 唎。都麼怒トヽ唎。絁ヒ底魔ヘ都麼怒トヽ唎絁

123 唎。須衛陛嗚麼。府曳儞都俱唎。美母廬

124 我、紆陪儞、能明梨陁致。倭我彌細麼。都奴娑播符。
（後筆「朋」）
（「明」ノ上ヲ）

125 以籤例能。伊開能。美那矢駄府紆嗚謨紆陪儞堤。

126 乙那皚矩。野須美矢。倭我於明枳美能。能於魔
（ミセケチ）

127 細屢。娑佐羅能。美於寐能。武須彌陁例夜矢

128 比等母。紆陪儞彌堤那皚矩●冬十一月辛亥朔乙卯
（「彌」ノ弓篇消セリ）

129 於朝庭引列百濟姐彌文貴將軍斯羅、汶得至、安
ヨリミカド　　　　　　　　　　　國名

133 戊子、詔曰、朕承天緒、獲保宗-朝、兢-兢業業。聞-者天下
134 安靜、海内清平。屢致豐年、頻使饒國。懇哉摩呂古、示
135 朕心於八方、盛哉。勾-大-兄、光吾風於萬國。日本邑
136 名、擅天下。秋-津赫-赫、譽、重王幾所寶、惟賢、爲善、最樂。
137 聖化馮茲、遠扇、玄-功藉此、而長懸。寔汝之力、宜、處春
138 宮、助朕、施仁-翼吾、補闕
139 八年春正月、太子妃春日皇女、晨-朝晏出有異
140 於常。太子意疑、入殿而見。妃臥床、涕-泣、惋-痛不
141 能自勝。太子、問惟曰、今旦涕-泣、有何恨乎。妃曰、非
142 餘事也。唯妾所悲者、飛-鳥-天-之-鳥、爲愛-養兒、樹-巔

133 戊子詔て曰、朕承天《ツ》緒《ツス》を一て獲保《タ》こと)宗朝《國家》を一て兢《オソリ》ゝ葉《アヤフム》《業》ゝ。聞《ヒ》者《コノコロ》《(ミセケチ)》天の下
134 安に靜、に海《クニ》内清平。屢、致豐《ウル》を年一て頻に使饒《富也》國。を懿哉摩呂古、示こと)
135 朕心を於八《ヤ》方《オモ》、に盛哉。勾大兄《マカリノオヒネ》、光《ス》吾風《ノリ》を於萬の國。に日本《クニ》の邕《ヤハラキテ》ゝ「て」
136 名、擅なり)天下。に秋津《シマ》は赫《サカリニ》ゝて譽、重王畿《ツクニ》《内》。に所は寶、なる)惟賢《サカシキヒト》《シク》、爲を善《ヨキワサ》、最樂。
137 聖の化《オモフケ》、憑《依也》茲に一て遠扇、玄《ハルカナル》功《イタハリ》藉此に一て長懸《レリ》。寔に汝之力。なる)宜、處春《日次》《ミコノ位》
138 宮に一て助朕を一て施仁《メク》、を翼吾を一て補へ闕《アヤマチ》を
139 八年春正月太子妃春日皇女、晨朝に晏《遅也》出て有異こと)
140 於常。に太子意に疑て入殿に一て而見。妃臥床に一て涕《イサチ》泣、惋《アツカヒ》痛て不
141 能自勝。こと)太子、問て恠レ（入換符號）曰、今《ケ》旦《サ》涕泣こと)有何恨乎。妃曰非
142 餘《アタシ》事に也。唯妾所は悲者、飛鳥《トフトリモ》天之鳥、爲愛《ウツクシフ》養兒《オノカコ》、を一て樹《キノ》巓《スエ》に
〔影137〕

143 作樏。其愛を深みせり。伏して地の虫を為に護衛し、土の中に穴を作り其

144 護厚焉。乃至於人豈得无慮。無嗣の恨、方に太子に鍾るなり。

145 妾、名隨て絶む。於是太子感痛して奏天皇。詔曰朕子、麻

146 呂古、汝妃之祠、深稱於理。安得空爾て無答慰乎。宜

147 賜匣布屯倉て表妃の名を於萬代に●三月伴跛築城誠於子

148 呑帶沙て連満矣、置烽候、邸閣て以備日本。復、築城を

149 於子呑爾列比麻次比而絙麻且矣。推封に聚士卒兵

150 器て以逼新羅。駈略子女て剝掠村邑。凶勢所加、罕有遺

151 類。夫、暴虐、奢侈、悩害、侵凌、誅殺、尤多。不可詳載

152 九年春二月〇戊朔丁丑百済使者、文貴將軍、等請

153 仍勅副物部連、名闕、遣罷歸之○百濟本記云、是月到于沙都嶋傳聞伴跛之人、懷恨銜毒、恃強縱虐。故物部連牽舟師五百、直詣帶沙江。文貴將軍自新羅去。●四月物部連於帶沙江停住六日。伴跛、興師往伐。逼脫衣裳、劫掠所齎、盡燒帷幕。物部連等、怖畏逃遁。僅存身命而泊汶慕羅 汶慕羅嶋名也

〖十年夏五月百濟、遣前部木劦不麻甲背迎勞物部連等於己汶、而引導入國。羣臣各、出衣裳、斧鐵、帛布、助加國物、積置朝庭。慰問慇懃。賞祿優節。●九月百濟遣州○卽次、將軍副物部連來

154 「五」ニ次スル「百」ニ對スル「を」ノ誤點アリ

161 本文ノ「積置」「朝庭」ト判讀困難トサレシモノ

〔影140〕

163 謝➁賜⟨カシコマリ申⟩(ことを)己汶之地。別に貢五經博士漢の高安茂(モ)て請➁代(むと)

164 博士段楊爾に。依➁請代➁之。戊寅百濟遣灼莫古將

165 軍日本の斯奈奴阿比多て副➁高麗の使、安定等て來➀朝(マウキて)結➁好を

166 十二年春三月丙辰朔甲子遷➁都第國に

167 十七年夏五月百濟王武寧薨

168 十八年春正月百濟の太➀子(コヨシム)明、即位に

169 〈廿年秋九月丁酉朔己酉遷➁都磐余の王穗に一本云七年也

170 〈廿一年夏六月壬辰朔甲午、近江(アフミノ「の」)毛野臣(ケナノ)、率➁衆六(イク)音得音胡音屯を

171 萬(を)欲➁往任那に復(カヘシ)➀為(タテ)、興➀建(カベシレ)新羅に所➁破、南、加羅、喙(アリヒシノ)➀己➁呑て(入換符號)
（ことをウラモヒシて）

172 而合➁任那に於是筑紫國の造磐井、陰に謨叛(ソ)➀逆て猶➁預➀經

（「間」字補入）

173 年。恐事難成て恆、伺○隙。新羅知是て密に行貨略于磐井所

174 而勸防遏毛野臣軍。於是密行貨磐井、掩據火、豐二

175 國勿使修職。外邀海路て誘致高麗百濟新羅任那等

176 國年貢職船、內遮遣任那毛野臣軍て亂語揚言曰、今

177 爲使者、昔爲吾伴て摩肩觸肘共器同食。安得率爾爲

178 使て俾余自伏儞前て遂戰而不

(「倶」補入)

183 大連、惟茲磐井弗—率。汝、征物部麁鹿火の大連再拝て言、嗟ァ

184 夫磐井は西戎之奸猾。負川阻て不庭。馮山峻て稱亂。敗

185 德て反道。侮—嫚自賢。在昔道臣、爰及室屋、助帝て罰、拯民

186 塗炭。彼此一時。唯天所贊臣、恆に所重。能不恭—伐。詔曰、民

187 將之軍也、施恩推惠、怒已て治人。攻如河決。戰如風發。立

188 又、詔曰、大將は民之司—命。社稷の存亡、於是乎在。勗哉、恭て

189 行天罰。皇親、摻斧鉞て授大連て曰、長門より以—東をば朕、制之。筑

190 紫より以—西をば汝制之。專—行賞—罰。勿煩頻奏申に

191 廿二年冬十一月甲寅朔甲子大將軍物部大連

192 麁鹿火、親與賊帥、磐井、交—戰於筑紫の御井郡。旗—鼓

〔影143〕

〔影144〕

193 相望テ埃塵相接。決機計也ノ兩障之間ニテ不避死之地ニ遂可也ニ死ムコトヲ

194 斬磐井ニテ果定壇場ヲ。十二月筑紫君葛子、恐坐父ニ誅セラレムコトヲ

195 獻糟屋ノ屯倉ミヤケヲ申也テ求贖死罪

196 廿三年春三月百濟王謂下哆唎コキシノ國守穗積押

197 山臣ニ曰、夫朝貢律者、使恒避嶋曲ミサキヲ謂海中嶋曲崎岸ヲ每ニ也。俗云美佐祁

198 苦風波。因茲ニ濕所齎モタルトコロノモノヲ全懷毀无色。請以加羅ノ國ノ多沙津ヲ

199 爲臣朝貢津路。是以押山臣、爲請聞奏。是月遣物部

200 伊勢連、父根、吉士老等以津ヲ賜百濟王。於是加羅ノ王、

201 謂勅使ニ云、此津ハ從置官家ミヤケヲ以來、爲臣朝貢津沙安、得

202 輙改賜隣ノ國ニ。違元ハジメ、所封、限ノ地ニ。勅使、父根等因斯ニテ難カタミ

203 以て面(マノアタリ)に賜て却(カヘ)し還す大嶋。別に録史(フミヒトを)を遣して佐官に果て賜ふ扶余。由レ是加羅、百済也

204 結儻(トモカラを)新羅に怨を日本に生す。加羅の王、新羅の女を聚(ミセケテ)て遂に有レ兒息。

205 新羅初、送女時に并て遣百人(のトモ人と)て女の從(ミセケテ)と為(消セリ)女の受(キモノ)を着し而散(アカチ)遣

206 置諸縣に令着新羅の衣冠。阿利斯等、嗔其變服て遣

207 使(ミセケチを)還(消セリ)新羅。大に羞恥て欲レ還レ女て曰、前に承汝聘(ナヨハヒしことを)て吾、便許レ婚。

208 今既若斯、請還メセ女を。加羅の己富利知伽 未詳 報云、

209 配合(アハセチ)夫婦にて安得む更に離サクルことも亦、有息兒。棄レ之何イカソ往。遂於レ所

210 經レ拔刀伽古跋布那牟羅三ノ城。亦拔北境五ノ城。是

211 月遣三近江毛野臣を使て于安羅。勅勸新羅更、建南加アリヒシノ

212 羅喙己呑(音屯を)。百済の遣將軍君尹貴、麻那甲背麻鹵等を往

「家」ノ下ノ
句點ハ讀點
トスル指示
アリ

（「數」補入）

213 赴安羅式聽詔——勅。新羅、恐破蕃國官家而不遣大人
214 而遣夫智奈麻禮、奚奈麻禮等、往赴安羅式聽詔
215 勅。於是、安羅新起高堂引昇勅——使。國王隨後昇階。
216 國內大人預昇堂者、一二。百濟使、將軍君等、在於堂
217 下。凡數月再三、謨——謀乎堂上。將軍君等、在於庭
218 焉。●夏四月壬午朔任那王、己——能末——多——干岐來朝
219 多利斯等也蓋阿啓大伴大連金村曰、夫海表諸蕃、自胎中天
220 皇、置內官家——。不棄本壬因封其地、良以也。今新羅
221 違元、所賜——封限。越境以來侵。請、奏天皇救助臣國。
222 大伴大連依乞、奏——聞。是月遣使送己能末多干岐

223 幷詔在任那近江毛野臣推問所奏和解相疑於是
〔影148〕

224 毛野臣次于熊川（一本云次任那久斯牟羅）召集新羅百濟二國之王

225 新羅王佐利遲遣久遲布禮（一本云久禮爾師知于奈師磨里）百濟遣恩率彌

226 騰（爵名也）利赴集毛野臣所而二王不自來參毛野臣大怒責

227 問二國使云以小事大天之道也（一本云大木端者以大木續之小木端者以小木續之）

228 何故口二國之王不躬（消）來集受天皇勅輕遣使乎今縱汝

229 王自來聞勅吾不肯勅必追逐退久遲布禮恩率彌

230 縢利心懷怖畏各歸召王由是新羅改遣其上臣伊

231 叱夫禮智干岐（新羅以大臣爲上臣一本云伊叱夫禮知奈末）率衆三千來請聽勅

232 毛野臣遙見兵仗圍繞衆數千人自熊川入任那
〔影149〕

233. 己叱己利城。伊叱夫禮智干岐次干多羅原に不敬歸待三月。頻請聞勅終不肯宣。伊叱夫禮智所

234. 將士卒等、於聚落乞食。相過毛野臣儻人、河內馬

235. 飼首御狩と入隱他門て待乞者過て捲手て遙擊。乞

236. 者過捲手遙擊見云、謹て候也待三月を佇聞勅の旨、尙不肯

237. 宣。惱聽勅使。乃、知欺詐許上臣を矣。乃、以所見具に

238. 述上と臣。抄掠四村を

239. 申也

240. 盡將人物て入其本國。或曰、多羅等の四村之所掠者、毛

241. 野臣之過也。秋九月巨勢男人大臣薨

242. 廿四年春二月丁未朔詔て曰自磐余彦之帝、水間城

（「ヨリコ（歸）」、後世加点、次行「ヨリコ」ニ対応）
（「誑」「を」墨カギニテ消セリ）
己叱己利《の》城《サシに キ》○伊叱夫禮智干岐《は》（消）次《ヤト》干多〻羅《の》原《に一て》不敬歸《カスこと》（ミセケチ）《ヨリコ一て》待、三月《ミツキ》○頻《に》請聞《むト》勅《を》○終《に》不肯宣《ノリコタス》○○（消）伊叱夫禮智《カ》所將士卒《イクサノヒト》《ヨリコ》等《モ》、於聚落《ムラサトニて》乞食《モノを》○相過《ヨキレリ》毛野《ケナの》臣《の》傔人《トモナルヒト》、河内《の》馬飼《の》首御《ミ》〻狩《ミカリに》○〻入隱他《ヒトノ》門《に一て》待乞《モノコフ》者《の》過《スクルを一て》捲《ニキル ツカミ》手《を一て》遙擊《ウツマネス》○乞者過（ミセケチ）《ヒ》捲《ヒ》手《ヒ》遙《ヒ》擊《ヒ》見《て》云、謹《て》待《候也》三月《を一て》佇《ノソケトモ》《願也》聞《むト》勅《の》旨《を》、尚不肯《カヘス》宣《ノリ》○惱《ワツラハス 四》聽《二》勅《ミコトノリ 一》使《三》○乃、知《ヌ》欺《詐也 をて》誑誅《コロサムトアリケリト》戮《ナ》上《云コトヲ》臣《オホマツキミ を》矣○乃、以所《アルカタチ》見《一て》具《に》述《申也》上〻臣○《に》〻抄掠《ヌキカスム》四《の》村《を》金官肖戊安多委陁是《を》爲四村○《ト》一本云多〻羅須那羅和多費智《を》爲《の》四村也盡《に》將《キ》人物《を一て》入《ヌ》其本國○《に》或《の》曰、多羅等《の》四《の》村之所《は》掠《カスマレ》者、毛野臣之過《アヤ》也○秋九月巨勢男人大臣薨《身 ウセヌ》
廿四年春二月丁未朔詔《て》曰自磐《イハ》余《アレ》彦《神武天皇也》之帝《スメラミコト》、水《ミ》間《マ》城《キ》《崇神天皇也》
〔影150〕

243 公也、王、皆賴博（モノシレル）物之臣、明—哲（サカシキ）之佐（タスケ）。故、道の臣、陳謨（ハカリコトヲ）而神（カミ）日本（神武天皇也ヤマト）

244 以盛（消）。大彥、申略而膳（イ）瓊（ミセケチ）殖用隆（ニマシ）。及乎繼—體（フホト）之君に欲立

245 中—興（ナカコロオコル）之功者、曷嘗不賴賢—哲之謨—謀乎。爰降小泊瀨

246 天皇之王天（きとき）下て幸に承前の聖てサカエ隆—卒日久。俗（シワサ）漸蔽（クラ）而不寤（サメ）

247 政、浸衰（イタハリ）て不改（消）但須其人の各以類（タハカリ）て進（ことを）有大、略（ホヽ）者は不問其

248 所—短（タハメ）有高才（カト）者は不非其所—失。故、獲（タモチウケ）奉宗廟（家家也）て不危社—稷（國也）。由

249 是にて觀之豈非明—佐（消）朕承帝業、於今廿四年。天の下清—泰（スミユタカ）て内

250 外—無虞。土脉（ツチノクレ）地膏腴（タツモノミノ）穀稼有實。竊恐元—元（常也）俗、藉（ヨ）此に

251 成—驕（むことを消）。故令（「て」消）人を舉（キヨクカタキヒトを）廉—節、宣—揚大道（オホイナルノリを）て

253 臣、遂に久斯牟羅に於て起造、舎宅を淹留して二歳
(割注ノ「去」字判讀困難)
一本に云ふ、三歲といふ者は、違へり、去來歲の數なり
去來歲はヨソホシムキ
去歲はカトフ
懶はヨツホシムキ

254 聽政焉。爰、以日本與任那之人、頻以兒息諍訟、難決元無
能判。(コトワルこと)

255 毛野臣樂置誓湯曰、實者不爛、虛者必爛。是以投
湯(クカタケ)(ウケヒ)
誓はウケヒ
(チ)

256 湯爛死者衆。又殺吉備韓子、那多利、斯布利を大日本人娶蕃女
所を生る、爲韓子なり (消)
[影152]

257 恒惱人民て終に無和解。於是天皇、聞其行狀て遣人て徵入。
ネキフルコト
アルカタチツ

258 而に不肯來。(消)顧、以河內母樹馬飼首、御狩て奉詣於京て而
オモノキノ

259 奏曰、臣未成勅旨て還入京鄉、勞往虛歸。慙惡安措伏
マテコハ ミヤコに
ウメナヒ申ムテ タテマタシモノキ (消)
ハツカシクオモナイコト オカム

260 願、陛下待成國命て入朝て謝罪。奉使之後に、更自謨曰其
オホムヨコトを マキ タテマタシテ

261 調吉士亦是皇華之使。(消)若、先吾、取歸依實奏聞。吾之
ミヤコノ ナリ カヘリテ マニ マヲセ
「は」(消)

262 罪過必應重矣。(消)乃、遣調吉士て率眾て守む伊斯枳牟羅の城。
オモカラムモノソ トモカラを

111 釈　文　巻17　継体天皇　24年9月—10月

263 於是阿利斯等、知其細—摔、爲—事而不務所期、頻勸歸—朝、

264 尚不聽、還。由是悉知行—迹心生醜—背。乃遣久禮斯己

265 母使于新羅請兵。奴須久利使于百濟請兵。毛野臣

266 聞百濟兵來迎討背許備己富里也。

267 濟則投奴須久利扼械枷鏁而共新羅圍城。責罵

268 阿利斯等曰萬出毛乙。臣、嬰城自固勢不

269 可檎於是二國、圖度便地而淹—留弦—晦。築城而還。號

270 曰久禮牟羅城。還

273 竟に無和-解て擾-亂加羅を倡-儻任-意。而、恩て不防患。故遣目

274 頬子を徴召。是歳毛野臣被召て到于對馬て逢-疾て而死。送-

275 葬、尋河、而、入近江に。其妻歌て曰、比攞哿駄喻。輔曳輔枳

276 能朋樓河符美能。野愷ヶ那能倭俱伊。輔曳符枳能

277 朋樓。目頬子初到任那に時に在彼に鄕-家等。贈歌て曰、柯羅

278 履儞鳴。以柯儞輔居等所。梅豆羅古枳駄樓。武哿左

279 履樓。以祇能和駄唎鳴梅豆羅古枳駄樓

280 廿五年春二

283 毛城。是月高麗、弑其王安。又聞日本天皇及太子、皇子俱崩薨イベリ。由是而言はニ音德之ニ辛亥之歲當廿五年ニ後勘カム校者知之也

284 日本書紀卷第十七

1 日本書紀卷第廿

2 渟ヌ中ナ倉クラ太フト珠タマ敷シキ天皇 敏達天皇

3 渟中倉太珠敷天皇天國排開、廣庭の天皇の第クニシ二ニ子也。母イロを日石イハの姫皇后キサキと國押盾天皇の女也ムスメ 天皇、

4 第二子也。母曰石姫皇后國押盾天皇女也 石姫皇后は武ケワ小廣クニオシタテ

5 不信佛法ウケタマミノリをて而愛コノムタマ文吏シ。文を吏シ也。廿九年立て爲皇太子に

6 卅二年四月天國排開廣庭の天皇崩ぬ

7 元年夏四月壬申朔甲戌、皇太子、卽天皇位。尊皇后を后日皇太后。是月に宮を百済大井に以て物部の弓削の守屋大連を以て大連と爲とすること故の如し。（句點虫蝕損）

8 皇后を后日皇太后。

9 (句點虫蝕損)井に以物部の弓削の守屋大連を爲大連と如故。以

10 蘇我の馬子宿禰を爲大臣。●五月壬寅朔天皇

11 問皇子與大臣て曰高麗使人、今何在大臣、

12 奉對曰在於相樂の館。天皇聞之傷惻極甚（句點虫損）

13 御心ノナキて歎曰悲哉。此の使人等、名既奏聞於（熟合符虫損）

14 愀然而天皇矣。乃遣聟臣於相樂館て檢錄所聞申

15 獻調物を令送京師。丙辰天皇執高麗表踈て先考天皇矣。

16 授於大臣。召聚諸史て令讀解之。是時に諸史

115　釈　文　巻20　敏達天皇　元年5月—6月

17 於三日ノ内ニ皆不能読コト）。爰ニ有船史ノ祖壬辰爾

18 能奉読釋トキ。由是テ天皇、與大臣、俱ニ為讚美テ曰ハク、對イサワシキカナ勤

19 乎辰爾、懿ヨキ哉辰爾、汝若不愛於學、誰能讀解。

20 宜從今始テ進侍殿ノ中ニ。既而詔東西諸史ニ曰ハク汝

21 等所習之業、何故、不就。汝等雖衆オホク、不及辰爾ニ。

22 又高麗ノ上表踈書于烏羽ノ字。隨羽黒、既ニ無識

　　（「マシ（隨）」、「マヽニ」ノ誤）

23 者モノ。辰爾乃、蒸ムシ三羽ヲ於飯氣ケニ以帛ヲオシテ印羽ニ悉寫其ノ字ヲ。

24 朝庭ウチニアヤシカリ悉異之。六月高麗ノ大使オホキミ謂副使等ニ曰ク磯

　　三門

25 城嶋天皇ノ時ニ汝等違吾ガ所議テ被欺於他人ニテ妄ニ分

26 國ノ調ヲ□□キ報與微ヤシキヒトニ者。豈非汝等過アニヤ歟。若我國ノ王キミ聞マサバ

本文篇 巻20 敏達天皇 元年6月 116

27 必誅汝等。副使等自相謂之曰若吾等至國
28 時大使、顯導吾過是不祥事也。思欲偸殺而
29 斷其口。是夕謀汝。大使知之裝束衣帶獨、自
30 潛行立舘中庭不知所計。時有賊一人以杖出
31 來打大使頭而退。次有賊一人直向大使打頭
32 與手而退。大使尚、嘿然立地而拭面血更有賊
33 一人執刀急來刺大使腹而退。是時大使恐伏
34 地而拜。後有賊一人既殺而去。明旦領客、東漢、坂
35 上直、子麻呂等推問其由。副使等乃作矯詐曰天
36 皇賜妻於大使。違勅不受。無禮茲甚。是以臣

（「作」ノ「を」
「て」消セリ）

〔影166〕

37 等[爲]天皇殺焉。有-司、以禮-收-葬。●秋七月高麗の使人

38 罷-歸。是年也太歲壬辰

39 二年夏五月丙[寅]朔戊辰高麗の使人、泊于越

40 海之岸破舩溺-死者衆。朝庭、猜頻迷-路不饗て

41 免遣仍て勅吉備海部の直難波に送高麗使。●秋七月

42 乙丑朔於越の海の岸て難波與高麗使等、相議以

43 送使、難波の舩人大嶋の首磐日、狹丘首、間狹て令乘

44 高麗の使舩以高麗の二人を令乘送使舩に如此牙乘

45 以備姸志倶時發舩至數里許送使難波乃恐

46 畏波-浪て執高麗の二人を擲-入於海。八月甲午朔丁

47 未送使難波、還來復命曰海裏に鯨魚大有りて遮り噛ふ

48 舩與檝櫂。難波等恐魚の呑むことを舩て不得入海。天皇聞て

49 之識其讒語を詐りことを駈使を於官に不放還國に

50 三年夏五月庚申朔甲子高麗の使人、泊于

51 越海之岸。●秋七月己未朔戊寅高麗の使人、

52 入京に奏て曰、臣等、去年相逐送使て罷歸於國に臣

53 等先至曰臣か蕃に。こ卽准使人之禮ことわりて饗大嶋の

54 首磐曰等

57 欺誣朝庭を一也。溺殺隣使を二也。以茲大罪、不合

58 放還。以斷其罪。冬十月戊子朔丙申遣蘇我

59 馬子大臣於吉備國増益白猪屯倉與田部。卽

60 以田部名籍授于白猪史膽津。戊戌、詔舩史壬

61 辰爾、弟牛に賜姓て爲津史。十一月新羅遣使て進調

62 四年春正月丙辰朔甲子、立息長眞手王の女

63 廣姫を爲皇后。是生一男二女。其一を曰押坂彦

64 人大兄皇子と○更名は麻子古皇子○其二を曰逆登皇女。其三曰菟道

64 磯津貝皇女。是月立一夫人春日臣仲君女曰老女

64 子夫人更名は藥君娘。生三男一女。其一を曰難波

65 皇子。其二を曰春日皇子。其三を曰桑田皇女。其

66 四日大派皇子。次采女伊勢の大鹿の首、小熊女を曰

67 菟名子夫人。生太姫皇女、更名櫻井皇子與糠手姫皇女

68 名田二月壬辰朔馬子宿禰の大臣、還于京師。復命

69 屯倉之事。乙丑百済遣使て進調。多、益恒歳。天皇

70 以新羅の未建任那て詔皇子與大臣て曰莫懈於

71 任那之事。夏四月乙酉朔庚寅遣吉士金子て使

72 於新羅。吉士木蓮子て使於任那。吉士譯語彦て使

73 於百済。六月新羅遣使て進調。多益常例。井進多

74 こ羅、須奈羅、和陀發鬼四の邑之調。是歳命卜者て

〔影171〕

75 襲□占□海部ノ王家ノ地与絲井王家ノ地。卜ルニ便襲—吉ヨ。遂営
（誤點アリ）
宮ヲ於譯語田ニ是謂幸サキ王ノ宮ノト。●冬十一月皇后廣姫神サリマシヌ薨

76 宮於譯語田。是謂幸王宮。●冬十一月皇后廣姫薨

77 五年春三月己卯朔戊子、有司、請立皇后詔立

78 豐御食ケ炊カシキ屋姫ヒメ尊ヲ為皇后。是生二ノ男五女ヲ。其一ヲ

79 日菟道ノ貝—蛸カヒタコ皇女更ノ名ハ菟道ノ磯津皇女也 是□嫁ミアヒス於東宮マウケノキミ聖德。其

80 二ヲ日竹田皇子。其三ヲ日小墾田ノ皇女。是、嫁於彦

81 人大兄ノ皇子ミコ。其四ヲ日鸕鶿守ウモリ皇女更ノ名ハ軽タマヘリノ皇女其五ヲ日

82 尾張皇子。其六ヲ日田眼メ皇女。是嫁於息長足日

83 廣額ノ天皇ニ。其七ヲ日櫻井ノ弓ヘリ張皇女

84 六年春二月甲辰朔詔テ置日ノ禮部、私キサイチ部ヲ。●夏五月

〔影172〕

85 癸酉朔丁丑遣大別王與小黒吉士宰於百濟 御琴持宰於百濟

86 國に王人奉命爲使三韓。自稱爲宰。言宰於韓、蓋古之典乎。如今言使也。餘皆放此。大別王未詳所出 ●冬十一月庚午

87 朔百濟國の王、付還使大別王等て獻經論若干卷

88 幷律師、禪師、比丘尼、呪禁師、造佛工、造寺工六

89 人を遂安置於難波の大別王の寺に

90 七年春三月戊辰朔壬申以菟道皇女て侍伊勢の

91 祠。即姧池邊皇子。事顯而解

92 八年冬十月新羅遣枳叱政奈末て進調、幷送佛 音差冠名を

93 像を

94 〜九年夏六月新羅安刀奈末て失消奈末て進調。不

95 納[タマヘ]以[ツカハス]還之[カヘシツカハス]

96 十年春閏二月蝦夷[エミシ]數[チアマリ]千[アタナフ]冠[アタナフ]於邊境[さかひに]。由是召其魁[ヒトコノカミ]─

97 師[アヤカス]、綾糟○等[を]（「等」補入）

98 合[ヘイ]殺者[コロ]斬、應原者赦。今朕遵彼前[アトに]例[て]欲誅[コロ]尤[モハラ]惡[アシキヲ]於

魁師[エヒス]者は大詔[タラシ]曰惟儞蝦夷[エヒス]者大足彦[ヒコ]天皇之世[ミヨ]

毛人也

99 是綾糟等懼然、恐懼[カシコまりて]乃下泊瀬中流[カハナカに]面三諸[モロ]岳[に]歃[ススリ]

100 水而盟曰、臣等、蝦夷、自今以後、子々孫々[ウミノコヤツヾキウミノヤツ]古語云生兒[のヲ]の八十綿連

101 用清明[イサキアキラ]心[ヲ]事奉[ツカへ]天闕[ムカヒて]。臣等若違盟者天地諸神、及

102 天皇靈[ミタマ]、絶滅[タヘツキ]臣種[ヤカラ]矣[むかを]

103 〈十一年冬十月新羅遣安刀奈末（消）失消奈末[を]て進

104 調。不納以還之[カヘツカハス]

〔影174〕

〔影175〕

105 十二年秋七月丁酉朔、詔て曰、屬我か先考─天皇之世に（「サキ乙」（墨消）サキノオヤ）新羅、滅內官─家之國。天國排開廣庭天皇廿三年、任那、爲新羅所滅。故云新羅、滅我内官家也

106 新羅、滅內官─家之國。

107 天皇謀復─任那。（タマ返立（ミコト）をオモフ）不果而崩（ミセケチ）不滅其志。是以朕當に奉─

108 助神謀て復─興任那。今在百濟に火葦北の國造阿利斯登子達率日羅賢（サテ）而有勇。故朕、欲與其人相─計。乃、

109 登子達率日羅賢而有勇。

110 遣紀國の造、押勝與吉備の海部の直羽─嶋て喚於百濟。冬

111 十月紀國造、押勝等還自百濟。復─命於朝て曰、百濟

112 國の主、林（ワシミ）奉─惜日羅不肯聽上。是歲、復、遣吉備の海部羽─

113 嶋て召日羅於百濟。羽嶋、既之百濟て欲先私見日羅て

114 獨自（行也）向家の門─底（カトモトに）。俄而有三家の裏（より）來、韓─婦。用韓─語て言、

115 之根、我根の内にて即入一家去。羽嶋便に覺其意を随後て而入。
（「尒」ノ誤）

116 於是日羅、迎へ來て把手を使坐於座。密に告之曰僕、竊聞

117 惜て不肯奉進。宜宣勅を時に現嚴猛色て催急、召焉。羽嶋
（「後」補入）

118 之、百濟國の主、奉疑天朝、奉遣臣を後、留而弗還。所以、奉

119 乃依其計て而召日羅。於是百濟國の主、怖畏天朝に不

120 敢て違勅奉遣、以日羅恩率德爾余怒奇奴知参官、

121 柁師、德率次于德、水手等若干人を以日羅等、行到吉

122 備兒嶋の屯倉。朝庭遣大伴糠手子の連て而慰勞焉。復

123 遣大夫等於難波の館て使訪日羅。是時に日羅、被甲を乗

124 馬て到三門の底下。乃進廳前に進退跪拜、歎恨て跪拜

125 而曰、於檜隈宮御寓天皇之世、我君大伴金村の大
126 連、奉爲國家、使於海表、火葦北國造、刑部靫部阿
127 利斯登之子、臣達率
128 解其甲而奉於天皇、乃營館於阿斗桑市、使住日羅
129 供給、隨欲復遣阿倍目臣、物部贊子連、大伴糠手
130 子の連て而問國政於日羅、對言天皇の所以治天
131 下政、要須護養黎民。何遽興兵て將失滅、故今、合
132 議者仕奉朝列臣連二造
133 饒富令無所乏。如此三年にて足食足兵て以悦使
134 民。不憚水火、同恤國難。然後多造舩舶て毎津列置て

（「足食」二
字ミセケチ）

125 而曰於檜隈《の》宮《の》御‐寓《雨ノシタシラス》天皇之世、《ミに》我君大伴金村《の》大
126 連、奉為國‐家、《ミカト》使《ツカハシ》於海《ワタの》表、《ホカニ「に」》火《の》葦北《の》國《の》造、刑部靫《ユケヒ》‐部、阿
127 利斯登之子、《コ》臣《ヤツコ》達‐率日羅、《を》一《て》聞《キ、タウヘ》天皇《の》召《ト》一《て》恐‐畏《カシて》來‐朝《マウケリ》。乃
128 解其甲《ヨを》一《て》奉於天皇。《に》乃營。《イホリ》（句點消）館《ムロツミ》於阿斗桑《クハの》市《に》一《て》使住《ハムヘラ》《ヘ》日羅《を》一《て》
129 供‐給《ワ[サ]メタマてマ、》隨《コ、ロノ》二欲、《ネカヒ》復遣阿倍目《の》臣、物部《の》贄子《コの》連、大伴《の》糠手
130 子《の》連《を》一《て》而問國《の》政於日々羅。《に》々對《て》言《マ》天皇《の》所以《は》治《タマフ》天
131 下《の》政、《を》要、《西也》須《は》護《マ》‐養《タマヘ》《ヤ》黎《オホムタカラを》《オ》‐民。何遽《スに》興兵《を》一《て》翻《カ[ヘ]リて》將失《タマ》滅。故今、合
132 議《ハカリコト》‐者《人を》一《て》仕《シ》《ツ》‐奉朝《ミカト》‐列、《に》臣連二《の》造 二造者國造伴造也 下及《スに》百姓《に》悉《に》皆
133 饒富《て》令《む》無所乏。《タラヌ》如《カクスルコト》‐此三年《にて》足《タシ》食《クラオを》《クラモ》足《ヒ》食《ヒ》足兵《を》一《て》以悦《を》一《て》使《タマ》
134 民。《を》不憚《ヨ》《ヘ、》水火、《に》同恤《ウレヘム「む」》國《の》難。《ワサを》然後多造舩‐舶《を》一《て》毎津列‐置《て》
〔影178〕

135 使觀客人ニテ令ㇺ生恐ー懼。爾乃、以ㇾ能使ㇺ於百濟ニテ召ㇺ其

136 國王ㇺ。若不來者召ㇺ其太佐平王子等ヲ以テ來ㇾ。即自然ニ心ニ

137 生欽ー伏。後應ㇿ問ㇺ罪ヲ。又、奏テ言、百濟人、謀言、有ㇿ舩三百。

138 欲ㇺ請ㇾ筑紫ヲ。若其實ニ請ハ宜陽ー賜ㇿ予。然則百濟、欲ㇺ新ニ造ㇺ

139 國ヲ、必先ㇺ以

（「不」補入）

145 日羅、自桑市村より難波館に遷りて徳爾等畫夜相計りて將に殺さむと欲す。

146 時に日羅身の光、火焔の如く有り。由是に徳爾等恐りて〇不殺。遂に

147 十二月の晦に、候を失光殺。日羅更に蘇生して曰く、此は是我駈ひし奴等が爲なり、

148 於に非新羅也。言畢て死ぬ。屬是の時に有新羅使。故云爾也

149 贄子の大連、糠手子の連て小郡の西畔の丘前に收葬せしむ。以其

150 妻子、水手等を居于石川に。於是大伴の糠手子の連議て曰、

151 聚居一處、恐、生其變。乃以妻子を居于石川の百濟村水

152 手等を居于石川の大伴村。收縛徳爾等て置於下百濟の河

153 田村に遣數大夫を推問其事。徳爾等伏罪て言信。是恩率

154 參官教使爲人之下て不放達矣。由是て下獄て

〔影181〕

155 復-命シテ於朝庭ニ。乃チ遣使ヲ於葦北ニテ悉ニ召日羅ノ眷屬ヲ賜德爾

156 等ヲ任情ニ決-罪ツミセシム。是時葦北ノ君等受テ而皆殺テ投彌賣嶋彌

157 嶋蓋姫以日羅ヲ移葬於葦北ニ。於後海ノ畔タヘノ人言、恩率之船

158 被風ニ没海。參官之舩ハ漂-泊津嶋ニテ乃始テ得歸ルコト

159 〈十三年春二月癸巳朔庚子遣難波ノ吉士木-蓮-子ヲ

160 使於新羅ニ。遂ニ之任那ニ。●秋九月從百濟、來鹿深臣、闕名

161 有彌勒ノ石ノ佛像ミカタ一軀。佐伯連有佛像一軀是歳蘇

162 我ノ馬子宿禰請其佛像二軀ヲ乃遣鞍部村-主司

163 馬達等池邊ノ直氷田ヲ使於四方ニテ訪-覓修-行者ヲ於

164 是唯於播磨國ニテ得僧-還-俗者ヲ名ハ高麗ノ惠便。大臣、乃、

（「等」補入）

165 以為師。令家出セシム司馬達等、女嶋を曰善信トノアマ尼一年十一歳又度イヘテ善

166 信ノ尼之弟子二人。其一は漢人夜菩之女、豐女、名を曰禪

167 藏尼。其二錦織壺之女、石女名を曰惠善尼壺此云都符

168 子獨依佛法て崇敬三尼を乃以三尼て付氷田直與達

169 等て令供衣食。經營佛殿を於宅の東の方て安置彌勒の石の像を

170 屈請三尼を大會設齋。此時に達等得佛の舍利を於齋食の上に。

171 卽以舍利を獻於馬と子と宿禰に試以舍利を置

172 鐵の質中に振鐵の鎚て打。其質與鎚、悉に被摧壞。而舍利をは不

173 可摧毀。又投舍利を於水に舍利隨心の所願に浮沈於水に

174 由是て馬子宿禰、池邊の氷田、司馬達等、深信佛の法て修

175 行、不懈。馬子宿禰亦於石川の宅に佛殿を修治る佛法之

176 初め自茲より而作オコレリ

177 十四年春二月戊子朔壬寅蘇我の大臣、馬子宿

178 禰、起塔を於大野丘の北に大會を設齋。卽以達等前所

179 獲舍利を藏塔柱頭に。辛亥蘇我の大臣患疾。問於卜

180 者に。對言、祟於父時、所祭、佛神之心也。大臣、

181 卽遣子弟を奏其占狀。詔曰宜依卜者之言て祭祠

182 父神を。大臣奉詔て禮拜石の像を是延壽命。是時國に行

183 疫疾て民死者の衆。●三月丁巳朔に物部の弓削守屋の大

184 連、與中臣の勝海大夫、奏曰、何故不肯用臣言。自

185 考天皇、及於陛下、疫疾流行國民可絶。豈非專

186 由蘇我臣之興行佛法歟。詔曰、灼然宜斷佛法。

187 丙戌物部弓削守屋大連、自、詣於寺踞坐胡床(消)

188 斫倒其塔縦火燔之。幷燒佛像與佛殿。既而取

189 所燒餘佛像令棄難波堀江。是日無雲風雨大

190 連被雨衣詞責馬子宿禰與從行法侶令生毀

191 辱之心。乃遣佐伯造御室(更名闇礫)喚馬子宿禰所

192 供善信等尼。由是馬子宿禰。敢(入換符號)不違命慟愴啼

193 泣、喚出尼等付於御室。有司便奪尼等三衣禁

194 錮楚撻海石榴市亭。天皇思建任那差坂田耳

185 考《カソの》天《サキノミカト》皇《キ》、及於陛—下《キミに》《ミトキ》、疫—疾《エヤミ》流《アマネク》行《オコて》國《の》民可絶。豈非専《タクメ》
186 由《レに》蘇我臣《か》之興—行《に》佛《の》法《を》歟《ヤ》。詔《て》曰、灼—然《イヤチコは》〇歟宜斷《ヤメヨ》佛《の》法《を》。
187 丙戌物部《の》弓削《の》守屋《の》大連、自、詣《イマ》於寺《に》一て踞—坐《シリウタヲリ》胡《アクラ》床《に》〇〇（消）
188 斫《キリ》—倒《タフシ》其塔《を》一て縦《ツケ》火《を》一て燔《ヤク》之。幷《て》—燒佛像《ミカタ》與《を》佛《の》殿《オホトノ》。既《て》而取
189 所《の》燒餘《アマリの》佛《ノ》像《を》一て令棄難波堀《ホリ》江《に》。是日《に》無雲《ク》一て風《キ》雨《ル》。大
190 連被《アマヨソヒセリ》—雨—衣《て》訶《セメ》—責馬子宿禰與《を》從《て》行《オコナヘル》法《の》侶《ヒト、モ》一て令生毀《ヤフリ》
191 辱《ハツカシムル》之心《を》。乃遣佐—伯造御《ミ》室《ムロを》一て更名《は》閭《ル》礙《ケ》於喚馬子宿禰《の》所
192 供《イタハル》善信等尼《を》。由是一て馬子宿禰、〇敢《て》不《レ》違（入換符號）命《に》一て惻《イタミ》—愴《ナケク》、啼《イサチツ、》—
193 泣、喚—出尼等《を》一て付於御室《に》。有—司《ツカサ》便《に》奪尼等《の》三—衣《を》一て禁—
194 錮《カラメて》楚《トラヘ》—撻《シリカタウチキ》海—石—榴《ツハキ》—市《イチノ》—亭《ウマヤクチに》。天皇思建《ことを》）任那《を》一て差《サシ》坂田《の》耳
〔影186〕

195 子の王を為て使ひて、属此之時に天皇與大連、卒に瘡を患ひたまふ。故

196 不果遣。詔橘豊日皇子に曰、不可違背考天皇の勅に。

197 可勤修乎任那之政を也。又發瘡て死。者、充盈於国に。其患

198 瘡者の言、身、如被燒、被打、被摧て啼泣而死。老少竊に

199 相謂て曰、是、燒佛像之罪かと。●夏六月馬子宿禰奏て

200 曰臣之疾病、至今未愈。不蒙三寶之力難可救

201 治。於是詔馬子宿禰て曰汝可獨行佛の法を。宜斷餘

202 人。を以三尼を還付馬子宿禰。と受而歡悦。嘆

203 未曾有て頂禮三尼。新に營精舎を迎入供養

204 三輪の逆君、中臣の磐餘連、俱に謀滅佛法を欲燒寺

塔并棄佛像。馬子宿禰諍而不從●秋八月乙酉朔己亥天

205 皇、病、彌留崩於大殿。是時に起殯宮を於廣瀬。馬子宿禰

206 大臣佩刀て而誄。物部弓削の守屋大連听然而咲曰、如

207 中獵箭之雀鳥焉。次に弓削の守屋大連、手脚搖震戰誄

208 搖震戰慄也。馬子宿禰の大臣、咲て曰可懸鈴矣。由是にて二の臣、微生

209 怨恨。を三輪君逆使隼人て相距於殯庭に穴穂部の皇子、

210 欲取天

聲　點

本文篇に於ては、印刷の都合上本文の漢字に附された聲點及び訓點の片假名（含萬葉假名）に附された聲點を共に省いたのであるが以下に抜き出して揭げる。本文の漢字に附された聲點には二種有り、萬葉假名・破音字等に墨の圈發により附したものと朱の點發により附したものとである。訓點に附された聲點は、片假名に墨のゴマ點により附したものが大多數であり、萬葉假名・實字訓に墨の圈發により附したものが少數有る。以下、行頭の算用數字は各卷の行數、その下の「朱」・「墨」はそれぞれ朱點・黑點なることを示す。

(一) 本文に附された聲點

卷第十一

本 文 篇　本文に附された声点　巻11　136

21墨	22墨	44朱	45朱	45朱	45朱	46朱	48朱	48朱	48朱	49朱	49朱
游宇宿禰	游宇宿禰	知破挪臂苔	于祁能和多利珥	佐烏刀利珥	破挪鷄務臂苔辭	和餓毛胡珥虚務	智破挪臂等	于祁能和多利珥	和多利涅珥	多氏麋阿豆瑳由瀰	摩由瀰

49朱	50朱	50朱	51朱	51朱	51朱	51朱	52朱	52朱	52朱	53朱	53朱
伊枳羅牟苔	伊斗羅牟苔	虚ゝ呂破望開耐（50朱ニ同例）	望苔幣破	須慧幣破	枳瀰烏於望臂涅	伊暮烏於望比涅	伊羅那鷄區	曾虚珥於望比	伽那志鷄區	虚ゝ珥於望臂	伊枳羅儒層區屢

53朱	54朱	107墨	128朱割	144墨	145朱割	149朱	155朱	157朱	158朱	158朱	159朱
阿豆瑳由瀰	摩由瀰	爲（破音字、以下同）	苔呂母能古	戸田宿禰	左舸能苔里	和珥池	玖賀媛	瀰儺曾虚赴	於瀰能烏苔咩烏	多例挪始儺播務	瀰箇始報破利摩

本文に附された声点　巻11

頁	本文
160 朱	・波揶摩智
160 朱	・以播區娜輸
160 朱	・伽之古俱等望
160 朱	・阿例揶始儺破務
172 朱	・于麼臂苔能
173 朱	・多菟屢虛等太氏
173 朱	・于磋由豆流
174 朱	・多曳麼菟餓務珥
174 朱	・奈羅陪氏毛餓望
175 朱	・虛呂望虛曾
175 朱	・赴多幣茂豫者
175 朱	・瑳用洒虛烏

頁	本文
175 朱	・那羅陪務耆彌破
176 朱	・介辭古耆呂介茂
176 朱	・於辭氏屢
176 朱	・那珥破能瑳耆能
177 朱	・那羅珥破莽
177 朱	・那羅陪務苔虛層
177 朱	・曾能古破
178 朱	阿[利]鷄梅
178 朱	・那菟務始能
178 朱	・臂務始能虛呂望
179 朱	・赴多幣耆氏
179 朱	・介區瀰夜儾利破

頁	本文
179 朱	・阿珥豫區望阿羅儒
180 朱	・阿佐豆麼能
180 朱	・避介能烏瑳介烏
181 朱	・介多那耆珥
181 朱	・瀰致喩區茂能茂
181 朱	・多遇臂氏序豫枳
184 割朱	・箇始婆
189 朱	・那珥波臂苔
189 朱	・須儒赴泥苔羅齊
190 朱	・許辭那豆瀰
190 朱	・曾能赴尼苔羅齊
190 朱	・於明瀰赴泥苔禮

192朱 夜莽之呂珥	193朱 伊辭鶏	193朱 伊辭鶏之鶏	193朱 苔利夜莽	194朱 伊辭枳阿波牟伽茂	195朱 阿餓茂赴菟磨珥	195朱 菟藝泥赴	195朱 椰莽之呂餓波烏	195朱 箇破能明利	196朱 涴餓能朋例麽	196朱 箇波區莽珥	196朱 多知瑳介喩屢

197朱 毛ゝ多羅儒	197朱 椰莽辭呂能阿多利	197朱 於朋耆瀰呂介茂	198朱 菟藝泥赴	198朱 椰莽之呂餓波烏	199朱 瀰椰能朋利	199朱 和餓能朋例麽	199朱 阿烏珥豫辭	200朱 儺羅烏輸疑	200朱 烏陁氐	200朱 夜莽苔烏輸疑	200朱 和餓瀰餓朋辭區珥波

201朱 箇豆羅紀	201朱 多伽瀰揶	201朱 和藝幣能阿多利	207朱 椰莽辭呂能	207朱 菟ゝ紀能瀰揶珥	208朱 茂能莽烏輸	208朱 和餓齊烏瀰例麽	208朱 那瀰多

139 本文に附された声点 巻11

215 朱 于・羅遇破・能紀	218 朱 菟藝泥赴・	220 朱 挪餓破曳儾須・・・・
215 朱 豫・屢麻志土枳・	218 朱 挪摩之呂謎能・・	220 朱 企以利摩韋區例・
215 朱 箇破能區莽愚莽・・・	218 朱 許久波茂知・	220 朱 菟藝泥赴・
216 朱 豫呂朋臂喩玖伽茂・・	218 朱 于知辭於朋泥・・	221 朱 夜莽之呂謎能・
216 朱 于羅愚破能紀・	219 朱 佐和佐和珥・・	221 朱 許玖波茂知・
218 朱 菟藝泥赴・	219 朱 儾餓伊幣齊虛曾・・	221 朱 于智辭於明泥・
	219 朱 于知和多須・・	222 朱 泥泥士漏能・
		222 朱 辭漏多娜武枳・
		222 朱 摩箇儒鷄麼虛曾・・
		223 朱 辭羅儒等茂伊波梅・・
		253 朱 比佐箇多能・
		254 朱 阿梅箇儾麼多・・

254 朱 謎廼利餓・	260 朱 破夜步佐波・	271 朱 破始多氐能・
254 朱 於瑠箇儾麼多・	261 朱 阿梅珥能朋利・・	271 朱 佐餓始枳挪摩茂・・
254 朱 波挪步佐和氣能・・	261 朱 等弭箇慨梨・	272 朱 和藝毛古等・
255 朱 彌於須臂餓泥・・	261 朱 伊菟岐餓宇倍能・・	
260 朱 破夜步佐波・	262 朱 婆裝岐等羅佐泥・・	

巻第十四

272朱	・赴駄利古喩例麼
272朱	・揶須武志呂箇茂
288朱	許呂斯。
290朱	阿弭古。
301朱	多莽耆破屢
301朱	宇知能阿曾
301朱	儺虛曾破
302朱	豫能等保臂等
11墨	刺殺。（破音字）
17墨	復（破音字）
17墨	爲。（破音字）

302朱	儺虛曾波
302朱	區珥能那餓臂等
302朱	阿耆豆辭莽
303朱	揶莽等能區珥
303朱	箇利古武等
303朱	儺波企箇輸揶
304朱	夜輸瀰始之
304朱	和我於朋枳瀰波
25朱	飫瀰能古簽
25朱	多倍能波 伽摩□
26朱	・儞播儞陁と始諦

305朱	・于陪儺于陪儺
305朱	・和例烏斗波輸儺
305朱	・阿企菟辭摩
306朱	・揶莽等能倶珥珥
306朱	・箇利古武等
306朱	・和例破枳箇儒
26朱	（阿遙比）那（陁須暮）
34墨	市邊押磐皇子。
37墨	來田綿。

本文に附された声点　巻14

37 墨 ｡蚊屋野	73 墨割 盖鹵王｡	96 墨 ｡阿閉臣國見
42 墨 佐伯部賣輪（ウルワ）	73 朱割 ｡阿禮奴跪	96 墨割 ｡磯特牛
52 墨割 橘姫皇女｡	73 墨割 慕尼夫人｡	98 墨 ｡枳莒喩
53 墨 武廣國押	73 墨割 適稽女郎｡	113 墨 ｡來目水
54 墨割 栲幡姫皇女 ｡｡	74 墨割 □□	118 朱 野麽等能 ●●
55 墨割 吉備窪屋臣 ｡	74 墨 ｡御□□	118 朱 嗚武羅能陁該爾 ● ● ●
56 墨 春日和珥臣深目 ｡	81 墨 倭采女日媛 ｡	118 朱 ｡之之符須登
61 墨 娜毗騰耶 ｡	90 墨 菟田御戸部眞鋒 ｡	118 朱 ｡拖例柯擧能居登 ●
61 墨 幡麼珥 ｡	90 墨 田高天 ｡	119 朱 飫裒麽陛爾麻嗚須 ● ● ●
67 墨 易（破音字）	92 墨 狹穗子鳥別 ｡｡	119 朱割 飫裒枳彌爾麻嗚須 ● ● ●
70 墨 池津媛	93 墨 ｡史戸	119 朱割 飫裒麽陛爾儞麻嗚須 ● ● ●
72 墨割 百済新撰｡	95 墨 ｡博德	120 朱 飫裒枳彌簸 ● ●

120	朱	賊據鳴枳舸斯題
120	朱	拖磨ゝ枳能
120	朱	阿[娛]羅儞陁ゝ伺
121割	朱	陁ゝ伺
121割	朱	伊麻司
121	朱	絁都魔枳能
121	朱	阿娛羅[儞]□ゝ伺
122	朱	斯ゝ磨都登
122	朱	倭我[伊]麻西麼
122	朱	佐謂麻[都]□
123	朱	倭我陁ゝ西麼
123	朱	陁倶符[羅]爾
123	朱	阿武柯枳都枳
123	朱	曾能阿武鳴
124	朱	婀枳豆
124	朱	波野倶譬
124	朱	波賦武志謀
124	朱	飫哀枳瀰儞
125	朱	麼都羅符
125	朱	儺我柯陁播
125	朱	於柯武
125	朱	婀岐豆斯麻野麻登
126割	朱	婆賦武志謀
126割	朱	舸矩能御等
126割	朱	[儺]儞於婆武登
126割	朱	蘇羅瀰豆
126割	朱	野[麻][等]能矩儞鳴
126割	朱	阿岐豆斯麻登以[符]
134	朱	野須瀰斯志
134	朱	倭我□□枳瀰能
135	朱	阿□[麼]斯□
135	朱	志ゝ能
135	朱	宇拖枳
135	朱	舸斯□瀰
135	朱	倭我尼㝵能哀利志
135	朱	阿理鳴能

143 本文に附された声点 巻14

頁	色	語
136	朱	宇倍能
136	朱	婆利我曳陁
136	朱	阿西鳴
141	朱	加須利君
141	朱割	蓋鹵王
142	墨割	適稽女郎
143	墨割	昆支
144	墨	軍君
145	朱	加□□君
148	墨	各羅嶋
150	朱	武寧王
150	墨	主嶋
151	朱割	蓋鹵王
151	朱割	□□支君
153	朱	擧暮利矩能
153	朱	播都制能野麼播
154	朱	伊麻拖智能
154	朱	與慮斯企野麼
155	朱	和斯里底能
155	朱	與慮斯企夜麼能
155	朱	據暮利矩能
155	朱	播都制能夜麼播
155	朱	阿ニ野ニ爾ニ
156	朱	于ニ羅ニ虞ニ波ニ斯ニ
158	朱割	須我屢
163	朱割	菟田
168	墨	前津屋
169	墨	前津屋
174	墨	吉備上道臣田狹
183	墨	歡因知利
198	墨	固安錢
198	朱割	柯陁之波
199	朱割	比慮岐津
200	墨	漢陶部高貴
201	墨	鞍部堅貴
201	墨	畫部因斯羅我

201 墨 錦部定安那錦︒	228 墨 凡河內直香賜	260 墨 ︒固
201 墨 譯語卯安那︒	229割朱 ︒舳拖夫	261 墨 百濟王︒
202 墨 ︒桃原	235 朱 蘇我韓子宿禰︒	268 墨 爲︒
202 墨 ︒眞神原	235 墨 ︒箇陁利	269 墨 ︒虎
204 墨 博德︒︒	235 朱 ︒小鹿火宿禰	272 墨 田身輪邑︒
208割朱 ︒于麻柯比	238 墨 匝羅︒	273 墨 ︒兄麻呂
208 墨 爲︒	239 墨 復︒	273 墨 ︒弟麻呂
214 朱 筑足︒流城	244 墨 爲︒	276 墨 倭子連︒
214割朱 都久斯岐城︒	253 墨 爲︒	280 墨 田邊史伯孫︒
219割朱 伊柯︒︒屢俄	254 墨 復︒	280 墨 書首加龍︒
219 墨 吉備臣小梨(ヲナシ)︒	257 墨 ︒兵馬	282割墨 ︒伊致寐姑
219 墨 難波吉士赤︒目子	259 墨 ︒復	285 墨 復︒

145　本文に附された声点　巻14

291 墨 　爲	314 朱 　志我都矩屢麻泥爾	314 朱 　飫哀枳瀰爾
292割 墨 　爲。	313 朱 　伊裒甫流柯枳底	314 朱 　柯陁俱
293 墨 　嚷鳥人（元來「養鳥」歟）	313 朱 　婆柯曳鳴	315 朱 　都柯陪麻都羅武騰
298 墨 　貴信	313 朱 　　ミミ奴能	315 朱 　倭我伊能致謀
300 墨 　爲。	313 朱 　伊ミ制ミ能ミ	315 朱 　那我俱毋鵝騰
308 墨 　木工鬪鷄御田	312 朱 　柯武柯箆能	316 朱 　伊比志
		316 朱 　拖俱彌幡夜
		316 朱 　阿拖羅陁俱彌幡夜
		318 墨 　齒田根命
		319 墨 　山邊小嶋子
		321 朱 　耶麽能謎能
		321 朱 　故思麽古喩衞爾

322 朱 　比登涅羅賦	328 墨 　小野臣大樹	337 朱 　偉儺謎能陁俱彌
322 朱 　宇麽能	331 墨 　韋那部眞根	337 朱 　娿拖羅斯枳
322 朱 　耶都擬播	332 墨 　中。（破音字）	337 朱 　柯該志
322 朱 　嗚思稽矩・謀那斯		337 朱 　須彌儺幡
		338 朱 　旨我那稽麽

344墨	342割朱	341割朱	341朱	341朱	340朱	340朱	340朱	340朱	338朱	338朱
◦吳織	阿羅㾮志	◦伊志歌孺	◦俱盧古麻	◦柯彼能	◦伊能致志儾麻志	◦矩羅枳制播	◦矩盧古麻	◦柯彼能	◦農播拖磨能	◦婀拖羅須儾幡	◦拖例柯ゝ該武預

402墨	401割墨	401割墨	382墨	381墨	379墨	379墨	378墨	372朱	363墨	361墨	345墨
◦爲	◦大后王子	◦蓋鹵王	◦伊勢朝日郎	◦物部菟代宿彌	◦俯見村	◦來狹ゝ村	◦土師連祖吾笥	◦禹豆麻佐	◦難波吉士日香ゝ	◦日根	◦磯齒津路

432割墨	431墨	426墨	425墨	419墨	413墨	411墨	410墨	407墨	404割墨	404割墨	403墨
◦努力	◦復	◦爲	◦爲	◦爲	◦東城王	◦末多王	◦文斤王	◦餘社郡管川人	◦末多王	◦日本舊記	◦汶洲王

巻 第 十 七

435 朱	娑婆水門	
438 朱	瀰致儞	
438 朱	阿賦耶	
3 墨	男大迹天皇	
4 墨	振ミ（振媛）	
5 墨	振媛	
5 朱	三尾	
10 墨	小泊瀬天皇	
19 朱	許勢男人大臣	
22 朱	男大迹天皇	
25 墨	河内馬飼首荒籠	

439 朱	鳴之慮能古	
439 朱	阿母儞擧曾	
439 朱	枳擧曳儒阿羅毎	
35 墨	爲（破音字）	
51 朱	天國排開廣庭尊	
52 墨	波羅企	
53 墨	廣國排武金日尊	
53 割墨	武小廣國押盾尊	
58 墨	尾張迺草香女	
59 墨	一	
60 墨	勾大兄皇子	

439 朱	矩儞ミ播	
440 朱	枳擧曳底那	
60 墨	檜隈高田皇子	
61 墨	三尾角折君妹	
62 墨	稚子媛	
63 墨	坂田大跨王女（マタ）	
64 墨	馬來田皇女	
64 墨	息長眞手王女	
65 割墨	沙左礙	
67 墨	白坂活日姫皇女	

68割墨	68墨	69墨	70墨	70墨	71墨	72墨	72墨	76墨	76墨	78割墨	78割墨
長石姫	三尾君堅楲女	椀子皇子（マリ）	耳皇子	赤姫皇女	稚綾姫皇女	圓娘皇女	厚皇子	傍丘磐杯丘（ツキ）	耽羅人	百濟本記	久羅麻致支彌（但、朱「久羅」）

84墨	84墨	84墨	84墨	90墨	105墨	105墨	106割墨	106墨	106墨	107墨	108墨
上哆唎	娑陀	牟婁	哆唎國守	住吉大神	姐彌文貴將軍	州利卽爾將軍	委意斯移麻岐彌	段楊爾	伴跛國	己汶	百濟太子淳陁

110朱	111朱	111朱	112朱	112朱	112朱	112朱	113朱	113朱	113朱	113朱
野絁磨俱爾	都麿〻祁舸泥底	播屢比能	哿須我能俱爾〻	俱波絁謎鳴	阿利等枳〻底	與慮志謎鳴	阿利等枳〻底	與慮志謎鳴	阿利等枳〻底	莽紀佐倶	避能伊陁圖鳴

114 朱 飫斯毗羅枳
114 朱 倭例以梨魔志
114 朱 阿都圖唎
115 朱 都麼怒唎
115 朱 絁底魔俱羅
115 朱 圖唎
115 朱 都麼怒唎絁底
115 朱 伊慕我提嗚
116 朱 倭例儞魔柯斯每
116 朱 倭我堤嗚麼
116 朱 伊慕儞魔柯絁每
117 朱 麼左棄逗騾

117 朱 多ゝ企阿藏播梨
117 朱 矢泊矩矢慮
118 朱 于魔伊禰矢度儞
118 朱 (儞)ゝ播都等唎
118 朱 柯稽播儺俱儺梨
119 朱 奴都等利
119 朱 枳蟻矢播等餘武
119 朱 娑絁稽矩謨
119 朱 伊廝娜以播孺底
120 朱 阿開儞啓梨
120 朱 倭蟻慕
120 朱 莒母唎矩能

121 朱 簸覩細能哿波麼
121 朱 那峨例俱屢
121 朱 駄開能
122 朱 以矩美娜開
122 朱 餘嚢開
122 朱 謨等ゝ陛嗚麼
122 朱 莒等儞都俱唎
123 朱 須衞陛嗚麼
123 朱 府曳儞都俱唎
123 朱 府[企]儺須
123 朱 美母慮我紆陪儞
124 朱 能朋梨[陁]致

124	朱	倭我彌細麼
124	朱	都奴娑播府
125	朱	以籛例能伊開能
125	朱	美那矢駄府
125	朱	紆鳴謨紆陪儞堤
126	朱	(堤)〻那暟矩
126	朱	野須美矢〻
126	朱	倭我於明枳美能
126	朱	於魔細屢
127	朱	娑佐羅能
127	朱	美於寐能
127	朱	武須彌陁例
127	朱	駄例夜矢比等母
128	朱	紆陪儞彌堤
128	朱	那暟矩
129	墨	汶得至
129	墨	安羅辛已奚
130	墨	賁巴委佐
130	墨	伴跛
130	墨	旣殿奚
130	墨	竹次至
131	墨	己汶滯沙
131	墨	戢支
134	墨	摩呂古
136	墨	秋津
143	墨	爲
145	墨	麻呂古
147	墨	匝布屯倉
147	墨	子呑帯沙
149	墨	爾列比
149	墨	麻次比
149	墨	麻且奚
152	墨	文貴將軍
153割	墨	物部至〻連
154	墨	沙都嶋
158	墨	汶慕羅

151　本文に附された声点　巻17

| 159 墨 ｡前部木刕｡ | 159 墨 ｡不𪮷甲背｡ | 162 墨 ｡州利卽次將軍 | 163 墨 ｡漢高安茂 | 164 墨 ｡灼莫古將軍 | 165 墨 ｡斯奈奴阿比多 | 165 墨 ｡安定 | 169 墨 ｡王穗 | 171 墨 ｡南加羅 | 171 墨 ｡喙｡己呑 | 172 墨 ｡筑紫國造磐井 | 181 墨 ｡兵事 |

| 197 割墨 ｡美佐祁 | 198 墨 ｡加羅 | 198 墨 ｡多沙津 | 206 墨 ｡阿利斯等 | 208 墨 ｡加羅 | 208 墨 ｡己冨利知伽 | 210 墨 ｡刃伽 | 210 墨 ｡古跛 | 210 墨 ｡布那牟羅 | 211 墨 ｡安羅 | 211 墨 ｡南加羅 | 212 墨 ｡喙｡己呑 |

| 212 墨 將軍君貴｡ 尹 | 212 墨 ｡𪮷那甲背｡ | 212 墨 ｡𪮷鹵 | 214 墨 ｡夫智奈𪮷禮 | 214 墨 ｡奚奈𪮷禮 | 217 墨 ｡將軍君 | 218 墨 ｡任那王己能末多干岐｡ | 219 割墨 ｡阿利斯等 | 222 墨 ｡己能末多干岐 | 224 朱 ｡熊川 | 224 割墨 ｡久斯牟羅 | 225 墨 ｡新羅王佐利遲 |

| 225 墨 久遲布禮 | 225 割墨 久禮爾師知于奈師磨里 | 225 墨 恩率彌騰利 | 229 墨 恩率彌䠯利 | 229 墨 久遲布禮 | 230 墨 上臣伊叱夫禮智干岐 | 231 割墨 上臣 | 231 割墨 伊叱夫禮知奈末 | 232 墨 熊川 | 233 墨 己叱己利城 | 233 墨 伊叱夫禮智干岐 | 233 墨 多ゝ羅原 |

| 234 墨 伊叱夫禮智 | 239 割墨 金官 | 239 割墨 肯戈 | 239 割墨 安多 | 239 割墨 委陀 | 239 割墨 多ゝ羅 | 239 割墨 須那羅 | 239 割墨 和多 | 239 割墨 費智 | 244 墨 膽瓊䂺 | 253 墨 久斯牟羅 | 256 墨 吉備韓子那多利 |

| 256 墨 斯布利 | 262 墨 伊斯枳牟羅城 | 264 墨 久禮期己母 斯 | 265 墨 奴須久利 | 266 墨 背評 | 266 割墨 能備己富里 | 267 墨 奴須久利 | 270 墨 久禮牟羅城 | 270 墨 䠯利枳牟羅 | 270 墨 布那牟羅 | 271 墨 牟雌枳牟羅 | 271 墨 阿夫羅 |

本文に附された声点　巻17・20

271 墨 ｡久知波多枳	
273 墨 ｡加羅	
273 墨 ｡目頰子	
275 朱 ｡比攞哿駄喩	
275 朱 •輔曳輔枳能朋樓	
276 朱 •河符美能野	

巻第二十

3 朱 ｡淤中倉太珠敷天皇	
9 墨 物部弓削守屋大連	
19 墨 ｡辰爾	
26 墨 ｡與（破音字）	
30 墨 ｡中庭	

276 朱 •愷那能倭俱吾伊	
276 朱 •輔曳符枳能朋樓	
277 朱 •柯羅履儞鳴	
278 朱 •梅豆羅古枳駄樓	
278 朱 •以柯儞輔居等所	
278 朱 •武哿左履樓	

43 墨 ｡大嶋首磐日	
43 墨 ｡狹丘首鬪狹	
53 墨 大嶋首磐[日]	
59 墨 ｡田部	
60 墨 舮史壬辰爾	

279 朱 •以祇能和駄唎鳴	
279 朱 •梅豆羅古枳駄樓	
281 墨 ｡藍野陵	
282 割墨 ｡安羅	
283 割墨 其王安	

62 墨 息長眞手王	
63 墨 ｡押坂彦人大兄皇子	
64 割墨 ｡麻呂古皇子	
64 墨 ｡菟道磯津貝皇女	
66 墨 大派皇子（マタ）	

66 墨 伊勢大鹿首小熊	84 墨 日禮部	103 墨 安刀奈末
67 墨 [菟]名子夫人	85 墨 大別王	103 墨 失消奈末
67 墨 糠手姫皇女	85 墨 小黑吉士	108 墨 火葦北國造阿利斯登
73 墨 多々羅	87 墨 經論	109 墨 達率日羅
74 墨 須奈羅	88 墨 比丘尼	110 墨 紀國造押勝
74 墨 和陁發鬼	88 墨 呪禁師	110 墨 吉備海部直羽嶋
76 墨 幸王宮	92 墨 佛像	117 墨 百濟國主（存疑）
78 墨 [豐]御食炊屋姫尊	92 墨朱 枳叱政奈末	120 墨 恩率
79 墨 東宮聖德	94 墨 安刀奈末	120 墨 德爾
81 墨 [鸕]鷀	94 墨 失消奈末	120 墨 餘怒
81割 墨 輕守皇女	96 墨 魁師綾糟	120 墨 奇奴知
83 墨 櫻井弓張皇女	99 墨 綾糟	120 墨 參官

155　本文に附された声点　巻20

121墨　柂師德率次于德。	152墨　下百濟河田村	167墨　惠善尼
126墨　靫部阿利斯登。	156墨　彌賣嶋。	167割墨　都符。。
127墨　達率日羅。	160墨　鹿深臣。	168墨　氷田直
128墨　阿斗桑市。	162墨　鞍部村主司馬達。等	170墨　大會
129墨　阿部目臣	163墨　池邊直氷田。	174墨　池邊氷田
129墨　物部贄子連	164墨　惠便	174墨　司馬達。等
136墨　太佐平王子	165墨　司馬達。等	178墨　大會
144墨　餘奴。	165墨　善信尼。	184墨　中臣勝海大夫
144墨　血鹿。	165墨　善信尼。	191墨　佐伯造御室
145墨　桑市村	166墨　弟子。	191割墨　於閻礙
146墨　德爾。	166墨　夜菩。	192墨　善信。
152墨　德爾。	166墨　禪藏尼。	193墨　三衣。

(二) 訓點に附された聲點

(1) 萬葉假名實字訓に附された聲點……1026箇所

卷 第 十 四 …… 1

卷 第 十 七 …… 1

196 墨　橘豐日皇子

159 墨　°御°恵タマフ（咲）

203 墨　°佐°官

200 墨　°三°寳

(2) 片假名に附された聲點……1024箇所

卷 第 十 一 …… 513

2 墨　オ、ホ、サ、ヽキ（大鷦鷯）

3 墨　ホ、ム、タ（譽田）

3 墨　ナ、カ、ツ、ヒメ（仲姫）

4 墨　イ、ホ、キ（五百城）

209 墨　°相距（破音字）

4墨 サカシクマシマス（叡智）
5墨 ミカタチ（貌）
5墨 ミスカタ（容）
5墨 ウルワシ（美麗）
5墨 ヲトコサカリ（扗）
5墨 メクミ（仁寛）
5墨 ウツクシヒマシマス（慈恵）
6墨 カミアカリマシヌ（崩）
6墨 ヒツキノミコ（太子）
6墨 ウチノワカイラツコノミコ（菟道稚郎子）
7墨 アマツヒツキシロシメサス（未卽帝位）
7墨 マウシタマハク（諮）

8墨 タミ（萬民）
8墨 ウタキオホフコト（蓋）
8墨 ウケイル、コト（容）
9墨 オホムタカラ（百姓）
9墨 ヤツカレ（我）
9墨 イロトナリ（弟）
10墨 サトリ（文獻）
10墨 シラムヤ（登）
11墨 ミヤヒ（風姿）
11墨 イコヨカニマシマス（岐嶷）
11墨 ヒトヲメクミ（仁）
11墨 オヤニシタカフこと（孝）

本文篇 訓点（片仮名）に附された声点 巻11

- 11 墨 キコエ（聆）
- 11 墨 ミヨハ ヒマタヒト、ナタマヘリ（齒且長）
- 11 墨 マス（爲）
- 11 墨 サキノミカト（先帝）
- 12 墨 ヨキカト（能才）
- 12 墨 メクミシタマテナリ（愛）
- 12 墨 クニ（宗廟）
- 13 墨 イヘ（社稷）
- 13 墨 ヤツカレ（僕）
- 13 墨 ミツナウシテ（不倭）
- 14 墨 オトヽヘ（季）
- 14 墨 ヤツコラマナルハ（臣）
- 14 墨 ミコ（王）
- 15 墨 ウタカヒタマハス（勿疑）
- 15 墨 アマツヒツキシロ シメセ（須卽帝位）
- 15 墨 ヤツコラマトシテ（臣）
- 16 墨 ノタマヒシク（謂）
- 16 墨 キミノクラヒハ（皇位）
- 16 墨 ヨキ ヒト（明德）
- 17 墨 キミ（王）
- 17 墨 マウケキミ（貳）
- 17 墨 サイハヘタマフニ（祚）
- 17 墨 ミツキ（嗣）
- 17 墨 アカメ（崇）

159　訓点（片仮名）に附された声点　巻11

17墨　ˋシナ（章）
18墨　ˋイロトノˋミˋコノ（弟王）
19墨　カタクイナヒタマヒテ（固辭）
19墨　ナカツ（ヒコノ）ミ⃞コ⃞（中彦皇子）
20墨　ˋミタ（屯田）
20墨　⃞ミ⃞ヤˋケ（屯倉）
20墨　ˋツカサ（司）
21墨　ˋヤモリ（山守）
21墨　ˋトコロ（地）
23墨　ˋステˋニ（便）
24墨　アˋツカレル（所任）
26墨　ˋアˋコカ（吾子籠）
27墨　ˋアタ（リテ）（適）
27墨　ˋツカˋハサレテ（遣）
27墨　ˋカラクニ（韓國）
27墨　イマタカヘリマウˋコス（未還）
28墨　ˋメセ（喚）
29墨　ˋマカレ（徃）
29墨　ˋカˋコ（水手）
30墨　マウˋケリ（來）
31墨　マキムクノ（纏向）
31墨　アメˋノˋシタˋシラシˋ（御宇）
32墨　ˋミˋヨˋニ（世）
32墨　ˋノタマフオホムˋコト（勅旨）

32 墨	スメラミコト（帝皇）
33 墨	ミカト（帝皇）
34 墨	ミコ（子）
36 墨	シロシメセレトモ（知）
38 墨	シラム（登）
39 墨	シメタマフ（令）
41 墨	モヽアマリノイクサ（數百兵士）
42 墨	キタマヒ（服）
42 墨	アサノミソ（布袍）
42 墨	キタマヒテ（服）
42 墨	フネニノセテ（載）
43 墨	ホムテ（踏）

44 左墨	カハニオチリヌ（墮河而没）
44 墨	ウキナカレツヽ（浮流）
46 墨	カクレタルツ[ハモノ]（伏兵）
47 墨	ウキイタリ（泛）
47 墨	カハラノワタリ（備羅濟）
54 墨	タテ（楯）
54 墨	オホミヤ（宮室）
55 墨	マシマス（居）
56 墨	キミノクラヒ（皇位）
56 墨	モチ（齎）
57 墨	イヲノ（魚）
57 墨	オホニヘ（苞苴）

59墨　アサレヌ（鯘）
59墨　カヨフアヒタ（往還）
59墨　アタシ（他）
61墨　アマナレヤ（有海人耶）
61墨　オノカモノカラ（因己物）
63墨　ヲヒタマヒヌ（死）
64墨　カムサリタマヒヌ（薨）
65墨　ナリヌ（經）
65墨　ミム ネ ヲウチ（標擶）
65墨　オラヒナイタマフ（叫哭）
65墨　セムスヘシラス（不知所如）
66左墨　マタコエ（跨）

66墨　ヨムテ（呼）
66墨　イロト（弟）
66墨　コタヘテ（應）
66墨　イキテタマヒヌ（活）
67墨　マシマス（居）
67墨　ナニノユエニカ（何所以歟）
68墨　スキマス（逝）
68墨　サトリ（知）
68墨　ヤツカレヲイカ丶オホサムヤ（何謂我乎）
69墨　イ ノチノカキリ（天命）
69墨　マウテイタル（向）
69墨　オフモトニ（御所）

69墨 マウサム（奏）
70墨 イソキイテマセリ（急馳）
71墨 オナシハラノイロメ（同母妹）
71墨 ヒメミコ（皇女）
72墨 ツカヒタマヘ（充）
72墨 ウチミヤノカス（掖庭數）
72左墨 アサノミソキタテマツリ（素服）
73墨 アサノミソキタヒテ（素服）
73墨 カナシヒタマヒ（爲之發哀）
73墨 ミネシタマフコト（哭）
73墨 スキタリ（慟）
73左墨 スキタマヘリ（慟）（紙縫、存疑）

74墨 アマツヒツキシロシメス（卽天皇位）
75墨 タカツノミヤ（高津宮）
75墨 ミカキ（宮垣）
75墨 オホトノ（室屋）
76墨 ウハヌリセス（弗壺色）
76墨 ハヘキ（桷）
76墨 ウツハリ（梁）
76墨 ハシラ（柱）
76墨 ウタチ（楹）
76墨 エカキカサラス（弗藻餙）
76墨 カヤ（茅茨）
76左墨 マクトキニ（之蓋）（「マ」ハ「フ」カ）

163　訓点（片仮名）に附された声点　巻11

76墨　カヤシリキリト､､ノヘス（弗割齊）
77墨　ワタコシ（私典）
77墨　タツクリヲウム（耕績）
77左墨　
77墨　アレマス（生）
78墨　ツク（木菟）
78墨　トヒイレリ（入）
78墨　ウフトノ（産殿）
79墨　ミツ（瑞）
79墨　サカナリ（吉祥）
79墨　キネフ（昨日）
80墨　コウム（産）
80墨　トヒイレリ（入）

80墨　アヤシ（異）
81墨　ミツ（瑞）
81墨　アマツシルシナリ（天之表）
82墨　ノチノヨノ（後葉）
82墨　シルシト（契）
86墨　イハノヒメノミコト（磐媛命）
87墨　オヒネノ　イサホワケ（大兄去來穗別）
87墨　スミノエノ　ナカツミコト（住吉仲皇子　但シ朱聲點「ト」アリ）
88墨　ヲアサツマワクコスクネノ（雄朝津間稚子宿禰）
88墨　カミナカ（ヒメ）（髪長媛）
89墨　オホクサカ（大草香）

89 墨 ハタヒノヒメミコ（幡梭皇女）
90 墨 タカトノ（高臺）
91 墨 ミノゾムニ（望）
91 墨 ケフリ（烟氣）
91 墨 タヽ（起）
91 墨 クニノウチに（城中）
92 墨 イヒカシク（炊）
92 墨 アケ（誦）
92 墨 ホムル（詠德）
93 墨 ヤスラカナリトイフウタ（康哉之歌）
93 墨 オホムタカラニ（億兆）
93 墨 ミトセニナリヌ（於茲三年）

93 墨 ホムルコヱ（頌音）
94 墨 イヒカシクケフリ（炊烟）
94 墨 イツヽノタナツモノ（五穀）
95 墨 ウチツクニスラ（邦畿之內）
95 墨 ツカサルコト（不給者）
96 墨 トツクニクニヲヤ（畿外諸國耶）
96 墨 ヤメテ（除）
96 墨 オホセツカフこと（課役）
96 墨 イコヘヨ（息）
97 墨 オホムソ（襦衣）
97 墨 オホムクツ（絓履）
97 墨 オホモノ（溫飯）

98 墨 オホミアツモノ（煖羹）

98 墨 スユリクサラスハ（不酸餧）

98 墨 ミコヽロヲトクシ（削心）

98 墨 ミコヽロサシヲセメテ（約志）

98 墨 シツカニオハシマス（從事乎無爲）

99 墨 ミカキ（宮垣）

99 墨 カヤシリ（茅茨）

100 墨 オホムソオホムフスマ（衣被）

100 墨 ホシノ（ヒカリ）（星辰）

100 墨 ヤレマヨリ（壊）

100左 墨 ヤフレマヨリモリテ（漏壊）

100 墨 ミマシキ（蓐）

101 墨 タナツモノ（穀）

101 墨 ミトセ（三稔）

101左 墨 （ミトセノ）コロ（三稔之聞）間

101 墨 ホムルコヱ（頌德）

101 墨 イヒカシクケフリ（炊烟）

103 墨 ミノソムタマフ（望）

106 墨 オホトノ（殿屋）

106 墨 オホムソオホムフスマ（衣被）

111 墨 イヒネ（大兄）

111 墨 イサホワケ（去來穗別）

111 墨 ミフヘ（壬生部）

112 墨 オホセツカフコト（課役）

113 墨	ヘヌ（經）
113 墨	ミクラ（府庫）
113 墨	オホムタカラ（黔首）
114左墨	ノコリモノヒロハス（不拾遺）
114 墨	ヤモヲ（鰥）
114 墨	ヤモメ（寡）
115左墨	ミツキ（調）
115 墨	ツクロフ（脩理）
117 墨	ツクル（構造）
118 墨	ウナカサレスシテ（不領）
118 墨	イハ（ズ）（不問）
118 墨	ヒルヨルト（日夜）
119 墨	イマヽテニ（於今）
119 墨	ホメマウス（稱）
122 墨	タハタケ（田圃）
123 墨	カハシリ（流末）
123 墨	ウシホ（海潮）
123 墨	サカノホテ（逆上）
123 墨	ムラサト（巷里）
124 墨	ウヒチニナリヌ（泥）
124 墨	ヨコシマソウナカミ（橫源）
124 墨	サカフルコミ（逆流）
126 墨	ホリエ（堀江）
126左墨	ホソカムトシ（將防）

167　訓点（片仮名）に附された声点　巻11

126　コミ（溘）
127墨　ク﹅ツ﹅レ﹅テ﹅（築而乃壞之）
127墨　ミ﹅イ﹅メ﹅ミ﹅タ﹅マ﹅ハ﹅ク（夢）
129墨　カ﹅ハ﹅ノ カ ミ（河伯）
130墨　イ﹅サ﹅チ﹅カ﹅ナ﹅シ（泣悲）
130墨　イ﹅リ﹅テ（没）
131墨　オ﹅フ﹅シ﹅ヒ﹅サ﹅コ（全菰）
131墨　フ﹅タ﹅ツ﹅ラ（兩箇）
131墨　ナ﹅ケ﹅イ﹅レ﹅テ（投）
133墨　ナ﹅ウ﹅カ﹅ハ﹅セ﹅ソ（不令泛）
134墨　ツ﹅ム﹅シ﹅カ﹅セ（飄風）
135墨　マ﹅ヒ﹅ツ﹅（轉）

135墨　ト﹅ク﹅ス﹅ミ﹅ヤ﹅カ﹅ニ﹅ウ﹅キ﹅ヲ﹅ト﹅リ﹅ツ﹅（瀁〻汎）
135墨　イ﹅サ﹅ミ（幹）
136墨　ミ﹅ツ﹅キ﹅タ﹅テ﹅マ﹅ツ﹅ル（朝貢）
138墨　ツ﹅カ﹅フ（勞）
138墨　エ﹅タ﹅チ（役）
139墨　タ﹅テ（楯）
140墨　マ﹅ト（的）
140墨　ア﹅ヘ﹅タ﹅マ﹅フ（饗）
142墨　イ﹅ト﹅ホ﹅ス（射通）
142墨　イ﹅ク﹅ハ﹅ノ（的）
143墨　ユ﹅ミ﹅イ﹅ル﹅コ﹅ト﹅ノ（射）
144墨　ミ﹅カ﹅ト﹅ヲ﹅カ﹅ミ﹅ス（拜朝）

144 墨 ︑クルツヒ（明日）	151左墨 ︑ミサトノナカ（京中）
145 墨 ︑サカノコリ（賢遺）	152 墨 ︑コムク（感玖）
146 墨 ︑オホウナテヲ（大溝）	153 墨 ︑トヨラ（豊浦）
146 墨 ︑クリクマ（栗隈）	153 墨 ︑ハラ（郊原）
146 墨 ︑︑ツク（潤）	154 墨 ︑︑ヨ︑ロツアマリ（四萬餘頃）
147 墨 ︑トシウ（年豊）	154 墨 ︑トシエヌ（凶年）
148 墨 ︑ミヤケ（屯倉）	156 墨 ︑ミセタマヒ（示）
150 墨 ︑ハシワタス（爲橋）	156 墨 ︑チカクツカマツル（近習）
150左墨 ︑ワタス（爲橋）	156 墨 ︑スレトモ（欲）
150 墨 ︑キカヒノツ（猪甘津）	156 墨 ︑メクマムト（愛）
150 墨 ︑ヲハシ（小橋）	157 墨 ︑メス（合）
151 墨 ︑ミナト（京中）	157 墨 ︑ヒヌ（經）

157 墨　サマタケムヤ（妨）
159 墨　ハヤマチ（速待）
161 墨　クルツヒノヨ（明日之夕）
162 墨　アマナハス（不和）
165 墨　ヤマヒシ（發病）
165 墨　イマ、テニ（今）
166 墨　ハカ（墓）
168 墨　ミツキタテマツラヌ（闕貢）
169 墨　カシコマリ（懼）
169 墨　ミツキタテマツル（貢獻）
169 墨　クサハヒノモノ（種種雜物）
171 墨　メシイレ（納）

172 墨　ウケユルサス（不聽）
174 墨　マシタマハク（曰）
182 墨　オホシ（謂）
182 墨　ユルサシト（不聽）
182 墨　カヘリコトマウシタマハス（不答言）
183 墨　イテマシテ（遊行）
184 墨　ミツナカシハ（御綱葉）
185 墨　マシマサヌトキ（不在）
185 墨　メシイレタウフ（納）
186 墨　メシツ（合）
187 墨　ナケイレ（投）
187 墨　ト、マリタマハス（不着岸）

187 墨 チラシヽ（散）		209 墨 イサツル（泣）
188 墨 カシハノ（葉）		209 墨 モノマウスハ（請謁者）
191 墨 トマリタマハ（泊）		212 墨 カヘリコトマウス（復奏）
191 墨 カハヨリサカノホリ（泝江）		212 墨 カハフネヨリ（浮江）
191 墨 イテマス（向）		213 墨 イテマス（幸）
202 墨 オホトノ（宮室）		213 墨 シタカヒ（沿）
204 墨 ツヽ（筒）		213 墨 ミソナハ（視）
204 墨 マウス（謁）		216 墨 スメラミコト（乗輿）
204 墨 ヌレツヽ（沾）		217 墨 マヒアヒタウハス（不肯参見）
205 墨 オホトノヽヽ（殿）		223 墨 マウサシメタマテ（令奏）
206 墨 オフモトニ（側）		223 墨 キミ（陛下）
207 墨 カナシフ（流涕）		224 墨 シタマフ（為）

171　訓点（片仮名）に附された声点　巻11

224墨　ホシトソタマフ（欲）
224墨　マヒアヒタマハス（不奉見）
225墨　スメラミコト（車駕）
225墨　シノヒオモホス（戀思）
226墨　オホヒネノイサホワケ（大兄去來穗別）
228墨　イハ（ノヒメ）（磐之媛）
232墨　サカリタマフ（避暑）
232墨　ヨナ〲（毎夜）
233墨　ツカノヨリ（菟餓野）
233墨　サヤカニ（寔）
233墨　アハレトヲホスミコ「丶」ロ「ヲ」（可怜之情）
234墨　ツコモリニ（月盡）

234墨　キコエ（聆）
234墨　コヨヒ（是夕）
235墨　ナニ、ヨリテナラム（何由）
235墨　クルツヒ（明日）
236墨　オホニヘ（苞苴）
236墨　カノ（其）
237墨　シカナリ（牡鹿）
237墨　イツコノ（何處）
237墨　シカソ（鹿）
239墨　コノコロモノオモヒツヽアルニ（比有懷抱）
239墨　コヽロヤスム（慰）
239墨　オシハカルニ（推）

239墨 トレル（獲）
242墨 ヌタ（洿田）
244墨 オヨハムトシテ（及）
244墨 アカツキニ（鷄鳴）
245墨 オホフト、（覆）
245墨 サカソ（祥）
246墨 アリカムトキニ（出行）
247墨 コタヘナリ（應）
248墨 アケホノニ（未及昧爽）
249墨 イメアハセノマヽニ（隨相夢）
250墨 イレ（納）
250墨 メトリ、（雌鳥）

250墨 ハヤフサワケ（隼別）
251墨 カヘリコトマウサス（不復命）
252墨 （シリ）タマ（ハ）（知）
252墨 ヲト（夫）
252墨 イテマス（臨）
253墨 ハタオル（織繒）
253墨 ヲムナトモ（女人等）
256墨 マキタマヘル（婚）
256墨 ハヽカリ（重）
257墨 ツミセス（勿罪）
257墨 コノカミオトフトノコトワリ（友于之義）「フ」欠
258墨 イツレカトキ（孰捷）

259 墨 サイタテルトコロ（所先）
262 墨 ヽハナヽハタ（勃然）
263 墨 ハラカラヲウシナハマホシミ（欲失親）
264 墨 クニヽ（社稷）
265 墨 マキラム（納）
266 墨 ニケタリ（逃走）
266 墨 ヲフナ（雄鮒）
267 墨 シカムトコロニ（所逮）
268 墨 アラハニセニマホシ（欲露）
269 墨 ナトリソ（莫取）
270 墨 ソミノ（ヤマ）（素珥山）
273 墨 コモシロノヽ（蔣代野）

275 墨 イホキカハノホトリニ（廬杵河邊）
277 墨 ニハノアヒ（新甞）
277 墨 トヨノアカリ（宴會）
277 墨 ヒメトネ（内外命婦）
278 墨 ワカモリヤマ（稚守山）
278 墨 イハサカヒメ（磐坂媛）
280 墨 カウカヘトフ（推鞫）
282 墨 シヌルツミ（死）
282 墨 ヲサメ（納）
283 墨 タマテ（玉代）
284 墨 ツノヽヽ（角）
285 墨 サカヒ（壇場）

285墨 コキシ（王）	295墨 モスノヽ（百舌鳥野）
285墨 キヤナシ（无禮）	296墨 カリシタマフ（遊獵）
286墨 コロヒセム（訶責）	296墨 メキヽシ（雌雉）
286墨 カシコマリテ（悚）	300墨 ヨミ（歌）
287墨 ツカリ（鎖）	308墨 ミツキタテマツラヌコトヲ（闕貢）
287墨 ソツヒコ（襲津彦）	309墨 シハラクアリテ（俄）
289墨 ツケテ（寄）	310墨 タチ（田道）
289墨 ワタラハム（活）	312墨 カタメテ（固）
290墨 ヨサムノ（依網）	312墨 イクサ（軍卒）
293墨 ナラシテ（馴）	312墨 イテタル（放）
293左墨 ヒト（俗）	312墨 イホリ（營）
295墨 タヽムキノ（腕）	313墨 アルカタチヲ（消息）

313墨	チカラヒト（強力者）	
313墨	モ､ﾂキ（百衝）	
313墨	タケクツヨシ（猛幹）	
314墨	ミキノカタノサキ（右前鋒）	
314墨	ヒタノカタ（左）	
315墨	ムマイクサ（精騎）	
315墨	ヒタノカタ（左）	
315墨	ニケアカレヌ（潰）	
317墨	エミシ（蝦夷）	
318墨	イシノミト（伊峙水門）	
318墨	ツカヒト（従者）	
319墨	ワナキシヌ（縊死）	

319墨	カナシフ（流涕）	
320墨	イカラシ（發瞋）	
321墨	アシキイキヲ（毒）	
322墨	シタリ（亡）	
323墨	サトリ（知）	
324墨	アラハカノ（荒陵）	
324墨	（マツ）ハラ（松林）	
325墨	クヌキ（歴木）	
327墨	エヨホロ（役丁）	
328墨	エタチ（役所）	
328墨	メキ（目杵）	
328墨	ニク（走）	

329 墨 ヤメム(除)
330 墨 シルマシヲ(恠者)
330 墨 カシコシ(懼)
330 墨 ナウコカシソ(無動)
331 墨 ミコトモチ(司)
331 墨 マウサク(表言上)
332 墨 カハクマ(河曲)(消―誤訓ニ加點)
332 墨 カハクマ(河曲)
332 墨 トウタキ(十圍)
332 墨 マタマタナリ
333 墨 アコ(吾子籠)
333 墨 メクラシ(運)

334 墨 ナカツ(ヒコ)(中彥)
336 墨 ムロナリ(窟)
337 墨 カノ(其)
338 墨 ヲサメタルサマ(藏)
338 墨 ナニカツカフ(奚用)
338 墨 ヒトツエアマリ(丈餘)
338 墨 カヤ(草)
339 墨 スヽキ(萩)
339 墨 キエス(不泮)
339 墨 ツカフ(用)
341 墨 スメラミコト(御所)
341 墨 シハスニ(季冬)

177　訓点（片仮名）に附された声点　巻11

342墨　キサラキ（春分）
342墨　クハル（散）
343墨　スクナ（宿儺）
343墨　ムクロ（體）
343墨　ヨホロクホ（膕踵）
345墨　ツカフ（用）
345墨　カスム（掠畧）
346墨　タケフルクマ（武振熊）
347墨　エタミ（役民）
350墨　キス（痍）
350墨　モス（百舌鳥）
351墨　クヒカキハケリ（咋割剥）
351墨

352墨　モスノミヽハラト（百舌鳥耳原）（「ミヽノハラ」「ノ」ハ後墨）
353墨　カハシマカハラ（川嶋河派）
353墨　ミツチ（虬）
354墨　アシキイキを（毒）
355墨　フチニ（派淵）
358墨　トモカラ（黨類）
358墨　イハメリ（滿）
358墨　カフヤ（岫穴）
359墨　カヘヌ（變）
360墨　ワサハヒ（妖氣）
360墨　ヒトリ（一）
361墨　ミツキ（賦）

361 墨 ヲサメ（歛）

361 墨 ヲサメモノ（歛）

361 墨 オホムタカラ（民萠）

巻第十四……508

4 墨 イハメリ（満）

5 墨 ミユアマムト（將沐浴）

6 墨 アソヒタマフ（遊）

6 墨 トヨノアカリキコシメス（肆宴）

7 墨 マシフルに（閒）

7 墨 ミモノカタリ（言談）

8割 墨 （ヨコシマコ）ト（讒）

9 墨 マヨワノオホキミ（眉輪王）

361 墨 イキホヒ（德）

361 墨 スクフ（振）

361 墨 クルシクタシナキヲ（困窮）

9 墨 ワカクシテ（幼年）

11左 墨 ミネマセリ（眠臥）

11 墨 ミネマセル（睡）

13左 墨 ウタカヒ（猜）

14 墨 シラヒコノ（白彦）

15 墨 モノモノタマハス（□語）

16 墨 ミイカリ（忿怒）

17左 墨 ソノヨシヲカムカヘトヒタマフ（案劾所由）

179　訓点（片仮名）に附された声点　巻14

18左墨　タカミクラ（天位）
20墨　ツカヒ（使）
21墨　キミノミヤ（王室）
21墨　ヤツコノヤ（臣舍）
22左墨　タテマタサムヤ（逶）
24墨　カナシヒ（愴矣）
27墨　マウス、ムテ（進）
28墨　イヤシヒトの（疋夫）
28墨　アタレリ（屬）
29墨　ナ、トコロ（七區）
34墨　イムサキ（管）
34墨　オシハノ（押磐）

35墨　ユタネツケ□ト オホセシヲ（付囑）
35墨　カリセムトチキリ（期狡）
36墨　ノアソヒセムトス、メテ（勸遊郊野）
37左墨　カヤノ（蚊屋野）
38左墨　アツマレルアシ（聚脚）
38墨　□モトハラ（弱木株）
38墨　イフク（呼吸）
39左墨　カムナツキノス、シキツキ（孟冬作陰之月）
39墨　サムカセノ（寒風）
39墨　カ（スカ）（蕭殺）
41墨　ヒキマカナヒ（彎）
42墨　ウルワ（賣輪）

本文篇　訓点（片仮名）に附された声点　巻14　180

42割墨 マタノハ（更名）
43墨 イワケアワテ、（駭惋）
43左墨 アツカヒ（駭惋）
43左墨 スルスヘシラス（不解所由）
43墨 ヨハヒオロヒ（呼號）
43墨 カヨフ（徃還）
43墨 アトマクラニ（頭脚）
45左墨 ミコ、ロヤ□ラ、ムトオホシテイテマス（□欲遣慮）
　　 而徃
47墨 ヒトノキミタルヒトハ（王者）
48墨 タカ御倉（壇）

48墨 ハセノア□□ラ（泊瀬朝倉）
49墨 モルヤ（室屋）
53墨 シラカミ（白髮）
54割墨 タクハタイラツヒメ（栲幡姫）
55墨 コノカミ（長）
56墨 オト、（少）
61墨 シメヤカニアリクハ（徐歩）
63墨 タウハレリ（似）
67墨 □ハラヤスキ（産腹）
67墨 ハカマ（褌）
71割墨 モ、アヒ（股合）
71割墨 コムラ（股合）

43墨 コイマロヒ（反側）

181　訓点（片仮名）に附された声点　巻14

- 72墨　スキノ（假庪）
- 72墨　ウヘ（上）
- 73墨割　コハシム（索）
- 75墨　ノホリ（凌）
- 75墨　カ（サナレル）ミネ（重巘）
- 75墨　ハラ（莽）
- 76墨　メクリ（旋）
- 76墨　イコフ（憩）
- 76墨　モトホリアソヒ（相羊）
- 76墨　カリヒト（行夫）
- 77墨　カソフ（展）
- 77墨　カシハテヘ（膳夫）
- 77墨　ツクラシム（割）
- 79墨左　オホムマヒノ（御者）
- 79墨　スメラミコト（車駕）
- 81墨　ヒノヒメ（日媛）
- 83墨左　ウツラカヒ（携手）
- 83墨　イリマシヌ（入）
- 83墨　カリ（遊猟）
- 83墨左　トリシヽヲ（禽獣）
- 84墨左　ナマスツクテ（割鮮）
- 84墨　ウチツミヤ（83後宮）
- 84墨　オノレ（朕）
- 85墨左　ミコトノヽノ□（詔情）

88 墨	キヤヒ、（跪禮）	
89 墨	ヱ̇ラキマス（歡喜盈懷）	
90 墨	ウ̇タ̇ノミトヘノマサ̇シタ̇ヽカメ（菟田御戶部眞鋒田高天）	
94 墨	（アシ）クマシマス（惡）	
94 墨	スヘラミコト（天皇）	
94 墨	□ク̇ミ̇（愛寵）	
95 墨	ハカトコ（博德）	
96 墨割	シコトヒ、（磯特牛）	
96 墨	タクハタ（栲幡）	
97 墨	シメ（使）	
97 墨	ハラマ（任身）	

99 左墨	ウカヽセムトアサムキテ（僞使鸕鷀沒水捕魚）	
100 墨	カヽヘ（案）	
100 墨	ト̇ハ̇シ̇メタ̇マ̇フ（問）	
101 墨	アヤシキ（カヽミ）（神鏡）	
101 墨	ウカヽヒ（伺）	
101 墨	アリカ̇ヌ所（不行）	
102 墨	ワナキ（經）	
102 墨	ヤミノヨニ（闇夜）	
102 墨	トサマカウサマ（東西）	
105 左墨	□ムカヒニコ□（報殺）	
107 墨	タキタカキ（長）	
108 墨	タウハレリ（相似）	

183 訓点（片仮名）に附された声点　巻14

- 109墨 コトタヘ（故）
- 109墨 アラヒト（カミ）ソ（現人之神）
- 110墨 イハム（應導）
- 111墨 カリ〔遊田〕
- 112墨 ムマノクチヲ（轡）
- 113墨 オクリタテマツリタマ（て）（送）
- 113左墨 オクリタテマタヒテ（送）
- 113墨 クメカハマテニ（來目水）
- 115左墨 タクフラ（臂）
- 117墨 〔ウタ〕ヨミセヨ（歌賦）
- 127墨 （アキツノ）ヲノ（蜻蛉野）
- 129墨 ツ〔ト〕メ（努力）

- 130墨 イカリキ（嗔猪）
- 130墨 カリヒト（獦徒）
- 130墨 ノホリ（縁）
- 131墨 マチイテ（逆射）
- 131墨 ヲチナクヨワク（懦弱）
- 132墨 オムアヤマリ（失色）
- 132左墨 マトヒオロケタ〔リ〕（五情无主）
- 133墨 ツキノホリ（刺止）
- 137墨 アサメマツリタマフ（止）
- 138左墨 カリシタマヒ（安野）
- 138墨 シ、コノムタマフトマウサム（好獸）
- 138左墨 ヨウモアラヌカ（不可乎）

139 墨 ヽケナル（異）		147 墨 ヽ☐ワヽカレテ（辭訣）
140左 墨 ヨ☐コヽトシ（萬歳）		148 墨 ヽカワラノシマ（各羅嶋）
141 墨 ヽツテコト（飛）		150 墨 ニリ☐ムセマ☐ト（主嶋）
142 墨 ヽハカリ（籌議）		150左 墨 ヽネリムセマト（主嶋）
142 墨 ヽキヤナクシ（テ）（无禮）		153 墨 ヽナリ（體勢）
144 墨 ヽマウテヽ（徃）		157 墨 ヽキサキ（后妃）
144 墨 ヽキミ（上君）		157 墨 ヽクハコカシメテ（桑）
144 墨 ヽミコト（命）		158 墨 ヽコカヒノコト（蠶事）
144 墨 ヽコキシ（143軍君）（「キ」「シ」聲點虫損）		158 墨 ヽカヒコ（蠶）
145 墨 ヽタテマタシタマヘ（奉遣）		159 墨 ヽワカコ（嬰兒）
145 墨 ヽアハセ（嫁）		160 墨 ヽミエシ（159咲）
147 墨 ヽイツコナリトモ（何處）		160 墨 ヽミカキノホトリ（宮墻）

185 訓点（片仮名）に附された声点　巻14

160墨　チヒ□コヘノ（少子部）
161墨　モノタテ□ツル（貢獻）
163割墨　スムサカ（墨坂）
165墨　タテマツル（奉）
165墨　ミセ（示）
165墨　カミ（雷）
165墨　ヒカリヒロメキテ（虺々）
166墨　マナコ（目精）
166墨　カヤク（赫）
166墨　ミメヲオホヒ（蔽目）
167墨　□カッチ（雷）
167左墨　トネリ（官者）

168墨　サキツヤ（前津屋）
168墨　ソラ（虚空）
168左墨　ミヤコニュルシマウノホヲ　ニス（不肯聴
上京都）
169左墨　ヲノコ（丈夫）
170墨　ヲトメ（小女）
172墨　アコエ（距）
173墨　イ□サ□（兵士）
175墨　オホトノヽホトリ（殿側）
175墨　ホメカタリテ（稱）
175墨　カホヨキ（麗人）
175墨　コマヤカニ（茂）

176 墨	キハヤカニシ	（綽）
176 墨	カホ	（好）
176 墨	アカラカニ	（曄）
176 墨	◻カ	（溫）
176 墨	クサ〴〵ノカタチ	（種相）
176 墨	イロモツクロハス	（鉛花弗御）
176 墨	カモソフルコ|ト|ナ|シ	（蘭澤無加）
177 墨	ヒサシキヨニモタクヒハマ|礼|シアラム	（曠世無儔）
178 墨	ミメト	（女御）
179 墨	メシ豆	（幸）
179 墨	ミマナノクニノミコト|モチト|	（任那國司）
180 割墨	コトフミ	（別本）
180 割墨	ミナリ	（體貌）
180 割墨	ツカハシツ	（幸）
180 割墨	ミカト	（中國）
182 墨	アマノヒエ	（海部直）
183 墨	アヤノテヒト	（漢才伎）
183 墨	ウテ	（罰）
183 墨	ハ◻リ	（在）
183 墨	オモト	（側）
184 墨	ヤツカレ	（奴）
185 墨	御言ノリノフミ	（勅書）
186 墨	|タ|クミスルモノ	（巧者）
186 左墨	オホムコトヲフヽミテ	（御令）

187　訓点（片仮名）に附された声点　巻14

188墨 ヒト ゙ヒ（一日）

189左墨 ヵセ左モ囗フトイフニツケテ（託候風）（但シ朱 聲點「イフニ」アリ）

189墨 囗ヒ囗サ囗シ囗ク囗ト、マレ ゙ル ゙コトツ□ヌ（淹留敷月）

190墨 ヤ□（使）

191墨 クヒ（領項）

191左墨 カタイコト（窄鍋）

192墨 コトモ（兒息）

192墨 タモツ（有）

193左墨 タテ、（蹄）

194墨 カヨハシ（勿通）

195墨 コトワリ（義）

195墨 タシカナリ（切）

195墨 囗テル囗ヒ（白日）

195左墨 マタキコ、ロ（節）

195墨 スキタリ（冠）

195墨 トコマツ（青松）

195墨 ヒソカ（盗）

195墨 テヒト（才伎）

197左墨 囗ハ囗ムヘラス（不在）

197左墨 ヒタカ（日鷹）

200墨 ヤマトノアヤノ（東漢）

200墨 イマキ（ノ）アヤ（ノ）（新漢）

201墨 クラツクリヘ（鞍部）

201墨	ヱカキ (畫部)	
201墨	ヲサ (譯)	
205墨	ミクラヰ (位)	
205墨	ミツキ (苞苴)	
206墨	ミコヽロ (心)	
206墨	コマ (高麗)	
207墨	イトマ (假)	
210墨	オクレヌ (在後)	
211墨	ヲトリ (雄者)	
212墨	コヽ(ニ) (惟)	
214墨	ツクソクロサシ (筑足流城)	
215墨	クニヽ (地)	
217左墨	ハナハタ (大)	
218墨	ヤマトノミコトモチノイクサノキミタチニ (日本府行軍元帥等)	
219墨	ヲナシ (小梨)	
220墨	イホリシトヽマリヌ (營止)	
221墨	ノリコト (令)	
222墨	サカシキ所 (險)	
222墨	シタツミチ (地道)	
222墨	ニクルマヲ (輜車)	
223墨	カクレタルツハモノ (奇兵)	
223墨	□□ホノ (會明)	
224墨	カチイクサ (歩)	

224墨　ム︑マイクサ︵騎︶
225墨　︑ミイク□︵官軍︶
226左墨　モ︑マ︑レ︑ナ︑マシ︵所乗︶
226墨　ク︑ニ︑︑︵地︶
226墨　エ︑タ︑チ︵侵︶
229左墨　カ︑ムニ︑ハ︵壇所︶
230墨　カ︑ムニ︑ハ︵229壇所︶
232墨　ク︑ニアカタノウチ︵國郡縣︶
235墨　カラコ︵韓子︶
235墨　ヲ︑カ︑ヒ︑ノ︵小鹿火︶
236墨　ク︑ニ︵土︶
236墨　ヨ︑ヲ︵葉︶

236墨　マ︑ウ︑テキ︵朝聘︶
237墨　マ︑コト︵允︶
237墨　ナ︑レ︑リ︵濟︶
238墨　フ︑セ︑キ︵阻︶
239墨　サ︑シ︵城︶
239墨　ア︑ラ︑キ︑コ︑︑ロ︵野心︶
240墨　サ︑リ︵飛︶
240左墨　ヨ︑タ︑リノフン︵四卿︶
240墨　マ︑ヒ︑チ︑□ミ︵卿︶
240左墨　オ︑ホイ︑ク︑サ︑ノ︑キ︑ミ︵大將︶
240墨　︑ミイクサ︵王師︶
240墨　セ︑メ︑ウ︑チ︵薄代︶

241 墨 （オコナ）ヘ（行）
242 墨 御言ノリを（勅）
242 墨 ミマカリタル（命過）
244 墨 ナケキタマヒ（頼歎）
245 墨 アヒタスケ（推穀）
247左墨 トクノチ（喙地）
247 墨 モ、アマリノ馬イクサト（數百騎）
248 墨 アタノイクサノ キミ （敵將）
249 墨 トモカラ（衆）
249左墨 シタカハ（下）
250 墨 ト、ノフ 振
250 墨 （キノ）ヲカ（岡）

251 墨 キハメタ、カヒ（力闘）
251 墨 トモヒト（従人）
253 墨 マシマ（在）
254 墨 イケラム（全）
254 墨 ユキ（赴）
254 墨 アタノナカ（敵）
256 墨 ミウセヌ（薨）
257 墨 □ロタチヌ（専用威命）
258左墨 ソネム（怨）
259 墨 ヤツ カレ（僕）
262 墨 イ サ、ケキ（小事）
262 墨 □セマツラム 観

191　訓点（片仮名）に附された声点　巻14

262左墨 （イテ）マ〮セ〮ヨ〮（埀降臨）
264左墨 シ〮ツ〮ク〮ラ〮ム〮テ〮（後橋）
264墨 オ〮ト〮ロ〮キ〮モ〮ト〮カ〮ヘ〮リ〮テ〮（愕然反視）
265左墨 カ〮ハ〮ナ〮カ〮（中流）
268墨 シ〮メ〮タ〮マ〮ヘ〮（占）
268墨 ト〮コ〮ロ〮（地）
269墨 ヤ〮モ〮ヲ〮（八維）
269左墨 コ〮ト〮ム〮ク〮（折衝）
269墨 ヨ〮モ〮ノ〮ク〮ニ〮（四海）
270左墨 ト〮ホ〮キ〮ニ〮（萬里）
270墨 カ〮ラ〮ク〮ニ〮（韓）
270左墨 ハ〮フ〮リ〮ノ〮（視葬）

270墨 ツ〮カ〮サ〮（者）
271墨 ア〮リ〮ク〮ル〮コ〮ト〮（由來）
271墨 ヒ〮サ〮シ〮（尚）
273墨 カ〮ラ〮ヤ〮ツ〮コ〮（韓奴）
274墨 ミ〮ク〮ラ〮（御倉）
274墨 ム〮ユ〮（六口）
275墨 コ〮ト〮ニ〮（別）
281墨 ヨ〮ロ〮コ〮ヒ〮（賀）
282墨 モ〮コ〮ト〮カ〮ニ〮シ〮（渡畧）
282墨 ト〮フ〮（羮―羹）
282墨 ア〮カ〮サ〮マ〮ニ〮（歘）
283墨 タ〮カ〮ク〮ヌ〮ケ〮イ〮テ〮（聳擢）

283 墨	カリノ	(鴻)
283 墨	アヤシキカタチ	(異體)
283 墨	カ ト ク ナ リ テ	(蓬生)
283左墨	ナレリ	(生)
283左墨	カキ	(相)
283 墨	スクレテ	(逸發)
283 墨	タテリ	(發)
283 墨	チカツキ	(就視)
283左墨	ミタラヲノ	(驄)
284 墨	クチヲ	(轡)
284 墨	コエノヒテキヌケタユルチリ クモ チニミエ	(超)
284左墨	擄絶於埃塵	
285左墨	ハシリサイタツトキカタチホルモカニシテウセヌ	
285左墨	(驅鶩逆於滅沒)	
286 墨	オソシ	(怠足)
286 墨	サリ	(辭)
287 墨	ワカレハ□ヌ	(取別)
287 墨	オロシ	(解)
287 墨	カハ(リ)	(變)
287 墨	ハニマ	(土馬)
298 墨	ニケマウケル	(逃化來)
298 墨	ナノリ	(稱)
299 墨	サカチ	(壇呼)
299 墨	ヤカタ	(屋形)

訓点（片仮名）に附された声点　巻14

300 墨　キサミ（鯨）
301 墨　ツカヘソ□ホロ（直丁）
301 墨　トノキニハム ヘリ（待宿）
302 墨　ウチツミオケル（積）
303 墨　コトワリ（道理）
303 墨　ア シ クマシマス（惡行）
304 墨　キミ（主）
307 墨　ツカハス（出使）
310左 墨　オホモノ（饌）
310割 墨　ミケツモノ（御膳之物）
311 墨　コロサムトオホシ（自念將刑）
318 墨　ヤ シ □コ（玄孫）

319 墨　サツク（收付）
324 墨　ヱカ（餌香）
325 墨　アヤシ（文石）
325 墨　チカラコハ シ トイフ（力強）
326 墨　アシクサカサマナルワサス（暴虐）
326 墨　チキシツ、（抄却）
327 墨　フネ（艅舿）
328 墨　タケキヒト（敢死士）
328 墨　トモシヒ（炬）
329 墨　ホノホノ（火炎）
330 墨　タマシヒオモヘリ（神色）
330 墨　□□カハラスシテ（不變）

331 墨	アテ（質）	
332 墨	アヤ（マリ）（誤）	
333 墨	タフサキシテ（著犢鼻）	
334 墨	スマヒトラシム（相撲）	
334 墨	オモホエスシテ（不覺）	
334左墨	タノアヤマチ（手誤）	
336左墨	アヒタクミ（同伴巧者）	
340 墨	ユハヒツナ（徴纏）	
344 墨	アヤハトリ（漢織）	
344 墨	クレハトリ（呉織）	
345 墨	トマル（泊）	
345 墨	スミノエ（住吉）	
346 墨	ヒトを（使）	
349左墨	アヘタマハムトシテ（欲設）	
352 墨	ハナハタ（大）	
353 墨	イト（最）	
353 墨	ウルワシ（好）	
353 墨	モロヒト（衆）	
355 墨	イサチ（啼泣）	
355 墨	ミユカヨリ（床）	
358 墨	イサチラル（哀泣）	
359 墨	ウヘナリ（死ニ罪ニ）	
360左墨	ウミノコノヤツツヽキニ（子ニ孫ニ八十聰綿）	
360左墨	ナクハラシメツ（莫預）	

195　訓点（片仮名）に附された声点　巻14

360 墨　ヽツラ（例）
362 墨　ナ̄カ̇ハ̇ヲ̇ハ̇（一分）
363左墨　カ̇
363 墨　ミ̇ツ̇キ̇（負）
365 墨　ヲ̇ネ̇ノ̇オ̇ミ̇（小根使主）
366 墨　カ̇ソ̇（父）
367 墨　ト̇ラ̇ヘ̇（收）
369 墨　ア̇カ̇チ̇（分散）
369 墨　ネ̇カ̇ヒ̇ノ̇マ̇ニ̇〱ハ̇シ̇ム̇（隨欲駈使）
369 墨　ユ̇タ̇ニ̇ス̇（委）
371 墨　ヒ̇キ̇ヰ̇（領率）
372左墨　ミ̇ツ̇キ̇（調）

372 墨　ミ̇カ̇ト̇（朝庭）
375 墨　ア̇ヤ̇ヘ̇（漢部）
378 墨　ミ̇ケ̇ツ̇物（御膳）
379 墨　ク̇サ̇サ̇ノ̇（ムラ）（來狭々村）
379 墨　フ̇シ̇ミ̇（俯見）
380 墨　ワ̄タ̄ク̇シ̇ノ̇カ̇キ̇ヘ̇（私民部）
381 墨　ウ̇シ̇ロ̇（菟代）
382 墨　ア̇サ̇ヒ̇イ̇ラ̇ツ̇コ̇（朝日郎）
383 墨　タ̇ヽ（カフ）（戰）
383 墨　ア̇ヲ̇ハ̇カ̇（青墓）
383 墨　タ̇レ̇□（誰人）
384 墨　ハ̇ナ̇ツ̇ヤ̇（所發箭）

本文篇　訓点（片仮名）に附された声点　巻14　196

384墨 ﾄﾎｽ（穿）
384墨 フタヘノ（二重）
384墨 ヨロ（ﾋ）（甲）
386墨 タチヲ（大刀）
386墨 キクノ（聞）
386墨 ヲノテ（斧手）
386墨 タケハシメ（叱）
388墨 サシカクス（翳）
390左墨 オフモトマチキミニ（侍臣）
390墨 タ□□ワケ（田蟲別）
391左墨 ヲチナシ（怯）
393墨 タモテル（所有）

396墨 イクサ（軍）
397墨 ヘスオト（倉下）
397墨 イサツルコト（憂泣）
398墨 コヽロハヘ（心許）
398墨 オモホエス（不覺）
399墨 ムマハリナムカ（夢生）
399左墨 イハレス（不可）
399墨 オノレ（寡人）
400左墨 ミヤケ（官家）
400墨 アリクルコト（所由來）（「クル」ノ聲點存疑）
400墨 コキシ（王）
400墨 ヨモノ（四隣）

197　訓点（片仮名）に附された声点　巻14

401 割墨　クタラフミ（百濟記）
401 割墨　□□□ノサシ（王城）
401 割墨　□□ルテ（降陥）
401 割墨　コキシ（王）
401 割墨　□オルクセシム（大后王子）
402 墨　シヌ（沒）
402 墨　コムナリ（久麻那利）
403 墨　ヤカラ（屬）
404 墨　スメラミコトノミタマノフユニ（實賴於天皇）
404 割墨　アロシ（下）
405 割墨　ワカレ（別）

407 墨　ツヽカハヒト（管川人）
407 墨　ミツノ（瑞江）
408 墨　ヲトメ（女）
408 墨　シタカヒヌ（逐）
409 墨　トコヨノクニに（蓬萊山）
409 墨　ヒシリ（仙衆）
410 墨　ミウセヌ（薨）
411 墨　トキ（聰明）
411 墨　カウへ（頭面）
412 墨　コキシ（王）
412 左墨　ツハモノ（兵器）
413 左墨　ミツキモノ（調賦）

413 墨　アト（例）
414 墨　アチ（安到）
415 墨　御病シタマフ（寝疾不預）
415左墨　オキテ（支度）
415左墨　ユタネタマフ（付）
416左墨　オホムヤマヒイヨ〱オモシ（疾彌甚）
416 墨　ワカレタマヒ（辭訣）
417 墨　ノチノ（遺）
417左墨　ミコトノシ（詔）
418 墨　アメノシタ（區宇）
418 墨　ケフリ（煙火）
418 墨　トホシ（萬里）
418左墨　ヨモノヒナマウテキシタカフ（四夷賓服）
418左墨　アマツミコヽロ（天意）
418左墨　オホスセリ（欲）
418 墨　ヤスラカニセムト（寧）
418 墨　ヒニヒニ（日）
419 墨　ヒトヒヲツヽシムロトハ（慎一日）
419左墨　ヒニヒニ（毎日）
420 墨　ミ門マキリス（朝參）
420左墨　マウテキ（朝參）
420左墨　ウコハレリ（集）
420 墨　コヽロキモヲ（心府）
421左墨　ヤツコラマサリ（君臣）

199　訓点（片仮名）に附された声点　巻14

421 墨　サトリ（智力）

422 墨　ヤマヒシアツシレテ（遘疾彌留）

422 墨　トコツクニ（大漸）

422 墨　ヒトノ（人）

423 墨　ツネノ（常）

423 墨　コトワリ（分）

423 墨　マツリコトノリ（政刑）

424 墨　マタイノ チ ミシカシトイフヘカラス（不復稱夭）

425左 墨　コ ロタマシヒ（精神）

425 墨　モロトモ（一時）

426 墨　ウミノコニ（生子孫）

426 墨　ツクス（割）

426 墨　サカシマニ（悖惡）

427 墨　ワサ（行）

427 墨　コノカミオトヒト（友于）

428 墨　ハチ（戮辱）

428 墨　カラ （酷）

428左 墨　オホムタカラ（民庶）

428 墨　ウ ミ ノコハ（子孫）

429 墨　ウミノコ（子孫）

429 墨　アクマテ（足）

429左 墨　ナルツキ（大業）

430左 墨　カキヘ（民部）

430左 墨　シナ（地）

430左墨　マウケノキミニアタリテヒトヲメクミオヤニシタ
　　　　カマフミチ（居儲君上嗣仁孝）
430墨　カキヘ（429民部）
431墨　シワサ（行葉）
432割墨　シナム（崩）
432割墨　ヤフラム（害）
432割墨　カキヘ（民部）
432割墨　アナツラ（侮慢）
432割墨　ア ラ キ コ ト（麁）
432墨　ヲシロ（尾代）
434墨　スヘヲサメタマフ（領制）

巻第十七……3

434墨　イハミテ（聚結）
434墨　アタナフ（侵寇）
434墨　ホトリノ（傍）
435墨　サハノミナト（娑婆水門）
435墨　ミト（水門）
436墨　サル（脱）
436左墨　ユムツルウチス（彈弓弦）
437墨　フタ、ムラ（二隊）
437墨　フタヤ ナ クヒノ（二囊）
440墨　ウラカケノミト（浦桂水門）

170 墨	ア̇フ̇ミ̇ノケ̇ナ̇ノ（オミ）（近江毛野臣）
266 墨	ヘ̇ ､コ ､ホリ､（背評）
266左 墨	（ヘ）､コ ､ホリ､（背評）

巻　第　二　十……0

ナシ

索引篇

凡　例

一、本索引は尊経閣文庫蔵『日本書紀』巻十一、巻十四、巻十七、巻二十に加点されてゐる訓点の総索引である。基とする本文は、前に刊行された尊経閣善本影印集成26『日本書紀』の影印版及び石塚晴通「前田本日本書紀院政期点（本文篇）」（『北海道大学文学部紀要』二十五ノ二、一九七七）を手直しして本冊に所収した本文篇である。

一、見出語は平仮名で示し、歴史的仮名遣の五十音順に排列する。それぞれの見出語には（　）中に慣用漢字表記・文法的区分（固有名詞は「固名」と記す）等を記す。尚、複合語や異見が予想されるもの等については参照見出しや空見出しを多く立て、例えば

　あします（生）　→　「あれます（生）」
　あま　→　「あまべた（海濱）」

の如く、参照すべき見出語を示す。

一、用例は訓み下しで示し、巻次・行数順に、活用語については各活用形ごとに巻次・行数順に排列する。万葉仮名点・片仮名点の用例を先とし、ヲコト点の用例を後として、音便形・実字訓・部分附訓等の用例を更に後とする。

一、用例中、□で囲んだ片仮名表記の部分は、部分的に缺損してゐることを示す。平仮名の右横のパーレンは、一箇のヲコト点であることを示す（パーレンを附したヲコト点は、「こと」・「なり」・「たり」・「とき」・「より」・「なる」・「せり」・「といふ」である）。

一、用例中、□で囲んだ片仮名表記の部分は、私に補読したものであることを示す。

一、各用例の下には、巻次・行数をアラビア数字で示す。尚、「割」は本文の割注、「左」は左訓、「右」は右訓の更に外側の訓であることを示す。

一、誤点、誤訓については、正しかるべき場所に排し、用例は原本通りに示す。

一、見出語には清濁を区別して示し、用例中の補読には濁音表記をしないものとする。

一、返点・合符・声点は、本索引では総て省略する。本文篇を参照されたい。
一、本索引では、形容動詞を認めず、総て体言と助詞・助動詞との二語と認める。又「ニ」・「ト」の用法の一部に助動詞「なり」・「たり」の連用形とするものを認めず、一括して「に（助詞）」・「と（助詞）」の見出しの下に排するものとする。

あ

見出し	頁
あ（感動） ア（嗟乎）	11-244
ア（嗟夫）	17-205
ア（咨）	14-374左
ア（咨）	11-369
ア（嗟）	11-354
あ（自稱）	14-232右
ア（脧）	14-411
あかす（明）	14-282左
アカシマニ（炊）	14-282
あかさまに（暴）	14-282
アカサマニ（炊）	14-282
あかしまに（暴）	17-50
アカウマに（赤駿）	17-183
あかうま（赤馬）	17-182
アカタモリ（縣守）	17-44
あがたもり（縣守）	14-302
あがた（縣）	
クニアカタノウチに（國郡縣）	
ト□□□ス（聰明）	
あかつ（明）	
アカシマニ（炊）	
アカチ（散）	
あかつ	
アカチて（分散）	
アカチて（散）	
アカチ（オキ）て（散置）	
あかつき（曙）	
アカツキニ（鶏鳴）	

あかぬくるのはら（固名）アカヌクルの（ハラ）にて（高拔原）	14-351
あがのこ（固名）アカノコ（阿餓能胡）	11-266
あがふ（贖）アカハムことを（贖）	11-29
あがむ（崇）アカメ（テ）（崇）	11-17
あからか（赤）アカラカニ「に」（曄）	14-176
あからさまに（暴）アカラサマ（ニ）（暴）	14-130
あからしまに（暴）アカラ囗（サマニ）取急	14-167
アカ囗□□（アカラシマ）に（イテ）て（暴出）	14-329
あかる（別）アカ□□□（取假）	14-207左
あかる（別）（アカラシマ）に（イテ）て（暴出）	14-329
あがる（上）ニケアカレヌ（潰之）	11-315
あかを（固名）アカリ（驥）	14-269
（キヒ）のアマノ「の」ヒヱ（アカ）ヲ（吉備海部直赤尾）	17-23
あきつしま（固名）（アキツ）シマは（秋津）	14-182
あきひと（商人）（アキヒ）トの（商客）	17-136
あきひとの（商客）アキヒトの（商客）	14-326

あきらか（明）ハシル光ノ章ナルコト（驪鷲迅）	14-285
あきらけし（明）イサキ（ヨク）アキラ（ケキココロ）を（淸明心）	20-101
あく（明）アケヌ（天曉）	17-109
アイて（飽）	14-239
あく（肯）	
あく（飽）	14-168
あぐ（上・揚・擧）タテマツリアケス（不肯聽上）	11-92左
アケ（テ）（崇）	11-424
アケ（テ）（誦）	14-329
アケて（興）	11-287
アク（上）	17-184
アク（稱）	17-184右
アク（ルナ）リ（稱）	17-197
あくまで（飽迄）アクマテに（足）	14-429
あぐら（胡床）アクラに（胡床）	17-23
アクラに（胡床）	20-187
アクルひ（明日）	11-192
あけ（固名）アケ（吾笞）	14-378

索引篇 あけ-あた 208

あけぼの (曙) アケホノニ 未及昧爽 …… 11-248
アケホノニ (會明) □□□ノニ (會明) …… 11-41
あごえ (距) アコエヲ (距) …… 14-223
あこか (固名) アコカ (固名) …… 11-41
あここ (固名) アコ (臣弟吾子籠) …… 14-172
アコ、(吾子籠) …… 11-26
アコ、(吾子籠) …… 11-26左
アコ、を (吾子籠) …… 11-27
アコ□ (ノスクネ) (吾子籠宿禰) …… 14-91
あさくら (固名) アサクラに (朝倉) …… 11-333
あさぎぬ (麻衣) アサキヌ (布袍) …… 14-48
あさのみそ (麻衣) アサノミソ (麻衣) …… 11-42左
アサノミソ (布袍) …… 11-42
アサノミソキタテマツリて (素服) …… 11-72
アサノミソキタ (マ) ヒテ (素服) …… 11-72左
あさひいらつこ (固名) アサヒイラツコを (朝日郎) …… 14-382
あざむく (欺) カヘリテナアサムカレタマヒソ (莫翻被詐) …… 20-140
アサムキ (僞) ウカハセムトアサムキテ (僞使鸕鶿沒水捕魚) …… 14-99
アケホノニ (陽) …… 20-57左
アサムイて (陽) …… 20-57左
アサムキマツレリ (欺詐) …… 20-57
ア (サムキマツレ) リ (欺詐) …… 20-57
あざやか (鮮) アサヤカニ (スル) こと (鮮麗) …… 11-60
アサラケニ (キイヲノ) (鮮魚之) …… 11-56
あざらけし (鮮) アサ□イヲノ (鮮魚) …… 11-59
あざる (漁) アサレヌ (鱭) …… 11-59
あざわらふ (嘲笑) アサワラヒて (听然而咲) …… 20-206
あし (惡) アツマレルアシ (聚脚) …… 14-38左
あし (足) ミアシを (脚) …… 14-133
□ クマシマス (惡) アシクマシ

索引篇 あた-あな

アタシ（コト）に（餘事）…… 17-142
アタシ（モ）（餘）…… 20-201割
アタシ（ヒト）を（餘人）…… 20-86
アタナフ（寇）…… 20-96
アタナフ（冠）…… 14-434
アタナフ（侵寢）（冠）…… 14-434
あたひ（直）…… 14-417
ヤマト（ノ）アヤのツカのアタヒ（東漢掬直）…… 14-25
（ヤマト）のア（タヒ）（倭直）…… 11-25
あたひえ（直）…… 11-333
ヤマトのアタヒエ（倭直）…… 14-66
（サカノウエノ）アタヒエ（コマロ）（坂上直子麻呂）…… 20-35
あたふ（與・四段）…… 14-64
アタハシ（テ）（與）…… 14-67
ア（タフ）（與）…… 11-318
あたらしぶ…… 20-26
アタラシヒテ「て」（歎惜）…… 14-336
ナケキアタラシヒテ（歎惜）…… 14-336左
アタラシヒタマフ（悔惜）…… 14-339
アタラシヒタマフことを（悔惜）…… 14-339
あたる（當）…… 14-430
アタリて（居）…… 14-430
アタリテ（君）…… 14-430左

アタ（リテ）（適）…… 11-27
アタ（リ）て（屬）…… 11-206
アタ（リ）て（屬）…… 20-105
フタリニアタル（第二）…… 20-195
ア（タルヘ）キ（可中也）…… 14-411
アタレリ（屬）…… 14-384
（アタ）レリ（當）…… 14-28
（アタ）レリ（當）…… 14-240
ア（タ）レリ（當）…… 14-268
アチノオミ（安到致臣）…… 11-146
あちのおみ（固名）…… 14-414
アツ（充）…… 14-332
ア（テム）（充）…… 14-270
アテシヤ（不・中…耶）…… 11-327
エヨホロに（ア）ツ（充役丁）…… 14-43左
あつかふ（惱）…… 17-140
アツカヒて（骸愾）…… 17-140
アツカヒて（惋痛）…… 14-360
あづかる（預）…… 11-24
ナアツカラシメソ（莫預）…… 11-256
あつし（厚）…… 11-338
アツカレル（所任）…… 11-256
あつし（敦）…… 11-340
ア（ツク）（敦）…… 11-340
ア（ツクマシマシテ）（敦）…… 11-340
あつい（熱）…… 14-43
アツキ（ツキ）に（熱月）…… 14-43

あつしる（篤）…… 14-422
アツシレテ「て」（彌留）…… 14-422
あつのみこ（固名）…… 14-72
アツノ（ミコ）（厚皇子）…… 14-72
あつまる（集）…… 14-38左
アツマレルアシ（聚脚）…… 14-38左
あつみす（厚）…… 17-144
アツミせリ（ノ）（厚）…… 17-144
あつゆ（篤）…… 14-422左
アツエて（彌留）…… 14-422左
あて（質）…… 14-331
アテ（ト）（質與）…… 14-331
アテ（ト）シて（爲質）…… 20-172
アテ（ノナカ）に（質中）…… 20-172
（アテ）（ト）（質與）…… 20-172
あと（例）…… 14-413
（ツネノ）アト（常例）…… 14-413
（ツネノ）アトに（常例）…… 20-73
（サキ）のアトに（前例）…… 20-98
あと（固名）…… 20-199
アトノ「の」（吾礪）…… 20-199
あとふ（誂）…… 14-43
アトへて（誂）…… 14-43
アトフル（ニ）（納采）…… 11-98
アトヘタシヒ（テ）（誘率）…… 11-71
アトまくら（頭脚）…… 11-71
アトマクラニ（頭脚）…… 14-43
あな（穴）…… 17-143
アナを（窟）…… 17-143

あながちに（强）
アナカチ（ニ）（强）……11-162
あなするゑ（子孫）
御アナスヱ（枝孫）……17-20
あなづる（悔）
ナアナツラシメソ（勿令悔慢也）……14-432割
アナツリオコリて（侮嫚）……17-185
あに（兄）
兄也弟也に（友于）……14-427左
あね（姉）
アネを（長）……17-63
あはす（合）
アハセて（嫁）……14-145
アハセテモ（合）……17-87
ユルシアハセテキ（許婚）……17-207
アハセテ「て」（配合）……17-209
あはせ（合）
イメアハセノマ丶ニ（隨相夢也）……11-249
あはれ（情）
アハレトヲホスミコ[丶][ロ]ヲ（可怜之情）……11-233
あひ（相）
マヒアヒタウハス（不肯參見）……11-217
マヒアヒタマハス（不奉見）……11-224
アヒイハミテ（相聚結）……14-434
アヒタクミ（同伴巧者）……14-336左
アヒタスケて（推轂）……14-245右
相望メリ（望）……14-108
相扶（推轂）……14-245
相也（タタカフ）（交戰）……17-192
あひだ（間）
カヨフアヒタ（ニ）（往還）……11-59
あふ（會）
アヒて（被）……20-158
ア（フ）（會）……14-250
（ア）へは（逢）……11-123
（ア）ヘリ（逢）……14-187
あふ（饗）
ウチツミヤノアヘ（セ）ムト「ト」（シ）て（欲・野饗）……14-84
アヘタマフ（饗）……11-140
アヘタマハムトシテ（欲設）……14-349左
アヘタマフ（饗）……14-351
アヘセシ（饗之）……14-354
アヘタマハ（スシ）て（不饗）……20-40
キヤマヒアヘタ（マ）フ（禮饗）……20-53
アフ（饗）……20-53左
あぶ（虻）
アフ（虻）……14-115
あふぐ（仰）
アフイて（仰）……14-354
あふみのけなのおみ（固名）
アフミノケナノ（オミ）（近江毛野臣）……17-170
（アフミ）のケナ（ノオミ）に（近江毛野臣）……17-223
あへて（敢）
（イカニソアヘ）て（何敦 歟敢）……11-10
（アヘ）て（[敢]）……14-27
（アヘ）て（敢）……14-117
（アヘ）て（ススミウタス）（不敢進擊）……14-385
（アヘ）て（アタラ）シ（不敢當）……17-33
（アヘ）て（イルカセニセス）（不敢忽）……17-36
（アヘ）て（タカハ）シトノタマフ（敢不承乖）……17-37
（アヘ）て（ミコトノリセ）シ（不肯勅）……17-229
（アヘ）て（ミコトノリ）に（タカハス）（不敢違勅）……20-120
（アヘ）て（ミコト）に（タカハシ）て（敢不違命）……20-192
あま↓「あまべた（海濱）」
あま（海人）
アマ（海人）……11-56
アマナレヤ（有海人耶）……11-61
ア□（海人）……11-29
あま（尼）
（センシン）のアマト（善信尼）……20-165
あま↓「あまつしるし」・「あまつつみ」・「あまつひつぎ」・「あまつみこころ」・「あまつやしろ」・「あまのつき」・「あまのひつぎ」
あまた（數多）
アマタノ「の」（數十）……11-296
アマタアルヲ「を」（數千人）……17-232
アマタサトハカリに（數里許）……20-45
アマタ（ツキ）（數月）……17-217
あまつしるし（天瑞）

アマツシルシナリ（天之表焉）……11-81
あまつつぎ（天日嗣）
（アマ）ツツス（「キ」ノ誤）を（ウケ）て（承天諸）…17-133
あまつつみ（天罪）
アマツツミを（天罰）……17-189
あまつひつぎ（天日嗣）
アマツヒツキシロシメサス（未卽帝位）…11-7
アマツヒツキ（天業）……11-10
アマツヒツキシロシメセ（須卽帝位）……11-15
アマツヒツキ（帝位）……11-38
アマツヒツキシロシメス（卽天皇位）……11-74
アマツヒツキシロシメス（卽天皇位）……14-48
アマツヒツキ（天緒）……17-18
アマツヒツキヲ（帝業）……17-19
あまつみこころ（天御心）
アマツミコヽロに（天意）……14-418左
あまつやしろ（天社）
アマツヤシロク（ニ）ツヤシロを（神祇）…17-46
あまなふ（和）
アマナハシム（和解）……17-223左
アマナハス（不和）……11-162
あまねく（遍）
アマネク（旁）……14-269左
アマネク（流）……20-185
ア（マネクシ）て（遍）……14-428
あまのつき（天月）
アマノツキニナ（リ）ヌ（弦晦）……17-269左
あまのつみ（天罪）
（アマ）の（ツミ）を（天罰）……17-189
あまのひつぎ（天日嗣）
アマノヒツキシロシメスに（踐祚）……17-29
アマノヒツキ（帝業）……17-249
あまべた（海濱）
アマヘタノ（海濱）……14-436
あまよそひ（雨裝）
アマヨソヒセリ（被雨衣）……20-190
あまり（餘）
モヽアマリノイクサを（數百兵士）……11-41
ヨヽロツアマリの（四萬餘項）……11-153
チムラアマリヨソムラアマリ（一千四百六十匹）…11-169
チムラアマリヨソムラアマリ（一千四百六十匹）…11-169
モヽアマリノ（ヒト）を（數百人）……11-316
ヒトツヱアマリ（丈餘）……11-338
ト（ヲ）カアマリ（十餘日）……14-222
チアマリ（數千）……20-96
アマリの（餘）……20-189
あみ（網）
アミを（網）……11-291
あむ（浴）
ミユアマムトオホシ（意將沐[浴]）……14-5
あめ（天）
アメ（ノ）（天之）……11-107
あめくにおしはらきひろにはのすめらみこと（固名）
（アメクニオシ）ハラキ（ヒロニハノスメラミコト）（天國排開廣庭尊）…17-51
アメ[ク]□[シ]□□キ（ヒロニハ）の（スメラミコト）（天國排開廣庭天皇）…20-3
（アメクニオシ）□ラス（「キ」ノ誤）（ヒロニハ）の（スメラミコト）（天國排開廣庭天皇）…20-6
あめつち（天地）
ア（メ）ツ（チ）を（乾坤）……17-42
あめのした（天下）
アメノシタシラシヽ（御宇）……11-31
アメノシタシラスに（御宇）……11-34
アメノシタ（區宇）……14-418右
アメノシタを（天之下）……14-422
アメノシタには（宇宙）……17-47
（アメ）ノシタに（天下）……11-7
天下（區宇）……14-418
（アメノ）下（宇宙）……17-47
あめふる（雨）
（アメフ）ル（雨）……20-189
あや（漢）
イマキノアヤの（新漢）……14-33
ヤマト（ノ）[ア][ヤ]のツカのアタヒ（東漢掬直）…14-417
アヤの（漢）……14-203割
あやかす（固名）
アヤカス（ラ）を（綾糟等）……20-97
あやし（怪）

アヤシカリ（異）…… 20-24
アヤシ（異）…… 11-80
アヤシキ（神）…… 14-101
アヤシキ（靈）…… 14-128
アヤシキカタチ（異體）…… 14-283
ア（ヤ）シ（キ）ヒ（カリ）（神光）…… 14-4
アヤシ（キ）（神）…… 20-108
あやしのおまろ（固名）
アヤシ（ノ）ヲ（マロ）（文石小麻呂）…… 14-325
（アヤ）シ（ノヲマロ）（文石小麻呂）…… 14-325
アヤシノ「の」ヲマロ（文石小麻呂）…… 14-330
あやしぶ（怪）
アヤ（シヒ）て（異）…… 11-350
アヤシフ（異）…… 11-247
あやしむ（怪）
アヤシムて（異）…… 14-288
あやのてひと（漢才伎）
（カフチ）のアヤノ「の」テヒト（西漢才[伎]）…… 14-183
あやはとり（漢織）
アヤハトリ（漢織）…… 14-344
アヤハトリ（漢織）…… 14-348
あやふし（危）
アヤ（フカラム）を（危）…… 17-87
ア（ヤフキ）こと（包危殆）…… 14-217
あやぶむ（危）
オソリアヤフム（兢葉業）…… 17-133
（アヤフ）メ（ス）（不危）…… 17-248
あやべ（漢部）
アヤヘを（漢部）…… 14-375
あやまち（誤）
タノアヤマチ（手誤）…… 14-334左
アヤマチを（闕）…… 17-138
アヤ（マチ）なり（愆）…… 14-359
アヤ（マチ）（過）…… 17-241
ア（ヤマチ）に（過）…… 20-26
あやまつ（誤）
アヤマツ（所失）…… 17-248
あやまる（誤）
アヤ（マラスシ）て（不誤）…… 14-332
オムリアヤマリて（失色）…… 14-132
ア[ヤ][マ][リ]て（誤）…… 14-158
オ（モ）ヘリアヤマ（リ）ヌ（失色）…… 17-16
あゆひ（足結）
アユヒ（脚帶）…… 14-24
あよぐ（搖）
ミコ、ロアヨキヒタマヒて（憱然）…… 20-13左
あらかじめ（預）
アラカシメ（預）…… 11-16
アラカシメ（預）…… 11-39
あらがふ（諍）
アラカヒて（諍）…… 20-204割
アラカフコト（諍訟）…… 17-254
あらし（荒）
アラクサカ（シ）キワサ（ス）（暴虐）…… 14-326左
アラキコ、ロ（野心）…… 14-239
荒（コ、ロ）（野心）…… 14-239
ア[ラ][キ][コ][ト]（麁）…… 14-432割
あらは（露）
アラハにす（露）…… 11-100
アラハニセニマホシ（ミセス）（不欲露）…… 11-268
ア[ラ][ハ]に（露）…… 14-323
アラハナル（トコロ）にて（露所）…… 14-334
あらはか（固名）
アラハカノ（荒陵）…… 11-324
あらはす（表）
アラハ（セ）（表）…… 17-147
アラハ（シ）（現）…… 20-118左
あらはる（表）
（アラハ）レ（著）…… 14-432割
あらひとがみ（現人神）
アラヒト（カミ）ソ（現人之神）…… 14-109
あり（有）
アラストマ（ウ）ス（非之也）…… 11-34
（イクハクモ）アラ（スシテ）（未幾時）…… 11-294
ヨウモアラヌカ（不可乎）…… 14-138左
タクヒハマレシアラム（罕儔）…… 14-177
ヨ[ク][モ][ア]ラス（不可）…… 14-399
イツハリアラム（虚）…… 17-255
シハラクアリテ（俄）…… 11-309
アリテカ（有）…… 14-191
ミタレヲミチニセルニアリテ「て」（行亂於道）…… 14-265
イツコニアリシ（何處）…… 14-335

213　索引篇　あり-いか

あ

メクミアリて（慈仁）…… 17-18
ミウツクシヒアリて（天恩）…… 17-107
コロサムトアナリケリト云コトヲ（誅戮）…… 17-238
アリ（ヒシ）ノ（カラ）（南加羅）…… 17-171
アリヒシノ（カラ）（南加羅）…… 17-211
アリヒシノ（カラ）（南加羅）…… 17-211左
アリ（ヒシ）ノ（カラ）（南加羅）…… 17-211
あるいは（或）
　（アルイ）は（ヲトリ）（或踊）…… 20-114
　（アルイ）は（フス）（或伏）…… 14-436
　（アルイ）は（或）…… 14-436
あるかたち（有形）…… 17-66割
あるし（下）
　アルシタ（リ）の（下哆唎）…… 17-264
アルカタチを（行迹）…… 17-264
アルカタチヲ（行状）…… 17-257
アルカタチヲ（所見）…… 17-238
アルカタチヲ（消息）…… 11-313
あるじ（主）
　アルシ（主）…… 14-252
あるまま（隨）
　アルマヽニ（依實）…… 17-261
あれ（我）
　（ア）レ（朕）…… 17-53
あれます（生）→「あします（生）」
アレマセリ（生）…… 11-87
アレマシて（産）…… 14-4右
アレマスヒ（生日）…… 11-77
あろし（下）
　アロシ（下）…… 14-404割
あろじ（主）
　アロシタリ（下哆唎）…… 17-84

アリヒシ（南）…… 17-18
ありひし（南）
ありくること（所由來）…… 14-271
アリクルコト（由來）…… 14-400
ありくること（所由來）
アリクルコト（由來）…… 14-400
ありくること（所由來）…… 14-93
ありくること（所由來）
アリクルコト（由來）…… 14-400
ありくること（所由來）…… 14-93
アリクハ（歩）…… 14-61
アリクヲ（行歩）…… 14-63
ありく（歩）
アリカヌ所を（不行）…… 14-101
アリカムトキニ（出行）…… 11-246
アマタアルヲ「を」（數千人）…… 17-232
□□□ルこと（默）…… 14-273
コトアルミコ（子皇子）…… 14-100
アル（所有）…… 14-212
（キョク）アル（ミヲ）（有懷抱）…… 14-66
モノオモヒツヽアルニ（有懷抱）…… 14-239
サハアリて、マリテアリ（淹滯）…… 14-179
（ウタカヒ）アリと（シ）て（疑）…… 14-25
コトクニアリ（若）…… 14-216左
イツクニアリトモ（何處）…… 14-147
モノアリ（者）…… 14-103
サハにアリ（多有）…… 14-37
（シハラク）アリて（俄）…… 14-179
シハラ（ク）アリて（俄而有）…… 20-114
（詠歎）……
　　　　　　　　　17-238

い

い（二人稱）
イカ（儞）…… 14-252右
イカ（ネ）を（汝之根）…… 14-350左
いが（如何）
ヤツカレヲイカヽオホセムヤ（何謂我乎）…… 11-68
いかが（如何）
イカ（如何）…… 20-114
いかに（如何）
イカニ（如何）…… 14-167
いかづち（雷）
イカツチ（雷）…… 11-77
イ（カニソ）（何）…… 11-134
イ（カニ）（如何）…… 11-26

あを（固）
アヲハカに（青墓）…… 14-383
あをはか（固名）
ムサのスクリアヲ（身狹村主青）…… 14-306
ムサのスクリアヲ（身狹村主青）…… 14-290
（フミヒト）のムサのスクリアヲ（史部身狹村主青）…… 14-95
あのはら（固名）
アキの（ハラ）（藍原）…… 14-233
あわつ（慌）
イワケアワテ、（骸愡）…… 14-43
あろしひと（共食者）
アロシヒトに（共食者）…… 14-350左
あろしを（主）
アロシを（主）…… 14-252右

索引篇　いか-いさ　214

イカ（ニ）か（詎）……14-22
イ（カニ）（何與）……14-77
イカ（ニ）ソ（何）……17-209
イカラス（發瞋瞋）……14-320
イカラシテ（發瞋瞋）……11-130
イカリキ（嗔猪）……14-320
いかりぬ（怒）……11-188
イ（カリ）ッて（恣）……14-85
いかる（怒）
（カシハテ）の（オミ）イカルカ（固名

（清明心）… 20-101
[イ]サ[キ]ヨ（キ）（清）…… 14-61
いささかに（聊）
（イササカ）にナカメニ（ア）へは
（聊逢霖雨）… 11-123
いささけし（小）
[イ]サヽケキ（コト）に（ヨリ）て
（縁小事）… 14-262
いさつ（泣）
イサチラル（哀泣矣）…… 14-358
イサチカナシ[ヒ]て（泣悲）…… 11-130
イサチカナシ（フノミ）（泣悲）…… 11-210
イサチ（啼泣）…… 14-355
イナチタマフヤ（「ナ」ハ「サ」ノ誤）（泣乎）…… 14-355
イサチ（涕泣）…… 17-140
イサチツヽ（啼泣）…… 20-192
イサツル（泣）…… 11-209
イサツルコト（憂泣）…… 14-397
いざほわけ（固名）
オヒネノイサホワケの（スメラミコト）
（大兄去來穂別天皇）… 11-87
イ（オ）ヒネ（ノ）イサホワケの（ミコ）
（大兄去來穂別皇子）… 11-111
いざほわけのみこと（固名）
イサホワケの（ミコト）を（去來穂別尊）… 11-226
いさみ（勇）
イサミに（幹）…… 11-136
いさむ（勇）
イ（サミ）て（勇）…… 17-181
いさむ（諫）
アイサメマツリタマフ（止）…… 14-137
イサ（メ）て（叱）…… 14-386左
諫也て（要）…… 17-90
イサ（メ）て（諫）…… 17-95
いさをし（功）
イサヲシキカナ（對勤乎）…… 20-18左
イサヲ（シクシテ）（勇捍）…… 11-354
いし（固名）
イシノミトに（伊峙水門）…… 11-318
いしかはのたて（固名）
（イシカハ）のタテに（□川楯）…… 14-71
いしかはのももあひのおびと（固名）
（イシカハ）のモモアヒ（ノオヒト）
（石河股合首）… 14-71割
いしかはのこむらのおびと（固名）
（イシカハノ）コムラ（ノオヒト）
（石河股合首）… 14-71割左
いしふれち（固名）
（イ）シ（フレチ）（伊叱夫禮智）…… 17-231
いしめ（固名）
イシ（メ）（石女）…… 20-167
いすかし（佷）
モトリイスカシ（クシ）て（傲佷）…… 17-272
いすず（固名）
イスヽの（カハノホトリ）に
（五十鈴河上）… 14-101
いせのおほむかみ（固名）
（イセ）のオホム（カミ）のイハヒに
（伊勢大神祠）… 14-54
（イセノ）オホム（カミ）の（マツリ）に
（伊勢大神祠）… 17-65
いそぐ（急）
イソキイテマセリ（急馳）…… 11-70
いそし（勤）
イソシキ（對勤乎）…… 20-19
いそのかむ（石上）
（イソ）のカムの（石上）…… 14-351
いたく（甚）
イタクイサ（メ）て（切諫）…… 17-95
いだく（抱）
イ（タキ）て（懐）…… 14-426
イ（タキ）て（懐）…… 17-230
いたし（痛）
イタカラ[ム]ト云て（痛乎）…… 17-102
イタカ（ラム）（痛乎）…… 17-102左
いたす（致）
イタシ（投）…… 14-237左
ワカツリ（イタ）シ（誘致）…… 17-175
いたづらに（徒）
イ（タツラニ）（徒）…… 11-157
いたはり（功）
ハルカナルイタハリ（玄功）…… 17-137
イタハリを（功）…… 17-245
いたはる（勞）

イタハリヤシナフ（供養）……20-203
イタハル（供）……20-192
いたひ（固名）
（ナニハ）の（キシ）イタネヒ歟（難波吉士木蓮子）…20-159
いたむ（痛）
イタ（マサルヘケ）ム[ヤ]（可不愴歟）……17-45
オモホシイタミタマ（ヒ）て（感痛）……17-145
イタミ（タマフ）こと（傷惻）……20-12
イタミタマフこと（傷惻）……20-12左
イタミナケク（惻愴）……20-192
いたる（至）
イタリマス（到）……11-64
イタリタマフ（行至）……17-30
イタ（リマシ）て（詣）……11-217
イタテ（詣）……11-41
イ（タリ）て（詣）……20-187
クメカハマテニマ（ウ）イタル（至來目水）…14-113
マウテイタルこと（向）……11-69
イタルに（曁）……17-56
いちのべのおしはのみこ（固名）
（イチノヘノ）オシハノ（ミコ）を（市[邊]押磐皇子）…14-34
いちびこ（蓬蔂）
イチヒコの（蓬蔂蘡歟）……14-281
いちべ（市邊）
ヱ（カ）ノ「の」イチヘノ「の」（餌香市邊）…14-324
いつ（固名）
（シラキ）の（フヒト）イツに（白猪史膽津）…20-60
いづ（出）→「いでさる」・「いでたつ」・「いでます」・「うきいづ」・「ぬけいづ」
イテタルこと（放）……11-312
タカクヌケイテ（聳擢）……14-283左
イテて（發）……20-197右
（イツ）ルヒト（出）……17-182
いつく（齋）
イツ（キ）タマハス（不卽皇位）……11-56
イ（ツキ）て（敬祭）……17-46
いづく（何處）
イツクニアリトモ（何處）……14-147
イ（ツクニソ）（安）……17-146
イ（ツクニソ）（安）……17-177
イ（ツク）に（カ）（何）……20-11
いづく（何）
（イ）ツ（クニ）カ（何）……20-11左
いつくし（嚴）
ヨソ[ヒ]□□イツクシクト、ノヘて（肅整容儀）…17-22
イツクシ（ク）タケ（キ）（嚴猛）……20-118
いづこ（何處）
イツコノシカソ（何處鹿）……11-237
イツコのキミソ（何處公）……14-109
イツコニアリシヤツコソ（何處奴）……14-335
（イ）ツコナリ（トモ）（何處）……14-147右
いつつ（五）
イツ、ノタナツモノ（五穀）……11-94
いつつぎ（五世）
（イツ）ツキの（ミマコ）（五世孫）……17-3
いつつゐ（五大）
ヨ[ツ]□□ツヱハカリ（四五丈）……14-103
いつはり（僞）
イツハリアラム（虛）……17-255
詐也を（消）（欺誑（消））……17-238
いつはりごと（僞言）
イツハリコトを（矯詐）……20-35
イツハリことを（謾語）……20-49
いつはる（僞）
ソムキイツハリて（背誕）……14-205
イツハリて（陽）……14-41
イツ（ハリ）て（陽期）……14-35
イツ（ハリ）て（陽）……14-209
いづれ（孰）
イツレカトキ（孰捷）……11-258
イツレ（孰）……17-102
イツレ（孰）……17-102左
いでさる（出去）
出去ヌ（退）……20-31
いでたつ（出立）
イテタ、シテ（出立）……14-23
いでます（出坐）
イテマサヘ（垂降臨）……14-262

217 索引篇 いと-いひ

イテマシテ（遊行）……………… 11-183
イテマシテ（幸）………………… 14-188
イテマシ（テ）（遊詣）………… 11-332
イテマシ（テ）（幸）…………… 11-295
イテマス（テ）（幸）…………… 11-348
イ（テマシ）て（詣）…………… 14-101
イ（テマス）（幸）……………… 11-194
イテマス（行）…………………… 11-213
イテマス（幸）…………………… 14-252
イテマス（臨）…………………… 11-5
イテマス（幸）…………………… 14-45
イテマス（往）…………………… 14-45左
イテマス。（向）………………… 14-191
（イ）テマ（ス）。……………… 11-74
イテマス（幸）…………………… 11-70
イソキイテマセリ（急馳）…… 14-353
イトウルワシ（最好）…………… 14-4
イトキナウ（シテ）（幼）（幼而）… 14-207
いときなし（幼）………………… 14-207
いどむ（挑）……………………… 14-311
イトム（挑）……………………… 11-311
イトマに（取假）………………… 14-336
いとま（假）……………………… 11-336
いと（最）………………………… 14-361
いなき（稲城）
（イナ）キを（稲城）…………… 14-361
（ツケ）のイナオキ（オホヤマヌシ）を（闘鶏稲置大山主）…… 11-336
いなおき（稲置）
イトム（挑）……………………… 11-311
いどむ（挑）……………………… 14-207

イナ（キ）（稲城）……………… 14-361左
いなつみ→「いさつ」
いなぶ（辭）
カタクイナヒタマヒテ（固辭）… 11-228
イ□□て（射謝）………………… 11-19
（モ）テイヌ（将去）…………… 17-31
イヌ（去）………………………… 20-34左
（イ）ヌ（去）…………………… 14-116
いぬ（去）………………………… 20-34
イニ（ヱ）（膳イ膽瓊植）……… 17-244
にゑ（固名）……………………… 17-244
いのち（命）
イノチ（司命）…………………… 14-424
イ（ノチ）（命）………………… 17-188
□ノチノカキリ（ナリ）（天命）… 11-69
イノチミシカシトイフヘカラス（不…稱夭）…………………… 11-69
いはあれひこのすめらみこと（固名）
イハアレ（ヒコノ）スメラミコト（磐余彦之帝）…………… 17-242
イ（ハク）（言）………………… 11-114
イ（ハク）（曰）………………… 20-114
いはく（曰）……………………… 11-258
いはさかひめ（固名）
イハサカヒメ（磐坂媛）………… 11-278
いはのひめのきさき（固名）
イハノヒメ（ヒメ）のキサキと（石姫皇后）…………………… 20-4
いはのひめのみこと（固名）

イハノヒメノミコトを（磐媛命）… 11-86
イハの（ヒメ）の（ミコト）（磐之媛命）…………………… 11-228
いはひ（祝）
（イセ）のオホム（カミ）のイハヒに（伊勢大神祠）…………… 14-54
いはふ（祝）
イハヒマツル（祭）……………… 20-180
イハヒマツル（ヘシ）（祭祠）… 20-181
イ（ハ）ヘシ（祭）……………… 20-180
イハミヲリ（聚居）……………… 14-403
イハミテ（聚結）………………… 14-397
イハウレフ（聚憂）……………… 14-434
イ（ハ）む（滿）………………… 11-213
イハ□（屯聚）…………………… 14-358
イハメリ（滿）…………………… 14-4
イハメリ（滿）…………………… 14-358左
ハ（「イ」誤）ハメリ（滿）…… 14-294
いはれ（固名）
イハレの（ムラ）（磐余村）…… 17-183
いはる（固名）
イハキ（磐井）…………………… 11-92
いひかしく（炊）
イヒカシク（炊）………………… 11-94
イヒカシクケフリ（炊者）……… 11-101
イヒカシクケフリ（炊烟）……… 11-349左
イヒタケヒト（共食人）
イヒタケヒトに（共食者）……… 14-351
イヒタケヒト（共食者）

いひね→「おひね（大兄）」
いふ（言）
イハ（スシ）て（不問）……11-118
イハレス（不可）……14-399左
イハム（應遵）……14-110
[イ]ヒタ（ルトコロ）（所云）……14-88
ヨロツヨトイヒツヽ（呼萬歳）……14-140
イヒ（ヲハリ）て（言畢）……20-148
（コロサ）レキト云て（日…所殺）……14-253
イタカラ[ム]ト云て（痛乎）……17-102
ト云（ヲエ）て（得…俾）……17-178
にイレホト云て（入…内）……20-115
イルニト云て（入）……20-115左
□フ（爲説）……14-213
チカラコハ[シ][ト]イフ（力强）……14-325
イノチミシカシトイフヘカラス（不…稱夭）……14-424
（イ）フ（言）……14-62
イ（フ）（謂）……14-138
ネナクトイフは（泣）……11-62
ヤスカラナリトイフウタ（庚哉之歌）……11-93
イフ（トコロ）ノ（所遵）……14-64
ト[イ]フニ（司）……14-121割
トイフニ（[符]）……14-126割左
ケ（ヒメ）トイフは（毛媛）……14-180割
カセサモロフロイフニツケテ（託稱候風）……14-189左
オモムスヘシトイフハ（重）……17-28
イ（フ）は（謂）……11-25
（イカン）と云（コト）（如何）……11-36
（マスシ）ト云ことは（貧）……11-110
ト云を（須）……14-119割
ト云ニ（須）……14-119割
ト云を（伺）……14-121割
ト云□（[謀]）……14-126割
スクレタルヒトト云（ナリ）（秀者也）……14-177
ト云を（志）……14-341割
（サヌキ）のタ（ムシワケ）ト云ヒト（讚岐田蟲別）……14-391
（イタル）ト云こと（至）……14-422
（アリ）ト云ことを（有）……17-5
コロサムトアナリケリト云コトヲ（誅戮）……17-238
と云「といふ」は（云）……17-253割
（カタ）シ（ト）イヘルは（難）……14-28
（ト）イヘリ（薨）……17-283割
（イ）ヘリ（云）……14-341割
いぶく（息吹）
イフク（呼吸）……14-38
いへ（家）
クニイヘに（宗廟社稷）……11-13
イヘニ（舍）……14-21左
（ヤツコノ）イヘに（臣之舍）……14-22
（ネノオミ）のイヘ（ヲ）（根使主宅）……14-367
イヘヒト、モ（郷家等）……17-277
カツラキ（ノ）イ（ヘ）（葛城宅）……14-29
家也（社稷）……17-35
家也を（宗廟）……17-248
いへで（家出）
イヘ[テ]（セシム）（度）……20-165
家出セシム（令度）……20-165
いほ（五百）
[イ][ホ]（タリ）（五百人）……14-412
いほ（庵）→「いほり（庵）」
イホの（廬）……11-335
いほきいるひこのみこ（固名）
イホキイルヒコ（ノ）ミコ（ノミマコ）（五百城入彦皇子之孫）……11-4
いほきかは（固名）
イホキカハノホトリニ（廬杵河邊）……11-275
イホ（キノカハ）に（廬城河）……14-99
いほきべのむらじ（固名）
イホキ（ヘ）の（ムラシ）（廬城部連）……14-97
いほり（庵）→「いほ（庵）」
イホリの（ト）に（營外）……11-312
いほりちか（固名）
イ（ホリチカ）（已富利知伽）……17-208
いほる（庵）
イホリシトヽマリヌ（營止）……14-220
イホリて（營）……20-128
いま（今）
イマコソ（今）……17-176
イマノ（トキ）に（當時）……14-177
いまき（今來）

イマキノ「の」テヒトを（今來才伎）……14-189
いまきのあや（新漢）
イマキノアヤの（新漢漢）……14-33
イマキのアヤの（新漢）……14-200
今木（新）……14-200左
いまし（二人稱）
イマシか（爾）……11-209
イ[マ]シ（汝）……14-9
イマシ[カ]□[キ]ヱマ□（汝妍咲）……14-82
イマシ（汝）……14-240
イマシカ（サキ）に（儞前）……17-178
いましむ（戒）
（イマ）シ（メ）て（戒）……14-191
イマ（シメ）て（戒）……14-234
います（坐）
イマセ（タマハス）（不行）……14-234
イマセ（ム）（詣）……17-16
ナイマシソ（無住也）……14-234
イマセ（屈請）……20-170
いまだ（未）
イマタカヘリマウコス（未還）……11-27
いままで（今迄）
イマヽテニ（今）……11-119
イマヽテニ（今）……11-165
いむさき（曾）
イムサキ（曾）……14-34
イムサキ（曾）……14-44左
ハムサより）（「イムサ（キ）」ノ誤訓）（曾）……14-44
いめ（夢）
ミイメミタマハク（夢）……11-127
イメアハセノマヽニ（随相夢也）……11-249
いもひ（齋食）
イモヒノ（ウヘ）に（齋食上）……20-170
いもん（固名）
イ門（ノトコロヲ）（已汶之地）……17-107
いやし（卑）
イヤシキ（ヒト）の（鄙人）……14-88
イヤシキヒトに（微者）……20-26
いやしひと（匹夫）
イヤシヒトの（コヽロサシ）モ（匹夫之志）……14-28
いやちこ（灼然）
イヤチコ（ナレ）は（灼然）……20-186
いゆ（癒）
イ（エス）（未愈）……20-200
いゆ（未詳）
イエ（タリ）と（文脈上ハ「ェ（獲）」ノ意）（獮獲）……11-241
いよいよ（愈・彌）
イヨ〱（轉）……11-94
イヨ〱（彌）……14-416左
いら（母）
（カフロワウ）のイラ（蓋鹵王）……14-404割
いら（不審）
イラ（何與）……14-78
いらつこ（郎子）
（イセ）の（アサヒ）イラツ（コ）を（伊勢朝日郎）……14-382
（アサヒ）イラツ（コ）（朝日郎）……14-387
（アサヒ）イラツ（コ）を（朝日郎）……14-392
いらつひめ（郎姫）
タクハタイラツヒメの（ヒメミコ）（栲幡姫皇女）……14-54割
いらつめ（郎女）
（コ）のイラツ（メ）（此娘子）……14-66
いる（入・四段）
イリテ（沒）……11-130
イリマシヌ（入）……14-83
入也て（投）……17-255
入ニキ（沒）……20-158
イル。（沒）……20-158左
イルニト云て（入）……20-115左
（イ）ルこと）（入）……14-387
いる（入・下二）
イレ（テ）（納）……11-250
にイレホトヨ云て（入内）……20-115
いろ（色）
ウルワシキイロ（嫩色）……17-5
イロモ（鉛花）……14-176
いろと（弟）
イロトナリ（弟之）……11-9
イロトノミコノ（弟王）……11-18
（ヤツカレ）かイロトアコカ（ノミ）（臣弟吾子籠）……11-26
（ワ）かイロトのミコトノタマフ

いろね（兄）
（我弟皇子）……11-66
イロネノキミノミコ丶ロサシを
（兄王之志）……11-62
（フタリ）のイロネノ公（二兄）……17-52
ヤツコカイ（ロセ）（妾兄）……14-356
いろは（母）
イロハを（母）……11-3
イロハを（母）……14-68
□ロハをフルヒメ（トイフ）（母曰振媛）……17-4
イ（ロハ）を（母）……20-4
いろべ（固名）
イロ（ヘ）（色部）……17-59割
いろめ（妹）
オナシハラノイロメ（同母妹）……11-71
いわく（驚駭）
イワケアワテ丶（駭惋）……14-43
いを（魚）
イヲノ（魚）……11-57

う

う（鵜）
（シロ）キウ（白鸕鶿）……14-296
う（得）
エてむ（獲）……11-129
エシ（所得）……11-279右
ナラシエ（テ）（得馴）……11-293左
エテ（得）……14-19
エツ（獮）……14-75左
マシエシ歟（ヨシ）を（所得之由
（元來前行「檀所」ノ左訓））……11-279
ウ（獲）……14-76
トリウヘ（カラス）（不可檜）……17-269
（トシ）ウル（コト）を（豐年）……17-134
うう（植）
ウヱシム（殖）……14-374
うかがふ（伺）
ウカヽヒて（伺）……14-101
ウ（カヽヒテ）（候）……20-147
うがつ（穿）
…をウカ（チテ）（鑿…）……14-222
イ（ウカ）ツ（射穿）……14-387
うかは（鵜）
ウカハスルマネシテ
（僞使鸕鷀沒水捕魚）……14-99
ウカハセムトアサムキテ
（僞使鸕鷀沒水捕魚）……14-99左
うかぶ（浮）
ナウカハセソ（不令泛）……11-133
うかむ（浮）
（ウカ）む（浮）……20-173
うきいづ（浮出）
ウキイ（テ）タリ（泛）……11-47
うく（信）
ウケタマ（ハスシ）て（不信）……20-5
うく（浮）
ウキナカレツ丶（浮流）……11-44
ウキヲトリツ丶（汎）……11-135
うく（受）
タモチウケて（獲奉）……17-248
タモチウケて（深信）……20-174
ウクルこ）とは（奉）……11-13
うけいる（受入）
ウケイル丶コト（容）……11-8
うけたうばる（承）
ウケタウハ（ラシム）（請問）……20-56左
うけたまはる（承）
ウケタマハラム（請）……14-29
ウケタマハ（ラクハ）（請）……17-45
ウケタマハ（ラシム）（請問）……20-56
ウケタマ（ハラムト）（請）……20-138
ウケタマハリ（奏）……17-130
ウケタマ（ハリ）て（奉）……14-272
ウケ（タマハリ）て（奉）……14-356
ウ（ケタマハリ）て（奉）……20-86割
承て（銜）……14-186
承ヌ（奉…矣）……14-242左
ウケタマハル。（聞）……11-31
ウケタマハル。（聞）……14-67
（ウケタマ）ハル（奉）……14-242
うけひ（誓）
ウケヒ（シ）て（誓湯）……17-255左
うけひゆ（誓湯）

ウケヒユ（シ）て（誓湯）……17-255
うけゆるす（承許）
ウケユルサス（不聽）……11-172
うごかす（動）
ナウコカシソ（無動）……11-330
うごはる（集）
ウコハレリ（集）……14-420左
うさぎのみこ（固名）
ウサキの（ミコ）（菟皇子）……17-73
うし（固名）
（イロト）ウシに（弟牛）……20-61
うしなふ（失）
ハラカラヲウシナハマホシミ（不欲失親忍）……11-263
うしほ（潮）
ウシホ（海潮）……11-123
うしろ（後）
ウシ（ロ）（後）……14-263
うしろのすくね（固名）
ウシロの（スクネ）（菟代宿禰）……14-381
ウ（シロノスクネ）（菟代宿禰）……14-384
うす（失）
ウセヌ（沒）……14-285
ウセヌ（沒）……14-285左
（ミ）ウセヌ（薨。）……14-410左
身ウキヌ（「キ」ハ「セ」ノ誤）（薨。）……14-410
ウセマシヌ（薨）……17-7
うた（歌）→「うたつくる（歌作）」
ヤスラカナリトイフウタ（庚哉之歌）……11-93
うたがふ（疑）
ウ（タカハ）ル、ことを（所疑）……14-19
ウタカヒタマハス（勿疑）……11-15
ウタ[カ][ヒ]（タマヒテ）（猜）……14-13左
ウタカヒタマ（ヒ）て（猜）……20-40
ウタ（カヒ）（猜）……14-13
ウ（タカヒマツ）ラク（奉疑）……20-117
うだき（抱）
トウタキ（十圍）……11-332
うだきおほふ（抱覆）
ウタキオホフコト（蓋之）……11-8
うたぐ→「しりうたぐ（踞坐）」
うだち（梲）
ウタチ（楹）……11-76
うたつくる（歌作）
ウタツクル（ミヤヒ）（斐然之藻）……17-110左
うたのみとへ（固名）
[ウ]タノミトヘノ（菟田御戸部）……14-90
うたふ（歌）
ウタ（ヒ）（唱）……14-440
うたよみ（歌詠）
ウタヨミシテ（歌）……11-44
ウタヨミセヨ（歌賦之）……14-117
（ウタ）ヨミ（シテ）（歌）……14-24
うち（内）
クニノウチに（城中）……11-91
ウチに（殿）……14-4
クニアカタノウチに（國郡縣）……14-232右
ハラノウチニ（胎中）……17-92
三門ウチ（朝庭）……20-24
ウ（チニ）[中]……20-20
うち（打）
ユムツルウチス（彈弓弦）……14-436左
ユミツル打ス（彈弓弦）……14-436
うぢ（固名）
ウチに（菟道）……11-55
うちつくに（内國）
ウチツクニスラ（邦畿之内）……11-94
内ツクニに（王畿）……17-136
うちつごと（内事）
ウチツコトに（于内）……17-51
うちつみや（内宮）
ウチツミヤノアヘ（セ）ムト「ト」（シ）て（欲：野饗）……14-84
ウチツ宮（掖庭）……17-42
うちつみやけ（内官家）
（ウチ）ツミヤケを（内官家）……17-220
（ワ）か（ウチ）ツミヤケを（我内官家）……20-106割
うちつむ（打積）
ウチツミオケル（積）……14-302
うぢのかひたこのひめみこ（固名）
（ウチ）のカヒタコ（ノヒメミコ）（菟道貝蛸皇女）……20-79
うぢのしつかひのひめみこ（固名）
ウ[チ]ノシツカヒの（ヒメミコ）

うちのみやのかず（内宮敷）……20-64
ウチノミヤノウチノカス ミムネヲウチ（掖庭之敷）……20-64
ウチヤノカス ミムネヲウチ（摽撇）……11-72
ウチノワカイラツコノミコ（固名）……11-6
うぢのわかいらつこのみこ（菟道稚郎子）……11-6
うつ（打）
ウチノミヤノカス トラへシリカタウチキツ、ミウツ（楚撻）……20-194
ツ、ミウツ（オト）を（鼓聲）……14-247
うつ（伐）
ウタ（シ）む（攻之）……14-221
ウタレ（被打）……20-198
（ツ、シミ）ウ（タサ）ラムヤと（不恭伐）……20-186
（ウ）て。罰……14-310
（ウ）て。（罰）……14-5
伐也。征……17-183左
ウテ。罰……17-183
ウツマネス（撃）……17-236
ウツ、（ツ）。（征伐）……14-216
ウ（ツ）。罰……14-185
オ（ソヒ）ウチて（掩討）……14-269
セメウチて（薄伐）……14-240
（ツ、シミ）ウ（タサ）ラムヤと（不恭伐）……17-186
ウタレ（被打）……20-198
ウタ（シ）む（攻之）……14-221
うつ（伐）
ツ、ミウツ（オト）を（鼓聲）……14-247
ウチノワカイラツコノミコ（固名）……11-6
うつくしび（愛）……11-310
ウツクシヒマシ

（ウマ）クタ（ノヒメミコ）
（馬來田皇女）……17-64
うまのくち（轡）
馬ノロヲ（轡）……14-262左
うまはり（殖）
ウマハリセリト（產）……14-281左
ウマハリセリト消朱（蓬蔂）……14-282割
うまやくち（驛口）
ウマヤクチに（亭）……20-194
うまる（生）
ウマレタリ（產）……11-81
（ウマ）レタ（マヒ）て（產）……14-4
うみがつき（產月）
ウミカツキ□に（產月）……14-146
うみのこ（子孫）
ウミノコニ（生子孫）……14-426
ウ[ミ]ノコハ（子孫）……14-428
ウミノコは（子孫）……14-429
ウミノコノヤソツヽキニ
（子々孫々八十聰綿）……14-360左
ウミノコノヤソツヽキ（子々孫々）……20-100
うみのやそ（子孫）
ウミノヤソ（子々孫々）……20-100左
うむ（生）
コウメルを（兒息）……17-254
ウ（メリ）（生）……11-89
（ウ）メリ（生）……14-8割
うめなふ（謝罪）
ウメナヒマウサムヲ「を」（謝罪）……17-260
うもりのひめみこ（固名）
ウ[モ]リの（ヒメミコ）（鸕鷀守皇女）……20-81
うらかけ（固名）
ウラカケノミトに（浦桂掛水門）……14-440
うらかた（占狀）
ウラカタを（占狀）……20-181
うらなふ（占）
ウ□（ナフ）（占）……20-75
うらひとがみ（現人神）
ウラヒト（カミソ）（現人之神）……14-109左
うらべ（卜部）
ウラへに（卜者）……20-74
ウラへ（卜者）……20-181
（ウラ）へに（卜者）……20-180
うらむ（恨）
ウラムル（トコロアラ）む（所・恨）……14-431
うらめし（恨）
ウラメシ（キ）こと）（恨）……11-241
うらもひ（心思）
ウラモヒシて（猶預）……17-172
うるはし（麗）
ウルワシカシ（善）……14-44
ウルワシ（美麗）……11-5
イトウルワシ（最好）……14-353
ウルワシキイロ（嫩色）……17-5
うるほす（潤）
ウルホす「す」（沾）……11-100
ウルヲシて（濕）……17-198
うるわ（固名）
（サヘキヘ）のウルワ（佐伯部賣輪）……14-42
うれしぶ（悅）
ウレシヒタマフ（和顏悅色）……14-82
うれふ（憂）
ウレヘム（恤）……20-134
（ウレ）へ申て（憂陳）……14-241
（ウレ）へ申て（憂諮）……14-267
ウレフ（憂）……14-403
ウ[レ]□□□（憂）……14-370
うれへ（憂）
ウ（レ）へ（虞）……17-250

え

ええ→「みゆ（見）」
えだ（枝）
エタに（末）……14-37
エタを（支）……14-72
えだち（役）
エタチに（役）……11-138
エタチの（役）……11-328
エタチに（侵役）……14-226
えたみ（役民）
エタミ（役民）……11-350
えはしと（女郎）
エハシトヲ（女郎）……14-73割

索引篇 えひ-おこ 224

(チヤクケイ) エヒシト (適稽女郎)……14-73割
(チヤクケイ) エハシトソ (適稽女郎)……14-142割
えびし (蝦夷)……14-435
えびす (蝦夷)……20-97割
(オホ) エヒシに (蝦夷)……20-97割
えひめ (兄姫)……14-344
キヌヌヒエヒメ (衣縫兄媛)……14-347
エ (ヒメ) を (衣縫兄媛)……14-273
えまろ (兄麻呂)……14-347
エ (マロ) (兄麻呂)……14-273
えみす (蝦夷)……20-96
エ (ミシ) (蝦夷)……14-433
エミシ (蝦夷)……11-317
えやみ (疫病)……11-317左
ネヤノ「エヤミ」ノ誤 (疫疾)……20-183
えよぽろ (役丁)……20-183
エヨホロに (役丁)……11-327
エ (ヨホロ) に (役丁)……11-329
えらぶ (擇)……11-329
(ウラナヒ) エ (ラヒ) て (占擇)……17-58割
クハシクエラフに (妙簡)……17-20
(エラ) へ (擇)……17-33

お

おい→「を (於)」
おいて (於)
コトワリニオイテハ (スナハチ) オイテ ハ (情)……14-421
(コ、ロニ) オイ テ ハ (情)……14-421
コトワリニオイ (テ) (理)……14-429
おうのすくね (固名)
オウ (スクネ) 游宇宿禰……11-21
オウの (スクネ) 游宇宿禰……11-22
オウ ウ の (スクネ) 游宇宿禰……14-415左
おきて (掟)……14-415左
オキテ (支度)……14-210
おきながたらしひめのみこと (固名)
オキナガタラシヒメノミコト……17-92
オキナカの (マ) テの (キミ) の (息長眞手王)……17-64
おきながのまでのきみ (固名)……17-64
オキナカの (マ) テの (キミ) (息長眞手王)……17-64
(オ) 氣 (ナカタラシヒメノミコト) (息長足姫尊)……17-92
オキ (キ) て (起)……11-360
オク (キ) 興)……11-66
おく (起)……11-66
(オキヌ) へ (補)……17-138
おぎぬふ (補)……17-138
えらぶ→擇

オカむ (措)……17-259
オカは (聚居)……17-151
オキ (投)……20-151
オイタマハムトシて (置)……14-237
(オ) 置……14-86
ウチツミオケル (積)……14-289
オク (置)……14-302
(オ) ケリ (置)……14-302
おくる (送)
オクリマツラムヤ (送歟)……17-98
オクリタテマツリタマ (送歟)……14-113
オクリタテマタヒテ (侍送)……14-113
(オ) クリテ (侍送)……14-113左
おこし→「をこし (上)」
おこす (起)
オコス (興)……14-136
オ (コシ) タマフ (起)……14-153
オコシて (興)……14-153
オ (コシ) タマフ (起)……14-233
オ (コシタマフ) (起)……11-260
(オコ) シ (起)……11-253
オコシ (タテ) むとオモフ。(復興)……20-108
おこたる (怠)……20-108
ナオコタリソ (莫懶懈)……20-70
おこなひ (行)……20-70
オコナヒ (行)……20-174
おこなひびと (行人)……20-163
オコナヒスルこと (修行)……20-163
オコナヒヒトを (修行者)……20-163

225　索引篇　おこ-おの

おこなふ　オコナヘル（行） …… 17-15
（オコナ）へ（行） …… 20-23
（オコナ）へ（行） …… 11-239
おこる（起）
　オコ（リ）て（行） …… 20-110
　オコ（リ）て（發） …… 20-126
　ナカコロオコル（中興） …… 20-64
　オコレリ（作） …… 17-185
おごる（驕）
　オコリスサヒシ（奢侈） …… 17-151
おさかつ
　アナツリオコリテ（侮嫚） …… 20-176
（オサカノヒコヒト）のオヒネの
　おさかのひこひとのおひねのみこ（固名） …… 20-245
（オサカノヒコヒト）のオヒネの（ミコ）と
　おさかべのゆけひのありしと（押坂彦人大兄皇子）（固名） …… 20-197
（オサカヘノ）ユケヒ（ノアリシトノ）コ
　（刑部靱部阿利斯登之子）（固名） …… 20-185
オシカツ（ト） …… 20-182
オシカツ（押勝） …… 17-189
オシハカルニ（推量） …… 14-241
オシハカルニ（推） …… 20-190
おす（押）
オシテ（印） …… 11
おせる（望） …… 20
…をオセリテ（望…） …… 17
おぞけ（怖氣） …… 14

コヽロオソケナリ（五情无主） …… 14-132
おそし（遲）
　オ（ソ）カラシ（晏） …… 20-139
　オ（ソ）シ（怠足） …… 14-87左
おそふ（襲）
　オ（ソヒ）ウチて（掩討） …… 14-285左
　オソヒて（掩據） …… 14-269
　ソムキオソヒて（反掩） …… 17-174
おそる（襲）
　オソリアヤフム（兢葉業） …… 17-180
おそらくは（恐）
　（オソラク）は（ソレ）懼之其 …… 17-133
　（オソラク）は（恐） …… 11-115
　（オソラク）は（恐） …… 14-192
　（オソラク）は（恐） …… 14-398
　（オソラク）は（恐） …… 17-95
　（オソラク）は（恐） …… 17-250
　（オソラク）は（恐） …… 20-151
おちもの（遺）
　オチモノヒロハ（ス）（不拾遺） …… 11-114
おちる（陷）
　カハニオチリヌ（墮河而沒） …… 11-44左
おづ（怖）
　オチカシコマリ（懼然） …… 20-99
　（フルヒオ）ツ（振怖） …… 14-80左
　（オ）ツ（懼） …… 14-384
　カシコマリオ（ツル）ことを（怖畏） …… 17-230

おとし（夫人）
　オトシ（夫人） …… 20-64左
おとす（落）
　イ（オト）シツ（射墮） …… 14-264
おとと（弟）
　コノカミオトフトノコトワリに
　（兄也弟也に）（友于） …… 14-427
　コノカミオトフトノコトワリノ
　（友于之義） …… 14-427左
　オトヽヘ（弟） …… 11-14
おとうと（少）
　オトヽを（少） …… 14-56
おとと（季）
　オトヽへ（季） …… 11
おとひめ（弟姫）
　オトヒメ（弟媛） …… 14-344
おとふと（弟）
　オトヽト（弟） …… 14-427左
おどろく（驚）
　オトロキモトカヘリテ（愕然反） …… 11-257
おなじ（同）
　オナジケニシて（共器） …… 17-177
おなじはら（同腹）
　オナシハラノイロメ（同母妹） …… 11-71
おのがきみ（己王）
　オノガキミを（王） …… 17-230右
おのがこ（己子）
　オノカコを（子） …… 17-230
おのかこ（己子）
　オノカコを（兒） …… 17-142
おのがみ（己身）
　オ（ノカミ）を（己） …… 17-143
オ（ノカミ）を（己） …… 14-419

索引篇　おの-おほ　226

おのがもの（己物）………11-61
おのカモノカラ（因己物）………14-258
おのづからに（自）………20-136
（オノツカラ）に（自然）………14-255
（オノツカラ）にマカ（ル）（自退）………14-87
おのれ（己）………11-18
オノレ（我）………14-84
オノレ（朕）………14-110
オノレは（朕）………14-399
オノレ（寡人）………17-32
オノレ（寡人）………14-110 ※
オ/レを（我）………11-98
オ/レ（朕）………14-59
オノレ（御）………11-98※
ハシマス（御）………11-229
シツカニオハシマス（従事平無爲）………17-229
おひかへす（追返）………14-59※
オヒハヘサム「む」（追逐退）………17-229※
おびと（首）………14-399※
フムのオヒト（書首）………14-280
おひね（大兄）………14-280※
オヒネノイサホワケの（大兄去來穂別天皇）………11-87
イ（オ）ヒネ（ノ）イサホワケの（ミコ）（大兄去來穂別皇子）………11-111
マカリのオヒネ（ノミコ）（勾大兄皇子）………17-60
（オサカノヒコヒト）のオヒネの（ミコ）と（押坂彦人大兄皇子）………20-64
おひはのすくね（固名）

おふ（追）………
オヒ（テ）（駈逐）………14-111
御サキオヒて（警蹕前駈）………17-22
オフ給（待）………14-115
オフ（逐）………14-329
おふ（負）………
シンヤオヘルス、メノコトシ（如中獵箭之雀鳥焉）………20-207
おふし（全）………
オフシヒサコ（全瓠）………11-131
オフシ（ヒサコ）（全瓠）………11-355左
おふと（臣）………
（イツモ）のオフトかオヤ（出雲臣之祖）………11-20
おふもと（御許）→「おぽと（御許）」・「おもと（御許）」

オフモトニ「に」（御所）………11-69
オフモトマチキミニ（侍臣）………14-390左
オフイ、クサノキミ（大將軍）………11-206
オフイ、クサノキミ（大將）………14-240左
オフイ、クサノキミと（大將）………14-255
マカリのオフイネ（ノミコ）（大兄去來穂別皇子）………17-60※
（オサカノヒコヒト）のオフイネの（ミコ）と（押坂彦人大兄皇子）………20-64※
おひはのすくね（固名）

おほいなるのり（鴻業）………17-251
オヒミノリコトノコトヲ（詔勅）の「ヲ」（「ヒ」ハ「モ」ノ誤歟）（詔勅）………17-213
オヒミノリコトヲ（詔勅）………14-258
おほいむらじ（大連）………14-50
オホイムラ（シ）（大連）………17-62
おほいらつのみこ（固名）………
オホイラツノ（ミコ）（大郎皇子）………14-411
おほうち（内裏）………
大內に（内裏）………14-146
おほうなで（大溝）………
オホウナテヲ（大溝）………11-152
おほかみ（狼）………
（オホ）ウナテを（大溝）………11-152※
オホカミに（犲狼）………14-139
オホカ（ミ）の（狼）………14-239
オホキ（大）（固名）………14-415
オホキナル（ト）チヒサキト（巨細）………14-172
オ（ホキナル）に（大）………14-227
オ（ホキサキ）と（皇大后）………17-227
おほきさき（大后）………
オ（ホ）を（大樹）………14-328
おほきに（大）………
オホキニ（ウラミ）タマフ（大恨之）………11-75
オホキ（ニ）に（皇大后）………14-83
（オホキ）に（イカリ）タマフ（大怒之）………11-186
（オホキ）に（イカリ）タマフこと（大忿）………11-225
（オホキ）にて（大怒之）………11-262

(オホキ)に(タヒラカ)ナリ(大平)…… 11-362
(オホキ)に…(エ)[タリ](大獲)…… 14-83
(オホキ)に…御惠(ラキシ)給(大咲)… 14-159
(オホキ)に…(オソリ)奉て(大懼)… 14-206
(オホキ)に(ヤフリ)ツ(大破之)…… 14-224
(オホキ)にト、ノフ(大振)…… 14-250
(オホキ)に(大)…… 14-396
(オホキ)に(大)…… 17-207
(オホキ)に(大)…… 17-226
おほきまつきみ(上臣)
オホキマツキミ(上臣)…… 17-230
おほきみ(大君)
マヨワノオホキミを(眉輪王)…… 14-9
マヨワケノオホキミを(眉輪王)…… 14-9左
ヒコアルシのオホ君の(彦主人王)…… 17-3
オホキミ(王)…… 17-7
オホキミ(王)…… 17-13
オホキミ(大使)…… 20-24
オ□(キミ)(大使)…… 20-24左
大夫(臣)…… 14-265
おほくさかのみこ(固名)
オホクサカ(ノミコ)(大草香皇子)…… 11-89
(オホ)クサ(カ)の(ミコ)の(大草香皇子)… 14-356
おほさざきのすめらみこと(固名)
オホサヽキ(ノスメラミコト)(大鷦鷯天皇)… 11-2
おほし(多)
オホク(アリ)て(大有)…… 20-47
(オホ)シ(衆)…… 14-94
(オホ)シ(衆)…… 14-199
オ(ホシ)と[衆]…… 20-21
おほしかふちのひえ(固名)
(オホシカフチ)のヒエ(凡河内直)…… 14-228
おほしまのおびといはひ(固名)
(オホシマ)の(オヒト)イハヒ(大嶋首磐日)… 20-43
(オホシマノオヒト)イハヒ(ラ)を(大嶋首磐[日]等)… 20-54
おほす(仰・負)
オホセて(科)…… 11-32
オホセツカフことを(課役)…… 11-96
オホセツカフコト(課役)…… 11-112
オホセて(科)…… 11-117
オホ□て(科)…… 11-117左
ユタネ[ツ]ケ[ム]トオホセシ(欲…付囑)…… 14-35
(ミ)コトオホセて(命)…… 14-48
おぼす(思)
ヤツカレヲイカヽオホサムヤ(何謂我乎)… 11-68
オホシて(謂)…… 11-182
オホシて(欲)…… 11-250
オホシ(テ)(意)…… 14-5
オホシテ(欲)…… 14-45左
オホシて(自念)…… 14-311
オホ(シ)て(欲)…… 14-349
オホ□て(欲)…… 14-353左
オホす(欲)…… 14-178左
アハレトヲホスミコ[ヽ][ロ]ヲ(可怜之情)… 11-233
オホスカ(タメニ)(爲欲)…… 14-17
オホスセリ(欲)…… 14-418右
おほぞら(大空)
(オホ)ソラを(虛空)…… 14-168
おほたらしひこのすめらみこと(固名)
(オホ)タラシ(ヒコ)の(スメラミコト)(大足彦天皇)… 20-97
おほたらしひこのみこと(固名)
オホタラシ(ヒコ)の(ミコト)に(大足彦尊)… 11-32
おほぢ(大路)
ミチオホチ(道路)…… 11-124
おほぢ(祖父)
オホチ(祖父)…… 17-43
おぼと(御許)→「おふもと(御許)」・「おもと(御許)」
オホトニ「に」ハヘリ(侍坐)…… 14-312
オホト大夫(侍臣)…… 14-390
おほとの(大殿)
オホトノ(室屋)…… 11-75
オホトノ(殿屋)…… 11-106
オホトノ(宮殿)…… 11-113
オホトノを(宮室)…… 11-202
オホトノヽ(殿)…… 11-205
オホトノ(殿)…… 14-4左

オホトノに（殿中）……14-166左
オホトノヽ「の」（殿）……14-175
（ホトケ）のオホトノ（ト）を（與佛殿）…20-188
おほとものかたりのむらじ（固名）
（オホトモ）のカタリの（ムラシ）
（大伴談連）…14-235
（オホトモノ）カタリの（ムラシ）
（大伴談連）…14-249
（オホトモノ）カタリの（ムラシ）
（大伴談連）…14-250
おほとものかなむらのおほむらじ（固名）
（オホトモノカナムラ）ノ（オホムラシ）
（大伴金村大連）…17-11
おほとものぬかてこのむらじ（固名）
（オホトモノ）ヌカ（テコ）の（ムラシ）を
（大伴糠手子連）…20-122
おほなかつひこ（固名）
（ヌカタ）の（オホ）ナカツ（ヒコ）の
（ミコ）（額〈歎額〉田大中彦皇子）…11-334
おほにへ（大贄）
オホニヘを（苞苴）……11-57
オホニヘタ（テマツ）レリ（獻苞苴）……11-236
おほはつせのわかたけのすめらみこと（固名）
オホハツセのワカタケ（ノスメラミコト）は
（大泊瀬幼武天皇）…14-3
おほひね（大兄）
オホヒネノイサホワケの（ミコト）を
（大兄去來穗別尊）…11-226
おほふ（覆）
ミメヲオホヒ（蔽目）……14-166右
オホフト（覆）……11-245
ウタキオホフコト（蓋之）……11-8
おほまたのきみ（固名）
（サカタノ）オホマタの（キミ）
（坂田大跨王）…17-63
おほまたのみこ（固名）
オホマタノ（ミコ）（大派皇子）……20-66
おほまつきみ（上臣）
オホマツキミを（上臣）……17-238左
おほみあつもの（大羹）
オホ[ミ][ア][ツ]モノ（煖羹）……11-98
おほみき（大御酒）
オホミキを（酒）……14-81
オホ□を（酒）……14-6
おほみくつ（大御靴）
オホムクツ（絓履）……11-97
おほみこと（大御言）
ノタマフオホムコトは（勅旨）……11-32
オホムコトを（命）……14-186左
（オホム）ことを（命）……14-186
オホムことを（勅）……14-356
オホ（ミ）コトを（命）……20-86割
おほみことのり（大勅）
サ（キ）の（ミカトノ）オホムコト[ノ]リを
（先帝之命）…11-18
オホムコトノリを（勅）……14-272
オホムコトノリシて（詔）……11-96
おほみそ（御衣）
オホムソ（黼衣）……11-97
オホムソオホムフスマを（衣被）……11-100
オホムソオホムフスマ（衣被）……11-106
おほみたから（百姓）
オホムタ[カ]ラ（萬民）……11-8左
オホムタカラを（百姓）……11-9
オホムタカラ（百姓）……11-91
オホムタカラニ（億兆）……11-93
オホムタカラ（黔首）……11-113
オホ[ム]タカラを（民萌）……11-361
オホムタカラ（百姓）……14-419
オホムタカラ（民庶）……14-428左
ヲホムタカラを（民）……17-32
オホムタカラを（黎庶）……17-48
オホムタカラを（黎民）……20-131
御財（民）……14-80
御財也（民庶）……14-428右
御財（萬族）……17-56
御財（元々）……17-250
オ（ホムタカラ）を（黎民）……20-131左
おほみふすま（御被）
オホムソオホムフスマを（衣被）……11-100
オホムソオホムフスマ（衣被）……11-107
おほみみづから（大御自）
御身自（躬）……17-55
おほみや（大宮）

オホミヤを（宮室）……11-54
オホミヤ（室屋）……11-75左
オホミヤを（宮室）……11-115
オホミヤを（宮室）……11-117
オホミヤ（宮室）……11-119
おほみやまひ（大御病）
オホムヤマヒ（疾）……14-416左
おほみよごと（大壽命）
オホムヨコトを（國命）……17-260
おほみわ（大三輪）
オホ（ミワ）の（カミ）に（大三輪神）……14-347
おほむべ（大贄）
オホムヘ（苞苴）……11-59
おほむまぞひのひと（御者）
オホムマ□ヒノ（ヒト）（御者）……14-79左
おほめのこ（大女）
オオメノコを（大女）……14-170
おぼもの（御物）
オホ[モ]ノ（溫飯）……11-97
オホモノを（饌）……14-310左
おほやけ（公）
オホ[ヤ]□の（國家）……14-194
おぼらす（溺）
オホ（ラシコロ）□リ（溺[殺]）……20-57
おぼる（溺）
（オホ）レ（シヌル）（溺死）……20-40
おほわけのきみ（固名）
[オ][ホ]ワケの（キミト）（大別王[與]）……20-85
おほをので（固名）
（モノ、ヘノオホ）ヲノテを（物部大斧手）……14-386
（オホヲノ）テカタテ（大斧手楯）……14-387
おまなぶ→「まなぶ（學）」
おみ（臣）
オムの（臣）……14-92
オム（大使）……20-28
オム（大使）……20-29
おみ（使主）
ネノオミに（根使主）……14-357
オネノ「の」オミ（小根使主）……14-365
（ネノ）オムに（根使主）……14-350
（ネ）のオムの（根使主）……14-352
（ヲネ）のオム（小根使主）……14-365
ネノオヤに（「ヤ」ノ誤ハ「ミ」）（根使主）……14-350
ネノオヤ（「ヤ」ノ誤ハ「ミ」）（根使主）……14-350左
おみな（嫗）
オムナに（老女）……14-187
オムナ□□（老女子夫人）……20-64
おむおむし（重〻）
オム〱シクマシマス（有德）……14-113左
おむり（思）
オムリアヤマリて（失色）……14-132
おもし（重）
オモカラムモノソ（應重矣）……17-262
オモシ（彌甚）……14-416
オモシ（甚）……14-416左
重也（甚）……17-280
おもと（御許）→「おふもと（御許）」・「おぼと（御許）」
オモトに（側）……14-183
オモト（公）……14-312
おもなし（面無）
ハツカシクオモナイコト（慙惡）……17-259
おものき（固名）
（カフチ）のオモノキノ（河内母樹）……17-258
おもはかる（思量）
オモハカリて（怒）……17-187
おもひ（思）
ミオモヒヲ「を」（感）……14-153
（ミオモ）ヒ（感）……14-153左
おもひのほか（思外）
思外に（アヤシ）（非常）……14-398
思ノホカニ（不意）……14-45
おもひみるに（惟）
（オモヒミル）に（惟）……20-97
おもふ（思）
思也む（コト）を（懷）……17-57
[オ]□[キ]（不謂）……14-422
コノコロモノオモヒツ、アルニ（此有懷抱）……11-239
オモフ（欲）……14-163
オモフ。（思欲）……14-181
オモフ（欲）……14-421
オコシ（タテ）むとオモフ。（復興）……20-108

オモフコ、ロを（念）……14-426
オ（モフ）に（以契（ミセケチ）爲）……11-82
オモへは（欲）……11-132
（サカシ）トオモへリ（賢）……17-185
おもぶく（趣）
オモフクコト（教化）……14-423
おもぶけ（趣）
オモフケ（化）……17-137
おもへり（思）
タマシヒオモへリ（神色）……14-330
オモヘリを（色）……20-118
オ（モ）へリアヤマ（リ）ヌ（失色）……17-16
おもほす（思）
オモホシイタミタマ（ヒ）て（感痛）……17-145
オモホ（シ）て（欲）……11-164
オモホス（欲）……14-45左
シノヒオモホスこと（戀思）……11-225
オ（モホ）すに（以）……14-430
おもほゆ（思）
オモホエスシテ「て」（不覺）……14-334
オモホエス（不覺）……14-398
おもみす（重）
オモムスヘシトイフハ（重）……17-28
オ（モミスルトコロ）ナリ（所重）……17-186
おもる（重）
（ヤマヒ）オモリて（疾病）……20-200
オモリて（彌留）……20-205
おや（祖）
オヤニ[シ]タカフこと（孝）……11-11
（イツモ）のオフトかオヤ（出雲臣之祖）……11-21
（イセノ）キヌヌヒラカオヤ（ナリ）
（伊勢衣縫之先也）……14-348
ヒトヲメクミオヤニシタマカフ（仁孝）……14-430左
オヤトフラヒカテラニ（歸寧）……17-8
オヤニシタカフ（孝順）……17-18
オヤナリ（先也）……17-70
サキノオヤ（先考天皇）……20-105
（ハシメ）のオ（ヤナリ）（始祖也）……11-84
おやまろ（固名）
オヤ（マロ）ニ「に」（祖麿）……11-25
およぶ（及）
オヨハムトシテ（及將）……11-244
…にオヨ（ヒ）て（逮…）……14-237
おらぶ（叫）
オラヒナイタマフて（叫哭）……11-65
オラヒヨハフ（呼號）……14-43左
ヨハヒオロラヒて（呼號）……14-43
おりゐる（下居）
オリヰて（下）……20-99
おる（避）
ミユカヨリオリて（避床）……14-355
おる（織）
ハタオル（織縑）……11-253
おるく（后）
斤於流久（大后）……14-401割
（コニ）オルク（大后）……14-401割左
おるけ（固名）
（マタノナ）は（オ）ルケ（更名於閭礙）……20-191割
おれ（二人稱）
オレ（爾）……20-97
おろか（愚）
オロ（カニシ）て（不覺）……14-334左
オロカニ（不覺）……14-358
オロカニ（不覺）……17-109
おろかひと（愚人）
オ（ロカヒト）（愚）……11-14
おろく
マトヒオロケタリ（五情无主）……14-132左
おろす（降）
（クラ）をオロシ（解鞍）……14-287

か

か（日）
ト（ヲ）カアマリ（十餘日）……14-222
か（香）
カモソフルコト[ナ][シ]（蘭[澤]無加）……14-176
か（鹿）
カ（ノ）ネ（鹿嶋鳴）……11-233
か（係助）
ナニノユヱニカ（何所）……11-67
イツレカトキ（孰捷）……11-258
ナニ、カツカフ（奚用）……11-338
（ヲミナコ）トカ（イ）フ（言…女子）……14-62

アリテカ…（ウタ）むヤ（有…伐…乎）… 14-191
ナトカカヘリコトマウサヽル（何不服命）… 14-390
（タレ）カ軍公タル（ヘキモ）の（誰可將者）… 17-181
（ナニ）の（ユヱ）にカ…ツカマツラ（サ）ラむ（何故…弗事）… 20-210
（タレ）か（ヨクト、メ）む（誰能留焉）… 11-69
（ナニ）をか（トメル）と（ノタマフ）（何謂富矣）… 11-105
（ナニヲ）か（トメル）と（ノタマフ）ヤ（何謂富乎）… 11-107
イカ（ニ）か…ヤ（詎）… 14-22
（ナニヲモ）てか（ヒトリ）イケラム（何用獨全）… 14-254
（タレ）か（ヨケ）む（誰好乎）… 14-350
（ナニノユヱアリ）てかイナチタマフヤ（「ナ」ハ「サ」ノ誤）（何由泣乎）… 14-355
（タレ）かオモフコヽロをツ（ケサラム）（誰不屬念）… 14-426
（ナニユヱ）かナ（ラサラン）（何故不就）… 20-21
（ナニノユヱ）にか（何故）… 20-184

か（終助）

（エ）むカ（獲…乎）… 11-116
ヒトコトカ（俗乎）… 14-9割左
ヨカラサルカ（不可乎）… 14-138
ヨウモアラヌカ（不可乎）… 14-138左
マ（タ）ムマハリナムカ（更夢蔓生）… 14-399
（アラコ）を（イフ）カ（荒籠之謂乎）… 17-29
（タマハラム）カ（爾賜乎）… 17-99
ツミカ「か」（罪矣）… 20-199
イヒカシク（ヒトナキ）か（無炊者）… 11-92
（トメル）か（富歟）… 11-106
（モシヒメミコノ）ミ（タマ）を（ミ）キか（若見皇女之玉乎）… 11-276
ヨイか（懿哉）… 20-19
ノリか（典乎）… 20-86割
ツミか（罪矣）… 20-199

が（助詞）

オノカモノカラ（因己物）… 11-61
（コロサムト）オホスカ（タメ）（爲欲殺）… 14-17
（ヤツコ）カ（コ、ロ）を（臣心）… 14-22
（タ）カ（ヲミナコ）（稚誰歟女子）… 14-62
イマシ[カ]□[キ]ヱマ□（汝妍咲）… 14-82
ウミカツキ□に（産月）… 14-146
（オトキミ）カ（ウタスシ）て（弟君不伐而）… 14-190
ヤツコカ（臣）… 14-242
（ソ）カ（トキムマ）に（ノレルヒト）（其乗駿者）… 14-285左
キヌヒラカオヤ（ナリ）（衣縫之先也）… 14-348
ヤツコカ「か」イ（ロセ）（妾兄）… 14-356
（ヒカヽ）ラカの（コト）は（日香々等語）… 14-365
（ワ）カカソ（我父）… 14-366
（オホヲノ）テカタテ（大斧手楯）… 14-387
（ワ）カ（コ、ロサシ）を（朕志）… 14-431
（ワ）カコ（ナキ）ことを（ウレヘ）て（憂朕無息）… 17-49
アカヒノミナラムヤ（朕日歟）… 17-50
（ミヲ）の（キミ）カタヒカ（ムスメ）を（三尾君堅樴女）… 17-68
オノカコをウツクシフ（ラムトシ）て（爲愛養兒）… 17-142
オノカコを（子）… 17-143
マホリヲサメムカ（タメニ）（爲護衞）… 17-143
（ヤツコ）カ（ナ）（妾名）… 17-145
（ワ）カ（ミコ）（朕子）… 17-145
（イハキ）カモトニ（オクリ）て（行…于磐井所）… 17-173
ワカトモタチトシて（爲吾伴）… 17-177
イマシカ（サキ）に（儞前）… 17-178
イカ（サキ）に（儞前）… 17-178左
（アラカヒ）カ（ミキニ）（麁鹿火右）… 17-182
（ヤツコ）カ（ツネ）に（臣恆）… 17-186
サクルカ（コトシ）（如…決）… 17-187
（ヤツコ）カ（ミツキアクル）（臣朝貢）… 17-199
（ヤツコ）カ（ミツキアクル）（臣朝貢）… 17-201
（イマシ）か（コニキシ）（汝王）… 17-228
オ（ノ）カキミを（王）… 17-230
オノカキミを（王）… 17-230右
（イシフレチ）カ（ヒキヰタル）（伊叱夫禮智所將）… 17-234
（ナニハ）カ（フネ）の（難波船）… 20-43

イカ（ネ）を（以汝之根）…… 20-114
（オンソチサムクワン）カ（ヲシヘ）て（恩率参官教）… 20-154
（イツモ）のオフトかオヤ（出雲臣之祖）… 11-20
（ヤツカレ）かイロト（臣弟）… 11-26
（ワ）かイロトのミコトノタマフ（我弟皇子）… 11-66
ヤツカレか（メ）の（臣妻）… 11-80
（ヘクリ）の（オミ）か（ハシメ）のオ（ヤナリ）（平羣臣之始祖也）… 11-84
（ワ）か（マツシキナリ）（朕貧也）… 11-109
（ワ）か（トメルナリ）（朕富也）… 11-110
（ワ）か（ミ）を（吾身）… 11-134
（クカヒメ）か（イヘ）に（玖賀媛之家）… 11-162
（イクハ）の（オミ）か（オヤ）（的臣祖）… 11-203
（クチモチ）の（オミ）か（イモ）（口持臣之妹）… 11-205
（ナニソ）イマシかイサツル（何爾泣之）… 11-209
ヤツメか（セナリ）（妾兄也）… 11-210
（イマシ）か（セ）に（汝兄）… 11-211
（サヘキヘ）か（消）（カ）をトレル（佐伯部獲鹿）… 11-239
（ワ）かヨミスルことを（朕之愛）… 11-240
（ワ）かミ[ヲ]オホフト（覆吾身）… 11-245
（シモ）の（シロキ）か（コトキ）（如霜々素之）… 11-247
ワカモリヤマか（メ）（稚守山妻）… 11-278
（アカノコ）か（メ）ノ（阿俄能胡妻之）… 11-280
（オノ）か（ワタクシ）の[ト]コロを（己私之地）… 11-282
（コロシ）か（イヘ）に（許呂斯之家）… 11-288
（ヤツカレ）か（ツミ）を（臣罪）… 11-289
（タケハセ）か（オト、）タチを（竹葉瀬之第田道）… 11-309
（タチ）かハカを（田道墓）… 11-320
（イマシ）か（ミ）（汝身）… 11-357
（ヤツコ）かムスメ（臣女）… 14-29
（トヲ）か（[什]）… 14-75
イマシ[カ]「か」[キ]ヱマ□（汝妍咲）… 14-82
（オノ）か（ヒト）に（己人）… 14-170
（オミ）か（メ）ノ（ナ）（臣婦名）… 14-180割
（ワ）か（メ）を（婦吾）… 14-192
（ハクソン）か（ムスメ）は（伯孫女）… 14-280
（トヒユク）か（コトキ）こと（若飛行）… 14-309
サホ□□かヤ□□コ（狭穂彦玄孫）… 14-318
（ヤツコ）か（イロセ）（妾兄）… 14-356
（ワ）か（タメ）に（爲妾）… 14-357
アサヒイラツコかテに（朝日郎手）… 14-383
（ワ）か（イヘ）の（朕家）… 14-429
（ヤツコ）かオホチ（臣祖父）… 17-43
（ワ）か思也む（コト）を（朕懷）… 17-57
（クサ）カか（ムスメ）を（草香女）… 17-59
（ヤツコ）か（クニ）の（臣國）… 17-107
（ワ）か（ハカルトコロ）に（吾所議）… 20-25
（ヤツコ）か（モトツ）クニに（[臣]蕃）… 20-53
（ナニハ）か（ツミ）を（難波罪）… 20-56
ヤツカレか（ツカヒ）の（臣使）… 20-56
（ヤツコ）か「か」ツキを（臣種）… 20-102
（ワ）かサキノオヤ（我先考天皇）… 20-105
（ワ）か（ウチ）ツミヤケ（我内官家）… 20-106割
（タチト）か（サキ）（達等前）… 20-178
（ソカノオミ）か（ホトケ）の（ミノリ）を（オコシオコナフ）（蘇我臣之興行佛法）… 20-186

かうあんも（固名）
（カウアン）モを（高安茂）… 17-163

かうがふ→「かんがふ（考）」

かうざま（斯様）
トサマカウサマに（東西）… 14-102

かうち（西）
ヤマトカウチノ（東西）… 20-20

かうぶり（冠）
（タカキ）カウフリを（高爵）… 20-143

かかふ→「かんがふ（考）」

かかやく（輝）
カ、ヤク（赫々）… 14-166

かからふ（關）
[カ]、ラフに（觸）… 14-67

かかる（懸）
（カ、）レリ（懸）… 17-137

かがる（綴）
カ、レル（綴）… 14-216

かき（相）
カキ（存疑）（相）… 14-283左

かきべ（民部）

カキへを（民部）……14-380
カキヘ（民部）……14-430左
カキヘ（其（元來前行ニアリシ「民」部」ノ左訓ノ誤））……14-430
カキヘ（民部）……14-432割
かぎり（限）
[イ]ノチノカキリ（天命）……11-69
かく（如此）
カクスルコト（如此）……20-133
かく（書）
カケリ（書）……20-22
かく（懸）
カク（ヘシ）（可懸）……20-208
かくし（隠）
カクシ（蕃屏）……17-93左
かくす（隠）
カクス（竄）……14-238
サシカクス（翳）……14-388
カクスヘ（カラス）（不容隠）……14-429
かくる（隠）
カクレタルツハモノ（伏兵）……11-46
カクレタマヒヌ（却入）……14-166
カクレタルツハモノ（[奇]兵）……14-223
カクレユク（潜行）……20-30
カクレ（イクサ）を（伏兵）……20-140
（カク）レて（隠）……11-270
（ニケ）カ（クレ）て（逃匿）……14-361
かけ（掛）
ウラカケノミトに（浦桂掛水門）……14-440
かこ（水手）
カコと（水手）……11-29
カコ（ラ）（水手等）……20-121
かさ（瘡）
カサヤムタマフ（患於瘡）……20-195
かさなる（重）
カ（サナレル）ミネに（重巘）……14-75
かさぬ（累）
カサ（ネ）て（累）……14-236
カサ（ヌル）に（累）……14-217
かざる（飾）
ヱカキカサラス（弗藻餝也）……11-76
カサラシ（メ）て（荘飾）……14-73割
カサ（リ）て（詐）……14-258
かし（助詞）
ウルワシカシ（善）……14-44
かしく（炊）
イヒカシク（ヒト）（炊者）……11-92
かしこし（恐）
カシコシ（懼之）……11-330
かしこまる（恐・畏）
カシコマリて（懼之）……11-169
カシコマリテ（悚）……11-286
カシコマリて（敬憚）……17-24
カシコマリ申（謝）……17-163
カシコマリオ（ツル）ことを（怖畏）……17-230
オチカシコマリ（懼然）……20-99
カシコ（マリオソル、）ことを（恐懼）……20-135
かしこむ（恐）
カシ（コミ）て（恐懼）……20-99
カシ（コミテ）（怖畏）……20-119
カシ（コミ）て（恐畏）……20-127
かしは（柏）
カシハノ（葉）……11-188
かしはで（膳夫）
カシハテに（膳夫）……11-236
カシハテヘを（膳夫）……14-77
カシハテヘ（供膳）……17-44割
かしまだ（固名）
カシマ（タ）の（ムラ）のヤケヒトラ（蚊嶋田邑家人部）……14-274
かず（數）
カ（スノマヘツキミ）を（數大夫）……20-153
かすう（捉）
カスヰて（投）……17-267
かすがのおほいらつめ（固名）
（カスカ）の（オホ）イ□[ツ]（メ）（春日大娘）……14-57
かすがのおみのなかつきみ（固名）
カス（カ）の（オミ）ノ（ナカ）ツ（キミ）（春日臣仲君）……20-64
かすがのわにのおみ（固名）
カスカの（ワニ）の（オミ）（春日和珥[臣]）……14-56
かすむ（掠）
カスマレ（掠）……17-240

カスミ（ウ）ハフ（略奪）……17-107
カスミムハフて（劫掠）……17-157
カスム（テ）（掠略）……11-346
カスム。（略）……11-320
サキカスム。（剝掠）……17-150
ヌキカスム（抄掠）……17-239
かぜ（風）
ツムシカセ（飄風）……11-134
カセサモロフトイフニツケテ（託稱候風）……14-189左
かぞ（父）
カソの（父）……14-366
カソコを（父子）……14-421
カソに（父）……14-427
カソノ（父）……20-180
カソノツミニヨリて（坐父）……17-194
カソノミコト（父）……17-4左
カソノ（カミ）を（父神）……20-182
カソのキ（ミ）（考天皇）……20-185
カソのキミの（考天皇）……20-196
カ（ソ）（父）……14-256
かぞね（固名）
カソ（ネ）（父根）……17-200
カソ（ネラ）（父根等）……17-202
かぞふ（數）
カソ（ヘ）（數）……20-56左
カソフ（展）……14-77
カソヘて（計）……20-142右
かた（方）
ミキノカタノサキ（右前鋒）……11-314
ヒタノカタを（左）……11-314
ヒタノカタを（左）……11-315
かた（狀）
ウラカタを（占狀）……20-181
かた（肩）
トラヘシリカタウチキ（楚撻）……20-194
かたがた（旁）
カタ〱（旁）……14-269
かたし（固・堅・難）
（カタ）ケム（難）……14-87左
カタクイナヒタマヒテ（固辭）……11-19
カタクマタキ（固存）……17-86
（カタ）ク（堅）……20-141
（カタ）シ（ト）イヘルは（難）……14-28
カタキ（牢錮）……14-191
キヨクカタキヒトを（廉節）……17-251
フサキ（カタ）キ（難塞）……11-127
カタイコト（牢錮）……14-191左
かたしは（固名）
カタシハ（堅磐）……14-198
かたち（形・容）
コトノカタチを（狀）……11-36
カタチ（相）……14-176
カタチ（相）……14-283
アヤシキカタチ（異體）……14-283
カタチ（體勢）……14-153
カタチ保ルモカニシテウセヌ（於滅沒）……14-285左
かたつ（祟）
カタチキヤフ（祟敬）……20-168
かたはら（側）
カ（タハラ）に（側）……14-175左
かたぶく（傾・四段）
ヒモカタフ（カサルニオヨヒ）て（末□移影）……14-75
かたぶく（傾・下二）
ミカトカタフケムト「と」スルことを（謀叛）……14-195
ミカトカタフケ奉ことを（謀叛）……14-195左
かたほ（固名）→「たかほ（固名）」
カタホニ（倜儻）……17-273左
かたま（固名）
（オホシカフチ）のヒエカタマ（凡河内直香賜）……14-228
かだまし（奸）
□タマシキ奴也（奸猾）……17-184
かたみ（難）
カタミナリ（難）……14-87
カタミ（シ）て（難）……17-202
かだみ（姧）
カタミの（姸）……20-45
かたむ（固）
カタメテ（固）……11-312
（カタ）む（固）……17-268
（カタ）「む」（固）……17-268

235　索引篇　かた-かの

かたらひ（語）……14-210
カタラヒヲ（語）
　ホメカタラヒテ（稱）……14-7
かたらふ（語）……14-175
カタラヒ（テ）（謂）
　ホメカタラ（ヒテ）（稱）……14-175
かたる（語）……11-209
カ（タリ）テ（謂）……14-175右
（アヒ）カタ（リ）テ（相謂）……20-199
（ホメカタ）リテ（稱）……14-223
カタヲ（カ）のイハツキのおか（固名）
…に□タ（リ）て（謂…）
　カタヲかのいはつきのおか（固名）
　（傍丘磐杯丘）……17-76
かち（歩）……14-224
カチイクサ（歩）……14-224左
カチツハモノ（歩）……14-224
かち（勝）……14-372
カチを（勝）
かぢ（檝）……11-42
カヂ（檝）
かぢとり（檝取）……20-48左
カチトリ（柁師）……20-121
かつ（勝・克）……14-389
カ（タサリシ）ことを（不克）……14-171
カツを（勝）
かつて（曾）……11-291
（イマタカツ）て（未曾）

かつみ（固名）……20-184
（ナカトミ）のカツミの（中臣勝海）
かづらき（固名）……14-29
カツラキ（葛城）
がてら（助詞）……17-8
オヤトフラヒカテラニ（歸寧）
かど（才）……11-32左
ヨキカト（能才）
カトナ（ウシテ）（不才）……17-248
カト（高才）
かど（門）……20-114
カトモトニ（門底）
かとし（蓬生）……14-283
カ□□ナリ□て（蓬生）
かとふ（去來）……17-253割左
カトフ（去來）……17-35
かとる（制）……17-189
カトラム（制）
カトレ（制之）……17-190
かな（助詞）……14-60
カホヨキカナ（麗哉）
ヨイカナ（懿哉）……17-27
イサヲシキカナ（對勤平）……20-18左
（ヒト）を（ウシナヒ）ツル（カ）ナ
　（失人哉）
かなし（悲）……11-233
（カナ）シ（悲之）
カナシキカモ（悲兮）……11-67

かなしぶ（悲）……11-73
カナシヒタマヒテ（爲之發哀）
カナシヒタマフ（傷哀）……14-355
イサチカナシ🈁て（泣悲之）……11-130
カナ（シヒ）（愴矣）……14-24
カナシフレトモ（合稱）……11-207
カナヘ稱……11-319
カナシフて（流涕）……11-210
カナシフ（流涕）……17-267
クヒカシカナツカリ（シ）て（枷鏁）
かなつがり（鐵鎖）……14-418
イサチカナシ（フノミ）（泣悲）……11-13
カナシ🈁マ🈁ツ🈁ル（賓服）……17-32
かなふ（適）……17-95
カナヘレトモ（合）……17-35
叶也（稱）……17-32
カナフニ（稱）……11-13
かならず（必）……17-146
カナヘリ（稱）
かぬち（固名）……20-131
カ（ヌチ）（奇奴知）
かね（金）……20-120
カ（ヌ）カネ……17-161
ヲノカネ（斧鐵）
金也（窄錮）……14-191
かの（彼）……11-236
カノ之（其）
カノ（其）……11-337
カノ（厥）……17-56

索引篇　かは-かへ　236

かは　カ（ノ）（其）……11-238
かは（川・河）
　（クメ）カハに（來目水）……11-113左
カハニオチリヌ（墮河而沒）……11-44左
カハヨリサカノホリて（泝江）……11-191
かはまた（川股）……11-212
かはふね（川舩・河舩）……14-113左
かはふね（川舩・河舩）浮江……11-129
かはのかみ（河伯）……11-129
かはのかみ（河神）……11-47
かばね（屍）……11-47
かばね（屍）……14-144
カハネを（姓）……14-364
カハネを（姓）……14-251
姓を（名）……14-144
カハネを（名）……20-99
河中也にて（中流）……14-265
カハナカ（中流）……14-265左
かはなか（川中）……11-123
カハシリ（流末）……11-353
かはじり（川尻）……11-332
カハシマカハラに（川嶋河派）（固名）……11-332
かはしまかはら（固名）……14-408
かはかめを（大龜）……14-93
カハカメ（滑セリ）（河）……11-191
カハクマ（河曲）……11-44左
かはくま（川隈）……11-238

かはかみのとねりべ（河□舍人部）……（固名）
かはがみ（カミノ）トネリへ（固名）……14-93
かは（カミノ）（川龜・河龜）……14-408

かはる（變）……11-47左
カハラノ「の」ワタリに（考羅濟）……11-353左
かはらのわたり（固名）……11-353左
カハマタ（河派）……11-353左
カハマタ（河派）……11-212

かひ（養）……14-287
カハ（リ）て（變）……14-330
カハラスシテ「て」（不變）……11-47左

トリカヒ（養鳥）……14-293
カヒコ（卵）……14-217
カヒコ（蠶）……14-158

かひとり→「とりかひ（鳥飼）」
かふ（飼）……11-297
かふ（變・換）……11-359

カヘヌ（變）……14-119割
カヘタリ（易）……14-126割
カヘタリ「たり」（易）……14-286
カヘて（換）……14-288
カへ（テ）（代而）……14-341割
カへ（テ）（換…而）……17-207
カヘタルことを（變）……20-164

（アヒ）カ（ヘ）て（相易）……11-82
かふ（肯）
ノリカヘス（不肯宣）……20-112
カ（ヘニス）（不肯）……20-237
かふかのおみ（鹿深臣）（固名）……20-160
カブカの（オミ）（鹿深臣）……20-160
かふべ（頭）
カウヘを（頭面）……14-411
かふや（岬穴）
カフヤに（岬穴）……11-358
かふしうた（返歌）
カフ（ロワウ）（蓋鹵王）……14-141割
カヘシ（ウタシ）て（答歌）……11-174
かへしたつ（返立）
返立ムことを（復）……20-107
かへす（返）
カヘシ（復爲）……11-171
カヘシタテマツラシム（令還）……17-264
カヘシツカハス（放還）……20-95
カヘ（シ）ツカ（ハス）（還之）……17-104
カ（ヘ）シ（ソムク）ことを（翻背）……14-266
カへ（ ）す（却還矣）……17-207
カへ（ ）ス（還）……14-288
かへり（還）
法師カヘリ（ノヒト）（僧還俗者）……20-164

かへりいる（返入）
返入ヌ（入家去）……20-115
かへりごと（返言）
カヘリコトマウシタマハス（不答言）……11-182
カヘリコト[マ]ウシタマハス（默之不答）……11-204
カヘリコトマウス（復奏）……11-212
カヘリコトマウサス（不復命）……11-251
カヘリコトマウス（復命）……11-275
カヘリコト申タマフ（使…復命）……14-198
カヘリコト申（サ）ス（不服命）……14-389
カヘリコトマウサヽル（不服命）……14-390
カヘリコトマウシて（服命）……14-352
カヘリコトマ（ウシ）て（復命）……20-111
カヘリコトマウス（復命）……20-155
カヘリコ□（□□）……14-20
かへりまうく（歸還）
イマタカヘリマウコス（未還）……11-27
（カヘリ）マウ（キ）て（還[來]）……20-47
カヘリマウ（ク）（還）……20-68
かへりまうす（返申）
カヘリ申て（報）……17-95
かへりまうづ（歸朝）
カヘリマ（ウ）テネト（歸朝）……17-263
かへりみる（顧）
（カヘリ）ミ給フ（顧）……14-137
かへる（反・變・歸）
カヘリて（取歸）……17-261
カヘリヌ（入家去）……20-115左
カ[ヘ]リて（翻）……20-131
カヘリテナアサムカレタマヒソ（莫翻被詐）……20-140
カヘ（リ）て（翻）……17-207
かほ（顏）
カホ（面貌）……14-108
カホ（好）……14-176
カホ（顏容）……17-5
かほよし（顏良）
カホヨキカナ（麗哉）……14-60
カホヨキ（ヒト）は（麗人）……14-175
かみ（上）
（ハシラノ）カミに（柱頭）……20-179
かみ（長）
カムツカサノカミ（ラ）を（神祇伯）……17-46
かみ（雷）
（ソノ）カミ（其雷）……14-165
かみあがります（崩）
カミアカリマシヌ（崩）……11-6
かみながひめ（固名）
カミナカ（ヒメ）（髮長媛）……11-88
かみやまと（固名）
カミヤマト（神日本）……17-243
かむがふ（考）
カムカヘトヒ給（案効）……14-17
カムカヘトヒタマフ（案効）……14-17左
カムカヘト（フ）（推[問]）……20-35
カムカヘ（トフ）（推問）……20-153
カム（カヘム）（勘校）……17-283割
カ（ムカヘ）シ（ルシ）て（檢錄）……20-14
カウカヘトフ（推鞫）……11-280
カヽヘて（案）……14-100
かむさります（薨）
カムサリマシて（薨之）……11-65
カム（サリマシヌ）（薨）……11-72
神サリ[マ]シヌ（薨）……20-76
かむさる（薨）
カムサリタマヒヌと（薨）……11-64
かむつかさのかみ（神祇伯）
カムツカサノカミ（ラ）を（神祇伯等）……17-45
かむつすずか（固名）
カムツ（ス丶カ）（上鈴鹿）……11-152
かむつとよら（固名）
（カム）ツトヨラ（上豐浦）……11-153
かむなづき（神無月）
カムナツキノ（孟冬）……14-39左
かむには（神庭）
カムニハに（壇所）……14-229左
カムニハ（祈（元來前行「壇所」ノ左訓））……14-230
神庭に（壇所）……14-229
かも（助詞）
カナシキカモ（悲兮）……11-67
ヲシキカモ（惜兮）……11-67
かや（茅・萱）
カヤ（茅茨）……11-76
カヤを（草）……11-338

索引篇 かや-かわ 238

かやじり（茅尻・萱尻）
カヤシリキリトノヘス（弗割齊也）…… 11-76
かやの（固名） …… 11-99
カヤノ（蚊屋野） …… 14-37
カヤ（ノ）に（蚊屋野） …… 14-37左
かよはす（通） …… 11-124
カヨ（ヨハシ）て（通） …… 14-194
カヨフ（去來） …… 14-194
カヨ（フ）。（通） …… 14-326
カヨ（フ）通 …… 14-193
カヨフ（通） …… 17-76
カヨフアヒタ（ニ）（往還） …… 17-253割
カヨ（フ）（往還） …… 11-59
ナカヨヒソ（勿使通） …… 14-345
カヨハシ（勿通） …… 17-43
カヨ（ハシ）（勿通） …… 14-194
から（助詞） …… 11-61
オノカモノカラネナクトイフは（因己物以泣）
からくに（韓國） …… 11-27
カラクニに（韓國） …… 14-270
カラクニに（韓） …… 20-86割
カラ（クニ）に（韓國） …… 14-184
からこ（固名）
（ソカ）のカラコの（スクネ）（蘇我韓子宿禰）…… 14-235
からさへづり（韓囀）
カラサヘツリを（韓語） …… 11-76
からし（辛）
カラ□こと（酷毒） …… 20-114
からす（鳥）
カラスの（鳥） …… 14-428
からのくに（加羅國）
カラ（ノ）の（加羅） …… 20-22
からのぬ（韓奴）
カラ（ノ）のヌ（韓奴） …… 17-198
からひめ（固名）
カラ（ヒメ）（韓媛） …… 14-273
からぶくろ（固名）
カラ（カラ）フクロ（韓帒） …… 14-29
からめとらふ（搦捕）
カラメ（トラヘ）て（駈略）…… 14-36
カラメトラヘて（禁錮） …… 17-150
から

き

き（寸）
ヒトキ（一寸）……14-388
き（木）
キを（材）……11-118
キ（枝）……11-213
キを（枝）……11-213
き（城）
（ミツ）のキを（三城）……17-210
（コシコリ）のキに（己叱己利城）……17-233右
き（氣）
キヌケタユル（攎絶）……14-284左
き（助動）
（ツカサトル）こと）（ヲエス）とノタウヒキ（不得掌矣）……11-34
（モシヒメミコノ）ミ（タマ）を（ミ）キか（若見皇女之玉乎）……11-276
（サクリトリ）キ（探之取之）……11-281
（コロサ）レキ（所殺）……14-253
マタセリキ（人亦着之）……14-353
オ□□キ（不謂）……14-422
モノクラヒキ（同倉食歟）……17-177
ユルシアハセテキ（許婚）……17-207
（サカリ）ニマシ〳〵キ（隆）……17-244
ヨソホシムキ（懶）……17-253
（ナサ）スナリキ（不滅成）……20-107
入ニキ（沒）……20-158
トラヘシリカタウチキ（楚撻）……20-194
ノタマヒシク（謂）……11-16
アメノシタシラシ、（御宇）……11-31
チラシ、（散）……11-187
（ナキ）シ（カ）に（アタ）レリ（當鳴鹿）……11-240
エシ（所得之由）……11-279右
マシエシ歟（ヨシ）を（所得之由（元來前行「檀所」ノ左訓））……11-279
（ヒメミコ）をコロシ、（ヒ）（誅皇女之日）……11-281
オホセシヲ（ウラミ）て（恨…欲…）……14-35
メシ、ヤ（喚…乎）……14-65
（ツカセタマヒ）シ（ヨリ）（自…卽）……14-205
（カハリ）シ（ハニマ）（所換土馬）……14-289
イツコニアリシ（何處）……14-335
アヘセシトキノ（饗之時）……14-354
タテマツリシ（トキ）に（進…時）……14-357
マキリシス（參）……14-420
（ヲトリフシ）シ（モノ）（踊伏者）……14-437
ヨサシタマヒシ（所封）……17-202
ヨハヒシこと）を（ウケ）て（承…聘）……17-207
（オキ）タマフシ（ヨリ）（自…置）……17-220
チキ（リ）シ（トコロ）を（所期）……17-263
（ツカヘマツリ）シ（仕奉）……20-132
イ（ハ）ヘシ（所祭）……20-180
スキタマヒシキミ（死王）……20-210
きぎし（雉）
メキ、シ（雌雉）……11-296
キタシを（「キタシ」ハ「キ、シ」ノ誤）（雉）……11-296
きく（聞）
キカシム（聽）……17-214
キ、マサ（ハ）（聞）……20-26左
キ、タウヘて（聞）……20-127
…（ト）ミ（「キ、」ノ誤歟）て（聞…）……14-281
きくのもののべ（固名）
キクノ（モノ、ヘ）（聞物部）……14-386
キクの（モノ、ヘ）（聞物部）……14-392
きこしめす（聞）
（キコシ）メサは（聞）……20-26
キコシメシて（聞）……11-39
キコシメシ（テ）（聞）……11-70
キコシメシて（聞）……14-136
キコシメシて（聽）……14-178左
キコシ（メシテ）（聞）……11-63
（キコシ）メシて（聞）……11-259
（キコシ）メシて（聞）……11-265
（キコシ）食て（聞）……14-100
（キコシ）メ（シ）て（聞）……14-230
（キコシ）メ（シ）（聞）……14-244
（キコシ）メシて（聞）……14-319
（キコシ）メシて（聞）……20-12
トヨノ□カリキ（コシメス）（肆宴）……14-6
きこゆ（聞）
キコエ（聆）……11-11
キコエ（ス）（不聆）……11-94

索引篇　きこ-きひ　240

きこえ（ス）（不聆）……11-234
キコエ申（聞奏）……11-234
キコエタリ（聞奏）……17-199
聞申（タリ）（奏聞）……20-13
（キコ）ユルこと（聞）……11-233
きこゆ（固名）……11-233
キコユ（固名）……14-98
ききいちべ（私部）……20-84
キサイチ（ヘ）を（私部）……20-84
きさき（后）……11-75
キサキを（皇后）……11-75
キサキを（后妃）……14-157
イハノ（ヒメ）のキサキと（石姫皇后）……20-4
キサキ（夫人）……20-64
キサ□を（後宮）……17-58割
ききのみや（後宮）……17-58割
キサ（キ）ノ（ミヤ）に（後宮）……14-83
きざむ（刻）……14-83
（オモテ）をキサミて（黥面）……14-300
キサム（黥）……14-300
きさらぎ（二月）（春分）……14-303
キサキ（二月）……14-303
きすらぎ（二月）……14-303
きし（王・君）……11-342
（王）キシ（加須利君）……14-141左
（カスリノ）キシ（加須利君）……14-141左
（カスリノ）キシ（加須利君）……14-145
キ（シ）（王）……14-145
キシ（加須利君）……20-26
きしさなま（固名）……20-92左
キシ（サナマ）（固名）（枳吒政奈末）……20-92左

きしちさなま（固名）……17-157
キ）シチ音差（ナマ）（枳吒政奈末）……17-157
きぬまく（帷幕）……17-157
キヌマクを（帷幕）……17-157
きぬふ（昨日）……11-79
キネフ（昨日）……11-79
きのおひはのすくね（固名）……11-79
（キノ）オヒハの（スクネ）（紀大磐宿禰）……14-256
きのすゑ（木末）……14-256
キノスヱに（樹顛）……14-256
きのつののすくね（固名）……17-142
キ（ノ）ツノ、「の」（スクネ）……17-142
（キノ）ヲ（ユミ）ノ（スクネ）（紀小弓宿禰）……14-235
きのをかさきのくめのむらじ（固名）……14-250
（キ）のヲカサキノ「の」ク（メノムラシ）（紀岡前來目連）……14-250
きのをゆみのすくね（固名）……14-235
（キノ）ヲ（ユミ）ノ（スクネ）（紀小弓宿禰）……14-235
きはむ（極）……14-334
（キノ）ヲ（ユミ）ノ（スクネ）……14-334
きはやかに（際）……14-251
キハヤカニ「に」シて（綽）……14-251
きはめた、かひ（て）（力闘面）……14-176
キハメタヽカヒ（テ）（力闘面）……14-176
きびのあまのひえ（固名）……20-110
（キヒ）の（アマ）のヒエ（アカ）ヲ（ト）（吉備海部直）……20-110
きびのあまのあたひえ（固名）……14-182
（キヒ）の（アマ）の（アタヒエ）（吉備海部直）……14-182
きびのくぼやのおみ（固名）……14-182

（キ）シチ音差（ナマ）（枳吒政奈末）……17-199
きしのいたひ（固名）……20-13
（キシノ）イタヒを（吉士木蓮子）……20-13
きしのおきな（固名）……11-233
（キシノ）オキ（ナ）ラを（吉士老等）……17-200
きしのくかね（固名）……20-72
（キシノク）カネを（吉士金子）……20-72
きしのをさひこ（固名）……20-71
（キシ）ヲサ（ヒコ）を（吉士譯語彦）……20-71
きす（着）……14-333
（タフサキ）をキセて（着犢鼻）……14-333
きず（傷）……11-350
キス（䰞）……11-263左
キス（疊）……11-263左
きずつく（癈）……11-350
（キス）ツ（ク）（傷）……11-350
きたし→「きぎし」（雉）
きたる（來）……14-22
（キタ）レリ（來）……14-22
（キ）たりて（來）……14-435
きぬ（衣）……14-344
キヌモヲ「を」（衣裙）……14-348
きぬぬひ（衣縫）……14-333
キヌヌヒラカオヤ（衣縫之先）……14-348
きぬぬひ（固名）……14-344
キヌヌヒエヒメ（衣縫兄媛）……14-344

（キヒ）ノクホヤの（オミ）ノ
（吉備窪屋臣）…… 14-55割
きびのしもつみちのおむ（固名）
（キヒ）の（シモ）ツ（ミチ）ノオム
（吉備下道臣）…… 14-168
きびのゆげべのおほそら（固名）
（キヒ）の（ユケヘ）のオホソ（ラ）
（吉備□削部虚空）…… 14-167
きみ（君）
キミハ（大王）…… 11-10
キミノクラヒハ（皇位）…… 11-16
キミを（王）…… 11-17
キミノクラヒ（皇位）…… 11-56
イロネノキミノ（兄王之）…… 11-62
（ヒシリ）のキミ（ハ）（聖王）…… 11-108
キミに（天）…… 11-116
キミ（陛下）…… 11-223
サケのキミ（酒君）…… 11-285
キミノミヤに（王室）…… 14-21
キミ（大王）…… 14-28
ヲナキミト（童女君）…… 14-57
キミノ（陛下）…… 14-86
キミソ（公也）…… 14-109
キミを（イヒ）て（謂陛下）…… 14-138
キミ（上君）…… 14-144
キミノ（君）…… 14-195
イクサノキミタチニ（行軍元□等）…… 14-218
キミタル（王）…… 14-237
オホイ、クサノキミと（大將）…… 14-240左
アタノイクサノキミを（敵將）…… 14-248
オホイ、クサノキミ（大將軍）…… 14-255
イクサノキミトモ（將）…… 14-261
キミ（ナリ）（主也）…… 14-304
キミに（陛下）…… 14-357
キミ（主）…… 17-47
キミ（君）…… 17-48
キミに（陛下）…… 20-185
カソのキミの（考天皇）…… 20-196
キミ（ノ）ミヤに（王之庭）…… 20-210
（イクサノ）公達（行軍元□等）…… 14-218
（オホイ）軍公と（大將）…… 14-240
公也（父）…… 17-4
キ□（人主）…… 17-14
公也を（元首）…… 17-48
イロネノ公（兄）…… 17-52
公也を（帝）…… 17-185
キ（ミタル）ときに（王）…… 17-246
キ（ミ）（王）…… 20-54
キ（ミ）に（王）…… 20-143
カソのキ（ミ）（考天皇）…… 20-185
キ（ミノ）ミモトに（王之所）…… 20-210
きみ（誤點）
キミ（消）（府）…… 14-420左
きも（肝）
コ、ロキモヲ（心府）…… 14-420
きもの（着物）
キモノを（衣裳）…… 17-156
キモノ（衣裳）…… 17-160
キモノ（服）…… 17-206
キモノ（衣）…… 20-169
きゆ（消）
キエス（不泮）…… 11-339
きよし（清）
キヨクカタキヒトを（廉節）…… 17-251
キヨキ（清）…… 14-66
（キヨ）キ（清）…… 14-378
きらきらし（端正）
キラ〳〵シ（クシ）て（姝妙）…… 17-5
（キラキ）ラ（シクシ）て（閑麗）…… 14-180割
きりたふす（斬倒）
キリタフシて（斫倒）…… 20-188
きる（斬）
キ（リ）ツ（斬焉）…… 14-233
カヤシリキリト、ノヘス（弗割齊也）…… 11-76
きる（着）
キタマヒテ（服）…… 11-42
アサノミソキタテマツリて（素服）…… 11-72
アサノミソキタ（マ）ヒテ（素服）…… 11-72左

く

く（接尾）
マウシタマハク（諮）…… 11-7
ノタマヒシク（謂）…… 11-16

ノタ（マ）ハク（言）…… 11-16
マウシタマハク（曰）…… 11-69
マウシタマハク（言）…… 11-106
ミイメミタマハク（夢）…… 11-127
ホロヒサラクノミ（非亡耳）…… 11-137
マ（ウ）シタマハク（曰）…… 11-174
マウシタマハク（言）…… 11-223
（トヒ）タマハク（問）…… 11-237
（マウシタ）マハク（奏言）…… 11-267
マウサク（表言上）…… 11-331
（マウサ）ク（曰）…… 14-12
（マウサ）ク（曰）…… 14-17
（マウサ）ク（言）…… 14-113
（マウサ）ク（言）…… 14-169
（マウシタマ）ハク（曰）…… 14-356
（マウサ）ク（曰）…… 17-59
ウ（タカヒマツ）ラク（奉疑）…… 20-117

く（來）→「まうく（參來）」・「まうでく（詣來）」
ヨリコ（後世訓）（スシ）て（不敬歸）…… 17-234左

くかだち（探湯）
クカタケ（シ）て（「ケ」ハ「チ」ノ誤）（誓湯）…… 17-255

くさ（種）
（モ、アマリヤソ）クサの（百八十種）…… 14-371

くさか（固名）
（クサ）カか（ムスメ）を（草香女）…… 17-59

くさぐさ（種種）
クサ〱ノ（種）…… 14-176

くささ（固名）
クササノ（ムラ）（來狹々村）…… 14-379

くさはひのもの（種種雜物）
クサハヒノモノ（種種雜物）…… 11-169

くさる（腐）
スユリクサラスハ（不酸餧）…… 11-98

くじく（挫）
クシキツク（折衝）…… 14-269

くすこのいらつめ（固名）
（クス）コノイラカ（メ）（「カ」ハ「ツ」ノ誤）（藥君娘）…… 20-64割左

くすはのみや（固名）
クス（ハ）の（ミヤ）に（樟葉宮）…… 17-30

くすひめ（固名）
クス（ヒメ）（樟媛）…… 14-194

くだく（摧）
クタカ（レ）て（被摧）…… 20-198

くだくだし（捽）
クハシク、タクタシキことを（細捽）…… 17-263

くだら（百濟）
クタラに（百濟）…… 11-284
クタラ（百濟）…… 14-238
クタラに（扶余）…… 17-203左
百濟也に（扶余）…… 17-203

くだらふみ（百濟記）
クタラフミ（百濟記）…… 14-401割

くだり（文）
（シモ）ノクタリ（ニ）（下文）…… 14-56割

くたる（爛）
クタレ（ス）（不爛）…… 17-255左

くたわた（固名）
ク（タ）ワタの（來田綿）…… 14-37

くち（口）
クチヲ（轡）…… 14-284

くちつうた（口唱）
クチツウタ（口唱）…… 17-110左
クチ□□て（口號）…… 14-117
クチツ（ウ）タ□シ（口號）…… 14-117左

くちなしひさご（全瓠）
クチナシヒサコを（全瓠）…… 11-355

くちもちのおみ（固名）
（クチ）モチの（オミ）を（口持臣）…… 11-203

くぢら（鯨）
クチラ（鯨魚）…… 20-47

くつてうた（口唱）→「くちつうた（口唱）」
クツテウタ（シ）て（口唱）…… 17-110

くづる（崩）
クツレて（壞）…… 11-99
ク（ツルレ）トモ（崩）…… 11-99

くに（國）
クニノウチに（城中）…… 11-91
クニ、（社稷）…… 11-264
（カフチノ）クニの（河内）…… 11-299
ミマナノクニノ（任那國）…… 14-178左
クニト（土）…… 14-209割
クニ、（地）…… 14-215

243 索引篇 くに−くも

クニ、（地） …… 14-226
クニアカタノウチに（國郡縣） …… 14-232 右
クニ（土） …… 14-236
ヨモノクニ（四海） …… 14-269
クニ（海） …… 14-269 左
クニ（州） …… 14-43
クニ（海内） …… 17-134
國也（宋廟） …… 17-43
國也（宋廟） …… 17-35
遠國也（萬里） …… 14-270
くにいへに（宋廟社稷） …… 17-181
國家を（國家） …… 17-13
國をぐに（諸國） …… 17-133
クニクニヲヤ（諸國耶） …… 17-95
クニ（ッ）（カミ）（國神） …… 14-112
クニ〈〈（諸國） …… 11-112
くにこと（俗） …… 14-9 割
ク（ニ）コト（カ）（俗平） …… 14-9 割
クニシロシメシテ（治） …… 17-52
くにしろしめす（治國） …… 11-285
くにつもの（産物） …… 14-187 左
クニツモノを（郷土所出） …… 11-285
くにつかみ（國神） …… 14-187
（クニ）ッ（カミ）（國神） …… 14-187
くにつやしろ（地祇） …… 17-46
アマツヤシロク（ニ）ツヤシロを（神祇） …… 17-46

くにひと（俗） …… 11-243
クニヒトの（俗） …… 11-243
くにみ（固名） …… 14-105
□□ミを（□見） …… 14-105
くは（桑） …… 11-325
クヌキ（樫木） …… 11-325
くぬぎ（樫） …… 14-157
クハコカシメテ「て」（桑） …… 14-157
クハの（イチ）に（桑市） …… 20-128
くはし（詳） …… 17-20
クハシクエラフに（妙簡） …… 17-20
クハシク、タクタシキことを（細捽） …… 17-263
クハドキ（桑時） …… 17-263
クハトキを（桑序） …… 17-56
くははる（加） …… 14-360 左
ナクハ（ハ）ラシメソ（莫預） …… 14-360 左
クハヽリて（預） …… 17-216
くはふ（加） …… 17-216
（クハ）ヘて（加貢） …… 14-91
キク（ハ）ヘて（助加） …… 14-91
くばる（配） …… 17-161
クハル（散） …… 17-161
くび（首） …… 11-342
クビ（顧項） …… 11-342
くびかく（咋割） …… 14-191
クヒカキハケリ（咋割剥） …… 14-191
くびかし（頸枷） …… 11-351
クヒカシカナツカリ（シ）て（枷鐐） …… 17-267

くびひす（踵） …… 11-345 左
久比婢須（臘踵） …… 11-345 左
くひもの（食物） …… 11-319 左
クヒモノを（食） …… 11-319 左
くびれしぬ（縊死） …… 14-291
クヒレシヌ（縊死） …… 14-291
クフ（咋） …… 14-132
クヒマツラ（ムト）（噬） …… 14-132
□フ（嚙） …… 20-169
くふ（食） …… 20-169
（ス）をクフ（所嚙） …… 17-224
クフ（作檪） …… 17-224
くまなれ（固名） …… 17-143
クマナレ（熊川） …… 17-143
（クマ）ナレより（自熊川） …… 17-143
くみす（與） …… 14-115
（スメラミコト）にクミシ給（ススシ） …… 14-115
（不與天皇）て …… 14-115
くめかは（固名） …… 14-137
クメカハマテニ（來目水） …… 14-137
くめべ（固名） …… 14-113
クメノ（へ）を（來目部） …… 14-113
くも（雲） …… 14-72
ク（モ）（雲） …… 14-72
くもぢ（雲路） …… 20-189
チリクモチニ（埃塵） …… 20-189
くものみち（雲路） …… 14-284 左

クモノミチ（埃）…… 14-284
くらし（暗）
クラ（クシ）て（蔽）…… 17-246
くらつくりのすぐり（固名）
クラツクリのスクリ（鞍部村主）…… 20-162
くらつくりべ（鞍部）
クラツクリへ（鞍部）…… 14-201
くらひおもの（食物）
クラ（ヒ）オ（モノ）をタシ（足食）…… 20-133
クラ（ヒオ）モ（ノ）（食）…… 20-133左
くらふ（食）
クラヘトモ（食）…… 14-302
くらほね（鞍骨）
クラホネの（鞍几凡）…… 14-264
シリ□クラホネヲ（後橋）…… 14-264
くらまちぎみ（固名）
（クラマ）云恥（キ）ミ（久羅麻致支彌）…… 17-78割
くらむで（鞍橋）
シ（リ）ツクラムテ（後橋）…… 14-264左
くらゐ（位）
キミノクラヒハ（皇位）…… 11-16
キミノクラヒ（皇位）…… 11-56
ツカサクラキノマヽニス（依職位）…… 17-40
日次（ノ）ミコノ位に（春宮）…… 17-137
くりいどころ（別業）
クリイ所（別業）…… 17-6左
くりくま（固名）
クリクマの（栗隈）…… 11-146
くりや（厨）
クリヤ（ヒト）（厨人）…… 14-90
くるあした（明朝）
クルアシタ（或イハ「クル（ツ）アシタ」歟）（明旦）…… 11-78
くるし（苦）
クルシクタシナキヲ（困窮）…… 11-361
クルシキに（塗炭）…… 17-186
くるつひ（明日）
クルツヒ（明日）…… 11-144
クルツヒ（明日）…… 11-235
クルツヒノヨ（明日之夕）…… 11-161
クル（ツヒ）（明日）…… 11-216
くれ（固名）
クレの（クニ）（呉國）…… 11-325
くれさか（固名）
（クレ）サカと（呉坂）…… 14-345
くれはとり（呉服）
クレハトリ（呉織）…… 14-344
クレ（ハ）トリ（呉織）…… 14-348
くれはら（固名）
（クレ）ハラと（呉原）…… 14-346
くろ（黒）
クロ（コマ）（黑駒）…… 14-340

け

け（氣）
（イヒノ）ケに（飯氣）…… 20-23
け（異）
ケナルこと（異）…… 14-139
け（器）
オナシケニシテ（共器）…… 17-177
けがす（奸）
ケカシマツリて（奸）…… 14-97
汚（奸）…… 14-97
けさ（今朝）
ケサ（今旦）…… 17-141
けす（着）
ケ（セ）ル（所着）…… 14-352左
（ケ）セル（所着）…… 14-352
（ケ）セリキ（着）…… 14-353
けづる（削）
ケ□ル（斲）…… 14-331
（ケツ）ル（斲）…… 14-334
けなのおみ（固名）
ケナの（オミ）の（毛野臣）…… 17-235
けひめ（固名）
ケ（ヒメ）トイフは（毛媛）…… 14-180割
けぶり（煙）
ケフリ（烟氣）…… 11-91
イヒカシクケフリ（炊烟）…… 11-94
イヒカ[シ]クケフリ（炊烟）…… 11-102
ケフリ（烟氣）…… 11-103
ケフリ（煙火）…… 14-418
けむ（助動）
（カタ）ケム（難）…… 14-87左

けやか（貴）
ケヤ（カニシテ）（貴）……14-352
けり（助動）
コロサムトアナリケリト云コトヲ（誅戮）…17-238

こ

こ（子）
（ミカトノミ）こと（イフトモ）（雖帝皇之子）…11-34
ワカコ（嬰兒）……14-159
（カツラキ）の（ソツヒコ）のコ（葛城襲津彦子）…14-180割
カソコを（父子）……14-421
コ（息）……17-49
コトアルミコ（子皇子）……17-100
コ（子）……20-127
こあんせん（固名）
コ（アンセン）を（固安錢）……14-198
こいまろぶ（臥轉）
コイマロヒ（反側）……14-43
こうむ（產）
コウマは（產）……14-146
コウム（トキ）に（產時）……11-80
コウメリ（產之）……11-300
コウメルを（兒息）……17-254
こかひ（蠶飼）
コカヒノコト（蠶事）……14-158
コカヒ（シ）て（蠶）……17-56
こきし（王）→「こにきし（王）」
コキシ（ノ）（王）……11-285
コキシ（奉（元來「軍君」ノ左訓ノ誤））……14-144
コキシ（王）……14-151割
（クタラ）ノコキシの（ミヤ）に（百濟王宮）…14-266
コキシ（王）……14-400右
コキシ（王）……14-401割
コキシ（王）……14-412
（クタラノ）コキシ（百濟王）……17-167
（クタラノ）コキシ（百濟王）……17-196右
コスシ（「ス」ハ「キ」ノ誤）（固（元來次行「王」ノ右訓））…14-260左
コスシ「コキシ」（「ス」ハ「キ」ノ誤）（王）……14-400
（クタラノ）コシス「コキシ」（「シス」ハ「キシ」ノ誤）（百濟王）…17-196
こきせしむ（王子）
コキセシム（太子守）……17-108左
こく（扱）
クハコカシメテ「て」（桑）……14-157
ここ（籠子）
コヽを（簀）……11-118
ここきし→「こにきし（王）」
ここに（此）
コヽにノ（コレル）コマ人（惟有遺高麗人）…14-212
（コヽ）に（爰）……11-27
（コヽ）に（爰）……11-38
（コヽ）に（爰太子薨之經三日）……11-64
（コヽ）に（爰…曰）……11-67
（コヽ）に（爰天皇曰）……11-80
（コヽ）に（於是）……11-315
（コヽ）に（於是）……14-11
（コヽ）に（爰命螺蠃）……14-158
（コヽ）に（於是）……14-210
（コヽ）に（爰）……14-390
（コヽ）に（爰）……14-396
（コヽ）に（フカシ）（茲深）……14-397
（コヽ）に…と（イフ）こと（此曰）……17-58割
（コヽ）に（爰）……17-185
（コヽ）に（爰）……17-245
（コヽ）に（爰）……17-252
（コヽ）に…と（イフ）は（此…者）……17-282割
（コヽ）に（爰）……20-17
こころ（心）
ヨロコフコヽロ（驩心）……11-8
アハレトヲホスミコ[ヽ][ロ]ヲ（可怜之情）…11-233
コヽロ（慮）……14-45
コヽロオソケナリ（五情无主）……14-132
マタキコヽロ（節）……14-195左
アラキコヽロ（野心）……14-239
コヽロタマシヒ（精神）……14-425左
オモフコヽロを（念）……14-426
コヽロノ（欲）……20-129左
心也（精神）……14-425

マメナル心ヲ（忠誠）…… 17-24
心也（款）…… 17-49
こころぎも（心肝）
コヽロキモヲ（心府）…… 14-420
こころしらふ（心知）
コヽロシラヘルは（通）…… 17-181
こころばへ（心意）
コヽロハヘ（心許）…… 14-398
こころみに（試）
（コヽロミ）にマカリてトラへむ（試往捉之）…… 14-164
（コヽロミ）に（試）…… 17-13
（コヽロミ）に（シヤリ）を（モ）て（試以舍利）…… 20-171
こころやすむ（心休）
コヽロヤスム（慰之）…… 11-239
こころやぶれ（心破）
コヽロヤフレシ（テ）（傷懷）…… 14-24
こし（固名）
コシの（越）…… 20-39
こしす→「こきし（王）」
こしのみちのくち（越前）
コシノミチノクチノモトツクニ（高向）…… 17-8右
こしまこ（固名）
（ヤマ）の（ヘ）のコ（シマ）[コ]を（山邊小嶋子）…… 14-319
こすし→「こきし（王）」
こせのをひとのおほおみ（固名）
コセ（ノ）ヲ（ヒト）の（オホオミ）（許勢男人大臣）…… 17-19
こそ（助詞）
イマコソ（今）…… 17-176
こだくみ（木工）
コタクミ（木工）…… 14-308
コ（タクミ）（木工）…… 14-331
こたふ（答）
コタヘテ（應）…… 11-66
コタヘタマフラク（對諮）…… 11-105
コタヘて（報）…… 17-208
コタヘ申て（奉對）…… 20-12
コ（タヘ）申こと（對）…… 14-78
答申人（對）…… 14-84
コ（タヘ）て（報）…… 14-188
コタ（ヘ）て（稱）…… 20-210左
こたへ（答）
コタヘナリ（應）…… 11-247
こと（事）
ウタキオホフコト（蓋之）…… 11-8
ウケイルヽコト（客之）…… 11-8
ミ□□タマフコト（哭之）…… 11-73
ツカサルコト（不給）…… 11-95
オホセツカフコト（課役）…… 11-112
ユミイルコトノ（射）…… 11-143
ミツキタテマツラヌコトヲ（闕貢）…… 11-308
（ヨコシマウ）□コト（[讒]）…… 14-8割左
□□[コ]ト（感）…… 14-153左
コカヒノコト（蠶事）…… 14-158
カモソフルコト[ナ][シ]（蘭[澤]無加）…… 14-176
フスヘマシフルコトナシ（蘭[澤]無加）…… 14-177左
トヽマレルコト（留）…… 14-190
カタイコト（牢錮）…… 14-191
（ヤフラ）レムコト「こと」（所破）…… 14-209
（ナル）コト（成）…… 14-209割
（ナラム）コト（[將]成）…… 14-226
アリクルコト（由來）…… 14-271
タエタルコト（絕）…… 14-284
ハシル[光]ノ章ナルコト（驅騖迅）…… 14-285
イサツルコト「こと」（憂泣）…… 14-397
アリクルコト（所由來）…… 14-400
ヒトヒヲツ[ヽ][シ]ムコトハ（愼一日）…… 14-419左
オモフクコト「こと」（敎化）…… 14-423
ア[ラ][キ][コ][ト]（麁）…… 14-432割
恤タマフコト「こと」を（寵待）…… 17-29
スクフコト（拯）…… 17-185左
ホロヒヽヽサラムコト（存亡）…… 17-188
サルコトニ（避）…… 17-197
オヒミノリコトノコトヲ（詔勅）…… 17-213
ヨサセルコト（封）…… 17-220
コロサムトアナリケリト云コトヲ（誅戮）…… 17-238
サカエヲハルコト（隆卒）…… 17-246
ユツルコト（廉節）…… 17-251左
アラカフコト（諍訟）…… 17-254
ネキラフルコト（和解）…… 17-257

ハツカシクオモナイコト（慙惡）……17-259
ネキラフコト（和解）……17-273
オマナフル[コ]トヲ（學）……20-19
コト（業）……20-21左
カクスルコト（如此）……20-133
ヒトヲメクミオヤニ[シ]タカフこと（仁孝）……11-11
シタマヘルことは（爲）……11-12
ウクルことは（奉）……11-13
（ツカサトル）こと（掌）……11-34
タテタマハサルことを（非立）……11-37
（ソナヘ）タルことを（備）……11-40
ホトリに（ツク）こと（着岸）……11-46
（ユツリタマフ）こと（讓）……11-60
マウテイタルこと（向）……11-69
マシマスことを（有）……11-70
ネキラヒタテマツルこと（勞）……11-71
（ナキ）こと（無）……11-71
（コタフル）こと（對）……11-79
オホセツカフことを（課役）……11-96
（ヲサムル）こと（脩）……11-106
（マツシ）ト云ことは（貧矣）……11-110
（ツカフ）ことを（課役）……11-117
セカル、こと（塞）……11-129
（シツムル）こと（沈）……11-134
イトホスこと（射通）……11-142
メスこと（アタハスシ）て（不能合）……11-157
ト、マリタマハヌことを（不着岸）……11-188
（イカリ）タマフことを（忿）……11-225
シノヒオモホスこと（戀思）……11-225
（キコ）ユルこと（聞）……11-233
ヨミスルことを（愛）……11-240
ウラメシ（キ）こと（恨）……11-241
ヤ（ム）こと（エスシテ）（不得已）……11-241
（ヌラレム）こと（塗）……11-247
（アル）ことを（有）……11-252
マキタマヘルことを（婚）……11-256
（マヌカル、）こと（免）……11-270
マケルこと（纏）……11-279
（アカナハ）むこと（贖）……11-282
（ナツクル）こと（馴）……11-294
イテタルこと（放）……11-312
（マヌカル、）こと（免）……11-322
（ホル）こと（堀）……11-338
（シヌル）ことを（死）……11-350
（シツムル）こと（沈）……11-356
（イモトスル）ことは（爲妹）……14-9割
ソコ（ナハムトスル）ことを（將害）……14-16
ウ（タカハ）ル、ことを（所疑）……14-19
（アリトイフ）こと（有云）……14-28
（ウハフヘキ）こと（可奪）……14-28
アカハムことを（贖）……14-29
ツトヘタルこと（聚脚）……14-38
（ノム）こと（飲）……14-47
（ノム）こと（飲）……14-47
（イヘル）こと（アリ）（有云）……14-61
コ（タヘ）申こと（對）……14-78
（コタヘマウス）こと（對）……14-84
（オヨハム）ことを（及）……14-98
ナキことを（不在）……14-102
ヌシの（ミユル）こと（虹見）……14-103
ヒシリに（アフコトキ）こと（若逢仙）……14-112
（コ、ロアル）ことを（有心）……14-116
ケナルこと（異）……14-139
ヤキ（コロサ）レタルことを（所燔殺）……14-142
ソフルこと（加）……14-177
ツカハシツルことを（幸）……14-181
（カヘル）ことを（還）……14-190
マメナルこと（忠）……14-195
ミカトカマフケムトスルことを（謀叛）……14-195
ナキことを（不在）……14-197
タテマツラサルこと（不入）……14-205
（イツハリマモル）ことを（僞守）……14-211
（マヌカル、）こと（脱）……14-213
（イリヌル）ことを（入）……14-215
ア（ヤフキ）こと（包危殆）……14-217
（イノル）ことは（祈）……14-230
（タカフ）こと（違）……14-237
ヲサムルこと（脩）……14-239
マ（ウス）ことを（陳）……14-244
（トリミル）ことを（視養）……14-245
（エタル）ことを（得）……14-247
（トラ）むこと（執）……14-259
メクミことを（哀矜）……14-270

索引篇　こと-こと　248

□□□ルこと（默）
（ナツケ）ラル、こと（名）……14-273
（モタアル）こと（默）……14-279
（アカナフ）こと（贖）……14-292
（ソナフル）こと（備）……14-293
（ハシル）こと（譲）……14-304
（オコナフ）こと（行）……14-309
トヒユク（コトキ）か（疾走）……14-309
アタラシヒタタマフこと（若飛行）……14-326
ヨソヒセシムルこと（装）……14-339
（ナル）こと（為）……14-354
マモルこと（相持守）……14-368
（ユミイル）ことを（射）……14-383
カ（タサリシ）こと（不克）……14-385
（イ）ルこと（入）……14-387
トラヘトラフルこと（擒執）……14-389
（ツ、、シム）こと（愼）……14-392
（タノシキ）こと（樂）……14-419
（イタル）こと（至）……14-422
（オモフク）こと（敎化）……14-422
アサヤカニ（スル）こと（鮮麗）……14-423
（ヨキ）ことを（善）……14-423
（マウス）こと（言）……14-424
カラ□こと（崩）……14-427
（カムアカリマシヌル）こと（崩）……14-428
ウルワシキイロ（アリ）ト云ことを（有嬺色）……14-433
（タテマツル）こと（奉）……17-5
……17-15

（ツクサム）ことを（盡）……17-24
（キタリマウス）こと（來告）……17-28
（メクミタマフ）こと（寵待）……17-29
（ナクサムル）こと（慰）……17-32
（ユツル）こと（譲）……17-34
（ハカル）こと（計）……17-36
（クニ）を（ヲサムル）こと（治國）……17-39
シツ（ムル）こと（鎭）……17-41
（ツク）こと（繼）……17-42
治タ（マフ）こと（宰）……17-42
（トスル）こと（為）……17-48
タスケ（ヤシナフ）ことを（助養）……17-49
マメナルこと（忠）……17-49
麻ウマサ（ル）こと（無）……17-54
（ナキ）こと（不績畝）……17-54
ナリハヒヲウムこと（不耕）……17-56
田ツク（ラサル）こと（不耕）……17-58割
（メシイレタマフ）ことを（納）……17-58割
アリクルこと（來）……17-93
（イフ）こと（日）……17-95
（オシヱシメス）こと（敎示）……17-97
（ソムキ）マツラムことを（背）……17-100
（アツカラサル）こと（不關）……17-100
（タマフ）ことを（賜）……17-133
（ヨロシキ）ことを（宜）……17-134
タ（モツ）こと（保）……17-139
（シメス）こと（示）……17-141
（ケナル）こと（異）……
（イサツル）こと（涕泣）……

（タフル）こと（勝）……17-141
（ナキ）こと（无）……17-144
ムナシ（キ）こと（空爾）……17-146
（ナクサムル）こと（慰）……17-146
（アル）こと（有）……17-150
ツミナヘ（コロス）こと（誅殺）……17-151
アシキことを（毒）……17-154
ツヨキことを（強）……17-154
サカシマ（ナル）ことを（虐）……17-156
トノマリ（スム）こと（停住）……17-161
イコヘ（トフ）こと（慰問）……17-163
ソ（ムク）ことを（叛逆）……17-172
（タマハル）こと（賜）……17-173
（ナリカタキ）こと（難成）……17-184
サカシキことを（阻）……17-187
（イクサ）立（スル）こと（軍）……17-187
（セムル）こと（攻）……17-187
タ、カ

249　索引篇　こと-こと

こと（待）（マツ）………………………………… 17-234
こと（進）（ス、ム）ことを（承）…………………… 17-247
こと（成）（ナサ）むことを（承）…………………… 17-249
コトワルこと（淹留）（トヽマリスム）…………… 17-251
コトワルこと（能判）（カヘ）……………………… 17-253
クハシク、タクタシキことを（細捽）……………… 17-255
こと（留）（トトマル）……………………………… 17-263
こと（翻背）（トヽマル）…………………………… 17-264
むこと（爲）（セ）…………………………………… 17-269
イタミ（タマフ）こと（傷惻）……………………… 20-9
ヨムこと（讀）（ヨム）……………………………… 20-12
こと（迷）（マトフ）………………………………… 20-17
こと（魚呑松）（イヲ）の（フネノマム）………… 20-40
こと（莫懶懈）（オコタル）………………………… 20-48
こと（復）（ユルシ）ツカハ（ス）………………… 20-58
こと（マナ）（マリオソル）………………………… 20-70
カシコ（マリオソル）ことを（恐懼）……………… 20-107
ホノホノ（コトキ）こと（アリ）（有如火焔）…… 20-135
返立ムことを（復）………………………………… 20-146
こと（節）（フシ）…………………………………… 20-158
（スクヒヲサムヘキ）ことを（可救治）…………… 20-175
（タテム）ことを（建）……………………………… 20-194
オコナ ヒ スルこと（修行）………………………… 20-195
（カヘル）こと（歸）………………………………… 20-200
全事（言）…………………………………………… 14-8割
コトコトハ（言詞）………………………………… 14-112
こと（言）（ヨコシマ）……□ト 蘆 ……………… 14

こと（異）………………………………………… 17-234
ごと（毎）コトフミに（別本）…………………… 17-240
（トシ）ことに（年）……………………………… 17-249
（コトヽク）に…（シリテ）（悉知）（盡將人物）… 17-264
（コトヽク）に（ニチラ）のヤカラを（悉召日羅眷屬）レヌ 20-155
（コトヽク）に（クタケヤフラ）（悉被摧壊）…… 20-172
ごとく（如）……………………………………… 17-180割
界也（異場）……………………………………… 17-88
ことさかひ（異境）……………………………… 20-210割
ことごとくに（助動）…………………………… 17-282割左
音胡音德（固名）（ノサシ）（乞屯城）…………… 17-176
ことく（固名）…………………………………… 20-210
コトアケシテ（稱）……………………………… 17-176
ことあげす（言舉）……………………………… 14-180割
（コトヽク）に（オロチ）のアシキイキヲ（悉被蛇毒而） 14-321
（コトヽク）にクヒカキハケリ（悉被割剥）… 11-321
（コトヽク）に（キル）（悉斬之）………………… 11-351
（コトヽク）に…フ（ルヒオツ）（悉…振怖）…… 11-359
（コトヽク）に（マフサ）ク（咸言）……………… 14-80
（コトヽク）にカリて（悉過）…………………… 14-113
（イクサヲコトヽク）にて（キタリオフ）（悉軍來追） 14-222
（コトヽク）に…（エタル）（盡得）……………… 14-223
（コトヽク）に（マウサク）（僉曰）……………… 14-247
（コトヽク）に（盡）……………………………… 14-350
（コトヽク）に（盡）……………………………… 14-441
（コトヽク）に（盡）……………………………… 14-441割
咸に（咸）………………………………………… 14-37
（コトヽク）に（盡）……………………………… 17-157
（コトヽク）に（オホミタカラ）をキて……………

コトニ（別）……………………………………… 14-275
ことに（別）……………………………………… 14-275
ことたへに（故）………………………………… 14-109
コトタヘ（ニ）（故）……………………………… 20-207
コトクニアリ（若）……………………………… 17-23
ツネノコトクシテ（自若）……………………… 14-216左
シヽヤオヘルス、メノコトシ（如中）…………… 14-269
タツの如（ク）アカリ（龍驤）…………………… 17-88
ごとし（如）……………………………………… 17-88
ことに（異）……………………………………… 14-109
（コト）に別………………………………………… 14-84
（コト）に別………………………………………… 17-163
（コト）に別………………………………………… 17-203
（コト）にて（アツキキヤ）を（モ）（別以厚禮） 20-54
ことのかたち（狀）……………………………… 11-36
コトノカタチを（狀）…………………………… 11-62
ことのもと（縁）………………………………… 11-352
コトノモト（縁）…………………………………
コトノモトナリ（縁也）…………………………

索引篇 こと-この 250

ことのよし（事由）……14-429
コトノヨシヲ（所由）
　コトノヨシヲ（所由）
ことば（言葉）
　コトコトハ（言詞）
ことはり→「ことわり（理）」
ことひき（固名）
　（イハレ）の（クレ）のコトヒキ
　　　　　（磐余呉琴彈）……14-299
ことむく（言向）
　コトムク（折衝）……14-269 左
こども（子等）
　コトモ（兄息）……14-192
ことよさす（事寄・四段）
　コトヨサス（事寄）……14-180 左
ことよさす（事寄・下二）
　コトヨサシテ（任所）……14-240
　コトヨサシテ（拜）……14-178
ことわざ（諺）
　コトワサニ（諺）……11-248
ことわり（理）
　コノカミオトフトノコトワリに
　　　　　　（友于之義）……11-257
　キミノヤツコノコトワリ（君臣義）……14-195
　コトワリニ（道理）……14-303
　コトワリニオイテハ（スナハチ）（義乃）……14-421
　ツネノコトワリなり（常分）……14-423
　コトワリニオイ（テ）（理）……14-429

ことわる（斷）
　コトワリに（理）……17-17
　コトワリを（禮）……17-17 左
　コトワリノヨソヒを（禮儀）……17-50
　コトワリタマ（ヒ）て（判）……17-107
　コトワルこと（能判）……17-255
こにおるく（大后）
　コニオルク（大后）……20-37
斤於流久（大后）
　□オルク（大后）……20-53 左
こにきし（王）→「こきし（王）」
　コニキシ（王）……14-401 割
　コニキシに（軍君）……14-401 割左
コニキシに（王）……14-143
　コニキシ（軍君）……14-144
　ココキシ（王）……14-398
　ココキシ（「ココ」、「コ」）
　　二」誤）……14-261 左
この（此）
　（コ）にアタ（リ）て（適是時）……11-27
　（コ）の（コト）を（是語）……11-32
　（コ）の（ウタ）を（是歌）……11-38
　（コ）ノ（ツキ）（是月）……11-97
　（コ）の（ヒ）（是日）……11-104
　（コ）の（ウラミ）（是怨）……11-115
　（コ）の（トキ）（是時）……11-122
　（コ）の（クニ）を（是國）……11-127
　（コ）の（トキ）（是時）……11-133
　（コ）の（ヒサコ）を（是匏）……14-44
　（コ）の（ヒ）ヨリ（是日）……14-262
　（コ）の（オホニヘ）（是烏莒苴）……14-285 左
　（コ）の（コト）を（是言）……17-140
　（コ）の（トリ）を（此鳥）……11-138
　（コ）の（トリ）（此鳥）……11-149
　（コ）の（トリノタクヒ）（是鳥之類）……11-238
　（コ）の（ヒ）（是日）……11-259
　（コ）の（ノチ）（是後）……11-285
　（コ）の（ミサ、キ）（是陵）……11-291
　（コ）の（トキ）に（是時）……11-293
　（コ）のシルマシヲ（ミル）に（視是恠者）……11-293
　（コ）のイラツ（メ）（此娘子）……11-295
　（コ）のウミノコニ（此生子孫）……11-319
　（コ）の（タマカツラ）は（此玉縵）……11-329
　（コ）の（ツノ、オミラ）（是角臣等）……11-330
　（コ）の（ツテコトを（此流言）……11-359
　（コ）のエタチに（此侵伐）……14-66
　（コ）のミカトカタフケムトスルことを（斯謀叛）……14-85
　（コ）の（コト）を（是語）……14-98
　（コ）の（トキ）に（此時）……14-149
　（コ）を（此兒）……14-173
　（コ）のツテコトを（此流言）……14-195
　（コ）の（ヒ）（是日）……14-226
　（コ）の（タマカツラ）は（此玉縵）……14-278
　（コ）の（ツノ、オミラ）（是角臣等）……14-356
　（コ）の（ウミノコニ）（此生子孫）……14-426
このかみ（兄）……20-13
　コノカミオトフトノコトワリに（友于之義）…
　（コ）の（ツカヒラ）（此使人等）……20-13

コノカミ（昆）……11-14
コノカミオトフトノコトワリに（友于之義）…11-257
コノカミを（長）……14-55
コノカミオトヒトに（友于）……14-427
コノカミを（長）……17-73
このごろ（此頃）
コノコロ（此）……11-239
コノコロ（聞者（ミセケチ））……17-133
このむ（好）
コノマサラマシカハ（不愛）……20-19
コノミて（樂）……17-255
コノムタマフト（好）……14-138
コノムタマ□（愛）……20-5
このゆゑに（故）
（コノユヱ）に（所以）……14-419
（コノユヱ）に…（カヘスト）（所以…不肯奉進）…20-117
こはくび（固名）
コハクヒ（强頸）……11-128
こはし（强）
チカラコハ[シ][ト]イフ（力强）……14-325
こはし（乞）
コハシ（ノ）マヽ（ニ）（依乞）……17-222
こふ（乞）
コハシム（索）……14-73割
コハす（索）……14-437
コヒ給（請）……14-91
申也コ（ヒ）て（奏請）……17-41
コフ。（索）……14-24
コフ。（索）……14-437左
コフ（願請）……17-32
（コ）フ（請）……14-262
コ（フ）（請）……14-277
請（願）……17-107
こぼす（覆）
コホシツ（覆）……14-310
こほり（氷）
コホリを（氷）……11-339
こほり（郡）
（クニ）コホリに（國郡縣）……14-232
ヘコホリ（背許）……17-266
（ヘ）コホリ（背許）……17-266左
こま（高麗）
コマノ（高麗）……11-139
コマに（高麗）……14-206
コマの（狛）……14-401割
コマ（ノ）（高麗）……20-11
こまひと（高麗人）
コマ人（高麗）……14-212
こまやかに（細）
コマヤカニ…（ソナハ）レリ（茂矣…備矣）…14-175
（コマヤカ）に…（ソナハ）レリ（茂矣…備矣）…14-175
こみ（流）
サカフルコミを（逆流）……11-124
コミを（滂）……11-126
こむく（固名）
コムクに（感玖）……11-152
こむなり（固名）
コムナリ（久麻那利）……14-402
コ（ムナリ）（久麻那利）……14-404割
コム（ナリ）（久麻那利）……14-404割
こむまご（子孫）
コムマコヤソツヽキ（子々孫々八十聰綿）……14-360
こもしろ（固名）
コモシロノに（蔣代野）……11-273
こもち（固名）
（マムタノムラシ）コモチの（茨田連小望）…17-66左
こゆ（凍）
（ウヱ）コユルには（飢寒）……11-108
こゆ（跨）
コエヨリて（跨據）……14-193
コエ（踰）……14-195
コエヌ（踰）……14-424
こゆ（越）
クモノミチ、リノミチニエエ（「エ」ハ「コ」ノ誤）（超）…14-284
こえのぶ（越）
コエノヒテ（超）……14-284
コエノヒテ（超）……14-284左

索引篇　こよ-さか　252

こよしむ（太子）
　コヨシム（太子）……17-238
こよひ（今宵）
　コヨヒ（是夕）……17-168
　コヨヒに（今夜）……11-235
これ（此）
　コレ（此）……11-245
　（コ）レ（是）……11-107
　（コ）レ（是）……11-136
　（コ）レ（此）……11-242
　（コ）レ（是）……11-245
　（コ）レ（是）……11-259
　（コ）レ（是）……14-108
　（コ）レ（是）……14-275
　（コ）レ（是）……17-65
　（コ）レ（ナリ）（是也）……20-36
　（コ）レ（茲）……20-153
　（コ）レ（是）……20-199
ころ（頃）
　コロ（間）……11-101左
　ナカコロオコル（中興）……17-245
ころす（殺）
　コロサ（ルン）に（刑）……11-133
　コロサ（シム）（誅）……11-347
　コロサ（シム）（使刑）……14-311
　コロサムトオホシテ（自念将刑）……14-336
　コロサシメ［ツ］（殺之）……14-441割
　コロサムトアナリケリト云コトヲ（誅戮）……17-238

コロ（サム）（殺）……14-105左
コロシ（サセ）給シム（将誅之）……14-231
コロ（サムトス）（欲誅）……14-44左
コロシへ（誅）……11-281
コロ（シタマヒツ）（誅之）……14-389
コロ（シ）ツ、斬之）……14-98
コロ（シ）（斬）……20-98左
コロストマウス（殺）……20-98左
コロ（シ）（斬）……14-212
コロ（ス）す（殺）……14-171
コロ（ス）す（殺）……14-173左
コロ（ス）（殺）……14-311左
コロストコロに（刑所）……14-340
コロ（ロス）ヘイは（合殺者）……20-98
（コロ）セ（殺）……11-267
（コロ）セ（殺）……20-98
（コロ）セ（殺）……14-211
殺也（刑）……14-257
ころたつ（自立）
　□ロタチヌ（専用威命）……14-257
ころふ（噴）
　コロヒセム（訶責）……11-320
ころもの（固名）
　（マムタ）のムラシコロモノコ（茨田連衫子）……11-286
ころものこ（衫子）
　コロモノコ（衫子）……11-128
　コロモノ（の）コ（衫子）……11-130
　コロモ（の）（コ）（衫子）……11-136
　（コロ）モ（の）（コ）の（衫子）……11-137

こゑ（聲）
　ホムルコヱ（頌音）……11-93
　ホムルコヱ（頌徳）……11-101
　コヱを（樂）……14-214
　□ヱを（樂）……14-214左

さ

さ（接尾）
　（オホキ）サ（大）……14-129
　（オホキ）サ（大）……14-187
　（トヲ）サ（遠）……17-176
　（タカ）サ（高）……14-302
　（オホキ）サ（大）……14-329
さいぎる（遮）
　サイキ（リ）て（遮）……17-36
さいはひに（幸）
　サイハヒに…（ウケ）て（幸承）……17-246
さいはふ（幸）
　サイハヘタマフニ（作）……11-17
さか（坂）
　坂（鹽壇）……11-299
さが（祥）
　サカ（祥）……11-79
さかさま（逆様）
　サカソ（祥）……11-245
さ

サカシクマシマス（叡智）…… 11-4
（サカ）シク（賢）…… 17-136
（サカシ）ク（賢哲）…… 17-245
サ（カシクシ）て（賢）…… 20-109
サカシ（師）…… 14-94
さがし（険）
サカシキ所を（険爲）…… 14-222
サカシキことを（阻）…… 17-184
アラクサカ（シ）キワサ（ス）（暴虐）…… 14-326左
サカシキヒト（賢）…… 17-136右
サカシキ（明哲）…… 17-243
□□□キを（賢）…… 17-9左
さかしま（逆）
サカシマニ（悖）…… 14-426
サカシマ（ナル）ことを（虐）…… 17-154
さかち（固名）
サカチの（墹手）…… 14-299
さかちのやかたまろ（固名）
サカチのヤカタ（マロ）（墹坂手屋形麻呂）…… 14-299
さがなし（不祥）
サカナキ（不祥）…… 20-28
サカナイを（惡）…… 11-36
さかなゐ（固名）
サカ（ナキ）に（坂中井）…… 17-6
さかのこり（固名）
サカノコリの（賢遺）…… 11-145
サカノコリの（オミ）を（賢遺臣）…… 11-168
さかのぼりのひめみこ（固名）
サカ[ノ]ホリの（ヒメミコ）（逆登皇女）…… 20-64
さかのぼる（泝）
カハヨリサカノホリて（泝江）…… 11-191
サカノホ（リ）テ（逆上）…… 11-123
さかひ（境）
サカヒを（壃場）…… 11-285
界也に（區域）…… 17-94
さかふ（逆）
サカフルコミを（逆流）…… 11-124
さかゆ（榮）
サカエシメヨ（紹隆）…… 17-19
サカエムを（榮）…… 20-143
サカエヲハルコト（隆卒）…… 17-246
さがらか（固名）
サカ[ラ][カ]の（ムロツミ）に（相樂館）…… 20-12
サカ□□□□□ミ（相樂館）…… 20-12左
さかりに（盛）
サカリニ（シ）て（赫々）…… 17-136
（サカリ）ニマシ〳〵キ（隆）…… 17-244
（サカリ）に（盛）…… 14-175
さかる（避）
（アツキコトヲ）サカリタマフ（避暑）…… 11-232
さき（先・前）
サキノミカト（ノ）（先帝）…… 11-12
ミキノカタノサキ（右前鋒）…… 11-314
サキノ（スメラミコトニ）（先[考][天]皇）…… 20-14
（ワ）かサキノオヤ（ノ）（我先考天皇）…… 20-105
サキノ（墨消）（オヤ）（先考天皇）…… 20-105右
サキの（スメラミコトニ）（先考天皇）…… 20-106
サキノミカト（考天皇）…… 20-185左
サ（キ）の（ミカトノ）（先帝之）…… 11-18
さきかすむ（剝掠）
サキカスム（剝掠）…… 17-150
さきだつ（先立）
ワレヨリサイタチテ（先吾）…… 17-261
サイタツ（鶩）…… 14-285左
サイタテルトコロ（ナリ）（所先）…… 11-259
さきだて（先立）
サイタテ（相競）…… 14-265
さきたま（固名）
サ[キ]（タマ）の（ミヤ）ト（幸王宮（「王」ハ「玉」ノ誤））…… 20-76
さきつや（固名）
サキツヤ（前津屋）…… 14-168
さきひめ→「せきひめ（固名）」
さく（裂）
サイて（劑）…… 17-94
さく（離）
ヤリサケ[ツ]カフ（駈使）…… 20-147左
（カハ）のサクルカ（コトシ）（如河決）…… 17-187
サクルこと（離）…… 17-209
さくら（固名）
サク「サラ」「ツラ」ラ（匝羅）…… 14-238
さくらゐのゆみはりのひめみこ（固名）
（サクラヰ）の（ユミ）ハリノ（ヒメミコ）

（櫻井弓張皇女）……20-83

さぐる（探）
サクリ（テ）（決）……11-124
サ（クリ）て（探）……11-274

さけのきみ（固名）
サケノキミ（酒君）……11-285

ささぐ（擧）
サヽケタルツノ（ハ）（戴角）……14-37
サヽケて（擧）……14-81
サヽケ（擎）……14-310

ささげのひめみこ（固名）
サヽケの（ヒメミコ）を（豈角皇女）……17-65

さし（接頭）
サシカクス（翳）……14-388

さし（城）
サシ（城）……14-401割左
サシを（城）……14-239
（コシコリ）のサシに（己叱己利城）……17-233

さす（刺）
サシシセ奉ツ（刺殺）……14-11
サシトヽメシメヨ（刺）……14-131
サシて（差）……20-194
サセリ（差）……11-329

さす（助動）
マウコサシメム（來）……20-136

さずき（桟敷）
（サ）スキノ（假庪）……14-72

さだか（定）
サタカナラヌ（不貞）……14-335左

さだむ（定）
定て（決）……17-193
定也（決）……17-254
サタム「む」（斷）……20-58
定也（タマフニ）（拜）……17-58割

さづく（授）
…をサツケて（付…）……17-96
サツケて（付）……20-168
サツク（收付）……14-319
（シラキ）の（フヒト）イツに（サツ）フ（「フ」ハ「ク」ノ誤）（授于白猪史膽津）……20-60
（カヘシ）サ（ツク）（還付）……20-202
サツケマツレリ（授記）……17-92

さと（里）
ムラサト（巷里）……11-123
アマタサトハカリに（數里許）……20-45

さとし（賢）
サトキ（聰明）……14-411左

さとり（悟）
サトリ（文獻）……11-10
サトリ（ナカラ）むヤ（無知耶）……11-323
サトリのチカラ（智力）……14-421

さとる（悟）
サトリ（知）……11-68

さは（澤）
サハモ（澤）……11-122

さば（固名）
サハノ（娑婆）……14-435

さはがす（騒）
サハカシツ（擾亂）……17-273

さはに（多）
サハニ（多）……11-46
サハニ（多）……11-293
サハに（多）……11-104
サハにアリ（多有）……14-37
サハに（多）……14-184
サハ（ニ）（多）……11-296

さはりとどまる（淹滯）
サハリトヽマリテアリ（淹滯）……17-179

さぶらふ（侍）
サフラフ（侍）……11-206
サフラフ（侍）……14-60
（サフラ）フ（在）……14-197
サフラフヒトを（陪臣）……17-23
サフラヘリ（奉）……14-66左

さへづり（囀）
カラサヘツリを（韓語）……20-114

さほ（固名）
サホ（ノ）コトリワケ（狹穗子鳥別）……14-92
サホ□□の「か」（狹穗彦）……14-318
サホノ（ミヤケ）を（匝布屯倉）……17-147

さま（樣）
ヲサメタルサマ（藏）……11-338

さほのことりわけ（固名）
サホ（ノ）コトリワケ（狹穗子鳥別）……14-92

さまたぐ（妨）
サマタケ（テ）（距）……11-24
サマタケムヤ（妨）……11-157
さみ（固名）
サ（ミモンクキ）（姐彌文貴）……17-105
さむ（寤）
サメ（ス）（不寤）……17-246
さむかぜ（寒風）
サム[カ]セノ（寒風）……14-39
さもらふ（候）
サモラフ（候）……14-189
カセサモロフトイフニツケテ託（託稱候風）……14-189左
さやかに（寥亮）
サヤカニ（シテカナ）シ（寥亮而悲之）……11-233
さらに（更）
（サラ）に（イカニ）と云（コトナシ）（更無如何焉）……11-36
（サラ）に（カヘリ）て（更返之）……11-59
（サラ）にツク（ラス）（不更爲也）……11-97
（サラ）に（ヒキテ）（更引）……11-191
（サラ）に（ヤマシロ）に（カヘリ）て（更還山背）……11-201
（サラ）に（ヒ）を（アラタメテユク）（更改日而行）……11-309
（サラ）に（ミツチノ）トモカラを（モトム）（更求虬之黨類）……11-358
（サラ）に（更）……17-209
（サラ）に（更）……17-211
（サラ）にヨミカヘリて（更蘇生）……20-147
さらら（固名）
サク「サラ」ラ（匝羅）……14-238右
さる（去）
サリ（飛）……14-240
（アヒ）サリて（相辭）……14-286
サリ（避）……14-436
サ（リ）ヌ（去）……14-116
去也（飛）……14-240左
サル（脱）……14-436
サルコトニ（避）……17-197
さをかのおびとまさ（固名）
サヲカのオヒトマサを（狭丘首間狭）……20-43

し

し（四）
シクニ（四海）……14-269左
し（助詞）
タクヒハマレシアラム（罕儔）……14-177
（タタ）シ（唯）……17-20
じ（助動）
ユルサシトオホシテ（謂不聽）……11-182
ホ（リセ）シトノタマフ（不欲）……11-224
（ホリセ）シトノタホ（フ）（不欲）……11-224左
オ（ソ）カラシ（未晩）……14-87左
カヨハシ（勿通）……14-194
（ヒサニアラ）シ（非久矣）……14-209
（ヒサ）にアラシ（不久也）……14-260
（イシニアヤマリ）アテシヤ（不誤中石耶）……14-332
（アヤマラ）シと（不誤矣）……14-333
（アヘ）て（アタラ）シ（不敢當）……17-33
（タカハ）シトノタマフて（不承乖）……17-37
（アヘ）て（ミコトノリセ）シ（不肯勅）……17-229
（カヘシ）タマ（ハ）シ（ト）（弗還）……20-117
しうあんな（固名）
シウ（アンナ）（卯安那）……14-201
しか（鹿）
シカソ（鹿）……11-237
シカナリ（牡鹿）……11-237
シカ（牡鹿）……11-244
シカを（牡鹿）……11-248
シカナレヤ（牝鹿矣）……11-249
しかうして（而）
（シカウシ）て（ノチ）に（然後）……11-37
（シカウシ）て（而）……11-189
（シカウシ）て（而）……11-225
（シカウシ）て（而）……11-333
（シカウシ）て（而）……14-208
（シカウシ）て（然）……14-269
（シカウシ）て（爾）……14-284
（シカウシ）て（而）……14-370
（シカウシ）て（爾）……20-135
しかず（不及）

索引篇　しか-しつ　256

しかも（ス）（不及）……20-21
しかも（然）……20-21
しからば（然）……14-216
(シカ)ラハ(スナハチ)（然則）……14-216
しかるには（而）は（然）……20-138
(シカル)を…と(イフ)は（而...者）……14-65
(シカル)に（而）……14-27
(シカル)に（然）……14-392
(シカル)に（而）……17-24
(シカル)に（而）……17-132
しかるに（而）……17-258
しかるを（マウキカヘス）（而不肯來）……17-258
(シカラ)を…キヤナクシテ（而...无禮）……14-142
しきしま（固名）
(シ)キ(シマノスメラミコト)の
　（磯城嶋天皇）……20-25
しきなかりて（流行）……17-282割
しきはく（流通）……11-362
シキハキ（流通）……17-251
しきりに（助動）……17-
(シキリ)に（頼）……17-134
(シキリ)に（頼）……17-190
(シキリ)に（ミコトノリ）を（頼）……17-234
(シキリ)に（キカ）むトマウス（頼請聞勅）……17-234
(シキリ)にコウメルを（頼...兒息）……17-254

(シキリ)にカヘリマテネト（頼...歸朝）……17-263
(シキリ)に…ウタカヒタマ(ヒ)て（猜頼）……17-263
しく（及）……20-40
シキキに（座）……20-40
しきゐ（座）……20-116
(キミ)にシクは（ナシ）（莫若君）……11-267
しこづ（譏）……14-427
シコチて（譜）……14-96
しことひ（固名）
シコトヒノ（磯特牛）……14-96割
しし（獸）……14-138
シヽ（獸）……14-76
シヽ（獸）……14-115
シヽ（獸）……14-138
トリシヽヲ（禽獸）……14-83左
シヽヤオヘル（中獵箭）……20-207
しす（殺）……14-131
シ（シ）モ（獸）……20-207
サシシセ奉ツ（刺殺）……14-11
(シ)セラレ（タマヒヌ）（殺）……14-13
した（下）
アメノシタを（天之下）……14-143
(シ)(タ)に（下）……14-143
(ッチ)のシタに（土中）……17-143
したがふ（從・四段）
シタカハす（不下）……14-249左

シタカハ（シメム）（自伏）……17-178
從也す（弗下）……17-178
不從也（弗率）……17-183
(アヒ)シタ(カヒ)て（相逐）……14-408
(アヒ)シタカヒヌ（相逐）……14-408
シタカヒヌ（依）……17-96
シタカヒヌ（賓服）……14-418左
マウテキシタカフ（賓服）……14-418左
オヤニシタカフ（孝順）……20-52
オヤニシタカフ（孝）……11-18
(アヒ)シタ（カヒ）て（相逐）……17-213
ツヽシミシタカフこと（孝）……11-11
オヤニシミシタマカフミチを（欽伏）……14-430左
オヤニシタマカフミチを（孝）……14-430左
從ヘリ（稱臣）……14-236
したつみち（下道）
シタツミチを（地道）……14-222
したがふ（從・下二）
ミに（シタカフ）へて（隨身）……14-245
しつかに（靜）
シツカニオハシマス（從事乎無爲）……11-98
シ（ツカ）に（靜）……17-23
しつかひ（固名）
シタツカヒ（磯津貝）……17-134
しづむ（沈・四段）
シ（ツミテ）（沈）……11-47
しづむ（沈・下二）
シ（ツ）む（沒）……11-135
シツム（沈）……20-173
シ（ツ）む（沈・下二）……20-64左

シツ（ムル）こと（鎭）…………17-42

して（助詞）

ミツナウシテ（不倭）…………11-13
ヤツコラマトシテ（臣之）…………11-15
ウナカサレスシテ（不領而）…………11-118
保ルモカニシテウセヌ（於滅沒）…………14-285左
カハラスシテ（不變）…………14-330
オモホエスシテ「て」（不覺）…………14-334
（クレヒト）にアヘタマハムトシテ（欲設呉人）…14-349左
ミノラスシて（不登）…………11-94
（トシ）ワカクシて（幼年）…………14-9
…を（シラス）シて（不悟…）…………14-85
ヰヤナクシて（禮）…………14-142
（ミ）給（ス）シて…カクレタマヒヌ（不見却入）…14-166
キハヤカニシて…（ソナハ）レリ（綽矣…備矣）…14-176
（クニチカキトナリノヒト）にシて（國近隣之人）…14-271
（トキ）にモコトョカニシて（時渡略）…………14-282
オモホエスシて（不覺）…………14-334
（ワレ）ヲ（オソリス）シて（不畏朕）…………14-335
アヘセシトキノ（コトク）シて（如饗之時）…14-354
御トシワカクシて（幼年）…………17-7
ヲトコサカリニシて（壯大）…………17-8
ツネノコトクシて（自若）…………17-23
ミツナウシて（不才）…………17-32
オナシケニシて（共器）…………17-177
ワカトモタチトシて（爲吾伴）…………17-177
（ワレ）を（シ）て（俾余）…………17-178
（オモホエス）シ（テ）（不覺）…………14-334
（アメ）ノシタに（キミトシ）て（君天下）…11-7
（ミツナウシ）て（不倭）…………11-13
（ウケスシ）て（オノオノアヒユツリ）タマフ（不承各相讓之）…11-19
（シラスシ）て（不知）…………11-40
（ムナシクシ）て（ステニミ）トセを（ヘヌ）（空之既經三載）…11-56
ヒルヨルトイハ（スシ）て（チカラ）を（ツクシ）て（不問日夜竭力）…11-118
（ヤツカレ）を（シ）て（キタラシム）（令吾來也）…11-132
メスこと（アタハスシ）て（サハノトシ）ヒヌ（不能合以經多年）…11-157
（オホツ）にトマリタマハ（スシ）て（不泊于大津）…11-191
（カヘリ）タマハス（シ）て（不還）…………11-194
（シラスシ）て（不知）…………11-240
（ヒサシクシ）て（久之）…………11-289
（カロクトクシ）て（輕捷）…………11-313
（チカラサハニシ）て（力多）…………11-345
（ユルシ）タマハ（スシ）て（イヘ）を（ヤキ）タマフ（不許…燔宅）…14-30
（ヒサシカラスシ）て（不久）…………14-46
…を（シ）て…（オカシメ）て（使…置）…14-72
カシハテへを（シ）て（使膳夫）…………14-77
ヒノヒメを（シ）て（日媛）…………14-81
（ニハカ）に（シ）て（俄而）…………14-101
ヲロチノ（コトクシ）て（如蛇）…………14-103
（タチトコロニシ）て（移行未遠）…………14-104
（ニハカ）に（シ）て（俄而）…………14-129
ヨハク（シ）て（弱）…………14-131
クミシ給（スシ）て（不興）…………14-137
キサキを（シ）て（使后妃）…………14-157
（ウタスシ）て（不伐）…………14-188
（ウタスシ）て（不伐…）…………14-190
（イタラスシ）て（未至）…………14-220
（タ、カハスシ）て（未…戰）…………14-220
ツ（タナクシ）て（拙）…………14-242
…ミヤに（オヨハスシ）て（不及…宮）…14-266
（ヤマトコノムラシ）を（シ）て（使倭子連）…14-276
…こと（アタハスシ）て（不能…）…………14-292
アシ（タユウヘニシ）て（旦暮）…………14-302
（ステニシ）て（既）…………14-321
（ハタネノミコト）を（シ）て（使齒田根命）…14-323
（オコナフ）ことホシマ、（ニシ）て（心肆行）…14-326
（カハラスシ）て（不變）…………14-330
アヤ（マラスシ）て（不誤）…………14-332
（クニアカタ）に（シ）て（國縣）…………14-374

索引篇 しな-しは 258

(ナクシ) て (無) …… 14-386
(オホ) ヲノテを (シ) て (使…大斧手) …… 14-386
ワカク (シ) て (幼年) …… 14-411
[ヲ]サマリヤスク (シ) て (安[艾]安) …… 14-418
アメノシタを (シ) て (遍…令普天之下) …… 14-422
ア (マネクシ) て (遍) …… 14-428
(オホキニシ) て (大) …… 14-430
(ミツナクシ) て (不幸) …… 14-432
アマヘタノウ (ヘ) に (シ) て (海濱上) …… 14-437割
キラ〳〵シ (クシ) て (姝妙) …… 14-5
(ナクシ) て (無) …… 17-10
ニハカニ (シ) て (奄然) …… 17-22
(ヒサシクシ) て (久) …… 17-25
日次 (ノ) ミコに (シ) て (嫡子) …… 17-52
(カヨヒヤスク) て (易通) …… 17-86
ハカリ (コト) を (オナシクシ) て (同謀) …… 17-88
サカリニ (シ) て (赫々) …… 17-136
(マタサスシ) て (不遣) …… 17-213
ヨリコ (後世訓) (ススシ) ススシ) て (不敬歸) …… 17-228
クラ (クシ) て (蔽而) …… 17-234左
(ウケスシ) て (不…受) …… 17-246
スミユタカ (ニシ) て (清泰) …… 17-249
(ヒト) を (シ) て (令人) …… 17-251
(ムナシクシ) て (虚) …… 17-259
サタメ (カタキ) (クシ) て (未成) …… 17-259
モトリイスカシ (クシ) て (傲佷) …… 17-272
(モトツクニ) を (ステシシ) て (不棄本壬) …… 17-220

しな (品)
メクミのシナを (寵章) …… 11-17
シナム (崩) …… 11-322
シタリと (亡) …… 11-322
シ (ニ) タリ …… 14-254
(ミツ) の (カラクニ) にシヌ (隕三韓) …… 14-254割
死也 (陷) …… 14-270右
ワナキシヌ (縊死) …… 11-319
クヒレシヌ (縊死) …… 11-319左
シヌ (死亡) …… 11-321
シヌ (死亡) …… 11-354
シヌ (没) …… 14-401割
シヌ (瞑目) …… 14-431左

シナ (地) …… 20-188
(ステニシ) て (既) …… 20-109
サ (カシクシ) て (賢) …… 20-107
(ハタサスシ) て (不果) …… 20-94
(シセウナマ) を (シ) て (失消奈未) …… 20-94
(アトナマ) を (シ) て (安刀奈未) …… 20-54
アヘタマハ (スシ) て (既而) …… 20-40
(ステニシ) て (既) …… 20-20
ウケタマ (ハスシ) て (不信) …… 20-20
(ナクシ) て (無) …… 20-5
モロトモニ[□] (同時[殞]命) …… 17-273
(シ) ヌ (死) …… 14-255
(シ) ヌ (死) …… 14-102
(シ) ヌ (死) …… 14-251
シヌルツミを (死罪) …… 14-265左
シヌルツミを (死罪) …… 14-300
(シ) ヌ (死) …… 14-282
(シ) ヌ (死) …… 14-283
死ツ (ミ) (罪) …… 11-29
しのぐ (凌) …… 14-226
シノカレ (ナマシ) (所乘) …… 14-226
しのびごと …… 20-206
シノヒコ[ト]タテマツル (誄) …… 20-206
しのびに (密) …… 14-351
シノヒニ (密) …… 17-25
シ (ノヒニ) (密) …… 17-258
シノヒニに… (マウテシメ) て (顧…奉詣) …… 20-116
しのぶ (忍) …… 11-225
シバシバ (數) …… 11-60
シハ〳〵 (屢) …… 11-355
シハ〳〵 (屢) …… 11-341
しはす (師走) …… 14-345
シハスニ (季冬) …… 14-345
しはつ (固名) ……
シハツの (磯齒津路) ……
しばらく (暫) ……

259　索引篇　しひ-しむ

しひわざ（暴虐）
　シヒワザシ（暴虐）……17-151
しま（島）
　カワラノ「の」シマにて（各羅嶋）……20-148
しむ（占）
　シメ給 占 ……14-268
しむ（助動）
　ナアツカラシメソ（莫預）……14-360
　ナクハ（ハ）ラシメソ（莫預）……14-360左
　ユタニシメス（勿委）……14-369左
　ナアナツラシメソ（勿令侮慢也）……14-432割
　マウコサシメム（來）……20-136
　マウサシメタマヘ（令守）……11-39
　マウサシメタマ（ヒ）テ（令奏）……11-223
　ハラマシメたり（使任妊娠身）……14-97
　ト ハ シメタマフ（問）……14-100
　カラシメタマフ（駈）……14-115
　クハコカシメテ「て」（桑）……14-157
　マウコカシメテ「て」（桑）……14-157
　（マモラ）シメ給（祠）……14-158
　（アツメ）シメ給（聚）……14-229右
　マツラシメタマフ（使責譲）……14-320
　コロ（ハ）シメタマフ（使使）……14-386
　（イクサ）の（ナカニ）タケハシメて（叱於軍中）……14-386

コロサシメ ツ （トイフ）（殺之）……14-207
（オフナラ）に（トハシ）メて（ノタマハク）（令問雄鯽等曰）……11-275
カサラシメ（メ）て（荘飾）……14-245
（セシ）メ給（為）……14-382
（ウタ）令（タマフ）（伐）……17-51
（ノラシ）メ（メ）て（乗）……20-44
（セシ）メ（シムル）なり（使為也）……20-154
カヘシタテマツラシム（令還）……11-192
コハシム（索）……14-73割
ツクラシム（割）……14-77
（メサ）シム（遣…召）……14-169
コロ（サセ）給シム（將誅之）……14-173
フタト（コロ）にオカシム（安置…二所）……14-231
（ユルシタマハ）シム（赦之）……14-294左
ハムヘラシム「む」（安置）……14-340
ヨソヒをミシムメ（視察装餝）……14-346
（ツカ）ハシム……14-352
ツカマツラシム（駈使）……14-369
（クハ）をウェシム（殖桑）……14-369左
スマヒトラシム（相撲）……14-374
（ハヘ）リシム「む」（祠）……14-386
（ソノクニ）にコキシ（トナラ）為ム（使王其國）……14-412
（マモリオクラ）シム（衞送）……14-413

マツリコトセシム（修教）……17-26
キカシム（聽）……17-51
アマナハシム（和解）……17-214
（ツカヒセ）シム（遣）……17-223左
家出セシム（令度）……17-262左
ツミセシム（決罪）……20-89
ハヘラシム（安置）……20-156左
（マモラ）シ（ム）（守）……20-165
ツカム マ ツラシ（ム）（侍）……20-71左
（ヤキコロサ）シむ（焼死）……20-59
（ヒモトメ）シむ（訪覓）……20-163
令作（割）……14-77左
ウタ（シ）む（令…攻之）……14-221
ウタ（シ）む（令…攻之）……14-221
（マツラ）（シ）む（祠）……14-229
（

索引篇 しめ-しわ 260

しめやかに　シメヤカニアリクハ（條徐歩）…… 14-61
しも　シ（モ）に（下）…… 20-152
　シ（モ）に（下）…… 20-154
　シ（モツ）（クタラ）の（カハタノムラ）に（下百濟河田村）…… 11-152
　シ（モッススカ）（下鈴鹿）…… 14-38
じゅごむのはかせ（呪禁師）…… 20-88
　シュ（ユ）コムのハカセ（呪禁師）…… 17-44
しもとはら（楉原）…… シモトハラ 羽木株
しらかべ（白髪部）…… 17-53
　シラカ（ヘ）（白髪部）…… 14-53
しらかみのたけひろくにおし（白髪武廣國押）…… 「ル」ハ「ケ」誤
　シラカミのタルヒロ（クニオシ）固名…… 20-88
しらが（白髪）…… 17-44
　シラカ（ヘ）（白髪部）
しらき（新羅）
　シラキノ（斯羅）…… 17-129左
しらさか（固名）
　シラサカ（ノイクヒヒメ）の（ヒメミコ）（白坂活日姫皇女）…… 17-67
しらしも（白霜）
　（カヘラ）サシトヽメシメヨ（令…還）…… 11-211
　シ（ラシメヨ）（令識）…… 14-131
　（オクラシメヨ）（令送）…… 14-19
　サカエシメヨ（紹隆）…… 14-147
　（タテマツラシメ）ヨ（令献）…… 14-186
　シ（ラシメ）ヨ（令識）…… 17-57

しらす（知）
　シラス（有天下）（御宇）…… 11-245
　アメノシタシラシ、（御宇）…… 11-31
　アメノシタシラス（御宇）…… 11-59
　しらふ→「こころしらふ（心通）」…… 11-34
　シリ□クラホネヲ「を」（後橋）…… 14-264
　シリカタウチキ（楚撻）…… 14-264左
　シ（リ）ツクラムテ（後橋）…… 20-194
　シ（リ）に（後）…… 20-215
　シリヘに（後）…… 17-215
　シリウタ（ケ）ヲリ（踞坐）…… 20-187
しりうたぐ（尻打上）…… 20-115
しりぞく（退）
　スヽメ退ケ（退）…… 14-415
しりへ（後方）
　シリへに（後）…… 17-215
しる（知）
　シ（ラシメ）ヨ（令識）
　シラム（登）…… 11-10
　セムスヘシラス（不知所如）…… 11-38
　スルスヘシラス（不解所由）…… 11-65
　シラス（不解）…… 14-43
　シラス（不知所如）…… 14-43左
　シラシメヨ（令識）…… 17-57
　シ（レ）リ（知）…… 17-25
　シ（レ）リ（知）…… 17-98
　シ（レ）知…… 17-283割

しるし（印）
　アマツシルシナリ（天之表焉）…… 11-82
　ノチノヨノシルシト（後葉之契）…… 11-82
　シルシを（節）…… 17-21
□シ□□をコノタマ□（愛文吏）…… 20-5
しるしふみ（文吏）
しるしめす→「しろしめす（領）」
しるす（記）
　カ（ムカヘ）シ（ルシ）て（検錄）…… 20-14
しるまし（怪）
　シルマシヲ（恠者）…… 11-330
しろ（白）
　（シロ）キ（白）…… 14-296
しろし（白）
　（シロ）キ（白）
しろしめす（領）
　アマツヒツキシロシメサス（未即帝位）…… 11-7
　シロ（シメシ）て（即）…… 11-58割
　シロ（シメサス）（不知）…… 11-74
　アマツヒツキシロシメス（即天皇位）…… 11-48
　アマツヒツキシロシメス（即天皇位）…… 14-29
　アマノヒツキシロシメス（践祚）…… 17-52
　シ（ルシメス）（シタシロシメ）（ノルハ「ロ」誤）…… 17-29
　（アメ）の（シタシロシメ）すスメラミコトの（ミタナリ）（御宇帝皇之屯田也）…… 11-33
　シロシメ セレトモ（知）…… 11-36
　シロシメセレトモ（知）…… 11-108左
　アマツヒツキシロシメセ（須即帝位）…… 11-15
しわざ（仕業）
　シワサ（行業）…… 14-431

シワサ（俗）……………… 17-246左

す

す（爲）
ツミセス（勿罪）……………… 11-37
セムスヘシラス（不知所如）……… 11-65
ツミセス（勿罪）……………… 11-257
アラハニセニマホシ（不欲露）……… 11-268
カリセムトチキリて（期校獵）……… 14-35
カリセム（ト）（校獵）……………… 14-35
カリセムト（校獵）……………… 14-35左
ノアソヒセムトス、メテ（勸遊郊野）…… 14-36
セムスヘを（所由）……………… 14-43
ツミセラル、に（刑）……………… 14-46
コトノリノノ[ア]ヘ[セ]ムト（野饗）……… 14-84左
セム（爲）……………… 14-91
ウカハセムトアサムキテ（僞使鸕鷀沒[水][捕][魚]）… 14-99左
ミタレヲミチニセルニアリテ（行亂於道）… 14-265
ウマハリセリト（產）……………… 14-281左
ウマハリセリト（消朱）（蓬蔂）……… 14-282割
トノヰセリ（侍宿）……………… 14-301
ヨソヒセシムルこと（裝）……………… 14-354
アヘセシ（饗）……………… 14-354
ヤスラカニセムト（欲寧）……………… 14-418
マツリコトセシム（修敎）……………… 17-51
セは（爲）……………… 17-86
御言ノリナセソ（莫宣）……………… 17-96
フカミセリ（深矣）……………… 17-143
ツミセラレむことを（謀）……………… 17-194
セルなり（所爲）……………… 20-148
ツミセシム（決罪）……………… 20-156左
家出セシム（令度）……………… 20-165
セムスヘ（所計）……………… 20-30
アマヨソヒセリ（被雨衣）……………… 20-190
アツミせり（厚）……………… 17-144
爲也（シム）（令着）……………… 17-206
（アラム）とシテナレ（ヤ）（有）……… 11-12
シタマヘルことは（爲）……………… 11-12
シタマヘリ（爲）……………… 11-17
ウタヨミシテ（歌）……………… 11-44
ノリコトシ（令）……………… 11-57
ナリハヒシヲウム（耕績）……………… 11-77
オホムコトノリシて（詔）……………… 11-96
ミコ、ロヲトクシ（削心）……………… 11-98
ホソカムトシ（防）……………… 11-126左
ヤマヒシて（發病）……………… 11-165
シタマフ（爲）……………… 11-224
（キス）マストシて（疊）……………… 11-263
カリシタマフ（遊獵）……………… 11-296
シ給（以）……………… 14-7左
ミネフリシタマヘリ（醉眠臥）……… 14-11
コ、ロヤフレシ（テ）（傷懷）……… 14-24
カリセムトハカルマネシテ（校獵）…… 14-35左
ヨハヒシて（呼）……………… 14-41
トシて（欲）……………… 14-84
オイタマハムトシて（置）……………… 14-86
タテマツリタマ[ハ][ム]トシて（欲貢）……… 14-89
ウカハスルマネシテ（僞使鸕鷀沒[水][捕][魚]）… 14-99
□リシ（タマ）フ（射獵）……………… 14-107
クチツ（ウ）タ□シ（[口][號]）……………… 14-117左
カリシ給（校獵）……………… 14-128
カリシタマヒて（安野）……………… 14-138左
イホリシト、マリヌ（營止）……………… 14-220
ヤマヒシテ「て」（値病而）……………… 14-256
シて（爲）……………… 14-331
タフサキシテ（着犢鼻）……………… 14-333
アヘタマハムトシテ（欲設）……………… 14-349左
シタマフ（爲）……………… 14-351
ミタマハムとシテ（欲自見）……………… 14-353
ネムコロニシて（慇懃）……………… 14-412
御病シタマフ（寢疾不預）……………… 14-415
ノチノ（ミコトノリ）シて（遺詔）……… 14-417
（ノチノ）ミコトノ（リ）シて（遺詔）…… 14-417左
ヤマヒシアツシレテ（遘疾彌留）……… 14-422
シタマフ（爲）……………… 17-6
シマツラム（爲）……………… 17-14
（コ）トシ（子）……………… 17-32
（コ）トシ（子）……………… 17-35
（アンチ）シて（安置）……………… 17-43
オコリスサヒシ（奢侈）……………… 17-151

ウラモヒシて（猶預）…… 17-172
ナメリコトシ（亂語）…… 17-176
（ツカヒ）にシ（テ）（使）…… 17-265
ヨソヒシテ（裝束衣帶）…… 20-29
（フネ）をタチシて（發舩）…… 20-45
ユルシタマフマネニシタマへ（陽賜豫）…… 20-138
ツミシタマフ（決罪）…… 20-156
ミカトヲカミス（拜朝）…… 11-144
ユルシマウノホ[ラ][セ][カ][ヘ]ニス（不肯聽上）…… 14-168左
アシクサカサマナルワサス「す」（暴虐）…… 14-326
マキリシス（參）…… 14-420右
ユミツル打ス（彈弓弦）…… 14-436
ユムツルウチス（彈弓弦）…… 14-436左
ツカサクラヰノマ、ニス（職位焉）…… 17-40
御言ノリス（宣勅）…… 17-96
ミコトノリス（宣）…… 17-99
ツカヒス（使）…… 17-211
ウツマネス（擊）…… 17-236
ノリカヘス（「カヘス」ハ「カエニス」ノ音便形）（不肯宣）…… 17-237
（ヨソホシム）ス（懶）…… 17-253
ミアヒス（嫁）…… 20-79
ミチタチス（發途）…… 20-144
ヲカミス（設齋）…… 20-170
ヲカミス（設齋）…… 20-178
ヲカミス（設齋）…… 20-178左
ヤマヒス（患疾）…… 20-179
（マサ）にツクラむとす（將治矣）…… 11-22
アラハにす（露）…… 11-100
ツ（キム）とす（將盡）…… 14-76
（ツフサ）にマ（ウス）ことをす（具爲陳）…… 14-244
（アシクサカサマナルワサ）す（暴虐）…… 14-326
（スメラミコトニツカ（へ）す（仕天皇）…… 14-400
[ツ][リ]す（釣）…… 14-407
（サリサリ）す（避脱）…… 14-436
ヨミスルことを（愛）…… 11-240
スルスヘシラス（不解所由）…… 14-43左
ウカハスルマネシテ（僞使鸊鷉没[水][捕][魚]）…… 14-99
ミカトカタフケムトスルことを（謀叛）…… 14-195
ツカサメシスル（能官）…… 17-251
カクスルコト（如此）…… 20-133
オコナ[ヒ][ス]ルこと（修行）…… 20-174
する（爲）…… 17-177
ス（ルマテ）に（及）…… 20-132
メクマムトスレトモ（欲愛）…… 11-156
セ[ヨ]（爲）…… 14-87
ウタヨミセヨ（歌賦）…… 14-117
ナウカハセソ（不令泛）…… 11-133
す（助動・尊敬）
イテタ、シテ（出立）…… 14-23
アタハシ（テ）（與）…… 14-64
アタハシ（テ）（與）…… 14-67
す（助動・使役）
ワツラハス（惱）…… 17-238
コハす（索）…… 14-437
ず（助動）
ホロヒサラクノミ（非亡耳）…… 11-137
ホロヒ、、サラムコト（存亡）…… 17-188
コノマサラマシカハ（不愛）…… 20-19
（ナニソ）ネムコロ（ナラサ）ラむ（何不…愍懃）…… 14-420
ウ（タサ）ラムヤと（不…伐）…… 17-186
全不全（存亡）…… 17-188左
ツカマツラ（サ）ラむ（弗事）…… 20-210
ミノラスシて（不登）…… 11-94
ウナカサレスシテ（不領而）…… 11-118
（カヘリ）タマハス（シ）て（不還）…… 11-194
カハラスシテ（不變）…… 14-330
オモホエスシテ「て」（不覺）…… 14-334
[ト][リ][ツ]カス（シ）て（不敬歸）…… 17-234
（ソノコ、ロサシ）を（ナサ）スナリキ（不滅成其志）…… 20-107
（ヒメミコ）ノ（ミ）をアラハニセニマホシ（不欲露皇女身）…… 11-268
ミヤコニユルシマウノホ[ラ][セ][カ][ヘ]ニス（不肯聽上）…… 14-168左
（クマタ）アマツヒツキシロシメサス（未即帝位）…… 11-7
ミコウタカヒタマハス（王勿疑）…… 11-15
イマタカヘリマウコス（未還）…… 11-27
アラストマ（ウ）ス（非之也）…… 11-34
ツミセス（勿罪）…… 11-37
イツ（キ）タマハス（不即皇位）…… 11-56

セムスヘシラス（不知所如）……11-65
カヤシリキリト丶ノヘス（弗割齊也）……11-76
ウハヌリセス（弗堊色也）……11-76
ヱカキカサラス（弗藻餙也）……11-76
スユリクサラスハ（不酸餧）……11-98
ノコリモノヒロハス（不拾遺）……11-114左
ユルシタマハス（不聴矣）……11-116
アマナハス（不和）……11-162
ウケユルサス（不聴）……11-172
カヘリコトマウシタマハス（不答言）……11-182
ト丶マリタマハス（不着岸）……11-187
カヘリコト[マ]ウシタマハス（默之不答）……11-204
マヒアヒタウハス（不肯參見）……11-217
アヒアヒタウハス（不奉見）……11-224
カヘリコトマウサス（不復命）……11-251
（シノヒ）てツミセス（忍之勿罪）……11-257
ミツキタテマツラス（不朝貢）……11-307
キエス（不泮）……11-339
モノモノタマハス（[不]語）……14-15
セムスヘをシラス（不解所由）……14-43
スルスヘシラス（不解所由）……14-43左
ヒタシタマハス（不養）……14-59
タテマツリアケス（不肯聴上）……14-168
ツクロハス（弗御）……14-176
ハムヘラス（不在（朱消））……14-197左
ユタニス（勿委）……14-369
ユタニシメス（勿委）……14-369左
カヘリコト申（サ）ス（不服命）……14-389
（ミツカラウシナフ）をオモホエス（不覺自失）……14-398
ヨ[ク][モ][ア]ラス（不可）……14-399
イハレス（不可）……14-399左
イノチミシカシトイフヘカラス（不…稱夭）……14-424
マウコス（不…來參）……17-226
ノリコタス（不肯宣）……17-234
（シタカハ）す（不下）……14-249
不奉仕也（勿使修職）……17-175
不從也（弗率）……17-183
トシエヌ（凶年）……11-154
ミツキタテマツラヌ（コト）を（闕貢之事）……11-168
（キサキ）のマシマサ[ヌ][ト]キを（皇后不在）……11-185
ト丶マリタマハヌこと（不着岸）……11-188
タテマツラヌコト（闕貢）……11-308
[ア][リ]カヌ所（不行）……14-101
ヨウモアラヌカ（不可乎）……14-138左
サタカナラヌ（コ丶ロ）（不貞心）……14-335左
タ丶シカラヌ（コ丶ロ）（不貞心）……14-335
タラヌ（トコロ）を（所短）……17-248
タラヌ（トコロ）（所乏）……20-133
タテタマハサルことを（非立）……11-37
ツカサルコト（アリ）（有不給者）……11-95
ヨカラサルカ（不可乎）……14-138
タテマツラサルこと（不入）……14-205
ナトカカヘリコトマウサ丶ル（何不服命）……14-390
麻ウマサ（ル）こと（不續績歟）……17-54
すがた（姿）
スカタ（形容）……14-82
スカタ（容儀）……14-63
スカタ（容儀）……14-108
すがる（固名）
スカルに（蜾蠃）……14-158
すぐ（過）
スキマス（逝）……11-68
スキタリ（慟）……11-73
スキタマヘリ（慟）……11-73左
スキタリ「たり」（過）……14-164
スキタリ（冠）……14-195
スキ行トキ（過）……20-142
スキタマヒシ（死）……20-210
（ニハ）をワタル「スク」（過庭）……14-60
スクルを（過）……17-236
すくな（固名）
スクナと（宿儺）……11-343
すくふ（救）
スクフ（振）……11-361
スクフ（コト）（拯）……17-185
スクフコト（拯）……17-185左
すぐり（村主）
ムサのスクリアヲ（身狹村主青）……14-95
ムサのスクリ（身狹村主）……14-204

ムサのスクリアヲ（身狭村主青）……14-290
ムサのスクリアヲ（身狭村主青）……14-306
すぐる（選）
スクレルイクサを（授精兵）……11-310
すぐる（勝）
スクレタ（クミナル）を（勝工）……11-143
スクレタルヒトト云（秀者）……14-177
スクレテ（逸）……14-283
すこし（少）
スコシキナル（小雄）……14-171
スコシキナルを（小）……17-227
ずごむ→「じゅごむ（呪禁）」
すさぶ（荒）
オコリスサヒシ（奢侈）……17-151
すし→「きし（君）」
すす（君）→「きし（君）」
ス丶（君）……14-143
すすき（薄）
（チ）ス丶キを（茅萩）……11-339
すずし（涼）
ス丶シキツキ（作陰之月）……14-39左
ス丶（シ）キ（ツキ）（作陰之月）……14-39
すすむ（進）
ス丶マシム（進）……14-386
ノアソヒセムトス丶メテ（勸遊郊野）……14-36
[ス][丶]メ退ケ（賞罰）……14-415
[ス]（スメ）[マ]（ツリ）て（勸進）……17-19
ス丶メタマ（フ）（勉）……17-56
すずめ（雀）
ス丶メ（雀鳥）……20-207
すだ（固名）
ス（タ）の（「ス」ハ「ウ」ノ誤歟）（菟田）……14-163割
すつ（捨）
スツ（投）……20-156
ミヲスツル（ヘキトコロ）を（萬死之地）……17-193左
すでに（既）
ステニ（便）……11-23
ステに（全）……17-198
（ステ）にオホミヤをウチにタテ（テ）（既而興宮室於菟道）……11-54
（ステ）に（ミチ）て（既滿）……11-101
（ステ）に（トメリ）（既富矣）……11-104
（ステ）に（ミトセヲ）ヘヌ（既經三年）……11-113
（ステ）に（ムナシ）（已空）……11-113
（ステ）に（メトリ）の（ヒメミコノタマ）に（ニタリ）（既似雌鳥皇女之珠）……11-279
（ステ）に（ヤツカレ）か（ツミ）を（ユルシ）タマヒツ（既赦臣罪）……11-288
（ステ）にマコト（ナリ）（既實也）……11-300
（ステ）にシタリと（イヘトモ）（雖既亡）……11-322
（ステ）にナツを（ヘテ）（既經夏月）……11-339
（ステ）に…（アタ）レリ（既當）……14-146
（ステ）に（既）……14-180
（ステ）に（既）……14-397
（ステ）に（已）……14-428
（ステ）に（便）……17-207
（ステ）に（既）……17-208
（ステ）に（シル）人（ナシ）（既無識者）……20-22
すなき（少）→「すくなし（少）」
スナキを（小）……17-64
すなはち（卽）
スナハチ（卽便）……14-67
すぶ（領）
スヘヲサメタマフ（領制）……14-434
すべ（術）
スルスヘシラス（不解所由）……14-43左
セムスヘ（所計）……20-30
セムスヘシラス（不知所如）……11-65
セムスヘを（所由）……14-43
すべて（總）
（スヘ）て（凡）……17-217
すべらみこと（天皇）→すめらみこと（天皇）
スヘラミコト（天皇）……14-94
ミス[ヘ]ラミコト（天皇）……14-113
スヘラミコトノ（帝）……17-23
すほ（病）
ス[ホ]（存疑）（病）……17-280
すまひ（相撲）
スマヒトラシム（使…相撲）……14-334
すみのえ（固名）
すみのえのなかつみこ（固名）
スミノエの（住吉）……14-345
スミノエノナカツミコト（住吉仲皇子）……11-87
すみやかに（速）

トクスミヤカニ（澹々）……11-135
スミヤカに…をナシ（促爲）……14-221
（スミヤカ）にマカレ（急往）……11-29
（スミヤカ）に（カヘラ）シメヨ（令速還）……11-211
（スミヤカ）に（急）……11-270
（スミヤカ）に（急）……11-273
（スミヤカ）に…（オクラシメヨ）（速令送）……14-147
（スミヤカ）にメ（セ）（急召焉）……20-118
ス（ミヤカ）に（イクサ）を（オコシ）て（遽興兵）……20-131
すみゆたか（清豊）
スミユタカ（ニシ）て（清泰）……17-249
すむ（住）
ト丶マリスムこと）（淹留）……17-253
（ト丶マリス）ム（留住住）……14-277左
すむさか（墨坂）
スムサカの（カミ）（墨坂神）……14-163割
すめらみこと（天皇）→すべらみこと（天皇）
スメラミコトの（帝皇）……11-33
スメラミコト（乘輿）……11-216
スメラミコト（車駕）……11-225
スメラミコトに（御所）……11-341
スメラミコト（車駕）……14-79
スメラミコトノ（天皇）……14-404
スメラミコト（帝王）……17-55
スメラミコト（帝）……17-242
ス（メラミコト）（天皇）……14-113右
すゆる（饐）
スユリクサラスハ（不酸餧）……11-98
すら（助詞）
ウチツクニスラ（邦畿之内）……11-94
すらぶ
スラヒタマハム（ト）（存疑）（將刑）……14-311
する（磨）
（カタ）スリ（摩肩）……17-177
すわる（坐）
ス（ワラシム）（使坐）……20-116
すゑ（末）
スヱは（末）……11-325
キノスヱに（樹巓）……17-142
すゑつくりべ（陶部）
スヱツクリヘ（陶部）……14-200
（スヱ）作也（へ）（陶部）……14-200右

せ

せきひめ（固名）
サキ（ヒメ）（「サ」ノ誤ハ「セ」）（關媛）……17-66
セ（キヒメ）（關媛）……17-66右
せく（塞）
セカル丶こと）（塞）……11-129
セ（キカタキ）（難塞）……11-131
せしむ（王子）
セシム（王子）……14-401割左
セシム（ラ）を（王子等）……20-136左
せまきし（嶋君）
セマキシ（ト）（嶋君）……14-149
セマ（キ）シ（ト）（嶋君）……14-149
セマ（キシヲ）（嶋君）……14-149
せむ（攻）
ミコ丶ロサシヲセメテ（約志）……11-98
セメウチて（薄伐）……14-240
セメ（シメタマフ）（責讓）……14-320左
セメ（小）……14-419
セメハキて（逼脱）……17-156
セメて（嘖讓）……14-335
セメて（數）……20-56
セメて（訶責）……20-190
セ（メトヒ）給（逼問）……14-14
コロヒセム（詞責）……11-286
（セ）ム（迫）……11-270
（ミ）を（セ）む（責身）……11-109
せる→「けす（着）」

そ

そ（助詞）
ナウカハセソ（不令泛）……11-133
ナトリソ（莫取）……11-269
ナウコカシソ（無動）……11-330
ナカヨヒソ（勿使通）……14-193
ナイマシソ（無住也）……14-234
ナアツカラシメソ（莫預）……14-360

ナクハ（ハ）ラシメソ（莫預）……14-360左
ナアナツラシメソ（勿令悔慢也）……14-432割
御言ノリナセソ（莫宣）……17-96
ナワツラヒソ（勿煩）……17-190
ナオコタリソ（莫懶懈）……20-70
カヘリテナアサムカレタマヒソ（莫翻被詐）……20-140
ぞ（助詞）
（コレナニ）のミツソ（是何瑞也）……11-79
（イカニ）ソイ（タツラニ）…サマタケムヤ（何徒妨…乎）……11-157
（イツクニ）ソ（ヨク）…ナ（ラ）む（ヤ）（何能爲…乎）……11-163
カノ（オホニヘ）は（ナニモノ）ソ（其苞苴何物也）……11-237
イツコノシカソ（何處鹿也）……11-237
（コ）レ（ナニ）のサカソ（是何祥焉）……11-245
（ナニ）ソ（キス）マストシ（シテ）（何疊矣）……11-263
（コレナニトリ）ソ（是何鳥矣）……11-292
（ナニ）ソ（シニタルヒトノ）サトリ（ナカラム）ヤ（何死人之無知耶）……11-322
（ナニノ）ムロソ（何窨窟矣）……11-337
（イツクニ）ソ（安）……14-66
イツコのキミソ（何處公也）……14-109
アラヒト（カミ）ソ（現人之神）……14-109
エハシトソ（女郎）……14-142割
（ユキ）て…（ウツ）ソ（行…撃）……14-246割
イツコニアリシヤツコソ（何處奴）……14-335
イカソ（何）……17-209
オモカラムモノソ（應重矣）……17-262
そがのからこのすくね（固名）
（ソカ）のカラコの（スクネ）（蘇我韓子宿禰）……14-235
そこ（其）
□コに（彼）……17-277
そこ（塞）
ソコを（壘塞）……20-141
そこなふ（損）
ソコ（ナハムトスル）ことを（将害）……14-16
ナヤマシソコナヒ（惱害）……17-151
ソコナヒて（壞）……17-198
そこばく（若干）
ソコハ（ク）（若干）……20-87
そこらに（若干）
ソコラにコエヌ（踰若干）……14-424
そしり（謗）
ソシリ（刺）……17-94
そしる（謗）
ソシラ（ス）（不非）……17-248
そつひこ（固名）
ソツヒコに（襲津彦）……11-287
そなへ（備）
ソナヘを（具）……14-221
そねむ（嫉）
ソネム（怨）……14-258左
その（其）
ソノハラを（其腹）……14-209
（ソ）ノ（オホムタカラ）（其百姓）……11-146
（ソ）ノ（のノチナリ）（其後也）……14-299
（ソ）のサカナイを（其悪）……11-36
（ソ）のツ（ツミ）（其堤）……11-130
（ソ）のツ（ツミ）（其堤）……11-136
（ソ）の（ミ）（其身）……11-136
（ソ）の（ヒ）（卽日）……11-161
（ソ）のトレ（ル）（其所採）……11-186
（ソ）の（セ）（其兄）……11-206
（ソ）の（コヱ）（其聲）……11-233
（ソ）の（ヒト）（其人）……11-240
（ソ）の（ミ）に（其身）……11-247
（ソ）の（ヒ）（卽日）……11-300
（ソ）のミツキタテマツラヌコトヲ（其闕貢）……11-308
（ソ）の（オホキ）サ（其太）……11-332
（ソ）の（カタチ）（其形）……11-335
（ソ）のヲサメタルサマ（其藏）……11-338
（ソ）のトリてミネマセルを（其熟睡而）……14-11
（ソ）の（クニ）に（其國）……14-186
（ソ）の（トキウマ）に（ノレルヒト）の（其乘駿馬者）……14-285
（ソ）の（ナ）を（其字）……20-23
（ソ）の（サキ）のアトに（彼前例）……20-98
そふ（添）
ソヘて（副）……14-185

ソフ（副）……11-224左
ソフルこと（加）……14-177
ソフルコト「こと」（加）……14-176
そみのやま（固名）
ソミノ（ヤマ）に（素珥山）……11-270
そむく（背）
ソムキイツハリて（背誕）……14-205
ソムキタテマツラムヤ（背）……14-226
ソムキオソヒて（反掩）……17-180
ソムク（叛）……11-360
ソム（ク）（反）……17-185
ソムクモノヲ（逆節）……14-269
ソ（ムク）ことを（叛逆）……17-172
ソムケリ（相背）……11-344
それ（其）
（ソ）レ（其）……11-107

た

た↓「たつくる（耕）」
た（手）
タノアヤマチに（手誤）……14-334左
たいほ（別業）
タイホ（別業）……17-6
たうばる（似）
タウハレリ（似）……14-63
タウハレリ（相似）……14-108
たうばる（賜）
（ウケ）タウハ（ラムト）（請）……20-138左
たうぶ（賜・四段）
マヒアヒタウハス（不肯参見）……11-217
メシイレタウフ（納）……11-185
たうぶ（賜・下二）
キヽタウヘて（聞）……20-127
たえま（斷間）
（コハクヒ）のタエマ（强頸斷間）……11-137
たかかひべ（養鷹部）
（タカ）カヒ（ヘ）を（鷹甘部）……11-297
たかきひと（貴人）
タカキヒトを（大人）……17-213
たかし（高）
タカク（聳）……14-283左
タカキミクラを（天位）……14-18
タキタカキ（長）……14-107
たかつのみや（固名）
タカツノミヤと（高津宮）……11-75
たかどの（樓）
タカトノに（高臺）……11-90
タカトノに（臺上）……11-103
タカトノに（樓）……14-6
タカトノの（樓）……14-10
タカトノを（樓閣）……14-308
（タカ）トノに（高臺）……11-232
たかぬきのはら（固名）
（タカ）ヌキの（ハラ）にて（高拔原）……14-351左
たかはせ（固名）
タカハセを（竹葉瀬）……11-308
たがひに（互）
タカ（ヒ）に（ノラ）シ（メ）て（牙乘）……20-44
たかぶ（高）
タカフ（矜）……17-178
たがふ（違）
（チカヒ）に（タカ）へは（違盟）……20-101
たかみくら（天位）
タカミクラを（天位）……14-18左
タカ御倉を（壇）……14-48
たかむこ（固名）
タカ（ムコ）に（高向）……17-8
たからもの（財物）
タカラモノを（資財）……14-323
たき（大・長）
タキタカキ（長）……14-107
たくはた（固名）
タクハタイラツヒメの（ヒメミコ）（栲幡姫皇女）……14-54割
タクハタの（ヒメミコ）（栲幡皇女）……14-96
たくはへ（貯）
タクハヘ（儲）……11-114
たぐひ（類）
タクヒ（類）……11-293
タクヒハマレシアラム（罕儔）……14-177
タクヒマレラナラム（罕儔）……14-177左
たくまし（逞）
タクマシ（伉健）……14-4

索引篇 たく-たち 268

タ（サ）滞沙……17-131
たしか（確）……17-131
タシカナリ（切）……14-195
タシクタシナキヲ（困窮）……11-361
タシブ（率）……14-98
たしらがのひめみこ（固名）（手白香皇女）……17-45
タシ（ラ）カ（ノヒメミコ）を（誘率）……17-45
たす（足）……20-133
クラ（ヒ）オ（モノ）をタシ（足食）……20-133
たすく（助）……11-15
タスケマツルノミ（助耳）……14-245右
アヒタスケて（推穀）……17-48
タスケ（ヤシナフ）ことを（助養）……17-249
タスケ（明佐）……17-249
タスケに（佐）……14-181
タスケを（媛）……17-186
タスケ（ケ）ノマンニは（所贊）……17-186
（アヒタスケ）ヨ（相助）……14-245
たすけ（助）……14-432割
ただ（唯）……14-425
ただ、（止）……14-251
たたかふ（鬪）……11-121

たくみ（巧）
タクミナルモノ（巧…者）……14-184
スクレタ（クミナル）を（勝工）……14-143
たくみす（巧）
タ[ク]ミスルモノを（巧者）……11-186
たくめ（專）
タクメ（オコナヘ）（專行）……14-186
タクメ…に（ヨ）レ（ル）に（專由…）……17-190
たけし（健）……20-185
タケシ（猛幹）……11-313
タケク（猛幹）……14-4左
タケクツヨシ（猛幹）……14-4左
タケキヒト（敢死士）……14-328
イツクシ（ク）タケ（キ）（嚴猛）……20-118
たけひろくにおし→「しらかみのたけひろくにおし（固名）」
たけぶ（建・四段）……14-4右
タケハシメて（叱）……14-386
たけぶ（建・上二）……11-347
タケフルクマ（固名）（武振熊）……11-347
たけふるくま（固名）
タケフルク（マ）を（武振熊）……11-347
たける（感）
フミタケヒシメて（蹈叱）……11-254
タケリて（感）……14-408
たけをひろくにおしたて（固名）
タケヲ□クニオシタテ（武小廣國押盾）……20-4割

たさ（固名）
タケヲ□クニオシタテ（武小廣國押盾）……20-4割

ただし（正）
タ、シカラヌ（不貞）……14-335
タ（ヒラニ）タ（タシク）（正直）……17-181
タ（タ）に（ワ）か（ミ）をホ（ロホサ）む（徒亡吾身）……14-335
ただに（直）
タ、チに（直）……17-155
タ（タチ）に（輙軽）……14-335
タ（タチ）に（直）……17-155
□タ□□（腕）
タ□□□（崇）……20-31
ただむき（腕）
タ、ムキノ「の」（腕）……11-134
タ、ムキを（臂）……14-115
タ、ムキを（臂）……14-115左
タ（タ）レリ（崇）……11-295
たたる（崇）
タ（タ）レリ（崇）……11-295
たたよふ（漂）
タ、ヨ（ヒ）て（漂泊）……20-158
たち（太刀）
タチを（刀）……20-180
たち
（タ）レ（ス）（不爛）……17-255
タチヲ（大刀）……17-256
タチを（刀）……14-78
たち（接尾）
マチキムタチに（羣臣）……20-206
キハメタ、カヒ（テ）（力鬪）……11-121
マ（チ）タ、（カフ）（逆戦）……14-383
イクサノキミタチニ（行軍元□等）……14-218

御子タチ（賢者）……17-20
（マツキミ）タチを（羣臣）……20-14
たち（發）→「たつ（發）」
（フネ）をタチシて（發舩）……20-45
ミチタチス（發途）……20-144
たつ（發）→「たち（發）」
フナタチテ（發舩）……20-45左
たぢ（固名）
タチを（田道）……11-310
たぢから（租）
田力ミツキを（租賦）……14-327
たちどころ（立所）
立處（ニシ）て（移行未遠）……14-104左
たぢひ（固名）
タチヒの（丹比）……11-151
たちまちに（忽）
（タチマチ）に（タチ）て（忽起）……11-134
（タチマチ）にアマタノキタシを（エ）ツ（「キタシ」ハ「キ、シ」ノ誤）（忽數十雉）……11-296
（タチマチ）にフタツのクヌキ（オヒタリ）（忽生兩歷木）……11-324
（タチマチ）に（シロキカ）にナ（リ）てニク（忽化白鹿以走）……11-328
（タチマチ）に（ノ）の（ナカ）ヨリ（オコリテ）（忽起野中）……11-349
（タチマチ）に（シヌル）ことを（忽死）……11-350
（タチマチ）にコ（タヘ）申こと（忽…對）……14-78
（タチマチ）に…を（ミユ）（忽見）……14-107
（タチマチ）に（トヒキ）て（忽然飛來）……14-116
（タチマチ）に…に（ア）ヘリ（忽然逢）……14-187
（タチマチ）に（忽）……14-304
（タチマチ）に（便）……14-311
（タチマチ）ニ（便）……14-408左
急に（忽）……17-110
（タチマチ）に（ソノコ、ロ）を（サトリ）て（便覺其意）……20-115
（タチマチ）に（便）……20-193
たつ（龍）
タツの如（キ）アカリ（龍驤）……14-269
たつ（立・四段）
タ、（ス）（不起）……11-91
イテタ、シテ（出立）……14-23
タチテ（發）……11-41
タチテ「て」（隨）……17-215
タチて（隨）……20-115
立也（ムカハ）ムト（シ）て（欲發向）……17-90
タツ（發）……17-27
（カセ）の立（カコトシ）（如風發）……17-187
タテリ（發）……14-283
たつ（立・下二）
タテタマハサルことを（非立）……11-37
タテ（テ）（興）……11-54
タテ（テ）（進）……11-71
タテ、（蹻）……14-193左
タテ、（興建）……17-171
タテて（起）……17-215
立也（蹻）……14-193
タツ。（起）……20-205
タツル（トコロ）を（起處）……14-103
タツルに（樹）……17-48
たつくる（耕）
タツクリヲウム（トキ）を（耕績之時）……11-77左
田ツク（ラサル）こと（不耕）……17-54
（タ）ツ（クリ）て（耕）……17-55
たづさはる（携）
タツサハて（携手）……14-83
たづさふ（携）
タ（ツサヘ）て（携）……11-118
たて（楯）
タテ（楯）……11-139
タテ（楯）……14-387
（タケヲヒロクニオシ）タテ（ノミコト）（武小廣國押楯尊）……17-53割
たてまだす（遣）
タテマタサムヤ（送歟）……14-22左
タテマタシて（遣）……11-192
タテマタシタマヘ（奉遣）……14-145
タテマタシて（奉遣）……17-26
タテマタシモテノチニ（奉）……17-260
オクリタテマタヒテ「て」（侍送）……14-113左
タテマタイて（奉遣）……20-117
タ（テマタス）に（奉遣）……20-120
たてまつる（貢）
ミツキタテマツラ（ス）（不朝貢）……11-167

索引篇　たて－たは　270

ミツキタテマツラヌ（コト）を（闕貢之事）…… 11-168
ミツキタテマツラス（不朝貢）…… 11-307
ミツキタテマツラヌコトヲ（闕貢）…… 11-308
タテマツラヌコトヲ（闕貢）…… 11-88
タテマツラサルこと（不貢）…… 14-206
進也（ス）（不輸）…… 14-327
アサノミソキタテマツリて（素服）…… 11-72
タテマツリタマハムトシて欲貢…… 14-89
タテマツリシ（トキ）に（進…時）…… 14-357
タ（テマツリ）て（貢税調）…… 11-115
タテマツ（リ）テ（上車）…… 14-140
タ（テマツ）リ（献）…… 14-142
ミツキタテマツリて（貢献）…… 17-84左
フミタテマ（ツリ）表…… 17-84左
（ミツキタテマツ）リ（進調）…… 11-92
ミツキタテマツル（貢献）…… 11-138
ミツキタテマツル朝貢…… 11-169
ミツキタテマツル（貢献）…… 11-326
タテマツル朝貢…… 14-73割
タテマツル貢進…… 14-147
タテマツル（貢献）…… 14-161
モノタテマツル（奉遣）…… 20-92
ミカタをタテマツル（送…像）…… 20-206
たてまつる（奉）…… 20-87
シノヒコトタテマツル（誄）…… 14-239左
タテマツルトモ（貢）…… 14-344右
（クレ）のタテマツル（呉所献）…… 14-344右

タテ（マツル）（献）…… 11-60
タ（テマツル）（所献）…… 11-141
タテマツレル（所献）…… 14-189
タテマツレル（所貢）…… 14-294
タテマツレル（所献）…… 14-357
オホニヘタ（テマツ）レリ（献苞苴）…… 11-236
タテマツ（レル）（献）…… 11-291
（タテマツ）レルフミ（上表跡）…… 20-344
たてまつる（補助動）…… 20-22
カエシタテマツラシム（令還）…… 11-192
ソムキタテマツラム（背）…… 14-226
ヒタシタテマツラム（奉養）…… 17-8
（ムカヘ）奉（シメタマフ）迎進…… 14-81
（クヒ）奉（ムトス）欲噬…… 14-132
（ソムキ）奉（ムヤ）背…… 14-226左
（ユルシ）進（セ）カ（ヘニス）聴上…… 14-112
オクリタテマツリタマ（ヒ）て（侍送）…… 14-113
（ユルシ）タテマツリアケス（不肯聴上）…… 14-168
サシシセ奉ツ（刺殺之）…… 14-11
ミセタテマツル（奉示）…… 14-206
（オソリ）奉て（懼）…… 14-165
（ムカヘ）タテマ（ツル）迎…… 14-15
ネキラヒタテマツルこと（勞）…… 11-71
ミカトカタフケ奉ことを（謀叛）…… 17-247
シノヒコトタテマツル（誄）…… 17-247
タトヒ（譬）…… 14-427
たとひ（譬）…… 14-427
たとへば（例）

（タトヘ）は…にケナルこと（ナ）シ（譬無異於…）…… 14-139
（タヘ）タナカミの（谷上）…… 14-297右
たなかみ（固名）…… 14-297右
たなすゑ（手末）…… 14-197
タナスヱノテヒト（手末才伎）…… 14-197
たなつもの（穀物）…… 11-94
（イツ）ノタナツモノ（五穀）…… 11-101
タナツモノ（穀稼）…… 17-250
（イツ）のタナツモノ（五穀）…… 17-250
たに…… 11-94
たにかひ（谷合）…… 17-16右
タニカヒに（丹谷）…… 17-16
タニカミ（谷上）…… 14-297
タニカミの（谷上）…… 14-297
タニカミの（固名）…… 14-297
タニムカヒに（丹谷）…… 14-108右
タニムカひ（谷向）…… 14-108
（ヤマ）タニ（ヨリ）（山壑）…… 14-108
（ヤマ）タ（ニ）（山壑）…… 14-40
タ（ノ）（頼）…… 14-40
たのむ（頼）…… 14-40
たのしび（樂）…… 17-184
タ（ノシヒシメ）て（娯）…… 17-184
タ（ノ）みて負…… 17-184
たばかり計略…… 17-247
タハカリ（計略）…… 17-247
たばかる（計）…… 20-109
タハカリ（大略）…… 20-109
タハカリ（相計）…… 20-109

（アヒ）タハカリて（相計）……20-145
たはく（戯）
タハケタルことを（婚）……11-256左
たはたけ（田畑）
タハタケ（田圃）……11-122
たび（度）
（ミタ）ヒョムテ（三呼）……11-66
たひら（平）
タ（ヒラニ）タ（タシク）（正直）……17-181
たひらか（平）
タヒラカニマス（生）……20-210
タヒラ（カニマス）（生）……20-210左
たふ→「たゆ（絶）」
たふさぎ（犢鼻褌）
タフサキシテ（着犢鼻）……14-333
たふる（仆）
タフレ（仆）……11-350
タフレて（顚）……14-310
タ（フレ）（仆）……14-310
タフル（[邀]）……14-45
たへ（畔）
タヘ〔ヘタ歟〕の（畔）……20-157
たへくふ（遮咋）
タヘクフ（遮囓）……20-47
たまかづら（玉縵）
（タマ）カツラ（玉縵）……14-352
たまき（手纏）
タマキを（手纏）……11-318
たまきのみや（固名）
マキムクノタマキの（ミヤ）（纏向玉城宮）……11-31
たまきはる（枕詞）
（タ）マキハル（多莽耆破屢）……11-301
たまさかに（適）
タマサカニ「に」イエ（タリ）と（イヘトモ）（適逢獮獲）……11-241
たましひ（魂）
タマシヒオモヘリ（神色）……14-330
コ、ロタマシヒ（精神）……14-425左
たまて（固名）
タマテ（トイフ）（曰玉代）……11-283
たまひもの（賜物）
タマヒモノ（賞祿）……17-161
タマ（ヒ）モノツミを（賞罰）……17-190
たまふ（補助動）
マウシタマハク（諮）……11-7
ウタカヒタマハス（勿疑）……11-15
タテタマハサルことを（非立）……11-37
イツ（キ）タマハス（卽皇位）……11-56
マウシタマハク（曰）……11-69
マウシタマハク（言）……11-106
ユルシタマハス（聽矣）……11-116
ミイメミタマハク（夢）……11-127
マ（ウ）シタマハク（曰）……11-174
カヘリコトマウシタマハス（不答言）……11-182
ト、マリタマハス（不着岸）……11-187
ト、マリタマハヌことを（不着岸）……11-188
トマリタマハ（ス）（不泊）……11-191
（カヘリ）タマハス（シ）て（不還）……11-194
カヘリコト[マ]ウシタマハス（默之不答）……11-204
マウシタマハク（言）……11-223
マヒアヒタマハス（不奉見）……11-224
（トヒ）タマハク（問）……11-237
（ユルシ）タマハ（スシ）て（不許）……14-30
ヒタシタマハス（不養）……14-59
オイタマハムトシ（置）……14-86
タテマツリタマ[ハ][ム]トシて（欲貢）……14-89
スラヒタマハム（刑）……14-311
（クレヒト）にアヘタマハムトシテ（欲設吳人）……14-349左
（ミツカラ）ミタマハムとシて（欲自見）……14-354
アヘタマハ（スシ）て（不饗）……20-40
（ヲサメ）タマハ（スシテ）（不納）……20-95
（シロシメシ）タマ（ハスシテ）（不知）……11-252
（マウシタ）マハク（奏言）……11-267
[申]給（ク）（曰）……14-110
（ミ）給（ス）シて（不見）……14-166
クミシ給（スシ）て（不與）……14-137
物忌（シ）給（ス）（不齋戒）……14-165
（ミ）給（ムト）（爲）……14-178
コロ（サセ）給シム（將誅之）……14-231
（マウシタマ）ハク（曰）……14-356
ウケタマ（ハスシ）て（不信）……20-5
（ツミナヒ）タマ（ハ）む（誅）……20-27

（ヲサメ）タマ（ハスシテ）（不納）……20-95左
（ヲサメ）タマ（ハスシテ）（不納）……20-104
（カヘシ）タマ（ハ）シ（ト）（弗還）……20-117
（ホロホシ）タマ（ハムト）（失滅）……20-131
タマ（ハス）（不肯）……20-184
（オヨヒ）タマヒて（及）……11-5
カタクイナヒタマヒテ（固辭）……11-19
（アサノミソ）キタマヒ（テ）（服布袍）……11-42
アサノミソキタマヒテ（布袍）……11-42
ヲヒタマヒヌ（死焉）……11-63
カムサリタマヒヌと（薨）……11-64
イキテタマヒヌ（活）……11-66
カナシヒタマヒて（爲之發哀）……11-73
［ミ］［セ］タマヒて（示）……11-156
（ユルシ）タマヒツ（赦）……11-289
（ヨミシ）タマヒ（嘉）……14-116
カリシタマヒて（安野）……14-138左
カクレタマヒヌ（却入）……14-166
承タマヒて（銜）……14-186
ヨサシタマヒシ（所封）……17-202
ミコヽロアヨキヒタマヒて（愀然）……20-13左
ホメタマヒテ（爲讚美）……20-18
（ツカハシ）タマヒて（遣）……20-122
カヘリテナアサムカレタマヒソ（莫翻被詐）……20-140
スキタマヒシ（死）……20-210
メクミシタマ（ヒ）テナリ（愛）……11-12
アサノミソキタ（マ）ヒテ（素服）……11-72左

マウサシメタマ（ヒ）テ（令奏）……11-223
（ウマ）レタ（マヒ）て（產）……14-4
…に（マクラシ）給て（枕…）……14-10
（オトロキ）給て（驚）……14-13
（キリ）給ツ（斬）……14-15
（コロシ）給ツ（誅）……14-44
（ウタカヒ）給て（疑）……14-59
ナシ給て（生）……14-66
（イカリ）給（テ）（［怒］）……14-71
（イカリ）給て（怒）……14-78
（ウケ）タマ［ヒ］て（受）……14-88
（ウタカヒ）給て（疑）……14-102
オクリタテマツリタマ（ヒ）て（送）……14-113
（シ）給て（欲）……14-115
（フミコロシ）給ツ（踏殺）……14-133左
（カナシヒ）給て（悲）……14-136
カリを（シ）給て（安野）……14-138
御惠（ラキシ）給て（咲）……14-159
（カシコミ）給て（畏）……14-166
ナケキ給て（頽歎）……14-244
（コト）の（コヱ）を（サトリ）給て（悟琴聲）……14-317
ワカレ給て（辭訣）……14-416
コトワリタマ（ヒ）て（判）……17-107
オモホシイタミタマ（ヒ）て（感痛）……17-145
（トリタ）マヒて（執）……20-15
ウタカヒタマ（ヒ）て（猜）……20-40
ヲ［サ］メタマ（ヒ）て（供給）……20-129

（ノソミ）タマ（ヒ）て（望）……20-139
オラヒナイタマフて（叫哭）……11-65
ウレシヒタマフて（和顏悅色）……14-82
（サカシキ）をキヤマヒタマフて（禮賢）……17-9
（オキ）タマフシ（ヨリ）（置）……17-220
（モテシ）タマフ（以）……11-17
（ユツリ）タマフ（讓）……11-19
（トヒ）タマフ（問）……11-30
（マモラ）シメタマフ（令守）……11-39
ワタシタマフ（濟）……11-43左
（タテマツラシメ）タマフ（令進）……11-58
（タテマツラシメ）タマフ（令獻）……11-58
アヘタマフ（饗）……11-140
（ウラミ）タマフ（恨）……11-186
（マチ）タマフ（待）……11-188
メシタマフ（喚）……11-203
シタマフ（爲）……11-224
（カヘリ）タマフ（還）……11-225
サカリタマフ（避暑）……11-232
オ（コシ）タマフ（起）……11-233
（シ）タマフ（爲）……11-251
（トヒ）タマフ（問）……11-279
カリシタマフ（遊獵）……11-296
（トハシメ）タマフ（令問）……11-308
ノソミタマフ（臨）……11-328
ミアソヒタマフ（遊目）……14-6
セ（メトヒ）給（逼問）……14-14
カムカヘトヒタマフ（案劾）……14-17左

（ヤキ）タマフ（燔）……14-30
（イコロシ）タマフ（射□）……14-42
ナシタマフ（生）……14-68
（イリ）タマフ（入）……14-83左
カラシメタマフ（駈）……14-115
ト、メタマフ（止之）……14-137左
アィサメマツリタマフ（止之）……14-137
シ、コノムタマフトマウサム（好獸）……14-138
申タマフ（使…命）……14-198
マツラシメタマフ（祠）……14-229右
ツマ（シメ）タマフ（使聚積）……14-304
（サツケ）[タ][マ][フ]（付）……14-311
コロ（ハ）シメタマフ（使責譲）……14-320
ユルシタマフ（赦之）……14-340右
（クレヒト）にアヘタマフ（饗呉人）……14-351
イヒタケヒト（ト）シタマフ（爲共食者）……14-351
カナシヒタマフ「給」（傷哀）……14-355
イナチタマフヤ（「ナ」ハ「サ」ノ誤）（泣乎）……14-355
（キサキ）にヨサシタマフ（封皇后）……14-363左
ウツクシヒメクムタマフ（愛寵）……14-371
（ネヤマヒ）シタマフ（寢疾不預）……14-415
ユタネタマフ（付）……14-415左
ナケキタマフ（歔欷）……14-417
スヘヲサメタマフ（領制）……14-434
メクミタマフ（寵待）……17-29左
イタリタマフ（行至）……17-30
□[ル]シタマフ（可）……17-46左
ユルシタマフ（可）……17-46
イタミタマフ（傷惻）……20-12左
ツミシタマフ（決罪）……20-156
カサヤムタマフ（患於瘡）……20-195
シ給（以）……14-7左
（キサキトシ）タマ（フ）（爲大皇后）……14-8割
ウタ（カヒ）[給]（猜）……14-13
カムカヘトヒ給（案劾）……14-17
（キリ）給（斬）……14-78
コヒ給（請）……14-91
ヲモトメ（シメ）給（使…求覓）……14-102
□リシ（タマ）フ（射獵）……14-107
オフ給（待）……14-115
カリシ給（校獵）……14-128
（カヘリ）ミ給フ（顧）……14-137
（トネリ）を（キリタマ）フ（斬舎人）……14-139
（カヘリ）給フ（歸）……14-140
（アツメ）シメ給（聚）……14-158
（ハナタシメ）給（使放）……14-166
（ヨロコヒ）給（悅）……14-178左
（セシ）メ給（爲）……14-245
（マウシ）給（奏）……14-268
タカトノをツクル給（起樓閣）……14-308
（ソノツミ）を（ユルシ）給（赦其罪）……14-317
召ミ給（引見）……14-354
（カナシヒ）給（傷哀）……14-355
ユタニ給（付）……14-415
治タ（マフ）（宰）……17-41
クハトキをス、メタマ（フ）（勉桑序）……17-56
（マウシ）タマ（フ）（奏）……17-145
コノムタマ□（愛）……20-5
（オクラシメ）□[マ]フ（令送）……20-15
（サツケ）タマ（フ）（授）……20-16
ヰヤマヒアヘタ（マ）フ（禮饗）……20-53
（ハカリ）タマ（フ）（謀）……20-107
サイハヘタマフニ（祚之）……11-17
ミ□□タマフコト（哭之）……11-73
ミノソムタマフに（望之）……11-103
（イカリ）タマフことを（忿）……11-225
アタ[ハ][シ]タマフに（與）……14-66
[ト]ヒタマフを（降問）……14-86
（コロシ）タマフこと（殺）……14-94
アタラシヒタマフことを（悔惜）……14-339
恤タマフコト（寵待）……17-29
（シラシ）タマフ（ユヱ）は（所以治）……20-130
ミネナイタマ□（哭）……11-73左
（ヨロコヒ）給を（悅）……14-89
[ミ]ヨハヒマタヒト、ナ（リ）タマヘリ（亂且長）……11-11
シタマヘルことは（爲）……11-12
シタマヘリ（爲）……11-17
スキタマヘリ（慟）……11-73左
マキタマヘルことを（婚）……11-256
ミネフリシタマヘリ（醉眠臥）……14-11
（トツキ）タマヘリ（嫁）……20-80左
（スキタマ）ヘリ（過）……14-4
（シロシメ）給トモ（知）……14-108

索引篇　たみ-たり　274

たむかひ〔報〕
　タムカヒニ…ヲコロ（サム）（報殺）……14-105左

タミ□（民使）
　タミツカヒ□（民使）……14-307

タミツカヒ（民使）
　タミツカヒ（民使）……14-204

タミ〔民〕
　タミ（民）……14-95

タミを〔人民〕
　タミを（人民）……11-80

タミ〔萬民〕
　タミ（萬民）……11-316

タミ〔民〕
　タミ（民）……11-8

（スクヒ）タマへ（救助）
　ユルシタレタマへ（聽垂納）……20-182

マ（モリヤシナヒ）タマへ（護養）
　ユルシタマフマネニシタマへ（陽賜豫）……20-133

（コロシ）タマへ（殺）
　ユルシタマフマネニシタマへ（陽賜豫）……20-138

（ヨ）キトコロヲシメ給（マ）へ（占良地）
　ヨキトコロヲシメ給（マ）へ（占良地）……20-140

（カヘシタマ）へ（還）
　マチタマ（マ）へト（コフ）延……17-107左

（マチタマ）へ（待）
　マチタマ（マ）へト（コフ）延……17-260

（ツカヒタマ）へ（使）
　ツカヒタマへ（充）……14-268

（ノヘ）タ（マ）へト（コフ）延
　（ノヘ）タ（マ）へト（コフ）延……20-268右

ユルシタレタマへ（聽垂納）
　ユルシタレタマへ（聽垂納）……14-268右

マ（モリヤシナヒ）タマへ（護養）
　マ（モリヤシナヒ）タマへ（護養）……17-221

ツカヒタマへ（充）
　ツカヒタマへ（充）……17-36

マタシタマへ（奉遣）
　マタシタマへ（奉遣）……14-268

タテマタシタマへ（奉遣）
　タテマタシタマへ（奉遣）……14-243

申給（へ）（陳）
　申給（へ）（陳）……14-145

（ヨキトコロヲシメ）タマへ（占良地）
　（ヨキトコロヲシメ）タマへ（占良地）……14-145左

（ヨキトコロヲシメ）タマへ（マ）
　（ヨキトコロヲシメ）タマへ（マ）……11-72

コタヘテタマフラク（對詰）
　コタヘテタマフラク（對詰）……11-105

（ハカリタマ）へリ（謀）
　（ハカリタマ）へリ（謀）……20-107左

ためのひめみこ（固名）
　ためのひめみこ（固名）……20-82

たもつ（保）
　タ（タシメムト）メ（ノヒメミコ）（田眼皇女）……14-437左

タモ（タシメムト）メ（ノヒメミコ）（田眼皇女）
　タモチウケテ（獲奉）……14-422

タモチウケテ（獲奉）
　タモチウケテ（獲奉）……14-248

タモチウケテ（深信）
　タモチウケテ（深信）……20-174

ヨリタモ（チ）て（據有）
　ヨリタモ（チ）て（據有）……14-194

タモツ（有）
　タモツ（有）……14-192

タモツ（ツ）（負荷）
　タモツ（ツ）（負荷）……14-180

タモツに（有）
　タモツに（有）……14-429

タモ（テリ）（有）
　タモ（テリ）（有）……14-393

タモテル（所有）
　タモテル（所有）……20-161

たやすし（易）
　たやすし（易）……20-26

たゆ（絶）
　たゆ（絶）……11-316

タヤ（スク）輙
　タヤ（スク）輙……20

タへラ（レテ）（防遏）
　タへラ（レテ）（防遏）……14-179

タへ（ム）（滅）
　タへ（ム）（滅）……14-102

タエタルコト（絶於）
　タエタルコト（絶於）……20-284

ヘタエて（絶貫）
　ヘタエて（絶貫）……17-79

タエテ（絶貫）
　タエテ（絶貫）……11-127

たむら〔屯〕
　フタ、ムラを（二隊）……14-437

たむる〔屯〕
　フタ、ムラを（二隊）……14-437

たむら
　タ□□□ワケ（田蟲別）……14-390右

たむしのわけ（固名）
　タ（ムシノ）ワケト云ヒト（田蟲別）……14-390

たり（固名）
　タラシナカツ□□の（スメラミコト）の（足仲彦天皇）……17-12

たらしなかつひこ（固名）
　タラシナカツ□□の（スメラミコト）の（足仲彦天皇）……17-174

タユル（絶於）
　タユル（絶於）……14-284左

タへヨト（防遏）
　タへヨト（防遏）……17-11

タユ（絶）
　タユ（絶）……17-175

タへて（邀）
　タへて（邀）……14-326

タへテ（斷）
　タへテ（斷）……

カハラノワタリにウキイ（テ）タリ
　カハラノワタリにウキイ（テ）タリ（泛於考羅濟）……11-224

（キサキ）タラマク（ク）（爲后）
　（キサキ）タラマク（ク）（爲后）……11-224

（キサキ）アロシタリ（下哆唎）
　ヲコシタリ（上哆唎）……17-84

たり（助動）
　ヲコシタリ（上哆唎）……17-84

ウマレタリ（産）
　ウマレタリ（産）……11-47

スキタリ慟
　スキタリ慟……11-73

ニケタリ（逃走）
　ニケタリ（逃走）……11-81

（ステ）にシタリと（イヘトモ）（雖既亡）
　（ステ）にシタリと（イヘトモ）（雖既亡）……11-266

（カレキノ）エタにニタリ（類枯樹末）
　（カレキノ）エタにニタリ（類枯樹末）……11-322

□（ニ）ニタリ（似於□）
　□（ニ）ニタリ（似於□）……14-37

（エ）（獲）
　（エ）（獲）……14-38

カ□タリ（易）
　カ□タリ（易）……14-83

カヘタリ（易）
　カヘタリ（易）……14-119割

マトヒオロケタリ（五情无主）
　マトヒオロケタリ（五情无主）……14-126割

（ヒト）にスキタリ（過人）
　（ヒト）にスキタリ（過人）……14-132左

（ミエ）タリ（見）
　（ミエ）タリ（見）……14-164

タエテ（絶貫）
　築而乃壞之……14-192割左

スキタリ（冠）…… 14-195
（オクレ）タリ（在後）…… 14-210
マウケタリ（設）…… 14-223左
（ステニ）シ（ニ）タリ（既已陥）…… 14-254
（タヘ）タリ（堪）…… 14-429
（キコエ）タリ（聞）…… 14-430
（ワ）カ（コ、ロサシ）を（ナス）に（タヘ）タリ（堪成朕志）…… 14-431
（キコエ）タリ「たり」（聞）…… 14-432割
モトツクニをハナレタリ（離桑梓）…… 17-7
（ウマシ）メタリ（生）…… 17-51
キコエタリ（奏聞）…… 20-13左
（エ）たり（獲）…… 14-83
ハラマシメたり（使任歟妊身）…… 14-97
カ[ヘ]たり（易）…… 14-126割
（ウミ）たり（産）…… 14-148
（ヒト）にスキたり（過人）…… 14-164
（ウミ）たり（生）…… 14-179
（スキ）たり（過）…… 14-217
ノカレたり（爲逋也）…… 14-223
（ヤキ）たり「たり」（燒）…… 14-329
（ハムヘラシメ）たり（安置）…… 14-346
（イヘ）にヨ（キリ）たり（過家）…… 14-433
（ヤマトヨ）リ（キ）たり（從日本來）…… 17-78割
（ウケ）たり（受）…… 17-103
（コト）に（アラハレ）たり（形…言）…… 17-110
（キコエ）たり（聞）…… 14-432割
（エタ）リ（得）…… 20-170
（ソナヘ）タルこと（備）…… 11-40
カクレタルツハモノ（伏兵）…… 11-46
タハケタルことを（婚）…… 11-256左
イホリの（ト）にイテタルこと（アリ）（有放營外）…… 11-312
（ソ）のヲサメタルサマ（其藏）…… 11-338
サ、ケタルツノ（ハ）（戴角）…… 14-37
ツトヘタルこと（聚脚）…… 14-38
ヒトノキミタルヒトハ（王者）…… 14-47
（オミ）の（モタ）侍タル（臣[嘿]然）…… 14-87
ヤキ（コロサ）レタルこと（所燔殺）…… 14-142
スクレタルヒト（秀者）…… 14-177
カクレタルツハモノ（[奇]兵）…… 14-223
キミタル（王）…… 14-237
ミマカリタル（キハ）ナリ（命過之際）…… 14-242
タエタルコト（絶）…… 14-284
ヒキキタル（イホ）のエミシ（所率五百蝦夷）…… 14-433
ミツキヨツキナリタル（モノ）を（三四世者）…… 17-79
（シ）タルに（爲）…… 17-177
軍公タル（ヘキモ）の（可將者）…… 17-181
カヘタルことを（變）…… 17-206
たる（足）
タラヌ（トコロ）を（所短）…… 17-248
タラヌ（トコロ）（所乏）…… 20-133
（タ）レリ（足）…… 14-176
たる（垂）
ナミタ、リて（滞垂）…… 14-358
ユルシタレタマヘ（聽垂納）…… 17-36
たれ（誰）
タレ□（誰人）…… 14-383

ち

ち（千）
チアマリ（數千）…… 20-96
ち（地）
トクノチ（喙地）…… 14-247左
ぢ→「くもぢ（雲路）」
ちかきとし（近年）
近也（トシ）に（幾年）…… 17-88
ちかし（近）
チカクツカマツル（近習）…… 11-156
ちかづく（近）
チカツク（近）…… 11-162
チカツキ（就覩）…… 14-283左
ちかふ（誓）
チカヒて（盟）…… 20-100
ちから（力）
チカラ（力）…… 14-325
サトリのチカラ（智力）…… 14-421
ちからひと（力人）
チカラヒト（强力者）…… 11-313
ちぎる（契）
カリセムトチキリて（期校獵）…… 14-35

チキリ（て）（期）……14-35左
チキ（リ）シ（期）……17-263
ちぬのあがたぬし（固名）
チヌの（アカタヌシ）に（茅渟縣主）……14-363
ちひさこべのむらじ（固名）
チヒ（サ）コヘノ（ムラシ）（少子部連）……14-160
ちひさし（小）
オホキナル（ト）チヒサキト（巨細）……14-415
ちむら（千疋）
チムラアマリヨソムラアマリムソムラ（一千四百六十匹）……11-169
ぢやうあんなこむ（固名）
（チヤウアン）ナ（コム）（定安那錦）……14-201
ちらす（散）
（カシハヲ）チラシ丶（散葉）……11-187
ちり（塵）
チリノミチニエエ（埃塵）……14-284
チリクモチニミエ（埃塵）……14-284左
ちゐす
チキシツ丶（抄却）……14-326

つ

つ（津）
ヒロキツの（廣津）……14-199
つ（接尾）
（フタ）ツに（二）……14-362
つ（助動）
エてむ（獲）……11-129
ユルシアハセテキ（許婚）……17-207
トホシ［ツ］（通焉）……11-143
メシツ（合）……11-186
（ユルシ）タマヒツ（赦）……11-289
（エ）ツ（獲）……11-296
トラヘツ（掠俘之）……11-312
（コロシ）ツ（殺）……11-316
モノカタリコトを（キ丶）ツ（聞所談）……14-10
サシシセ奉ツ（刺殺）……14-11
（キリ）給ツ（斬）……14-15
（コロシ）給ツ（誅之）……14-44
エツ（［獮］）……14-75左
イカ（リ）ツ（嗔焉）……14-85
（フミコロシ）給ツ（踏殺）……14-133左
メシ豆（幸）……14-179
ツカハシツ（幸焉）……14-180割
（ヤフリ）ツ（破之）……14-224
キ（リ）ツ（斬焉）……14-233
イ（オト）シツ（射墮）……14-264
コホシツ（覆）……14-310
（キリ）ツ（斬之）……14-330
トラヘて（コロシ）［ツ］（収殺之）……14-367
コロ（シ）ツ（斬之）……14-389
トラヘ（キリ）ツ（獲斬）……14-393
（セメコロシ）ツ（逼殺）……14-441
コロサシメ［ツ］（殺之）……14-441割
アマツヒツキツタヘツ（ヘシ）（可承天緒）……17-18
サハカシツ（擾亂）……17-273
ユルシツ（聽許）……20-144
（コロシ）ツ（殺）……20-147
ツカハシツルことを（幸）……14-181
（ヒト）を（ウシナヒ）ツル（カ）ナ（失人哉）……14-339
（ミツキヨツキナリ）ツル（モノ）（三四世者）……17-79左
つ（助詞）
アマツヒツキシロシメセ（須卽帝位）……11-15
ヌカ（タ）ノオ（ホ）ナカツ（ヒコ）のミコ（額田大中彦皇子）……11-19
アマツヒツキ（帝位）……11-38
アマツヒツキシロシメス（卽天皇位）……11-74
アマツシルシナリ（天之表焉）……11-81
スミノエノナカツミコト（住吉仲皇子）……11-87
タナツモノ（穀）……11-94
ウチツクニスラ（邦畿之内）……11-94
トツクニクニヲヤ（畿外諸國耶）……11-95
タナツモノ（穀）……11-101
クルツヒ（明日）……11-144
カムツ（ス丶カ）（上鈴鹿）……11-152
（カム）ツトヨラ（上豐浦）……11-153
クルツヒノヨ（明日之夕）……11-161
（ヌカタ）の（オホ）ナカツ（ヒコ）の（ミコ）（頟額田大中彦皇子）……11-334
アマツヒツキシロシメス（卽天皇位）……14-48

ウチツミヤノアヘ（セ）ムト「ト」（シ）て（欲…野饗）……14-84
（シモ）ツ（ミチ）（下道）……14-168
クニツ（カミ）（國神）……14-187左
（クニ）ツカミ（國神）……14-187
（カミ）ツ（モ、ハラ）（上桃原）……14-202
（アマ）ツツミヲモ（天罰）……14-240
シ（リ）ツクラムテ（後橋）……14-264左
アマツヒツキ（天緒）……17-18
アマツヒツキ（帝業）……17-19
アマツヤシロク（ニ）ツヤシロ（神祇）……17-46
アマツヤシロク（ニ）ツヤシロ（神祇）……17-46
ウチツコト（于内）……17-51
（アマ）ツツス（「キ」ノ誤）（天緒）……17-133
（ナカ）ツ（ミコ）（中皇子）……17-74
内ツクニ（王畿）……17-136
アマツツミを（天罰）……17-189
（ウチ）ツミヤケ（内官家）……17-220
（ウチ）ツミヤケ（内官家）……20-106割
シモツ（クタラ）（下百濟）……20-152

ついしねべ（固名）
ツイシネ（ヘ）を（舂米部）……11-148

ついで（嗣）
ツイテノ（クラヰ）に（副位）……11-10

つゑ→「つゑ（杖）」

つか（固名）
ヤマトノアヤノヒエツカに（東漢直掬）……14-200
ツカ（朱消）に（以）……14-200
ツカの（掬）……14-417
束也（掬）……14-200右

つかさ（使者）
ツカサに（客）……17-90
ツカサに（客）……17-100

つかさ（司）
ツカサ（司）……11-20
ツカサ（ニ）（有司）……11-242
ツカサに（有司）……11-279
ツカサに（有司）……14-48
ツカサを（者）……14-270
ツカサ〳〵に（有司）……14-362
ツカサクラキノマ、ニス（依職位）……17-40
ツカサ（有司）……20-37
ツカサ（有司）……20-193

つかさどる（司）
ツ（カサトラシメ）て（使司）……17-48
ツ（カサトレル）（所掌）……14-257

つかさめし（司招）
ツカサメシスル（能官之事）……17-251

つがの（固名）
ツカノヨリ（自菟餓野）……11-233

つかはす（遣）
ツカハサレテ（遣）……11-27
（ユルシ）ツカハ（サス）（放還國）……20-49
ツカハシて（使）……14-35
ツカハシツ（幸）……14-180割
ツカハシツルことを（幸）……14-181
ツカハシ（使）……20-126
ツ（カハシテ）（遣）……11-35
ツ（カハシ）て（遣）……11-203
ツ（カハシ）て（遣）……11-335
ツ（カハシ）て（使）……14-272左
…をツ（カハシ）て（遣…）……14-327
…にツ（カハシ）て（遣…）……20-14
ツ（カハシ）て（遣）……14-412
ツカハス（移郷）……11-242
ツカハス（遣焉）……14-246
ツカハス（出使）……14-307
ツカハス（遣罷歸之）……17-153
カヘシツカハス（放還）……20-41左
カヘシツカハス（還之）……20-95
ツカハス（還之）……20-95左
（オクリ）ツカ（ハス）（送遣）……11-164
免遣（放還）……20-41
カ（ヘシ）ツカ（ハス）（還之）……20-104
（ハタシ）てツ（カハサス）（不果遣）……20-196
（ユルシ）ツカハ（ス）こと（放還）……20-58

つかひ（使）
ツカヒ（使）……14-20
ツカヒを（人）……14-35
タミツカヒ（民使）……14-95
タミツカ□（民使）……14-204
タミツカヒ（民使）……14-307
ツカヒするヒトハ（爲使者）……17-177
ミカトツカヒに（勅使）……17-201

索引篇 つか-つく 278

ツカヒス（使）……17-211
ミカトツカヒを（勅使）……17-215
ツカヒ（使人）……20-11
ツカヒ（使人）……20-39左
（クニノミ）ツカヒ（王人）……20-86割
ツカ（ヒ）を（人）……14-262
ツ（カヒ）（使人）……20-39
ツカ（ヒ）を（使）……20-135
つかひと（使者）……11-318
ツカヒト（従者）……20-147
ツカヒト（我駈使）……11-9
ツカフ（使）……20-49
ツカ（ヒ）て（駈使）……14-72
（ツカ）ハシム（駈使）……14-369
ツカハ（シム）使）……14-204
ツカフ 用）……11-168
ツカフ（勞）……11-138
ツカフ（使）……20-345
ツカフ（笑用）……11-339
ナニ、カツカフ……11-339
ツカフ（コト）用）……11-112
オホセツカフコト（課役）……20-96
オホセツカフこと（課役）……20-147左
ヤリサケツカフ（駈使）……14-181
（ト）メツカフ（留使）……14-181
（仕・下二）……14-181
ツカへ（ス）（不事）……14-181
つかふ……
不奉仕也（勿使修職）……17-175

ツ（カヘマツ）ラム（事奉）……20-101
つかへのよほろ（使丁）……14-301
ツカヘノ□ホ□（直丁）……14-369左
つかまつる（奉）……11-83
ツカマツラシム（駈使）……11-78
ツカマツラ（サラ）む（弗事）……20-210
ツカマツ（ラス）（不庭）……17-184
ツカマ（ツリ）て事……20-210
チカクツカマツル（近習）……11-156
ツカマツレリ（奉）……14-66
つかむ（摑）……20-141
ツカミて（捲）……14-240
つかむまつる（奉）……17-25
ツカム□ツラシ（ム）侍）……14-151割
（ヨミ）トキツカムマツ（ル）奉讀釋……20-18
つがり（鎖）……11-287
ツカリを（鎖）……14-39左
つき（月）……14-190
スヽシキツキ（作陰之月）……14-269
一月ニナ（リ）ヌ 弦晦……17-148
ツキをヘヌ 數月……14-189
つぎ（繼）→「よつぎ（世繼）」
（オホキ）ナルツキ（大業）……14-429左
ツキを（跌葺）……17-42
（ヤツコ）かツキを（臣種）……20-102
つぎにふ（枕詞）……11-195
ツキニフ（ニ」ハ「ネ」ノ誤）（菟藝泥赴）……

つきもと（固名）

ツキ（カヘマツ）の（擬本）……14-33
ツク（木菟）……11-78
ツク（木菟）……11-83
つく（木菟）……11-133
ツキノホリて（刺止）……14-313左
（モン）ツク（百衝）……11-269
クシヅック（折衝）……14-426
つく（築）……11-289
ソコを（ツ）ケむ。築疊塞……11-294
つく（附）……20-141
ツク（附）……14-240
ツ□（カス）（不就）……17-25
つく（附・下二）……14-35
ツ（ケサラム）（不属）……14-426
ユタネツケムト 付嗚……20-18
ツケテ（寄）……11-287
ツケテ（着）……14-189左
ツケ（テ）（縱火）……14-189
ツケ（ヒ）を（ツケ）て（縱火）……17-148
ツケ（連）……14-30
（ヒ）を（ツケ）て（縱火）……14-189
つく（就）……17-14
□ケて（就）……17-14
つく（盡・上二）……20-188
（ヒ）（盡）……20-188
（マサニ）ツ（キム）とす（將盡）……14-76

ツキヌ（勞竭）……14-425
つく（漬・四段）
ツク（潤）……11-146
つく（漬・下二）
ツケて（潤）……11-152
つぐ（繼）
ツカサルコト（不給）……11-95
（アヒ）ツケリ（相接）……17-193
つくしのきみくずこ（固名）
（ツクシノキミ）クスコ（筑紫君葛子）……17-194
つくす（盡）
ヤレツ（クサスハ）（不幣盡）……11-97
ツクシ（爲）……14-221左
ツクシて（罄竭）……14-420
ツクス（ヘシ）（須割）……14-426
つくそくろさし（固名）
ツクソクロサシに（筑足流城）……14-214
つくそるさし（固名）
（ツク）ソル□□に（筑足流城）……14-214
つくよ（月夜）
ツク（ヨ）に（月夜）……14-281
つくりもの（庸調）
ツクリモノ（「モノ」八朱）（庸）……14-375
作物也（庸）……14-372
つくる（作）
ツクラむとす（將治）……11-22
ツクラ（シメス）（不令治）……11-25
ツクラシム（割）……14-77
ツクラムに（割）……14-78
（サラ）にツク（ラス）（不更爲）……11-97
ツクリて（經營）……20-169
ツクリ（修治）……20-175左
作也（興）……11-202
令作（割）……14-77左
ツク（リ）テ（割）……14-84左
…をツ（クリ）て（爲…）……14-345
ツク（リ）て（營）……20-203
ツクル。（構造）……11-117
ツクル（起）……14-308
ツクル（宮）……20-8
（ツク）る。（修治）……20-175
（ツク）ル。（修治）……20-175左
作也（勞）……17-282割
フミツクルミヤヒ（斐然之藻）……17-109右
文作ミヤヒ（斐然之藻）……17-109
（ツク）レリ（爲）……17-58割
つくろふ（修繕）
ツクロハス（弗御）……14-176
ツクロフに（脩理）……11-115
つけ（固名）
ツケに（鬪鶏）……11-334
ツケノ「の」（ミタ）に（鬪鶏御田）……14-308
つごもり（晦）
ツコモリニ（月盡）……11-234
つた→「また（又）」
つたなし（拙）
ツ（タナクシ）て（ヨハシ）ト（拙弱）……14-242
ツタナ（シ）（怯）……14-391
つたふ（傳）
ツタヘツ（ヘシ）（承）……17-18
つち（土）
ツチに（地）……14-129
つちくれ（土塊）
ツチクレ（土地）……17-250
つつ（助詞）
ウキナカレツ、ウタヨミシテ（浮流之歌）……11-44
ウキヲトリツ、（トホ）ク（ナカル）（汎以遠流）……11-135
（ナミ）の（ウヘ）にマヒツ、（シツマス）（轉浪上而不沈）……11-135
（シクレ）にヌレツ、（沾雪雨）……11-204
（アメ）に（ヌレ）ツ、（沾雨）……11-210
コノコロモノオモヒツ、アルニ（此有懷抱）……11-239
ヨロツヨトイヒツ、（呼萬歳）……14-140
チキシツ、（抄却）……14-326
（スリ）ツ、（觸）……17-177
（モヨホシ）ツ、（スミヤカ）にメ（セ）（催急召焉）……20-118
イサチツ、…（ミムロ）に（サツク）（啼泣…付於御室）……20-192
（イサチ）ツ、（ミマカル）（啼泣而死）……20-198
つつかは（固名）

ツ、カハヒト（管川人）……14-407

つつき（固名）

ツ（、キ）の（筒城）……11-202

ツ、（キ）の（ミヤ）に（筒城宮）……11-228

つつしむ（愼）

ツ、シミシタカフを（欽伏）……20-137

ツ、（シミ）て（恪）……14-112

謹也（襲）……14-241

ツ（、シミ）て（恭）……17-188

ツ[、][シ]ムコトハ（愼）……14-419左

つつみ（堤）

ツ（、ミ）（堤）……11-130

ツ（、ミ）（堤）……11-136

つづみ（鼓）

ツ、ミウツ（オト）を（鼓聲）……14-247

つてごと（傳言）

ツテコトを（[流]言）……14-98

ツテコトに（飛）……14-141

ツテコト（流言）……17-103

つどふ（集・下二）

ツトヘて（集）……11-140

ツトヘタルこと（聚脚）……14-38

ツトヘて（集聚）……14-189

（メシ）ツトヘて（喚集）……14-333

ユキツトヘ（シム）（赴集）……17-226

つとむ（努）

ツ[ト]メ（努々力々）……14-129

ツトメて（自力）……14-221

ツト（メタ、カヒテ）（力闘而）……14-251左

ツトム（勸）……14-158

ツトメヨ（勗）……17-188

つね（常）

ツネノコトワリなり（常分）……14-423

ツネノコトクシて（若）……17-23

常（典）……11-14

常也を（俗）……17-250

つねに（常）

ツネに（毎）……11-147

ツ（ネ）に（毎）……11-33

（ツネ）に（毎）……11-37

（ツネ）にアミを（ハリ）て（毎張網）……11-291

（ツネ）に（イクサ）のミキノカタノサキ（タリ）（毎爲軍右前鋒）……11-313

（ツネ）に（恆）……14-332

（ツネ）に（常）……17-140

（ツネ）に（恆）……17-186

（ツネ）に（恒）……17-197

（ツネ）に（毎）……17-197

（ツネ）に…を（ナヤマシ）て（恒惱…）……17-257

（ツネ）にヌミ（ノトコロ）に（オキ）て（毎於要害之所）……20-140

つの（角）

サ、ケタルツノ（ハ）（戴角）……14-37

ツノ（クニ）（角國）……14-276右

つののすくね（固名）

キ（ノ）ツノ、「の」（スクネ）を（紀角宿禰）……11-284

つばきいち（固名）

ツハキイチノ（海石榴市）……20-194

つばひらかに（具）

（ツハヒラカ）に（具）……17-26

（ツハヒラカ）にキ（ミ）に（マウシ）て（具白王）……20-143

つはもの（兵）

カクレタルツハモノ（伏兵）……11-46

ツハモノ（兵）……14-223

カチツハモノ（歩）……14-224左

ツ[ハ]モノを（兵器）……14-412左

ツ（ハモノ）（兵馬）……14-257

ツハ（モノ）を（兵器）……17-150

つひ（劒）

ツヒ（劒）……11-345左

つひに（遂）

ツヒに（アヤマタ）シと（竟不誤）……14-333

（ツヒ）に（カヘラシ）（遂不返焉）……11-211

（ツヒ）に（遂）……11-224

（ツヒ）に（ソノツミ）を（ユルシタマフ）（遂赦其罪）……11-289

（ツヒ）に（アタ）を（ムクユ）（遂報讎）……11-322

（ツヒ）に（遂）……14-111

（ツヒ）に（トモ）にワカレテ（遂與辭訣）……14-147

（ツヒ）に…タモツ（遂有…）……14-192

（ツヒ）に…にハムヘラル（遂…安[置]）……14-198

(ツヒ)ニ(クニ)に(ニケイリ)て(遂逃入國)…… 14-210
(ツヒ)「に」(遂)…… 14-210
(ツヒ)に(ウタマヒシ)て(遂歌舞)…… 14-214
(ツヒ)に(遂)…… 14-399
(ツヒ)に(終)…… 14-436
(ツヒ)に(終)…… 17-132
(ツヒ)に(遂)…… 17-193
(ツヒ)に(遂)…… 17-204
(ツヒ)に(遂)…… 17-209
(ツヒ)にノリコタス(終不肯宣)…… 17-234
(ツヒ)に…を(オコ)シ(ツクリ)て(遂…起造…)…… 17-253
(ツヒ)にネキラフルコト(ナシ)(終無和解)…… 17-257
(ツヒ)にネキラフコト(ナクシ)て(竟和解)…… 17-273
(ツヒ)に(チカ)にミチタチス(遂發途於血鹿)…… 20-144
(ツヒ)に…を(コロシ)ツ(遂…殺)…… 20-146
(ツヒ)に(ミマナ)に(ユク)(遂之任那)…… 20-160
つぶさに(具)
(ツフサ)に(具)…… 11-69
ツ(フサ)に(具)…… 11-285
(ツフサ)に□フ(具爲說之)…… 14-213
(ツフサ)に(スメラミコトニ)申給(具陳天皇)…… 14-243
(ツフサ)にマ(ウス)ことをす(具爲陳)…… 14-244
(ツフサ)に(具)…… 17-88
(ツフサ)に…に申(具述…)…… 17-238
つふね(固名)
ツフネと(イフ)(云都符)…… 20-167割
つぶらのいらつめのひめみこ(固名)
ツフラ(ノ)イラツ(メ)の(ヒメミコ)(圓娘皇女)…… 17-72
つま(妻)
ツマと(妻)…… 11-163
ツマを(妻)…… 14-9割
ツマ(妻)…… 17-275
つみ(罪)
ツミセス(勿罪)…… 11-37
ツミセス(勿罪)…… 11-257
シヌルツミ(死)…… 11-282
シヌルツミ(死罪)…… 11-283
ツミセラル、に(刑)…… 14-46
(アマ)ツツミヲモ(天罰)…… 14-240
ツミを(罪過)…… 14-321
アマツツミを(天罰)…… 17-189
タマ(ヒ)モノツミを(賞罰)…… 17-190
ツミセラレむことを(誅)…… 17-194
カソノツミニヨリて(坐父)…… 17-194
ツミシタマフ(決罪)…… 20-156
ツミセシム(決罪)…… 20-156左
死ツ(ミ)(罪)…… 14-29
つみなふ(罪)
ツミナヘ(コロス)こと(誅殺)…… 17-151
つむ(積)
ツマ(シメ)タマフ(使聚積之)…… 14-304
ツム(充積)…… 14-372
ツメル(積)…… 14-373割
つむごと(傳言)→「つてごと(傳言)」
ツムコト(流言)…… 17-103左
つむじかぜ(飄風)
ツムシカセ(飄風)…… 11-134
つよし(强)
タケクツヨシ(猛幹)…… 11-313
ツ(ヨシ)(强力)…… 11-355
つら(固名)
「ツラ」(匝羅)…… 14-238右
つら(例)
ツラに(例)…… 14-360
つらぬ(連)
…をト(、ノヘ)ツ(ラネ)て(齊列…)…… 17-23
つり(釣)
ツリす(釣)…… 14-407
つりそに(固名)
ツ(リ)ソ(ニ)を(州利卽爾)…… 17-105
音須(リ)音徂(ニ)(州利卽爾)…… 17-105右
つるかのくに(固名)
ツルカ(ノクニ)に(角國)…… 14-276
つるぎ(劒)
ツルキを(劒)…… 11-345

つるそし（固名）
（ツ）ルソ（シ）（州利卽次）……17-162
つわたり（固名）
ツワタリ（津沙）……17-201
つゐ（杖）
ツ（ヱ）を（杖）……20-30

て

て（手）
テに（手）……14-383
て（助詞）
（アニ）ヨキカト（アラム）とシテナレ（ヤ）（豈有能才乎）……11-12
メクミシタマ（ヒ）テナリ（愛之者也）……11-12
ヤツコラマトシテタスケマツルノミ（爲臣之助耳）……11-15
カタクイナヒタマヒテ「て」（固辭）……11-19
ツカハサレテ（シカル）に イマタカヘリマウコス（遣…而未還）……11-27
ヨナカニタチテ（ユク）（夜半發而行之）……11-41
（ウチ）にイタテ「て」（詣菟道）……11-41
アサノミソキタマヒテ「て」（服布袍）……11-42
フネニノセテワタシタマフ（載…濟）……11-42
（フネ）をホムテ（クツカヘス）（蹈舩而傾）……11-43
ウタヨミシテ「て」（イハク）（歌曰）……11-44
ヨムテ（ノタマハク）（呼曰）……11-66
コタヘテ（トキ）にイキテタマヒヌ（應時而活）……11-66
アサノミソキタ（マ）ヒテ（素服）……11-72左
オホセツカフことをヤメテ…イコヘヨ（除課役以息…）……11-96
ミコ、ロサシヲセメテ「て」シツカニ オハシマス（約志以從事乎無爲）……11-98
ヤフレマヨリモリテミユカミマシキを アラハにす（漏壞而露床蓐）……11-100左
サカノホ（リ）テ（逆上）……11-123
（ミツ）にイリテ（シヌ）（沒水而死）……11-130
（カハ）の（ナカ）にナケイレテ「て」（ウケヒ）て（投於水中請之）……11-131
（キノクニ）にイテマシテ「て」（遊行紀國）……11-183
マウサシメタマ（ヒ）テ「て」マウシタマハク（令奏言）……11-223
ナニ、ヨリテナラム（何由焉）……11-235
オヨハムトシテ「て」（及將）……11-244
（サハニ）フリテ「て」（多降之）……11-245
カシコマリテ「て」（悚）……11-286
（イマシ）にツケテワタラハム（寄汝而活焉）……11-289
（トリ）をミセテ「て」（示鳥）……11-292
ナラシテ（得馴）……11-293
シハラクアリテ「て」（俄）……11-309
（ソコ）をカタメテ出（ス）（固塞而不上）……11-312
キテ（キタリ）て（將來）……11-333
トケテ（熟）……14-11左
ヒトマヲエテ（得間而）……14-19
イテタ、シテ「て」（出立）……14-23
マウス、ムテ（進）……14-27
カリセムトハカルマネシテ（校獵）……14-35左
ス、メテ（勸）……14-36
イワケアワテ、「て」（骸惋）……14-43
オホシテ（欲）……14-45左
ナマスツクリテ（割鮮）……14-84左
ウカハセムトアサムキテ（僞使鸕鷀沒水捕魚）……14-99左
ウカハスルマネシテ（僞使鸕鷀沒水捕魚）……14-99
オクリタテマツリタマヒテ（送）……14-113左
マチイテ（逆射）……14-131
タテマツ（リ）テ「て」（上）……14-140
ヤマトにマウテ、（往日本）……14-144
ワカレテ（辭訣）……14-147
ナケイテ（慨然）……14-153
波介牟天（慨然）……14-153左
クハコカシメテ（桑）……14-157
トラヘキテ（捉）……14-164
ヒカリヒロラメキテ（虺）……14-165
ホメカタリテ（稱）……14-175
イフニツケテ（託稱）……14-189左
アリテ（有）……14-191
タテ、（可蹻）……14-193左
（ミ）を…にオキテ「て」（投身…）……14-237

ヤマヒシテ「て」（値病而）……14-256
オトロキモトカヘリテ（愕然反）……14-264
ミタレヲミチニセルニアリテ「て」（行亂於道）……14-265
スクレテタテリ（逸發）……14-283
ヌケテ（擄）……14-284
コエノヒテ（超）……14-284
コエノヒテ（超）……14-284左
フネをタヘテ（斷…艖）……14-326
タフサキシテ（着犢鼻）……14-334
ナケキアタラシヒテ（歎惜）……14-336左
アタラシヒテ「て」（歎惜…）……14-336
トナヘメテ（歴）……14-349
□□ルテ（降陷）……14-401割左
コトワリニオイテハ（スナハチ）（義乃）……14-421
ヤマヒシアツシレテ（遘疾彌留）……14-422
マウケノキミニアタリテ（居儲君上嗣）……14-430左
イハミテ「て」（聚結）……14-434
クニシロシメシテ「て」（治）……17-52
クニをアハセテモ（合國）……17-87
ヤハラキテ（邕々）……17-135
タテヽ（興建）……17-171
サハリトヽマリテアリ（淹滯）……17-179
アハセテ（配合）……17-209
キテノホル（引昇）……17-215
シリヘにタチテ「て」（隨後）……17-215
タテマタシモテノチニ（奉使之後）……17-260右
ワレヨリサイタチテ（先吾）……17-261
ホメタマヒテ「て」（爲讚美）……20-18
オシテ「て」（印）……20-23
ヨソヒシテ「て」（裝束衣帶）……20-29
フナタチテ（發船）……20-45左
ヲシミマ（ツリ）テ（奉惜）……20-112左
（ニチラヲミム）ト（シ）テ「て」（欲…見日羅）……20-113
カヘリテ（莫翻）……20-140
ワナヽキフルヒテ（搖震）……20-207
ヲトコサカリに（オヨヒ）タマヒて（及壯）……11-5
（ミクラヰ）を（オホサヽキノミコトニユツリマシ）て（讓位于大鷦鷯尊）……11-7
ヨロコフコヽロ（アリ）て（有驩心）……11-8
ヨロコヒて（欣然）……11-9
ツイテノ（クラヰ）に（ツキ）て（繼副位）……11-10
（トホク）キコエて（遠聆以）……11-11
ヤツカレを（タテ）て（立我）……11-12
（ヤツコラマトシ）てタスケマツルノミ（爲臣之助耳）……11-15
（コタヘ）てノタ（マ）ハク（對言）……11-15
ヨキヒトを（エラヒ）て…マウケキミとシタマヘリ（選明德…爲貳）……11-16
キミを（タテ）てマウケキミとシタマヘリ（立王爲貳）……11-17
（ソノ）メクミのシナをアカメて（崇其寵章）……11-17
オホムコトノリを（ステ）て（棄…命）……11-18
（カタクイナヒタマヒ）て（固辭）……11-19
オウの（スクネ）に（カタリ）て（イハク）（謂…游宇宿禰曰）……11-21
（カタリ）て（ノタマハク）（謂之曰）……11-23
（トヒ）て（ノタマハク）（問…曰）……11-25
（コタヘ）てマ（ウサク）（對言）……11-26
（コ）の（トキ）にアタ（リ）て（適是時）……11-27
（カタリ）て（ノタマハク）（謂…曰）……11-28
マカリて（アコヽ）をメセ（往…以喚吾子籠）……11-28
ヤソを（サシ）てカコと（ス）（差…八十爲水手）……11-29
マカリて（スナハチアコヽ）を（ヰテ）マウケリ（往…卽率吾子籠而來之）……11-30
（コタヘ）て（マウサク）（對言）……11-31
オホセて（ヤマト）の（ミタ）を（サタメシム）（科…定倭屯田也）……11-32
（ユルシ）てツミセス（赦之勿罪）……11-37
（ウラミ）て（カサネテコ）の（ウラミマシ）マス（恨…重有是怨）……11-37
（ハカリ）て（イハク）（謀之曰）……11-38
ヒツキノミコを（コロシ）て（殺太子）……11-38
（ソノハカリコト）をキコシメシて（聞其謀）……11-39
（マウシ）て（告）……11-39
イクサを（ソナヘ）て（マモラ）シメタマフ（備兵令守）……11-39

(イクサ)を(マウケ)て(マ)ツ　(設兵待之)…11-40
ヒキキて(領)……………………11-41
(ウチ)に(イタリ)て(詣菟道)………11-41
(アサノミソキタマヒ)て(服布袍)……11-42
カチを(トリ)て(取檝櫓)…………11-42
マシリて(接)……………………11-42
(カハナカ)に(イタリ)て(至于河中)…11-43
(ウタヨミシ)て(イハク)(歌曰)……11-44
サハニ(オコリ)てホトリに(ツク)こと　(エス)(多起不得着岸)…11-46
(ソノカハネ)をミソナハシて(視其屍)…11-48
(ミウタヨミシ)て(ノタマハク)　(歌之曰)…11-48
(ユツリマス)にヨリて(ヒサシク)　イツタマハス(由讓…大不卽皇位)…11-55
アマ(アリ)て(有海人)……………11-56
モチて…(タテマツル)(齎…獻…)………11-57
(アマ)にノリコトシて(ノタマハク)　(令海人曰)…11-57
(スメラミコト)に(アラス)トノタマヒて　(非天皇)…11-58
(カヘシ)て(ナニハ)に(タテマツラシメ)　タマフ(返之令進難波)…11-58
(カヘシ)て(ウチ)に(タテマツラシメ)　タマフ(返以令獻菟道)…11-58
(カヘシ)て…(トリテ)タテ(マツル)　(返之取…獻焉)…11-59
(クルシミ)て…(ステヽ)ナク　(苦…棄…哭)…11-61
イキて(アメ)の(シタ)を(ワツラハサ)　むヤと(生之煩天下乎)…11-63
(ワツラハサ)むヤとノタマ(ヒ)て　(煩…乎)…11-63
キコシて…イタリマス(聞…以…到…)…11-64
(オトロキ)て…イタリマス　(驚之…到…)…11-64
(ハセ)て…イタリマス(馳之到)………11-64
カムサリマシて(ミカ)にナリヌ　(薨之經三日)…11-65
ナイタマフてセムスヘシラス　(哭不知所如)…11-65
(カハネ)に[マ]タ[カ]リて(ミタ)ヒヨムテ　(跨屍以三呼)…11-66
オ(キ)てマシマス(起以居)…………11-66
(ヒツキノミコ)に(カタリ)て(語太子)…11-67
(イロネ)のミコにマ(ウシ)て　マウシタマハク(啓兄王曰)…11-68
(イロネ)のミコ(ノヒシリ)に(シ)て…　マウサム(奏兄王聖之)…11-70
(エ)むヤとノタマヒて(得…乎)………11-71
(ヤタノ)ヒメミコをタテて(ノタマハク)　(進…八田皇女曰)…11-71
アサノミソキタテマツリて(素服)………11-73
カナシヒタマヒてミ□□タマフコト　(爲之發哀哭之)…11-73
(タフトヒ)てオホキサキと(マウス)　(尊…曰皇大后)…11-75
メシて(カタリ)て(ノタマハク)　(喚…語之曰)…11-79
(カタリ)て(ノタマハク)(語之曰)……11-79
(コタヘ)てマ(ウサク)(對言)…………11-79
コウム(トキ)に(アタリ)て　(當…產時)…11-80
(トリ)て…シルシト(ス)　(取…爲…契也)…11-82
(アヒ)カ(ヘ)て…(ナツケ)て　(相易名…)…11-82
(コ)に(ナツケ)てノチノヨノシルシト(ス)　(名子爲後葉之契也)…11-82
(ナ)を(トリ)て(ミコ)にナツケて　(取…名以名太子)…11-83
(ミコ)にナツケて(名太子)…………11-83
…の(ナ)を(トリ)て(取…名)………11-84
(オホイキミノコ)にナツケて…と(イヘリ)　(號大臣之子曰)…11-84
イハノヒメノミコトを(タテ)て(キサキ)　と(ス)(立磐媛命爲皇后)…11-86
ミコト(ノリシ)て(ノタマハク)　(詔…曰)…11-90
タカトノに(ノホリ)て(ハルカニ)　ミ[ノ]ソムニ…(登高臺遠望)…11-90
(コヱ)をアケて(誦…音)……………11-92
(ノソミ)て(コ、ニ)ミトセニナリヌ

オホムコトノリシて（ノタマハク）（臨…於茲三年）……11-93
（詔曰）……11-96
（ミトセ）に（イタリ）て（至于三年）……11-96
オホセツカフことをヤメて…イコヘヨ（除課役以息…）……11-96
（ハシメ）て…（サラ）にツク（ラス）（始之…不更爲也）……11-97
（ミコヽロサシヲセメ）て（シツカニ）オハシマス）（約志以従事乎無爲）……11-98
クツレてフカ（ス）（壊以不葺）……11-99
（トキ）に（シタカヒ）て（順時）……11-101
（ステ）に（ミチ）て（既滿）……11-101
（キサキ）に（カタリ）て（ノタマハク）（語皇后曰）……11-104
オホトノ（ヤフレ）て（殿屋破之）……11-106
（カヘリミ）て（ミ）を（セ）む（顧之責身）……11-109
（オホムタカラトミ）て（百姓富之）……11-110
マウシて（マウサク）（請之曰）……11-112
（ユルサ）レて（ステ）に（ミトセヲ）ヘヌ（免既經三年）……11-112
（コレ）に（ヨリ）て（因此）……11-113
（クチコホレ）てミクラ（ステ）に（ムナシ）（朽壊府庫已空）……11-113
（コ）の（トキ）に（アタリ）て（當此時）……11-115
ミツキタテマツ（リ）て（貢税調）……11-115
（シノヒ）てユルシタマハス（忍之不聽矣）……11-116
（オホセツカフ）ことをオホセて（科課役）……11-117
（ワカキ）をタ（ツサヘ）てキを（ハコヒ）（携幼運材）……11-118
（チカラ）を（ツクシ）て（キホヒナス）（竭力競作）……11-118
…に（ミコトノリシ）て（ノタマハク）（詔…曰）……11-121
（トモ）に（ミ）て（共視之）……11-124
（ウミ）にカ（ヨハセ）て（通海）……11-124
サカフルコミを（フサキ）てナリトコロを（マタクセヨ）（塞逆流以全田宅）……11-124
（ミヤ）の（キタノ）ノをホリて（掘宮北之郊原）……11-125
（ミナミ）の（カハ）を（ヒキ）て（引南水）……11-125
（ソノミツ）をナ（ツケ）てホリエ（トマウス）（號其水曰堀江）……11-126
（マサ）に…をホソカムトシて（將防…）……11-126
（カミマシマシ）て（有神）……11-127
（ヲシヘ）て（マウシタマハク）（誨之曰）……11-128
イサチカナシ[ヒ]て（ミツ）にイリテ（泣悲之沒水）……11-130
フタツラを（トリ）て（取…兩箇）……11-131
（カハ）に（ノソミ）て（臨…水）……11-131
フタツの（ヒサコ）を（トリ）て（取兩箇匏）……11-131
（カハ）の（ナカ）に（ナケイレ）て（投於水中）……11-131
（ウケヒ）て（イハク）（請之曰）……11-132
（アカメ）て（崇之）……11-132
（マコト）の（カミ）ト（シリ）て（知眞神）……11-133
（タチマチ）に（タチ）て（忽起）……11-134
（ヒサコ）を（ヒキ）て（ミツ）にシ（ツ）む（引匏沒水）……11-135
（コロモ）の（コノ）イサミに（ヨリ）て（因衫子之幹）……11-136
（ナツケ）て…（トイフナリ）（號…曰…也）……11-137
モヽツ（カサ）をツトヘて…（イシム）（集…百寮令射）……11-141
（ミ）て（見）……11-143
（オソリ）て（トモ）に（タチ）て（畏…共起）……11-143
（トモ）に（タチ）てミカトヲカミス（共起以拜朝）……11-143
カハネを（タマヒ）て…と（イフ）（賜名曰…）……11-144
（カハネ）を（タマヒ）てサカノコリの（オミトイフ）（賜名曰賢遺臣）……11-145
（ソノトコロ）を（ナツケ）てヲハシと（マウス）（號其處曰小橋也）……11-150
（タヽニサシ）てタチヒの（ムラ）に（イタル）（直指之至丹比邑）……11-151

…にツケてハリて（潤…墾之）…………11-153
ハリて…の（タ）を（ウ）（墾之得…田）…11-153
（ユタカニニキハヒ）てトシエヌ（ウレヘナシ）（寛饒之無凶年之患）…11-154
ミセタマヒて（ノタマハク）（示…曰）……11-156
ネタミマスにヨリてメスこと（アタハスシ）て（苦…妬不能合）…11-156
（トヒ）て（ノタマハク）（問之曰）………11-157
（ス丶ミ）て（ウタヒ）て（進之歌）………11-159
（ウタヒ）て（マウサク）（歌曰）…………11-159
ヤモメにて（トシ）を（ヲハラ）む（寡婦以終年）…11-163
…をオモホ（シ）て…（オクリ）ツカ（ハス）（欲…送遣）…11-164
（ハヤマチニソヘ）て（オクリ）ツカ（ハス）（副速待送遣）…11-164
ヤマヒシて（ミチナカ）に（ミマカリヌ）（發病死于道中）…11-165
カシコマリて（スナハチ）（懼之乃）………11-169
（アハセ）て（幷）……………11-170
（ヤタノ）ヒメキミをメシイレて（納八田皇女）…11-171
（ウタ）ヨミて（キサキ）に（コヒ）て（歌以乞於皇后）…11-172
（キサキ）に（コヒ）て（ノタマハク）（乞於皇后曰）…11-172
カヘシ（ウタシ）てマ（ウ）シタマハク（答歌曰）…11-174
（ウタヒ）て（ノタマハク）（歌曰）………11-176
カヘシ（ウタシ）て（ノタマハク）（答歌曰）…11-178
（ウタヒ）て（ノタマハク）（歌曰）………11-180
ユルサシトオホシて（謂不聽）…………11-182
モタ（シ）てカヘリコトマウシタマハス（默之亦不答言）…11-182
（キノクニ）に（イテマシ）て（遊行紀國）…11-183
（クマノ）のミサキに（イタリ）て（到熊野岬）…11-184
（トリ）て（カヘル）（取…還）…………11-184
（ヤタ）の（ヒメミコ）を（メトシ）て（娶八田皇女）…11-185
（イタリ）て（到）………………11-186
…を（ナツケ）て（號…）……………11-187
（キサキ）のイ（カリ）て（皇后忿）………11-188
（オホツ）にイテマシて（幸大津）………11-188
（ウタ）ヨ□て（ノタマハク）（歌曰）……11-189
カハヨリサカノホリて（泝江）…………11-191
タテマタシて（遣）………………11-192
（ウタヨミシ）て（ノタマハク）（歌之曰）…11-192
（イタリ）マシて（至）………………11-195
（ウタヒ）て（ノタマハク）（歌曰）………11-195
（ナラヤマ）を（コエ）て（越那羅山）……11-198
（ウタヒ）て（ノタマハク）（歌之曰）……11-198
（ヤマシロ）に（カヘリ）て（還山背）……11-202
（クチ）モチの（オミ）をツ（カハシ）て（遣…口持臣）…11-203
（ツ丶キ）の（ミヤ）に（イタリ）て（至筒城宮）…11-204
（ヒルヨル）を（ヘ）て（經日夜）…………11-205
（コノトキ）にアタ（リ）て（適是時）………11-206
カナシフて（ウタヒ）て（流涕之歌）………11-207
（ウタヒ）て（イハク）（流涕之歌曰）……11-207
（クニヨリヒメ）にカ（タリ）て（ノタマハク）（謂國依媛曰）…11-209
（コタヘ）てマ（ウサク）（對言）…………11-209
（ミニハ）に（フシ）て（伏庭）…………11-209
（アメ）に（ヌレ）て（沾雨）……………11-210
（フシ）て（伏）…………………11-210
キサキ（カタリ）て（ノタマハク）（皇后謂之曰）…11-211
（イマシ）か（セ）に（ツケ）て（告汝兄）…11-211
（カヘリ）て（返之）……………11-212
（クワノ）キをミソナハ（シ）て（視桑枝）…11-213
（ミウタヨミシ）て（ノタマハク）（歌之曰）…11-213
（ツ丶キ）の（ミヤ）にイタ（リマシ）て（詣于筒城宮）…11-217
（ミウタヨミシ）て（ノタマハク）（歌曰）…11-220
（マウサシメタマヒ）て（マウシタマハク）（令奏言）…11-223
（ヤタ）の（ヒメミコ）をメシ（イレ）て（納八田皇女）…11-224

（ホリセシトノタマヒ）て（不欲…）……… 11-224
…（ミコト）を（タテ）て（立…尊）…… 11-227
ヒメミコを（タテ）て（立…皇女）……… 11-231
ツコモリニ（イタリ）て（及月盡）……… 11-234
（キサキ）に（カタリ）て（ノタマハク）（語皇后曰）… 11-234
カシハテにノリコト（シ）て（令膳夫）… 11-236
（トヒ）て（ノタマハク）（以問曰）……… 11-236
（コタヘ）て（マウサク）（對言）……… 11-237
ツカサ（ニノリコトシ）て（令有司）…… 11-242
（トカ）に（ユキ）て（往菟餓）………… 11-243
（ヒトリ）の（ヒトアリ）て（有一人）…… 11-243
（アカツキニオヨハムトシ）て（及…鷄鳴）… 11-244
（イヒ）て（ノタマハク）（謂…曰）……… 11-244
（サハニフリ）て（多降之）…………… 11-245
（メカコタヘ）て（イハク）（牝鹿答曰）… 11-246
アケホノニ（カリヒトアリ）て（及味爽有獦人）… 11-248
（ヒメミコ）をイレて（納…皇女）……… 11-250
オホシて（欲）……………………… 11-250
（ウタヨミシ）て（ノタマハク）（歌之曰）… 11-253
（シノヒ）てツミセス（忍之勿罪）……… 11-257
（ヒメミコノヒサ）に（マクラシ）て（枕皇女之膝）… 11-258
（カタリ）て（イハク）（語之曰）……… 11-258
（コ）の（コト）を（キコシ）メシて（聞是言）… 11-259
（ウタヨミシ）て（イハク）（歌曰）……… 11-260
（コ）ノ（ウタ）を（キコシメシ）て（聞是歌）… 11-262
（オホキ）に（イカリ）て（ノタマハク）（大怒之曰）… 11-263
クニ、（オヨハム）トノタヒて（將及于社稷）… 11-264
（メトリ）の（ヒメミコ）を（キ）て（率雌鳥皇女）… 11-265
…と（キコシ）メシて（聞…）………… 11-266
アカノコを（ツカハシ）て（ノタマハク）（遣…阿餓能胡曰）… 11-267
（オヒ）て（追之）…………………… 11-267
（オヒ）て（追之）…………………… 11-270
（ウタ）に（イタリ）て（至菟田）……… 11-270
（クサ）の（ナカ）に（カク）レて（隱草中）… 11-270
（マヌカレヌルコト）を（シリ）て（知兔）… 11-273
（ヒメミコノタマ）をサ（クリ）て（探皇女之玉）… 11-274
（オフナラ）に（トハシ）メて（令問雄鯽等）… 11-276
（ツキ）にア（タリ）て（當…月）……… 11-277
（ウタカヒ）て（疑之）………………… 11-279
ミコトノリ（シ）て（命）……………… 11-279
（コタヘ）て（マウサク）（對言）……… 11-279
（コタヘ）て（ノタマハク）（對曰）…… 11-281
…[ト]コロをタ（テマツリ）て（獻…地）… 11-282
（ソノトコロ）をヲサメて（納其地）…… 11-282
（ソノトコロ）を（ナツケ）て（號其地）… 11-283
クタラに（ツカハシ）て（遣…百濟）…… 11-284
（クニコホリ）のサカヒを（ワカチ）て（分國郡壃場）… 11-285
（コレ）に（ヨリ）て（由是）………… 11-286
（カシコマリ）て（悚）………………… 11-286
（サケ）の（キミ）を（ユヒ）て（縛酒君）… 11-287
マウキて（來之）…………………… 11-287
（アサムキ）て（ノタマハク）（欺之曰）… 11-288
（アヤシキトリ）を（トリ）て（捕異鳥）… 11-290
（スメラミコト）に（タテマツリ）て（獻於天皇）… 11-291
アミを（ハリ）て（張網）……………… 11-291
（サケ）の（キミ）を（メシ）て（召酒君）… 11-292
（トリ）を（ミセ）て（示鳥）………… 11-292
トク（トヒ）て（捷飛之）……………… 11-293
（コ）の（トリ）を（ナツケ）て（號此鳥）… 11-293
（サケ）の（キミ）に（サツケ）て（授酒君）… 11-294
（ソノヲ）に（ツケ）て（着其尾）……… 11-295
（タカ）を（ハナチ）て（枚放歟鷹）…… 11-296
…を（ナツケ）て（號…）……………… 11-297
マ（ウシ）てマ（ウサク）（奏言）……… 11-299
（ツカヒ）を（ツカハシ）て（遣使）…… 11-300
（ミウタ）ヨミ（シ）て（歌以）………… 11-301
（タケシウチノスクネ）に（トヒ）て（問武内宿禰）… 11-301

（カヘシウタシ）て（答歌）……11-304
…を（ツカハシ）て（遣…）……11-308
（カヘリ）て（還之）……11-309
（シハラクアリ）て（俄）……11-309
（カサネ）て（重）……11-309
（ミコトノリシ）て（詔之）……11-310
（イクサ）を（アケ）て（擧兵）……11-310
（コタヘ）て（マウサク）（對曰）……11-313
（ウカヽヒ）て（伺之）……11-314
（ヒタリノカタ）を（アケ）て（空左）……11-314
ムマイクサを（ツラネ）て（連精騎）……11-315
（イクサ）を（ハナチ）て（縱兵）……11-315
モムて（乘之）……11-316
タミをトラへて（虜…人民）……11-316
ヰて（以）……11-316
（タチ）を（ツカハシ）て（遣田道）……11-317
（ヤフ）ラレて（所敗）……11-317
ツカヒト（アリ）て（有從者）……11-318
…を（トリエ）て（取得）……11-318
（キヽ）て（聞之）……11-319
（オソヒ）て（襲之）……11-320
（オロチアリ）て（有大蛇）……11-320
（メ）をイカラシて（發瞋〔皺瞋〕目）……11-320
（ハカヨリイテ）て（自墓出）……11-321
（サシ）て（差）……11-327
（シロキカ）にナ（リ）て（化白鹿）……11-328
（ミコトノリシ）て（ノタマハク）（詔之曰）……11-329
（オホキナルキアリ）て（有大樹）……11-331
（ナカレ）て（流之）……11-332
（モト）は（ヒトツ）にて（本壹）……11-332
（ツカハシ）て（遣）……11-333
メクラシて（運之）……11-333
ヰテ（キタリ）て（將來…津）……11-334
（ツカヒ）をツ（カハシ）て（遣使者）……11-336
…を（メシ）て（喚…）……11-336
（トヒ）て（ノタマハク）（問之曰）……11-337
（マウシ）て（マウサク）（啓之曰）……11-337
（チ）ス、キを（シキ）て（敷茅萩）……11-339
（コホリ）を（トリ）て（取氷）……11-339
アツキ（ツキ）に（アタリ）て（當熱月）……11-340
（ミツサケ）にヒタ（シ）て（漬水酒）……11-340
（ソノコホリ）を（モテキタリ）て（將來其氷）……11-340
キサラキに（イタリ）て（至于春分）……11-342
ムクロをヒトツ（ニシ）て（[壹]體）……11-343
（イタヽキアヒ）て（頂合）……11-344
ツルキをハイて（佩劒）……11-345
（タミ）をカスムて（掠略人民）……11-346
イ（テマシ）て（幸）……11-348
（カアリ）て（有鹿）……11-349
（ハシリ）て（[走]之）……11-350
（イリ）て（入）……11-350
…をアヤ（シヒ）て（異…）……11-350
（イテ）て（出之）……11-351
（ソノトコロ）を（ナツケ）て（號其處）……11-352
ミツチ（アリ）て（有大虬）……11-353
アシキイキを（カウフリ）て（被其毒）……11-354
フチニ（ノソミ）て（臨派淵）……11-355
アシキイキを（ハキ）て（吐毒）……11-355
（カ）にナリて（化鹿）……11-357
（ツルキヲアケ）て（擧[劒]）……11-357
（ミツ）に（イリ）て（入水）……11-358
（ソノミツ）を（ナツケ）て（號其水）……11-359
（コ）の（トキ）に（アタリ）て（當此時）……11-359
（ウコキ）て（動）……11-360
（オソクイネマシ）て（夜寐）……11-360
ヲサメモノを（ウスクシ）て（薄斂）……11-361
（ウツクシヒ）を（ホトコシ）て（施惠）……11-361
シキナカレて（流行）……11-362
（ハタトセアマリアリ）て（廿餘年）……11-362
アレマシて（產而）……14-4
タカトノに（ノホリマシ）て（登樓）……14-6
（ミモノカタリ）を（シタマヒ）て（以言談）……14-7
（マキ）て（聖娶）……14-8割
（ヨコシマコ）ト（ヲモチヰ）て（用…□[讒]）……14-8割
…を（タテ）て（立…）……14-8割
（オホクサカノミコ）を（コロシ）て（殺大草香皇子）……14-8割
ツマを（イヒ）て（稱妻）……14-9割
タカトノのシ（タ）に（タハフレアソヒ）て（遊戲樓下）……14-10

…に（マクラシ）給て（枕…）…… 14-10
（ヱヒ）てミネフリシタマヘリ（醉眠臥）… 14-11
トリてミネマセルを（熟睡）…… 14-11
…を（ウカカヒ）て（伺…）…… 14-11
ハシ（リ）て（駿）…… 14-12
（スメラミコト）に（マウシ）て（言於天皇）… 14-12
（オトロキ）給て（驚）…… 14-13
（モタマシマシ）て（嘿坐）…… 14-16
ソコ（ナハムトスル）ことを（シリ）て（知將害）… 14-16
（アハセ）て（幷）…… 14-17
ウ（タカハ）ル、ことを（オソリ）て（□所疑）… 14-19
（ツカヒ）を（ツカハシ）て（使々）…… 14-20
（ニケ）て（逃）…… 14-21
（ヤツコ）カ（コ、ロ）を（タノミ）て（恃臣心）… 14-22
（シノヒ）て（忍）…… 14-22
（コレニヨリ）て（由是）…… 14-23
（イクサ）を（オコシ）て（興兵）…… 14-23
（ニハ）に（イテタ、シ）て（出立於庭）… 14-24
（アシユヒ）を（モチキタリ）て（持來脚帶）… 14-24
（ヲハリ）て（畢）…… 14-27
（マウス、ム）て（進軍門）…… 14-27
ヲカミヲ（カミ）て（跪拜）…… 14-27
…（ト）を（タテマツリ）て（[奉]獻…與…）… 14-29
（ヒ）を（ツケ）て（縱火）…… 14-30
（クニヲツタヘ）て（傳國）…… 14-34
…を（ウラミ）て（[恨]…）…… 14-35
ツカヒを…をツカハシて（使人於…）… 14-35
（チキリ）て（期）…… 14-35
イツ（ハリ）て（陽期）…… 14-35
（ハカルマネシ）て（勸）…… 14-35
（ツノ）を（サ、ケ）て（戴角）…… 14-37
（コ、ロ）をタ（ノシヒシメ）て（娯）…… 14-40
イツハリて（陽）…… 14-41
ヨハヒシて（呼）…… 14-41
（シシアリト）の（タマヒ）て（曰猪有）… 14-41
（イワケアワテ）て（骸惋）…… 14-43
ミ（カハネ）を（ウタキ）て（抱屍）…… 14-43
ヨハヒオロラヒて（呼號）…… 14-43
コ、ロヤラム（トオホシ）て（欲遣慮而）… 14-45
ツミセラル、に（ノソミ）て（臨刑）…… 14-46
ツカサに（ミ）コトオホセて（命有司）… 14-48
…に（マウケ）て（設…）…… 14-48
（ウタカヒ）給て（疑）…… 14-59
（カヘリミ）て（顧）…… 14-60
（マヘツキミタチ）に（カタリ）て（謂羣臣）… 14-60
（ウタカヒヲ）ナシ給て（生疑）…… 14-66
（オホムラシ）にミコト□リ（シ）て（命大連）… 14-68
ヒメミコ（トシ）て（爲皇女）…… 14-68
ハリて（張）…… 14-72
…ウヘに（オカシメ）て（置…上）…… 14-72
（キタリ）て（來）…… 14-73割
カサラシ（メ）てタテマツル（莊…貢進）… 14-73割
ヒモカタフ（カサルニオヨヒ）て（[末]□[移][影]）… 14-75
メクリて（旋）…… 14-76
…にイコフて（憩…）…… 14-76
…にモトホリアソヒて（相羊）…… 14-76
カリヒトをヤス（メ）て（息行夫）…… 14-77
（イカリ）給て（怒）…… 14-78
タチを（ヌキ）て（拔刀）…… 14-78
（コレ）に（ヨリ）て（由是）…… 14-80
オホミキをサ、ケて（擧酒）…… 14-81
…を（ミソナハシ）て（[見]…）…… 14-82
ウレシヒタマフて（和顏悅色）…… 14-82
ノ「の」タマ（ヒ）て（[曰]）…… 14-82
タツサハて（携手）…… 14-83
…に（カタリ）て（語…）…… 14-83
（ナマスツクリ）て（割鮮）…… 14-84
（セ）ムト（シ）て（欲…野饗）…… 14-84
…を（シリ）て（知…）…… 14-85
カリニハノ[ア]ソヒに（ヨリ）て（因遊獵場）… 14-86
…をオイタマハムトシて（置…）…… 14-86
キヤヒて（跪禮）…… 14-88
（ウケ）タマ[ヒ]て（受）…… 14-88
…を[ミ][ソ]ナハシて（觀…）…… 14-89

タテマツリタマ[ハ][ム]トシて（欲貢）……14-90
（クハ）へて（加貢）……14-91
（ワケ）て（誤訓）（別）……14-92
（ツキ）て（續）……14-93
（アヤマリ）て（誤）……14-94
（ソシリ）て（誹謗）……14-94
シコチて（譖）……14-97
（ヒメミコ）をケカシマツリて（姧皇女）……14-97
（キヽ）て（聞）……14-98
…に[タ][シ][ヒ]て（牽…）……14-99
（ウカハセムト）アサムキて（僞使鸕鷀沒[水][捕][魚]）……14-99
（キコシ）食て（聞）……14-100
（ツカヒ）を（ツカハシ）て（遣使者）……14-100
カヽへて（案）……14-100
アヤシキ（カヽミ）をト（リ）モチて（齎持神鏡）……14-101
…に[イ][テ]（マシ）て（詣…）……14-101
（ヒト）の[ア][リ]カヌ所をウカヽヒて（伺人不行）……14-101
（カヽミ）を（ウツミ）て（埋鏡）……14-102
…を（ウタカヒ）給て（疑…）……14-102
…を（ホリ）て（掘…）……14-103
（カヘリ）て（還）……14-105
（キタリ）て（來）……14-108
（トヒ）て（問）……14-109
（コタヘ）て（對）……14-109
（コタヘ）て（答）……14-110
カリ[タ][ノ][シ][ヒ]て（[于][遊][田]）……14-111
ムマノクチヲナラ（ヘ）て（並轡）……14-112
ツヽ（シミ）て（恪）……14-112
（ヒクレ）て（日晩）……14-112
（スメラミコト）をオクリタテマツリタマ（ヒ）て（送天皇）……14-113
山（ノ）司にミコトノ（リシ）て（命虞人）……14-115
（イ）むと（シ）給て（欲…射）……14-115
（トクトヒキタリ）て（疾飛來）……14-115
（トヒキタリ）て（飛來）……14-116
（クヒ）て（嚙）……14-116
…を（ヨミシ）タマヒ（嘉…）……14-116
ホ（メ）て（讚）……14-117
クチ□□て（[口][號]）……14-117
（ノタマヒ）て（曰）……14-126
（コノ）トコロを（ナツケ）て（名此地）……14-127
（アキツ）をホメて（[讚]蜻蛉）……14-127
（イテ）て（出）……14-130
ノホリて（緣）……14-130
（トネリ）に（ミコトノリシ）て（詔舍人）……14-131
（ヒト）か（アヒ）ては（「か」ハ「に」ノ誤）（逢人）……14-131
（マチイ）て（逆射）……14-131
（キ）にヨリて（緣樹）……14-132
オムリアヤマリて（失色）……14-132
（キタリ）て（來）……14-132
ツキノホリて（刺止）……14-133
ミアシを（アケ）て（擧脚）……14-133
（カリヤミ）て（田罷）……14-133
コロサ（ルヽ）に（ノソミ）て（臨刑）……14-133
キコシメシて（聞）……14-136
（カナシヒ）給て（悲）……14-136
（ミコトノリシ）て（詔）……14-137
キミを（イヒ）て（謂陛下）……14-138
カリを（シ）給て（安野）……14-138
（タテマツリ）て（上）……14-140
（カリエ）て（獵得）……14-141
（キヽ）て（聞）……14-142
タ（テマツリ）て（貢）……14-142
（ツケ）て（告）……14-143
ヤマトにマ[カ]リて（往日本）……14-144
（タマハリ）て（賜）……14-145
アハセて（嫁）……14-145
（ミチ）にて（於路）……14-146
ノセて（載）……14-146
（シタカヒ）て（隨）……14-146
シマにて（嶋）……14-148
（ナツケ）て（名）……14-149
（キシ）を（マタシ）て（□□支君）……14-151割
（マウテ）て（向）……14-151割
ミソナハ（シ）て（觀）……14-153
（ナケイ）て（慨然）……14-153
ミオモヒヲオコシて（興感）……14-153
（クハコカシメ）て（桑）……14-157
（コトオホセ）て（命）……14-158

アヤマリて（誤）……14-158
（アツメ）て（聚）……14-159
御恵（ラキシ）給て（咲賜）……14-159
（タマヒ）て（賜）……14-159
（タマヒ）て（賜）……14-160
（タマヒ）て（賜）……14-160
（マタシ）て（遣）……14-161
（ミコトノリシ）て（詔）……14-163
（コタヘ）て（答）……14-164
（ユキ）て（行）……14-164
マカリて（往）……14-164
（ノホリ）て（登）……14-165
トラ（ヘ）て（捉）……14-165
（カシコミ）給て（畏）……14-166
ミ（メ）をフタキて（蔽目）……14-166左
（タマヒ）て（賜）……14-167
（シカハ）て（遣）……14-169
メサ（レ）て（被召）……14-169
マウキて（來）……14-169
（シ）て（爲）……14-170
（キホヒ）て（競）……14-170
カツを（ミ）て（見・勝）……14-171
（カタナ）を（ヌキ）て（拔刀）……14-171
（ヨヒ）て（呼）……14-171
（キリ）て（剪）……14-172
（ヨヒ）て（呼）……14-172
（トシ）て（爲）……14-172
（ツケ）て（着）……14-172
（キホヒ）て（競）……14-172
（ミ）て（見）……14-173
（ヌキ）て（拔）……14-173
（キコシメシ）て（聞）……14-173
（ツカハシ）て（遣）……14-173
（アハセ）て（幷）……14-174
（ハヘリ）て（侍）……14-175
ホメカタラ（ヒ）て（稱）……14-175
（カタムケ）て（傾）……14-177
キコシメシて（聽）……14-178
（マキ）て（求）……14-178
コトヨサ（シ）て（拜）……14-178
（メトシ）て（娶）……14-179
ユイて（之）……14-180
ミナリ（キラキラシトキコシメシ）て（聞禮貌閑麗）……14-180割
（コロシ）て（殺）……14-180割
（キヽ）て（聞）……14-181
（オモヒ）て（思）……14-181
（モトメ）て（求）……14-181
（ミコトノリシ）て（詔）……14-182
（ユキ）て（往）……14-183
（ススミ）て（進）……14-183
マウ（シ）て（奏）……14-184
（メシ）て（ツカハスヘシ）（可召而使）……14-184
（ミコトノリシ）て（詔）……14-184
ソヘて（副）……14-185
（ト）リて（取）……14-185
（アハセ）て（幷）……14-185
（タマヒ）て（下）……14-186
（オホム）ことを承給て（銜）……14-186
ヰて（率）……14-186
（ユキ）て（行）……14-186
（イタリ）て（到）……14-186
（ナリ）て（化爲）……14-187
（ユキ）て（就）……14-187
コ（タヘ）て（報）……14-188
ユキて（行）……14-188
ツトヘて（集聚）……14-189
（イフニツ）ケて（託稱）……14-189
ト（トマリ）て（留）……14-190
ヤリて（使）……14-191
（イマ）シ（メ）て（戒）……14-191
（メシ）て（幸）……14-192
コエヨリて（跨據）……14-193
立て（可蹻）……14-193
タモ（チ）て（有）……14-194
（ニクミ）て（悪）……14-195
（コロシ）て（殺）……14-196
ウ（ツミ）て（埋）……14-196
（キコシメシ）て（聞）……14-197
（ツカハシ）て（遣）……14-198
（ヤミ）て（病）……14-199
（コレニヨリ）て（由是）……14-199
…に（ミコトノリシ）て（詔…）……14-200
…に（コトオホセ）て（命…）……14-200

（クタラヨリカヘリ）て（還自百濟）…… 14-203割
…を（ツカハシ）て（遣…）…… 14-204
イツハリて（誕）…… 14-205
…を（オソリ）奉て（懼…）…… 14-206
（コレ）に（ヨリ）て（由是）…… 14-206
…をヤ（リ）て（遣…）…… 14-207
シハラク（アリ）て（有頃）…… 14-207
イトマに（トリ）て（取暇）…… 14-207
（カタリ）て（謂）…… 14-208
（キ丶）て（聞）…… 14-209
イツ（ハリ）て（陽）…… 14-209
ソノハラをヤムマネに（シ）て（患其腹）…… 14-209
（マカリ）て（退）…… 14-209
（クニ）に（ニケイリ）て（逃入國）…… 14-210
…を（シリ）て（知…）…… 14-211
（ツカヒ）を（ツカハシ）て（遣使）…… 14-211
（ハセ）て（馳）…… 14-211
（クニヒト）に（ツケ）て（告國人）…… 14-211
（コ丶ロ）を（シリ）て（知意）…… 14-212
…（アリ）て（有…）…… 14-212
ヒ（マ）に（ノリ）て（乘）…… 14-212
（マヌカル丶）こと（エ）て（得脱）…… 14-213
（ソノクニ）に（ニケイリ）て（逃入其國）…… 14-213
（イクサ）を（オコシ）て（發軍兵）…… 14-213
（ウタヒマヒ）て（歌舞）…… 14-214
（ヨモ）に（ウタヒ）て（四面歌）…… 14-215
…にヤ（リ）て（使…）…… 14-216
（コノトキ）に（アタリ）て（當此之時）…… 14-216
（フシ）て（伏）…… 14-217
（コレ）に（ヨリ）て（由是）…… 14-218
…を（ス丶メ）て（勸…）…… 14-219
（ユキ）て（往）…… 14-219
ツトメて（自刀）…… 14-221
ノリコト（シ）て（令）…… 14-221
…ソナヘをナシて（爲…具）…… 14-221
（ス丶ミ）て（進）…… 14-221
シタツミチを（ツクリ）て（爲地道）…… 14-222
…に□タ（リ）て（謂…）…… 14-223
（イクサヲコト〱ク）にて（キタリオフ）（悉軍來追）…… 14-223
…を放出て（縱…）…… 14-224
（ハサミセメ）て（夾攻）…… 14-224
（シラキ）に（カタリ）て（謂新羅）…… 14-225
（イタリ）て（至）…… 14-225
（ナラムトシ）て（爲）…… 14-226
（ウネメト）を（ツカハシ）て（遣…與采女）…… 14-228
…（オヨヒ）て（及…）…… 14-229
（キコシ）メ（シ）て（聞）…… 14-230
（カミ）を（マツリ）て（祠）…… 14-230
（ニケウセ）て（逃亡）…… 14-231
…（キシ）を（ツカハシ）て（遣…吉士）…… 14-231
…（トヨホ）を（ツカハシ）て（遣…豐穗）…… 14-232
アキの（ハラ）にて（於…藍原）…… 14-233
（トラヘ）て（執）…… 14-233
（スメラミコト）にイマ（シメ）て（戒）…… 14-234
（コレ）に（ヨリ）て（由是）…… 14-234
…（ラ）に（ミコトノ）リ（シ）て（勅…等）…… 14-236
（ニシ）のクニに（ヲリ）て（居西土）…… 14-236
カサ（ネ）て（累）…… 14-236
…にオヨ（ヒ）て（逮…）…… 14-237
…（ホカ）に（オキ）て（投…外）…… 14-238
…をフセキて（阻…）…… 14-238
（カケ）て（闕）…… 14-239
アイて（飽）…… 14-239
コトヨサシて（拜）…… 14-240
（アマツツミ）をセメウチて（伐天罰）…… 14-240
（ウヱ）ては（飢）…… 14-240
（オホムラシ）を（ツカハシ）て（使…大連）…… 14-241
（スメラミコト）に（ウレ）へ申て（憂陳於天皇）…… 14-242
（ツ丶シミ）て（敬）…… 14-242
ナケキ給て（頽歎）…… 14-244
…（ニタマヒ）て（賜…）…… 14-245
ミに（シタカ）へて（隨身）…… 14-245
アヒタスケて（推轂）…… 14-245
（シラク）に（イリ）て（入新羅）…… 14-246
（ユキ）て（行）…… 14-246割
…を（キ丶）て（聞…）…… 14-247
…を（シリ）て（知…）…… 14-247
（オヒ）て（追）…… 14-248

(ヲサメ)て(收)……14-249
(サタマリ)て(定)……14-249
(イクサ)の(ナカ)に(イリ)て (入軍中)…14-252
(トヒ)て(問)……14-252
(イクサヨリマキイテ)て(從軍竟出)…14-252
(ツケ)て(イハク)(告之曰)……14-253
(コロサ)レキト云て(曰…所殺)……14-253
アタノナカにユキて(赴敵)……14-254
シハラク(アリ)て(有項)……14-255
(シタカヒ)て(隨)……14-255
ヤマヒシて(値病而)……14-256
…を(キヽ)て(聞…)……14-256
(シラキ)にユキて(向新羅)……14-257
カサ(リ)て(詐)……14-258
…(スクネ)に(ツケ)て(告…宿禰)…14-259
ヤツカレに(カタリ)て(謂僕)……14-259
(コレ)に(ヨリ)て(由是)……14-260
[イ]サヽケキ(コト)に(ヨリ)て (緣小事)…14-262
…にツ[カ](ハシ)て(使…)……14-262
(ウマノクチ)を(ナラヘ)て(並轡)…14-262
(カハ)に(イタル)に(オヨヒ)て (及至於河)…14-263
(オトロキモトカヘリ)て(愕然)…14-264
(モトカヘリミ)て(反視)……14-264
(サイタテ)にて(相競)……14-265
(ミタレヲミチニセルニアリ)て (行亂於道)…14-265
(カハナカ)にて(中流)……14-265左
…(オホムラシ)に(ウレ)へ申て (憂諮…大連)…14-267
(オホムラシ)に(ミコトノリシ)て (勅大連)…14-268
(ミ)て(視)……14-269
遠國也に(イタツキ)て(勞萬里)……14-270
メクミことを(イタシ)て(到哀矜)……14-270
オホムコトノリをウケタマ(ハリ)て (奉勅)…14-272
…をツ(カハシ)て(使…)……14-272
(タムワ)のムラに(ツクリ)て (依…於田身輪邑)…14-272
(コレニヨリ)て(由是)……14-273
(ヨロコヒ)て(欣悦…)……14-273
…の(モ)に(ヨリ)て(從…喪)……14-275
…に(タテマツリ)て(奉…)……14-276
ノミ(マウサシメ)て(祚請)……14-276
(スメラミコト)にマウシて(奏於天皇)…14-278
(キヽ)て(聞)……14-281
(ユキ)て(往)……14-281
ム(コ)の(イヘ)をヨロコヒて (賀聟家)…14-281
(カトクナリ)て(蓬生)……14-283
(チカツキ)ミて(就視)……14-283
(タカクヌケイテ)て(聳擢)……14-283
ミタラヲノ(ウマ)にムチウチて (鞭…驄馬)…14-284
オクレて(沒後)……14-285
(オソクシ)て(怠足)……14-285
…を(シリ)て(知…)……14-286
(トトメ)て(停)……14-286
(ウマ)をカヘて(換馬)……14-286
(アヒ)サリて(相辭)……14-286
トキムマを(エ)て(得駿)……14-286
ヲトラシて(驟而)……14-287
(ウマ)にマクサ(カヒ)て(秣馬)……14-287
カハ(リ)て(變)……14-287
アヤシムて(異之)……14-288
(カヘリ)て(還)……14-288
(トリ)て(取)……14-288
クハレて(所嚙)……14-291
(コレニヨリ)て(由是)……14-292
ウレヘて(憂愁)……14-292
…(ト)を(タテマツリ)て(獻…與…)…14-293
(ミコトノリシ)て(詔)……14-297
ナノリて(稱名)……14-298
(クハレ)て(所嚙)……14-300
(イカリ)て(瞋)……14-300
(オモテ)をキサミて(黥面)……14-300
(アヒカタリ)て(相謂)……14-301
(ヒトツ)の(トリノユヱニ)ヨリて (由一鳥之故)…14-303
(ミコトノリシ)て(詔)……14-305
(ミコトオホセ)て(命)……14-308

（タカトノ）に（ノホリ）て（登樓）…… 14-309
（アリ）て（有）…… 14-309
（アフキ）て（仰）…… 14-309
…を（ミ）て（觀…）…… 14-310
…を（アヤシヒ）て（恠…）…… 14-310
（ニハ）にタフレて（顚…於庭）…… 14-310
…を（ウタカヒ）て（疑…）…… 14-311
コロサムトオホシㇲて（自念將刑）…… 14-311
（コト）をヨコタヘて（横琴）…… 14-312
（ヒキ）て（彈）…… 14-312
（サトリ）給て（悟）…… 14-317
（キコシ）メシて（聞）…… 14-319
…に（サツケ）て（收…）…… 14-320
（ウタヒ）て（歌）…… 14-321
（キヽ）て（聞而）…… 14-323
（カネ）て（兼）…… 14-327
（クニ）の（ノリ）に（タカヒ）て（違國法）…… 14-327
…をツ（カハシ）て（遣…）…… 14-328
ヰて（領）…… 14-328
トモシヒを（モチ）て（持火炬）…… 14-328
（イヘ）を（カクミ）て（圍宅而）…… 14-328
アカラシマニ（イテ）て（暴出）…… 14-329
（タチ）を（ヌキ）て（拔刀）…… 14-330
アテ（ト）シて（爲質）…… 14-331
テヲノをトリて（揮斧）…… 14-331
アヤ（マラスシ）て（不誤）…… 14-332
（アヤシヒトヒ）て（恠問）…… 14-332
（ソコニ）[イ]テマシ[て]（遊詣其所）…… 14-332
（ウネメ）を（メシ）ツトヘて（喚集采女）…… 14-333
キヌモヲ「を」（ヌキ）て（脱衣裙）…… 14-333
（タフサキ）をキセて（着犢鼻）…… 14-334
アラハナル（トコロ）にて（露所）…… 14-334
（シハシ）ヤ（メ）て（暫停）…… 14-334
（アフキミ）て（仰視）…… 14-334
セメて（嘖讓）…… 14-335
（モノヽヘ）に（サツケ）て（付物部）…… 14-336
（アリ）て（有）…… 14-336
…を（アタラシヒ）て（歎惜…）…… 14-336
（ウタヨミシ）て（作歌）…… 14-337
（コノウタ）を（キコシメシ）て（聞是歌）…… 14-339
（カヘリ）て（反）…… 14-339
アタラシヒタマフことを（ナシ）て（生悔惜）…… 14-339
（ナケキ）て（喟然）…… 14-339
ナケキて（頽歎）…… 14-339
（ハセ）て（馳）…… 14-340
コロストコロに（イタリ）て（詣刑所）…… 14-340
ヤメて（止而）…… 14-340
（ウタヨミシ）て（作歌）…… 14-340
（オトヒメラ）をヰて（將…第媛等）…… 14-345
（クレノマラウト）の（ミチ）をツ（クリ）て（爲呉客道）…… 14-345
（ミコトオホセ）て（命）…… 14-346
（クレヒト）に（アヘタマハムト）オホ（シ）て（欲設呉人）…… 14-349
トヒて（問）…… 14-349
…に（ミコトオホセ）て（命…）…… 14-351
アカヌクルの（ハラ）にて（高拔原）…… 14-351
（トネリ）を（ツカハシ）て（遣舍人）…… 14-352
カヘリコトマウシて（服命）…… 14-352
ミタマハムとシて（見）…… 14-354
（オミムラシ）に（ミコトオホセ）て（命臣連）…… 14-354
（オホソラ）にアフイて（仰天）…… 14-354
（トヒ）て（問）…… 14-355
（ナニノユヱアリ）てか（何由）…… 14-355
ミユカヨリオリて（避床）…… 14-355
（コタヘ）て（對）…… 14-355
ウケ（タマハリ）て（奉）…… 14-356
（ウタカヒ）をネノオミに（イタシ）て（疑於根使主）…… 14-357
ナミタヽリて（滞垂）…… 14-358
（オトロキ）て（驚）…… 14-358
（コタヘ）て（對）…… 14-359
（ミコトノリシ）て（詔）…… 14-359
（ニケ）カ（クレ）て（逃匿）…… 14-361
（ヒネニイタリ）て（至於日根）…… 14-361
（イナ）キを（ツクリ）て（造稻城）…… 14-361
ツ[カ]サ〱にミ（コトオホセ）て（命有司）…… 14-362
（ウミノコ）をワ（カチ）て（分子孫）…… 14-362
（タミ）ト（シ）て（爲…民）…… 14-363
（タマヒ）て（賜）…… 14-363

…（ウミノコ）を（モトメ）て（求…子孫）…………………………………14-364
（ヨルフシ）に（カタリ）て（夜臥）（謂人）…………………………14-366
（ヒト）（カタリ）て（夜臥）（謂人）…………………………14-366
（コノコト）を（キコシメシ）て（聞是語）…（使人）……………14-367
（ヒト）を（ツカヒ）に（シ）て（使人）……………14-367
トラヘて（收）…（トラヘ）て（獲…）………14-367
（オミムラシラ）にアカチて（分散臣連等）……………………14-369
（コレニヨリ）て（由是）………………14-370
（ミコトノリシ）て（詔）……………14-371
（ハタ）の（タミ）をトリて（聚秦民）……14-371
カチをヒキキて（領率…勝）………14-372
（キヌカトリ）を（タテマツリ）て（献…絹縑）……14-372
（カハネ）を（タマヒ）て（賜姓）…14-372
（ミコトノリシ）て（詔）……14-374
（ミコトノリシ）て（詔）……14-374
（アカチ）て（散）…………14-374
（ミコトノリシ）て（散遷…）……14-375
アヤヘを（ツトヘ）て（聚漢部）…14-375
（カハネ）を（タマヒ）て（賜姓）…14-375
（カハネ）を（タマヒ）て（賜姓）…14-376
…（ミコトノリシ）て（詔…）………14-377 割
（ナツケ）て（名…）…………14-380
…を（ツカハシ）て（遣…）……14-382
…（キ）て（聞）…………14-382
（ユミイル）ことをホコリて（矜能射）…14-383

ミイクサに（タマヒ）て（賜…）…………14-383
（タチ）を（トリ）て（執太刀）…………14-386
…（ホロヒ）て（亡…）…………………14-386
（フネ）に（ノリ）て（乗舟）…………14-386
タケヒて（感）…………………………14-387
（アヒ）シタカヒて（相逐）……………14-387
（イタリ）て（到）………………………14-387
（ミ）て（見而）…………………………14-387
（タテ）を（トリ）て（執楯）…………14-389
…を（トラヘ）て（獲…）………………14-389
（カ）（コレ）（ヨリ）て（由是）………14-389
オホト大夫にトヒて（問侍臣）…………14-390
カ（タサリシ）ことをハチて（羞愧不克）14-391
…ハ（ヘリ）て（有…）…………………14-391
（スミ）て（進）…………………………14-391
（マウシ）て（奏）………………………14-392
…を（ヰ）て（率…）……………………14-393
（キコシメシ）て（聞）…………………14-394
（ミコトノリシ）て（詔）………………14-395
イクサを（オコシ）て（發軍兵）………14-396
…を（ウハヒ）て（奪）…………………14-396
（ウチ）て（伐）…………………………14-397
…の（トモカラ）（アリ）て（有…衆）14-397
…（ステ）（ツキ）て（既盡）…………14-398
コニキシに（マウシ）て（言於王）……14-400
三宅と（シ）て（爲…官家）……………14-400
マキ（リ）て（入）……………………14-401 割
（コニサシ）を（セメ）て（攻大城）…14-401 割
サカシマニ（アシキコト）をイ（タキ）て
（遘疾彌留）……………………………14-401 割
（コト）をアケて（興言）………………14-422
（ヤマヒシアツシレ）て（遘疾彌留）…14-422
…にョリテ（籍…）……………………14-421
コノロキモヲツクシて（磐竭心府）……14-420
（トキ）に（シタカヒ）て（随時）……14-420
（トキツイヘ）にて（一家）……………14-419
オ（ノカミ）をハケ（マシ）て（勵己）14-418
（テ）を（ニキリ）て（握手）…………14-417
ワカレ給て（辭訣）…（遺詔…與…）…14-417
…（ト）にノチノ（ミコトノリ）シて…14-417
（ミコトノリシ）て（詔）………………14-416
カ（ウ）へを（ナテ）て（撫頭面）……14-415
ネムコロニシて（慇懃）…………………14-414
…（ミコトノリシ）て（勅）……………14-412
…ヒ（キキ）て（率）……………………14-412
ツ（カハシ）て（遣）…………………14-412
（アハセ）て（井）………………………14-411
タケリて（感）…………………………14-411
（アヒ）シタカヒて（相逐）……………14-409
（イタリ）て（到）………………………14-408
（ミ）て（見而）…………………………14-408
（タテ）を（トリ

（居儲君上嗣）……14‐430
（シニ）て（ノチ）に（崩之後）……14‐432割
（ユキ）て（行）……14‐433
（イタリ）て（至）……14‐433
（キヽ）て（聞）……14‐433
（カタリ）て（相謂之）……14‐433
（イハミ）て（聚結）……14‐434
（キ）たりて（來）……14‐435
…に（アヒ）て（會…）……14‐435
（タタカヒ）て（合戰）……14‐435
（フナヒト）を（ヨヒ）て（喚舩人）……14‐437
（オソリ）て（恐）……14‐438
（ユミ）を（タテ）て（立弓）……14‐438
ハスをトラヘて（執末）……14‐438
（ウタヒ）て（歌）……14‐438
（ヲハリ）て（訖）……14‐440
（オヒ）て（追）……14‐440
…に（イタリ）て（至…）……14‐441
（オヒ）て（追）……14‐441割
（ヒト）を（ヤリ）て（遣人）……14‐441割
…を（キヽ）て（聞）……17‐5
（ツカヒ）を（ツカハシ）て（遣使）……17‐6
…に（ヨハフ）て（聘…）……17‐6
召入て（納）……17‐6
（サカシキ）をキヤマヒタマフて（禮賢）…17‐9
（オホムラシハカリ）て（大連議）……17‐11
（マサ）に（イマタエ）て（方今絶）……17‐11
（コレ）に（ヨリ）て（由斯）……17‐12
（ツハモノ）を（マケ）て（設兵伎）……17‐14
ハ（サミ）マ（モリ）て（夾衞）……17‐14
□ケて（就）……17‐14
（ムカヘマツリ）て（奉迎）……17‐14
（タテ）て（立）……17‐14
（ミナシタカヒ）て（皆隨）……17‐15
オセリて（望）……17‐15
（オソリ）て（懼然）……17‐16
ニケホトハシ（リ）て（遁）……17‐16
ハカリて（籌議）……17‐18
ヒト丶ナリメクミアリて（性慈仁）……17‐18
[ス]（スメ）[マ]（ツリ）て（勸進）……17‐19
（オミムラシラ）を（ツカハシ）て（遣臣連等）…17‐21
シルシをモ（チ）て（持節）……17‐21
ミコシを（ソナヘ）て（備法駕）……17‐21
ヨソ[ヒ]□□イツクシクト丶ノへて（肅整容儀）…17‐22
御サキオヒて（警蹕前駈）……17‐22
…をト（丶ノへ）ツ（ラネ）て（齊列…）……17‐23
（コレ）に（ヨリ）て（由是）……17‐24
カシコマリて（敬憚）……17‐24
（イノチ）をヨセて（委命）……17‐24
（ウタカヒ）アリと（シ）て（疑）……17‐25
（ツカヒ）をタテマタシて（奉遣使）……17‐26
（ミヨアリ）て（三夜）……17‐27
（ナケキ）て（喟然歎）……17‐27
（ツカヒ）を（マタシ）て（遣使）……17‐28
…に（イタリ）て（及至…）……17‐29
（ヒサマツキ）て（跪）……17‐31
ミシルシヲ（タテマツリ）て（上…璽符）…17‐31
イ□□て（射謝）……17‐31
（ツチニフシ）て（伏地）……17‐33
（ニシ）に（ムカヒ）て（西向）……17‐34
（ミナミニムカヒ）て（南向）……17‐34
（フシ）て（伏計）……17‐35
（モロ〳〵ノネカヒ）に依也て（藉衆願）…17‐36
（タカハ）シトノタマフて（不承乖）……17‐37
申也コ（ヒ）て（奏請）……17‐41
（オホムラシムロヤ）を（ツカハシ）て（遣…大連室屋）…17‐43
…を（アンチ）シて（安置）……17‐44
タシ（ラ）カ（ノヒメミコ）を（タテ）て（立手白香皇女）…17‐45
メ（シ）て（納）……17‐45
…（ラ）を（ツカハシ）て（遣…）……17‐46
イ（ツキ）て（敬祭）……17‐46
（マウシ）て（求）……17‐46
（ミコトノリシ）て（詔）……17‐47
オホムタカラを（ナ）シて（生黎庶）……17‐48
…をツ（カサトラシメ）て（使司…）……17‐48
…を（ウレヘ）て（憂）……17‐49
（ヒラキ）て（披）……17‐49
コトワリノヨソヒを（ソナヘ）て（備禮儀）…17‐50
…（ヒメミコ）を（タテ）て（立…皇女）…17‐51

(クニシロシメシ)て(治)…… 17-52
(ミコトノリシ)て(詔)…… 17-53
(トシ)に(アタリ)て(當年)…… 17-53
(トシ)に(アタリ)て(當年)…… 17-54
(タ)ツ(クリ)て(耕)…… 17-55
コカヒ(シ)て(蠶)…… 17-56
…を(ステ)て(發棄…)…… 17-56
(アメノシタ)にノタマフて(普告天下)…… 17-57
(…ニヨリ)て(據…)…… 17-58割
(アマツヒツキ)シロ(シメシ)て(即天位)…… 17-58割
(ウラナヒ)エ(ラヒ)て(占擇)…… 17-58割
ニケて(浮逃)…… 17-79
ヘタエて(絶貫)…… 17-79
…(モノ)をヌキ(イタシ)て(括出…者)…… 17-79
(クタラ)に(ウツシ)て(遷百濟)…… 17-80
…を(ツカハ)て(遣…)…… 17-82
(ツカヒ)を(マタシ)て(遣使)…… 17-83
フミシ(タテマツリ)て(表)…… 17-84
(マウシ)て(奏)…… 17-85
(クタラ)に(タマハリ)て(賜百濟)…… 17-86
(アハセ)て(合)…… 17-86
ユルシ(タマハリ)て(縱賜)…… 17-87
界也(トシ)て(爲異場)…… 17-88
(コノコト)を(エ)て(得是言)…… 17-88
立也(ムカハ)ムト(シ)て(欲發向…)…… 17-90
諫也て(要)…… 17-90
…(ノ)マカキ(トシ)て(蕃屛)…… 17-93
ミヤケを(オキ)て(置官家)…… 17-93
サイて(削)…… 17-94
カヘリ申て(報)…… 17-95
イサ(メ)て(諫)…… 17-95
ヤマヒ(ト)申て(稱疾)…… 17-96
(コレニヨリ)て(由是)…… 17-96
(ツカヒ)を(アラタメ)て(改使)…… 17-96
(アハセ)て(幷)…… 17-96
…をサツケて(付…)…… 17-97
中文也に(ヨリ)て(依表)…… 17-97
(コト)に(ヨリ)て(緣事)…… 17-97
…(アリ)て(有…)…… 17-98
ノリコチて(令)…… 17-98
…を(ツカハシ)て(遣…)…… 17-99
(アラタメ)て(改)…… 17-99
(コタヘ)て(答)…… 17-100
(タヨリヨロシキ)ことを(ハカリ)て(圖計便宜)…… 17-100
(ミコトノリ)に(タカヒ)て(違…勅)…… 17-101
(アラタメ)て(改)…… 17-101
ハシをトリて(持…頭)…… 17-102
(チヒサキハシ)を(トリ)て(持…小頭)…… 17-102
イタカラ[ム]ト云て(痛乎)…… 17-102
ツテコト(アリ)て(有流言)…… 17-103
…を(マタシ)て(遣…)…… 17-106
…に(ソヘ)て(副…)…… 17-106
(マウシ)て(奏)…… 17-106
(フシ)て(伏)…… 17-107
ミウツクシヒアリて(天恩)…… 17-107
コトワリタマ(ヒ)て(判)…… 17-107
モノカタリシて(淸談)…… 17-109
クツテウタ(シ)て(口唱)…… 17-110
(ウタヒ)て(唱)…… 17-120
ミカト(ニ)ヨリて(於朝庭)…… 17-129
…(ラ)を召也(ツラネ)て(引列…尊等)…… 17-130
(マタシ)て(遣)…… 17-132
(タテマツリ)て(獻)…… 17-132
(ミコトノリシ)て(詔)…… 17-133
(アマ)ツツス(「キ」ノ誤)を(ウケ)て(承天緒)…… 17-133
國家をタ(モツ)こと(獲保宗朝)…… 17-133
(トシ)ウル(コト)を(イタシ)て(到豐年)…… 17-134
(ヤハラキ)て(邕々)…… 17-135
(コレ)に依也て(馮茲)…… 17-137
(コレ)に(ヨリ)て(籍此)…… 17-137
日次ミコノ位に(ヰ)て(處春宮)…… 17-138
(ワレ)を(タスケ)て(助朕)…… 17-138
(ワレ)を(タスケ)て(翼吾)…… 17-138
(イテ)て(出)…… 17-139
(ミコ、ロ)に(ウタカヒ)て(意疑)…… 17-140
(ミヤ)に(イリ)て(入殿)…… 17-140
(トコ)に(フシ)て(臥床)…… 17-140
アツカヒて(惋痛)…… 17-140

(トヒ)て(問)…… 17-141
オノカコをウツクシフ(ラムトシ)て (爲愛養兒)… 17-142
(ヒト)に(イタリ)て(至於人)…… 17-144
(シタカヒ)て(隨)…… 17-145
オモホシイタミタマ(ヒ)て(感痛)…… 17-145
(ミコトノリシ)て(詔)…… 17-145
ムナシ(キ)こと(エ)て(得空爾)…… 17-146
…(ミヤケ)を(タマヒ)て(賜…屯倉)… 17-147
…に(ツキ)て(築…)…… 17-148
…舎也を(オキ)て(置…邸閣)…… 17-148
…に(ツキ)て(築…)…… 17-149
…ツハ(モノ)を(ツトヘ)て (聚…兵器)… 17-150
ヲノコメノコをカラメトラヘて (駈略子女)… 17-150
(ミコトノリシ)て(勅)…… 17-153
(モノ、ヘノムラシ)を(ソヘ)て (副物部連)… 17-153
(サト)の(シマ)に(イタリ)て (到沙都嶋)… 17-154
…(ヒキヰ)て(率…)…… 17-155
(イクサ)を(オコシ)て(興師)…… 17-156
(ユキ)て(往)…… 17-156
キモノをセメハキて(逼脱衣裳)…… 17-157
カスミムハフて(刼掠)…… 17-157
(オチオソリ)て(怖畏)…… 17-157
(イノチ)をイキて(存身命)…… 17-158
…(カフセウ)を(マタシ)て (遣…甲肖)… 17-159
夷(モン)にネキラフて (迎勞…已次(汶))… 17-160
ヒキヰて(引導)…… 17-160
(…キヌ)を(イタシ)て(出…帛布)… 17-161
キク(ハ)へて(助加)…… 17-161
…(シヤウクン)を(マタシ)て (遣…將軍)… 17-162
(ソヘ)て(副)…… 17-162
(マウキ)て(來)…… 17-162
…を(タテマツリ)て(貢…)…… 17-163
…を(マタシ)て(遣…)…… 17-165
…(アンテイラ)に(ソヘ)て (副…安定等)… 17-165
マウキて(來朝)…… 17-165
(ウツリ)て(遷)…… 17-166
(ウツリ)て(遷)…… 17-169
…(ムヨロツ)を(ヰ)て(率…六萬)… 17-171
(ミマナ)に(ユキ)て(往任那)…… 17-171
ソ(ムク)ことを(ハカリ)て(謨叛逆)… 17-172
ウラモヒシて(猶預)…… 17-172
(コト)の(ナリカタキ)ことを(オソリ)て (恐事難成)… 17-173
(コレ)を(シリ)て(知是)…… 17-173
…ニ(オクリ)て(行)…… 17-173
(フタツ)の(クニ)にオソヒて (掩據…二國)… 17-175
(ウミツチ)をタへて(邀海路)…… 17-175
…(イクサ)をサイキ(リ)て(遮…軍)… 17-176
コトアケシて(揚言)…… 17-176
…(エ)て(得…)…… 17-178
(タタカヒ)て(戰)…… 17-178
(オコリ)て(驕)…… 17-178
(ツカヒ)と(ナリ)て(爲使)…… 17-178
…(ナカミチ)に(ミ)て(見…中途)… 17-179
…(ヲトヒトラ)に(ミコトノリシ)て (詔…男人等)… 17-180
ソムキオソヒて(反掩)…… 17-180
イ(サミ)て(勇)…… 17-181
(ミコトノリシ)て(詔)…… 17-182
ユ(キ)て(倶 歔徂)…… 17-183
ヲカ(ミ)て(再拜)…… 17-183
…サカシキことをタノ(ミ)て(負…阻)… 17-184
(ヤマ)の(タカキ)に(ヨリ)て (馮山峻)… 17-184
イキホヒを(ヤフリ)て(敗德)…… 17-185
アナツリオコリて(侮嫚)…… 17-185
ムルヤに(イタリ)て(及)…… 17-185
キミをマ(モリ)て(助帝)…… 17-185
(ミコトノリシ)て(詔)…… 17-186
メ(クミ)を(ホトコシ)て(施恩)…… 17-187
(オノレ)をオモハカリて(恕己)…… 17-187
(ミコトノリシ)て(詔)…… 17-188
ツ(、シミ)て(恭)…… 17-188
(マサカリ)をトリて(摻斧鉞)…… 17-189

(オホムラシ)に(サツケ)て(授大連)…… 17-189
(ノソミ)て(望)…… 17-193
…(アヒタ)に定て(決…間)…… 17-193
(イハヰ)を(キリ)て(斬磐井)…… 17-194
カソノツミニヨリて(坐父)…… 17-194
…を(オソリ)て(恐…)…… 17-194
(カスヤ)のミヤケを(タテマツリ)て(獻糟屋屯倉)…… 17-195
…に(カタリ)て(謂)…… 17-197
(コレ)に(ヨリ)て(因茲)…… 17-198
…ヲウルヲシて(濕…)…… 17-198
ソコナヒて(懐)…… 17-198
…ラを(ツカハシ)て(遣…等)…… 17-200
ミカトツカヒに(カタリ)て(謂勅使)…… 17-201
(アラタメ)て(改)…… 17-202
(コレ)に(ヨリ)て(因斯)…… 17-202
…にカタミ(シ)て(難…)…… 17-203
(フヒト)を(ツカハシ)て(遣録)…… 17-203
(コレ)に(ヨリ)て(由是)…… 17-203
(ムスヒ)て(結)…… 17-204
(メトシ)て(聚娶歟)…… 17-204
(アハセ)て(幷)…… 17-205
(マタシ)て(遣)…… 17-205
(ウケ)て(受)…… 17-205
アカチ(オキ)て(散置)…… 17-206
(イキトホリ)て(嗔)…… 17-206
(マタシ)て(遣)…… 17-207
(ムスメ)を(カヘサム)と(シ)て(欲還女)…… 17-207
(ウケ)て(承)…… 17-207
ハチて(羞)…… 17-207
カヘ(リ)て(翻)…… 17-207
コタヘて(報)…… 17-208
(アハセ)て(配合)…… 17-209
(ステ)て(棄)…… 17-209
(ツカハシ)て(遣)…… 17-211
(ミコトノリシ)て(勅)…… 17-211
(シラキ)を(ススメ)て(勸新羅)…… 17-211
(マタシ)て(遣)…… 17-212
(アラ)に(ユキ)て(往赴安羅)…… 17-213
(オソリ)て(恐)…… 17-213
(マタシ)て(遣)…… 17-214
(アラ)に(ユキ)て(往赴安羅)…… 17-214
(タカ)トノをタテて(起高堂)…… 17-215
(シリヘ)に(タチ)て(隨後)…… 17-215
クハヽリて(預)…… 17-216
マウシて(啓)…… 17-219
(タカヒ)て(違)…… 17-221
(サカヒ)を(コエ)て(越境)…… 17-221
(スメラミコト)に(マウシ)て(奏天皇)…… 17-221
(ツカヒ)を(ツカハシ)て(遣使)…… 17-222
(アハセ)て(幷)…… 17-223
(タツネトヒ)て(推問)…… 17-223
クマナレに宿也て(次于熊川)…… 17-224
(マタ)シて(遣)…… 17-226
(イカリ)て(怒)…… 17-226
(セメトヒ)て(責問)…… 17-227
(ツトヒ)て(集)…… 17-228
(キタリ)て(來)…… 17-229
イ(タキ)て(懐)…… 17-230
(カヘリ)て(歸)…… 17-230
(コレニヨリ)て(由是)…… 17-230
(アラタメ)て(改)…… 17-230
(マタシ)て(遣)…… 17-231
(ヰ)て(率)…… 17-231
(キタリ)て(來)…… 17-231
(カクミメクリ)て(圍繞)…… 17-232
(ミ)て(見)…… 17-232
ヤト(リ)て(次)…… 17-233
ムラサトニて(於聚落)…… 17-235
(イリカクレ)て(入隱)…… 17-236
(マチ)て(待)…… 17-236
(テ)をツカミて(捲手)…… 17-236
(ミ)て(見)…… 17-237
(ツヽシミ)て(謹)…… 17-237
(マチ)て(待)…… 17-237
(イツハリ)て(斯誑)…… 17-238
ヰて(將)…… 17-240
(ミコトノリシ)て(詔)…… 17-242
(ノヘ)て(陳)…… 17-243
(マウシ)て(申)…… 17-244
(オヨヒ)て(及)…… 17-244
…に(クタリ)て(降…)…… 17-246
…に(ウケ)て(承…)…… 17-246

(オトロヘ)て(衰)……17-247
タモチウケて(獲奉)……17-248
(コレ)に(ヨリ)て(由是)……17-249
(コレ)に(ヨリ)て(由斯)……17-250
(コレ)にヨ(リ)て(籍此)……17-250
(ノヘアケ)て(宜楊)……17-251
(イタリ)て(曁)……17-252
(マウシ)て(奏)……17-252
(クシムラ)にて(於久斯牟羅)……17-253
(オコ)シ(ツクリ)て(起造)……17-253
コノミて(樂)……17-255
ウケヒユ(シ)て(誓湯)……17-255
入也て(投)……17-256
(ヲミナ)を(メトシ)て(娶…女)……17-256割
(ナヤマシ)て(惱)……17-257
(キコシメシ)て(聞)……17-257
(ツカハシ)て(遣)……17-257
(マウテシメ)て(奉詣)……17-258
(マウ)シて(奏)……17-259
(ネキラヘラレ)て(勞)……17-259
(イキ)て(往)……17-259
(ナシ)て(成)……17-260
マキ(リ)て(入)……17-260
(ハカリ)て(謨)……17-260
(トリ)カヘリて(取歸)……17-261
(ツカハシ)て(遣)……17-262
トモカラを(キ)て(率衆)……17-262
ワサト(シ)て(爲事)……17-263
(コレ)に(ヨリ)て(由是)……17-264
コモを(ツカハシ)て(遣)……17-265
(ツカヒ)に(シ)て(使)……17-265
(キヽ)て(聞)……17-266
…をカスキて(投…)……17-267
クヒカシカナツカリ(シ)て(枷鏁)……17-267
…を(セメノリ)て(責罵…)……17-268
(サシ)にヨリて(嬰城)……17-268
ハカ(リ)て(圖度)……17-269
(ナツケ)て(號)……17-269
(マウイタリ)て(至)……17-272
(マウシ)て(奏)……17-272
(オモヒ)て(恩)……17-273
(ツカハシ)て(遣)……17-274
(メサレ)て(被召)……17-274
(イタリ)て(到)……17-274
(ヤマヒニアヒ)て(逢疾)……17-274
(ウタヒ)て(歌)……17-275
(ウタ)を(オクリ)て(贈歌)……17-277
…を(トリ)て(取…)……17-282割
(ススミ)て(進)……17-282割
(イタリ)て(至)……17-282割
(コレニヨリ)て(由是)……17-283割
(アタリ)て(當)……17-283割
(タチ)て(立)……20-5
(キサキ)を(タフトヒ)て(尊皇后)……20-8
(オホオミト)に(トヒ)て(問…與大臣)……20-11
コタヘ申て(奉對)……20-12
(キコシ)メシて(聞)……20-12
(キハメ)て([極])……20-12
御心ノナキて(愀然)……20-13
(ナケキ)て(歎)……20-13
…にツ(カハシ)て(遣…)……20-14
(ミツキモノ)をカ(ムカヘ)シ(ルシ)て(檢錄)……20-15
…を(トリタ)マヒて(執…)……20-15
…を(メシ)[ツト](ヘ)て(召[聚]…)……20-16
(コレニヨリ)て(由是)……20-18
(ホメタマヒ)て(爲讃美)……20-18
(イマ)より(ハシメ)て(今始)……20-20
…(フヒト)に(ミコトノリシ)て(詔…史)……20-20
ムシて(蒸)……20-23
(ハ)に(オシ)て(印羽)……20-23
(ソヒツカヒラ)に(カタリ)て(謂副使等)……20-24
(ワ)か(ハカルトコロ)に(タカヒ)て([違]吾所議)……20-25
人に(アサムカ)レて(彼欺於他)［歟被］……20-25
(クニ)の□□キを(ワカチ)て([分]國調)……20-26
(カタラヒ)て(相謂)……20-27
ヒソカに(コロサムトシ)て(欲偸[殺])……20-28
(シリ)て(知之)……20-29
(ヨソヒシ)て(裝束衣帶)……20-29
(ムロツミ)のニハナカ(ニタチ)て(立舘中庭)……20-30

アタ(ヒトリアリ)て(有賊一人)……20-30
(イテキ)て(出來)……20-31
…(カシラ)を(ウチ)て(打…頭)……20-31
アタ(ヒトリアリ)て(有賊一人)……20-31
(オホツカヒ)に(ムカヒ)て(向大使)……20-31
(カシラトテトヲウチ)て(打頭與手)……20-32
(ツチ)に(タチ)て(立地)……20-32
(トリ)て(執)……20-33
(キタリ)て(來)……20-33
…(ハラ)を(サシ)て(刺…腹)……20-33
(オソリ)て(恐)……20-33
(ツチ)に(フシ)て(伏地)……20-34
(アタヒトリアリ)て(有賊一人)……20-34
(コロシ)て(殺)……20-34
イツハリコトを(ナシ)て(作矯詐)……20-35
(ミコトノリ)に(タカヒ)て(違勅)……20-36
(フネ)ワレて(破舩)……20-40
ウタカヒタマ(ヒ)て(猜)……20-40
…(ナニハ)に(ミコトノリシ)て(勅…難波)……20-41
ホト(リ)に(シ)て(於…岸)……20-42
(ノラ)シ(メ)て(乘)……20-44
(フネ)をタチシて(發舩)……20-45
ナミに(オソリ)て(恐畏波浪)……20-46
(カヘリ)マウ(キ)て(還來)……20-47
(カヘリコトシ)て(復命)……20-47
オホク(アリ)て(大有)……20-47
(イヲ)の(フネノマム)ことを(オソリ)て(恐魚呑舩)……20-48
(キコシメシ)て(聞)……20-48
(ツカサ)にツカ(ヒ)て(駈使於官)……20-49
ミヤ(コ)にマ□(リ)て(入京)……20-52
(マウシ)て(奏)……20-52
(オクルツカヒ)に(アヒ)シタ(カヒ)て(相逐送使)……20-52
…キヤに(ナソラヘ)て(准…禮)……20-53
(ツヽシミ)て(謹)……20-55
(アハセ)て(并)……20-55
…(ラ)をマ(タシ)て(遣…等)……20-55
(キコシメシ)て(聞)……20-56
(ナニハ)か(ツミ)をセメて(數難波罪)……20-56
…(キヒ)の(クニ)に(ツカハシ)て(遣…吉備國)……20-59
ウシに(ミコトノリシ)て(詔…牛)……20-61
(タマヒ)て(賜)……20-61
(ツカヒ)を(マタシ)て(遣使)……20-61
(ツカヒ)を(マタシ)て(遣使)……20-69
(ミコトオホオミト)に(ミコトノリシ)て(詔皇子與大臣)……20-70
(キシノク)カネをマツ(マヽ)(シ)て(遣吉士金子)……20-71
(ツカヒ)を(マタシ)て(遣使)……20-73
(アハセ)て(并)……20-73
ウラへにミコ(トノリシ)て(命卜者)……20-74
(ミコトノリシ)て(詔)……20-77
…(ミコト)を(タテ)て(立…尊)……20-78
(ミコトノリシ)て(詔)……20-84
…(ト)を(ツカハシ)て(遣…與…)……20-85
オホ(ミ)コトをウ(ケタマハリ)て(奉命)……20-86割
ナイヒて(稱)……20-86割
…(ラ)に(ツケ)て(付…等)……20-87
(コトアラハレ)て(事顯而)……20-91
キシ(サナマ)をマタシて(遣枳叱政奈末)……20-92
(アハセ)て(并)……20-92
(コレニヨリ)て(由是)……20-96
…(ラ)を(メシ)て(召…等)……20-97
(ミコトノリシ)て(詔)……20-97
…のアトに(シタカヒ)て(遵…例)……20-98
カシ(コミ)て(恐懼)……20-99
ハツ(セ)のカハナカにオリヰて(下泊瀬中流)……20-99
ミモロの(ヲカ)にムカ(ヒ)て(面三諸岳)……20-99
(ミツ)を(スヽリ)て(歃水)……20-100
チカヒて(盟)……20-100
(アトナマ)を(消)(マタシ)て(消)(遣安刀奈末)……20-103
(シセウナマ)を(マタシ)て(遣…失消奈末)……20-103
(ミコトノリシ)て(詔)……20-105
…ミ(ヨ)にアタ(リ)て(屬…世)……20-105
(カムアカリマシ)て(崩)……20-107

索引篇 て −て 302

アヤシ(キハカリコト)を(タスケマツリ)て(奉助神謀)………20-108
…(ト)を(ツカハシ)て(遣…與…)………20-110
三門にカヘリコトマ(ウシ)て(復命於朝)………20-111
(ニチラ)をヲシミ(タテマツリ)て(奉惜日羅)………20-112
…(ハシマ)を(ツカハシ)て………20-113
(クタラ)にユ(キ)て(之百済)………20-113
(ニチラミム)ト(シ)て(欲…見日羅)………20-114
シハラ(ク)アリて(俄而有)………20-114
にイレホト云て(入…内)………20-115
(ソノコ、ロ)を(サトリ)て(覺其意)………20-115
シ(リ)にタチて(隨後而)………20-115
(ムカ)へ(キタリ)て(迎來)………20-116
(テ)を(トリ)て(把手)………20-116
(ヒソカ)に(ツケ)て(密告之)………20-116
(ヤツカレ)をタテマタイて(奉遣臣)………20-117
(オモ)ヘリをミせて(現…色)………20-118
(シノハカリコト)に(ヨリ)て(依其計)………20-119
…の(ムラシ)を(ツカハシ)タマヒて………20-122
…(ナニハ)の(ムロツミ)に(ツカハシ)て遣…難波館………20-123
(ウマニノリ)て(乗馬)………20-124
(ナケキウラミ)て(歎恨)………20-124

(ニチラ)をツカハシて(使…日羅)………20-127
(ノソミ)て(臨)………20-127
(トクニラ)に(カタリ)て(語徳爾等)………20-127
(ハ)カリて(計)………20-128
(ソノ)ヨ(ロヒ)を(ヌキ)て(解其甲)………20-128
にイホリて(營)………20-128
ハムヘラ(シメ)て(住)………20-129
ヲサメタマ(ヒ)て(供給)………20-130
…の(ムラシ)を(ツカハシ)て遣…連………20-130
(コタ)へて(對)………20-131
(イクサ)を(オコシ)て(興兵)………20-131
(フネ)を(タシ)て(足兵)………20-133
(ミトセ)にて(三年)………20-133
(ニキハヒトミ)て(饒富)………20-133
カヘリて(翻)………20-134
トナリノマラトに(ミシメ)て(使觀客人)………20-134
(ツラネオキ)て(列置)………20-135
〃(使)………20-135
(クタラ)に(ツカハシ)て於百済………20-135
(メシ)て(召)………20-136
(マウシ)て(奏)………20-137
(ハカリ)て(謀)………20-137
(フネ)に(ノセ)て(載船)………20-139
(ノソミ)タマ(ヒ)て(望)………20-139
(オキ)て(置)………20-140
マ(チ)て(候)………20-140

(オキ)て(於)………20-141
(ノソミ)て(臨)………20-141
(サムクワン)を(モ)て(以参官)………20-142 割
(ミ)に(マウシ)て(白王)………20-142
(オソリ)て(恐而)………20-143
(アヒ)タハカリて(相計)………20-145
(コレ)に(ヨリ)て(由是)………20-146
(コノトキ)に(アタリ)て(屬是時)………20-146
(ミコトノリシ)て(詔)………20-147
(イヒ)ヲハリて(言畢)………20-147
ヨミカヘリて(蘇生)………20-148
(コノトキ)に(アタリ)て(屬是時)………20-148 割
(ハカ)リて(議)………20-149
…(ラ)をトラヘユ(ハヒ)て收縛…等………20-150
…(マヘツキミ)を(ツカハシ)て遣…大夫………20-152
(ツミ)に(フシ)て(伏罪)………20-153
(タカヒ)て(消違)………20-153
(ヲシ)へて(教)………20-154
(ヒトノ)シ(モ)に(ナリ)て為人之下………20-154
アへて(タカハス)(不放「敢」違)………20-154
(コレニヨリ)て(由是)………20-154
(ヒトヤ)に(クタリ)て(下獄)………20-154
(ツカヒ)を(アシキタ)に(ツカハシ)て遣使於葦北………20-155

303　索引篇　て　-て

…ヤカラを（メシ）て（召…屬）……………………20-155
（ウラへ）（ラ）を（タマヒ）て（賜…等）……………20-156
（ウケトリ）て（殺）………………………………20-156
（コロシ）にアヒて（被風）………………………20-156
（カセ）にタ、ヨ（ヒ）て（漂泊津嶋）…………20-158
（ツシマ）
…イタネヒ鞅を（ツカハシ）て（遣…木蓮子）…20-159
（ヨ）モに（ツカハシ）て（使於四方）…………20-163
…（ヒタ）を（ツカハシ）て（遣…氷田）………20-163
…（フタハシラ）をマセて（請…二軀）…………20-164
（ハリマノクニ）にて（於播磨國）………………20-164
（ホトケ）のミノリに（ヨリ）て（依佛法）……20-168
…（ラ）にサツケて（付…等）……………………20-169
ヒカシ）の（カタ）にツクリて……………………20-169
（ホトケ）の（ミノリ）をタモチウケて（經營…東方）20-172
…（ウチ）に（オキ）て（置）……………………20-172
（クロカネ）の（ツチ）を（フルヒ）て（振鐵鎚）20-174
コレニヨリ）て　由是……………………………20-174
（イシカハ）の（イヘ）にて（於石川宅）………20-175
（キタ）に（タテ）て（起…北）…………………20-178
（ウラへ）コタへて（卜部對）……………………20-180
ヤカラをマ（タシ）て（遣子弟）…………………20-181
（ミコトノリシ）て（詔）…………………………20-181
ウラへ（ノコト）に（ヨリ）て

（依卜者之言）……………………………………20-181
（ミコトノリ）を（ウケタマハリ）（奉詔）……20-182
（イシ）の（ミカタ）を（ヰヤヒオカミ）て（禮拜石像）20-182
ネヤノオコリて「ネヤノ」ハ「エ」ヤミ」ノ誤（行疫疾）20-183
□□シて（奏）……………………………………20-184
アマネクオコ（リ）て（流行）……………………20-185
（ミコトノリシ）て（詔）…………………………20-186
（テラ）にイ（タリ）て（詣於寺）………………20-187
（タフ）をキリタフシて（斫倒…塔）……………20-188
（ヒ）をツケて（縱火）……………………………20-188
（アハセ）て（幷）て（取…像）…………………20-189
…（ミカタ）を（トリ）て（被雨衣）……………20-189
（クモナクシ）て（無雲）…………………………20-190
（アマヨソヒシ）て（從）…………………………20-190
（シタカヒ）て
ヒト、モ（ト）をセメて（訶責…與…侶）………20-190
サヘキノミヤツコミムロを（ツカハシ）て

（遣佐伯造御室）………………………………20-191
（コレニヨリ）て　由是…………………………20-192
（アマラ）の（サムエ）を（ウハヒ）て（奪尼等三衣）20-193
カラメ（トラへ）て（鋼）…………………………20-194
（タテム）こと

ツカマ（ツリ）て（事）…………20-210
てあし（手足）
手足ワナ、キフルヒテ（手脚搖震）……20-207
てかし（手）
アシカシテカシ（扨械）…………17-267
てひと（才伎）
（カフチ）のアヤノ「の」テヒト
（西漢才[伎]）…14-183
テヒトを（才伎）…………14-189
（タナスヱノ）テヒト（手末才伎）……14-197左
テヒト（手末）…………14-344
てらす（照）
（テラ）ス（光）…………17-135
てる（照）
テルヒに（白日）…………14-195
てをの（手斧）
テヲノを（斧）…………14-331

と

と（十）
トウタキ（十圍）…………11-332
と（助詞）
マタヒト、ナ（リ）タマヘリ（且長）……11-11
ヤツコラマト「と」シテタスケマツルノミ
（爲臣之助耳）…11-15
（タスケ）マツラマクトノタマフ（助耳）…11-15左
アラストマ（ウ）ス（非之也）…………11-34
（コレ）を（ヤモリ）の（トコロ）ト（墨薄）
（イフ）は（是謂山守地）…11-34
（スメラミコト）に（アラス）トノタマヒて
（非天皇）…11-57
ネナクトイフは（泣）…………11-62
（ワ）かイロトのミコトノタマフ
（我弟皇子）…11-66
ノチノヨノシルシト（ス）
（爲後葉之契也）…11-82
ヤスラカナリトイフウタ（庚哉之歌）……11-93
（キミマツシ）ト云ことは（君貧矣）……11-110
ヒルヨルトイハ（スシ）て（不問日夜）…11-118
ホソカムトシ（將防）…………11-126左
マヒト（ス）（爲幣）…………11-132左
（マコト）の（カミ）ト（シリ）て
（知眞神）…11-133
メクマムトスレトモ（欲愛）…………11-156
ユルサシトオホシて（謂不聽）…………11-182
ホ（リセ）シトノタマフ（不欲）…………11-224
（ホリセ）シトノタホ（フ）（不欲）…………11-224左
アハレトヲホスミコ[ヽ][ロ]ヲ（可怜之情）…11-233
アカツキニオヨハムトシテ（及將鷄鳴）…11-244
（サハニ）フリテ（ワ）かミ[ヲ]オホフト
（多降之覆吾身）…11-245
ミメと（ナサ）むトオホシて（欲爲妃）…11-250
マスト「と」シ（テ）（疊矣）…………11-263
トノタヒ（將）…………11-264
モスノミ、ノ（後生墨）ハラト（イフハ）
（曰百舌鳥耳原者）…11-352
ミユアマムトオホシ（意將沐[浴]）…………14-5
ムツマシクムツ[マ]シト（イヘトモ）
（雖親昵）…14-9
ユタネ[ツ]ケ[ム]トオホセシヲ（付囑後）……14-35
カリセムトチキリて（期校獵）…………14-35
カリセムトハカルマネシテ（校獵）……14-35左
ノアソヒセムトス、メテ（勸遊郊野）……14-36
（シシアリ）トノタマヒて（曰猪有）…14-41
オモホスミコ、ロヤラムトオホシテ
（欲遣慮而）…14-45左
ヲナキミト（マウス）（曰童女）…………14-57
（ヲミナコ）トカ（イ）フ（言…女子）……14-62
（ホリセサラ）むヤトノタマ（ヒ）て
（[曰]…豈不欲）…14-82
ウチツミヤノアヘ（セ）ムト「ト」（シ）て
（欲…野饗）…14-84
コトノリノ[ア]ヘ[セ]ムト（野饗）…………14-84左
ヤスメ（タテマツラム）ト（シテ）（奉慰）…14-85
オイタマハムトシて（置）…………14-86
（ヒト）をタテマツリタマ[ハ][ム]トシて
（欲貢人）…14-89
（シシヒトヘ）ト（ス）（爲宍人部）……14-92
ウカハセムトアサムキテ
（僞使鸕鷀沒[水][捕][魚]）…14-99左
ト（イフ）を（モテ）（以…云）…………14-119割
（マヲス）ト云ニ（厤鳴須）…………14-119割
（イマシ）ト[イ]フニ（伊[厤]司）…………14-121割

(タ、シ)ト云を(モ)て(以陀々伺)…… 14-121割
(ハフムシ)ト云□(ヨリシモ) (婆賦武志謀以下)… 14-126割
(イフ)トイフニカ[ヘ]タリ(易…[以][符])…… 14-126割
シ、コノムタマフトマウサム(好獸)…… 14-138
ヨロツヨトイヒツ、(呼萬歲)……… 14-140
(ウネメ)ト(ス)(爲采女)……… 14-142
ニリムセマト(マウス)(曰主嶋也)…… 14-150
ネムリセマト(マウス)(曰主嶋也)…… 14-150左
コロストマウス(殺)……………… 14-173
スクレタルヒトト云(ナリ)(秀者也)…… 14-177
ミメト(シ)給(ム)(爲女御)……… 14-178
ミコトモチト(ス)(爲…司)……… 14-178左
ケ(ヒメ)トイフ(毛媛)………… 14-180割
カセサモロフトイフ(稱候風)……… 14-189左
ミカトカタフケムトスル(謀叛)……… 14-195
(ウマカヒ)…ト(イフ)(云于麻柯比)… 14-208割
(ワカ)クニト(ナル)コト(成…土)…… 14-209割
…ト(アヒタ、カハスシ)て (未與…相戰)… 14-220
(フタツノクニ)ト(イフ)は(言二國者)… 14-224割
ツ(タナクシ)て(ヨハシ)ト(拙弱)… 14-242
モ(ヽ)アマリノ馬イクサトマトヒニク (與數百騎亂走)… 14-248
…ト云て(殺)………… 14-253
カ(ソステニミマカリヌル)ト(キヽ)て (聞父卽薨)… 14-256
(ツノ)の(オミ)ト(ナツケ)ラル、こと (名角臣)… 14-279
ム(スメ)ヲノコ□ウマハリセリト(キヽ)て (聞女產兒)… 14-281左
ウマハリセリト(消朱)(蓬菓)……… 14-282割
カリ□ヲト[ト][リ]カヒ(ト)を (鴻十隻與養鳥人)… 14-293
(クキシン)ト(イフ)(曰貴信)……… 14-298
(ソノウネメ)をヲカセリト(奸其采女)… 14-311
コロサムトオホシスて(自念將刑)…… 14-311
チカラコハ[シ][ト]イフ(有力强)……… 14-325
(イノチシナマシ)ト云を (換伊能到志儺磨志)… 14-341割
(ツカヒ)ト「と」(トモ)に(共…使)… 14-344
(アヤ)の(キヌ、ヒヘ)ト「と」(ス) (爲漢衣縫部)… 14-347
(クレヒト)にアヘタマハムトシテ (欲設吳人)… 14-349左
(タミ)ト(シ)て(爲…民)……… 14-363
(サカモトノオミ)ト(ナル)こと (爲坂本臣)… 14-368
ニへの(ハシへ)ト(イフ)(曰贄土師部)… 14-380
ミイクサ(イタル)ト「と」(キヽ)て (聞官軍至)… 14-382
サヌキのタ□ワケト云ヒトハ(ヘリ)て (有讚岐田蟲別)… 14-391
(マタワウ)に(タマフ)ト「と」(イフ) (賜末多王)… 14-404割
(メ)ト(ス)(爲婦)……………… 14-408
オホキナル(ト)チヒサキト(ナ)ク (無巨細)… 14-415
ヤスラカニセムトオホスセリ(欲寧)…… 14-418右
(トコツク)に(イタル)ト云こと (至於大漸)… 14-422
イノチミシカシトイフヘカラス (不…稱天)… 14-424
ウルワシキイロ(アリ)ト云ことを (有嬿色)… 17-5
(ソノココロ)をオモムスヘシトイフハ (重其心)… 17-28
ヲホムタカラを(コ)トシ(子民)…… 17-32
(オホムタカラ)を(コ)トシ(子民)…… 17-35
(タカハ)シトノタマフて(不承乖)…… 17-37
メノコ(ヒメ)ト(目子媛)……… 17-59
(ワカコヒメ)ト(マウス)(曰稚子媛)… 17-62
ムロツミに立也(ムカハ)ムト(シ)て (欲發向…館)… 17-90
コトアルミコ(子皇子)……… 17-100
イタカラ[ム]ト「と」云て(痛乎)…… 17-102
タヘヨト(防遏)……………… 17-174
ワカトモタチト「と」シて(爲吾伴)…… 17-177
シタカハ(シメム)ト云(ヲエ)て (得…俾…自伏…)… 17-178
(サカシ)トオモヘリ(賢)……… 17-185
ミチト…(セ)む(爲…津路)……… 17-199
(ミコトノリ)を(キカ)むト(マウス) (請聞勅)… 17-234

索引篇 と－と　306

(キカ) むトノソケメトモ コロサムトアナリケトモ (佇聞) …… 17-237
コロサムトアナリケリト (誅戮) …… 17-238
コロサムトアナリケリト云コトヲ (誅戮) …… 17-238
(コレ) を (ヨツノスキ) ト (ス) (是爲四村) …… 17-239割
(ミトセ) ト云は (三歳者) …… 17-252割
(カタシ) ト (ス) (爲難) …… 17-253割
ワサト (シ) て (爲事) …… 17-263割
カヘリマ (ウ) テヰト (ススムレ) トモ (勸歸朝) …… 17-263
(ハヘ) リト (在) …… 20-12
サキ (タマ) の (ミヤ) ト (イフ) 謂幸王宮 (「王」ノ誤ハ「玉」) …… 20-76
御琴持ト (ス) (爲宰) …… 20-85
□□□モチト (ス) (爲宰) …… 20-86割
(タハカラム) ト (オモフ) (相計謀) …… 20-109
(ミム) (シ) て (欲先私見) …… 20-113
にイレホヽト云て (入…内) …… 20-115
イルニト云て (入) …… 20-115左
(スメラミコト) の (メス) トキ、タウヘて (聞天皇召) …… 20-127
(モ) て (シ) ト (以爲師) …… 20-165
(センシン) のアマト (イフ) (曰善信尼) …… 20-165
(ノヘ) タ (マ) ヘト (コフ) (曰延壽命) …… 20-182
ナカツヒメのミコトと (マウス) (曰仲姫命) …… 11-4
ヒ (ツキノミコ) とシタマヘルことは

(キカ) …… 11-12
(ヤ) (爲大子) …… 11-12
アニ ヨキカト (アラム) とシテナレ (豈有能才乎) …… 11-15
(ヤツコラマ) と (シテ) タスケマツルノミ (爲臣之助耳) …… 11-17
ヲサナシと (イヘトモ) (雖不賢) …… 11-18
マウケキミとシタマヘリ (爲貳) …… 11-20
(マサ) に…を (ツカサトラム) と (シ) (將掌) …… 11-22
(マサ) にツクラむとす (將治矣) …… 11-26
ヤモリのトコロとイ (フ) は (謂山守地) …… 11-29
カコと (ス) (爲水手) …… 11-34
ミカト (ノ) ミコと (イフトモ) (雖帝皇之子) …… 11-34
(ミカトノミ) こと (イフトモ) (雖帝皇之子) …… 11-34
(ツカサトル) こと (ヲエス) とノタウヒキ (不得掌矣) …… 11-34
(コレ) を (ヤモリ) のトコロと「ト」墨薄 (イフ) は (是謂山守地) …… 11-36
(イカニ) と云 (コトナシ) (無如何焉) …… 11-63
(アメ) の (シタ) を (ワツラハサ) むヤと (煩天下乎) …… 11-64
ノタマ (ヒ) て (ヒツキノミコ) カムサリタマヒヌとキコシて (聞太子薨以) …… 11-70
(ノ) ヘ (ツ) ヒメ (テ) は (聞我死) …… 11-70
(ワレヲヘタリ) とキコシメシ (テ) は (聞我死) …… 11-70
(ヒツキノミコ) カムサリタマヒヌとキコシて (聞太子薨以) …… 11-70

むヤとノタマハヒて (得無勞乎) …… 11-71
アトフル (ニタラス) と (イヘトモ) (雖不足納采) …… 11-71
タカツノミヤと (マウス) (曰高津宮) …… 11-75
(オホサヽキノミコ) と (ノタマヘリ) …… 11-75
(ツク) の (スクネ) と (イヘリ) (曰木菟宿禰) …… 11-84
(キサキ) と (ス) (爲皇后) …… 11-86
(スナハチシリヌ…セマリトモシカラム) と (即知…窮乏也) …… 11-94
(ヒシリ) のミカトとホメ申 (ナリ) (稱聖帝也) …… 11-105
(ナニヲ) か (トメル) と (ノタマフ) (何謂富乎) …… 11-107
(トメル) と (ノタマフ) (謂富矣) …… 11-120
(マサ) に (ス) (爲幣) …… 11-132
(イツハリノカミ) と (シラ) む (知僞神) …… 11-134
(シナス) と (イヘトモ) (雖不死) …… 11-136
イクハの (トタ) の (スクネ) (曰的戸田宿禰) …… 11-144
ヲハシと (マウス) 曰小橋也 …… 11-151
(キミノ) ツマとナ (ラ) む (ヤ) (爲君之妻乎) …… 11-163
(マサ) にミメと (スト) (將爲妃) …… 11-172
(ヤタ) の (ヒメミコ) をメシツと (キコシメシテ) (聞…合八田皇女) …… 11-186
ネキラヒタテマツルこと (ナキ) こと (ヲヱ)

カシハノ（ワタリ）と（イフ）（曰葉濟）…… 11-188
（キサキ）にマウスと（イヘトモ）（雖謁皇后）…… 11-204
ミメとシタマフ（爲妃）…… 11-224
（ヒツキノミコ）と（ス）（爲皇太子）…… 11-227
（キサキ）と（シタマフ）（爲皇后）…… 11-231
タマサカニイエ（タリ）と（イヘトモ）（雖…適逢獮獲）…… 11-241
ミメと（ナサ）むトオホシて（欲爲妃）…… 11-250
ナカタチと（シ）タマフ（爲媒）…… 11-251
（マス）と（シテ）（疊矣）…… 11-263
マキラムと（シテ）（欲納）…… 11-265
ニケタリと（キコシ）メシて（聞…逃走）…… 11-266
（クチ）と（イフ）（曰倶知）…… 11-293
（タカカヒ）の（ムラ）と（イフ）（曰鷹甘邑也）…… 11-298
モヽツキと（イフ）（曰百衝）…… 11-313
（ステ）にシタリと（イヘトモ）（雖既亡）…… 11-322
スクナと（イフ）（曰宿儺）…… 11-343
（タノシヒ）と（ス）（爲樂）…… 11-346
（アカタモリ）の（フチ）と（イフ）（曰縣守淵也）…… 11-359
（カラヒメ）と（イフ）（曰朝韓媛）…… 14-53
（タカヲミナコ）と（イフ）（言稚〔誰歟〕女子）…… 14-62
（マサニ）ツ（キム）とす（將盡）…… 14-76
（マタ）ノ（ナ）とは（更名）…… 14-96割
（イ）むと（シ）給て（欲…射）…… 14-115
（ムネイワウ）と（ス）（爲武寧王）…… 14-150
（ヒト）と（シ）て（爲…人）…… 14-170
（ミニハトリ）と（シ）て（爲…鶏）…… 14-171
ミカトカタフケ奉と（スル）ことを（謀叛）…… 14-195左
ウマカヒと（ス）（爲典馬）…… 14-208
軍公と（將）…… 14-240
イケラムと（獨全）…… 14-254
ツヒに（アヤマタ）シとマウス（曰竟不誤矣）…… 14-333
（イセン）と（シ）て（喟然）…… 14-339
（ツカヒ）と（トモ）に（共…使）…… 14-344
（クレ）サカと（ナツク）（名吳坂）…… 14-345
クレ（ハラ）と（ナツク）（名吳原）…… 14-347
（アヤ）の（キヌ、ヒヘ）と（ス）（爲漢衣縫部）…… 14-347
（ミツカラ）ミタマハムと「と」シテ（欲自見）…… 14-353
（ミツカラミタマハム）と（シ）て（欲自見）…… 14-353
ミイクサ（イタル）と（キヽ）て（聞官軍至）…… 14-382
三宅と（シ）て（爲…官家）…… 14-400
（マタワウ）に（タマフ）と（イフ）（賜末多王）…… 14-404割
（アメノシタノタメ）とは（爲天下）…… 14-426
（シヌ）と（イヘトモ）（雖瞑目）…… 14-431
（ウタカヒ）アリと（シ）て（疑）…… 17-25
（ミ）と（誤）（ヤカラトイフ）ハ（言三種者）…… 17-44割
（ミヤカラ）と（イフ）は（言三種者）…… 17-44割
（アリ）と（イヘトモ）（雖有）…… 17-58割
（メシイレタマフ）と（イフ）ことは（曰…納者）…… 17-58割
（ヒロクニオシタケカナヒノミコト）と「と」（ス）（爲廣國排武金日尊）…… 17-60
（ヒロクニオシタケカナヒノミコト）と（ス）（爲廣國排武金日尊）…… 17-60
ヒノクマの（タカタノミコ）と（マウス）（曰檜隈高田皇子）…… 17-61
…（ミコト）と（ス）（爲…尊）…… 17-61
オホイラツノ（ミコト）…とを（ナス）（生大郎皇子與…）…… 17-62
（オナシクニ）とセは（爲同國）…… 17-86
（イタカラム）と（イヒ）て（痛乎）…… 17-102
マ（カラ）むと（マウス）（請罷）…… 17-153
（タンヤウニ）に（カヘ）むと（代…段楊爾）…… 17-163
（ワカトモタチ）と（シ）て（爲吾伴）…… 17-177
（ツカヒ）と（ナリ）て（爲使）…… 17-178
ユルスとなり（可）…… 17-182
ウ（タサ）ラムヤと（不…伐）…… 17-186
（ムスメ）のトモ人と（ス）（爲女從）…… 17-205
（ムスメ）を（カヘサム）と（シ）て（欲還女）…… 17-207
（ミコトノリ）を（キカ）むとマウス（請聽勅）…… 17-231

(ミトセ)ト云「といふ」は(三歳者)…… 17-253割
(ヒト)との(與…人)…… 17-254
(ツカヒ)とナリ(使)…… 17-261
(キタル)と「と」(キ丶)て(聞…來)… 17-266
(シラキ)と(トモ)に(共新羅)…… 17-267
(サシ)と(イフ)(曰…城)…… 17-270
…を(ヌキトル)と(拔…)…… 17-270
(カムアカリマシ)ぬと(イフ)(云…崩)… 17-282割
(カムアカリマシヌ)と(イフ)は(崩者)… 17-282割
イハノ(ヒメ)のキサキと(マウス)
(曰石姫皇后)… 20-4
オ(ホシ)と(イヘトモ)(雖衆)…… 20-21
(コロセリ)と(ス)(爲…殺)…… 20-37
(オサカノヒコヒト)のオヒネの(ミコ)と
(マウス)(曰押坂彦人大兄皇子)… 20-64
(ツカヒ)と(イフナリ)(言使也)…… 20-86割
(ミマナ)をオコシ(タテ)むとオモフ
(復興任那)… 20-108
(ワレ)とツカヒトヤツコ(ラ)
(我駈使奴等)… 20-147
(ツミ)に(フシ)て(マウサク)マコトナリと
(伏罪言信)… 20-153
(ナ)を(センサウノアマ)と(イフ)
(名曰禪藏尼)… 20-167
(ナ)を(ヱセン)の(アマ)と(イフ)
(名曰惠善尼)… 20-167
ツフネと(イフ)(云都符)…… 20-167割
とき(時)
マクトキニ(「マ」ハ「フ」ノ誤歟)(蓋)…… 11-76左
マシマサヌトキを(不在)…… 11-185
アリカムトキニ(出行)…… 11-246
サムカセノ□トキに(寒風肅□□之晨)… 14-39
トキノ(時)…… 14-354
(アル)トキは(有)…… 17-53
クハトキを(桑序)…… 17-56
(ウツ)トキ(打)…… 17-102
(ウツ)トキ(打)…… 17-102
(ハフル)トキニ(送葬)…… 17-275
スキ行トキ(過)…… 20-142
トキにユタカなり(優節)…… 17-162
ときに(時)
(トキ)に、(時)…… 11-6
(トキ)に、(時)…… 11-22
(トキ)に、(時)…… 11-34
(トキ)に、(時)…… 11-39
(トキ)に(時)…… 11-47
(トキ)に、(時)…… 11-56
(トキ)に(時)…… 11-63
(トキ)に(時)…… 11-65
(トキ)に、(時)…… 11-127
(トキ)に(時)…… 11-143
(トキ)に、(時)…… 11-172
(トキ)に、(時)…… 11-185
(トキ)に、(時)…… 11-191
(トキ)に(時)…… 11-204
(トキ)に、(時)…… 11-209
(トキ)に、(時)…… 11-210
(トキ)に、(時)…… 11-213
(トキ)に(時)…… 11-217
(トキ)に、(時)…… 11-223
(トキ)に(時)…… 11-232
(トキ)に、(時)…… 11-237
(トキ)に(時)…… 11-244
(トキ)に、(時)…… 11-247
(トキ)に、(時)…… 11-251
(トキ)に、(時)…… 11-253
(トキ)に(時)…… 11-260
(トキ)に(時)…… 11-264
(トキ)に(時)…… 11-270
(トキ)に(時)…… 11-274
(トキ)に、(時)…… 11-296
(トキ)に(時)…… 11-312
(トキ)に、(時)…… 11-314
(トキ)に(時)…… 11-318
(トキ)に(時)…… 11-327
(トキ)に、(時)…… 11-332
(トキ)に、(時)…… 11-335
(トキ)に(時)…… 11-350
(トキ)に(時)…… 11-353
(トキ)に(時)…… 11-357
(トキ)に(時)…… 14-208
(トキ)に(時)…… 14-231
(トキ)に(時)…… 14-275
(トキ)に(時)…… 14-282

（トキ）に（時）…… 14-309
（トキ）に（時）…… 14-311
（トキ）に（時）…… 14-329
（トキ）に（時）…… 20-30
（トキ）に（時）…… 20-146
とく（固名）
トクノチ（啄地）…… 14-247左
とく（解・四段）
トキ（解）…… 11-66
（クラ）をと（キ）（解鞍）…… 14-287
ネキラヘトク（和解）…… 17-223
とく（解・下二）
トケヌ（解）…… 20-91
トケテ（熟）…… 14-11左
とく（説）
ト（ク）（説）…… 14-210
とぐ（遂）
ト（ケムト）（遂）…… 11-164
とくことん（固名）
音得音胡音乇（喙己呑）…… 17-171
とこつくに（常國）
トコツクニに（大漸）…… 14-422
とこまつ（常松）
トコマツに（青松）…… 14-195
とこよのくに（常夜國）
トコヨノクニに（蓬萊山）…… 14-409
ところ（地・所）
ヤモリのトコロ（ナリ）（山守地）…… 11-21
ヤモリのトコロと（山守地）…… 11-26
（ヤモリ）のトコロと（山守地）…… 11-34
ナリトコロを（田宅）…… 11-125
ネトコロに（帷）…… 11-162
サイタテルトコロ（ナリ）（所先也）…… 11-259
[シ]カムトコロニ（所逮）…… 11-267
[ト]コロを（地）…… 11-282
トコロを（地）…… 14-127
トコロを（地）…… 14-268
コロストコロに（刑所）…… 14-340
[ア][リ]カヌ所を（不行）…… 14-101
サカシキ所を（險爲）…… 14-222
フタト（コロ）に（二所）…… 14-295
所に（土）…… 14-324
所也を（地）…… 17-193
ところ（所（形式名詞））
モタルトコロノモノヲ（所賫）…… 17-198
とざま
トサマカウサマに（東西）…… 14-102
とし（年）
（キノエトラノ）トシ（甲寅）…… 17-282割
（カノトキノ）トシ（辛亥）…… 17-282割
（カノトキノ）トシ（辛亥）…… 17-282割
とし（聰）
トク（聰明）…… 11-4
ミコ、ロヲトクシ（削心）…… 11-98
ト□□□スを（聰明）…… 14-411
とし（疾）
トカラ（ス）（不駃）…… 11-123
トクスミヤカニ（滄々）…… 11-135
トク（トヒ）て（捷飛）…… 11-293
トシ（捷）…… 11-259
トシ（輕捷）…… 11-345
イツレカトキ（孰捷）…… 11-258
トキカタチ（迅）…… 14-285左
トキ馬に（駿）…… 14-286左
トキムマを（駿）…… 14-286
としう（歳得）
トシウ（年豊）…… 11-147
トシエヌ（凶年）…… 11-154
とせ（歳）
（ミ）トセを（三載）…… 11-56
とつぐ（嫁）
□□ク（嫁）…… 20-79左
トツク（嫁）…… 20-80
とつくに（外國）
トツクニクニヲヤ（畿外諸國耶）…… 11-95
とつみや（外宮）
トツミヤに（宮）…… 11-225左
とゝのふ（整）
カヤシリキリト、ノヘス（弗割齊也）…… 11-76
イツクシクト、ノヘて（肅整）…… 17-22
…をト（、ノ）（ヘ）ツ（ラネ）て（齊列…）…… 17-23
ト、ノフ（テ）（振）…… 14-250
とどまる（停）
ト、マリタマハス（不着岸）…… 11-187

索引篇　とと−とも　310

トヽマリタマハヌことを（不着岸）……14-188
イホリシトヽマリヌ（營止）……14-220
トヽマリ（スム）こと（停住）……17-156
サハリトヽマリテアリ（淹滯）……17-179
トヽマリスムこと（淹留）……17-253
トヽマル（泊）……17-345
トヽマリスムこと（淹留）……14-190
とどむ（停・下二）
　サシトヽメシメヨ（刺）……14-131
　（ヒサシ）クトヽマレルコト（淹留）……11-44
トヽメタマフ（止之）……17-137
トヽ（ニ）メム（留）……14-168左
となぶ（歴）
　トナヘメテ（歴）……14-84
トナヘ（トフ）に（歴問）……14-349
となむ（歴）
　トナヘメテ（歴）……14-349
（トヽ）メ（テ）歴）……14-349右
トナメ（テ）歴）……20-135
となめ（留使）
　（トナ）メッカフ（留使）……17-256割
トナリノ國ノ蕃……17-213
トナリノ（クニ）蕃……17-219
隣國也（諸蕃）……17-256割
トナリノ（ノ）クニ（蕃）……17-256割
となりのまらと（隣客）
　トナリノマラトに（客人）……20-135
トナリ（舍人）
　トネリ（官者）……14-42左
トネリ……14-167左

舍人也（帳内）……14-42
舍人（官者）……14-167
との（堂）
　トノに（堂）……17-216
トノ（ノ）ウヘに（堂上）……17-217
とのゐ（宿直）
　トノキセリ（侍宿）……14-301
とびいる（飛入）
　トヒイレリ（入）……14-78
　トヒイレリ（入）……14-80
とふ（問）
　トハシメタマフ（問）……14-100
ヒタマフを（降問）……14-17左
カムカヘトヒタマフ（案効）……14-86
カムカヘトヒタマフ給（案効）……14-349
トヒて（問）……11-280
カウカヘトフ（推鞫）……20-35
（ソノヨシヲ）カムカヘト（フ）
　　　　　（推問其由）……11-191
トフ（訪）
　トフ（ヒモトメ）シむ（訪覓）……17-76
とぶ（飛）
　トフ（飛）……17-76
飛也（贲翥）……14-282
飛鳥（飛鳥）……14-282
とぶとり（飛鳥）
　トフトリモ（飛鳥天之鳥）……17-142

とぶひ（烽候）
　トフヒ（烽候）……17-148
とぶらふ（弔）
　オヤトフラヒカテラニ（歸寧）……17-8
とぶらふ（訪）
　トフラヒ（セシム）（相距）……20-209
とほし（遠）
　ヒロクトホク（シテ）（曠遠）……11-122
（トホ）ク（遠）……11-135
トホシ（遠）……14-418
トホニ（萬里）……11-270左
トホキニ（萬里）……14-418右
（トホ）キ（ミチ）を（遠路）……11-270左
遠國也（萬里）……11-70
遠事（萬里）……14-270
とほす（通）
　トホシツ（通）……14-86
トホス（穿）……11-143
とまる（泊）
　トマリタマハ（スシ）て（不泊）……14-384
トム（マル）（泊）……11-191
とむ（富）
　富也（シム）（使饒）……20-39
どむらひと（固名）
　トムラヒト（耽羅人）……17-134
とも（友）
　トモニ（朋友）……17-76
とも（助詞）
　タテマツルトモ（オソカラシ）（貢未晩）……14-87

イツクニアリトモ（オクラシメ）ヨ
（何處…令送）… 14-147
（キク）トモ（聞）…… 17-229
ども（接尾）
ヲムナトモ（女人等）…… 11-253
（トネリ）トモ（舎人等）…… 11-260
ミサヽキモリトモ（陵守等）…… 11-327
（トネリ）トモ（舎合人等）…… 14-32左
イクサノキミトモ（諸將）…… 14-261
イクサノヒト（ヽ）モ（士卒等）…… 17-235
イヘヒトヽモ（郷家）…… 17-277
ども（助詞）
（ソ）のサカナイをシロシメセレトモ
（知其惡而）… 11-36
ク（ツルレ）トモ（ツクラス）（崩而□□）… 11-99
（クツルレ）トモフカ（ス）（壞以不葺）… 11-99
（ホリ）スレトモ（欲）…… 11-156
（シロシメ）給トモ（知）…… 14-108
シロシメ[セ]レトモ（知）…… 14-108左
クラヘトモ（而食）…… 14-302
（ヒネモス）に（ケツレ）トモ（終日斲之）… 14-331
コトワリにカナヘレトモ（合理）…… 17-95
ノソケトモ（ナホシ）ノリカヘス
（佇…尚不肯宣）… 17-237
（ススムレ）トモ…（キカス）（勸…不聽）… 17-263
ともがら（輩）
トモカラを（黨類）…… 11-358
トモカラ（衆）…… 14-249
トモカラ（衆）…… 14-255
トモカラ（衆）…… 14-397
トモカラを（儻）…… 17-204
トモカラを（衆）…… 17-262
トモカ（ラ）（衆）…… 14-250
ともしび（燈）
トモシヒを（火炬）…… 14-328
ともだち（友達）
ワカトモタチトシテ（爲吾伴）…… 17-177
ともなるひと（傔人）
トモナルヒト（傔人）…… 17-235
ともに（共）
トモニ（何與）…… 14-78
トモニホメカタリテ（稱…於朋友）…… 14-175
（トモ）にウマレタリ（共產）…… 11-81
（トモ）に（ミ）て（共視之）…… 11-124
（トモ）に（タチ）て（共起）…… 11-143
（トモ）に…オ（コシ）タマフ（共起…）… 11-233
（トモ）にヒトマヲエテ（共得間而）…… 14-19
（トモ）に（タノシヒテ）（與盤）…… 14-111
（トモ）にワカレテ（與辭訣）…… 14-147
（トモ）にカヘリコト申タマフ
（使共復命）… 14-198
（トモ）に（シル）（共識）…… 14-401
（トモ）に（クニイヘ）を（ヲサメ）は
（共治國家）… 14-427
（トモ）に（アメノシタ）を（ヲサメ）は
（共治天下）… 14-431
（トモ）に…（カクム）（共…圍）…… 17-267
（トモ）にホメタマヒテ（倶爲讚美）…… 20-18
ともひと（從者）
トモヒト（從人）…… 14-251
トモ人と（從）…… 17-205
とよのあかり（宴會）
トヨノアカリ（ノ）（宴會）…… 11-277
トヨノ□カリキ（コシメス）（肆宴）…… 14-6
とよのくに（豐國）
（トヨ）の國（豐）…… 17-174
とよみけかしきやひめのみこと（固名）
ト□[ミ]ケカシキヤヒメの（ミコト）を
（[豐][御]食炊屋姫尊）… 20-78
とよめ（固名）
トヨ（メ）（豐女）…… 20-166
とら（寺）
トラ（ツクルタクミ）（造寺工）…… 20-88
とらふ（捕・四段）
トラハ（ル）（被捉）…… 14-46
とらふ（捕・下二）
トラヘツ（掠俘之）…… 11-312
トラヘて（虜）…… 11-316
トラヘキテ（捉）…… 14-164
トラヘむ（捉）…… 14-164
トラヘて（收）…… 14-367
トラヘトラフルこと（擒執）…… 14-392左
トラヘ（獲）…… 14-393
ハスをトラヘて（執末）…… 14-438

カラメトラへて（駈略）……17-150
トラヘシリカタウチキ（楚撻）……20-194
トラ（ヘ）て（捉取）……14-165
トラ（ヘ）ユ（ハヒ）て（收縛）……20-152
トラフ（掠俘）……11-312
トラヘトラフルこと（擒執）……14-392左

とり（鳥）
トリシ丶ヲ（禽獸）……14-83左
[トリ]カヒ（養鳥）……14-293
トリカヒ（養鳥）……14-293左
トリ（禽）……14-300

とり（助數）
（イツ）トリの（五）……14-410

とりつく（取付）
[トリツ]カス（シ）て（不敬歸）……17-234

とる（取）
スマヒトラシム（相撲）……14-334
ナトリソ（莫取）……11-269
ト（ラシム）（令捕）……11-296
トリて（熟）……14-11
トリて（揮）……14-331
…をトリて（聚…）……14-371
トリて（持）……17-101
トリて（摻）……17-189
トリウヘ（カラス）（不可檜）……17-269
ト（リテ）（娶）……11-251
ト（リ）モチて（齎持）……14-101
（ト）リ（取）……14-185
トル（掠）……11-293
ホフリトル（屠）……14-246
取也（屠）……14-246
トレ（ル）（採）……11-186
トレル（獲）……11-239

とを（十）
□ヲト（十隻）……14-293
ト（ヲ）カアマリ（十餘日）……14-222

とをさ（遠）
（トヲ）サ（遠）……14-187

な

な（名）
ナハ（名）……14-42割
ナ（字）……20-22

な（…そ）
ナウカハセソ（不令泛）……11-133
ナトリソ（莫取）……11-269
ナウコカシソ（無動）……11-330
ナカヨヒソ（勿使通）……14-193
ナイマシソ（無住也）……14-234
ナアツカラシメソ（莫預）……14-360
ナクハ（ハ）ラシメソ（莫預）……14-360左
ナアナツラシメソ（勿令侮慢也）……14-432割
御言ノリナセソ（莫宣）……17-96
ナワツラヒソ（勿煩）……17-190
ナオコタリソ（莫懶懈）……20-70
カヘリテナアサムカレタマヒソ（莫翻被詐）……20-140

な（助詞）
（キ）ナ（ヘ）（猪使部）……14-394
（キ）名（ヘ）（猪使部）……14-394

ないふ（稱）
ナイヒて（稱）……20-86割

なか（中）
ミサトノナカ（京中）……11-151左
アタノナカ（敵同）……14-254
ナカに（間）……14-288
ナカコロオコル（中興）……17-245

ながさ（長）
ナカサミシカサ（脩短）……14-217

ながし（長）
交也（ヨノ）ソシリ（綿世之刺）……17-94

なかしひめのひめみこ（固名）
（ナカ）シ（ヒメ）の（ヒメミコ）を（中蒂姫皇女）……14-8割

なかだち（仲立）
ナカタチと（媒）……11-251

ながたのおほいらつめのひめみこ（固名）
（ナカタ）の（オホ）イラツ（メノヒメミコ）（長田[大]□女）……14-7割左

なかち（仲）
ナカチを（仲）……17-63

なかちこ（固名）
（ナカ）チ（コ）（仲手子）……14-42割左

なかつひめのみこと（固名）
ナカツヒメのミコトと（仲姫命）……11-3
なかてこ（固名）
ナカテコ（仲手子）……14-42割
なかとみのかつみのまへつきみ（固名）
（ナカトミ）のカツミの（マヘツキミ）
（中臣勝海大夫）……20-184
なかば（半）
ナカハヲハ（一分）……14-362
ながめ（霖雨）
ナカメニ（霖雨）……11-123
ながる（流）
ウキナカレツヽ（浮流）……11-44
ナカレ（逝）……11-122
シキナカレて（流行）……11-362
なく（泣）
ナキ（啼哭）……14-355左
御心ノナキて（愀然）……20-13
オラヒナイタマフて（叫哭）……11-65
ミネナイタマ□（哭）……11-73左
ナク（哭）……11-61
ナク（鳴）……11-249
なげいる（投入）
ナケイレテ（投）……11-131
ナケイレ（テ）（投）……11-187
なげく（嘆）
ナケキ給て（頹歎）……14-244
ナケキアタラシヒテ（歎惜）……14-336左
ナケキて（頹歎）……14-339
[ナ]ケキ（歔欷）……14-354
ナケキタマフ（歔欷）……14-417
ナケイテ（慨然）……14-153
ナケイて（嘆）……20-202
イタミナケク（惻愴）……20-192
なし（無）
（ナ）ケム（無）……17-87
ヤモヲヤモメ（ナ）ク（無鰥寡）……11-114
（ナ）ク（無）……14-415
カトナ（ウシテ）（不才）……17-32左
[ナ][シ]（無）……14-176
ナシ（無）……14-177
（ウレヘナ）シ（無愁）……11-104
（ナ）シ（無）……14-139
ナキことを（不在）……14-102
ナキことを（不在）……14-197
无ことを（不在）……14-102
…（コトナカ）レ（勿…）……14-194
（アケツラフコトナカ）レ（勿論）……17-28
なす（生）
（ウタカヒヲ）ナシ給て（生疑）……14-66
（ウタカヒ）をナシタマフ（生疑也）……14-68
オホムタカラを（ナ）シて（生黎庶）……17-48
（ウラミ）をナス（生怨恨）……20-208
なす（爲）
…ソナヘをナシて（爲…具）……14-221
なつ（夏）
ナツを（夏月）……11-339
なづく（名付）
ナツケて（名）……11-83
ナツケ（テ）（號）……11-84
ナ（ツケ）て（號）……11-126
（ナ）ツ（ク）（名）……14-52割
などか（何故）
ナトカ（何）……14-390
ななところ（七所）
ナヽトコロ（ト）を（與…七區）……14-29
なに（何）
ナニノユヱニカ（何所以歟）……11-67
ナニヽヨリテナラム（何由焉）……11-235
ナニヽカツカフ（奚用）……11-338
なにはのきしいたひ（固名）
（ナニハ）の（キシ）イタネ歟ヒ
（難波吉士木蓮子）……20-159
なにはのひたかのきし（固名）
（ナニハ）のヒタカ（ノキシ）を
（難波日鷹吉士）……14-231
なのふだ（名籍）
（ナ）のフタを（名籍）……20-60
なのふむた（名籍）
フムタ（籍）……20-60左
なのる（名乘）
ナノリて（稱）……14-298
ナノリ（テ）（[稱]）……14-110
なべのまね（固名）

なほ（尚）
（ナヘノ）マネ（那部眞根）……14-331
[ナ]（ホ）（尚）……11-95
（ナ）を（フシ）て（猶伏）……11-210
なます（膾）
ナマスを（鮮）……14-77
ナ[マ]ス（鮮）……14-84左
なみ（波）
ナミに（波浪）……20-46
なみだ（涙）
ナミタヽリて（滂垂）……14-358
なむぢ（汝）
ナムチは（爾）……11-22
ナ（ムチ）（汝）……17-207
なめし（輕）
ナメク（輕）……17-228
なめりこと（辭語）
ナメリコトシ（亂語）……17-176
なやます（惱）
ナヤマシソコナヒ（惱害）……17-151
ならし（平）
ミチナラシに（觸路）……17-270
ならす（馴）
ナラシテ（得馴）……11-293
ナラシエ（テ）（得馴）……11-293左
ならひ（習）
ナラ（ヒノ）ワサ（習之業）……20-21
ならびに（並）
（ナラヒ）にミツ（アリ）（並有瑞）……11-81
オホセツカフコト（ナラヒ）に（ユルサ）レて（課役並免）……11-112
（ナラヒ）にミツキタテマツル（並朝貢）……11-325
（ナラヒ）に（ユキ）て（並行）……14-246割
（ナラヒ）に（ウツ）ソ（並擊）……14-246割
（ナラヒ）に（並）……14-328
（ナラヒ）に（並）……14-415
（ナラヒ）に（並）……14-416
（ナラヒ）に（並）……17-39
（ナラヒ）に（並）……17-79
ならふ（習）
ナラハ（ス）（不閑）……17-272
（コレ）にナラヘ（放此）……17-58割
ならぶ（並）
ナラ（ヘ）て（並）……14-112
なり（體裁）
ナリを（體勢）……14-153
なり（助動）
（コレナニ）のミツナラム（是何瑞也）……11-79右
（ソレ）ナニ、ヨリテナラム（其何由焉）……11-235
（シモ）の（シロキ）か（コトク）ナラム（如霜々素之應也）……11-247左
タクヒマレラナラム（罕儔）……14-177左
ホト〳〵ナラマシ（殆）……14-226右
サタカナラヌ（コヽロ）を（不貞心）……14-335左
アカヒノミナラムヤ（朕日歟）……17-50
ウツハリコトナラム（虛）……17-101
（カナ）らむ（ト）（鹿）……11-238
（マコトナ）らむ（實）……17-255
ミツキヨツキナリタル（モノ）（三四世者）……17-79
コロサムトアナリケリト（誅戮）……17-238
（ナサ）スナリキ（不滅成）……20-107
（アメノシタ）ヤスラカナリ（天下安矣）……11-9
ヤツカレ（ハ）イロトナリ（我也弟之）……11-9
メクミシタマ（ヒ）テナリ（愛之者也）……11-12
（ヨキ）サカナリ（吉祥也）……11-79
アマツシルシナリ（天之表焉）……11-82
ヤスラカナリトイフウタ（庚哉之歌）……11-93
（オロソカ）ナリ（疎）……11-94
ユタカナリ（豐穰）……11-101
（オホムタカラ）の（タメ）にナリ（爲百姓）……11-107
シカナリ（牡鹿也）……11-237
（ツカノ）のナリ（菟餓野）……11-237
コタヘナリ（應也）……11-247
マタマタ□リ（兩）……11-332
ムロナリ（窟也）……11-336
コトノモトナリ（緣也）……11-352
（タヒラカ）ナリ（平）……11-362
カタミナリ（難）……14-87
コヽロオソケナリ（五情无主）……14-132
（イ）ツコナリ（トモ）（何處）……14-147右
タシカナリ（切）……14-195
（ハカラサルトコロ）ナリ「（なり）」

(所不計)……14-217
ホト〳〵ナリ（殆）……14-226
（キハ）ナリ（際）……14-242
ウヘナリ（死々罪）……14-359
ハラカラナリ（第也）……14-404割
ヤツコナリ（君臣）……14-421
ニヘサナリ（甚多）……14-432割
オヤナリ（先也）……17-70
（モロトモ）ナリ（一時）……17-186
オ（モミスルトコロ）ナリ（所重）……17-186
（ツカヒ）とナリ（使）……17-261
マコトナリと（信）……20-153
（サカリ）なり）（盛）……14-16
（ウネメ）なり）（采女）……14-58
□クミ□□（トコロ）は…なり）（所愛籠…等）……14-95
ヨ[ツ]□□□ツヱハカリなり）（四五丈者）……14-103
（コ）レ（カミ）なり（是神）……14-108
スキ（タル）なり）（冠）……14-195
（ハカラサルトコロ）なり）（所不計）……14-217
（ヤツコカ）アヤ（マチ）なり）（臣之愆）……14-359
コトワリなり）（分）……14-423
（アメノシタ）に（ホシキマヽ）なり）（擅天下）……17-136
（ヒツキノミコ）に（アタ）るなり）（鍾太子）……17-144
ユタカなり）（優）……17-162
ユルスとなり）（可）……17-182
（トコロ）なり）（所）……20-148
（セシ）メ（シムル）なり）（使爲也）……20-154
ヤツコラマサリ（「サ」ハ「ナ」ノ誤）（君臣）……14-421左
（ニヘサナ）リ（甚多）……14-432割
アク（ルナ）リ（稱）……17-184
オ（ロカヒト）ヤツコラマナルハ（愚臣）……11-14
（オロカヒト）ヤツコナル（ハ）（愚臣）……11-14左
ミヤヒカナルを（溫雅）……14-82
ケナルこと（異）……14-139
スコシキナルミニハトリ（小雄鷄）……14-171
タクミナル（巧）……14-184
マメナルこと）（忠）……14-195左
ハシル[光]ノ章ナルコト（驅騖迅）……14-285
アシクサカサマナルワサス「す」（暴虐）……14-326
アラハナル（トコロ）にて（露所）……14-334
オホキナル（ト）チヒサキト（巨細）……14-415
（オホキ）ナルツキ（大業）……14-429左
マメナル心ヲ（忠誠）……17-24
マメナルことを（ツクス）（盡忠）……17-49
ハルカナルイタハリ（玄功）……17-137
スコシキナルを（モ）て（以小）……17-227
オホイナルに（大）……17-227
ケナの（オミ）のトモナルヒト（毛野臣傔人）……17-235
（タカラト）なる）（寶）……17-136
（ツトメ）なる）（力）……17-137
ヨキカト（アラム）とシテナレ（ヤ）（有能才）……11-12
アマナレヤ（有海人耶）……11-61
シカナレヤ（牝鹿矣）……11-249

なりどころ（業所）
ナリトコロを（田宅）……11-125
ナリトコロ（別業）……17-6右

なりはひ（生業）
ナリハヒシヲウム（耕績）……11-77
ナリハヒ（耕）……11-77右
ナリハヒを（ススメ）（勸農莱 敷業）……17-55
ナリハヒ（農）……17-56

なる（爲）
ナ（ラ）む（ヤ）（爲…乎）……11-163
ナ（ラサラム）（[不就]）……20-21
ナリヌ（經）……11-65
ミトセニナリヌ（三年）……11-93
ナリヌ（經）……11-113左
ウヒチニナリヌ（泥）……11-124
ナリて（化）……11-357
ナリ□（蓬生）……14-283
ナリヌ（化爲）……14-330
ナ（リ）て（化）……11-328
アマノツキニナ（リ）ヌ（弦晦）……17-269
（ツカヒヒトナ）リ（爲使）……20-86割
ナル（化）……14-408
ナレリ（濟）……14-237
ナレリ（蓬生）……14-283左
（ナ）レリ（爲）……14-287

に

に（助詞）

ヒトヲメクミオヤニ[シ]タカフこと（仁孝）…11-11
イコヨカニマシマス（岐嶷）…………11-11
サイハヘタマフニ「に」ミツキを（モテシ）（祚之以嗣）…11-17
（ヤマト）のア（タヒカ）オヤ（マロ）ニ「に」（トヒ）て（問倭直祖麿）…11-25
（オウ）ニ（カタリ）て（謂游宇）………11-28
（スメラミコトノ）ミヨニ…サタメシム（天皇之世…定）…11-32
…のミコノミモトニ「に」ツ（カハシテ）（遣…皇子）…11-35
ヨナカニタチテ（ユク）（夜半發而行之）…11-41
[ア][ケ]ホノニ「に」（ウチ）にイタテ（曾明詣菟道）…11-41
フネニノセテ（載）…………11-42
カハニオチリヌ（墮河而沒）…………11-44左
ナニノユヱニカ（ミツカラ）スキマス（何所以歟自逝）…11-67
（スメラミコトノ）オフモトニ「に」マウテイタルこと（向天皇之御所）…11-69
ミキニ（フシテ）カム（サリマシヌ）（伏棺而薨）…11-72左
マクトキニ（「マ」ハ「フ」ノ誤歟）（蓋）…………11-76左
（ハルカニ）ミ[ノ]ソムニ「に」（遠望之）…11-91
ミヨニハ「には」（世）…………11-92
オホムタカラニ「に」（ノソミ）て（臨億兆）…11-93
ミトセニナリヌ（三年）…………11-93
イマヽテニ（ヒシリ）のミカトとホメ申（ナリ）（今稱聖帝也）…11-119
ナカメニ「に」（ア）へは（逢霖雨）………11-123
ウヒチニナリヌ（泥）…………11-124
イマヽテニ（クカヒメノ）ハカ（アリ）（今有玖賀媛之墓也）…11-165
オフモトニ「に」サフラフ（侍…側）……11-206
ツコモリニ「に」（イタリ）て（及月盡）…11-234
（ソレ）ナニ、ヨリテナラム（其何由焉）…11-235
コノコロモノオモヒツ、アルニ（此有懷抱）…11-239
オシハカルニ（推）…………11-239
アカツキニ「に」オヨハムトシテ（及將鷄鳴）…11-244
アリカムトキニ（出行）…………11-246
アケホノニ（未及昧爽）…………11-248
（トキノヒト）のコトワサニ「に」（時人諺）…11-248
イメアハセノマ、ニ（隨相夢也）…………11-249
クニ、「に」（オヨハム）トノタヒて（及于社稷）…11-264
（オヒ）て[シ]カムトコロニ（追之所逮）……11-267
アラハニセニマホシ（ミセス）（不欲露）…11-268
イホキカハノホトリニ「に」（ウツミ）（埋于廬杵河邊）…11-275
ナニ、カツカフ（奚用）…………11-338
シハスニ「に」（アタルコトニ）（毎當季冬）…11-341
フチニ「に」（ノソミ）て（臨泒淵）……11-355
イヘニ（舍）…………14-21左
アトマクラニカヨフ（往還頭脚）………14-43
思ノホカニ（不意）…………14-45
ヤミノヨニ…ヲモトメ（シメ）給（使闇夜…求覓）…14-102
[タ]ムカヒニ…コ[ロ]（サム）（[報][殺]…）……14-105左
クメカハマテニ「に」イタル（至來目水）…14-113
（マヲス）ト云ニカヘタリ（易…麻鳴須）…14-119割左
ト[イ]フニ（カヘタリ）（易…也）………14-121
トイフニカ[ヘ]タリ（易…登以符）………14-126割
イツクニアリトモ（何處）…………14-147
ミヤコニユルシマウノホラ□□□ニス（不肯聽上京都）…14-169
キハヤカニシて（綽矣）…………14-176
アカラカニ…（タ）レリ（曄矣…足矣）…14-176
ヒサシキヨニモタクヒハマレシアラム（曠世罕儔）…14-177
トイフニツケテ（託稱）…………14-189左
クニ、「に」（イリヌル）こと（入…地）…14-215
コトクニアリ（若）…………14-216左
イクサノキミタチニ（コヒマツル）

（請：於：元□等）…14-218
ミイクサニ：（コヒマツル）（請：元□等）…14-218
（ヒト）のクニ、（ナラム）コト（成人地）…14-226
ミタレヲミチニセルニアリテ（行亂於道）…14-265
ミタレヲミチニセルニアリテ（行亂於道）…14-265
ヨモノクニ、（四海）…14-269
トホキニ（イタツキ）て（勞萬里）…14-270左
モコトヨカニシて（渡略）…14-282
クモノミチ、リノミチニエ（於埃[塵]）…14-284
チリクモチニミエ（於埃[塵]）…14-284左
ホ流母可爾□□ウセヌ（於滅沒）…14-285
保ルモカニシテウセヌ（於滅沒）…14-285左
（ヤト）ニハムヘリ（侍宿）…14-301右
オホトニ「に」ハヘリ（侍坐）…14-312
イツコニアリシ（何處）…14-335
ウミノコノヤソツ、キニ（子々孫々八十聰綿）…14-360左
ユミイルニホ[コ]リ（矜能射）…14-383
オフモトマチキミニ（トヒ）て（問侍臣）…14-390左
スメラミコトノミタマノフユニ（賴於天皇）…14-404
フタリニ「に」アタル（第二）…14-411
ネムコロニシて（慇懃）…14-412
ヤスラカニセムトオホスセリ（欲寧）…14-418
ヒニヒニ（日）…14-419
コトワリニオイテハ（スナハチ）（義乃）…14-421
（ヤス）ラカニ（タノシキ）ことを（安樂）…14-422
アサヤカニ（スル）こと（鮮麗）…14-423
ウミノコニ「に」（イタス）（到此生子孫）…14-426
サカシマニ（悖）…14-426
コトワリニオイ（テ）（理）…14-429
（マウケノキミ）ニ「に」アタリて（居儲君上嗣）…14-430
マウケノキミニアタリテ（居儲君上嗣）…14-430左
ヒトヲメクミオヤニシタマヵフ（仁孝）…14-430左
男サカリニシテ（壯大）…17-8
オヤトフラヒカテラニ（歸寧）…17-8
御心ユタカニマシマス（意豁如）…17-9
（ミコ、ロ）ホカラカニマシマス（意豁如）…17-9左
オヤニシタカフ（孝順）…17-18
カナフニ「に」（タラス）（不足以稱）…17-32
ハラノウチニマシマス（胎中）…17-92
オロカニ「に」（不覺）…17-109
（イハヰ）カモトニ「に」（オクリ）て（行：于磐井所）…17-173
オナシケニ「に」シて（共器）…17-177
カソノツミニ「に」ヨリて（坐父）…17-194
サルコトニ（避）…17-197
ムラサトニてモノを（コフ）（於聚落乞食）…17-235
アマノツキニナ（リ）ヌ（弦晦）…17-269
カタホニ（コ、ロノ）マ、ニ（偶儻任意）…17-273左
（コ、ロノ）マ、ニ（任意）…17-273
（ハフル）トキニ（送葬）…17-275
イルニト云て（入）…20-115左
ワタのホカニ「に」ツカハシ（使於海表）…20-126
ユルシタマフマネニシタマへ（陽賜豫）…20-138
（サキ）ニ（エタル）（前所獲）…20-178
タヒラカニマスキ（ミ）（生王）…20-210
ヲトコサカリに（オヨヒ）タマヒて（及壯）…11-5
（オホサ、キノミコト）にマウシタマハク（諮大鷦鷯尊）…11-7
（アメ）ノシタに（キミトシ）て（君天下）…11-7
ツイテノ（クラヰ）に（ツキ）て（繼副位）…11-10
（アメ）の（シタノキミト）マスに（タレリ）（足爲天下之君）…11-11
クニイへにウクルことは（奉宗廟社稷）…11-13
カナフに（タラス）（不足以稱）…11-13
コノカミ（ハカミ）に（シテ）（昆上而）…11-14
オト、へ（ハシモ）に（季下）…11-14
ヒ[シ][リ]（ハキミ）に（シテ）（聖君而）…11-14
（サイハヘタマフ）に（ミツキ）を（モテシ）（祚之以嗣）…11-17
（サツケタマフ）に（オオムタカラ）を（モテシ）タマフ（授之以民）…11-17
（アメノシタ）に（キコエシム）（令聞於國）…11-18
イロトノミコノ（ミネカヒ）に

(シタカハムヤ)(従弟王之願乎)…11-18
(コノトキ)に(是時)……11-19
[オ][ウ]の(スクネ)に(カタリ)て (謂…游宇宿禰)…11-21
(ヒツキノミコ)にマウス(啓于太子)……11-22
(オホサヽキ)の(ミコト)にマウセ (啓大鷦鷯尊)…11-23
(ヤマト)の(アタヒカオヤマロ)に(トヒ)て(問倭直租麿)…11-25
(コ)の(トキ)にアタ(リ)て(適是時)…11-27
カラクニにツカハサレテ(遣於韓國) ……11-27
(カラクニ)にマカリて(往于韓國)……11-30
マキムクノタマキの(ミヤ)にアメノシタシラシヽ(纏向玉城宮御宇)…11-31
オホタラシ(ヒコ)の(ミコト)にオホセて (科…大足彥尊)…11-32
アメノシタシラスに(アラス)は (非御宇者)…11-34
…の(ミコノミモト)に(ツカハシテ) (遣…)…11-35
(シカウシ)て(ノチ)に(然後)……11-37
(ヒツキノミコ)に(マウシ)て(告太子)…11-39
(アケホノ)に(ウチ)にイタテ (曾明詣菟道)…11-41
(ウチ)にイタテ(詣菟道)……11-41
ワタシモリにマシリて(接度子) ……11-42
(カハナカ)に(イタリ)て(至于河中)…11-43
(ワタシモリ)にアトへて(誂度子)……11-43
ホトリに(ツク)こと(着岸) ……11-46
(ソノ)カハネを(モトメシムル)に (令求其屍)…11-47
カハラノワタリにウキイ(テ)タリ (泛於考羅濟)…11-47
(ナラノヤマ)に(ハフル)(葬于那羅山)…11-54
…の(ミコト)に(ユツリマス)に (讓位…尊)…11-55
…の(ミコト)に(ユツリマス)に (讓位…尊)…11-55
ウチにタテ(テ)(興…菟道)……11-55
(ウチ)の(ミヤ)に(タテマツル) (獻于菟道宮也)…11-57
(アマ)にノリコトシて(令海人)……11-57
(ナニハ)に(タテマツラシメ)タマフ (令進難波)…11-58
(スメラミコト)に(アラス)トノタマヒて (非天皇)…11-58
(ウチ)に(タテマツラシメ)タマフ (令獻菟道)…11-59
シハ〱(カヘル)に(クルシミ)て (苦於屢還)…11-61
(コトワサ)に(イハク)(諺曰) ……11-61
(ウチ)の(ミヤ)にイタリマス (到菟道宮)…11-64
(ミカ)にナリヌ(經三日)……11-65
(カハネ)に[マ]タ[カ]リて(跨屍)……11-66
(トキ)にコタヘテ(應時)……11-66
(ヒツキノミコ)に(カタリ)て(語太子)…11-67
(イロネ)のミコにマ(ウシ)て(啓兄王)…11-68
(スメラミコトノオフモト)に(マウテイタル)こと(向天皇之御所)…11-69
(イロネ)のミコ(ノヒシリ)に(シ)て (兄王聖之)…11-70
ウチミヤノカスにツカヒタマヘ (充掖庭之數)…11-72
ヒトキに(フシテ)(伏棺)……11-72
(ウチ)の(ヤマ)の(ウヘ)に(ハフリ)マツル(葬於菟道山上)…11-73
(ナニハ)にミヤコ[ツ][ク]ル(都難波)……11-75
ウフトノにトヒイレリ(入于産殿) ……11-78
コウム(トキ)に(アタリ)て (當…産時)…11-80
ミウフヤにトヒイレリ (入于産時(ミセケチ)屋)…11-80
オ(モフ)に(ソノトリ)の(ナ)を(トリ)テ(以契(ミセケチ)爲其鳥名)…11-82
(コ)に(ナツケ)て(名子)……11-82
(ミコ)にナツケて(名大子)……11-83
(オホイキミノコ)にナツケて (號大臣之子)…11-84
(ツチノエトラノヒ)に(戊寅)……11-86
(キノエネノヒ)に(甲子)……11-90
(マヘツキミタチ)にミコト(ノリシ)て (詔羣臣)…11-90
タカトノに(ノホリ)て(登高臺) ……11-90

（ハルカニミノソム）に（遠望之）……… 11-91
クニノウチニタ丶（ス）（不起於城中）…… 11-91
（オモフ）に…イヒカシク（ヒトナキ）か（以爲…無炊者）… 11-91
（ミヨ）には（世）………… 11-92
（オホムタカラ）に（ノソミ）て（臨億兆）… 11-93
（ミトセ）に（イタル）に（至于三年）…… 11-96
（ミトセ）に（イタル）に（至于三年）…… 11-96
（スキ）に（イリテ）（入隙）………… 11-100
アラハにす（露）………… 11-100
（トキ）に（シタカヒ）て（順時）……… 11-101
（ツヒタチノヒ）に（朔）………… 11-103
タカトノにマシ丶丶（テ）（居臺上）…… 11-103
ミノソムタマフに（望之）………… 11-103
（キサキ）に（カタリ）て（語皇后）…… 11-104
（クニ）に（ミテ）リ（滿國）……… 11-105
（オホムタカラ）の（タメ）にナリ（爲百姓）… 11-107
（ウヱ）コユルには（カヘリミ）て（飢寒顧之）… 11-108
イヒネイサホワケの（ミコ）の（タメ）に（爲大兄去來穗別皇子）… 11-111
（キサキ）の（タメ）に（爲皇后）…… 11-111
（コレ）に（ヨリ）て（因此）……… 11-113
（サト）にヤモヲヤモメ（ナ）ク（里無鰥寡）… 11-114
（イヘ）に（アマリ）のタクハヘ（アリ）（家有餘儲）… 11-114
（コ）の（トキ）に（アタリ）て（當此時）… 11-115
オホミヤをツクロフに（アラス）は（非…脩理宮室）… 11-115
（ツミ）をキミに（エ）むカ（獲罪于天呼）… 11-116
マチキムタチに（ミコトノリシ）て（詔羣臣）… 11-121
（ヨコサマ）にナカレ（横逝）……… 11-122
（ナカメ）に（ア）へは（逢霖雨）……… 11-123
（フネ）に（ノリ）（乘舩）………… 11-123
（ウミ）にカ（ヨハセ）て（通海）……… 11-124
（ニシ）の（ウミ）に（イル）（入西海）… 11-125
カハノカミに（マツラ）は（祭於河伯）… 11-129
（カハ）の（カミ）に（マツル）（禱于河神）… 11-130
（ミツ）にイリテ（沒水）………… 11-130
セ（キカタカキカハ）に（ノソミ）て（臨于難塞水）… 11-131
（カハ）の（ナカ）にナケイレテ（投於水中）… 11-131
（カハ）の（ナカ）に（イラ）む（入水中）… 11-133
（ミツ）にシ（ツ）む（沒水）……… 11-135
（ナミ）の（ウヘ）にマヒツ丶（轉浪上）… 11-135
（コロモ）の（コノ）イサミに（ヨリ）て（因衫子之幹）… 11-136
（コ）のエタチにツカフ（勞於是役）…… 11-138
（コマ）のマラウトにミカトにアヘタマフ（饗高麗客於朝）… 11-140
ミカトにアヘタマフ（饗…朝）……… 11-140
（スクネ）の（オミ）に（カハネ）を（タマヒ）て（宿禰臣賜名）… 11-145
クリクマの（アカタ）に（ホリテ）（掘…栗隈縣）… 11-146
（タ）にツク（潤田）………… 11-146
ツネにトシウ（年豐）………… 11-147
キカヒノツにハシワタス（爲橋於猪甘津）… 11-150
ミナトに（「ナ」ノ誤ハ「サ」）（於京中）…… 11-151
タチヒの（ムラ）に（イタル）（至丹比邑）… 11-152
コムクに（ホリテ）（掘…感玖）……… 11-152
（ヨトコロ）のハラにツケて（潤…四處郊原）… 11-153
ネタミマスにヨリて（苦…妬）……… 11-156
チカクツカマツル（トネリトモ）に[ミ][セ]タマヒて（示近習舍人等）… 11-156
（ハヤマチ）に（タマフ）（賜速待）……… 11-161
（クカヒメ）か（イヘ）に（イタリヌ）（詣于玖賀媛之家）… 11-162
ネトコロにチカツク（近帷內）……… 11-162
ヤモメにて（トシ）を（ヲハラ）む（寡婦以終年）… 11-163
クハタに（オクリ）ツカ（ハス）（送遣於桑田）… 11-165
（ミチナカ）に（ミマカリヌ）（死于道中）… 11-165
（キサキ）に（カタリテ）（語皇后）……… 11-171
（キサキ）に（コヒ）て（乞於皇后）……… 11-172

(キノクニ)にイテマシテ(遊行紀國)……11-183
(クマノ)のミサキに(イタリ)て(到熊野岬)…11-184
(オホミヤ)の(ウチ)にメシイレタウフ(納於宮中)…11-185
(ナニハ)のワタリに(イタリ)て(到難波濟)…11-186
(ウミ)にナケイレ(テ)(投於海)……11-187
(オホツ)にイテマシて(幸大津)……11-188
(オホツ)にトマリタマハ(スシ)て(不泊于大津)…11-191
(ヤマト)にイテマ(ス)(向倭)……11-192
(ヤマシロカハ)に(イタリ)マシて(至山背河而)…11-195
(ヤマシロ)に(カヘリ)て(還山背)……11-202
…の(ミナミ)に作也て(興…南)……11-202
(アル)に(イハク)(一云)……11-203割
(ツヽキ)の(ミヤ)に(イタリ)て(至筒城宮)…11-204
(キサキ)にマウスと(謁皇后)……11-204
(シクレ)にヌレツヽ(沾雪雨)……11-204
(マヘ)に(フシテ)(伏…前)……11-205
(キサキ)に(ツカヘマツル)(仕于皇后)…11-206
(コノトキ)にアタ(リ)て(適是時)……11-206
(オフモト)に(サフラフ)(侍…側)……11-206
(アメ)にヌルヽを(沾雨)……11-207
(クニヨリヒメ)にカ(タリ)て(謂國依媛)…11-209
(ミニハ)に(フシ)て(伏庭)……11-209
(アメ)に(ヌレ)ツヽ(沾雨)……11-210
(イマシ)か(セ)に(ツケ)テ(告汝兄)…11-211
(スメラミコト)にカヘリコトマウス(復奏于天皇)…11-212
(ヤマシロ)にイテマス(幸山背)……11-213
(ミツ)にシタカヒ(テ)(沿水)……11-213
(ツヽキ)の(ミヤ)にイタ(リマシ)て(詣于筒城宮)…11-217
(ヒメミコ)にソフて(副皇女)……11-224
(ミヤ)に(カヘリ)タマフ(車駕還宮)…11-225
ツヽ(キ)の(ミヤ)に(カムサリマシヌ)(薨於筒城宮)…11-229
…を(ナラ)の(ヤマ)に(ハフリマツル)(葬…於乃羅山)…11-230
(タカ)トノに(マシマシテ)(居高臺)…11-232
(ツコモリ)に(イタリ)て(及月盡)……11-234
(キサキ)に(カタリ)て(語皇后)……11-234
コヨヒに(アタリテ)(當是夕)……11-235
カシハテにノリコト(シ)て(令膳夫)…11-236
(キサキ)に(カタリテ)(語皇后)……11-238
(カ)にアタ(レリ)(當…鹿)……11-240
ミヤコに(チカツケムコトヲ)(近於皇居)…11-242
(アキ)のヌタにツカハス(移鄉于安藝渟田)…11-242
(トカ)に(ユキ)て(往菟餓)……11-243
(ノ)の(ナカ)にヤトレリ(宿于野中)…11-244
(カタハラ)に(フセリ)(臥傍)……11-244
(アカツキ)に(オヨハムトシテ)(及將鷄鳴)…11-244
メカに(イヒ)て(謂牝鹿)……11-244
(ヒト)の(タメ)にイ(ラ)レ(テ)(爲人見射)…11-246
(ソ)の(ミ)に(ヌラレム)こと(塗其身)…11-247
(コヽロ)の(ウチ)にアヤシフ(心裏異之)…11-247
(トキノヒト)の(コトワサ)に(時人諺)…11-248
(ヒメミコ)の(タメ)に(爲皇女)……11-253
(キサキノコト)にハヽカリ(重皇后之言)…11-256
コノカミオトフトノコトワリにア(ツクマシマシテ)(敦友于之義)…11-257
(ヒメミコノヒサ)に(マクラシ)て(枕皇女之膝)…11-258
(クニ)に(イタサムト)(及于社稷)……11-264
(イセ)の(カムミヤ)にマキラム(納伊勢神宮)…11-265
(オモキツミ)に(アタ)レリ(當重罪)…11-268
(ヲフナラ)にミコ(トノリシテ)(勅雄鯽等)…11-269
(ウタ)に(イタリ)て(至菟田)……11-270
ソミノ(ヤマ)に(セ)ム(迫素珥山)…11-270
(クサ)の(ナカ)に(カク)レて(隱草中)…11-270

…のコモシロノ（ノ）に（オヒシキテ）（追及于…蔣代野）…11-274
（イホキカハノホトリ）に（ウツミ）（埋于盧杵河邊）…11-275
（オフナラ）に（トハシ）メて（令問雄鯽等）…11-276
…の（ツキ）にア（タリ）て（當…月）…11-277
ヒメトネ（ラ）に（タマフ）（賜…婦等）…11-277
（テ）に（ヨキタマ）マケルこと）（手有纏良珠）…11-279
…を（ミル）に…に（ニタリ）（見…既似…）…11-279
（メトリ）の（ヒメミコノタマ）に（ニタリ）（似雌鳥皇女之珠）…11-279
ツカサにミコトノリ（シ）て（命有司）…11-279
（クタラ）に（ツカハシ）て（遣…於百濟）…11-284
（コ）の（トキ）に（是時）…11-285
（コレ）に（ヨリ）て（由是）…11-286
ソツヒコに（ツケテ）（附襲津彦）…11-287
…か（イヘ）に（ニケカクル）（逃匿…家）…11-288
（イマシ）にツケテワタラム（寄汝而活焉）…11-289
（スメラミコト）に（タテマツリ）て（獻於天皇）…11-291
（トリ）を（トル）に（消墨）（捕鳥）…11-291
（クタラ）に（アリ）（在百濟）…11-293
（ヒト）に（シタカフ）（從人）…11-293
（サケ）の（キミ）に（サツケ）て（授酒君）…11-294
（ソノアシ）にツケ（着其足）…11-295
（ソノヲ）に（ツケ）て（着其尾）…11-295
（スメラミコト）に（タテマツル）（獻於天皇）…11-295
タ、ムキノ（ウヘ）に（スヱテ）（居腕上）…11-295
モスノ、にイテマ（シテ）（幸百舌鳥野）…11-296
（ヒノエサルノヒ）に…（丙甲）…11-299
（マムタノツ、ミ）に（タカ）コウメリ（於茨田堤鷹產）…11-300
（タケシウチノスクネ）に（トヒ）て（問武內宿禰）…11-301
（コノミチノアヒタ）に（是道路之間）…11-308
（スメラミコト）に（タテマツル）（獻於天皇）…11-309
（ヒこ）に（タ、カヒ）を（イトム）（日日挑戰）…11-311
イホリの（ト）にイテタルこと（アリ）（有放營外）…11-312
（ミキノカタ）に（ソナフ）（備右）…11-315
（エミシ）の（タメ）に（ヤフ）ラレて（爲蝦夷所敗）…11-317
イシノミトに（シセヌ）（死于伊峙水門）…11-318
（ソノメ）にア（タフ）（與其妻）…11-319
（ミナミ）の（ミチ）に（アタリテ）（當…南道）…11-324
エヨホロに（ア）ツ（充役丁）…11-327
エタチの（トコロ）にノソミタマフ（臨役所）…11-328
（シロキカ）にナ（リ）て（化白鹿）…11-328
エ（ヨホロ）にサセリ（差役丁）…11-329
（コ）のシルマシヲ（ミル）に（視是佐者）…11-330
（ハシ）の（ムラシラ）に（サツク）（授土師連等）…11-330
カハクマに（ト、マレリ）（停于河曲）…11-332
（モト）は（ヒトツ）にて（本壹）…11-332
（フネ）に（ツクラシム）（令造舩）…11-333
（ナニハツ）にキテ（キタリ）て（將來于難波津）…11-334
（ミフネ）に（アテツ）（充御舩也）…11-334
ツケに（カリシタマフ）（獦于鬪鷄）…11-334
（ノ）の（ナカ）を（ミタマフ）に（瞻野中）…11-335
カノ（ノ）の（ナカ）に（アル）は（有其野中者）…11-337
（ソノウヘ）にフク（蓋其上）…11-338
（ソノウヘ）に（オク）（置其上）…11-339
アツキ（ツキ）に（アタリ）て（當熱月）…11-340
（ミツサケ）にヒタ（シ）て（漬水酒）…11-340
スメラミコトに（タテマツル）（獻于御所）…11-341
（シハス）に（アタルコトニ）（毎當季冬）…11-341
キサラキに（イタリ）て（至于春分）…11-342
（ヒタ）の（クニ）に（飛驒國）…11-343
ヒ（タリミキ）にツルキをハイて

（左右佩劒）… 11-345
（ヨツ）の（テ）に（ナラヒニユミヤ）をツカフ（四手並用弓矢）… 11-345
ミコトに（シタカハス）（不隨皇命）…… 11-346
（キノエサルノヒ）に（甲申）…… 11-348
（カフチ）の（イシツ）の（ハラ）にイ（テマシ）て（幸河内石津原）… 11-348
エタミ（ノナカ）に（イリ）て（入役民之中而）… 11-350
（ミヽ）の（ナカ）を（ミル）に（視耳中）… 11-351
カハシマカハラにミツチ（アリ）て（川嶋河派有大虬）… 11-353
（ソノトコロ）に（フレテユケ）は（觸其處而行）… 11-353
（フチ）に（ノソミ）て（臨派淵）…… 11-355
（ミツ）に（ナケイレ）て（投水）…… 11-355
（カ）にナリて（化鹿）…… 11-357
（ミツ）に（イリ）て（入水）…… 11-358
（フチノソコノ）カフヤにイハメリ（滿淵底之岫穴）… 11-359
（チ）にカヘヌ（變血）…… 11-359
（コ）の（トキ）に（アタリ）て（當此時）… 11-359
（ツチノトウシノヒ）に（己丑）…… 11-364
（モスノ）ノヽミサヽキに（ハフリマツル）（葬於百舌鳥野陵）… 11-364
ウチにイハメリ（滿殿）…… 14-4
タカトノに（ノホリマシ）て（登樓）… 14-6
マシフルに…を（モ）て（間以…）…… 14-7
（コト）は…に（アリ）（語在…）…… 14-8割
タカトノのシ（タ）に（タハフレアソヒ）て（遊戯樓下）… 14-10
（キサキノミヒサ）に（マクラシ）給て（枕皇后膝）… 14-10
（スメラミコト）に（マウシ）て（言於天皇）… 14-12
（マヨワノオホキミ）にカタル（語眉輪王）… 14-19
（イヘ）に（ニケイル）（□宅）…… 14-20
キミノミヤに（イル）（入王室）…… 14-21
ヤ[ツ][コ]ノヤに（カクルヽ）（[隱][匿]臣舍）… 14-21
イヘに（キタ）レリ（來…舍歟）…… 14-22
（ニハ）にイテタヽシテ（出立於庭）…… 14-24
（ミカト）に（マウスヽム）て（進軍門）… 14-27
ヤツコにアタレリ（屬乎臣）…… 14-28
（ミナミノヲカ）に（アハセハフル）（舍合葬…南[丘]）… 14-33
のに（アソヒセム）（遊郊野）…… 14-36
（カレキノ）エタにニタリ（類枯樹末）… 14-37
カヤ（ノ）に…サハにアリ（蚊屋野…多有）… 14-37
□トキに（肅□□之晨）…… 14-39
ツミセラルヽに（ノソミ）て（臨刑）… 14-46
ア[サ][ク]ラに（マウケ）て（設…於…朝倉）… 14-48
ツカサに（ミ）コトオホセて（命有司）… 14-48
（コノツキ）に（是月）…… 14-52
イハヒに（ハ）ヘリ（侍…祠）…… 14-54
（ツキ）に…（ハヘリ）（次有…）…… 14-56
（アリキスル）に（行[歩]）…… 14-59
（オホトノ）に[オ]ハシマス（御大殿）…… 14-59
（マヘツキミタチ）に（カタリ）て（謂羣臣）… 14-60
…（ニハ）に（シメヤカニアリク）ヒトは（徐歩…庭）… 14-62
（ミル）に…タウハレリ（觀…似）…… 14-63
（ヒトヨ）にイクタヒメシヽヤ（一宵喚幾廻乎）… 14-65
アタ[ハ][シ]タマフに（與）…… 14-66
ミに[カ]ヽラフに（觸體）…… 14-67
[カ]ヽラフに…ハラミヌ（觸…懷脈）…… 14-67
ヨモスカラにアタハシ（テ）（與終宵）…… 14-67
（オホムラシ）にミコト□リ（シ）て（命大連）… 14-68
（イシカハ）のタテに（□川楯）…… 14-71
（キ）にハリて（張…於木）…… 14-72
（サ）スキノウヘに（オカシメ）て（置假庋上）… 14-72
（ヨシノヽミヤ）に（イテ）マス（幸于吉野宮）… 14-74
カ（サナレル）ミネにノホリ（凌重巘）… 14-75
ヒロ（キ）ハラにユク（赴長莽）…… 14-75
（シマ）にイコフて（憩乎林泉）…… 14-76
ヤフサハにモトホリアソヒて（相羊乎藪澤）… 14-76
（マヘツキミタチ）に（トヒテ）（問羣臣）… 14-77

ミ（ツカラ）ツクラムに（自割）………… 14-78
（コノヒ）に（是日）………………… 14-79
（コレ）に（ヨリ）て（由是）………… 14-80
キサ（キ）ノ（ミヤ）にイリマシヌ（入於後宮）… 14-83
カリに…を（エ）[タ][リ]（遊獵…獲…）…… 14-83
オ（ホキサキ）に（カタリ）て（語皇大后）… 14-83
（マヘツキミタチ）にトナヘト（フ）（歴問羣臣）… 14-84
トナヘ（トフ）に…（ナシ）（歴問…莫…）… 14-84
カリニハノ[ア]ソヒに（ヨリ）て（因遊獵場）… 14-86
（マヘツキミタチ）に[ト]ヒタマフを（降問羣臣）… 14-86
（ト）…（ト）にシコチて（譛…與…）…… 14-96
（ミ）に（オヨハム）ことを（及身）……… 14-98
イホ（キノカハ）に「タ」シ「ヒ」て（誘率…於廬城河）… 14-99
（カハノホトリ）に[イ][テ]（マシ）て（詣於…河上）… 14-101
トサマカウサマに（東西）……………… 14-102
（ヤミノヨ）に…ヲモトメ（シメ）給（使闇夜…求覓…）… 14-102
（カハノホトリ）にヌシの（ミユル）こと（於河上虹見）… 14-103
（ハラノナカ）に（モノアリ）（腹中有[物]）… 14-104
（ナカ）に（イシアリ）（中有石）………… 14-105
（コレ）に（ヨリテ）（由斯）………… 14-105
（カミ）の（ミヤ）に（ニケカクレ）ヌ（逃匿…神宮）… 14-106
（カツラキヤマ）に□リシ（タマ）フ（射獵於葛城山）… 14-107
タニカヒに相望メリ（望丹谷）………… 14-108
（ノチ）にイハム（後應道）…………… 14-110
（ツキ）にナノリ（テ）（[次][稱]）………… 14-110
ヒシリに（アフ）（逢仙）……………… 14-112
（クメカハマテ）にイタル（至來目水）…… 14-113
（ヨシノ、ミヤ）に（イテマス）（行幸[吉]野宮）… 14-114
（ヲノ）に（イテマス）（幸…小野）……… 14-114
（ヤマノツカサ）にミコトノ（リシ）て（命虞人）… 14-115
（マヘツキミタチ）に（ミコトノリシテ）（[詔][羣][臣]）… 14-116
（カツラキヤマ）にカリシ給（校獵[葛]城山）… 14-128
ツチに（ヒ）ケリ（曳地）……………… 14-129
（キ）にノホリて（緣樹）……………… 14-130
（トネリ）に（ミコトノリシ）て（詔舍人）… 14-131
（ヒト）か（アヒ）ては（「か」ハ「に」ノ誤）（逢人則）… 14-131
（キ）にヨリて（緣樹）……………… 14-132
コロサ（ルゝ）に（ノソミ）て（臨刑）… 14-133
（スメラミコト）にクミシ給（スシ）て（不與天皇）… 14-137
オホカミにケナルこと（ナ）シ（無異於[豺][狼]）… 14-139
ミ（クルマ）にタテマツ（リ）テ（上車）… 14-140
ツテコトに…を（キゝ）て（飛聞…）…… 14-141
コニキシに（ツケ）て（告…軍君）……… 14-143
ヤマトにマウテ、（往日本）…………… 14-144
（スメラミコト）に（ツカヘマ）ツレ（事天皇）… 14-144
（コニキシ）にアハセて（嫁與軍[君]）…… 14-145
（ノチ）にタテマタシタマヘ（後奉遣）…… 14-145
ウミカツキ□に（アタ）レリ（當產月）… 14-146
（ミチ）にてコウマは（於路產）………… 14-146
（ヒトツノフネ）にノセて（載一舩）…… 14-146
（イタラム）に（シタカヒ）て（隨至）…… 14-146
（クニ）に（オクラシメ）ヨ（令送國）…… 14-147
ミカトにタテマツル（奉遣於朝）……… 14-147
シマにて（コ）を（ウミ）たり（嶋產兒）… 14-148
（クニ）に（オクル）（送…於國）……… 14-149
ミヤコにマヰル（入京）……………… 14-151
（ヤマト）に（マウテ）て（向大倭）…… 14-151割
ハツ（セ）の（ヲノ）に（アソヒタマフ）（遊乎泊瀨小野）… 14-152
スカルに（ミコトノリシ）て（命蜾蠃）… 14-158
（スカル）に（タマヒ）て（賜…於蜾蠃）… 14-159
（スメラミコト）に（タテマツル）（奉獻天々皇）… 14-159
ミカキノホトリにヒタ（ス）（養…於…墻之下）… 14-160

(スカル)に(ミコトノリシ)て　(詔…螺蠃)…14-163
(ヒト)にスキタリ(過人)……14-164
(ミモロ)の(オカ)に(ノホリ)て　(登三諸岳)…14-165
(スメラミコト)に(ミセタテマツル)　(奉示天々皇)…14-165
オホトノにカクレタマヒヌ(却入殿中)…14-166
(イヘ)に(マカリカヘル)(歸家)……14-167
…ノヒトに(シ)(爲…人)……14-170
…か(ヒト)に(シ)て(爲…人)……14-170
ホトリに(ハヘリ)て(侍於…側)……14-175
(ワカメ)に(シク)は(ナシ)　(莫若吾婦)…14-175
(キハヤカ)にシて(綽矣)……14-176
(アカラカ)に…(タ)レリ(曄矣…足矣)…14-176
ニコヤカに…(タ)レリ(溫矣…足矣)…14-176
(ヒサシキヨ)に(モ)(曠世)……14-177
イマノ(トキ)に(アタリテ)(當時)……14-177
ミコ(コロ)に(ヨロコヒ)タマフ　(心悅焉)…14-178
(ミコトモチ)に(ス)(爲…司)……14-179
ヨサシトコロに(任所)……14-180
コトフミに(イハク)(別本云)……14-180割
(シラキ)に(イル)(入新羅)……14-181
ミカトにツカヘ(ス)(不事中國)……14-182
…(ト)に(ミコトノリシ)て　(詔…與…)…14-182
オモトにハ(ヘ)リ(在側)……14-183
カラ(クニ)にハヘリ(在韓國)……14-184
(マヘツキミタチ)に(ミコトノリシ)て　(詔羣臣)…14-184
(オウトキミラ)にソヘて(副第君等)……14-185
(クタラ)に(ト)リ(取…於百濟)……14-185
(クタラ)に(イタリ)て(到百濟)……14-186
(クニ)に(イル)(入…國)……14-187
オムナに(ナリ)て(化爲老女)……14-187
(ミチ)に(ア)ヘリ(逢路)……14-187
(オホシマ)の(ウチ)にツトへて　(集聚…大嶋中)…14-189
(クタラ)にヤリて(使…於百濟)……14-191
(オトキミ)に(イマシメ)て(戒弟君)…14-191
(ツテ)に(キク)(傳聞)……14-192
(クタリ)に(ミユ)(見…文)……14-192割
(クタラ)にコエヨリて(跨據百濟)……14-193
(ヤマト)にナカヨヒソ(勿使通於日本)…14-193
(ミマナ)にヨリタモ(チ)て(據有任那)…14-194
(ヤマト)にカヨハシ(勿通於日本)……14-194
トコマツにスキタリ(冠青松)……14-195
テルヒにコエ(踰白日)……14-195
ネヤノ(ウチ)に(カクシ)ウ(ツミ)て　(隱埋室內)…14-196
…の(ムラ)にハムヘラル(安置…邑)…14-199
ツカに(ミコトオホセ)て(命…掬)……14-200
(ムロヤ)に(ミコトノリシ)て　(詔…室屋)…14-200
(ミトコロ)に(ウツ)シハヘ(ラシム)　(遷居…三所)…14-202
(クレ)の(クニ)にツカハ(シム)　(使於吳國)…14-205
ミクラ井に(ツカセタマヒ)シ(卽位)…14-205
(コトシ)に(イタルマテ)に(至于是歲)…14-205
(イタルマテ)に…タテマツラサルこと　(至…不入)…14-205
ミコ、ロに(オソリタテマツリ)て　(懼…心)…14-206
…(ヨシミ)をコマに(ヲツム)　(脩好於高麗)…14-206
(コレ)に(ヨリ)て(由是)……14-206
イトマに(トリ)て(取假)……14-207
(クニ)に(カヘル)(歸國)……14-208
(ワカクニノタメ)に(ヤフラ)レムコト　(爲吾國所破)…14-208
ヤムマネに(シ)て(患)……14-209
(ワカクニ)に(ナルコト)(成…土)……14-209割
(クニ)に(ニケイリ)て(逃入國)……14-210
(クニヒト)に(ツケ)て(告國人)……14-211
(クニノウチ)にアル(國內所有)……14-212
ヒ(マ)に(ノリ)て(乘問)……14-212
(ソノクニ)に(ニケイリ)て(逃入其國)…14-213
ツクソクロサシにイハ□　(屯聚筑足流城)…14-214
(ヨモ)に(ウタヒ)て(四面歌)……14-215
(クニ)に(イリヌル)ことを(入…地)…14-215

…の（コキシノ）モトにヤ（リ）て（使…王）…14-216
（コノトキ）に（アタリ）て（當此之時）…14-216
カサ（ヌル）に（スキ）たり（過於累）…14-217
（コレ）に（ヨリ）て（由是）……14-218
（イクサノナカ）にノリコト（シ）て（令軍中）…14-221
□□□ノに（會明）……14-223
（カシハテノオミラ）に□タ（リ）て（謂膳臣等）…14-223
（シラキ）に（カタリ）て（謂新羅）……14-225
エタチにホト〳〵ナリ（殆…侵役）……14-226
（ツイタチノヒ）に（朔）……14-228
神庭に（イタリ）（至壇所）……14-229
コホリに（モトム）（求…郡）……14-232
（アカタ）に（縣）……14-232
アキの（ハラ）にて（藍原）……14-233
（スメラミコト）にイマ（シメ）て（戒天皇）…14-234
（コレ）に（ヨリ）て（由是）……14-234
（スクネラ）に（ミコトノ）リ（シ）て（勅…宿禰等）…14-236
（ニシ）のクニに（ヲリ）て（居西土）……14-236
（アメ）の（シタ）にオヨ（ヒ）て（逮…天下）…14-237
ホカにカクス（竄…表）……14-238
…（ホカ）にオキテ（投…外）……14-238
（スメラミコト）に（ウ）へ（マウサシメ）て（憂陳於天皇）…14-242
ミに（シタカ）へて（隨身）……14-245
（シラキ）に（イリ）て（入新羅）……14-246
イクサノ（ナカ）に（陣中）……14-248
（ノチ）に（後）……14-251
（イクサ）の（ナカ）に（イリ）て（入軍中）…14-252
アタノナカにユキて（赴敵）……14-254
（シラキ）にユキて（向新羅）……14-257
ヤツカレに（カタリ）て（謂僕）……14-259
（カラコ）の（スクネ）に（ツケ）て（告於韓子宿禰）…14-259
（ツカサ）に（トラ）むこと（執…官）……14-260
（コレ）に（ヨリ）て（由是）……14-260
[イ]サ、ケキ（コト）に（ヨリ）て（緣小事）…14-262
（カラコノスクネ）のモトに（韓子宿禰等）…14-262
（イタル）に（オヨヒ）て（及至）……14-262
（カハ）に（イタル）に（至於河）……14-263
（ウマ）に（カハ）に水カフ（飲馬於河）…14-263
（ウマ）に（カハ）に水カフ（飲馬於河）…14-263
河中也にて（中流）……14-265
（サイタテ）にて（由前相競）……14-265
コキシの（ミヤ）に（オヨハスシ）て（不及…王宮）…14-266
（ヲユミノスクネノモ）に（ヨリテ）（從小弓宿禰喪）…14-266
（ヤマト）にマウケリ（到來日本）……14-267
…の（オホムラシ）に（ウレ）へ（マウシ）テ（憂語於…大連）…14-267
（オホムラシ）に（ミコトノリシ）て（勅大連）…14-268
遠國也に（イタツキ）て（勞萬里）……14-270
カラクニにシヌ（墜…韓）……14-270
（クニチカキトナリノヒト）にシて（國近隣之人）…14-271
（タムワ）のムラに（ツクリ）て（依…於田身輪邑）…14-272
（オホムラシ）に（オクル）（送大連）……14-274
…の（モ）に（ヨリ）て（從…喪）……14-275
ツルカ（ノクニ）に（ト、マル）（留角國）…14-276
（オホトモノオホムラシ）に（タテマツリ）て（奉…大伴大連）…14-276
□カトに（ツカヘマツル）に（奉事天朝）…14-277
□カトに（ツカヘマツル）に（奉事天朝）…14-277
（ツノ、クニ）にハムヘ（ラム）（往住角國）…14-277
（スメラミコト）にマウシて（奉於天皇）…14-278
（ツノ）の（クニ）に（ハヘリスマシ）む（使留居于角國）…14-278
ツク（ヨ）に（月夜）……14-281
ミサ（サキ）の（モト）に（カヘリヌ）（陵下）…14-282
アカウマに（ノ）レルヒトに（騎赤駿者）…14-282
…（ノ）レルヒトにアフ（逢騎…者）……14-282

（タツ）の（コトク）にトフ（龍翥）……… 14-282
（コ、ロ）に（ホリ）す（心欲）……… 14-283
カリノ（コトク）に（オトロク）（鴻驚）… 14-283
ミタラヲノ（ウマ）にムチウチて（鞭…驄馬）… 14-284
（トキウマ）に（ノレルヒト）の（乘駿者）… 14-286
（ウマヤ）に（イル）（入厩）……… 14-287
（ウマ）にマクサ（カヒ）て（秣馬）……… 14-287
（ソノクルツアシタ）に（其明旦）……… 14-287
□ニマに（ナ）レリ（爲土馬）……… 14-287
（ホムタ）の（ミサ、キ）に（モトムル）に（覓譽田陵）… 14-288
（ホムタ）の（ミサ、キ）に（モトムル）に（覓譽田陵）… 14-288
（ハニマノ）ナカに（アル）を（在於土馬之間）… 14-288
（ツクシ）に（イタル）（到於筑紫）……… 14-291
アタシフミに（イハク）（別本云）……… 14-291 割
フタト（コロ）に（オカシム）（安置…二所）… 14-295
タニカミの□マに（ヲル）（居于谷上濱）… 14-297
（ワカクニ）にウチツミオケル（トリノ）（我國積鳥）… 14-302
ヲ（ツカ）に（オナシ）（同於小墓）……… 14-302
（クレ）にツカハス（出使于吳）……… 14-307
コタクミツケノ（ミタ）に（ミコトオホセ）て（命木工鬪鷄御田）… 14-308
（アルフミ）に…（トイフハ）（一本云…）… 14-308 割
（タカトノ）に（ノホリ）て（登樓）……… 14-309
（ヨモ）に（ハシル）こと（疾走四面）……… 14-309
（ニハ）にタフレて（顚…於庭）……… 14-310
（モノ、ヘ）に［タ］［マ］［フ］（付物部）……… 14-311
（オホト）に（ハヘリ）（侍坐）……… 14-312
（スメラミコト）に（サトラシメム）（使悟於天皇）… 14-312
（モノ、ヘ）のメの（オホムラシ）にサツク（收付於物部目大連）… 14-320
ア［ラ］［ハ］に（露）……… 14-323
（モトノトコロ）に（オカシ）む（置…本之土）… 14-324
（モノ、ヘ）の（メ）の（オホムラシ）に（タマフ）（賜物部目大連）… 14-325
（ミチナカ）に（路中）……… 14-326
（クニ）の（ノリ）に（タカヒ）て（違國法）… 14-327
ヲマロにナリヌ（化爲…小麻呂）……… 14-330
（ヒネモス）に（終日）……… 14-331
アラハナル（トコロ）にて（露所）……… 14-334
（テノアヤマチ）にハ（キス）ツ（ク）（手誤傷刄）… 14-334
（モノ、ヘ）に（サツケ）て（付物部）……… 14-336
（ノ）にコロサ（シム）（使於刑野）……… 14-336
コロストコロに（イタリ）て（詣刑所）… 14-340
（クレ）の（クニノツカヒ）ト（トモ）に（共吳國使）… 14-343
スミノエの（ツ）にト、マル（泊於住吉津）… 14-345
シハツの（ミチ）にカヨ（フ）（通磯齒津路）… 14-345
（オミ）の（ムラシ）に（ミコトオホセ）て（命臣連）… 14-346
（ヒノクマ）の（ノ）にハムヘラシム（安置…檜隈野）… 14-346
（カミ）に（タテマツル）（奉…神）……… 14-347
（マヘツキミタチ）にトナヘテトヒて（歷問羣臣）… 14-349
（クレヒト）に（アヘタマハムト）（設吳人）… 14-349
ア□□□□に（タレ）か（ヨケ）む（共食者誰好乎）… 14-350
ネノオヤに（ミコトオホセ）て（命根使主）… 14-351
アカヌクルの（ハラ）にて（高拔原）……… 14-351
（クレヒト）にアヘタマフ（饗吳人）……… 14-351
（ツカヒ）を（ムカフルトキ）に（迎使時）… 14-353
（サキ）に（前）……… 14-353
（オミムラシ）に（ミコトオホセ）て（命臣連）… 14-354
（オホトノ）の（マヘ）に（メシ）ミ給（引見殿前）… 14-354
（オホソラ）にアフイて（仰天）……… 14-354
（ワレ）をキミにタテマツリシ（進妾於陛下）… 14-357
タテマツリシ（トキ）に（進…時）……… 14-357

（ウタカヒ）をネノオミに（イタシ）て
（疑於根使主）…14-357
（ワ）か（タメ）に（爲妾）……14-357
コムマコヤソツヽキに
（子々孫々八十聰綿）…14-360
…（ノ）ツラにナアツカラシメソ
（莫預…之例）…14-360
ツ[カ]サ〱にミ（コトオホセ）て
（命有司）…14-362
（フタ）ツに（ウミノコ）をワ（カチ）て
（二分子孫）…14-362
（キサキ）にヨサス（封皇后）……14-363
チヌの（アカタヌシ）に（タマヒ）て
（賜茅渟縣主）…14-363
ミマキに（アリ）（在…紀）……14-365
（コトタヒラキシノチ）に（事平之後）…14-365
（ヒト）に（カタリ）て（謂人）……14-366
（ツテ）に（傳）……14-366
（ヒト）を（ツカヒ）に（シ）て（使人）…14-367
（オミムラシラ）にアカチて
（分散臣連等）…14-369
（スメラミコト）に（ツカヘマツル）
（仕於天々皇）…14-370
（ハタ）の（サケ）の（キミ）に（タマフ）
（賜於秦酒公）…14-371
ミカトにツム（充積朝庭）……14-372
（クニアカタ）に（シ）て（國縣）……14-374
（アヤ）の（オミラ）に（カハネ）を
（タマヒ）て（漢使主等賜姓）…14-376割
（ハシ）ノ（ムラシラ）に（ミコトノリシ）て
（詔土師連等）…14-377
ミイクサに（カタリ）て（謂官軍）……14-383
テにタレ□ア（タルヘ）キ
（手誰人可中也）…14-383
（イカ）のアヲハカにマ□□タヽ（カフ）
（逆戰於伊賀毒墓）…14-383
（ミ）の（シヽ）に（イ）ルこと（入身肉）…14-388
（コレ）に（ヨリ）て（由是）……14-389
（ナヌカマテ）に（七日）……14-389
オホト大夫に（トヒ）て（問侍臣）……14-390
（ヒトヨノアヒタ）に（一夜之間）……14-391
コニキシに（マウシ）て（言於王）……14-398
（ミルコト）に（毎見）……14-398
思外に（アヤシ）（非常）……14-398
（アタ）の（テ）にシヌ（沒敵手）……14-401割
（モン）ス（ワウ）に（タマヒ）て
（賜汶洲王）…14-403
ヘスオトにイハミウレフ（聚憂倉下）……14-404
フミに（イハク）（舊記云）……14-404割
（マタワウ）に（タマフ）（賜末多王）……14-404割
（フネ）に（ノリ）て（乘舟）……14-407
（ウミ）に（イル）（入海）……14-408
（メ）に（ス）（爲婦）……14-408
ヲトメにナル（化女）……14-408
トコヨノクニに（イタリ）て（到蓬萊山）…14-409
（コ）の（ナカ）に（子中）……14-411
（フタリ）に（アタル）（第二）……14-411
オホウチにメス（喚内裏）……14-411
（ソノクニ）にコキシ（トナラ）爲ム
（使王其國）…14-412
（クニ）に（マモリオクラ）シム
（衞送於國）…14-413
（ヒツキノミコ）にユタニ給（付皇太子）…14-416
（オホトノ）に（カムアカリマシ）ヌ
（崩干大殿）…14-417
…（ト）…（ト）にノチノ（ミコトノリ）シて
（遺詔…與…）…14-417
（ヒトツイヘ）にて（一家）……14-418
（アマツ）ミ（コヽロ）に（天意）……14-418
（トキ）に（シタカヒ）て（隨時）……14-420
（コヽロ）に（オイテ）は（情）……14-421
（ウチト）の（コヽロ）に（ヨロコヒシメ）て
（内外歡心）…14-421
トコツクニに（イタル）こと（至於大漸）…14-422
（コヽ）を（オモフ）に（念此）……14-424
ノミには（アラス）（非爲）……14-425
（ウミノコ）に（イタス）（到此生子孫）…14-426
（コヽロ）に（心）……14-426
コノカミオトヒトに（カケ）リ（闕友于）…14-427
（キミ）にシクは（ナシ）（莫若君）……14-427
カソに（シク）は（ナシ）（莫若父）……14-427
（オミムラシ）にア（マネクシ）て
（遍於臣連）…14-428
（オホムタカラ）にホトコリナム

（流於民庶）…… 14-428
タモツに（タヘ）タリ（堪負荷）…… 14-429
アクマテに（足）…… 14-429
（クニ）に（ミテ）リ（充盈於國）…… 14-430
（マウケノキミ）に（アタリ）て（居儲君上嗣）…… 14-430
オ（モホ）すに（以）…… 14-430
（ワ）カ（コ、ロサシ）を（ナス）に（タヘ）タリ（堪成朕志）…… 14-431
（コノトキ）に（是時）…… 14-432
（アメノシタ）に（アラハ）レ（キコエ）タリ（天下著聞）…… 14-432割
シナム（ノチ）に（崩之後）…… 14-432割
（キヒノクニ）に（イタリ）て（至吉備國）…… 14-433
（イヘ）にヨ（キリ）たり（過家）…… 14-433
（ノチ）に（後）…… 14-433
（イヘ）に（キ）たりて（家來）…… 14-435
エヒシに（アヒ）て（會蝦夷）…… 14-435
サハノミナトに（娑婆水門）…… 14-435
アマヘタノウ（ヘ）に（シ）て（海濱上）…… 14-437
ミトに（イタリ）て（至…水門）…… 14-441
（ウラカケ）に（イタリテ）（至浦桂掛）…… 14-441割
サカ（ナヰ）に（ヨハフ）て（聘…坂中井）…… 17-6
タカ（ムコ）に（高向）…… 17-8
（オホトモノカナムラ）に（オホムラシ）（「に」ハ誤點）（大伴金村大連）…… 17-11
（イマ）に（イタルマテ）（迄今）…… 17-12
（コレ）に（ヨリ）て（由斯）…… 17-12
（クハタノコホリ）に（マシ）マス（在…桑田郡）…… 17-13
（モハラ）に（一）…… 17-15
ネムコロに（慇懃）…… 17-18
御アナスヱ御子タチをクハシクエラフに（妙簡枝孫賢者）…… 17-20
（ミクニ）に（三國）…… 17-21
アクラにマシマス（踞坐胡床）…… 17-23
（コレ）に（ヨリ）て（由是）…… 17-24
（ミコ、ロ）の（ウチ）に（意裏）…… 17-25
（アメノシタ）にワラハレナマシ（取嗤於天下）…… 17-28
アマノヒツキシロシメスに（イタリ）て（及至踐祚）…… 17-29
（アラコ）に（メクミタマフ）ことを（荒籠寵待）…… 17-29
クス（ハ）の（ミヤ）に（樟葉宮）…… 17-30
（カナフ）に（タラス）（不足以稱）…… 17-32
（ニシ）に（ムカヒ）て（西向）…… 17-34
（モロ〱ノネカヒ）に依也て（藉衆願）…… 17-36
マウケノキミ（ノカタメ）に（アラス）は（非維城之固）…… 17-41
ウチツ宮（ノムツヒ）に（アラス）は（非掖庭親）…… 17-42
クニ（コト）に（毎州）…… 17-43
（ミヤカラ）に（墨消）（イフ）は（言三種者）…… 17-44割
（ヒトツ）には（一）…… 17-44割
（フタツ）には（二）…… 17-44割
（ミツ）には（三）…… 17-44割
（ノソミ）に（コタヘ）ム（答…望）…… 17-46
（アマツヤシロクニツヤシロ）には（神祇）…… 17-47
アメノシタには（宇宙）…… 17-47
タツルに（キミ）を（モ）て（樹以元首）…… 17-48
（マコトノ）心也を（ヒラク）に（披誠款）…… 17-49
ウチツコトに（于内）…… 17-51
クニシロシメシテ（ノチ）に（治後）…… 17-52
日次（ノ）ミコに（シ）て（嫡子）…… 17-52
（トシ）に（アタリ）て（當年）…… 17-53
（シモノクタリ）に（下文）…… 17-53割
（トシ）に（アタリ）て（當年）…… 17-54
ナリハヒに（農菜業歟）…… 17-55
イタルに（曁）…… 17-56
（アメノシタ）にノタマフて（普告天下）…… 17-57
ニキハヒに（イタラムヤ）（殷富）…… 17-57
（ミツノト、リノヒ）に（癸酉）…… 17-57
（サキノチ）に（先後）…… 17-58割
（ミツノト、リノヒ）に（癸酉）…… 17-58割
（コレ）にナラヘ（放此也）…… 17-58割
（イセノ）オホム（カミ）の（マツリ）に（伊勢大神祠）…… 17-65
イハツキのヲカの（ミサ、キ）に（磐杯丘陵）…… 17-76
（クタラノクニ）に（百濟國）…… 17-77
（クタラ）に（百濟）…… 17-78

(ヤマト)の(アカタノムラ)にハム(ヘル)(在…日本縣邑)…17-79
(クタラ)に(ウツシ)て(遷百濟)……17-80
へに(ツク)(附貫)……17-80
(ヤマシロ)のツ、(キ)に(山背筒城)…17-81
(クタラ)に(百濟)……17-83
(クタラ)に(百濟)……17-85
(クタラ)に(タマハリ)て(賜百濟)……17-86
(コレ)に(スクル)は(過此)……17-87
(ノチノヨ)に(後世)……17-87
近也(トシ)に(幾年)……17-88
(ツカヒ)に(使)……17-89
ムロツミに立也(ムカハ)ムト(シ)て(欲發向…館)…17-90
(クタラ)のツカサに(百濟客)……17-90
(ホムタ)の(スメラミコト)に(譽田天皇)…17-92
(モト)の界也に(タカヒ)ナム(違本區域)…17-94
人國也に(他)……17-94
コトワリにカナヘレトモ(合理)……17-95
(クチ)に(口)……17-95
(スメラミコト)のミコトノリに(天勅)…17-95
(イサメ)にシタカヒヌ(依諫)……17-96
中文也に(ヨリ)て(依表)……17-97
(コト)に(ヨリ)て(縁事)……17-97
(サキ)に(前)……17-97
(クニタマフ)に(賜國)……17-98
ツカサに(客)……17-100
(ミコトノリ)に(タカヒ)て(違…勅)…17-101
(ホツミノオミオシヤマ)に(ソヘ)て(副穂積臣押山)…17-106
(モトツ)國也に(本屬)……17-107
(オロカ)に(不覺)……17-109
(ツキノヨ)に(月夜)……17-109
(コト)に(アラハレたり)(形…言)……17-110
急に(忽)……17-110
(クタラノクニ)に(百濟國)……17-131
(ヤスラカ)に(安)……17-134
ヤオモに(シメスこと)(示…八方)…17-135
(ヨロツ)の(クニ)に(萬國)……17-135
(アメノシタ)に(ホシキマヽなり)(擅天下)…17-136
内ツクニに(王畿)……17-136
(コレ)に依也て(馮茲)……17-137
(コレ)に(ヨリ)て(藉此)……17-137
日次ミコノ位に(キ)て(處春宮)……17-138
(アシタ)に(晨朝)……17-139
(ミコ、ロ)に(ウタカヒ)て(意疑)…17-140
(ミヤ)に(イリ)て(入殿)……17-140
(トコ)に(フシ)て(臥床)……17-140
キノスヱに(樹巓)……17-142
アタシ(コト)に(餘事)……17-142
(ツチ)にハフ(ムシ)モ(伏地之蟲)…17-143
(ツチ)のシタに(土中)……17-143
(ヒト)に(イタリ)て(至於人)……17-144
(ヒツキノミコ)に(アタるなり)(鍾太子)…17-144
(スメラミコト)に(天皇)……17-145
(コトワリ)にカナヘリ(稱…理)……17-146
(ヨロツヨ)に(萬代)……17-147
(タサ)に(ツキ)て(築…帶沙)……17-148
(ヤマト)に(日本)……17-148
(マンケイ)に(滿奚)……17-148
(マシヨケイ)に(麻且奚)……17-149
(スイフ)に(推封)……17-149
(サト)の(シマ)に(イタリ)て(到沙都嶋)…17-154
(ツテ)に…を(キク)(傳聞…)……17-154
(タサ)の(エ)に(帶沙江)……17-155
(タサ)の(エ)に(帶沙江)……17-156
(モンモラ)に(汶慕羅)……17-158
(クニ)に(國)……17-160
夷(モン)にネキラフて(迎勞…已次(「汶」))…17-160
(クニツモノ)にキク(ハ)へて(助加國物)…17-161
(ミカト)に(朝庭)……17-161
(ムラシ)に(ソヘ)て(副…連)……17-162
トキにユタカなり)(優節)……17-162
(タンヤウニ)に(カヘ)むと(代…段楊爾)…17-164
…(アンテイラ)に(ソヘ)て(副…安定等)…17-165

(オトクニ)に(第國)……17-166
(クラヒ)に(位)……17-168
(イハレ)の(タマホ)に(磐余玉穂)……17-169
(ミマナ)に(ユキ)て(往任那)……17-171
(シラキ)に(新羅)……17-171
(ミマナ)に(任那)……17-172
(イハヰカモト)に(オクリ)て(行…于磐井所)……17-173
(フタツ)の(クニ)にオソヒて(掩據…二國)……17-175
(トシ)コトに(年)……17-176
(ミマナ)に(任那)……17-176
(オナシケ)に(シ)て(共器)……17-177
(シ)タルに(爲)……17-177
イマシカ(サキ)に(儞前)……17-178
…(ナカミチ)に(ミ)て(見…中途)……17-179
…(ヲトヒトラ)に(ミコトノリシ)て(詔…男人等)……17-180
(ヤマ)の(タカキ)に(ヨリ)て(馮山峻)……17-184
(ミチ)に(道)……17-185
ムルヤに(室屋)……17-185
ムルヤに(イタル)に(及)……17-185
(オホムタカラ)をクルシキにスクフ(拯民塗炭)……17-186
(コヽ)に(アリ)(於是乎在)……17-188
(オホムラシ)に(サツケ)て(授大連)……17-189
申也ことに(奏)……17-190
(ミヰノコホリ)に(御井郡)……17-192
…(アヒタ)に定て(決…間)……17-193
(カソノツミ)に(ヨリ)て(坐父)……17-194
…(オミ)に(カタリ)て(謂…臣)……17-197
(カセナミ)に(クルシフ)(苦風波)……17-198
(コレ)に(ヨリ)て(因茲)……17-198
(クタラノコキシ)に(タマフ)(賜百濟王)……17-200
ミカトツカヒに(カタリ)て(謂勅使)……17-201
(トナリ)の(クニ)に(タマフ)(賜隣國)……17-202
(カキリ)の(トコロ)に(限地)……17-202
(コレ)に(ヨリ)て(因斯)……17-202
マノアタリ(タマフ)にカタミ(シ)て(難以面賜)……17-203
(オホシマ)に(カヘル)(却還大嶋)……17-203
百濟也に(タマフ)(賜扶余)……17-203
(コレ)に(ヨリ)て(由是)……17-203
(シラキ)に(ムスヒ)て(結…新羅)……17-204
(ウラミ)を(ヤマト)に(ナセリ)(生怨日本)……17-204
ムスメを(オクルトキ)に(送女時)……17-205
(アカタ)にアカチ(オキ)て(散置…縣)……17-206
(サキ)に(前)……17-207
(イモセ)に(アハセ)て(配合夫婦)……17-209
(フルトコロ)に(於所經)……17-209
(アラ)にツカヒス(使于安羅)……17-211
(アラ)に(ユキ)て(往赴安羅)……17-213
(アラ)に(ユキ)て(往卦安羅)……17-214
シリヘにタチて(隨後)……17-215
(アラタ)に(タカ)トノをタテて(新起堂)……17-215
トノに(ノホルヒト)(昇堂者)……17-216
トノ(ノ)ウヘにハカル(謨謀乎堂上)……17-217
(ニハ)に(アル)ことを(在庭)……17-217
(オホムラシカナムラ)にマウシて(啓…大連金村)……17-219
(スメラミコト)に(マウシ)て(奏天皇)……17-221
(カキリ)に(タカヒ)て(違…限)……17-221
(コノツキ)に(是月)……17-222
(ミマナ)に(アル)(在任那)……17-223
ケナ(ノオミ)に(ミコトノリス)ラク(詔…毛野臣)……17-223
クマナレに宿也て(次于熊川)……17-224
…のモトにユキツトヘ(赴集…所)……17-226
オホイナルに(ツカフル)は(事大)……17-227
(オホイナルキ)ノ(ハシ)には(大木端)……17-227割
(スコシキナルキ)ノ(ハシ)には(小木端)……17-227割
(コヽロ)に…をイ(タキ)て(心懷…)……17-230
(コシコリ)のサシに(イル)(入…己吒己利城)……17-233
(タヽラ)の(ハラ)にヤト(リ)て(次于多々羅原)……17-233
ミカリに(アヒ)ヨキレリ(相過…御々狩)……17-236

ヒトノ（カト）に（イリカクレ）て （入隱他門）…17-236
（オホマツキミ）に（マウス）（述上臣）…17-239
（モトノクニ）に（イリ）ヌ（入…本國）…17-240
タスケに（ヨル）（賴…佐）…17-243
（キミ）に（オヨヒ）て（及…君）…17-244
ハカ（リコト）に（ヨラサラ）む （不賴…謨謀乎）…17-245
（アメノシタ）にキ（ミタル）ときに （王天下）…17-246
キ（ミタル）ときに（王）…17-246
（ヒシリ）に（ウケ）て（承…聖）…17-246
（コレ）に（ヨリ）て（由是）…17-249
（コレ）に（ヨリ）て（由斯）…17-250
（コレ）にヨ（リ）て（藉此）…17-250
（ワカミ）に（イタリ）て（曁朕身）…17-252
（クシムラ）にて（於久斯牟羅）…17-253
（キク）にヨソホシムキス（懶聽）…17-254
（ユ）に入也て（投湯）…17-256
ミヤコに（マウテシメ）て（奉詣於京）…17-258
ミヤコにマ（ウ）テコハ（還入京郷）…17-259
（ミカト）にマヰ（リ）て（入朝）…17-260
（ノチ）に…（ハカリ）て（後…謨）…17-260
（ワレヨリサイタツル）に（先吾）…17-261
（コレ）に（ヨリ）て（由是）…17-264
（シラキ）に（ツカヒ）にシ（テ） （使于新羅）…17-265
（ツカヒ）にシ（テ）…を（コハシ）む （使…請…）…17-265
（ツカヒ）に（シ）て…を（コハシム） （使…請…）…17-265
（クタラ）に（ツカヒ）に（シ）て （使于百濟）…17-265
（ヘコホリ）に（ムカヘウツ）（迎討背許）…17-266
（サシ）にヨリて（嬰城）…17-268
（カヘルトキ）に（還時）…17-270
ミチナラシに…を（ヌキトル） （觸路拔…）…17-270
（ツシマ）に（イタリ）て（到于對馬）…17-274
（アフミ）に（イル）（入近江）…17-275
（ミマナ）に（イタルトキ）に（到任那時）…17-277
（イタルトキ）に…（到…時）…17-277
□コに（アル）（在彼）…17-277
（イハレノタマホノミヤ）に（カムアカリ マシヌ）（崩于磐余玉穗宮）…17-281
（コノツキ）に（是月）…17-283割
（フタソシアマリイツトセ）に（アタリ）て （當廿五年）…17-283割
（フタハシラ）に（アタルミコナリ） （第二子也）…20-4
（ヒツキノミコ）に（ナリタマフ） （爲皇太子）…20-5
（コノツキ）に（是月）…20-8
（オホキ）に（ミヤ）ツクル（宮…大井）…20-9
（ツヒタチノヒ）に（朔）…20-10
（オホオミト）に（トヒ）て（問…與大臣）…20-11
イ（ツク）に（カアル）（何在）…20-11
…の（ムロツミ）に（ハヘ）リ（在…館）…20-12
…（ノムロツミ）にツ（カハシ）て （遣…館）…20-14
（オホオミ）に（サツケ）タマ（フ） （授於大臣）…20-16
（コノトキ）に（是時）…20-16
（ミカ）の（ウチ）に（三日內）…20-17
…（フヒト）に（ミコトノリシ）て （詔…史）…20-20
（シンニ）にシカ（ス）（不及辰爾）…20-21
カラスのハにカケリ（書于烏羽）…20-22
（ハ）にオシテ（印羽）…20-23
（イヒノ）ケにムシて（蒸…於飯氣）…20-23
（ソヒツカヒラ）に（カタリ）て （謂副使等）…20-24
（ワ）か（ハカルトコロ）に（タカヒ）て （違吾所議）…20-25
人に（アサムカ）レて（彼被歟欺於他）…20-25
（シ）キ（シマノスメラミコト）の（トキ）に （磯城嶋天皇時）…20-25
イヤシキヒトにア（タフ）（與微者）…20-26
ア（ヤマチ）に（アラス）ヤ（非…過歟）…20-26
（クニ）に（イタラ）む（トキ）に （至國時）…20-27
（クニ）に（イタラ）む（トキ）に （至國時）…20-28
（ユフヘ）に（ハカリコト）モリヌ

(夕[謀][汝])…20-29
(オホツカヒ)に(ムカヒ)て(向大使)…20-31
(ツチ)に(タチ)て(立地)……20-32
(ツチ)に(フシ)て(伏地)……20-34
(クルツアシタ)に([明]旦)……20-34
(ノチ)に…(アリ)て(後有…)……20-34
(ミコトノリ)に(タカヒ)て([違]勅)…20-36
ホトリにト(マル)(泊…岸)……20-40
…(ナニハ)に(ミコトノリシ)て (勅…難波)…20-41
ホト(リ)に(シ)て(於…岸)……20-42
…(フネ)に(ノラシム)(令乘…[舩])…20-44
…(フネ)に(ノラシム)(令乘…[舩])…20-44
(コ、ロ)に(ソナフ)(備…志)……20-45
アマタサトハカリに(イタル) (至數里許)…20-45
ナミに(オソリ)て(恐畏波浪)……20-46
(ウミ)に(ナケイル)(擲入於海)……20-46
(ウミ)の(ウチ)に…(アリ)て (海裏…有)…20-47
(ツカサ)にツカ(ヒ)て(駈使於官)……20-49
(クニ)に(ユルシ)ツカハ(サス) (不放還國)…20-49
ミ[ヤ](コ)にマ□(リ)て(入京)……20-52
(オクルツカヒ)に(アヒ)シタ(カヒ)て (相逐送使)…20-52
(クニ)にマ(カリカヘル)(罷歸於國)…20-52
(モトツ)クニに(イタル)(至…蕃)……20-53
…キヤに(ナソラヘ)て(准…禮)……20-53
(イマ)に(イタルマテ)に(至今)……20-55
(イマ)に(イタルマテ)に(至今)……20-55
(キヒ)の(クニ)に(ツカハシ)て (遣…吉備國)…20-59
(シラキ)の(フヒト)イツに(サツ)フ (「フ」ハ「ク」ノ誤)(授于白猪史膽津)…20-60
…(イロト)ウシに(ミコトノリシ)て (詔…弟牛)…20-61
(ツイタチノヒ)に(朔)……20-68
ミヤコにカヘリマウ(ク)(還于京師)……20-68
(ミコトオホオミト)に(ミコトノリシ)て (詔皇子與大臣)…20-70
(コト)にナオコタリソ(莫懶懈…事)……20-71
(ミマナ)に(ツカヒセシム)(使於任那)…20-72
(クタラ)に(ツカヒセシム)(使於百濟)…20-73
アトに(マサル)(益…例)……20-73
ウラへにミコ(トノリシ)て(命卜者)…20-74
(ウラナヘ)ルに…ョ(シ)(卜…襲吉)…20-75
ヲサ(タ)に(ツクル)(營…於譯語田)…20-76
…(スメラミコト)に(トツキタマヘリ) (嫁…天皇)…20-83
(ツイタチノヒ)に(朔)……20-84
(クタラノクニ)に御琴持ト(ス) (宰於百濟國)…20-86
(イマ)の(コトク)に(ツカヒ)と (イフナリ)(如今言使也)…20-86割
カラクニに(ツカヒトナ)リ(爲使…韓)…20-86割
(カラクニ)に(ミコトモチ)に (ナルトイフ)は(言宰於韓)…20-86割
(ミコトモチ)に(ナルトイフ)は(言宰)…20-86割
(コレ)に(ナソラヘ)(放此)……20-86割
(オホワケ)の(キミラ)に(ツケ)て (付…大別王等)…20-87
…の(テラ)にハヘラシム(安置…寺)…20-89
…の(マツリ)に(ハヘラシ)む (待…祠)…20-91
(イケヘノミコ)にヲカサレヌ (姧池邊皇子)…20-91
(ホトリ)にアタナフ(寇於邊境)……20-96
…のアトに(シタカヒ)て(遵…例)……20-98
ミモロの(ヲカ)にムカ(ヒ)て (面三諸岳)…20-99
ハツ(セ)の[カ][ハ][ナ][カ]にオリキて (下泊瀬中流)…20-99
(フルコト)に…(トイフ)(古語云…)…20-100割
三門にツ(カヘマツ)ラム(事奉天闕)…20-101
(チカヒ)に(タカ)へは(違盟)……20-101
ミ(ヨ)にアタ(リ)て(屬…世)……20-105
(クタラ)にハヘ(ル)(在百濟)……20-108
(クタラ)にメ(ス)(喚於百濟)……20-110
三門にカヘリコトマ(ウシ)て (復命於朝)…20-111
(ニチラ)を(クタラ)に(メス) (召日羅於百濟)…20-113
(クタラ)にユ(キ)て(之百濟)……20-113

（イヘ）のカトモトに（ユク）（向家門底）…20-114
…の（ウチ）にイレホヨト云て（入…内）…20-115
シ（リ）にタチて（隨後）……20-115
シキヰにス（ワラシム）（使坐於座）……20-116
（ミコトノリ）をノリコト（スヘキトキ）に（宜宣勅時）…20-118
（ソノハカリコト）に（ヨリ）て（依其計）…20-119
ミカ（ト）に（オチ）カシ（コミテ）（怖畏天朝）…20-119
（アヘ）て（ミコトノリ）に（タカハス）（不敢違勅）…20-120
タ（テマタス）に…（ユキイタル）（奉遣…行到）…20-120
（キヒノコシマ）の（ミヤケ）か（ユキイタリヌ）（「か」ハ「に」ノ誤）（行到…屯倉）…20-122
（ナニハ）の（ムロツミ）に（ツカハシ）て（遣…難波館）…20-123
（コノトキ）に（是時）……20-123
（ミカト）ノモトに（イタル）（到門底下）…20-124
（マツリコト丶）ノ（マヘ）に（ス丶ム）（進廳前）…20-124
ミ（ヨ）に…マウケリ（世…來朝）……20-125
（ワタのホカ）に（ツカハシ）（使於海表）…20-126
（スメラミコト）に（タテマツル）（奉於天皇）…20-128
クハの（イチ）にイホリて（營…桑市）…20-128
（ニチラ）に（トフ）（問…日羅）……20-130
ミカトに（ツカヘマ）ツ（ル）（仕奉朝列）…20-132
（シモオホムタカラ）にス（ルマテ）に（下及百姓）…20-132
（シモオホムタカラ）にス（ルマテ）に（下及百姓）…20-132
（ミトセ）にてクラオをタシ（三年足食）…20-133
（ミツヒ）にヨ（ラス）（不憚水火）……20-134
トナリノマラトに（ミシメ）て（使觀客人）…20-135
（クタラ）に（ツカハシ）て（使々於百濟）…20-135
（コ丶ロ）にツ丶シミシタカフを（ナサム）（心生欽伏）…20-136
（ノチ）に（ツミ）を（トフヘシ）（後應問罪）…20-137
（ツクシ）にウケタマ（ハラムトオホス）（欲請筑紫）…20-138
（アラタ）に（クニ）を（ツクラムトオモヘ）は（欲新造國）…20-138
（フネ）に（ノセ）て（載舩）……20-139
（コノトキ）に（ノソミ）タマ（ヒ）て（望於此時）…20-139
（イキツシマ）に…を（オキ）て（壹伎對馬多置…）…20-140
ヌミ（ノトコロ）に（オキ）て（於要害之所）…20-141
（クニ）にマカル（罷國）……20-141
（クニ）にマカル（トキ）に（罷國時）……20-141
（フルフミ）に（オンソチ）を（モ）て（舊本以恩率）…20-141割
（トクニラ）に（カタリ）て（語德爾等）…20-142
キ（ミ）に（マウシ）て（白王）……20-143
（チカ）にミチタチス（發途於血鹿）……20-144
（ナニハノ）ムロツミに（ウツル）（遷難波館）…20-145
（コレ）に（ヨリ）て（由是）……20-146
（シラキ）には（アラス）（非新羅也）……20-148
（コノトキ）に（アタリ）て（屬是時）……20-148割
（アラテコ）の（ムラシ）に（ミコトノリシ）て（詔…糠手子連）…20-149
ヲカ（ノサキ）に（ヲサメハフラシム）（令收葬於…前）…20-149
（イシカハ）に（オカシム）（居于石川）…20-150
（ヒト丶コロ）に（ツトヘ）オカは（聚居一處）…20-151
（イシカハ）の（クタラ）の（ムラ）に（オキ）（居于石川百濟村）…20-151
（イシカハ）の（オホトモノムラ）に（オク）（居于石川大伴村）…20-152
シモツ（クタラ）の（カハタノムラ）に（オク）（置於下百濟河田村）…20-153
（ツミ）に（フシ）て（伏罪）……20-153
（ヒトノ）シ（モ）に（ナリ）て（爲人之下）…20-154
（ヒトヤ）に（クタリ）て（下獄）……20-154
（ミカト）にカヘリコトマウス（復命於朝庭）…20-155
（ツカヒ）を（アシキタ）に（ツカハシ）て

索引篇　に　-にえ　334

(アシキタ)に(ウツシハフル)(遣使於葦北)……20-155
(カセ)にアヒて(被風)(移葬於葦北)……20-157
(ウミ)にタニキ(没海)……20-158
(ツシマ)にタ、ヨ(ヒ)て(漂泊津嶋)……20-158
(シラキ)に(ツカハシ)(使於新羅)……20-158
(ミマナ)に(ユク)之任那)……20-160
(ヨ)モに(ツカハシ)て(使於四方)……20-160
(ハリマノクニ)にて(於播磨國)……20-163
(シ)に(ス)(爲師)……20-164
(ホトケ)のミノリに(ヨリ)て(依佛法)……20-165
ヒ(タノアタヒタチト)にサツケて(付氷田直興達等)……20-168
(ヒムカシ)の(カタ)に(東方)……20-168
(コノトキ)に此時)……20-169
(クロカネ)のアテ(ノウチ)に(オキ)て(置鐵質中)……20-170
イモヒノ(ウへ)に(エタ)リ……20-170
(シャリ)を(ミツ)に(ナク)……20-171
(ウマコノスクネ)に(タテマツル)(獻於馬子宿禰)……20-172
(イシカハ)の(イへ)にて(於石川宅)……20-173
(ミツ)に(ウカヒシツ)む(浮沈於水)……20-173
(イシカハ)の(イへ)にて(於石川宅)……20-175
(タフ)を(オホノヲカ)の(キタ)に(タテ)て(起塔於大野丘北)……20-178

(タフ)の(ハシラノ)カミに(藏塔柱頭)……20-179
(クニ)に(ミテ)リ(充盈於國)……20-180
(イマ)に(イタリ)て(至今)……20-180
(ウラ)へに(トフ)(問於卜者)……20-181
(ウラ)へ(ノコト)に(ヨリ)て(依卜者之言)……20-181
(カソノ)(トキ)に(父時)……20-180
(コノトキ)に(是時)……20-182
(クニ)にネヤノオコリて(ヤミ)「ネヤノ」ハ「エ」誤(國行疫疾)……20-182
(アラタ)にミ寺をツク(リ)(新營精舎)……20-201
(ウマコノスクネ)に(ミコトノリシ)て(詔馬子宿禰)……20-200
(イマ)に(イタルマテ)にイ(エス)(至今未愈)……20-200
(イマ)に(イタリ)て(至今)……20-197
(クニ)に(ミテ)リ(充盈於國)……20-196
(タカヒソムク)(違背考天皇勅)……20-196

(コノトキ)に(是時)……20-203
(ツヒタチノヒ)に(朔)……20-183
(ナニノユヱ)にか(何故)……20-184
キミに(イタルマテ)及於陛下……20-185
(ホトケ)の(ミノリ)を(オコシオコナフ)に(興行佛法)……20-186
(ヨ)レ(ル)に(由…)……20-186
アクラにシリウタ(ケ)ヲリ(踞坐胡床)……20-187
(テラ)にイ(タリ)て(詣於寺)……20-187
(ナニハノ)ホリ(エ)に(ステシム)(令棄難波堀江)……20-189
(コノヒ)に(クモナクシ)(是日無雲)……20-189
(ミコト)に(タカハシ)て(不違命)……20-192
(ミムロ)に(サツク)(付於御室)……20-193
(シャリ)を(ミツ)に(ナク)(投舎利於水)……20-194
(コノトキ)に(アタ)リて(屬此之時)……20-195
(タチハナ)の(トヨヒノミコ)に(ミコトノリシ)て(詔橘豊日皇子)……20-196

(オホトノ)に(カムアカリマシ)ヌ(崩于大殿)……20-203割
(アル)フミに(イハク)(或本云)……20-205
(モカリ)の(ミヤ)を(ヒロセ)に(起殯宮於廣瀬)……20-205
(コノトキ)に(是時)……20-205
(コレ)に(ヨリ)て(由是)……20-207
(ツキ)に(次)……20-208
(ヨ)レ(ル)に(由)……20-208
(ミコト)に(タカハシ)て(不違命)……20-209
スキタマヒシキミ(ノ)ミヤにツカマ(ツリ)て(事死王之庭)……20-210
(ナニ)の(ユヱ)にカ…ツカマツラ(サ)ラむ(何故…弗事)……20-210
(ミコト)に(ツカマツラ)(付於御命)……20-210
キ(ミノ)ミモトにツカマツラ(サ)ラむ(弗事…王之所)……20-210
カソのキミの(ミコトノリシ)に(未詳)……14-281
□に(産)

にえ

335　索引篇　にき-ぬ

ニエリ（「タテリ」ノ誤歟）（發） …… 14-283左
にぎはひ（賑） …… 20-167
にぎる（握）（殷富） …… 17-57
ニキル（捲） …… 17-236
にぐ（逃） …… 17-79
ニケ（テ）（走） …… 11-328
ニケタリと逃走 …… 11-248
ニケアカレヌ（走） …… 14-258
ニケマウケル（潰之） …… 11-298
ニケホトハシ（リ）て遁 …… 17-16
ニケて（浮逃） …… 17-79
ニク（走） …… 11-328
ニク（怨） …… 14-248
にくむ（憎） …… 11-248
マトヒニク（亂走） …… 14-248
ニクム（怨） …… 14-258
にぐるま（荷車） …… 14-222
ニクルマヲ（輜車重） …… 14-222
にこやか（和） …… 14-176
（ニコヤ）カに（温） …… 14-176
ニシコリノオフト（錦織首） …… 11-288
にしこりのおふと（錦部） …… 14-201
にしこり（固名） …… 14-201
ニシコリ（錦部） …… 14-201
ニシコリ（固名） …… 11-288
にしこりのつぶね（固名） …… 20-167
ニシコリ（ノ）ツフ（ネ）（錦織壺） …… 20-167
には（庭） …… 14-77
□八（獵場） …… 14-77

にはかに（俄）
ニハカニ（シ）て（奄然） …… 14-31
ニハカに（率爾） …… 17-22
（ニハカ）に…（フセリ）（俄...臥） …… 17-177
（ニハカ）に（シ）て（俄而） …… 14-101
（ニハカ）に（シ）て（俄而） …… 14-129
ニハカ（ニ）（暴） …… 14-130左
（ニハカ）に（ス、ミ）てウタ（シ）む（急進攻之） …… 14-221
（ニハカ）に（シ）て（急來） …… 20-33
（ニハカ）に（シ）て（俄而） …… 20-114
ニ（ハカ）にカサヤムタマフ（卒患於瘡） …… 20-195
にはとり（鶏） …… 14-171
ミニハトリを（鶏） …… 14-171
にはなか（庭中） …… 20-30
ニハナカ（中庭） …… 14-258左
にはなひ（新嘗） …… 11-277
ニハナヒ（新嘗） …… 11-277
ニハノアヒの（新嘗） …… 11-277
にはのあひ（新嘗） …… 11-277
ニハム（屯聚） …… 14-213
にはむ（集）→「いはむ（滿）」
にへ（贄） …… 14-380
にへの（贄） …… 14-380
ニへ（コ）の（オホムラシ）（贄子大連）（固名） …… 20-149
にへさ（多） …… 14-432割
ニヘサナリ「リ」（甚多） …… 14-432割

にへのすくね（固名）
ニへの（スクネ）（贄宿禰） …… 14-31
にまろ（固名）
ニ（マロ）（荷持）（泥麻呂） …… 14-292割
にもち（荷持）
ニモチ（輜車） …… 14-223右
にりむ（國主）
ニリムセマ（ト）（主嶋）（クタラノクニ）の二林（百濟國主） …… 14-150
ニリムを（王） …… 20-112
ニリム（クタラノクニ）の二林（百濟國主） …… 20-136
にる（似）
ニタリ（類） …… 14-37

ぬ

ぬ（助動）
（ヤフレ）（敗也） …… 11-314
モマレナマシ（マ）（タ）ムマハリナムカ（乗） …… 14-226左
（オホムタカラ）にホトコリナム（更夢蔓生） …… 14-399
（アメノシタ）にワラハレナマシ（流於民庶） …… 14-428
（モト）の界也に（タカヒ）ナム（違本區域） …… 17-28
入ニキ（没） …… 17-94
カミアカリマシヌ。（崩。） …… 20-158
カハニオチリヌ。（墮河而没） …… 11-44左

シ（ツミテウセ）ヌ。（沈而死焉）…… 11-47
アサレヌ。（餒）…… 11-59
ヲヒタマヒヌ。（死焉）…… 11-63
カムサリタマヒヌと（薨）…… 11-64
ナリヌ。（經）…… 11-65
ヘヌ。（經）…… 11-65左
ミトセニナリヌ。（三年）…… 11-93
イキテタマヒヌ。（而活。）…… 11-66
（ミトセヲ）ヘヌ。（經三年。）…… 11-113
（ミトセニ）ナリヌ。（經三年。）…… 11-113左
ウヒチニナリヌ。（泥。）…… 11-124
（サハノトシ）ヒヌ。（經多年。）…… 11-157
ニケアカレヌ。（潰之。）…… 11-315
（チ）にカヘヌ。（變血）…… 11-359
（ヤキコロサ）レヌ。（被燔死）…… 14-31
ハラミヌ（懷賑）…… 14-67
イリマシヌ（入）…… 14-83
（ニケカクレ）ヌ（逃匿）…… 14-106
サ（リ）ヌ（去）…… 14-116
カクレタマヒヌ（却入）…… 14-166
ツ[キ]をヘヌ（數月）…… 14-190
オクレヌ（在後）…… 14-210
（シリ）ヌ（知）…… 14-215
ト丶マリヌ（止）…… 14-220
承ヌ（奉）…… 14-242左
ヤマヒシテミウセヌ「ぬ」（値病而薨）…… 14-256
□ロタチヌ（專用威命）…… 14-257
ホ流母可爾□□ウセヌ（於滅沒）…… 14-285
保ルモカニシテウセヌ（於滅沒）…… 14-285左
ワカレハ□ヌ（取別）…… 14-286
（ウマ）にマクサ（カヒ）てネヌ（秣馬眠之）…… 14-287
ヲマロにナリヌ（化爲小麻呂）…… 14-330
（コロサレ）ヌ（見殺）…… 14-362
（ヤフレ）ヌ（所破）…… 14-402
（アヒ）シタカヒヌ（相逐）…… 14-408
身ウキヌ（「キ」ハ「セ」ノ誤）（薨。）…… 14-410
ミウセヌ（薨。）…… 14-410右
ウセヌ（薨。）…… 14-410左
（カムアカリマシ）ヌ（崩）…… 14-417
ソコラにコエヌ（踰若干）…… 14-424
ツキヌ（勞竭）…… 14-425
（カムアカリマシ）ヌ（崩）…… 14-434
（ツキ）ヌ（盡）…… 14-437
（シリソキ）ヌ（退）…… 14-438
オホキミウセマシヌ（王薨）…… 17-7
オ（モ）ヘリアヤマ（リ）ヌ（失色）…… 17-16
（イサメ）にシタカヒヌ（依諫）…… 17-96
（ヲハリ）ヌ（畢）…… 17-100
（マカリ）ヌ（罷）…… 17-102
アケヌ「ぬ」（天曉）…… 17-109
マカヌ（去）…… 17-155
（ノカレ）ヌ（逃遁）…… 17-157
（シリ）ヌ。（知…）…… 17-238
（ソノモトノクニ）に（イリ）ヌ（入其本國）…… 17-240
身ウセヌ（薨）…… 17-241
アマノツキニナ（リ）ヌ（弦晦）…… 17-269
（ハカリコト）モリヌ（[謀][洩]）…… 20-29
出去ヌ（退）…… 20-31
（イテサリ）ヌ（退）…… 20-31左
マ（カリカヘリ）ヌ（罷歸）…… 20-38
神サリ[マ]シヌ（薨）…… 20-76
ヲカサレヌ（姧）…… 20-91
トケヌ（解）…… 20-91
返入ヌ（入家去）…… 20-115
カヘリヌ（入家去）…… 20-115左
（クタケヤフラ）レヌ（被摧壞）…… 20-172
（カムアカリマシ）ヌ（崩）…… 20-205
（ヤマヒシテミウセ）ぬ（値病而薨）…… 14-256
（アケ）ぬ（天曉）…… 17-109
（カムアカリマシ）ぬと（崩）…… 17-282割
（カムアカリマシ）ぬ（崩）…… 20-6
（ミウセ）ぬ（死）…… 20-148

ぬう（固名）
ヌウ（ノアカタヌシ）（嶺縣主）…… 14-292割

ぬかたのおほなかつひこのみこ（固名）
ヌカ（タ）ノオ（ホ）ナカツ（ヒコ）のミコ（額田大中彥皇子）…… 11-19

ぬかてひめのひめみこ（固名）
ヌカテ（ヒメ）の（ヒメミコ）（糠手姫皇女）…… 20-67

ぬく（拔・四段）
ヌキ（イタシ）て（括出）…… 17-78

ヌキカスム（抄掠）……17-239
ぬく（抜・下二）
ヌケテ（攄）……14-284
キヌケタユル（攄絶）……14-284左
ぬぐ（脱）
ヌク（脱）……14-333
ぬけいづ（抜出）
ヌケイテ（擢）……14-283左
ぬし（主）
（オホヤマ）ヌシ（大山主）……11-336
ぬじ（虹）
ヌシの（虹）……14-103
ぬた（固名）
ヌタに（渟田）……11-242
ぬなかくらふとたましきのすめらみこと（固名）
ヌナカクラフトタマシキの（スメラミコト）は
（渟中倉太珠敷天皇）……20-3
ぬなくらふとたましきのすめらみこと（固名）
（ヌ）ナ（クラフトタマシキ）の
（スメラミコト）（渟中倉太珠敷天皇）……20-3左
ぬひ（奴婢）
ヌ（奴）……14-273
ぬみ（要害）
ヌミ（ノ）（要害）……20-140
ぬる（濡）
ヌレツヽ（沾）……11-204
ヌル、を（沾）……11-207

ね

ね（音）
カ（ノ）ネ（鹿嶋鳴）……11-233
（カ）のネ（鹿鳴）……11-234
ネを（聲）……11-239
ね（助詞）
カヘリマ（ウ）テネト（歸朝）……17-263
ねがはくは（願）
（ネカハク）はアマツヒツキシロシメセ
（願王…須卽帝位）……11-14
（ネカハク）は…ウケタマハラム
（願…請）……14-28
（ネカハク）は（キミ）の（ミメ）を
（タマハリ）て（願賜君婦而）……14-145
ネカハ（ク）は…ノセて（冀載…）……14-146
（ネカハク）は…申給（冀…陳）……14-243
（ネカハク）は（カタクマモレ）
（願固守之）……14-260
（ネカハク）は（ヨ）キトコロをシメ給
（願占良地）……14-267
ネ（カハクハ）（庶）……14-421
（ネカハク）は…サカエシメヨ
（冀…紹隆）……17-18
ねがひ（願）
ネカヒノ（欲）……14-369
ネカヒ（ノ）（欲）……20-129

ねぎらふ（勞・四段）
ネキラヒタテマツルこと（勞）……11-71
ネキラフて（迎勞）……17-159
ネキラフ（勞）……14-221
ヤ（スメ）ネ（キラフ）（慰勞）……20-122
ネキラフコト（和解）……17-273
ねぎらふ（勞・下二）
ネキラヘトク（和解）……17-223
ネキラフルコト（和解）……17-257
ねたむ（妬）
ネタミマスに（妬）……11-156
ねどころ（寝所）
ネトコロに（帷内）……11-162
ねなく（哭泣）
ネナクトイフは（泣）……11-62
ねのおみ（固名）
ネノオミに（根使主）……14-357
（ネノ）オミ（根臣）……14-8割
ネノオヤに（「ヤ」ハ「ミ」ノ誤）（根使主）……14-350
ネノオヤ（「ヤ」ハ「ミ」ノ誤）（根使主）……14-350左
ねむごろ（懇）
ネムコロニシて（慇懃）……14-412
ネムコロ（ナラサ）ラむ（不…慇懃）……14-420
ネムコロに（慇懃）……17-18
ねや（寝屋）
ネヤノ（室）……14-196
ねりきぬ（練絹）
ネリキヌを（帛）……20-23

ねりむせま（固名）
ネリムセマ（主嶋）……14-150左
ねる（寝）
ネヌ（眠之）……14-287

の

の（野）
ノモ（郊）……11-122
ノを（郊原）……11-125
のに（アソヒセム）（遊郊野）……14-36
二字皆云野（郊原）……11-125左
の（助詞）
（アメ）ノシタに（天下）……11-7
ツイテノ（クラキ）に（副位）……11-10
サキノミカト（先帝）……11-12
キミノクラヒハ（皇位）……11-16
イロトノミコノ（弟王）……11-18
イロトノミコノ（弟王之）……11-18
ヌカ（タ）ノオ（ホ）ナカツ（ヒコ）（額田大中彥）……11-19
マキムクノ「の」タマキの（ミヤ）に（纏向玉城宮）……11-31
アメノシタシラシヽ（御宇）……11-31
アメノシタシラスに（御宇）……11-34
（ヌカタノオホナカツヒコ）のミコノミモトニ（於額田大中彥皇子）……11-35
コトノカタチを（狀）……11-36
ヒツキノミコを（太子）……11-38
モヽアマリノイクサを（數百兵士）……11-41
アサノミソ（布袍）……11-42
カハラノワタリに（考羅濟）……11-47
キミノクラヒ（皇位）……11-56
アサ□□□イヲノオホニヘを（鮮魚之苞苴）……11-57
コトノモト（ナリ）（緣也）……11-62
イロネノキミノ（兄王）……11-62
イロネノキミノミコヽロサシを（兄王之志）……11-62
ナニノユヱカ（何所以歟）……11-67
イノチノカキリ（ナリ）（天命也）……11-69
オナシハラノ「の」イロメ（同母妹）……11-71
ウチミヤノカスに（掖庭之數）……11-72
アサノミソ（素服）……11-72
アサノミソ（素服）……11-72左
タカツノミヤと（高津宮）……11-75
ノチノヨ（後葉）……11-82
ノチノヨノシルシト（ス）（爲後葉之契也）……11-82
イハノヒメ（磐媛）……11-86
ヒメノミコトを（媛命）……11-86
オヒネノ「の」イサホワケ（大兄去來穗別）……11-87
スミノエノ「の」ナカツミコト（住吉仲皇子）……11-87
…スクネノ（スメラミコト）を（…宿禰天皇）……11-88
クニノウチに（城中）……11-91
イツヽノ「の」タナツモノ（五穀）……11-94
ホシノ（ヒカリ）（星辰）……11-100
ヨコシマノウナカミを（横源）……11-124
カハノカミに（河伯）……11-129
コロモノ「の」コ（衫子）……11-130
コロモノ「の」コ（衫子）……11-136
コマノ（クロカネ）（高麗：鐵）……11-139
（クロカネ）ノ（タテマト）を（鐵楯的）……11-141
イクハノ（オミ）の（的臣）……11-142
ユミイルコトノスクレタ（クミナル）を（射之勝工）……11-143
ミサトノナカに（京中）……11-151左
クルツヒノヨ（明日之夕）……11-161
クサハヒノモノ（種種雜物）……11-169
カシハノ「の」（ワタリ）（葉濟）……11-188
オホトノヽ「の」（マヘ）に（殿前）……11-205
オホヒネノイサホワケ（大兄去來穗別）……11-226
カノ（オホニヘ）は（其苞苴）……11-236
イツコノシカソ（何處鹿也）……11-237
イメアハセノマヽニ（隨相夢也）……11-249
コノカミオトフトノコトワリに（友于之義）……11-257
（ヒメミコ）ノ（ミ）を（皇女身）……11-268
ソミノ（ヤマ）に（素珥山）……11-270
（イセ）のコモシロノ（ヽ）に（伊勢蔣代野）……11-273

索引篇 の-の

見出し	注記	巻-頁
イホキカハノ「の」ホトリニ	(芦廬河邊)	11-275
トヨノアカリ	(以宴會)	11-277
(アカノコ) か (メ) ノ (タマナリ)		11-280
(イシカハ) のニシコリノオ▢ト	(阿俄能胡妻之玉也)	11-288
ヨサムノ「の」ツチクラの	(石川錦織首)	11-290
モスノ □ に (百舌鳥野)	(依網土倉阿弭古)	11-295
タンムキノ (ウヘ) に (腕上)		11-295
アマタノキタシを (キタシ)「キ」 ノ誤		11-296
ミキノカタ (右前)		11-314
ミキノカタノサキ (右前鋒)		11-314
ヒタノカタを (左)		11-314
(ソノ) ヒタノカタを (ウツ)	撃其左	11-315
モヽアマリノ (ヒト) を (マツ) ハラ	(荒陵松林) 數百人	11-316
イシノ「の」ミトに (伊峙水門)		11-318
(トキ) ノ (ヒト) 時人		11-319
アラハカノ「の」(ヒト)(マツ) ハラ	數十雉	11-319
カノ (ノ) の (ナカ) に (其野中)		11-324
(フタツ) ノ「の」(カホ) 兩面		11-337
ミノ (ノ)「の」(カハ) 百舌鳥耳		11-344
モスノミヽハラト (耳原)		11-352
コトノモトナリ (縁也)	後生墨	11-352
(ミツ) ノ「の」クチナシヒサコを	(三全弧)	11-352
(モスノ) ノヽミサヽキに (百舌鳥野陵)		11-355
		11-364

見出し	注記	巻-頁
(ミ) コトノリノ (肆宴)		14-6
マヨワノオホキミを (眉輪王)		14-9
マヨワケノオホキミを (眉輪王)		14-9左
キミノ (ミヤ) の シラヒコノ (ミコ)	(八釣白彦皇子)	14-14
(ヤツリ) の シラヒコノ (ミコ)	(王室)	14-14
イマキノアヤのアヤノツキ (モト) の		14-21
オシハノ (ミコト) を (押磐皇子)	(新漢漢擬本)	14-33
(オシハ) のミコトノモトを (押磐皇子)		14-34
サムカセノ▢トキに (寒風蕭▢之晨)		14-35
カムナツキノスヽシキツキ		14-39
マタノナハ (更名)	(孟冬作陰之月)	14-39左
思ノホカニ (不意)		14-42割
ミニマノ (ミコ) 御馬皇子		14-44左
ハセノ「の」ア▢ラに (泊瀬朝倉)		14-45
ヒトノキミタルヒトハ (王者)		14-47
マタノ (ナハ) (更名)		14-48割
(キヒ) ノクホヤの (オミ) ノ		14-52割
チヒ▢コヘノ (ムラシ) (少子部連)	吉備窪屋臣	14-55割
(シモ) ノクタリ (二) (下文)		14-56割
イフ (キョク) ノ (コトシ) □所導		14-64
ヒトノ (キョク) アル (ミヲ) 他有□		14-66
(サ) スキノウヘ (假庪上)		14-72
オホムマ▢ヒノ (御者)		14-79左
ヒノ「の」ヒメを (シ) て (日媛)		14-81
キサ (キノ) ノ (ミヤ) に (後宮)		14-83

見出し	注記	巻-頁
(ミ) コトノリノ (野饗) 元來次行「詔」ノ右訓ノ誤		14-84左
キミノ「の」…▢トヒタマフを	陛下降問	14-85左
ミコトノノ▢▢を (詔情)		14-86
カリニハノノア▢ソヒに (菟田御戸部)		14-86
ウタノ「の」マサシキ (御戸部眞鋒)		14-90
ミトヘノ「の」ミトヘ (磯特牛)		14-90
ユエノ「の」(オミクニミ) (阿閇臣國見)		14-96
シコトヒノ (マタ) ノ (ナ) (更名)		14-96割
(ア▢ノ)(オミクニミ)		14-96割
ヤミノヨニ 闇夜		14-102
ヲロチノ (コトクシ) て (如蛇)		14-103
(ヒメミコ) ノ (カハネヲ) (皇女屍)		14-104
ヒトコトヌシノ (カミナリ)		14-111
ムマノクチヲ (轡)	(一事主神也)	14-112
カワラノシマに (各羅嶋)		14-148
コカヒノコトヲ 蠶事		14-158
ミカキノホトリに (宮墻之下)		14-160
チヒ▢コヘノ (シモ)ツ(ミチ) ノオム	吉備下道臣	14-160
(キヒ) の (シモ)ツ(ミチ) ノオム		14-168
ヲトメノカツを (み) て (見幼女勝)		14-170
(スメラミコト) ノヒトに (天皇人)		14-171
オホトノノホトリに (殿側)		14-175
クサヽノカタチ (種相)		14-176
イマノ (トキ) に (時)		14-177

ミマナノクニ（任那國）……………… 14-178左
クニノミコトモチト（國司）……………… 14-178左
（メ）ノ（ナ）は（婦名）……………… 14-180割
（キヒ）のアマノヒエ（吉備海部直）……… 14-182
アヤノテヒト（漢才伎）……………… 14-183
御言ノリノフミを（勅書）……………… 14-185
イマキノテヒト（今來才伎）……………… 14-189
キミノヤツコ（君臣）……………… 14-195
ヤツコノコトワリ（臣義）……………… 14-195
ネヤノ（ウチ）に（室内）……………… 14-196
タナスヱノ（テヒト）（手末才伎）……… 14-197
ヤマトノアヤ（東漢）……………… 14-200
アヤノヒエツカに（漢直掬）……………… 14-200
三門ノミコ、ロ（中國之心）……………… 14-206
ソノハラを（其腹）……………… 14-209
アタノ…（イリヌル）ことを（賊…入）… 14-215
ハタシノシ（…流）……………… 14-216
シノ（コトシ）（若…流）……………… 14-216
（イノチ）ノナカサミシカサ（命之脩短）… 14-217
ヤマトノミコトモチ（日本府）……………… 14-218
ミコトモチノイクサ（行軍）……………… 14-218
イクサノキミタチニ（行軍元□等）……… 14-218
（カシハテ）ノ（オミラ）（膳臣等）……… 14-219
（カシハテ）ノ（オミラ）ト（膳臣等）…… 14-220
（カシハテ）ノ（オミラ）（膳臣等）……… 14-221
クニアカタノウチに（國郡）……………… 14-232右
ヲ（ユミ）ノ（スクネ）（小弓宿禰）……… 14-235
ヲカヒノ（スクネラ）に（小鹿火宿禰等）… 14-236
ヨタリノフレ（四卿）……………… 14-240左
オホイクサノキミと（大將）……………… 14-240左
（キ）ノ（ヲユミ）（紀小弓）……………… 14-246
（ヲユミ）ノ（スクネラ）（小弓宿禰等）… 14-246
モ（、）アマリノ馬イクサト（數百騎）… 14-247
トクノチを（喙地）……………… 14-247左
アタノ「の」イクサノキミ（敵將）……… 14-248
アタノイクサノキミを（敵將）……………… 14-248
イクサノ（ナカ）に（陣中）……………… 14-248
（キ）のヲカサキノ「の」ク（メノムラシ）（紀岡前來目連）… 14-251
アタノナカに（敵）……………… 14-254
オホイ、クサノキミ（大將軍）……………… 14-255
（キ）の（ヲユミ）ノ（スクネ）（紀小弓宿禰）… 14-256
（モロ〳〵）のイクサノキミトモ（諸將）… 14-261
（カラコ）ノ（スクネタチ）（韓子宿禰等）… 14-262
馬ノロヲ（ナラヘ）て（並轡）……………… 14-262左
（オハヒ）ノ（スクネ）の（大磐宿禰）…… 14-263
（クタラ）ノコキシ（百濟王）……………… 14-266
（キ）ノ（ヲユミ）（紀小弓）……………… 14-268
（ヲユミ）ノ（スクネ）（小弓宿禰）……… 14-269
ヨモノクニ、（四海）……………… 14-269
ハフリノツカサを（視葬者）……………… 14-270左
（オホトモ）ノ太夫（大伴卿）……………… 14-271
（ヲユミ）ノ（スクネ）の（小弓宿禰）…… 14-275
ヤタノ（カ、ミ）を（八咫鏡）……………… 14-276
カリノ「の」（コトク）に（オトロク）（鴻鷲）… 14-283
ミタラヲノ（ウマ）（驄馬）……………… 14-284
クモノミチ、リノミチニエエ（埃塵）…… 14-284
クモノミチ、リノミチニエエ（埃塵）…… 14-284
マタラヲノ（ウマ）（驄馬）……………… 14-285
ハシル光ノ章ナルコト（驅鶩迅）……… 14-285
…の（イヌ）ノ（タメニ）（爲…犬）……… 14-291
ミマノ（キミ）（水間君）……………… 14-291左
（ミヌマ）ノ（キミ）（水間君）……………… 14-292
（クリモト）ノ（コホリ）（栗太郡）……… 14-296
（オホミ）ノ（クニ）の（クリモト）（近江國栗太）… 14-296
（ウタ）ノ（ヒト）（菟田人）……………… 14-300
ツカヘノ□ホ□（ト）（直丁）……………… 14-301
コタクミツケノ「の」（ミタ）に（木工闘御田）… 14-308
（イセ）ノ（ウネメ）（伊勢采女）……………… 14-309
ヤツノ（「ヤツ」ノ誤訓ハ「ノ」）（奴能）…… 14-313
（メ）ノ（オホムラシ）（目大連）……………… 14-323
エカノ（ナカノ）のムラを（餌香長野邑）… 14-324
エ（カ）ノ「の」イチヘ「の」（餌香市邊）… 14-324
イチヘノ「の」（タチハナ）（市邊橘）…… 14-324
ホノホノ（ナカヨリ）（自火炎中）……… 14-329
（オホキ）ノ（オミ）（大樹臣）……………… 14-330
アヤシノ「の」ヲマロ（文石小麻呂）…… 14-330
タノアヤマチに（手誤）……………… 14-334左
ネノオヤに（「ヤ」ノ誤ハ「ミ」）（根使主）… 14-350
ネノオヤ（根使主）……………… 14-350左

アヘセシトキノ（コトク）シて（如饗之時）…… 14-354
ネノ「の」オミに（根使主）…… 14-357
ウミノコノヤソツヽキニ（子々孫々八十聰綿）…… 14-360左
ウミノコノヤソツヽキニ（子々孫々八十聰綿）…… 14-360左
（アナホ）ノ（スメラミコト）（穴穗天皇）…… 14-365
（スメラミコト）ノミマキに（天皇紀）…… 14-365
ヲネノオミ（小根使主）…… 14-365
（ヲネ）ノ（オミ）は（小根使主）…… 14-365割
ネカヒノマニ〳〵（隨欲）…… 14-369
（ハシ）ノ（ムラシラ）に（土師連等）…… 14-377
クサノ「の」（ムラ）（來狹々村）…… 14-379
（イナハ）のワ[タ][ク]シノ「の」カキへを（因播私民部）…… 14-380
フタヘノ「の」ヨロ（ヒ）を（二重甲）…… 14-384
（ツクシ）のキクノ（筑紫聞）…… 14-386
（モノ、ヘノメ）ノ（ムラシ）を（物部目連）…… 14-388
（モノ、へ）ノ（メ）の（ムラシ）（物部目連）…… 14-392
ヨモノ（トモ）に（シルトコロナリ）（四隣之所共識也）…… 14-400
（コキ）□ノサシ（王[城]）…… 14-401割左
スメラミコトノミタマノフユニ（賴於天皇）…… 14-404
スメラミコトノミタマノフユニ（賴於天皇）…… 14-404
ミツノ[エ]の（ウラシマ）の（コ）（瑞江浦嶋子）…… 14-407
トコヨノクニに（蓬萊山）…… 14-409
（クタラ）ノ（モンコンワウ）（百濟久（「文」ノ誤）斤王）…… 14-410
（ツクシ）のアチノ（オミ）（筑紫安到致臣）…… 14-414
ノチノ（ミコトノリ）シて（遺詔）…… 14-417
ヨモノヒナ（四夷）…… 14-418左
アメノシタ（區宇）…… 14-418右
アメノシタを（天之下）…… 14-422
ヒトノ「の」（ヨノ）（人生）…… 14-422
ツネノ「の」コトワリなり（常分）…… 14-423
ウミノ「の」コニ（生子孫）…… 14-426
ウ[ミ]ノコハ（子孫）…… 14-428
ウミノコは（子孫）…… 14-429
マウケノキミニ（儲君）…… 14-430左
ホトリノ（コホリ）を（傍郡）…… 14-434
サハノ「の」ミナトに（娑婆水門）…… 14-435
アマヘタノウ（ヘ）に（シ）て（海濱上）…… 14-437
フタヤナクヒノヤ（二櫜之箭）…… 14-437
ウラカケノミトに（浦桂掛水門）…… 14-440
（イク）メノ（スメラミコト）の（活目天皇）…… 17-4
カソノミコト（父）…… 17-4左
コシノミチ（越）…… 17-8右
ミチノクチ（前）…… 17-8右
ミチノクチノモトツクニ（ノ）（高向）…… 17-8右
（オホトモノカナムラ）ノ（オホムラシ）（大伴金村大連）…… 17-11
ツネノコトクシて（自若）…… 17-23
スヘラミコトノマシ[マ]ス（カコトシ）（如帝坐）…… 17-23
アマノヒツキシロシメスに（イタリ）て（及至踐祚）…… 17-29
ツカサクラヰノマヽニス（依職位焉）…… 17-40
マウケノキミ（ノ）（維城）…… 17-41
カムツカサノカミ（ラ）を（神祇伯等）…… 17-45
アメノシタには（宇宙）…… 17-47
コトワリノヨソヒを（禮儀）…… 17-50
（ヒト）リノ（ヒコミコ）を（一男）…… 17-51
（フタリ）のイロネノ公（二兄）…… 17-52
カノ（ツカサツカサ）（厥百寮）…… 17-56
又ノ（ナハ）（更名）…… 17-59割
オホイラツノ（ミコ）（大郎皇子）…… 17-62
（ミタリ）ノヒメミコを（三女）…… 17-63
ヲミノイラツコ（ト）（麻績娘子）…… 17-64
ハラノウチニ（胎中）…… 17-92
御言ノムネを（制旨）…… 17-97
品多天皇ノ御世（胎中之帝）…… 17-98
トナリノ國（蕃）…… 17-99
トナリノ國ノ中（蕃乞）…… 17-99
シラキノ（モントクチ）（斯羅汶得至）…… 17-129左
マカリノオヒネ（勾大兄）…… 17-135
日次（ノ）ミコノ位に（春宮）…… 17-137

キノスヱに（樹巓）……17-142
サホノ（ミヤケ）を（匝布屯倉）……17-147
アフミノ「の」ケナノ（オミ）
（近江毛野臣）…17-170
ケナノ（オミ）（毛野臣）……17-170
アリヒシノ（カラ）（南加羅）……17-171
御調物ノ（フネ）を（貢職船）……17-176
タス（ケ）ノマ丶ニは（所賛）……17-186
アタノ□□（賊帥）……17-192
ヒトコノカミ（帥）……17-192右
カソノツミニヨリて（坐父）……17-194
（カラ）ノ國の（加羅）……17-198
モタルトコロノモノヲ（所齎）……17-198
アリヒシノ（カラ）（南加羅）……17-211
アリ（ヒシ）ノ（カラ）（南加羅）……17-211左
トナリノ（クニ）の（蕃國）……17-213
オヒミノリコトノコトヲ（詔勅）……17-213
品タノミカト（胎中天皇）……17-219
品タノミカトノ…を（オキ）タマフシ（ヨ）リ
（自胎中天皇置…）…17-219
ヒトノ（カト）に（イリカクレ）て
（入隱他門）…17-236
アマノヒツキ（帝業）……17-249
（マコト）ノ（ヒト）は（實者）……17-255
（カフチ）のオモノキ（河内母樹）……17-258
オモノキノ（ウマカヒ）の（母樹馬飼）…17-258
ミヤコノ（ツカヒ）ナリと（皇華之使）…17-261
アマノツキ（ニ）（弦晦）……17-269左

イハノ（ヒメ）のキサキと（石姫皇后）…20-4
御心ノナキて（愀然）……20-13
サキノ（スメラミコトニ）（先考天皇）……20-14
（フネ）の（フヒト）ノ（オヤ）（船史祖）…20-17
カウチノ（モロモロノフヒト）に
（西諸史）…20-20
ヨノ「の」（クロキ）（羽黑）……20-22
マラトノ司（領客）……20-34
ヤマトノア□（東漢）……20-34
（ウミ）ノ「の」（ウチ）に（海裏）……20-47
ウチノシツカヒの（ヒメミコ）
（菟道磯津貝皇女）…20-64
カス（カ）の（オミ）ノ（ナカ）ツ（キミ）
（春日臣仲君）…20-64
オホマタノ（ミコ）（大派皇子）……20-66
（ツネ）ノ（トシ）ヨリ（恒歲）……20-69
日次ノミコ（東宮）……20-79
マウケノキミ（東宮）……20-79左
（サクラヰ）の（ユミ）ハリノ（ヒメミコ）
（櫻井弓張皇女）…20-83
ヒトコノカミ（魁師）……20-96
ウミノコ（子孫）……20-100
ウミノコノヤソツ丶キ（子々孫々）……20-100
ウミノヤソ（子々孫々）……20-100左
サキノオヤ（先考天皇）……20-105
サキノ（消墨）（オヤ）（先考天皇）……20-105右
三門ノモトに（門底下）……20-124
政（トノ）ノ（マヘ）に（廳前）……20-124

雨ノシタシラス（御寓）……20-125
コ丶ロノ（欲）……20-129左
トナリノマラトに（客人）……20-135
ホノホノ（コトキ）こと（アリ）
（有如火焰）…20-146
イモヒノ（ウヘ）に（齋食上）……20-170
カソノ（トキ）に（父時）……20-180
カソノ（カミ）を（父神）……20-182
ネヤノオコリて（「ネヤノ」ハ「エヤミ」ノ誤）
（行疫疾）…20-183
サキノミカト（考天皇）……20-185左
（ホトケ）ノ（ミカタ）を（佛像）……20-189
ツハキイチノウマヤクチに
（海石榴市亭）…20-194
（ミタリ）ノ（アマ）を（三尼）……20-203
シ丶ヤオヘルス丶メノコトシ
（如中獵箭之雀鳥焉）…20-207
ナカツヒメのミコトと（仲姫命）……11-3
（ホムタ）の（スメラミコト）（譽田天皇）…11-6
（アメ）の（コトク）（如天）……11-8
（ツチ）の（コトシ）（如地）……11-8
（アメ）の（シタノキミト）（天下之君）…11-11
（サキノキミ）のノタマヒシク（先皇謂）…11-16
メクミのシナを（寵章）……11-17
サ（キ）の（ミカトノ）（先帝之）……11-18
ヌカ（タ）ノオ（ホ）ナカツ（ヒコ）のミコ
（額田大中彦皇子）…11-19
（ヤマト）のミタ（倭屯田）……11-20

（ソノミタ）のツ[カサ]（其屯田司）……11-20
（イツモ）のオフト（出雲臣）……11-20
[オ][ウ]の（スクネ）に（游宇宿禰）……11-21
ヤモリのトコロ（ナリ）（山守地）……11-21
オウの（スクネ）（游宇宿禰）……11-22
（オホサヽキ）の（ミコト）に（大鷦鷯尊）…11-23
（オウ）の（スクネ）（游宇宿禰）……11-23
（オホサヽキ）の（ミコトニ）（大鷦鷯尊）…11-24
（オホナカツヒコ）の（ミコ）
（大中彦皇子）…11-24
（ヤマト）のア（タヒカ）オヤ（倭直祖）…11-25
（ヤマト）のミタは（倭屯田）……11-25
ヤモリのトコロと（山守地）……11-26
（オホサヽキ）の（ミコト）（大鷦鷯尊）…11-28
（ヤマト）の（ミタ）を（倭屯田）……11-30
（マキムク）の（タマキ）（纒向玉城）……11-31
マキムクノタマキの（ミヤ）に
（纒向玉城宮）…11-31
オホタラシ（ヒコ）の（ミコト）に
（大足彦尊）…11-32
（ヤマト）の（ミタ）を（倭屯田）……11-32
（ヤマト）の（ミタ）は（倭屯田）……11-33
（アメ）の（シタシロシメ）す（御宇）……11-33
スメラミコトの（ミタナリ）
（帝皇之屯田也）…11-33
（ヤモリ）のトコロと（山守地）……11-34
（オホサヽキ）の（ミコト）（大鷦鷯尊）…11-35
（ヌカタノオホナカツヒコ）のミコ
（額田大中彦皇子）…11-35
（オホナカツヒコ）の（ミコ）
（大中彦皇子）…11-36
（オホヤマモリ）の（ミコ）（大山守皇子）…11-37
（サキ）の（ミカト）の（先帝）……11-37
（ミカト）の（ステヽ）タテタマハサルこと）を
（先帝廢之非立）…11-37
（オホサヽキ）の（ミコト）（大鷦鷯尊）…11-39
（オホヤマモリ）の（ミコ）を
（大山守皇子）…11-40
（オホヤマモリ）の（ミコ）を
（太（マヽ）山守皇子）…11-42
（オホヤマモリ）の（ミコ）（大山守皇子）…11-44
（カハラ）の（ワタリ）に（考羅濟）……11-47
（オホサヽキ）の（ミコト）に（大鷦鷯尊）…11-55
（ウチ）の（ミヤ）に（菟道宮）……11-57
（オホサヽキ）の（ミコト）（大鷦鷯尊）…11-58
（サキ）の（ヒノコトシ）（如前日）……11-60
（ヒツキノミコ）の（ノタマハク）
（太子曰）…11-62
（アメ）の（シタ）を（天下）……11-63
（オホサヽキ）の（ミコト）（大鷦鷯尊）…11-63
（ウチ）の（ミヤ）に（菟道宮）……11-64
（オホサヽキ）の（ミコト）（大鷦鷯尊）…11-65
（ワ）かイロトのミコトノタマフ
（我弟皇子）…11-66
（イロネ）のミコに（兄王）……11-68
（イロネ）のミコ（兄王）……11-69
（ヒシリ）のミコ（聖王）……11-70
（オナシハラ）の（イロメ）（同母妹）……11-71
（オホサヽキ）の（ミコト）（大鷦鷯尊）…11-72
（ウチ）の（ヤマ）（菟道山）……11-73
（ヤマ）の（ウヘ）に（山上）……11-73
（ハシメノトシ）の（ハル）（元年春）……11-74
（オホサヽキ）の（ミコト）（大鷦鷯尊）…11-74
（ホムタ）の（スメラミコト）（譽田天皇）…11-78
（タケシウチ）の（スクネ）を（武内宿禰）…11-78
（コレナニ）のミツソ（是何瑞也）……11-79
（メ）のコウム（トキ）に（妻產時）……11-80
（スメラミコト）の（ノタマハク）
（天皇曰）…11-80
（ソノトリ）の（ナ）を（其鳥名）……11-82
ツクの（ナ）を（木菟名）……11-83
（ツク）の（スクネ）と（木菟宿禰）……11-84
（ヘクリ）の（オミ）か（ハシメ）のオ
（ヤナリ）（平羣臣之始祖也）…11-84
（ハシメ）のオ（ヤナリ）（始祖也）……11-84
（オヒネ）の（イサホワケ）の（スメラミコト）
（去來穗別天皇）…11-87
イサホワケの（スメラミコト）
（大兄去來穗別天皇）…11-87
（スミノエ）の（ナカツミコト）
（住吉仲皇子）…11-87
ミツハワケの（スメラミコト）
（瑞齒別天皇）…11-88
（ヲアサツマワクコスクネ）の（スメラミコト）

を（雄朝津間稚子宿禰天皇）……11-88
（ヒムカ）のカミナカ（ヒメ）（日向髮長媛）……11-88
（ヒシリ）の（キミノ）ミヨニハ（聖王之世）……11-92
（イツヽ）の（タナツモノ）（五穀）……11-94
（イツヽ）のタナツモノ（五穀）……11-101
（スメラミコト）のノ（タマハク）（天皇曰）……11-105
（オホムタカラ）の（タメ）にナリ（爲百姓）……11-107
（イニシヘ）の（ヒシリ）（古聖）……11-108
（ヒシリ）のキミ（ハ）（聖王）……11-108
（ヒトリ）の（ヒト）（一人）……11-108
イ（オ）ヒネ（ノ）イサホワケの（ミコ）（大兄去來穗別皇子）……11-111
イサホワケの（ミコ）の（タメ）に（去來穗別皇子）……11-111
（ミコ）の（タメ）に（爲…皇子）……11-111
（キサキ）の（タメ）に（爲皇后）……11-112
（アマリ）のタクハヘ（餘儲）……11-114
（イクハク）の（トキ）を（幾時）……11-119
（ヒシリ）のミカトと（聖帝）……11-119
（カハ）の（ミツ）（河水）……11-122
（サカシマ）の（ナカレ）を（逆流）……11-124
（ミヤ）の（キタノ）（宮北）……11-125
（ミナミ）の（カハ）を（南水）……11-125
（ニシ）の（ウミ）に（入西海）……11-125
（キタ）の（カハ）（北河）……11-126
（マムタ）の（ツ、ミ）を（茨田堤）……11-126
（マムタ）のムラシコロモノコ（茨田連衫子）……11-128
（フタリ）の（ヒト）を（二人）……11-129
（カハ）の（カミ）に（河神）……11-130
（コロモ）の（コ）（衫子）……11-130
フタツの（ヒサコ）を（兩箇匏）……11-131
（カハ）の（ナカ）に（水中）……11-131
（カハ）の（カミ）（河神）……11-132
（マコト）の（カミ）ト（眞神）……11-133
（カハ）の（ナカ）に（水中）……11-133
（ナミ）の（ウヘ）に（浪上）……11-135
（コロモ）の（コ）（衫子）……11-136
（コロモ）の（コ）（衫子）……11-136
（コロモ）の（コ）の（衫子）……11-137
（コハクヒ）のタエマ（强頸斷間）……11-137
（コロモ）の（コ）の（タエマト）（衫子斷間）……11-137
（クロカネ）のタテ（鐵楯）……11-139
（クロカネ）の「の」（消）マトを（鐵的）……11-139
（クロカネ）の（消）（マト）を（鐵的）……11-139
（コマ）のマラウトに（高麗客）……11-140
（コマ）のタ（テマツル）（高麗所獻）……11-141
タ（テマツルトコロ）の（クロカネ）ノ（タテマト）を（所獻之鐵楯的）……11-141
（モロモロ）の（ヒト）（諸人）……11-141
イクハノ（オミ）の（オヤ）（的臣祖）……11-142
（タ、ヒト）の（スクネ）（盾人宿禰）……11-142
（クロカネ）の（マト）を（鐵的）……11-142
（コマ）の（マラウトラ）（高麗客等）……11-143
（タ、ヒト）の（スクネ）を（盾人宿禰）……11-144
イクハの（トタ）（的戶田）……11-144
（トタ）の（スクネ）と（戶田宿禰）……11-144
ヲハ（ツ）セの（ミヤツコ）の（小泊瀨造）……11-145
（ミヤツコ）の（オヤ）（造祖）……11-145
（スクネ）の（オミ）に（宿禰臣）……11-145
サカノコリの（オミト）（賢遺臣）……11-145
（ヤマシロ）の（クリクマ）（山背栗隈）……11-146
（ヤマシロ）の「の」クリクマ（山背栗隈）……11-146
クリクマの（アカタ）に（栗隈縣）……11-146
（ワニ）の（イケ）を（和珥池）……11-149
ヨコノの（ツ、ミ）を（橫野堤）……11-149
（ミナミ）の（ミカトヨリ）（自南門）……11-151
タチヒの（ムラ）に（丹比邑）……11-151
（イシカハ）の（ミツ）を（石河水）……11-152
（ヨトコロ）のハラに（四處郊原）……11-153
ヨ、ロツアマリの（タ）を（四萬餘項之田）……11-154
（ソノトコロ）の（オホムタカラ）（其處百姓）……11-154
（ミヤ）の（ヒト）（宮人）……11-155
ハリ（マ）の（クニノミヤツコ）（播磨國造）……11-159
（クニノミヤツコ）の（オヤ）（國造祖）……11-159

イク（ハ）の（オミ）（的臣）…………11-167
（タ、ヒト）の（スクネ）（楯人宿禰）……11-167
ヲハ（ツ）セの（ミヤツコ）の（小泊瀬造）…11-168
（ミヤツコ）の（オヤ）（造祖）…………11-168
サカノコリの（オミ）を（賢遺臣）………11-168
（クマノ）のミサキ（熊野岬）…………11-183
（キサキ）のマシマサヌトキを（皇后不在）…11-185
（ヤタ）のヒメミコ（八田皇女）…………11-185
（オホミヤ）の（ウチ）（宮中）…………11-185
（ナニハ）のワタリ（難波濟）…………11-185
（ヤタ）の（ヒメミコ）（八田皇女）………11-186
（トキ）の（ヒト）（時人）…………11-187
（カシハ）の（ワタリ）と（葉濟）…………11-188
（キサキ）のイ（カリ）て（皇后忿）………11-188
ツ（、キ）の（ヲカ）の（筒城岡）………11-202
（ヲカ）の（ミナミ）に（岡南）…………11-202
（イクハ）の（オミ）か（的臣）…………11-203
（クチ）モチの（オミ）を（口持臣）………11-203
（クチモチ）の（オミ）（口持臣）………11-203
（ワニ）の（オミ）（和耶臣）…………11-203割
（オミ）の（オヤ）（臣祖）…………11-203割
（クチコ）の（オミ）（口子臣）…………11-203割
（ツ、キ）の（ミヤ）に（筒城宮）………11-204
（クチモチ）の（オミ）（口持臣）………11-204
（キサキ）のオホトノ、（皇后殿）………11-205
（オホトノ）の（マヘ）に（殿前）………11-205
（クチモチ）の（オミ）か（イモ）（口持臣之妹）…11-205
（キサキ）のオフモトニ（皇后之側）……11-206
（クハ）のキ（桑枝）…………11-213
（ツ、キ）の（ミヤ）（筒城宮）…………11-217
（ヤタ）の（ヒメミコ）（八田皇女）………11-224
（キサキ）の（オホキ）に（イカリ）タマフことを（皇后大忿）…11-225
イサホワケの（ミコト）を（去來穂別尊）…11-226
ツ、（キ）の（ミヤ）に（筒城宮）………11-228
イハの（ヒメ）（磐之媛）…………11-228
（ヒメ）の（ミコト）（媛命）…………11-228
（ナラ）の（ヤマ）に（於乃羅山）………11-230
（ヤタ）のヒメミコ（八田皇女）………11-231
（カ）のネ（鹿鳴）…………11-234
（キナ）の（アカタ）の（猪名縣）………11-235
（アカタ）の（サヘキヘ）（縣佐伯部）……11-235
（ツカノ）のナリ（菟餓野）…………11-237
（カ）のネを（鹿聲）…………11-239
（アキ）のヌタに（安藝渟田）…………11-242
（イマ）の（ヌタ）の（サヘキヘノオヤナリ）（今渟田佐伯部之祖也）…11-242
（ヌタ）の（サヘキヘ）（渟田佐伯部）……11-243
クニヒトの（イヘラク）（俗曰）…………11-243
（ヒトリ）の（ヒトアリ）て（有一人）……11-243
（ノ）の（ナカ）に（野中）…………11-244
（フタツ）の（カ）（二鹿）…………11-244
（ナニ）のサカソ（何祥焉）…………11-245
（ヒト）の（タメ）に（爲人）…………11-246
（シモ）の（シロキ）か（コトク）ナラム（如霜々素之應也）…11-247
（コ、ロ）の（ウチ）に（心裏）…………11-247
（トキノヒト）のコトワサニ（時人諺）……11-248
メトリの（ヒメミコ）を（雌鳥皇女）……11-250
ハヤフサワケの（ミコ）（隼別皇子）……11-250
（ハヤフサワケ）の（ミコ）（隼別皇子）…11-251
（メトリ）の（ヒメミコ）（雌鳥皇女）……11-252
（ヒメミコ）の（タメ）に（爲皇女）………11-253
（ハヤフサワケ）の（ミコ）（隼別皇子）…11-256
（ミコ）の（ヒソカ）にマキタマヘルことを（皇子密婚）…11-256
（ハヤフサワケ）の（ミコ）（隼別皇子）…11-257
（ミコ）の（イハク）（皇子曰）…………11-259
（ハヤフサワケ）の（ミコ）（隼別皇子）…11-260
（ワタクシ）の（ウラミ）（私恨）…………11-263
（ハヤフサワケ）の（ミコ）（隼別皇子）…11-264
（メトリ）の（ヒメミコ）（雌鳥皇女）……11-264
（イセ）の（カムミヤ）に（伊勢神宮）……11-265
（ハヤフサワケ）の（ミコ）（隼別皇子）…11-265
（キヒ）のホムチ（ヘ）（吉備品遲部）……11-266
ホムチ（ヘ）のヲフナ（品遲部雄鯽）……11-266
（ハリマ）の（サヘキ）（播磨佐伯）………11-266
（サヘキ）の（アタヒ）（佐伯直）………11-266
（メトリ）の（ヒメミコ）（雌鳥皇女）……11-267
（クサ）の（ナカ）に（草中）…………11-270
（イセ）のコモシロノ（、）に

索引篇 の-の 346

（モ）の（ナカ）（裳中）……………（伊勢蔣代野）…… 11-273
（フタリ）のミコ（二王）…………………… 11-274
（イクハク）の（トキ）（幾時）…………… 11-275
（サケ）の（キミ）に（酒君）……………… 11-275
ミコの（シニカハネ）（王屍）……………… 11-275
（イホキカハ）の（ホトリニ）（芦廬河邊）… 11-275
ニハナヒの（ツキ）（新嘗之月）…………… 11-277
（アフミ）の（ヤマ）（近江山）…………… 11-278
（ヤマ）の（キミ）（山君）………………… 11-278
（フタリ）の（ヒメミコ）（二女）………… 11-278
（メトリ）の（ヒメミコ）（雌鳥皇女）…… 11-279
（サヘキ）の（アタヒ）（佐伯直）………… 11-280
（ワタクシ）の トコロを（私之地）……… 11-282
（キノツノ）の（スクネ）（紀角宿禰）…… 11-284
（クニコホリ）のサカヒ（國郡壇垣場）…… 11-284
サケのキミ（酒君）………………………… 11-285
（キノツノ）の（スクネ）（紀角宿禰）…… 11-286
（ワタクシ）の（ツカリを（鐵鎌）………… 11-287
（クロカネ）のツカリを（鐵鎌）…………… 11-287
（サケ）の（キミ）（酒君）………………… 11-287
（サケ）の（キミ）（酒君）………………… 11-287
（イシカハ）のニシコリノオフト
　　　　　　　　（石川錦織首）………… 11-288
（ニシコリ）のオフト（錦織首）…………… 11-288
（ヨサム）の（ツチクラ）の（ツチクラ）
　　　　　　　　（依網土倉阿弭古）……… 11-290
（ツチクラ）の（アヒコ）（土倉阿弭古）… 11-290
（サケ）の（キミ）（酒君）………………… 11-292
（モロモロ）の（トリ）（諸鳥）…………… 11-293
（イマ）の（タカナリ）（今鷹也）………… 11-293-割

（シラトリ）のミサヽキモリトモを
　　　　　　　　（白鳥陵守等）………… 11-327
エタチの（トコロ）に（役所）……………… 11-328
（ハシ）の（ムラシラ）に（土師連等）…… 11-330
（トホツアフミ）の（クニ）のミコトモチ
　　　　　　　　（遠江國司）…………… 11-331
（トホツアフミ）の（クニ）のミコトモチ
　　　　　　　　（遠江國司）…………… 11-331
ヤマトのアタヒエアコヽを
　　　　　　　　（倭直吾子籠）………… 11-333
（ヌカタ）の（オホ）ナカツ（ヒコ）
　　　　　　　　（額鞁額大中彦）……… 11-333
（ミナミ）の（ミチ）（南海）……………… 11-334
（オホ）ナカツ（ヒコ）（ミコ）
　　　　　　　　（大中彦皇子）………… 11-334
（ヤマ）の（ウヘ）（山上）………………… 11-335
（ノ）の（ナカ）を（野中）………………… 11-335
（イホ）の（コトシ）（如廬）……………… 11-335
（ツケ）のイナオ

（ムソチアマリナナトセ）の（フユ）（六十七年冬）…11-348
（カフチ）の（イシツ）の（ハラ）に（河内石津原）…11-348
（イシツ）の（ハラ）に（石津原）……11-348
（ノ）の（ナカ）ヨリ（野中）……11-349
（ミヽ）の（ナカ）を（耳中）……11-351
（ナカノクニ）のカハシマカハラ（ノ）（中國川嶋河派）…11-353
（カサ）の（オミ）（笠臣）……11-354
（オミ）の（オヤ）アカタモリ（臣祖縣守）…11-354
（ミツ）の（クチナシヒサコ）（三全瓠）…11-355
（ミツチ）のヤカラ（虬族）……11-358
（カハ）の（ミツ）（河水）……11-359
（アカタモリ）の（フチ）と（縣守淵）……11-359
（アメ）の（シタ）（天下）……11-362
（カリ）の（コトク）に（オトロク）（鴻驚）…14-283
ワカ（コノスクネ）の（スメラミコト）（雉子宿禰天皇）…14-3
オホハツセのワカタケ（ノスメラミコト）は（大泊瀬幼武天皇）…14-3
（ミトセ）の（ハツキ）（三年八月）……14-5
（アナホ）の（スメラミコト）（穴穂天皇）…14-5
（ナカタ）の（オホ）イラツ（メノヒメミコ）（長田大□女）…14-7割
（ヲサタ）の（ヒメミコ）を（長田皇女）…14-8割
（ナカ）シ（ヒメ）の（ヒメミコ）（中蒂姫皇女）…14-8割
タカトノのシ（タ）に（樓下）……14-10
（マヨワ）の（オホキミ）（眉輪王）……14-11
（アナホ）の（スメラミコト）（穴穗天□）…14-12
（ヤツリ）のシラヒコノ（ミコ）（八釣白彦皇□子）…14-14
（サカアヒ）の（クロヒコ）（坂合黑彦）…14-15
（クロヒコ）の（ミコ）を（黑彦皇子）……14-15
（マヨワ）の（オホキミ）を（眉輪王）……14-17
（カソ）の（アタ）を（父仇）……14-18
（クロヒコ）の（ミコ）（黑彦皇子）……14-18
（クロヒコ）の（ミコ）（黑彦皇子）……14-22
（オホオミ）の（イヘ）を（大臣宅）……14-23
（オホオミ）の（ツマ）（大臣妻）……14-24
イヤシヒトの（コ、ロサシ）モ（匹夫之志）…14-28
（サカアヒヘ）の（ムラシ）（坂合部連）…14-31
ニヘの（スクネ）（贄宿禰）……14-31
（イマキ）の（アヤ）（新漢）……14-33
アヤのツキ（モト）（漢漢擬□）……14-33
ツキ（モト）の（ミナミノヲカ）（擬本南丘）…14-33
（ツキ）の（擬）……14-33割
（アナホ）の（スメラミコト）（穴穂天皇）…14-34
（スメラミコト）のイムサキ…（オホセシ）を（天皇曾欲…）…14-34
（オシハ）のミコトノモトを（押磐皇子）…14-35
（アフミ）の（サ、キ）の（近江狭々城）…14-36
（サヽキ）の（ヤマ）の（キミ）（狭々城山君）…14-36
（ヤマ）の（キミ）（山君）……14-36
（アフミ）のク（タ）ワタの（近江來田綿）…14-36
ク（タ）ワタのカヤ（ノ）に（來田綿蚊屋野）…14-37
（カムナツキ）のス、キ（シ）キ（ツキ）（孟冬作陰之月）…14-39
（イチノヘ）の（オシハノミコ）を（市邊押磐皇子）…14-42
（サヘキヘ）のウルワ（佐伯部賣輪）……14-42
（ミニマ）の（ミコ）（御馬皇子）……14-44
（ハセ）の（アサクラ）に（泊瀬朝倉）……14-48
ワカヤマト（ネコ）の（スメラミコト）（稚日本根子天皇）…14-53
シラカミのタルヒロ（白髪武廣）……14-53
（ワカ）タラシ（ヒメ）のヒメミコ（稚足姫皇女）…14-54
（イセ）のオホム（カミ）（伊勢大神）……14-54
オホム（カミ）のイハヒに（大神祠）……14-54
マタの（ナ）は（更名）……14-54割
（タクハタ）の（ヒメミコ）（栲幡姫皇女）…14-54割
（ミチ）の（オミ）のムスメ（道臣女）……14-55
（ミチ）の（オミ）のムスメ（道臣女）……14-55
（フタ）柱のミコ（二男）……14-55
（イハキ）の（ミコ）（磐城皇子）……14-55
クホヤの（オミ）ノ（ムスメ）（窪屋臣女）…14-55割
（ホシカハ）の（ワカミヤ）の（ミコ）

索引篇 の -の 348

(ワカミヤ)の(ミコ)星川稚宮皇子……14-56
(ワニ)の(オミ)カスカの(ワニ)の(オミ)春日和珥臣……14-56
(カスカ)の(オホ)和珥臣……14-56
(ワニ)の(オミ)イ□ツ(メ)……14-56
(オミナコ)の(アリキスル)に春日大娘……14-57
(メ)の(オホムラシ)女子行歩……14-59
(オミナコ)の(オホムラシ)目大連……14-60
(メ)の(オホムラシ)目大連……14-62
(オミナコ)のアリクを(女子行歩)……14-63
(スメラミコト)の(ノタマハク)天日……14-63
(クタラ)の(イケツヒメ)百済池津媛……14-70
(イシカハ)のタテに□川楯……14-71
(イシカハ)のモモアヒ(オヒト)……14-71
ヲトメの(ヨツ)のエタを(夫婦四支)石河股合首……14-72
(ヨツ)のエタを(四支)……14-72
ムニイシカシの(ムスメ)の慕尼夫人女曰……14-73割
ムニイシカシの(ムスメ)の(イフ)を慕尼夫人女日…を(大津馬飼)……14-73割
(オホツ)の(ウマカヒ)……14-79
(ヤマト)の(ウネメ)倭采女……14-81
(ヒ)の(ヒメ)を(日媛)……14-81
(ケフ)のカリに今日遊獵を(トヒタマフ)……14-83
(キミ)の…(トヒタマフ)を(陛下…降問)……14-86

(カミ)の(ミヤ)に(神宮)石上神宮……14-106
(オミ)の(モタ)侍タル(臣闔然)……14-87
イヤシキ(ヒト)の|イヒタ|(ルトコロ)鄙人所云……14-88
イヤシキ(ヒト)の|イヒタ|(ルトコロ)鄙人所云……14-88
イヤシキ(ヒト)の|イヒタ|(ルトコロ)の鄙人所云……14-88
(スメラミコト)の(ヨロコヒ)給を天皇悦……14-89
(ウタ)の(ミトヘノ)(菟田御戸部)菟田御戸部眞鋒……14-90
(ウタノミトヘ)の(菟田御戸部)……14-90
(オホヤマト)の(クニノミヤツコ)大倭國造……14-91
オムの(ムラシ)臣連……14-92
(アメ)の(シタ)天下……14-94
(フミヒト)のムサのスクリアヲ史部身狹村主青……14-95
ムサのスクリアヲタクハタの(ヒメミコ)身狹村主青……14-95
タクハタの(ヒメミコ)栲幡皇女……14-96
(ユエ)の(ヒト)湯人……14-97
イホキ(ヘ)の(ムラシ)廬城部連……14-97
(ワサワヒ)(ミ)に(オヨハム)禍及身……14-98
イス、の(カハノホトリ)五十鈴河上……14-101
(ヒト)のアリカヌ所を(人不行)……14-101
(ヒメミコ)のナキことを(皇女不在)……14-102
ヌシの(ミユル)こと(虹見)……14-103
(ヌシ)のタツル(トコロ)を(虹起處)……14-103
(イソノカミ)の(カミ)の(ミヤ)に(神宮)石上神宮……14-106

(カミ)の(ミヤ)に(神宮)石上神宮……14-106
イツコのキミソ(何處公也)……14-109
ワカ(タケ)の(ミコト)幼武尊……14-110
(ヒトコトヌシ)の(カミ)一事主神……14-111
(ヒトツ)の(シ、)…□鹿……14-111
(スメラミコト)の□タ、ムキを天皇臂……14-115
(ヨムヒト)の(賦者)……14-117
(ス、メ)の(ユエ)を(コトシ)(如雀)嗔猪故……14-129
(シ、)の(コトシ)(如雀)……14-139
(クタラ)の(カスリキシ)百済加須利君……14-141
(ワカクニ)の(ナ)(君婦)我國名……14-143
(キミ)のミメを(コト)(コトク)(如加須利君言)……14-145
(カスリノキシ)の(コトク)(如加須利君言)……14-148
(コト)の(コトク)(如加須利君言)……14-148
(ツクシ)のカワラノシマにて筑紫各羅嶋……14-148
(カワラ)のシマにて各羅嶋……14-152
ハツセの(ヲノ)に泊瀬小野……14-158
(クニノウチ)のカヒコを(ムラシ)(少子部連)國內蠶……14-162
チヒサコ(ヘ)の(ムラシ)少子部連……14-163
ミモロのヲカ(三諸岳)……14-163割
ヲカの(カミノカタチ)を(岳神之形)……14-163割
(オホモノヌシ)の(カミト)(大物主神)……14-163割
ス(タ)のスムサカ菟田墨坂……14-163割

スムサカの（カミナリ）（墨坂神也）……14-163割
（ミモロ）の（ヲカ）に（三諸岳）……14-164
（キヒ）の（ユケヘ）のオホソラ（吉備□削部虚空）…14-167
（ユケヘ）のオホソラ（□削部虚空）……14-167
（キヒ）の（シモ）ツ（ミチ）ノオム（吉備下道臣）…14-168
（クニ）の（ミヤツコ）（國造）……14-168割
（キヒ）の（オム）（吉備臣）……14-168割
ムケのマスラヲを（身毛君丈夫）……14-169
（ヲトメ）の（カツ）を（幼女勝）……14-171
（スメラミコト）の（ミニハトリ）と（天皇鶏）…14-171
…（トリ）の（カツ）を（ミ）て（見…鶏勝）…14-173
（モノ、ヘ）のイ□サ□□（物部兵士）……14-173
（キヒ）の（カミツミチ）の（オミ）（吉備上道臣）…14-174
（カヒツミチ）の（オミ）（上道臣）……14-174
（オホトノ）のホトリに（殿側）……14-175
（アメノシタ）のカホヨキヒトは（天下麗人）…14-175
モロ〱のカホ（諸好）……14-176
（ミマナ）の（クニ）の（ミコトモチ）に（任那國司）…14-178
（クニ）の（ミコトモチ）に（國司）……14-178
（タサ）の（オミ）（田狭臣）……14-179
（タサ）の（オミ）か（田狭臣）……14-180割
（カツラキ）の（ソツヒコ）（葛城襲津彦）…14-180割
（ソツヒコ）のコ（襲津彦子）……14-180割
（タサノオミ）の（コ）（田狭臣子）……14-182
（キヒ）のアマノヒエ（吉備海部直）……14-182
（アマ）の（ヒエ）（海部直）……14-182
（カフチ）のアヤノテヒト（西漢才）……14-183
（アヤ）の（テヒト）（漢才）……14-183
（タクミ）の（ヒト）を（巧者）……14-186
（ミコトノリ）のことを（命）……14-186
（クニ）の（トホ）サ（チカ）サを（國之遠近）…14-187
（クタラ）の□□マツレル（百濟所貢）……14-189
（イマキ）のテヒト（今來才伎）……14-189
（オホシマ）の（ウチ）に（大嶋中）……14-189
（クニ）のミコトモチ（國司）……14-190
（タサ）の（オミ）（田狭臣）……14-190
（ナニ）の（カタイコト）（何窂錮）……14-191
（ワサハヒ）の…（オヨハ）む（禍及…）…14-192
（カミ）の（クタリ）に（上文）……14-192割
オホヤ□の（コ、ロ）（國家情）……14-194
（アマ）のヒエ（海部直）……14-196
（ヲトキミ）のナキことを（弟君不在）……14-197
ヒタカの（キシ）（日鷹吉士）……14-197
（ヤマトノクニ）のアトノ（倭國吾礪）……14-199
（アト）の（ヒロキツ）（吾礪廣津）……14-199
ヒロキツの（ムラ）に（廣津…邑）……14-199
イマキのアヤ（新漢）……14-200
アヤのスヱツクリへ（漢陶部）……14-200
（マカミ）の（ハラ）（眞神原）……14-202
アヤの（テヒトヘ）（漢手人部）……14-203割
ムサのスクリ（身狹村主）……14-204
（ヒ）の（クマ）のタミツカ□（檜隈民使）…14-204
（ヒ）の（クマ）のタミツカ□（檜隈民使）…14-204
（クレ）の（クニ）に（呉國）……14-205
（スメラミコト）のミクラヰにシ（ラシメシ、）（天皇即位）…14-205
（コマ）の（コキシ）（高麗王）……14-207
（コマ）の（イクサ）ヒト（高麗軍士）……14-207
（イマシ）の（クニ）は（汝國）……14-208
（シラキ）の（コキシ）（新羅王）……14-210右
（コマ）の（イツハリマモル）ことを（高麗僞守）…14-210
（イヘ）の（ウチニ）（家內）……14-211
（コマ）のコキシ（高麗王）……14-213
（コマ）の（イクサ）（高麗軍）……14-215
（イクサ）の（ヨモ）に…を（軍四面…）…14-215
（シラキ）のクニ、（新羅地）……14-215
ミマナの（コキシノ）モトに（任那王）…14-216
（コマ）の（コキシ）（高麗王）……14-216
（カシハテ）の（オミ）（膳臣）……14-218
（ヤマト）の（ミコトモチ）（日本府）……14-218
（キヒ）の（オミ）（吉備臣）……14-219
（ナニハ）の（キシ）（難波吉士）……14-219
（コマ）の（モロ〱）のイク（サ）（高麗諸將）…14-220
（モロ〱）のイク（サ）（諸將）……14-220

（フタツ）の（クニノ）（二國）……14-224
（カシハテ）の（オミラ）（膳臣等）……14-225
（ヒト）のクニ、（人地）……14-226
（オホシカフチ）のヒエ（凡河內直）……14-228
ムナ（カタ）の（カミ）を（胸方神）……14-229
（ナニハ）のヒタカ（ノキシ）を（難波干鷹吉士）……14-231
（ユケ）の（ムラシ）（弓削連）……14-232
（ミシマ）の（コホリ）の（三嶋郡）……14-232
（ミシマ）の（コホリ）のアヰの（ハラ）にて（三嶋郡藍原）……14-233
アヰの（ハラ）にて（藍原）……14-233
（ソカ）のカラコの（スクネ）（蘇我韓子宿禰）……14-235
カラコの（スクネ）（韓子宿禰）……14-235
（オホトモ）のカタリの（ムラシ）（大伴談連）……14-235
カタリの（ムラシ）（談連）……14-235
（ニシ）のクニに（西土）……14-236
（アメ）の（シタ）に（天下）……14-237
オホカ（ミ）の（コ）の（狼子）……14-239
オホカ（ミ）の（コ）のアラキコ、ロ（狼子野心）……14-239
（ヨタリ）の大夫を（四卿）……14-240
（ヲユミ）の（スクネ）（小弓宿禰）……14-241
（オホトモノムロ）の（ヤ）の（オホムラシ）を（大伴室屋大連）……14-241
（ムロ）の（ヤ）の（オホムラシ）を（室屋大連）……14-241
（ヤツコ）の（メ）（臣婦）……14-242
（キヒ）の（カミツミチ）の（ウネメ）（吉備上道采女）……14-244
（カミツミチ）の（ウネメ）（上道采女）……14-244
（キ）の（ヲユミノスクネニ）（紀小弓宿禰）……14-245
（カタハラ）の（コホリ）を（傍郡）……14-246
ミイク□の（ヨモ）は（官軍四面）……14-247
（トク）の（トコロ）を（啄地）……14-247
（アタノ）の（イクサノキミ）（敵將）……14-248
（トク）の（トコロ）（啄地）……14-248
（オホトモノ）カタリの（ムラシ）（大伴談連）……14-249
（ノコリ）のトモカラ（遺衆）……14-249
（ノコリ）のトモカ（ラ）（遺衆）……14-250
（キ）のヲカサキノク（メ）（紀岡前來目）……14-250
（キ）の（ヲカサキ）の（クメノムラシ）（紀岡前來目連）……14-251
（カタリ）の（ムラシ）のトモヒト（談連從人）……14-251
（カタリ）の（ムラシ）のトモヒト（談連從人）……14-251
（イクサ）の（ナカ）に（イリ）て（入軍中）……14-252
□タの（タメニ）（爲敵）……14-253
（シニカハネ）の（トコロヲ）（屍處）……14-253
（ノコリ）のトモカラ（遺衆）……14-255
（キ）の（ヲユミ）ノ（スクネ）（紀小弓宿禰）……14-255
（キノ）オヒハの（スクネ）（紀大磐宿禰）……14-256
（モロモロ）の（ヲツカサ）を（諸小官）……14-257
（ヲカヒ）の（スクネ）の（小鹿火宿禰）……14-257
（ヲカヒ）の（スクネ）のツ（カサトレル）（小鹿火宿禰所掌）……14-257
（フネ）の（ツカサ）（舩官）……14-257
（カラコ）の（スクネ）に（韓子宿禰）……14-259
（オハヒ）の（スクネ）（大磐宿禰）……14-259
ヤマトの（モロ〳〵）のイクサノキミトモ（日本諸將）……14-261
（モロ〳〵）のイクサノキミトモ（諸將）……14-261
（カラコノスクネ）のモトに（韓子宿禰等）……14-262
（クニ）の（サカヒ）を（國堺）……14-262.
（オヒハ）ノ（スクネ）の（ウマ）に（カハ）に水カフ（大磐宿禰飲馬於河）……14-263
（カラコノスクネ）のウシ（ロヨリ）（韓子宿禰從後）……14-263
（オヒハノスクネ）のクラホネの（大磐宿禰鞍几凡）……14-264
クラホネのシリ□クラホネヲ（鞍几凡後橋）……14-264
（ミタリ）の（マヘツキミ）（三臣）……14-265
（クタラ）ノコキシの（ミヤ）に（百濟王宮）……14-266
（オホトモ）の（ムロヤ）の（オホムラシ）に

(大伴室屋大連)……14-267
(ムロヤ)の(オホムラシ)に(室屋大連)……14-267
(オホキイクサ)の(キミ)(大將軍)……14-268
タツの如(キ)アカリ(龍驤)……14-269
(トラ)の(コトクミ)て(虎視)……14-269
(ミツ)の(カラクニ)に(三韓)……14-270
(キ)の(マフチキミタチ)(紀卿等)……14-271
(タムワ)のムラに(田身輪邑)……14-272
(カラ)のヌ(韓奴)……14-273
(キヒ)の(カミツミチ)の(吉備上道)……14-274
(カミツミチ)のカシマ(タ)の(上道蚊嶋田)……14-274
カシマ(タ)の(ムラ)の(蚊嶋田邑)……14-274
カシマ(タ)の(ムラ)のヤケヒトラ(蚊嶋田邑家人部)……14-274
(ヲ)カ(ヒ)の(スクネ)(小鹿火宿禰)……14-275
(ヲユミ)ノ(スクネ)の(モ)に(小弓宿禰喪)……14-275
(ヤタ)の(カヽミ)を(八呮咫歟鏡)……14-276
(キ)のマチキ(ミ)(紀卿)……14-277
(ツノ)の(クニ)に(角國)……14-278
(ツノ)の(オミ)ト(角臣)……14-279
アスカへの(コホリノヒト)(飛鳥所郡人)……14-280
(タナヘ)のフヒト(田邊史)……14-280
(フルイチ)ノ(コホリノヒト)(古市郡人)……14-280
フムのオヒト(書首)……14-280
ム(コ)の(イヘ)を(聟家)……14-281
イチヒコの(ヲカ)の(蓬菓蘽歟丘)……14-281
イチヒコの(ヲカ)のホフタ(蓬菓蘽歟丘譽田)……14-281
ホフタのミサ(サキ)の(モト)に(譽田陵下)……14-282
ミサ(サキ)の(モト)に(陵下)……14-282
(タツ)の(コトク)にトフ(龍翥)……14-282
(マタラヲ)の(ウマ)(驄馬)……14-285
(トキウマ)に(ノレルヒト)の…を(シリ)て(乘駿者知…)……14-286
(ハクソン)の(ネカヒ)を(伯孫所欲)……14-286
(ホムタ)の(ミサヽキ)を(譽田陵)……14-288
(ミタラヲノウマ)の…に(アル)を(ミル)(見驄馬在…)……14-288
ムサのスクリ(見狹村主)……14-290
(クレ)のタテマツ(レル)(呉所呉一獻)……14-290
(フタツ)の(カ)を(二鵝)……14-291
ミヌマ(ノキミ)の(イヌ)(水間君犬)……14-291
(ツクシ)のヌウ(ノアカタヌシ)(筑紫嶺縣主)……14-292割
(ミヌマノキミ)のタテマツレル(水間君所獻)……14-294
イハレの(ムラ)(磐余村)……14-294
(オホミ)ノ(クニ)の(近江國)……14-296
タニカミの□マに(谷上濱)……14-297
(クレノクニ)の(ヒトナリ)(呉國人也)……14-298
(イハレ)の(クレ)のコトヒキ(磐余呉琴彈)……14-299
(クレ)のコトヒキ(呉琴彈)……14-299
サカチのヤカタ(マロラ)(壃坂手屋形麻呂)……14-299
(トリ)の(ツカサノ)トリ(鳥官之禽)……14-300
(ウタ)ノ(ヒト)の(モノ)の(菟田人物)……14-300
(ウタ)ノ(ヒト)の(モノ)の(タメニ)(爲菟田人物)……14-300
(シナノ、クニ)のツカヘノ□ホ□(信濃國直丁)……14-301
(ヒトツ)の(トリ)(一鳥)……14-303
(ヒト)の(オモテ)を(人面)……14-303
ムサのスクリアヲ(身狹村主青)……14-306
(コタクミツケ)の(ミタ)に(木工闘御田)……14-308
(イナヘ)の(ミタ)に(猪名部御田)……14-308割
(タカトノ)の(ウヘ)を(樓上)……14-310
サヽケ(ルトコロ)のミケツモノを(所擎饌)……14-310
(ハタノサケ)のオモト(秦酒公)……14-312
(コト)の(コヱ)を(琴聲)……14-317
サホ□□のヤ□□コ(狹穗彦玄孫)……14-318
ハタネの(ミコト)(齒田根命)……14-318
(ヤマ)の(ヘ)のコ(シマ)コを(山邊小嶋子)……14-319
(ヤマ)の(ヘ)のコ(シマ)コを(山邊小嶋子)……14-319

索引篇 の −の　352

（モノヽヘ）のメの（オホムラシ）に（物部目大連）に……14-319
（エカ）（ナカノ）のメの（オホムラシ）の（メ）の（オホムラシ）に（物部目大連）に……14-319
（イチヘ）の（タチハナ）（市邊橘）……14-324
（イチヘ）の（イチヘ）の（餌香市邊）……14-324
（イソ）（ナカノ）のムラを（餌香長野邑）……14-324
（モノヘ）の（メ）の（オホムラシ）に（物部目大連）……14-324
（メ）の（オホムラシ）に（目大連）……14-324
（ハリマノクニ）の（ミ）キクマの（ヒト）（播磨國御井隈人）……14-325
（ミ）キクマの（ヒト）（御井隈人）……14-325
アキヒトのフネを（商客艃舶）……14-326
（クニ）の（ノリ）に（國法）……14-327
（カスカ）の（ヲノ）の（ヲミ）（春日小野臣）……14-328
（ホノホ）の（ナカヨリ）（自火炎中）……14-328
（アヤシ）の（ヲマロ）に（文石小麻呂）……14-329
（カヒ）のクロ（コマ）（甲斐黑駒）……14-330
（クレ）の（クニノツカヒ）（共吳國使）……14-340
（クレ）の（タテマツ）レル（吳所獻）……14-343
スミノエの（ツ）に（住吉津）……14-344
（マラウト）の（ミチ）を（客道）……14-345
シハツの（ミチ）（磯齒津路）……14-345
（オミ）の（ムラシ）に（臣連）……14-345
（ヒノクマ）の（ノ）に（檜隈野）……14-346
オホ（ミワ）の（カミ）に（大三輪神）……14-347

（アヤ）の（キヌヽヒヘ）ト（漢衣縫部）……14-347
（アスカ）の（キヌヽヒヘ）（飛鳥衣縫部）……14-348
（ネ）の（オミ）（根使主）……14-350
（イソ）のカムの（イシ）（石上）……14-351
（イソ）のカムのアカヌクルの（ハラ）にて（石上高拔原）……14-351
アカヌクルの（ハラ）にて（高拔原）……14-351
（オホ）クサ（カ）の（ミコ）の（オホ）クサ（カ）の（ミコ）（大草香皇子）……14-353
モロヒトの（イハク）（衆人云）……14-354
（オホトノ）の（マヘ）に（殿前）……14-354
（ネ）のオムのセル（根使主所着）……14-352
（ネ）のオムの（根使主）……14-352
（タマハリ）て（大草香皇子奉）……14-356
アナホノスメラミコトのオホムこと（六歔穂天皇勅）……14-356
（ネ）の（オミ）に（根使主）……14-357
（ネ）の（オミ）に（根使主）……14-358
ミイクサの（タメニ）（爲官軍）……14-362
（オホクサカヘ）の（タミ）（大草香部民）……14-362
チヌの（アカタヌシ）（茅渟縣主）……14-363
（ナニハ）の（キシ）（難波吉士）……14-364
（オホクサカヘ）の（キシ）……14-364
（ヒカ）ラカの（コト）は（日香々等語）……14-365
ヲ（ネ）のオム（小根使主）……14-365

（ネ）の（オミ）（根使主）キ……14-365
（スメラミコト）の（キ）は（天皇城）……14-366
（ネ）の（オミ）の（根使主宅）……14-366
（ワ）カカソの（キ）は（我父城）……14-367
（ネ）のオミのイヘ（ヲ）（根使主宅）……14-367
（ネ）の（オミノチ）の（根使主之後）（ノチ）の（サカモトノオミ）と（ナル）こと（後爲坂本臣）……14-368
（モノヽアマリヤソ）クサのカチを（百八十種勝）……14-371
（ハタ）の（サケ）の（キミ）（酒公）……14-371
（ハタ）の（サケ）の（タミ）を（秦民）……14-371
（ハタ）の（タミ）を（秦民）……14-371
（ハタ）の（ミヤツコサケ）（秦造酒）……14-370
（ネ）のオミラに（漢使主等）……14-374
（アシタユフヘ）のミケツ物（朝夕御膳）……14-375
（トモ）の（ミヤツコ）（伴造）……14-376
（アヤ）の（オミラ）に（漢使主等）……14-378
（ツノクニ）のクササノ（ムラ）……14-378
（クサン）の（タミ）（來狹）……14-379
（クサ）の（ムラ）（來狹々村）……14-379
（フシミ）の（ムラ）（俯見村）……14-379
（イナハ）の（ワタクシ）の（カキヘ）を（因播私民部）……14-380
（ワタクシ）の（カキヘ）（私民部）……14-380

（物部菟代宿禰）… 14-381
ウシロの（スクネ）（菟代宿禰）……… 14-381
（モノヽヘノメ）の（ムラシ）を
（物部目連）… 14-382
（イセ）のアサヒイラツコを
（伊勢朝日郎）… 14-382
（イカ）のアヲハカに（伊賀青墓）……… 14-383
（フタヘ）の（ヨロヒ）を（二重甲）……… 14-384
（モノヽヘノメ）の（ムラシ）（物部目連）… 14-385
（ツクシ）のキクノ（モノヽヘオホ）ヲノテを
（筑紫聞物部大斧手）… 14-386
（イクサ）の（ナカニ）（軍中）……… 14-386
（フタ）への（ヨロヒ）を（二重甲）……… 14-387
（ミ）の（シヽ）に（身肉）……… 14-387
（サヌキ）のタ（ムシノ）ワケト
（讃岐田蟲別）… 14-390
（モノヽヘ）ノ（メ）の（ムラシ
（物部目連）… 14-392
（ツクシ）のキクの（モノヽヘ
（筑紫聞物部）… 14-392
キクの（モノヽヘ）（聞物部）……… 14-392
（モノヽヘノメ）の（ムラシニ
（物部目連）… 14-394
（ヒノエ）の（トラ）（丙寅）……… 14-395
（ノコリ）の（トモカラ）（遺衆）……… 14-396
（コマ）の（モロモロ）のイ（クサノキミ
（高麗諸將）… 14-397
（モロモロ）のイ（クサノキミ）（諸將）… 14-397
（クタラ）のコヽロハヘ（百濟心許）……… 14-398
（コニキシ）の（イハク）（王曰）……… 14-399
（クタラ）の（クニ）は（百濟國）……… 14-399
（ヤマト）の（クニノ）（日本國）……… 14-400
（キノトノウノトシ）の（フユ）
（乙卯年冬）… 14-401割
コマの（イクサ）（狛大軍）……… 14-401割
（コキシ）の（サシ）（王[城]）……… 14-401割
（アタ）の（テ）に（敵手）……… 14-401割
（クタラ）の（クニ）（百濟國）……… 14-403
（カウロワウ）のイラハヽハラカラナリ
（蓋鹵王母第也）… 14-404割
（ミマナ）の（クニ）の（任那國）……… 14-404割
（ミマナ）の（クニ）のアロシ（任那國下）… 14-404割
（タコリ）の（コホリノ）（哆呼唎縣）……… 14-405割
ヨサ（ノコホリ）のツヽカハヒト
（餘社郡管川人）… 14-407
ミツノ[エ]の（ウラシマ）の（コ）
（瑞江浦嶋子）… 14-407
（ウラシマ）の（コ）（浦嶋子）……… 14-407
（コンキワウ）の（イツ）トリの（コ）の
（ナカ）に（昆支王五子中）… 14-410
（イツ）トリの（コ）（五子）……… 14-410
（コ）の（ナカ）に（子中）……… 14-410
（マタワウ）のワカク（シ）て
（末多王幼年聰明）… 14-411
（ツクシノクニ）のイクサ（筑紫國軍士）… 14-412
（クタラ）の御調物（百濟調賦）……… 14-413
（ツネ）のアト（ヨリ）（於常例）……… 14-413
（ツクシ）のアチノ（オミ）
（筑紫安到致臣）… 14-414
（ウマカヒ）の（オミラ）（馬飼臣等）……… 14-414
フナのイク（サ）（舩師）……… 14-414
ヤマト（ノ）[ア][ヤ]のツカのアタヒ
（東漢掬直）… 14-417
ツカのアタヒ（掬直）……… 14-417
（ヨモ）のヒナ（四夷）……… 14-418
オホムタカラ（ノタメ）の（ユヱナリ）
（爲百姓故也）… 14-419
（オミ）の（ムラシ）（臣連）……… 14-419
（トモ）の（ミヤツコ）（伴造）……… 14-419
（クニ）の（ミコトモチ）（國司）……… 14-420
（コホリ）のミヤツコ（郡司）……… 14-420
（オミムラシ）のサトリのチカラ
（臣連智力）… 14-421
サトリのチカラ（智力）……… 14-421
（ウチト）の（コヽロ）に（ヨロコヒシメ）て
（内外歡心）… 14-421
（ヒト）の（ヨノ）（人生）……… 14-422
（ツネ）の（コトワリ）なり（常分）……… 14-423
都也ヒナの（ミソツモノカウフリ）
（朝野衣冠）… 14-423
（ウミ）の（コ）に（生子孫）……… 14-426
（ホシカハ）の（ミコ）（星川王）……… 14-426
（ワ）か（イヘ）の（コト）（朕家事）……… 14-429
（ホシカハ）の（キミ）（星川王）……… 14-431割

(キヒ)の(オミ)(吉備臣)…………14-432
(イホ)のエミシ(ラ)(五百蝦夷等)……14-433
(ホトリ)の(コホリ)を(傍郡)…………14-434
(サハ)の(ミナト)に(娑婆水門)………14-435
(アマタ)の(ヒト)を(數人)…………14-440
(タニハノクニ)の(丹波國)…………14-440
ヲホトの(スメラミコト)は(男大迹天皇)…17-3
(ホムタ)の(スメラミコト)(譽田天皇)…17-3
(イツ)ツキの(ミマコ)(五世孫)………17-3
ヒコアルシのオホ君の(ミコナリ)(彥主人王之子也)…17-3
オホ君の(ミコナリ)(王之子也)………17-3
(イク)メノ(スメラミコト)の(ナ、ツキノミマコナリ)(活目天皇七世乃孫也)…17-4
(スメラミコト)の公也(天皇父)………17-4
(アフミノクニ)の(タカシマコホリ)(近江國高嶋郡)…17-5
(タカシマコホリ)の(ミヲノ)(高嶋郡三尾)…17-5
(ミクニ)のサカ(ナカキ)に(三國坂中井)…17-6
(ヲハ)ツ(セ)の(スメラミコト)(小泊瀬天皇)…17-10
(アメノシタイツレ)の(トコロニカ)(天下何所)…17-12
タラシナカツ□□の(スメラミコト)の(足仲彥天皇)…17-12
ナカツ□□の(スメラミコト)の(イツ、キ)の(ミマコ)(仲彥天皇五世孫)…17-13
(イツ、キ)の(ミマコ)(五世孫)………17-13
(ヤマトヒコ)のオホキミ(倭彥王)………17-13
ハ(カリコト)の(コトシ)(如計)………17-15
コセ(ノ)ヲ(ヒト)の(オホオミラ)(許勢男人大臣等)…17-19
(ミコ、ロ)の(ウチ)に(意裏)…………17-25
(ウマカヒ)の(オヒト)(馬飼首)………17-25
ヒトの(イハク)(世云)…………17-28
クス(ハ)の(ミヤ)に(樟葉宮)………17-30
(オホトモ)の(カナムラ)(大伴金村)…17-30
(ミ)ヤカラのシラカ(ヘ)を(三種白髮部)…17-43
(スメラミコト)のミコを(天皇息)………17-46
(タシラカ)の(ヒメミコ)を(手白香皇女)…17-50
(フタリ)のイロネノ公(二兄)…………17-52
(ヒロクニオシタケカナヒ)の(ミコト)(廣國排武金日尊)…17-53割
ヤハシラのミメを(八妃)…………17-58
マカリのオヒネ(ノミコ)(勾大兄皇子)…17-60
ヒノクマの(タカタノミコ)と(檜隈高田皇子)…17-60
(ツキ)の(ミメ)(次妃)…………17-61
ツノヲリ(ノキミ)の(イロト)を(角折君妹)…17-62
(サカタノ)オホマタの(キミ)(坂田大跨王)…17-63
(マムタ)の(ヒメミコ)(茨田王女)……17-64
オキナカの(マ)テの(キミ)の(ミムスメ)を(息長眞手王女)…17-64
(マ)テの(キミ)(眞手王)…………17-64
(マ)テの(キミ)の(ミムスメ)を(眞手王女)…17-64
サ、ケの(ヒメミコ)を(豈角皇女)……17-65
(イセノ)オホム(カミ)の(マツリ)に(伊勢大神祠)…17-65
ヲモチの(ムスメ)(小望女)…………17-66
(マムタ)の(オホイラツメ)の(ヒメミコ)(茨田大郎皇女)…17-66
(マムタ)の(オホイラツメ)の(ヒメミコ)(茨田大郎皇女)…17-67
シラサカ(ノイクヒヒメ)の(ヒメミコ)(白坂活目姫皇女)…17-67
(ヲノ、ワカイラツメ)の(ヒメミコ)(小野稚郎皇女)…17-68
(ミヲ)の(キミ)(三尾君)…………17-68
(フタリ)の(ヒコミコ)(二男)…………17-68
(オホイラツメ)の(ヒメミコ)(大娘子皇女)…17-69
マリ(コ)の(ミコ)(椀子皇子)…………17-69
ミ、の(ミコ)(耳皇子)…………17-70
(アカヒメ)の(ヒメミコ)・(赤姫皇女)…17-70
(ワニノオミカフチ)の(ムスメ)を(和珥臣河內女)…17-71

(ワカ)ヤ(ヒメ)の(ヒメミコ)(稚綾姫皇女)…17-72
ツフラ(ノ)イラツ(メ)の(ヒメミコ)(圓娘皇女)…17-72
アツの(ミコ)(厚皇子)……17-72
(ネ)の(キミ)の(ミムスメ)を(根王女)…17-72
(ネ)の(キミ)の(ミムスメ)を(根王女)…17-72
ウサキの(ミコ)(菟皇子)……17-73
(サカヒト)の(キミ)(酒人公)……17-73
(ヲハツセ)の(ワカサヽキ)の(スメラミコト)を(小泊瀬稚鷦鷯天皇)…17-75
(ワカサヽキ)の(スメラミコト)を(稚鷦鷯天皇)…17-75
カタヲ(カ)のイハツキのヲカの(ミサヽキ)に(傍丘磐杯丘陵)…17-76
イハツキのヲカの(磐杯丘)……17-76
ヲカの(ミサヽキ)に(丘陵)……17-76
(ミナミ)の(ワタナカ)の(南海中)……17-76
(ワタナカ)のトムラヒト(海中耽羅人)…17-76
(ヤマト)の(アカタノムラ)に(日本縣邑)…17-79
(クタラ)の(タミ)の(百濟百姓)……17-79
(クタラ)の(タミ)のニケて(百濟百姓浮逃)…17-79
(ヤマシロ)のツヽ(キ)に(山背筒城)…17-81
(ツクシノクニ)の(ウマ)(筑紫國馬)…17-83
(ミマナ)の(クニ)の(任那國)……17-84
(ミマナ)の(クニ)のヲコシタリ(任那國上哆唎)…17-84
(タリノクニ)の(ミコトモチ)(哆唎國守)…17-85
(ヨツ)の(コホリ)ハ(四縣)……17-85
(クタラ)のツカサに(百濟客)……17-90
(ホムタ)の(スメラミコト)に(譽田天皇)…17-92
(モト)の界也に(タカヒ)ナム(違本區域)…17-94
(スメラミコト)のミコトノリに(天勅)…17-95
(ミマナ)の(ヨツノコホリ)を(任那四縣)…17-97
(カソ)の(スメラミコト)(父天皇)……17-100
(ツヱ)の(オホキナル)ハシを(杖大頭)…17-102
(ツヱ)の(チヒサキハシ)を(杖小頭)…17-102
(タリノクニ)の(ミコトモチ)(哆唎國守)…17-103
(ホツミ)の(オミ)(穗積臣)……17-103
波への(クニ)(伴跛國)……17-107
(ヤツコ)か(クニ)のイ門(ノトコロ)(臣國己汶之地)…17-107
(マカリ)の(オヒネ)の(ミコ)(勾大兄皇子)…17-108
(オヒネ)の(ミコ)(大兄皇子)……17-108
(クタラ)の(サミモンクキシヤウクン)(百濟姐彌文貴將軍)…17-129
(アメ)の(シタ)(天下)……17-133
(ヨロツ)の(クニ)に(萬國)……17-135
(ヤマトノ)クニのヤハラキテ(日本邕々)…17-135
(ヒシリ)のオモフケ(聖化)……17-137
(ツチ)のシタに(土中)……17-143
(メ)の(ナ)を(妃名)……17-147
(モノヽヘ)の(チヽノムラシト)(物部至々連)…17-153割
(サト)の(シマ)に(沙都嶋)……17-154
(ハヘ)の(ヒト)(伴跛人)……17-154
(タサ)の(エ)に(帶沙江)……17-155
(タサ)の(エ)に(帶沙江)……17-156
(アヤ)の(カウアン)モを(漢高安茂)…17-163
(ヤマト)の(シナノアヒタ)を(日本斯奈奴阿比多)…17-165
(コマ)の(ツカヒ)(高麗使)……17-165
(クタラ)のコヨシム(百濟太子)……17-168
(イハレ)の(タマホ)に(磐余王穗)……17-169
(アフミ)の(ケナノオミ)(近江毛野臣)…17-170
(ツクシノクニ)の(ミヤツコ)(筑紫國造)…17-172
(コト)の(ナリカタキ)ことを(事難成)…17-173
(ケナノオミ)の(イクサ)を(毛野臣軍)…17-174
(ヒ)の國(火)……17-174
(トヨ)の國(豐)……17-174
(フタツ)の(クニ)に(二國)……17-174
…(ラ)の(クニ)の(…等國)……17-175

…(ラ)の(クニ)の(トシ)コトに(等國年)… 17-176
(ツクシ)の(イハキ)(筑紫磐井)……… 17-180
(ニシ)のヒナのクニを(西戎之地)……… 17-180
ヒナのクニを(戎之地)……………… 17-180
(アラカヒ)の(オホムラシ)(麁鹿火大連)… 17-183
(ニシ)のヒナ(ノ)(西戎之)…………… 17-184
(ヤマ)の(タカキ)に(ヨリ)て(馮山峻)… 17-184
(ミチ)の(オミ)ヨリ(道臣)………… 17-185
(アメ)のタス(ケ)ノマヽニは(天所贊)… 17-186
(カハ)のサクルカ(コトシ)(如河決)… 17-187
(カセ)の立(カコトシ)(如風發)……… 17-187
(クニイヘ)のホロヒヽヽサラムコト(社稷存亡)… 17-188
(アマ)の(ツミ)を(天罰)…………… 17-189
ツクシの(ミヰノコホリ)に(筑紫御井郡)… 17-192
(フタツ)のイクサ(ノ)(兩障)………… 17-193
(カスヤ)のミヤケを(糟屋屯倉)………… 17-195
アルシタ(リ)の(クニ)の(ミコトモチ)(下哆唎國守)… 17-196
(クニ)の(ミコトモチ)(國守)………… 17-196
(ホツミ)の(オシヤマ)の(オミ)に(穗積押山臣)… 17-196
(オシヤマ)の(オミ)に(押山臣)……… 17-197
(ワタナカ)の(シマ)(海中嶋)………… 17-197割
(クマ)の(サキ)をは(曲崎岸)………… 17-197割
(カラ)ノ國の(タサノツ)を(加羅多沙津)… 17-198
(オシヤマ)の(オミ)(押山臣)………… 17-199
(モノヽヘ)の(イセノムラシ)(物部伊勢連)… 17-199
(カラ)の(コキシ)(加羅王)………… 17-200
(トナリ)の(クニ)に(隣國)………… 17-202
(カキリ)の(トコロ)に(限地)……… 17-202
(カラ)の(コキシ)(加羅王)………… 17-204
(シラキノコキシ)の(ムスメ)を(新羅王女)… 17-204
(モヽタリ)の(ヒト)を(百人)……… 17-205
(ムスメ)のトモ人と(女從)……… 17-205
(シラキ)の(キモノ)を(新羅衣冠)… 17-206
(コキシ)の(ムスメ)を(王女)……… 17-208
(カラ)のイ(ホリチカ)(加羅己富利知伽)… 17-208
(ミツ)のキを(三城)………… 17-210
(キタノサカヒ)の(イツヽ)の(キ)を(北境五城)… 17-210
(イツヽ)の(キ)を(五城)…… 17-210
(クタラ)の…を(マタシ)て(百濟遣…)… 17-212
トナリノ(クニ)のミヤコヶを(蕃國官家)… 17-213
(クニ)の(コキシ)(國王)…… 17-215
(クニウチ)の(タカキヒト)の(國內大人)… 17-216
(タカキヒト)のクハヽリて(大人預)…… 17-216
(クタラ)の(ツカヒ)(百濟使)……… 17-216
(トノ)の(シタニ)(堂下)……… 17-216
(ミマナ)の(コキシ)(任那王)……… 17-218
ワタの(ホカ)の(海表)……… 17-219
ワタの(ホカ)の隣國也(海表諸蕃)…… 17-219
(ヨサ)シの(カキリ)に(封限)……… 17-221
(アフミ)のケナ(ノオミ)に(近江毛野臣)… 17-223
(ケナ)の(オミ)に(毛野臣)……… 17-224
(フタツ)の(クニ)(二國)……… 17-224
(シラキ)の(コキシ)(新羅王)…… 17-225
(ケナノオミ)のモトに(毛野臣所)…… 17-226
(フタリ)の(コキシ)(二王)……… 17-226
(フタツ)の(クニ)の(ツカヒ)を(二國使)… 17-227
(クニ)の(ツカヒ)を(國使)……… 17-227
(オホイナルキ)の(ハシ)には(大木端)… 17-227割
(スメラミコト)の(ミコトノリ)を(天皇勅)… 17-228
(ツハモノ)の(カクミメクリ)て(兵仗圍繞)… 17-232
(ミマナ)の(コシコリ)のリシに(任那己叱己利城)… 17-232
(コシコリ)のサシに(己叱己利城)…… 17-233
(タヽラ)の(ハラ)に(多々羅原)…… 17-233
ケナの(オミ)のトモナルヒト

ケナの（オミ）のトモナルヒト（毛野臣傔人）……17-235
（カフチ）の（ウマカヒ）の（オヒト）（毛野臣傔人）……17-235
（河内馬飼首）……17-235
（ウマカヒ）の（オヒト）（馬飼首）……17-236
モノコフ（モノ）のスクルを（乞者過）……17-236
（ミコトノリ）の（ムネ）を（勅旨）……17-237
（ヨツ）の（スキ）を（四村）……17-239
（ヨツ）の（スキト）（四村）……17-239割
（アルヒト）の（イハク）（或曰）……17-240
（タラ丶）の（ヨツ）の（スキ）（多羅等四村）……17-240
（ヨツ）の（スキ）（四村）……17-240
（ミチ）の（オミ）（道臣）……17-243
（ヲハツセ）の（スメラミコト）（小泊瀬天皇）……17-245
（サキ）の（ヒシリ）に（前聖）……17-246
（ソノヒト）の（オノモオノモ）（其人各）……17-247
（ミマナ）の（ツカヒ）（任那使）……17-252
（ケナ）の（オミ）（毛野臣）……17-252
（トシ）の（カス）（歳數）……17-253割
（ミマナ）の（ヒト）（任那人）……17-254
（ヒト）との…コウメルを（與…人…兒息）……17-254
（キヒ）の（カラコ）（吉備韓子）……17-256
（カフチ）のオモノキノ（河内母樹）……17-258
（ウマカヒ）の（オヒト）（馬飼首）……17-258
（ミコトノリ）の（ムネ）を（勅旨）……17-259
（ツキ）の（キシ）は（調吉士）……17-261
（ツキ）の（キシ）を（調吉士）……17-262
（イシキムラ）の（サシ）を（伊斯枳牟羅城）……17-262
（クタラ）の（イクサ）（百濟兵）……17-266
（ヤフ）レ（シヌルモノ）の（ナカハナリ）（傷死者半）……17-266
（フタツ）の（クニ）（二國）……17-269
（タヨリ）の（トコロ）を（便地）……17-269
（クレムラ）の（サシ）と（久禮牟羅城）……17-270
（ツキ）の（キシ）（調吉士）……17-272
（ケナ）の（オミ）（毛野臣）……17-272
（カハ）のマ丶ニ（尋河）……17-275
（ヤマト）の（スメラミコト）（日本天皇）……17-283割
ヌナカクラフトタマシキの（スメラミコト）は（渟中倉太珠敷天皇）……20-3
アメ[ク]□[シ]□□キ（ヒロニハ）の（スメラミコト）の（天國排開廣庭天皇）……20-3
（スメラミコト）の…（ミコナリ）（天皇…子也）……20-3
イハノ（ヒメ）のキサキと（石姫皇后）……20-4
（イハノヒメ）の（キサキ）は（石姫皇后）……20-4割
タケヲ□□クニオシタテ（ノスメラミコト）の（ミムスメナリ）（武小廣國押盾天皇女也）……20-4割
（アメクニオシ）□ラス（ヒロニハ）の（スメラミコト）（天國排開廣庭天皇）……20-6
（モノ、ヘ）の（ユケ）の（モリ）ヤ（ノオホムラシ）を（物部弓削[守]屋大連）……20-9
（ユケ）の（弓削守屋）……20-9
（モト）の（コトシ）（如故）……20-9
（ソカ）の（ウマコノスクネ）を（蘇我馬子宿禰）……20-10
サカ[ラ][カ]の（ムロツミ）に（相樂館）……20-12
（ミカ）の（ウチ）に（三日內）……20-17
（フネ）の（フヒト）ノ（船史）……20-17
（トノ）のウ（チニ）（[殿][中]）……20-20
（コマ）の（タテマツ）レル[フ]ミ（[高]麗上表疏）……20-22
カラスのハに（烏羽）……20-22
（ハ）の（クロキ）（羽黑）……20-22
（コマ）のオホキミ（[高]麗大使）……20-24
（シ）キ（シマノスメラミコト）の（トキ）に（[磯]城嶋天皇時）……20-25
（クニ）の□□キを（國調）……20-26
（ワカクニ）のキ（シ）（我國王）……20-26
（ムロツミ）のニハナカ（ニ）（舘中庭）……20-30
（オホツカヒ）の（カシラ）を（大使頭）……20-31
（オモテ）の（チ）を（面血）……20-32
（キヤ）の（ナキコト）（無禮）……20-36
（コマ）の（ツカヒ）（高麗使人）……20-37
（コマ）のツ（カヒ）（高麗使人）……20-39
コシの（ウミノ）ホトリに（越海之岸）……20-39
（アマ）の（アタヒ）（海部直）……20-41
（コシ）の（ウミ）のホト（リ）に（越海岸）……20-42

（ウミ）のホト（リ）に（海岸）…………20-42
（ナニハ）の（フネ）の（難波舩）…………20-43
（フネ）の（ヒト）（舩人）…………20-43
（オホシマ）の（オヒト）（大嶋首）…………20-43
サヲカのオヒト（狭丘首）…………20-43
（コマ）の（フタリ）を（高麗二人）…………20-44
カタミの（コ、ロ）に（妍志）…………20-45
（コマ）の（フタリ）を（高麗二人）…………20-46
（ウミ）の（ウチ）に（海裏）…………20-47
（イヲ）の（フネノマム）ことを（魚呑舩）…20-48
（コマ）の（ツカヒ）（高麗使人）…………20-50
（コマ）の（ツカヒ）（高麗使人）…………20-51
（オホシマ）の（オヒト）（大嶋首）…………20-53
（コマノクニ）のキ（ミ）（高麗國王）…………20-54
（ツカヒ）の（キタラサルコ、ロ）を
（使不來之意）…20-56
（キヒ）の（クニ）に（吉備國）…………20-59
（シラキ）のミヤケ（ト）（白猪屯倉）…………20-59
（ナ）のフタを（名籍）…………20-60
（シラキ）の（フヒト）（白猪史）…………20-60
（フネ）のフミ（ヒト）（舩史）…………20-60
（ツ）の（フミヒト）（津史）…………20-61
（オキナカ）の（マテ）の（キミ）の
（息長眞手王）…20-62
（マテ）の（キミ）の（眞手王）…………20-62
（マテ）の（キミ）の（ムスメ）
（眞手王女）…20-62
（ヒトハシラ）の（ヒコミコ）（一男）…………20-63
（オサカノヒコヒト）のオヒネの（ミコ）と
（押坂彦人大兄皇子）…20-64
オヒネの（ミコ）と（大兄皇子）…………20-64
サカノホリの（ヒメミコ）（逆登皇女）…………20-64
ウチノシツカヒの（ヒメミコ）
（菟道磯津貝皇女）…20-64
カス（カ）の（オミ）ノ（春日臣）…………20-64
（ヒトリ）のミメを（一夫人）…………20-64
（ミタリ）の（ヒコミコ）（三男）…………20-64
（ヒトハシラ）の（ヒメミコ）を（一女）…20-64
（ナニハ）の（ミコ）（難波皇子）…………20-64
（クスコ）の（イラツメ）（藥君娘）…………20-64割
（ツキ）のウネ（メ）（次采女）…………20-66
（イセ）の（オホカ）の（オヒト）
（伊勢大鹿首）…20-66
（オホカ）の（オヒト）（大鹿首）…………20-66
ウナコの（オホトシト）（菟名子夫人）…………20-67
フト（ヒメ）の（ヒメミコ）（太姫皇女）…20-67
ヌカテ（ヒメ）の（ヒメミコ）
（糠手姫皇女）…20-67
（ウマコノスクネ）の（オホオミ）
（馬子宿禰大臣）…20-68
（タムラ）の（ヒメミコ）（田村皇女）…………20-68割
（ミヤケ）の（コト）を（屯倉之事）…………20-69
（シラキ）の（ミマナヲタテサル）を
（新羅未建任那）…20-70
（ヨツ）のムラ（ノ）（四邑）…………20-74
（アマ）の（キミ）の（海部王）…………20-75
（アマ）の（キミ）の（イヘトコロ）
（海部王家地）…20-75
（イトキ）の（キミ）の（絲井王）…………20-75
（イトキ）の（キミ）の（イヘトコロ）を
（與絲井王家地）…20-75
サキ（タマ）の（ミヤ）ト
（幸王宮（「王」ハ「玉」ノ誤））…20-76
ト□ミケカシキヤヒメの（ミコト）を
（豐御食炊屋姫尊）…20-78
（フタハシラ）の（ヒコミコ）（二男）…………20-78
（ウチ）のカヒタコ（ノヒメミコ）
（菟道貝蛸皇女）…20-79
（ウチ）の（シツノヒメミコ）
（菟道磯津皇女）…20-79割
ヲハ（リタ）の（ヒメミコ）（小墾田皇女）…20-80
（ヒコヒトノオホエ）のミコ
（彦人大兄皇子）…20-81
ウモリの（ヒメミコ）（鸕鷀守皇女）…………20-81
（カルノモリ）の（ヒメミコ）（輕守皇女）…20-81割
（オキナカタラシヒ、ロヌカ）の（スメラミコト）
に（息長足日廣額天皇）…20-83
（サクラキ）の（ユミ）ハリノ（ヒメミコ）
（櫻井弓張皇女）…20-83
（ヒ）の（マツリ）へ（日禮部）…………20-84
オホワケの（キミ）（大別王）…………20-85
ヲクロの（キシ）（小黑吉士）…………20-85
（ミツ）のカラクニに（三韓）…………20-86割
（イマ）の（コトク）に（如今）…………20-86割

359　索引篇　の —の

(オホワケ)の(キミ)は(大別王)……20-86割
(クタラノクニ)の(コキシ)(百濟國王)……20-87
(オホワケ)の(キミラ)(大別王等)……20-87
(シュ)コムの(ハカセ)(呪禁師)……20-88
(ナニハ)の(オホワケノキミ)の(テラ)に(難波大別王寺)……20-89
(オホワケノキミ)の(テラ)に……20-89
(オホ)タラシ(ヒコ)の(スメラミコト)(大足彥天皇)……20-90
(イセ)の(マツリ)に(伊勢祠)……20-90
(ウチ)の(ヒメミコ)を(菟道皇女)……20-97
(ミモロ)の(ヲカ)に(三諸岳)……20-99
ハツ(セ)の(カハナカ)に(泊瀬中流)……20-99
(ソ)の(サキ)のアトに(彼前例)……20-100割
(ウミ)の(コ)の(ヤソツヽキ)生兒八十綿連……20-100割
(ウミ)の(コ)の(ヤソツヽキ)生兒八十綿連……20-101
(アメツチ)の(モロモロノカミ)(天地諸神)……20-102
(ヒ)の(スメラミコト)のミタマ(先考天皇)……20-106
サキの(スメラミコト)(先考天皇)……20-106
(ヒ)の(アシキタ)の(クニノミヤツコ)(火葦北國造)……20-108
(アシキタ)の(クニノミヤツコ)(葦北國造)……20-108
(キノクニ)の(ミヤツコ)(紀國造)……20-110

(キヒ)の(アマ)の(アタヒエ)(吉備海部直)……20-110
(スメラミコト)の(メス)トキヽタウヘて(聞天皇名)……20-127
(キヒ)の(アマ)の(アタヒエ)(吉備海部直)……20-110
(アマ)の(アタヒ)(海部直)……20-110
(クタラノクニ)の(アタノ)の二林(百濟海部)……20-112
(キヒ)の(アマノ)(吉備海部)……20-112
(イヘ)の(ニヘ)コの(ニヘ)コの(ムラシ)(物部贅子連)……20-112
(イヘ)のカトモトに(家門底)……20-114
(イヘ)の(ウチ)より(家裏)……20-114
(アカネ)の(ウチ)に(我根内)……20-115
(ミカト)の(天朝)……20-117
(クタラノクニ)の(ニリム)(百濟國主)……20-117
(クタラノクニ)の(ニリム)(百濟國主)……20-119
(キヒノコシマ)の(ミヤケ)か吉備兒嶋屯倉……20-122
(オホトモノ)ヌカ(テコ)の(ムラシ)を大伴糠手子連……20-122
(ナニハ)の(ムロツミ)に(難波館)……20-123
(ヒノクマ)の(ミヤ)の雨ノシタシラス(檜隈宮御寓)……20-125
(ヒノクマ)の(ミヤ)の雨ノシタシラス(檜隈宮御寓天皇)……20-125
(オホトモノカナムラ)の(スメラミコト)(大伴金村大連)……20-125
ワタのホカニ(海表)……20-126
(ヒ)の(アシキタ)の(クニ)の(ミヤツコ)(火葦北國造)……20-126
(アシキタ)の(クニ)の(ミヤツコ)(葦北國造)……20-126
(クニ)の(ミヤツコ)國造……20-126

(スメラミコト)の(メス)トキヽタウヘて(聞天皇名)……20-127
(クハの(イチ)に(桑市)……20-128
(アヘノメ)の(オミ)(阿倍目臣)……20-129
(モノヽヘ)の(ニヘ)コの(ムラシ)(物部贅子連)……20-129
(ニヘ)コの(ムラシ)(贅子連)……20-129
(オホトモ)の(アラテコ)の(ムラシ)を大伴糠手子連……20-129
(アラテコ)の(ムラシ)を(糠手子連)……20-130
(クニ)の(マツリコト)(國政)……20-130
(スメラミコト)の…を(シラシ)タマフ(ユエ)は(天皇所以治)……20-130
アメノシタの(マツリコト)(天下政)……20-131
(フタツ)の(ミヤツコ)(二造)……20-132
(クニ)のワサ(ハヒ)を(國難)……20-134
(クハノイチ)の(ムラ)より(自桑市村)……20-145
(ミ)の(ヒカリ)(身光)こと(コトキ)こと(アリ)……20-146
(ホノホ)の(コトキ)(有如火焰)……20-146
(シハス)の(ツコモリ)(十二月晦)……20-147
(ニヘ)(コ)の(オホムラシ)に(糠手子連)(贅子大連)……20-149
(アラテコ)の(ムラシ)に(糠手子連)……20-149
(ヲコホリ)の(ニシ)のホトリ……20-149
(ニシ)のホトリ(西畔)……20-149
(オホトモ)の(アラテコ)の(ムラシ)……20-149小郡西畔

索引篇 の-の　360

（アラテコ）の（ムラ）　大伴糠手糠（ﾐｾ）子連 …… 20-150
（イシカハ）の（クタラ）の糠手糠（ｹﾁ）子連 …… 20-150
（イシカハ）の（クタラ）の（ムラ）に（石川百済村） …… 20-151
（クタラ）の（ムラ）に（石川百済村） …… 20-151
（イシカハ）の（オホトモノムラ）（石川大伴村） …… 20-152
シモツ（クタラ）の（カハタノムラ）を（下百済河田村） …… 20-152
（ニチラ）のヤカラを（日羅眷屬） …… 20-155
（アシキタ）の（キミラ）（葦北君等） …… 20-156
（ウミ）のタヘ（ヘタ）人（海畔者） …… 20-157
タヘ（ヘタ）の人（畔者） …… 20-157
（ナニハ）の（キシ）（難波吉士） …… 20-159
カフカの（オミ）鹿深臣 …… 20-160
（ミロク）の（イシ）の（ホトケノ）ミカ（タ）（彌勒石佛像） …… 20-161
（イシ）の（ホトケノ）ミカ（タ） …… 20-161
（ソカ）の（ウマコノスクネ）（蘇我馬子宿禰） …… 20-162
クラツクリのスクリ（鞍部村主） …… 20-162
（イケヘ）の（アタヒ）（池邊直） …… 20-163
（コマ）の（ヱヘン）（高麗恵便） …… 20-164
（センシン）のアマ（善信尼） …… 20-165
（センシン）（センシン）の（アマ）の（善信尼） …… 20-166
（センシン）の（アマ）の（テシ）（善信尼弟子） …… 20-166

（ユセン）の（アマ）と（恵善尼） …… 20-167
（タイエ）の（ハシラノ）ヲカミス（大會設齋） …… 20-168
（タフ）の（ハシラノ）カミに（塔柱頭） …… 20-168
（ミタリ）の（アマ）を（三尼） …… 20-168
（ソカ）の（オホオミ）（蘇我大臣） …… 20-169
（ホトケ）の（オホトノ）（佛殿） …… 20-169
（イヘ）の（ヒムカシ）（カタ）（宅東方） …… 20-169
（ヒムカシ）の（カタ）に（東方） …… 20-169
（ミロク）の（イシ）の（ミカタ）を（彌勒石像） …… 20-170
（ミタリ）の（アマ）を（三尼） …… 20-170
（タイエ）のヲカミス（大會設齋） …… 20-170
（ホトケ）の（シヤリ）を（佛舍利） …… 20-172
（クロカネ）のアテ鐵質 …… 20-172
（クロカネ）の（ツチ）を鐵鎚 …… 20-173
（コヽロ）の（ネカヒ）のマニヽ（随心所願） …… 20-173
（イケヘ）の（ヒタ）（池邊氷田） …… 20-174
（ホトケ）の（ミノリ）を（佛法） …… 20-174
（イシカハ）の（イヘ）に（石川宅） …… 20-175
（ホトケ）の（オホトノ）を（佛殿） …… 20-175
（ホトケ）の（ミノリ）の（佛法） …… 20-175
（センシン）の（ミノリ）の（ハシメ）（佛法之初） …… 20-175
（ソカ）の（オホオミ）（蘇我大臣） …… 20-177

（オホノヽヲカ）の（キタ）に（大野丘北） …… 20-178
（ホトケのミコヽロ）（二）（佛神之心） …… 20-179
（イシ）の（ミカタ）を（石像） …… 20-179
（ソカ）の（オホオミ）（蘇我大臣） …… 20-180
（シヌルモノ）の（オホシ）（死者衆） …… 20-182
（モノヽへ）の（ユケ）の（モリヤ）（物部弓削守屋大連） …… 20-183
（ユケ）の（モリヤ）の（弓削守屋大連） …… 20-183
（ユケ）の（モリヤ）の（オホムラシ）（弓削守屋大連） …… 20-183
（モリヤ）の（オホムラシ）（守屋大連） …… 20-183
（ナカトミ）のカツミの（マヘツキミト）（中臣勝海大夫） …… 20-184
與中臣勝海大夫 …… 20-184
カツミの（マヘツキミ）（勝海大夫） …… 20-185
カソのキ（ミ）考天皇 …… 20-185
（クニ）の（オホタカラ）（國民） …… 20-186
（ホトケ）の（ミノリ）を（佛法） …… 20-186
（ホトケ）の（ミノリ）を（佛法） …… 20-187
（モノヽへ）の（ユケ）の（オホムラシ）（物部弓削守屋大連）の（オホムラシ）の（オホムラシ）（小ムラシ） …… 20-187
（ユケ）の（モリヤ）の（オホムラシ）（弓削守屋大連） …… 20-187
（モリヤ）の（オホムラシ）（守屋大連） …… 20-187
（ホトケ）の（オホトノ）（佛殿） …… 20-188
（ヤクトコロ）のアマリの（ホトケ）（ノ）（ミカタ）を（所燒餘佛像） …… 20-189
アマリの（ホトケ）ノ（ミカタ）を …… 20-189
（ソカ）の（オホオミ）（蘇我大臣） …… 20-177

(餘佛像)…20-189
(ミノリ)のヒト丶モ(法侶)……20-190
(ウマコノスクネ)のイタハル
(馬子宿禰所供)…20-191
(アマラ)の(サムエ)を(尼等三衣)……20-193
(サカタ)の(ミ丶コ)の(キミ)を
(坂田耳子王)…20-194
(ミ丶コ)の(キミ)を(耳子王)……20-195
(タチハナ)の(トヨヒノミコ)に
(橘豊日皇子)…20-196
カソのキミの(考天皇)……20-196
カソのキミの(ミコトノリ)に
(考天皇勅)…20-196
(カサ)をヤ[ム](モノ)の(イハク)
(患瘡者言)…20-198
(ホトケ)の(ミノリ)を(佛法)……20-201
(モノ丶ヘノユケ)の(モリヤノオホムラシ)
(物部弓削守屋大連)…20-203割
(オホミワ)の(サカフ)の(キミ)
(大三輪逆君)…20-204割
(サカフ)の(キミ)(逆君)……20-204割
(ナカトミ)の(イハレノムラシ)
(中臣余磐連)…20-204割
(ホトケ)の(ミカタ)を(佛像)……20-204割
モカリの(ミヤ)を(殯宮)……20-205
(モノ丶ヘ)の(ユケ)の(モリヤ)の
(オホムラシ)(物部弓削守屋大連)…20-206
(ユケ)の(モリヤ)の(オホムラシ)
(弓削守屋大連)…20-206
(モリヤ)の(オホムラシ)(守屋大連)……20-206
(ユケ)の(モリヤノオホムラシ)
(弓削守屋大連)…20-207
(ウマコノスクネ)の(オホオミ)
(馬子宿禰大臣)…20-208
(フタリ)の(オミ)(二臣)……20-208
(ミワ)の(キミ)(三輪君)……20-209
(モカリ)の(ニハ)に(殯庭)……20-209
(アナホヘ)の(ミコ)(穴穂部皇子)……20-209
(ナニ)の(ユヱ)にカ(何故)……20-210

の

ノミニクシ(疑存)(无危)……17-198

のあそび(野遊)

ノアソヒセムトス丶メテ(勸遊郊野)……14-36

のあふ(野饗)

ウチツミヤノアヘ(セ)ムト「ト」(シ)て
(欲…野饗)…14-84

のあへ(野饗)

コトノリノ[ア]ヘ[セ]ムト(野饗)……14-84左

のがる(逃)

ノカレたり(爲遁也)……14-223

のごふ(拭)

ノコ(歟)フ(拭)……20-32

のこりもの(殘物)

ノコリモノヒロハス(不拾遺)……11-114左

のこる(殘)

ノコル(モノ)(遺類)……17-150
ノ(コレル)(遺)……14-212

のす(乘・載)

フネニノセテ(載)……11-42
ノ[セ]テ(載)……14-146

のぞく(佇)

ノソケトモ(佇)……17-237

のぞむ(望)

ノソミタマフ(臨)……11-328
相望メリ(望)……14-108
(ノソ)メ(トモ)(佇)……17-237右
願也(トモ)(佇)……17-237左

のたうぶ(宣)

(エス)とノタウヒキ(不得)……11-34
(オヨホサム)トノタヒて(將及)……11-264
(ホリセ)シトノタホ(フ)(不欲)……11-224左

のたまふ(宣)

モノモノタマハス([不]語)……14-15
ノタマハム[ヤ](令)……17-101
ノタ(マ)ハク(言)……11-16
ノ(タマハク)(曰)……11-105
の(タマハク)(曰)……14-36
の(タマハク)(曰)……17-180
ノタマヒシク(謂)……11-16
(アラス)トノタマヒ(テ)(非)……11-57
(エ)むヤとノタマヒて(得…乎)……11-71
ノタマヒ(曰)……14-41
(ワツラハサ)むヤとノタマ(ヒ)て
(煩…乎)…11-63

(イツハリ) ての (タマヒ) て (陽…曰)……14-41
の (タマヒ) て (呼)……14-41
(ホリセサラ) むヤトノ「の」タマ (ヒ) て
(曰…豈不欲)……14-82
の (タマヒ) て ([曰]…豈不欲)……14-82
ホ (リセ) シトノタマフ (不欲)……11-224
ノタマフて (普告)……17-57
(タスケ) マツラマクトノタマフ (助耳)……11-15左
(ワ) かイロトのミコトノタマフ
(我弟皇子)……11-66
(タカハ) シトノタマフて (不承乖)……17-37
ミコトノリノタマフ (宣勅)……17-89
ノタマフオホムコトは (勅旨)……11-32
のち (後)
ノチノヨノシルシト (後葉之契)……11-82
ノチノ (ミコトノリ) シて (遺詔)……14-417
タテマタシモテノチニ (奉使之後)……17-260
のぶ (述)
ノへ申サシム (述)……17-26
のぶ→「こえのぶ (越)」
のぼる (上)
ノホリ (淩)……14-75
ノホリて (緣)……14-130
ツキノホリて (刺止)……14-133
キテノホル (引昇)……17-215
ノ (ホレル) [フ]ミ (上表疏)……20-22左
のみ (助詞)
タスケマツルノミ。(助耳。)……11-15
ホロヒサラクノミ。(非亡耳。)……11-137
(タメ) ノミに (爲)……14-425
(タ丶) …ヒノミナラムヤ (唯…日歟)……17-50
ヒシノ (「ノミ」ノ誤歟) (日歟)……17-50左
のむ (呑)
…サシを (ノ) む (呑…城)……14-238
のむ (祈)
ノミ (マウサシメ) て (祚請)……14-276
のり (法)
ノリ (ナリ) (典)……11-14左
マツリコトノリ (政刑)……14-423
ノリを (風)……17-135
オホイナルノリを (鴻化)……17-251
ノリか (典乎)……20-86割
のりごつ (詔・令)
ノリコタス (不肯宣)……17-234
ノリコチて (令)……17-98
のりごと (宣言)
ノリコトシ (令)……11-57
ノリコト (シ) て (令)……11-236
…にノリコト (シ) て (令…)……14-221
ノリコト (スヘシ) (宣)……20-118
のる (宣)
ノリカヘス (不肯宣)……17-238
のる (乘)
(ノ) レル (騎)……14-282
(ノ) レ (ル) (所乘)……14-284

は

は (刄)
ハ (刄)……14-335
は (羽)
ハに (羽)……20-22
は (助詞)→「あるいは (或)」・「おそらくは (恐)」・「ねがはくは (願)」
キミハミヤヒイコヨカニマシマス
(大王者風姿岐嶷)……11-10
ヤツコラマナルハ (イニシヘイマノツネノ)
ノリ (ナリ) (臣古今之典焉)……11-14
キミノクラヒハ (ヒトヒ) モ (ムナシカルヘカ
ラス) (皇位者一日之不可空)……11-16
ミヨニハ「には」(ヒトヒト) ホムル (コヱ)
をアケて (世人人誦詠德之音)……11-92
スユリクサラスハ (カヘス)
(不酸餧不易也)……11-98
モノマウスハヤツメか (セナリ)
(請謁者妾兄也)……11-209
マタノナハナカテコ (更名仲手子)……14-42割
ヒトノキミタルヒトハ (王者)……14-47
シメヤカニアリクハ (條徐步)……14-61
タクヒハマレシアラム (罕儔)……14-177
(トキ) に (アタリテ) ハ (當時)……14-177左
ヒトヒヲツ[丶][シ]ムコトハ (愼一日)……14-419左
コトワリニオイテハ (スナハチ) (義乃)……14-421

ウ[ミ]ノコハ「は」…ハ、（カラ）ル（子孫…所憚）… 14-428
（ソノココロ）をオモムスヘシトイフハ（重其心）… 17-28
（ヨツ）の（コホリ）ハ（四縣）…………… 17-85
ツカヒするヒトハ（爲使者）…………… 17-177
（ムカシ）ハ（昔）…………… 17-177
（オホサヽキノスメラミコト）は…ミコ（ナリ）（大鷦鷯天皇…子也）… 11-3
ヒ（ツキノミコ）とシタマヘルことは（爲大子）… 11-12
クニイヘにウクルことは（オモキコトナリ）（奉宗廟社稷重第事也）… 11-13
ヤツカレは（僕）………………… 11-13
ヤツカレはヤツコラマトシテ（我則爲臣之）… 11-15
（コノミタ）は（モトヨリ）（是屯田者自本）… 11-21
ナムチは（ツカサトルヘカラス）（爾之不可掌）… 11-22
ミタは…ツクラ（シメス）（屯田者…不令治）… 11-24
（ヤマト）のミタはモトヨリ（倭屯田者元）… 11-25
ヤモリのトコロとイ（フ）は（コレ）イカニ（謂山守地是如何）… 11-25
ヤツカレは（シラス）（臣之不知）………… 11-26
ノタマフオホムコトは…（ナリ）（勅旨…也）… 11-32
（ヤマト）の（ミタ）はツ（ネ）に（倭屯田者毎）… 11-33
（コレ）を（ヤモリ）のトコロと（イフ）は（是謂山守地）… 11-34
アメノシタシラスに（アラス）は（非御宇者）… 11-34
（ヒツキノミコ）はアサノミソキタマヒテ（太子服布袍）… 11-42
ネナクトイフは（ソレコノ）コトノモト（ナリ）（泣其是之緣也）… 11-62
（ワレヲヘタリ）とキコシメシ（テ）は（聞我死）… 11-70
（イニシへ）は…ヤスラカナリトイフウタ（アリ）（古…有庚哉之歌）… 11-92
（ミヨ）には（世）………………… 11-92
アメ（ノキミ）を（タツル）は（天之立君）… 11-107
（ウヱ）コユルには（カヘリミ）て（飢寒顧之）… 11-108
（キミ）は（オホムタカラ）を（モ）て（君以百姓）… 11-108
（オホムタカラトメ）ルは（スナハチ）（百姓富之則）… 11-109
（オホムタカラカマツシキ）は（スナハチ）（百姓貧之則）… 11-109
（イマタアラシ）…ト云ことは（未之有…矣）… 11-110
ツクロフに（アラス）は（非脩理）……… 11-115
（ヒサコ）を（シツムル）こと（エス）は（不得沈匏者）… 11-133
（ワレ）は（ツヒ）に（カヘラシ）（吾遂不還焉）… 11-211
カノ（オホニヘ）は（ナニモノ）ソ（其苞苴何物也）… 11-236
（コ）の（オホニヘ）は（カナラス）（是苞苴必）… 11-238
（ハヤフサ）はトシ（隼捷也）………… 11-258
スヱは（アヘリ）（末合）……………… 11-325
（モト）は（ヒトツ）にて（本壹）……… 11-332
カノ（ノ）の（ナカ）に（アル）は（有其野中者）… 11-337
（アタハス）は（不能）………………… 11-356
オホハツセのワカタケ（ノスメラミコト）は（大泊瀬幼武天皇）… 14-3
（コト）は（アナホノスメラミコトノ）ミマキに（アリ）（語在穴穗天皇紀也）… 14-8割
（イモトスル）ことは（爲妹）………… 14-9割
（カタ）シ（ト）イヘルは（マサ）にヤツコにアタレリ（難…方屬乎臣）… 14-28
（ヒトノキシタルヒト）は（王者）……… 14-47
マタは…（トナ）ツ（ク）（更名…）……… 14-52割
マタの（ナ）は（更名）………………… 14-54割
（ヲムナキミ）は（モトコレウネメ）なり（[童][女]君者本是采女）… 14-58
ヒトは（タ）カ（ヲミナコ）トカ（イ）フ

(者言稚歟誰女子)…14-62
ハラヤスキ(ヒト)は(産腹者)…………14-67
□クミ□□(トコロ)は(所愛寵)………14-94
(マタ)ノ(ナ)とはシコトヒノ (更名磯特牛)…14-96割
ヤツ□は(シラス)(妄不識也)…………14-100
オノレは…(ナリ)(朕…也)…………14-110
(ヒト)か(アヒ)てはヤム(「か」ハ「に」ノ誤) (逢人則止)…14-131
(ヒト)は(ミナ)…(ヲカル) (人皆獵…)…14-140
(スカル)は(ヒトノナナリ)(蜾蠃人名)…14-158割
ヲトメを(モ)ては(スメラミコト)ノヒトに (シ)(以小女爲天皇人)…14-170
オホメノコを(モ)ては(オノ)か(ヒト)と (シ)て(以大女爲己人)…14-170
カホヨキ(ヒト)は(麗人)…………14-175
(シク)は(ナシ)(莫若)…………14-175
(オミ)か(メ)は(臣婦)…………14-180割
(ナ)はケ(ヒメ)トイフ(名毛媛)………14-180割
…トイフは…(ナリ)(…者…也)………14-180割
(コトモ)は…に(ミユ)(兒息…見…)…14-192割
(イマシ)は…ナカヨヒソ (汝者…勿使通)…14-193
(ワレ)は…カヨハシ(吾…勿通)………14-193
(イマシ)の(クニ)は(汝國)…………14-208
…ト(イフ)は…(ナリ)(言…也)………14-224割
(イノル)ことは(ツ、シマサルヘケムヤ) (祈…可不愼歟)…14-230
(ウヱ)ては(飢)…………14-240
(ユク〳〵ホフリトル)は(行屠)…………14-246割
(ヨモ)はツ、ミウツ(オト)を(キ、)て (聞…)…14-247
(ユフヘ)は(夕)…………14-250
(イマシカアロシラ)は(汝主等)…………14-253
ミイクサは(マタシタカヒ)て (官軍亦隨)…14-255
ムスメは…(ナリ)(女…也)…………14-280
(クヰシン)は(クレノクニ)の(ヒトナリ) (貴信呉國人)…14-298
饌はミケツモノ(饌者御膳之物)…………14-310割
(コ)の(タマカツラ)は(此玉縵)…………14-356
(ネノオミ)は…ナアツカラシメソ (根使主…莫預)…14-359
(ヒカ、)ラカの(コト)は…に(アリ) (日香々等語在…)…14-365
(ヲネ)ノ(オミ)は(ネ)の(オミ)の (コナリ)(小根使主根使主子)…14-365割
(スメラミコト)の(キ)は(カタカラス) (天皇城不堅)…14-366
(ワ)カカソの(キ)は(カタシ) (我父城堅)…14-366
ヤはフタヘノヨロ(ヒ)をトホス (箭穿二重甲)…14-384
(クタラ)の(クニ)は…三宅と(シ)て (百濟國者爲…官家)…14-399
コム(ナリ)は…(ムラナリ) (久麻那利者…邑也)…14-404割
(モンスワウ)は…のイラハ、ハラカラナリ (汶州王…母第也)…14-404割
(コト)は(コトマキニアリ)(語在別卷)…14-409
(コ、ロ)に(オイテ)は(情)…………14-421
(コ)のウミノコニ(イタスユヱ)は (所以致此生子孫)…14-425
ノミには(アラス)(非爲)…………14-425
(アメノシタノタメ)とは(爲天下)………14-426
ヤツコ(ヲシル)は(知臣)…………14-427
(キミ)にシクは(ナシ)(莫若君)…………14-427
(コ)を(シル)は(知子)…………14-427
カソに(シク)は(ナシ)(莫若父)…………14-427
(ウミノコ)は(ステ)に(子孫已)…………14-428
ウミノコは…(タヘ)タリ(子孫…堪…)…14-429
(スメラミコト)は…(ナリ)(天皇…也)…17-3
(フルヒメ)は…(ナリ)(振媛…也)……17-4
(ヒト)は「は」(消)(アヘ)て(アタラ)シ (人不敢當)…17-33
(ヒト)は(消)(アヘ)て(人不敢當)……17-33
マウケノキミ(ノカタメ)に(アラス)は (非維城之固)…17-41
(アラス)は(非)…………17-42
(ミヤカラ)と(イフ)は(言三種者)……17-44割
(ヒトツ)には(一)…………17-44割
(フタツ)には(二)…………17-44割
(ミツ)には(三)…………17-44割

(アマツヤシロクニツヤシロ)には (神祇)…17-47
アメノシタには(宇宙)…17-47
(アル)トキは(有)…17-53
(イロネノキミ)は(兄者)…17-53 割
(アルトキ)は(有)…17-54
(メシイレタマフ)と(イフ)ことは (曰…納者)…17-58 割
又(ノナ)は(更名)…17-68 割
(コレ)に(スクル)は(過此)…17-87
(アキツ)シマは(秋津)…17-136
(タカラト)なる(トコロ)は(所寶)…17-136
(トコロ)は(所)…17-142
(モンモラ)は(次慕羅)…17-158 割
(ト)は(外)…17-175
(ウチ)は(内)…17-176
コ、ロシラヘルは(通)…17-181
(イハヰ)は(磐井)…17-184
タス(ケ)ノマ、ニは(所贊)…17-186
(イクサノキミ)は(將)…17-188
(ツ)は(津)…17-201
(コトク)は(若)…17-208
(イフ)は(言)…17-218 割
(コノマタ)は(己能末多者)…17-219 割
(ツカフル)は(事)…17-227
(ハシ)には(端)…17-227 割
(ハシ)には(端)…17-227 割
(イシフレチカンキ)は (伊叱夫禮智干岐)…17-233
カスマレ(シトコロ)は…(ナリ) (所掠者…也)…17-240
タハカリ(アルモノ)は(有大略者)…17-247
カト(アルモノ)は(有高才者)…17-248
ツカサメシスル(コト)は(能官之事)…17-251
(ミトセ)ト云は(云三歳者)…17-253 割
(モノ)はタ、レ(ス)(者不爛)…17-255
(キシ)は「は」…(ツカヒ)とナリ (吉士…使)…17-261
…と(イフ)は…(云…者)…17-282 割
…(トイフ)は…(言)…17-283 割
(スメラミコト)は…(ナリ)(天皇…也)…20-3
(イハノヒメ)の(キサキ)は…(ナリ) (石姫皇后…也)…20-4 割
…(ツミ)を(モ)ては…(カナハス) (以…罪不合…)…20-57
(マタノナ)は(マネコノミコ) (更名麻子古皇子)…20-64 割
(マタ)は(ナ)は(更名)…20-64 割
(ナ)は(クスコ)の(イラツメ) (名藥君娘)…20-64 割
(マタノナ)は(ウチ)の(シツノヒメミコナリ) (更名菟道磯津皇女也)…20-79 割
(マタノナ)は(カルノモリ)の(ヒメミコ) (更名輕守皇女)…20-81 割
…(トイフ)は(言)…20-86 割
(キミ)は…を(ツハヒラカニセス) (王未詳…)…20-86 割
(ヒトコノカミ)は(オホ)エヒス(ナリ) (魁師者大毛人也)…20-97 割
コ(ロス)ヘイは(コロ)シ(合殺者斬)…20-98
ユル(スヘキ)はユ(ルス)(應原者赦)…20-98
タマフ(ユヱ)は(所以治)…20-130
(スヘカラク)は(點誤)(須)…20-131
(コレ)は…ヤ(ツコラ)セル(トコロ)なり (此…奴等所爲)…20-147
(シラキ)には(アラス)(非新羅也)…20-148
(メコ)を(モ)ては(以妻子)…20-151
(オンソチノフネ)は(恩率之舩)…20-157
(ミメシマ)は…(ナリ)(彌賣嶋…也)…20-157 割
(フネ)は…(カヘル)こと(エタリ) (舩…得歸)…20-158
(ナ)は(コマ)の(ヱヘン) (名高麗惠便)…20-164
(ソノヒトタリ)は(アヤヒト) (其一漢人)…20-166
(ソノフタリ)は…(ノムスメ) (其二…之女)…20-167
壺は(コレ)ツフネと(イフ) (壺此云都符)…20-167 割
(マタノナ)は(オ)ルケ(更名於閭礙)…20-191 割
(カウフラス)は(不蒙)…20-200
(ミワ)の(キミサカフ)は(三輪君逆)…20-209
ば(助詞)→「たとへば(例)」・「しからば(然)」
(スクハサラ)マシカハ(不救)…14-225

ナカハヲハ(オホクサカヘ)の(タミ)ト
(シ)て(一分爲大草香部民)… 14-362
マウテコハ(參集)…………… 14-420
(キタリマウス)こと(ナカラ)マシカハ
(無…來告)… 17-27
マ(ウ)テコハ(還入)………… 17-259
コノマサラマシカハ…(ヨミトカ)マシ
(不愛…讀解)… 20-19
サトリ(アラ)は(有知)………… 11-68
(モシ)…マウテイタルこと(アラ)は
(若有向)… 11-69
(コ)の(クニ)を(ミレ)は「は」
(視是國者)… 11-121
ナカメニ(ア)へは(逢霖雨)………… 11-123
(コレ)をは(コロモノコトイフ)
(此云莒呂母能古)… 11-128割
カハノカミに(マツラ)は(祭於河伯)… 11-129
(ヤツカレ)を(エムト)オモへは
(欲得我)… 11-132
(コレ)をは(サカノコリトイフ)
(此云左舸能莒里)… 11-145割
(コレ)をは(カシハトイフ)
(此云箇始婆)… 11-184割
(サヘキヘ)をは(佐伯部)………… 11-241
(モシシラキ)フセカは「は」
(若新羅距者)… 11-310
ヒタノカタを(ウタ)は(擊左)………… 11-314
(ソノトコロ)に(フレテユケ)は
(其處而行)… 11-354
(コノヒサコ)を(シツメ)は(沈是瓠)… 11-356
(ユヱ)をは…(トイフ)(湯人□□)…… 14-97割
(サキテミレ)は…(アリ)(割[而]觀)…… 14-104
コウマは(產)………………… 14-146
(ヤマノカミ)をは…(トイフ)
(山之神爲)… 14-163割
(ヒロキツ)をは…(トイフ)
(廣津…云…)… 14-199割
典馬をは…ト(イフ)(典馬…云…)……… 14-208割
(コレヲ)は…ト(イフ)(此云…)……… 14-208割
香賜をは…(トイフ)(香賜…云…)……… 14-229割
(ナカハ)をはチヌの(アカタヌシ)に
(タマヒ)て(一分賜茅渟縣主)… 14-363
(ソノトモ)の(ミヤツコヲ)は(サタメテ)
(定其伴造者)… 14-375
(クニイヘ)を(ヲサメ)は(治國家)…… 14-427
(アメノシタ)を(ヲサメ)は(治天下)… 14-431
(フシ)てハカリミレは(伏計)………… 17-35
(オナシクニ)とセは(爲同國)………… 17-86
(タマハ)は(賜)…………………… 17-94
モシ(コレマコトナラ)は(縱是實者)… 17-101
(ヒムカシ)をは(東)………………… 17-189
(ニシ)をは(西)…………………… 17-190
(サキ)をは(崎岸)………………… 17-197割
(ミレ)は(アニ)(觀之豈)………… 17-249
(キコシ)メサは…(ツミナヒ)タマ(ハ)む
(聞…誅)… 20-26
(アラハシ)マ(ウサ)は(顯導)……… 20-28
(ツカヒ)をはオホ(ホラシコロ)□リ
(溺[殺]…使)… 20-57
(タカ)へは…(タチ)タヘ(ム)
(違…絕滅)… 20-101
(マウコス)は(不來者)………… 20-136
(コハ)はユルシタマフマネニシタマへ
(請宜陽賜豫)… 20-138
(オモハ)は…マウイタ(ラ)む(欲…至)… 20-138
(ツトヘ)オカは…(ナサシ)む
(聚居…生)… 20-151
(シャリ)をは(クタキヤフルヘカラス)
(舍利不可摧毀)… 20-172
イヤチコ(ナレ)は(ホトケ)の(ミノリ)を
ヤメヨ(灼然宜斷佛法)… 20-186
はえひめ(固名)
ハエ(ヒメ)(荑媛)……………… 17-71
はか(墓)
ハカ(墓)………………… 11-166
ハカを(墓)………………… 11-320
[八]カ(冢墓)………………… 14-272
はかせ(博士)
(シユ)コムのハカセ(呪禁師)………… 20-88
はかとこ(固名)→「はくとく(固名)」
ハカトコ(ラ)なり(博德等也)……… 14-95
ハカトコを(博德)………………… 14-204
はかま(袴)
ハカマを(褌)…………………… 14-67

ばかり（助詞）
ヨツ□□ツヱハカリ（四五丈）…………14-103
アマタサトハカリに（數里許）…………20-45
はかりごと（謀）
ハカリコト（策）…………17-87
ハカリコトを（謨）…………17-243
ハカリことを（變）…………20-151
謀事（支度）…………14-415
ハ（カリコト）の（計）…………17-15
ハカリ（コト）を（謨）…………17-88
計也を（機）…………17-193
計也を（略）…………17-244
ハカ（リコト）に（謨謀）…………17-245
はかりごとひと（謀人）
ハカリコト人を（議者）…………20-132
はかる（計・謀）
ハカリて（籌議）…………14-142
ハカリて（籌議）…………17-17
ハカリミレは（計）…………17-35
ハカ（リ）て（圖度）…………17-269
（ハ）カリて（計）…………20-142
ハカ（リ）て（議）…………20-150
ハカル（謨謀）…………17-217
謀（相計）…………20-109
カリセムトハカルマネシテ（校獵）…………14-35左
はく（佩）
ハイて（佩）…………11-345
ハイて（佩）…………20-206
はぐ（脱・剥）
セメハキて（逼脱）…………17-156
クヒカキハケリ（咋割剥）…………11-351
はくとく（固名）→「はかとこ（固名）」
（ヒノクマノ）タミツカヒハクトク（檜隈民使博德）…………14-307
はげます（勵）
ハケ（マシ）て（勵）…………14-419
はげむ（勵）
波介牟天（慨然）…………14-153左
ハケムて（慨然）…………14-153左
はさみまもる（挾守）
ハ（サミ）マ（モリ）て（夾衞）…………17-14
（ハサミマモ）る（夾衞）…………17-21
はし（階）
ハ（シ）を（階）…………17-215
はし（橋）
ヲハシと（イフナリ）（曰小橋也）…………11-150
はし（頭）
ハシを（頭）…………17-102
はしかし（夫人）
（ムニ）ハシカシ（慕尼夫人）…………14-73割左
はしま（固名）
ハ（シマト）を（ツカハシ）て（遣…與…羽嶋）…………20-110
はじめ（始・初）
ハシメ（元）…………17-202
ハシメヨリ（元）…………17-221
（ハ）シメ（初）…………14-278
ハシ（メ）より（元）…………17-254
はじめて（始）
ハシメて…をオホセて（甫科…）…………11-117
（ハシメ）て…（マムタノ）ミヤケを（タツ）（始立茨田屯倉）…………11-148
（ハシメ）て…を（ワカチ）て（始…分）…………11-284
ハ（シメ）て…を（サタム）（甫定…）…………11-297
（ハシメ）て…にサセリ（甫差…）…………11-329
（ハシメ）て（コホリ）をクハル（始散氷也）…………11-342
（ハシメ）て（ミサヽキ）を（ツク）（始築陵）…………11-349
（ハシメ）て（始）…………11-360
（ハシメ）てタカトノをツクル給（始起樓閣）…………14-308
（ハシメ）てキサ□を定也（タマフニ）（初拜後宮）…………17-58割
（ハシメ）て（クタラノクニ）にカヨ（フ）（初通百濟國）…………17-76
（ハシメ）てミヤケを（オキ）て（初置官家）…………17-93
（ハシメ）て（カヘル）こと（エタリ）（始得歸）…………20-158
はしら（柱）
ハシラ（柱）…………11-76
はしら（助數）
ミカ（タヒト）ハシラ（像一軀）…………20-161

（フタ）柱のミコ（二男）……14-55
はしる（走）
ハシリ（驅）……14-285左
ハシ（リ）て（騄）……14-12
ハシル[光]ノ章ナルコト（驅騖迅）……14-285
はしわたす（橋渡）
ハシワタス（爲橋）……11-150
はす（馳）
ハセイム（騁射）……14-40左
（ウマ）をハセ（テ）（騄馬而）……14-41左
（ハ）す（馳）……11-265
はず（末）
ハスをトラへて（執末）……14-438
はせ→「はつせ（泊瀬）」
はた（機）
ハタオル（織縑）……11-253
はたあし（旒）
（ハタ）アシ（流）……14-216右
はたけ（畑・畠）
タハタケ（田圃）……11-122
はたして（果）
（ハタシ）て（果）……14-148
（ハタシ）て（ワカクニ）に（ナルコト）（果成吾土）……14-209割
（ハタシ）てイマセ（タマハス）（不果行）……14-234
（ハタシ）て（果）……14-253
（ハタシ）て（果）……17-194
（ハタシ）て百濟也に（タマフ）（果賜扶余）……17-203
（ハタシ）てツ（カハサス）（不果遣）……20-196
はたしのし（旒）
ハタシノシノ（流）……14-216
はたねのみこと（固名）
ハタネの（ミコト）（齒田根命）……14-318
はたひのひめみこ（固名）
ハタヒノヒメミコを（幡梭皇女）……11-89
はぢ（恥）
ハチ（戮辱）……14-428
はつ（果）
ワカレハ□ヌ（取別）……14-286
はづ（恥）
ハチて（羞愧）……14-389
ハチて（羞）……17-207
はづかし（恥）
ハツカシクオモナイコト（慚惡）……17-259
はづかしむ（恥）
ハツカシムル（辱）……20-191
はつせ（泊瀬）
ハセノ（泊瀬）……14-48
ハツ（セ）の（泊瀬）……14-152
ハツ（セ）の[カ][ハ][ナ][カ]に（泊瀬中流）……20-99
はつる（脱）
ハツリて（脱）……17-156左
はなちいだす（放出）
放出て（縱）……14-224
はなつ（放）
ハナツ（所發）……14-384
はなはだ（甚・太）
ハナハタ（勃然）……11-262
ハナハタ（大）……14-217左
ハナハタ（大）……14-352
（ハナハ）タ（大）……14-217
ハ（ナハタ）（太）……14-303
はなる（離）
ハナレタリ（離）……17-7
はにま（埴馬）
□ニマに（土馬）……14-287
はばかる（憚）
ハヽ（カラ）ル（所憚）……14-429
ハヽ（カラス）（不憚）……20-134左
ハヽカリ（重）……11-256
ははらから（同胞）
ハヽハラカラナリ（母第也）……14-404割
ははむ→「いはむ」
はふ（這）
（ツチ）にハフ（ムシ）モ（伏地之蟲）……17-143
はふり（葬）
ハフリノ（視葬）……14-270左
はふる（葬）
ハフリマツル（葬）……17-75
はへ（固名）
波（へ）（伴跛）……17-107
はへき（桷）
ハヘキ（桷）……11-76

はへのくに（固名）
ハへの（クニ）（伴跛國）……17-106
はべり（侍）
ハヘラシム（安置）……20-89
（ウツ）シハヘ（ラシム）（遷居）……14-202
ハヘ（ラシメ）（使住）……20-128左
ハ[ヘ][リ]（有）……14-54
ハ[ヘ]リ（在）……14-183
ハヘリ（在）……14-184
ハヘリ（安[置]）……14-198左
ハヘリ（侍）……14-312
ハヘリ（侍）……17-65
ハヘリ（在）……20-12左
（ハ）ヘリ（侍）……14-54
（ハヘ）リ（侍）……14-60左
（モタ）侍タル（[嘿]然）……14-87
…ハ（ヘリ）て（有…）……14-390
（ハヘ）リ（在）……20-12
ハ（ヘルヘシ）（進侍）……20-20
ハヘ（ル）（在）……20-108
はま（濱）
タニカミの□マに（谷上濱）……14-297
はむ
ハマ（シム）（存疑）（安置）……14-294
はむさ→「いむさき（曾）」
はむべり（侍）
ハムヘラス（不在）……14-197左
ハムヘラル（安[置]）……14-198
ハムヘラ（ス）（不在）……14-231
ハムヘラシム「む」（安置）……14-346
ハムヘラ（シメ）て（住）……20-128
ハムヘ（ラム）（留往住）……14-277
（ヤト）ニハムヘリ（侍宿）……14-301右
ハム（ヘル）（在）……17-78
はやぶさわけのみこ（固名）
ハヤフサワケの（ミコ）を（隼別皇子）……11-250
はやまち（固名）
ハリ（マ）の（クニノミヤツコ）の（オヤ）ハヤマチ（播磨國造祖速待）……11-159
はら（原）
ハラに（郊原）……11-153
ヒロ（キ）ハラに（長莽）……14-75
原（莽）……14-75
はら（腹）
ソノハラを（其腹）……14-209
ハラノウチニマシマス（胎中）……17-92
はらから（同胞）
ハラカラヲウシナハマホシミ（不欲失親忍）……11-263
はらふ（除）
ハラハむ（除之）……14-399
ハラフ（祓除）……14-320
はらむ（孕）
ハラマシメたり（使任〔妊歟〕身）……14-97
ハラミヌ（懷脤）……14-67
ハラ（ミ）ヤスキ（ヒト）は（易産腹者）……14-67
ハ[ラ][メ][リ]（脤）……14-58
（ハラ）メ[リ]（脤）……14-64
はり（固名）
ハリ〔奴名〕（針）……14-274
はりから（同胞）→「はらから（同胞）」
ハリカラ（子弟）……20-181左
はりま（固名）
ハリ（マ）の（クニノミヤツコ）の（播磨國造）……11-159
はる（墾）
ハリて（墾之）……11-153
はる（張）
ハリて（張）……14-72
はるか（遙）
ハルカナルイタハリ（玄功）……17-137
はるかに（遙）
（ハルカ）にミノソムタマフ（遠望）……11-103
（ハルカ）に…（遙見）……17-232

ひ

ひ→「ひま（隙）」
ひ（日）→「ひにひに（日）」
アレマスヒ（生日）……11-78
ヒモカタフ（カサルニオヨヒ）て（[末]□[移][影]）……14-75
ヒトヒ（一日）……14-188
テルヒに（白日）……14-195

ヒトヒ（一日）……14-419左
ヒノミナラムヤ（日歟）……17-50
ヒシノ（「ノミ」ノ誤歟）（日歟）……17-50左
ひえ（直）
（アマ）のヒエ（アカヲ）（海部直赤尾）……14-196
ひかか（固名）
ヒカ（丶）（日香々）……14-364
ひかり（光）
ヒカリヒロラメキテ（虺々）……14-165
ア（ヤ）シ（キ）ヒ（カリ）（神光）……14-4
ハシル[光]ノ章ナルコト（驅騖迅）……14-285
ひきゐる（率）
ヒキヰ（て）（「キヰ」薄墨）（領）……11-40
ヒキヰて（領率）……14-371
ヒキヰタル（所率）……14-433
ヒキヰて（引導）……17-160
ヒ（キヰテ）（將）……14-196
ヒ（キヰ）て（率）……14-414
ひく（引）
ヒキマカナヒ（彎）……14-41
（ヒ）ケリ（曳）……14-129
ひくまのみやのあめのしたしらすすめらみこと（固名）
（ヒノクマ）の（ミヤ）の雨ノシタシラス（スメラミコトノ）（檜隈宮御寓天皇之）……20-125
ひこあるじのおほきみ（固名）
ヒコアルシのオホ君の（彦主人王）……17-3
ひこふとのみこと（固名）
（ヒコ）フト（ノミコト）（彦太尊）……17-3割
ひこみこ（男）
ヒコミコ（男）……14-55左
ひざ（膝）
ヒサ（膝）……11-344
ひさご（瓠）
オフシヒサコ（全匏）……11-131
（オフシ）ヒサコ（全瓠）……11-355右
ひさし（久）
ヒ（サシ）クト、マレルコト（淹留）……14-189
ヒサ（シクト、マレルコト）（淹留）……14-189左
ヒサシ（尚矣）……14-271
（ヒ）サシ（遠久矣）……14-400
ヒサシキヨニモ（曠世）……14-177
ひじり（聖）
ヒ[シ][リ]（ハ）（聖）……11-14
ヒシリに（仙）……14-112
ヒシリ（仙衆）……14-409
ひそかに（密）
ヒソカ[ニ]（盜）……14-195
ヒソカに（顧）……14-7
ヒソカに（カタリ）て（顧謂）……14-208
ヒソカに（コロサムトシ）て（欲偸[殺]）……20-28
ヒ（ソカ）に（密）……11-39
（ヒソカ）にワタリモリにマシリて（密接度子）……11-42
（ヒソカ）に（密）……11-251
（ヒソカ）にマキタマヘル（密婚）……11-256
（ヒソカ）に（密）……14-190
ヒソ（カ）に（竊）……14-318
（ヒソカ）に（陰）……17-172
（ヒソカ）に（密）……17-173
（ヒソカ）に（私）……20-113
（ヒソカ）に（ツケ）て（イハク）（密告之曰）……20-116
（ヒソカ）に（トクニラ）に（カタリ）て（イハク）（竊語德爾等言）……20-142
ヒソ（カ）に（ニチラ）を（コロサハ）（偸殺日羅）……20-142
（ヒソカ）に（アヒ）カタ（リ）て（イハク）（竊相謂曰）……20-198
ひだかのきし（固名）
ヒタカの（キシ）（日鷹[吉]士）……14-197
ひたす（浸）
ヒタ（シ）（漬）……11-340
ひだす（養）
ヒタシタマハス（不養）……14-59
ヒタシタテマツラム（奉養）……17-8
ヒタシマツル（膝養）……17-8
ヒタシマツラム（膝養）……17-8左
ヒタ（ス）（養）……14-160
ヒタ（セ）（養）……14-160左
ひだのあたひ（固名）
ヒ（タノアタヒ）（氷田直）……20-168
ひだり（左）
ヒタノカタを（左）……11-314

ヒタノカタを（左）……11-315
ヒ（タリミキ）に（左右）……11-345
ひつぎのみこ（皇太子）
ヒツ[キ]ノミコ（太子）……11-6
ヒツキノミコを（太子）……11-38
日次ノミコ（東宮）……20-79
ヒ（ツキノミコ）と（大子）……11-12
日次（ノ）ミコに（シ）て（嫡子）……17-52
日次（ノ）ミコノ位に（春宮）……17-137
ひと（一）→「ひとり（一人）」
ヒトヒ（一日）……14-188
ヒトキ（一寸）……14-388
ヒトヒヲ「を」（一日）……14-419左
一月ニナ（リ）ヌ（弦晦）……17-269
ひと（人）→「ひとごと（人事）」・「ひとびと（人人）」
ヨキヒトを（明[德]）……11-16
ヲハ（リヌル）ヒト（死者）……11-68
ヒト（俗）……11-293左
チカラヒト（强力者）……11-313
ミチユクヒト（路人）……11-353
ミチユクヒトを（路人）……11-356
ヒトノキミタルヒトハ（王者）……14-47
（アリク）ヒトは（歩…者）……14-62
ヒトノ（他）……14-66
（スメラミコト）ノヒトに（天皇人）……14-170
スクレタルヒトト云（ナリ）（秀者也）……14-177
ヒトに（者）……14-282
タケキヒト（敢死士）……14-328
ヒトを（使）……14-346
（サヌキ）のタ（ムシワケ）ト云ヒト（讃岐田蟲別）……14-391
ツヽカハヒト（管川人）……14-407
ヒトノ（人）……14-422
サフラフヒトを（陪臣）……17-23
ヒトの（世）……17-28
サカシキヒト（賢）……17-136右
ツカヒするヒトハ（爲使者）……17-177
（イツ）ルヒト（出）……17-182
ヒトノ（カト）に（他門）……17-236
キヨクカタキヒト（廉節）……17-251
イヘヒトヽモ（郷家）……17-277
イヤシキヒトに（微者）……20-26
メツラシキヒト（未曾有）……20-203
人（者）……11-8
答申人（對）……14-84
行人（行）……14-326
人也を（士）……17-9
人（者）……20-23
人に（他）……20-25
人（者）……20-157
ミ（マカル）ヒ（ト）（死者（「ミ」ハ元來「充」ノ訓））……20-197
ひとき（棺）
ヒトキに（棺）……11-72
ひとごと（人言）
ヒトコトカ（俗乎）……14-9割左
ひとことぬしのかみ（固名）
ヒトコトヌシノ（カミ）（一事主神）……14-111
ひとごのかみ（師）
ヒトコノカミ（帥）……17-192右
ヒトコノカミ（魁師）……20-96
ひとし（等・齊）
ヒ（トシクシ）（齊）……14-284
ひとつ（一）
ヒトツ（ニシ）て（壹）……11-343
ひとつゑ（一丈）
ヒトツヱアマリ（丈餘）……11-338
ひととなり（性）
ヒトヽナリ（性）……14-131
ヒトヽナリ（性）……17-18
（ヒトヽナ）リ（爲人）……17-272
ひととなる（長）
[ミ]ヨハヒマタヒトヽナ（リ）タマヘリ（亂且長）……11-11
ヒ（トヽナリテ）（長）……14-4
ひととも（人供）
ヒトヽモ（ト）を（與・侶）……20-190
ひとのきみ（王）
ヒトノキミタルヒトハ（王者）……14-47
ひとのくに（人國）
人國也に（他）……17-94
ひとびと（人々）
ヒト〱（諸人）……11-141
人々（俗）……17-246

索引篇　ひと－ふく　372

ひとま（人間）…… 14-19
ヒトマヲ（間）…… 14-19
ひとり（一人）
（ヒト）リ（一）…… 17-360
（ヒト）リ□…… 11-321
（ヒト）リノ（一）…… 17-51
（ヒト）リ（フタ）リ（二）…… 17-216
ひとをめぐむ（仁）…… 11-11
ヒトヲメクミ（仁）…… 11-11
ヒトヲメクミオヤニシタマカフミチ（仁孝）…… 14-430左
ひな（鄙）
（ヨモ）のヒナ（四夷）…… 14-418
ヨモノヒナ（四夷）…… 14-418左
ヒナの（野）…… 14-423
（ニシ）のヒナのクニを（西戎之地）…… 17-180
（ニシ）のヒナ（西戎）…… 17-184
ヒニヒニ（日）…… 14-419左
ひにひに（日）…… 14-419
ひのくに（火國）…… 17-174
ヒノ□マ（ノ）（檜隈）…… 14-95
ひのくま（固名）
ひのくまのたかだのみこ（固名）
ひのくまのたかだのみこと（檜隈高田皇子）…… 17-60
ひのひめ（固名）

ヒノヒメ（日媛）…… 14-81
ヒノヒメを（日媛）…… 14-81
ひのまつりべ
（ヒ）の（マツリ）ベ（日禮部）…… 20-84
ヒマ（隙）…… 14-261
ヒ（マ）に（間）…… 14-212
ひま（隙）
ひむろ（氷室）
ヒムロ（ナリ）（氷室也）…… 11-337
ひめぎみ（皇女）…… 11-171
（ヤタノ）ヒメキミを（八田皇女）…… 11-171
ひめとね（命婦）
ヒメトネ（ラ）に（内外命婦等）…… 11-277
ひめみこ（皇女）
（ヤタ）のヒメミコを（八田皇女）…… 11-71
（ヤタ）ノヒメミコ（八田皇女）…… 11-231
（ワカ）タラシ（ヒメ）のヒメミコ（稚足姫皇女）…… 11-54
ヒメミコ（皇女）…… 14-68
（ミタリ）ノヒメミコを（三女）…… 17-63
ひらめく（閃）
ヒカリヒロラメキテ（虺々）…… 14-165
ひる（晝）
ヒルョルト（日夜）…… 11-118
ひる（經）
ヒヌ（經）…… 11-157
ひろし（廣）
ヒロ（キ）（長）…… 14-75
ヒロクトホク（曠遠）…… 11-122
ヒロキツの（廣津）…… 14-199

ひろふ（拾）
オチモノヒロハ（ス）（不拾遺）…… 11-114
ヒカリヒロラメキテ（虺々）…… 14-165
ひろめく（閃）
ノコリモノヒロハス（不拾遺）…… 11-114
ヒカリヒロラメキテ（虺々）…… 14-165

ふ

ふ（經）
ヘヌ（經）…… 11-65左
ヘヌ（數）…… 11-113
ヘヌ（經）…… 14-190
ふ（助動）
イテマサヘ（垂降臨）…… 14-168左
經也こと（滝留）
（ツキ）をフルマテ（經月）…… 17-269
ふかみ（深）
フカミセリ（深矣）…… 17-143
ふかめ（固名）
カスカの（ワニ）の（オミ）フカ（メ）（春日和珥臣深目）…… 14-57
ふく（吹）
（カセフ）キ（アメフ）ル（風雨）…… 20-189
ふく（葺）
フカ（ス）（不葺）…… 11-99
フク（蓋）…… 11-338
マクトキニ（「マ」ハ「フ」ノ誤歟）（蓋）…… 11-76左

ふくろかつぎひと（貢嚢人）
フクロミカツキヒ[ト]（貢嚢人）……14-363
ふこ→「そこ（代名詞）」
ふさぐ（塞）
フサキ（カタ）キ（難塞）……11-127
ふし→「ふれ」
フシ（「フレ」ノ誤訓）（村邑）……17-150右
ふしみ（固名）
フシミの（ムラ）（俯見村）……14-379
ふすべまじふ（加）
フスヘマシフルコト（加）……14-177左
ふせぐ（防）
フセカは（距）……11-310
フセキて（阻）……14-238
ふた（二）
フタト（コロ）に（二所）……14-295
フタ、ムラを（二隊）……14-437
フタヤナクヒノ（二嚢）……14-437
ふたぐ（塞）
フタキて（蔽）……14-166左
ふたたび（再）
（フタタ）ヒ（再）……17-217
ふたつ（二）
フタツの（兩箇）……11-131
フタツの（兩）……11-324
ふたつら（二）
フタツラを（兩箇）……11-131
ふたへ（二重）
フタヘノ（二重）……14-384
ふたり（二人）
フタリを（二人）……11-129
（フタ）リの（二）……11-321
□□リ（二）……11-360
フタリニアタル（第二）……14-411
（ヒト）リ（フタ）リ（一二）……17-216
ふち（淵）
フチニ（派淵）……11-355
ふぢかたのむら（固名）
フチカタ（ノムラ）（藤形村）……14-379
ふつか（二日）
フツカ（二日）……14-385
ふつくに（悉）
（フツク）にアヤシカリ（悉異）……20-24
（フツク）に（ミナニキハヒトミ）て（悉皆饒富）……20-132
ふとさ（太）
（フト）サ（太）……11-332
ふとひめのひめみこ（固名）
フト（ヒメ）の（ヒメミコ）（太姫皇女）……20-67
ふな（舩）
ヤソフセナ（「セ」ミセケチ）（八十艘）……11-170
フナのイク（サ）（舩師）……14-414
ふなだつ（舩發）
フナタチテ（發舩）……20-45左
ふなのいくさ（舩師）
フナのイク（サ）（舩師）……14-414
ふね（舩）
フネニノセテ（載）……11-42
フネを（艖䑧）……14-327
ふびと（史）→「ふみひと（史）」
（タナへ）のフヒト（田邊史）……14-280
[フ][ヒ]トを（史）……20-16
ふふむ（含）
フ、ミテ（銜）……14-186左
ふみ（文・書）
コトフミに（別本）……14-180割
御言ノリノフミを（勅書）……14-186
（アル）フミ（或本）……14-202割
アタシフミニ（別本）……14-291割
（アル）フミ（一本）……14-341割
（フル）フミに（舊記）……14-404割
フミタテマ（ツリ）（表）……17-84左
フミツクルミヤヒ（斐然之藻）……17-109右
フ[ミ]（表疏）……20-15
（タテマツ）レル[フ]ミ（上表疏）……20-22
（アル）フミに（或本）……20-203割
（フル）フ（ミ）（舊本）……14-71割
文作ミヤヒ（斐然之藻）……17-109
文也（吏）……20-5右
ふみす（表）
フミシ（タテマツリ）て（表）……17-84
ふみひと（史）
フミヒト（[史]）……20-16
（フネ）のフミ（ヒト）（舩史）……20-60

フ□□ト（史戸）……14-93
ふむ（踏）
フミタケヒ（テ）（蹈叱）……14-254
ふむのおびと（固名）
フムのオヒト（書首）……14-280
ふも→「もと」
ふる（降）
フリテ（降）……11-245
ふるひめ（固名）
フルヒメ（振媛）……17-4
ふるふ（振）
フ（ルヒオツ）（振怖）……14-80
ふるふ（震）
手足ワナ、キフルヒテ（手脚搖震）……20-207
（テアシ）フルヒワナ、イ（手脚搖震）……20-207左
ふるふ（奮）
フルフ（戰）……20-208割
ふれ（村）
ヨタリノフレ（四卿）……14-240左
フレを（村邑）……17-150

へ

へ（戸）
ヘタエて（絶貫）……17-79
へに（貫）……17-80
戸也（貫）……17-79
へ（接尾）
オト、ヘ（ハシモ）に（季下）……11-14
（フタ）への（二重）……14-387
シリヘ（後）……17-215
べ（部）
カシハテヘを（膳夫）……14-77
カシハテヘ（供膳）……17-44割
へこほり（固名）
ヘコホリ（背許）……17-266
べし（助動）
イノチミシカシトイフヘカラス（不…稱夭）……14-424
カクスヘ（カラス）（不容隱）……14-429
トリウヘ（カラス）（不可檎）……17-269
（ソノココロ）をオモムスヘシトイフハ（重其心）……17-28
モルヘキ（キヨ）キ（ウツハ）（應盛…淸器）……14-377
タレ□ア（タルヘ）キ（誰人可中也）……14-384
コ（ロス）ヘイは（コロ）シ（合殺者斬）……20-98
（ミヲスツ）可也所也（萬死之地）……17-193
可也（宜）……17-35
へすおと（倉下）
ヘスオト（倉下）……14-397
ヘスオト（倉下）……14-403
へすへし（倉下）
ヘスヘシ（倉下）……14-403左
へた（邊）
（ウミ）のタヘ敷ヘタの（海畔）……20-157

ほ

ほか（表）
ホカに（表）……14-238
（ワタノ）ホカ（海表）……17-91
ホカニ（表）……20-126
ほがらか（朗）
ホカラカニマシマス（鏊如）……17-9左
ほこる（誇）
ホコリて（矜）……14-383
ほし（星）
ホシノ（星辰）……11-100
ほし（欲）
ホ（リセ）シトノタマフ（不欲）……11-224
ホシ（キ）マ、（ニシ）て（肆）……14-326
ホシ（キ）マ、（縱）……17-154
ほせく→「ほそく（防）」
ほそく（防）
ホソカムトシ（防）……11-126左
ほとけ（佛）
ホトケの（佛）……20-180
ほとけつくるたくみ（造佛工）
（ホトケツク）ル（タクミ）（造佛工）……20-88
ほどこる（流）
ホトコリナム（流）……14-428
ほどはしる（跳）
ヤ（マ）タ（ニ）ヨリニケホトハシ（リ）て

（遁山蛩）……17-16
ほとほと（殆）
ホト〱ナリ（殆）……14-226
ほとほとに（殆）
ホト（ホト）に（幾）……14-339
（ホト〱）に（殆）……17-28
ほとり（邊）
ホトリに（岸）……11-46
イホキカハノホトリニ（廬杵河邊）……11-275
ホトリに（下）……14-160
ホトリに（側）……14-175
ホトリノ（傍）……14-434
ホトリに（岸）……20-40
（ニシ）のホトリ（西畔）……20-149
ホト（リ）に（岸）……20-42
ほのほ（炎）
ホノホノ（火炎）……14-329
ホノホノ「の」（コトキ）こと）（如火焰）……20-146
ほふし（僧）
法師カヘリ（ノヒト）を（僧還俗者）……20-164
ほふる（屠）
ホフリトル（屠）……14-246
（ホフ）ル（屠）……14-246右
ほむ（蹈）
ホムテ（蹈）……11-43
ほむ（譽）
ホメ（テ）（美）……11-144
ホメ申（ナリ）（稱也）……11-119
（アキツ）をホメて（讚蜻蛉）……14-126
ホメカタラ（テ）（稱）……14-175
ホメタマヒテ（爲讚美）……20-18
ホ（メ）（讚）……14-117左
ホムル（コヱ）を（詠徳之音）……11-92
ホムルコヱ（頌音）……11-93
ホムルコヱ（頌徳）……11-101
ほむた（固名）
ホフタの（譽田）……14-281
ほむたのすめらみこと（固名）
ホムタ（ノスメラミコトノ）（譽田天皇之）……11-3
品多天皇ノ御世（胎中之帝）……17-98
ほむたのみかど（固名）
品タノミカトノ（胎中天皇）……17-219
ほむちべ（固名）
（キヒ）のホムチ（ヘ）のヲフナ（吉備品遲部雄鯽）……11-266
ほりえ（堀江）
ホリエ（堀江）……11-126
ホリ（エ）に（堀江）……20-189
ほりす（欲）
ホリス（欲）……14-283左
（ホリ）す（欲）……14-283
ホ（リ）（深信）……20-174左
ほる（掘）
ホリて（掘）……11-125
ホル（作）……17-143
ほるもか（迅）
ホ流母可爾□□（於滅）……14-285
保ルモカニシテ（於滅）……14-285左
ほろぶ（亡）
ホロヒサラクノミ（非亡耳）……11-137
ホロヒヽヽサラムコト（存亡）……17-188
ほろぼす（滅）
ホ（ロホサ）む（亡）……11-134
ホロホす（盡）……14-396

ま

まいわのおほきみ（固名）
マイ（ワノオホキミ）を（眉輪王）……14-9
まういたる（參至）
マウイタ（ラ）む（至）……20-139
マウイタラ（ム）を（至）……20-140
マ（ウイタル）（至）……14-113
（マウイタ）ル（至）……14-113左
まうく（參來）
イマタカヘリマウコス（未還）……11-27
（ミツカラ）マウコス（不自來參）……17-226
マウコサシメム（來）……20-136
マ（ウ）コ（來）……14-164
マウキて（來）……11-287
マウキて（來）……14-169
マウキて（來朝）……17-165
マ（ウキテ）（來）……11-336

マ（ウキ）て（詣）……20-187左
マウケリ（來）……11-30
マウケリ（來）……14-267
マウケリ（還）……20-111
マウケリ（來朝）……20-127
ニケマウケル（逃化）……14-298
マウケル（來）……20-160
まうく（設）
マウケタリ（設）……14-223左
まうけぎみ（儲君）
マウケキミと（貳）……11-17
まうけのきみ（儲君）
マウケノキミニ（儲君）……14-430左
マウケノキミ（維城）……17-41
マウケノキミ（東宮）……20-79左
まうさく（申）
マウサク（表言上）……11-331
マ（ウサク）（曰）……11-24
マ（ウサク）（言）……11-26
マ（ウサク）（言）……11-79
マ（ウサク）（言）……11-209
マ（ウサク）（言）……11-299
（マウサ）ク（曰）……11-300
マ（ウサク）（曰）……11-336
マ（ウサク）（曰）……11-338
（マウサ）ク（言）……14-36
（マウサ）ク（言）……14-169
マ（ウ）サク（言）……14-279
マ（ウサク）（曰）……20-47
マ（ウサク）（言）……20-130
まうしぶみ（申文）
申文也に（表）……17-97
まうす（申）
マウサム（奏）……11-69
マウサシメタマ（ヒ）テ（令奏）……11-223
カヘリコトマウサス（不復命）……11-251
カヘリコトマウサヽルに（不服命）……14-390
マウサム（謂）……14-138
マ（ウサムトス）（將謁）……11-210
カヘリコト申タマフ（使：復命）……14-198
（ウレ）へ申て（憂陳）……14-241
カヘリコト申（サ）ス（不服命）……14-389
ノヘ申サシム（述）……17-26
ウメナヒ申ムヲ（謝罪）……17-260
マ（ウサ）は（顯導）……20-28
マウシタマハク（諮）……11-7
マウシタマハク（曰）……11-69
マウシタマハク（言）……11-106
マウシて（請之）……11-112
マ（ウ）シタマハク（曰）……11-174
カヘリコトマウシタマハス（不答言）……11-182
カヘリコト[マ]ウシタマハス（默之不答）……11-204
マウシタマハク（言）……11-223
マウシて（奏）……14-278
カヘリコトマウシて（服命）……14-352
マウシて（啓）……17-219
マ（ウシ）て（啓）……11-68
マ（ウシ）て（奏）……11-299
[申]給（ク）（曰）……14-110
マウ（シ）て（奏）……14-184
申給（陳）……14-243
（ウレ）へ申て（憂諮）……14-267
申也コ（ヒ）て（奏請）……17-41
申て（稱）……17-96
（マウ）シて（奏）……17-259
コタヘ申て（奉對）……20-12
カヘリコトマ（ウシ）て（復命）……20-111
□□シて（奏）……20-184
マウス（啓）……11-22
カヘリコトマウス（復奏）……11-212
カヘリコトマウス（復命）……11-275
コロストマウス（殺）……14-173
マウスと（イヘトモ）（謁）……11-204
マウス（乞）……17-132
マウス（請）……17-231
カヘリコトマウス「す」（復命）……20-155
アラストマ（ウ）ス（非之也）……11-34
（マウ）ス（言）……14-113右
申（請）……14-293
（マウ）す（稱）……14-298
（マウ）ス（奏之）……14-323
申（乞）……17-99
カシコマリ申（謝）……17-163
マ（ウス）（請）……17-164

申也（求）……17-195
キコエ申（聞奏）……17-199
申也（奏聞）……17-222
申也（奏）……17-223
申也（述）……17-239
聞申（奏聞）……20-13
（カヘリコト）申（復命）……20-68
（カヘリコトマウ）す（復命）……20-155
（マウ）す（奏）……20-181
モノマウスハ（請謁者）……11-209
ホメ申（ナリ）（稱）……11-119
コ（タヘ）申こと（對）……14-78
答申人（對）……14-84
（コタヘ）申こと（對）……14-87
マ（ウス）ことを（陳）……14-244
申也ことに（奏）……17-190
マ（ウ）セ（奏聞）……17-261
マウセ（啓）……11-23
マウセ（陳）……14-243左
まうすすむ（參進）
マウス丶ムテ（進）……14-27
まうづ（詣）
マウテイタルこと（向）……11-69
まうでく（詣來）
マウテ丶（往）……14-144
マウテコハ（朝參）……14-420
マ（ウ）テコハ（還入）……17-259
マウテキ（朝[聘]）……14-236
マウテキシタカフ（賓服）……14-418左
マウテキ（朝參）……14-420左
マウ□キ（朝聘）……14-239
まうのぼる（參上）
ユルシマウノホ[ラ]□ニス（不肯聽上）……14-168左
まがき（籬）
マカキ（トシ）て（蕃屏）……17-93
まかなふ（擬）
（ユミ）をヒキマカナヒ（彎弓）……14-41
まがりのおひね（固名）
マカリノオヒネ（勾大兄）……17-135
マカリのオヒネ（勾大兄）……17-60
まかる（罷）
マ（カラ）むと（罷）……17-153
マカリ（往）……11-28
マカリ（テ）（往）……11-30
マ[カ]リて（往）……14-144
マカリて（往）……14-164
マ（カリカヘリ）ヌ（罷歸）……20-38
マ（カリカヘル）（罷歸）……20-52
マカヌ（去）……17-155
マカル（罷）……20-141
マカ（ル）（退）……14-255
マカル（コト）（入海）……20-48
マカレ（往）……11-29
まきむくのたまきのみや（固名）
マキムクノタマキの（ミヤ）（纏向玉城宮）……11-31
まく（幕）
キヌマクを（帷幕）……17-157
まく（卷）
マケルこと（纏）……11-279
まく（接尾）
（タスケ）マツラマクトノタマフ（助耳）……11-15左
（キサキ）タラマク（爲后）……11-224左
（キサキ）タヲマ（ク）（「ヲ」ハ「ラ」ノ誤）（爲后）……11-224
（キサキタ）ラマ（ク）（爲后）……11-224
まぐ（婚）
マキタマヘルことを（婚）……11-256
マク（聖娶）……14-8割
まぐ（覓）
マイ（テ）（覓）……11-129
（タツネ）マク（尋覓）……14-252
まぐさ（秣）
マクサ（カヒ）て（秣）……14-287
まこと（實）
マコト（ナリ）（實也）……11-300
マコトナリと（信）……20-153
まことに（實）
マコトにナレリ（允濟）……14-237
マことに（允）……17-46
（マコト）に（寔）……11-268
（マコト）に（實）……14-359
（マコト）に（實）……14-367
（マコト）に（實）……14-404

索引篇 まさ-ます 378

まさ
　（マコト）に（寛）……17-137
　（マコト）に（コハ）は（實請）……20-138
まさきたたかめ（固名）
　サヲカのオヒトマサを（狹丘首間狹）……20-43
まさに（將）
　[ウ]タノミトヘノマ[サ]シキタ、カメ（菟田御戸部眞鋒田高天）……14-90
マサキ（タ）タカメ（眞鋒田高天）……14-90
（マサ）に…を（ツカサトラム）と（シ）（將掌）……11-20
（マサ）に…を（ワタラムトス）（將度河）……11-41
（マサ）に（カハ）を（ワタラムトス）（將度河）……11-126
（マサ）にミメと（スト）（將爲妃）……11-171
（マサ）に（アカノコ）を（コロサムトス）（將殺阿俄能胡）……11-281
（マサ）に…にアタレリ（方屬…）……14-28
（マサ）にコトオコナハムトスルニ（將行事）……14-229
（マサ）に（當）……14-259
（マサ）に（將）……14-311
（マサ）に（イマ）（方今）……14-418
（マサ）に（イマ）（方今）……14-428
（マサ）に（當）……14-432割
（マサ）に（イマタエ）て（方今絶）……17-11
（マサ）に（方）……17-144
（マサ）に（當）……20-107

まさる（勝）
　（マサ）レリ（益）……20-69
　マ（サレリ）（益）……20-413
まし（助）
　（スクハサラ）マシカハ（不救）……14-225
　（ナカラ）マシカハ（無…）……17-27
　コノマサラマシカハ（不愛）……20-19
　ホト〲ナラマシ（殆）……20-19
　（ヨミトカ）マシ（讀解）……17-85
　モマレナマシ（乘）……14-226右
　ワラハレナマシ（取嗤）……14-226左
まじはる（交）……17-7
まじふ（交）
　マシフルに（間）……14-7
ましす（坐）
　マシマサ[ヌ][ト]キを（不在）……11-185
マシ、、（て）（居）……11-103
（サカリ）ニマシ〱キ（隆）……17-244
サカシクマシマス（叡智）……11-4
ウツクシヒマシマス（慈惠）……11-5
イコヨカニマシマス（岐

379 索引篇 ます-まつ

項目	巻-頁
カムサリマシヌ（薨之）	11-65
イリマシヌ（入）	11-195
…に（イタリ）マシて（至…）	14-83
（キ丶）マシ（聞）	14-136左
オホキミウセマシヌ（王薨）	14-7
神サリマシヌ（薨）	17-76
（ノホリ）□シ（登）	20-6左
イタリマス（到）	14-64
（ミツカラ）スキマス（自逝）	11-68
シツカニオハシマス（從事乎無爲）	11-98
（オホシ）テイテマス（欲…而往）	14-45
（オホトノ）にオハシマス（御大殿）	11-59
ユラキマス（歡喜盈懷）	14-89
アレマスヒ（生日）	11-77
ネタミマセリ（妬）	11-156
イソキイテマセリ（急馳）	11-70
アレマセリ（生）	11-87
ます（坐）	14-11
ミネマセリ（眠臥）	14-11左
アシマセリ（生）	20-63
（イテ）マセヨ（垂降臨）	14-262左
ますらを（固名）マスラヲを（身毛君丈夫）	14-169
ムケの（キミ）マスラヲを	14-11
また（又）	11-11
ミ ヨハヒマタヒト丶ナ（リ）タマヘリ（亂且長）	11-72
マタ（且）	11-72

項目	巻-頁
マタノナハ（更名）	14-42割
マタノ（ナハ）（更名）	14-52割
マタの（ナ）は（更名）	14-54割
マタ（復）	14-353
マタ（復）	14-424
マタ（亦）	14-431
マツタ（復）	14-15
又（更）	20-55
又也（更）	14-6左
又ノ（更）	17-17
又（更）	17-59割
又（更）	17-68割
ッタ「ッ」ハ「マ」ノ誤（更）	17-188
マ（タ）（更）	11-97左
またがる（跨）	14-399
またカりて（跨）	11-66
マタコエて（跨）	11-66
またごゆ（跨）	17-188左
またし（全）	14-195
また（又）	17-188左
全事（節）	14-195
全不全（存亡）	14-87
カタクマタキハカリコト（固存之策）	14-195左
マタキコ丶ロ（節）	14-188左
まだす（遣）	20-63
マタシタマへ（奉遣）	14-145左
マタシ（遣）	17-225
マタシて（遣）	20-92

項目	巻-頁
（マタ）シて（遣）	17-225
マ（タシ）て（遣）	20-55
マ（マ）シ）て（遣）	20-181
（マタ）セルヤ（遣）	20-71
（マタ）シて（遣）	17-228
またまた（又々）	11-332
またらを（斑馬）マタラヲの（驄）	14-285
マタラヲノ（驄）→「みたらを（斑馬）」	
まちきみ（大夫）オフモトマチキミニ（侍臣）	14-390左
マチキムタチに（羣臣）	14-121
マチキ（ミ）卿	14-277
まつ（待）	
マチイテ「て」（逆射）	14-131
マ□タ、（カフ）（逆戰）	14-382
マ（チ）て（候）	20-247
マ（チ）ツ（待）	17-247
まつ→「また」「又」	
まつす「まだす（遣）」	11-40
まつばら（松原）	
マツ）ハラ（ノ）（松林）	11-324
マツリコトと（政）	14-423
マツリコトノリ（政刑）	14-51
政也を（治體）	17-272
まつりごと（政）	
マツリコトセシム（修教）	
まつりごとどの（殿）	

マツリコト丶ノ（廳）……20-124左
政（トノ）ノ（廳）……20-124
まつる（祭）
マツラシメタマフ（祠）……14-229右
キモノクヒモノをマツラ（シム）
（令供衣食）……20-169
まつる（補助動）
（タスケ）マツラマクトノタマフ（助耳）……11-15左
オクリマツラムヤ（送歟）……14-22
クヒマツラ（ムトス）（欲噬）……14-132
□□セマツラム（□□）……14-262
ヒタシマツラム（膝養）……17-8左
（タテ）てキ□（ト）シマツラム
（立爲人主）……17-14
（ソムキ）マツラムこと（背）……17-95
不奉仕也（勿使修職）……17-175
ツ（カヘマツ）ラム（事奉）……20-101
（ミカト）をウ（タカヒマツ）ラク
（奉疑天朝）……20-117
ケカシマツリて（奸）……14-97
アイサメマツリタマフ（止之）……14-137
ス（スメ）マ（ツリ）て（勸進）……17-19
ヲシミマ（ツリ）テ（奉惜）……20-112左
（ハフリ）マツル（葬）……11-73
カナヒマツル（賓服）……14-418
ヒタシマツル（膝養）……17-8
ハフリマツル（葬）……17-75
マセマツル（安置）……20-169
イハヒマツル（所祭）……20-180左
ヤキマツル（燒）……20-199
タスケマツルノミ（助耳）……11-15
イハヒマツル（ヘシ）（祭祠）……20-181
（タカヒマツ）ル（ヘカラス）（不可奉違）……14-144
サツケマツレリ（授記）……17-92
アサムキマツレリ（欺誑）……20-57左
（ヤキ）マツレル（燒）……20-199左
（ツカヘマ）ツ（レル）（仕奉）……20-132左
（ツカヘマ）ツレ（事）……14-144
まで（迄）
イマ丶テニ（今）……11-119
イマ丶テニ（今）……11-165
クメカハマテニ（來目水）……14-113
（ツキ）をフルマて（經月）……14-168
アクマテに（足）……14-429
まと（的）
マトを（的）……11-140
まどふ（迷）
マトヒオロケタリ（五情无主）……14-132左
マトヒニク（亂走）……14-248
まなこ（眼）
マナコ（目精）……14-166
まなぶ（學）
オマナフルコトヲ（學）……20-19
まにまに（隨）
（イメアハセノ）マニ〳〵（隨相夢也）……11-249
ネカヒノマニ〳〵（隨欲）……14-369
マニ〳〵（隨）……17-99
マニ〳〵（隨）……20-173
まね（眞似）
カリセムトハカルマネシテ（校獵）……14-35左
ウカハスルマネシテ
（僞使鸕鷀沒水捕魚）……14-99
ヤムマネに（患）……14-209
ウツマネス（擊）……17-236
ユルシタマフマネニシタマへ（陽賜豫）……20-138
まのあたり（目邊）
マノアタリ（タマフ）に（面賜）……17-203
まひ（幣）
マヒと（幣）……11-132
マヒト（幣）……11-132左
まひちきみ→「まへつきみ（卿）」
まひなひ（賄）
マヒナヒを（貨略）……17-173
まふ（舞）
マヒツ丶（轉）……11-135
まふちぎみ→「まへつきみ（卿）」
まへつきみ（卿）
大夫を（卿）……14-240
マヒチ□ミを（卿）……14-240右
（オホトモ）ノ太夫（大伴卿）……14-271
（オホトモ）ノマフチキミ（大伴卿）……14-271左
オホト大夫（侍臣）……14-390
大夫也（臣）……17-243
まほし（助動）

ハラカラヲウシナハマホシミ（不欲失親忍）…… 11-263
アラハニセニマホシ（ミセス）（不欲露）…… 11-268
まぼる（守）
マホリヲサメムカ（護衛）…… 17-143
ままに（隨）
イメアハセノマヽニ（隨相夢）…… 11-249
ツカサクラヰノマヽニ「に」ス（依職位）…… 17-40
タス（ケ）ノマヽニは（所賛）…… 17-186
アルマヽニ（依實）…… 17-261
（コ、ロノ）マヽニ（任意）…… 17-273
マヽニ（尋）…… 17-275
マヽにカリ（ス）（縱獵）…… 14-75
（ネカヒノ）マヽに（隨欲）…… 14-369
ホシ（キ）マヽ（ニシ）て（肆）…… 14-326
ホシ（キ）マヽ（ニ）（縱）…… 17-154
マ（ウス）マヽ（ニ）（依請）…… 17-164
マヽ（ニ）（依）…… 17-222
マシ（「シ」ハ「ヽ」ノ誤 「ニ」）（隨）…… 20-22
マヽ（ニ）（隨）…… 20-129
（ツカサクラヰノマヽ）に（ス）（依職位焉）…… 17-40
マ（ヽ）に（任）…… 20-156
まむたのむらじ（茨田連）
（マムタ）のムラシ（茨田連）…… 11-128
まめ（忠）
マメナルこと（忠）…… 14-195左
マメナル心ヲ（忠誠）…… 17-24
マメナルことを（忠）…… 17-49
まもる（守）
マ（モリ）て（助）…… 17-185
ハ（サミ）マ（モリ）て（夾衛）…… 17-14
マ（モリヤシナヒ）タマヘ（護養）…… 20-131
マモルこと（相持守）…… 14-385
（マモ）レ（守之）…… 14-260
まゆわのおほきみ（固名）
マユワノ（オホキミ）を（眉輪王）…… 14-8割
まよわけのおほきみ（固名）
マヨワケノオホキミを（眉輪王）…… 14-9左
まよわのおほきみ（固名）
マヨワノオホキミを（眉輪王）…… 14-9
まらうと（客）
マラウトに（客）…… 11-140
まらとのつかさ（客司）
マラトノ司（領客）…… 20-34
まりこのみこ（固名）
マリ（コ）の（ミコ）（椀子皇子）…… 17-69
まれ（希）
タクヒハマレシアラム（罕儔）…… 14-177
まれら（希）
タクヒマレラナラム（罕儔）…… 14-177左
まゐ→「まういたる（參至）」・「まうく（參來）」・「まうすすむ（參進）」・「まうづ（參出）」・「まうのぼる（參上）」
まゐ（參）
マヒアヒタウハス（不肯參見）…… 11-217
マヒアヒタマハス（不奉見）…… 11-224
まゐり（參）
三門マヰリシス（朝參）…… 14-420
まゐる（參）
マヰラムと（納）…… 11-265
マヰ（リ）て（入）…… 14-400
マヰ（リ）て（入）…… 17-260
マ□（リ）て（入）…… 20-52
マヰル（入）…… 14-151

み

み（身）
ミヲは（身）…… 11-245
ミに（體）…… 14-67
ミに（身）…… 14-245
ミヲ（ハケマシ）て（勵己）…… 14-419左
ミヲスツル（ヘキトコロ）を（萬死之地）…… 17-193左
み（接尾）
ウシナハマホシミ（セス）（不欲失）…… 11-263
み（御・接頭）→「みあし（御足）」・「みいかり（御怒）」・「みいくさ（御軍）」・「みいのち（御命）」・「みいめ（御夢）」・「みうつくしび（御愛・御慈）」・「みかき（御垣）」・「みかげ（御影）」・「みかた（御像・御形）」・「みかたち（御貌）」・「みかど（御門）」・「みかばね（御屍）」・「みかり（御狩）」・「みくら（御倉・御藏）」・「みくら（御位）」・「みくらゐ（御位）」・

「みくるま（御車）」・「みけつもの（御食物）」・「みこ（御子）」・「みこころ（御心）」・「みこし（御輿）」・「みこたへ（御答）」・「みこと（御言）」・「みさき（御先）」・「みさと（御里・御京）」・「みしるし（御璽）」・「みすがた（御姿）」・「みぞ」・「みた（御田・屯田）」・「みたから（御寶）」・「みただむき（御腕・御臂）」・「みたなする」・「みたま（御玉）」・「みたま（御靈・御魂）」・「みたまのふゆ（御靈威）」・「みたらし（御執）」・「みたらを（斑馬）」・「みつかひ（御使・御遣）」・「みつぎ（御嗣）」・「みてら（御寺）」・「みとこ（御床）」・「みとし（御年）」・「みにはとり（御鶏）」・「みね（御哭）」・「みぬ（御寝）」・「みのり（御法）」・「みはかし（御刀）」・「みひと（御人）」・「みまき（御巻）」・「みむね（御胸）」・「みめ（御目）」・「みめ（御妻）」・「みもと（御許）」・「みものがたり（御物語）」・「みやまひ（御病）」・「みゆ（御湯）」・「みよ（御世）」
みあし（御足）
ミアシを（脚）……14-133
みあなするゐ（御足末）
御アナスヱ（枝孫）……17-20
みあひ（婚）
ミアヒス（嫁）……20-79
みいかり（御怒）
ミイカリ（忿怒）……14-16
みいくさ（御軍）
ミイクサニ（行軍元□等）……14-218
ミイクサを（王帥 敷師）……14-240
ミイクサは（官軍）……14-255
ミイクサの（官軍）……14-361
ミイクサ（官軍）……14-382
ミイクサに（官軍）……14-383
（ミイク）サは（官軍）……14-255
ミイク□（官軍）……14-225
ミイク□の（官軍）……14-247
ミ（イクサ）に（官軍）……14-383左
みいのち（御命）
ミイノチを（性命）……17-48
みいめ（御夢）
ミイメミタマハク（夢）……11-127
みうす（薨）
ミウセヌ（薨）……14-256
ミウセヌ（薨。）……14-410右
身ウキヌ（「キ」ハ「セ」ノ誤）（薨。）……14-410
身ウセヌ（薨）……17-241
ミウス（薨）……17-108
みうつくしび（御慈）
ミウツクシヒアリて（天恩）……17-107
みおもひ（御思）
ミオモヒ（ヲ）（感）……14-137
ミオモヒヲ「を」（感）……14-153
思（ヲ）（感）……14-137
みかき（御垣）
ミカキ（宮垣）……11-75
ミカキ（宮垣）……11-99
ミカキノ（宮墻）……14-160
みかげ（御影）
ミカケ（靈）……20-102左
みかた（御像）
（ホトケノ）ミカタを（佛像）……20-93
（ホトケノ）ミカタ（ト）（佛像）……20-188
ミカ（タ）（像）……20-161
みかたち（貌）
ミカタチ（貇）……11-5
みかど（帝）
ミカト（帝）……11-33
サキノミカト（先帝）……11-12
（ヒシリ）のミカトと（聖帝）……11-120
サキノミカト（考天皇）……20-185左
□カト（王）……17-41
みかど（朝）
ミカトに（朝）……11-140
ミカトヲカミス（拜朝）……11-144
ミカトに（朝）……14-147
ミカトに（中國）……14-182
ミカトカタフケムトスルことを（謀叛）……14-195
ミカトカタフケ奉ことを（謀叛）……14-195左
ミカトを（天朝）……14-227
ミカトに（朝庭）……14-372
ミカト（朝庭）……17-129
ミカト（朝庭）……20-40
ミカト（國家）……20-126

料金受取人払郵便

神田局承認

3476

差出有効期間
平成21年5月
20日まで

郵便はがき

101-8791

515

東京都千代田区神田小川町三―八

八木書店 出版部 行

お願い 小社刊行書をお買上げいただきまして、ありがとうございます。皆様のご意見を今後の出版の参考にさせていただきたく、また新刊案内などを随時お送り申しあげたいと存じますので、この葉書をぜひご投函賜りたく願いあげます。

読者カード

書 名（お買上げ書名をご記入ください）

| お名前 | 生年月日 19　年　月　日 |

ご住所 〒　　—

TEL　　　—　　　—　　　　　　ご職業・ご所属
FAX　　　—　　　—
E-mail アドレス　　　@

ご購入の　(1)書店でみて　(2)........新聞雑誌の広告をみて
直接動機　(3)........の書評による　(4)........さんの推せん
　　　　　(5)ダイレクトメール　(6)その他..................

ご購読新聞・雑誌名（　　　　　　　　　　　　　　　　　）

八木書店からの案内　　来ている／来ない

| お買上書店名 | 都府県 | 市区郡 | 書店 |

この本についてのご意見ご感想を

索引篇　みか-みこ

ミカトに（朝列）……20-132
三門（中國）……14-206
三門（天朝）……14-277
□カトに（天朝）……14-420
三門マキリシス（朝参）……14-24
三門ウチ（朝庭）……20-111
三門に（朝）……20-119
ミカ（ト）に（天朝）……20-139
三門（國家）……20-27
みかど（御門）……14-101
三門（軍門）……20-124
三門ノ（門底）……20-201
三門（天闕）……17-215
ミカリに（天闕）……14-43
ミ（カハネ）を（屍）……17-236
みかばね（御屍）……11-314
ミカトツカヒを（勅使）……11-113
ミカトツカヒに（勅使）……14-274
みかどつかひ（帝使）……11-72左
みかり（御狩）……17-236
ミカトノカタノサキ（右前鋒）……11-314
みぎ（右）……11-72左
ミキニ（棺）……11-113
みき（御棺）……17-236
ミクラ（府庫）……14-274
ミクラ（固名）……11-113
みくら（御倉）……11-314
みくら（御倉）……14-274
みくら（御位）……20-132

タカキミクラを（天位）……20-132
みくらゐ（御位）……14-18
ミクラキに（位）……14-205
みくるま（御車）……14-140
ミ（クルマ）に（車）……14-205
みけつもの（御食物）……14-310
ミケツモノ（饌）……14-310
ミケツモノ（御膳之物）……14-310割
ミケ物（御膳）……14-378
みこ（御子）……14-378
（シノ）ミコ（ナリ）（第四子）……11-3
ミコ（王）……11-14
ミコ（王）……11-17左
ミコを（王）……11-18
ヌカ（タ）ノオ（ホ）ナカツ（ヒコ）のミコ（額田大中彦皇子）……11-19
ヌカタノオホナカツヒコ（額田大中彦皇子）……11-34
ミコと「こと」（イヘトモ）（雖…子）……11-35
イロトノミコノ（ヌカタノオホナカツヒコ）のミコノミモトニ（額田大中彦皇子）……11-35
イロトのミコトノタマフ（弟皇子）……11-66
（イロネ）のミコに（兄王）……11-68
（イロネ）のミコ（ノヒシリ）に（シ）て（兄王聖之）……11-70
（ヒシリ）のミコ（聖王）……11-70
ミコの（王）……11-275
ミコ（男）……14-46
ミコを（息）……14-55
コトアルミコ（子皇子）……17-100

（ヒコヒト）の（オヒネ）のミコ（彦人大兄皇子）……20-81左
御子タチを（賢者）……17-20
ミコこころ（御心）……20-81左
アハレミコヲホスミコ［ロ］ヲ（可怜之情）……11-98
ミコヽロヤラムト（遣慮）……11-233
ミコヽロサシヲセメテ（約志）……14-418左
アマツミコロヽ（天意）……14-45左
ミコヽロ（ニ）（神之心）……14-180
ミコ（コヽロ）に（意）……20-13左
ミコ（ニ）に（心）……14-178左
ミコ（ニ）（心）……14-418左
御心（意）……17-9
御心ノナキて（愀然）……20-13左
みこころざし（御志）……17-14
ミコヽロサシヲセメテ（約志）……17-21
ミコシ（御輿）……17-14
ミコシを（法駕）……17-14
ミコシヘ（垂乗輿）……17-14
みこし（御輿）……11-98
みこたへ（御答）……17-21
ミコシを（法駕）……20-12左
みこと（尊・命）……14-35
ミコタヘ（マウシ）て（奉對）……17-4左
ミコトノモトを（皇子）……14-35
カソノミコト（父）……11-346
みこと（御言）……11-346
ミコト「ミコト」に（皇命）……11-346

ミコトを（命）……………………14-144
（ミ）コトオホセて（命）…………14-48
…にミ（コトオホセ）て（命…）………14-362
（イマシムルミ）こと（誡勅）……………14-420
御言ノムネを（制旨）……………17-97
みことのり（詔・勅）
ミコトノリ（シ）て（命）…………11-279
ミコトノリノタマフ（宣勅）…………17-89
ミコトノリに（勅）……………17-95
ミコトノリス（宣）……………17-99
ミコトノリ（勅）……………17-238
ミコ（トノリシテ）（勅）……………11-269
ミコト（ノリシ）て（詔）…………11-90
ミコト□リ（シ）て（命）…………14-68
（ミ）コトノリノ（野饗（元來次行「詔」ノ右訓ノ誤））…14-84左
ミコトノ□ノ□□□を（詔情）…………14-85左
ミコトノ（リシテ）（命）……………14-114
御言ノリノフミを（勅書）……………14-185
（ミコトノ）リ（シ）て（勅）…………14-234
御言ノリを（勅）……………14-242
ミ（コトノリ）を（勅）……………14-411
ミコトノ（リ）シて（詔）…………14-417左
御言ノリナセソ（莫宣）…………17-96
御言ノリス（宣勅）……………17-96
ミコ（トノリシ）て（命）…………20-74
みこともち（宰・司）
ミコトモチ（司）……………11-331
ミマナノクニノミコトモチトに（任那國司）…14-179
ミコトモチ（司）……………14-190
ミコトモチノ（府）……………14-218
御琴持（府）……………14-218左
宰也（司）……………14-420
御琴持ト（ス）（宰）…………20-85
□□□モチト（ス）（爲宰）…………20-86割
みさき（岬）
ミサキに（岬）……………11-184
ミサキを（嶋曲）……………17-197
みさき（御前）
御サキ（前駈）……………17-22
みささぎ（陵）
ミサヽ（キノトコロ）を（陵地）…………11-349
（モスノ）ノヽミサヽキに（百舌鳥野陵）…11-364
ホフタのミサ（サキ）の（譽田陵）………14-282
みささぎもり（陵守）
ミサヽキモリトモを（陵守等）…………11-327
みさと（御里）
ミサトノナカに（京中）……………11-151左
ミナトに（「ナ」ハ「サ」ノ誤）（京中）……………11-151
みじかさ（短）
ナカサミシカサ（脩短）……………14-217
みじかし（短）
イノチミシカシトイフヘカラス（不…稱夭）…14-424
みしるし（御璽）
ミシルシヲ（璽府）……………17-31
みすがた（御姿）
ミスカタ（容）……………11-5
みす（見）
[ミ][セ]タマヒて（示）……………11-156
（トリ）をミセテ（示鳥）……………11-292
ミセタテマツル（奉示）……………14-165
ミセて（現）……………20-118
□□セマツラム（□□）……………14-262
みそ（御衣）
アサノミソ（布袍）……………11-42
アサノミソキタテマツリて（素服）………11-72
アサノミソキタ（マ）ヒテ（素服）………11-72左
みそなはす（見行）
ミソナハシて（視）……………11-47
ミソナハ（シ）て（視）……………11-213
[ミ][ソ]ナハシて（觀）……………14-89
ミソナハ（シ）て（觀）……………14-153
みた（御田）
ミタ（屯田）……………11-20
ミタは（屯田）……………11-24
ミタは（屯田）……………11-25
みただむき（御腕・御臂）
[ミ]タヽムキを（臂）……………14-115
みたび（三度）
（ミタ）ヒ（三）……………17-217
みたま（御玉）
ミ（タマ）を（玉）……………11-276
みたま（御靈・御魂）

索引篇 みた−みつ

ミタマ（靈）……………………20-102
みたまのふゆ（御靈威）……………20-102
ミタマノフユニ「に」頼）…………20-404
みたらし（御弓）……………………14-404
ミタラシを（弓）……………………14-133
みたらを（斑馬）→「まだらを（斑馬）」
ミタラヲノ（ウマ）に（驄馬）………14-284
ミタリカハシク（妄）………………14-335
みだりがはし（妄）…………………14-335
ミタリニ（妄）………………………14-335左
（ミタリ）に（ウタカヒ）をナシタマフ（妄生疑也）…14-68
（ミタリ）に（妄）…………………17-101
（ミタリ）に…（ワカチ）て（妄分）…20-25
みだれ（亂）
ミタレヲミチニセルニアリテ（行亂於道）…14-265
みち（道）
ミチオホチ（道路）…………………14-123
ミチユクヒト（路人）………………11-353
ミチュクヒト（路人）………………11-356
ヒトヲメクミオヤニシタマカフミチ（仁孝）…14-284
チリノミチ（埃塵）…………………14-430左
ミチト（津路）………………………17-199

ミチナラシに（觸路）………………17-270
ミチタチス（發途）…………………20-144
ミチヘを（三千）……………………17-231
みちぢ（貢）
ミツキタテマツル（稅調）…………11-115左
ミツキタテマツル（朝貢）…………11-138
ミツキタテマツル（朝貢）…………11-167
ミツキタテマツラ（ス）（不朝貢）…11-168
ミツキタテマツラヌ（闕貢）………11-169
ミツキタテマツラヌコトヲ（闕貢）…11-307
ミツキタテマツル（朝貢）…………11-308
ミツキ（苞苴）………………………11-326
ミツキ（貢職）………………………11-361
みつ（瑞）
ミツソ（瑞）…………………………11-79右
ミツ（瑞）……………………………11-79
ミツナラム（瑞）……………………11-81
みつ
タナツモノノミツ（穀稼有實）……17-250
ミテツメル（盈積）…………………14-373割
みつ（實）
みつ（滿）
みつかひ（御使）……………………20-86割左
（クニノ）ミツカヒ（王人）………14-263
みづかふ（飲）
水カフ（飲）…………………………11-133
みづから（自）
ミツカラ（親）………………………14-197
ミツ（カラ）（躬）…………………14-237
ミツ（カラ）親）……………………11-251
ミツ（カラ）親）……………………11-252
ミツ（カラ）自）……………………14-78
ミツ（カラ）親）……………………14-115
ミツ（カラ）親）……………………14-157
ミツ（カラ）親）……………………14-233
ミツ（カラ）親）……………………14-411
みつき（三月）
ミツキ（三月）………………………17-234

みつぎ（貢）
ミツキ（稅調）………………………11-115左
ミツキタテマツル（朝貢）…………11-138
ミツキタテマツル（朝貢）…………11-167
ミツキタテマツラ（ス）（不朝貢）…11-168
ミツキタテマツラヌ（闕貢）………11-169
ミツキタテマツル（貢獻）…………11-307
ミツキタテマツラヌコトヲ（闕貢）…11-308
ミツキ（朝貢）………………………11-326
ミツキ（苞苴）………………………11-361
ミツキ（貢）…………………………11-205
ミツキ（貢）…………………………11-238
ミツキ（貢職）………………………14-239
田力ミツキを（租賦）………………14-327
ミツキアク（ル）（朝貢）…………14-197
御調（貢職）…………………………14-237
（タチカラ）御調を（祖賦）………14-372左
御調也（調）…………………………14-372
□□キを（調）………………………20-26
みつぎ（三世）
ミツキョツキナリタル（三四世）…17-79
みつぎ
ミツキを（嗣）………………………11-17
御ツキ（嗣）…………………………11-17
御ツキ（斷嗣）………………………17-11
みつぎふくろひと→「ふくろかつぎひと（貢囊）

人)」
みつぎもの（貢物）
ミツキモノ（調賦）……14-413左
御調物（調賦）……14-413
御調物ノ（貢職）……17-176
みづち（虬）
ミツチ（大虬）……11-353
ミ（ツチ）を（虬）……11-356
みつなかしは（御綱柏）
ミツナカシハを（御綱葉）……11-184
みづなし（不才）
ミツナウシテ「て」（不倭）……11-13
ミツナウシて（不才）……17-32
みづのえ（固名）
ミツノエの（瑞江）……14-407
みつはわけのすめらみこと（固名）
ミツハワケの（スメラミコト）（瑞齒別天皇）……11-87
みてら（御寺）
ミ寺を（精舎）……20-203
みと（水門）
ミトに（水門）……11-318
ミトに（水門）……14-435左
ミトに（水門）……14-441
みとき（御時）
ミトキ（陛下）……20-185左
みとこ（御床）
ミトコを（床）……14-355左
みとし（御年）
御トシワカクシて（幼年）……17-7
みとせ（三年）
ミトセニナリヌ（三年）……11-93
ミトセ（ノコロ）（三稔之間）……11-101
みとり（固名）
（オンソチ）ミ（トリ）（恩率彌騰利）……17-225
みなと（水門）
ミナトに（水門）……14-435
みなり（身形）
ミナリ（體貌）……14-180割
みにくし（醜）
ミニクシ（无危）……17-198
みにはとり（御鷄）
ミニハトリを（鷄）……14-171
みにまのみこ（固名）
ミニマノ（ミコ）（御馬皇子）……14-44左
みぬまのきみ（固名）
ミヌマ（ノキミ）（水間君）……14-291
（ミヌマ）ノ（キミ）（水間君）……14-292
みね（峰）
カ（サナレル）ミネに（重巘）……14-75
みね（御哭）
ミ□□タマフコト（哭之）……11-73
みねなく（御哭泣）
ミネナイタマ□（哭）……11-73左
みねぶり（御寝）
ミネフリシタマヘリ（眠臥）……14-11
みねます（御寝坐）
ミネマセリ（眠臥）……14-11左
ミネマセルを（睡）……14-11
みのぞむ（見望）
ミノソムタマフに（望之）……11-103
ミノソムニ（望）……11-91
みのり（御法）
（ホトケノ）ミノリを（佛法）……20-5
（ホトケ）のミノリに（佛法）……20-168
ミノ（リ）を（法）……20-204割
みのる（實）
ミノラスシて（不登）……11-94
ミノル（實）……17-250左
みはかし（御刀）
ミハカシ（劔）……17-31
みひと（御人）
（スメラミコト）ノミヒト（天皇人）……14-170右
みぶべ（壬生部）
ミフヘ（ヲ）（壬生部）……11-111
みぶや→「うぶや（產屋）」
みまかる（身罷）
ミマカリタル（命過）……14-242
ミ（マカル）（死（「ミ」「充」ハ元來ノ訓））……20-197
みまき（御卷）
ミマキに（紀）……14-8割
ミマキに（紀）……14-365
みまきのきみ（固名）
ミマキ（ノ）公（水間城王）……17-242

みましき（御座）
ミユカミマシキを（床蓐）……11-100
みまな（固名）
ミマナノ「の」クニノ「の」（任那國）……14-178左
ミマナノの（任那）……14-215
みまのきみ（固名）
ミマノ（キミ）（水間君）……14-291左
みみのはら（固名）
モスノミ丶ノ（「ミ丶ノ」「ノ」ハ後墨）ノハラト（百舌鳥耳原）……11-352
みみのみこ（固名）
ミ丶の（ミコ）（耳皇子）……17-70
みむね（御胸）
ミムネヲウチ（摽擗）……11-65
みむろ（固名）
ミムロ（御室）……20-191
みめ（御目）
ミメヲオホヒ（目）……14-166右
ミ（メ）をフタキて（目）……14-166
みめ（御妻）
ミメ（妃）……11-88
ミメと（妃）……11-172
ミメと（妃）……11-224
ミメと（妃）……11-250
ミメ（妃）……14-52
ミメを（婦）……14-145
ミメト（女御）……14-178
ミメ（ト）（妃）……17-6
ヤハシラのミメを（八妃）……17-58
ミメを（夫人）……20-64
みめらみこと↓「すめらみこと（天皇）」
みもと（御許）
（ヌカタノオホナカツヒコ）のミコノミモトニ（額田大中彦皇子）……11-35
ミモト（側）……11-206左
ミモトに（所）……20-210
みものがたり（御物語）
ミモノカタリを（言談）……14-7
みもろ（固名）
ミモロのヲカの（三諸岳）……14-163
ミモロの（三諸）……20-99
みや（宮）
ミヤ（宮殿）……11-113左
キミノミヤに（王室）……14-21
キミ（ノ）ミヤに（王之庭）……20-210
みやから（三族）
（ミ）ヤカラの（三種）……17-43
みやけ（屯倉）
ミヤケを（屯倉）……11-20
ミヤケを（屯倉）……11-148
ミヤケを（屯倉）……17-195
（シラキ）のミヤケ（ト）（白猪屯倉）……20-59
みやけ（官家）
ミヤケ（官家）……14-400左
ミヤケを（官家）……17-93
ミヤケを（官家）……17-201
ミヤコヶを（官家）……17-213
（ウチ）ツミヤケを（内官家）……17-220
ミヤケ（ノ）（官家）……20-106
三宅（官家）……14-400
みやこ（都）
ミヤコに（京）……14-151
ミヤコニ（京都）……14-168左
ミヤコに（京都）……14-169
ミヤコに（京）……17-258
ミヤコ（ニ）（京師）……20-15
ミヤコに（京師）……20-68
ミヤコに（京郷）……17-259
ミヤコノ（皇華）……17-261
都也（朝）……14-423
ミヤ□（朝）……14-423左
ミ[ヤ]（コ）に（京）……20-52
みやこ（宮處）
ミヤコに（皇居）……11-242
みやこつくる（都作）
ミヤコ[ツ][ク]ル（都）……11-75
みやつくる（宮作）
（ミヤ）[ツ]クル（宮）……20-8
みやつこ（造）
御奴（司）……14-420
みやび（雅）
ミヤヒ（風姿）……11-11
文作ミヤヒ（斐然之藻）……17-110
みやびか（雅）

ミヤヒカナルを（溫雅）……14-82
みやまひ（御病）
御病シタマフ（寢疾不預）……14-415
みゆ（御湯）
ミユアマムト（沐浴）……14-5
みゆ（見）
ミエ（塵）……14-285左
みゆか（御床）
ミユカミマシキを（床蓐）……11-100
ミユカヨリ（床）……14-355
みよ（御世）
ミヨニ（世）……11-32
ミヨニハ（世）……11-92
ミヨ（ニ）（世）……20-97
品多天皇ノ御世（胎中之帝）……17-98
ミ（ヨ）に（世）……20-105
ミ（ヨ）に（世）……20-125
みよはひ（御齢）
ミヨハヒマタヒト、ナ（リ）タマヘリ（亂且長）……11-11
みる（見）
ミシムメ（視察）……14-352
ミイメミタマハク（夢）……11-127
（イメ）ミラク（夢）……11-245
ミ（目）……14-6
（チカツキ）ミて（就視而）……14-283
ミタマハムと（見）……14-354
召ミ給（引見）……14-354
メクリミル（歴觀）……14-409左
ミ（ル）（眺）……14-269
ハカリミレは（討）……17-35
みゐくま（固名）
（ミ）キクマの（御井隈）……14-325
みゑし
ミヱシミカキノホトリに（宮墻）……14-160
みゑらぎ（御笑）
御惠（ラキシ）給て（咲）……14-159
みをのきみかたひ（固名）
（ミヲ）の（キミ）カタヒカ（ムスメ）を（三尾君堅槭女）……17-68
みをのつのをりきみ（固名）
（ミヲノ）ツノヲリ（キミ）の（三尾角折君）……17-61

む

む（助動）
アマツヒツキシラム。（登帝位）……11-38
（ユツリ）マシマスことをマウサム。（奏…有讓矣）……11-69
（コレナニ）のミツナラム（是何瑞也）……11-79右
（ソレ）ナニ、ヨリテナラム。（其何由焉）……11-235
マキラム（納）……11-265
（イマシ）にツケテワタラハム。（寄汝而活焉）……11-289
（ヤフレ）ナム。（敗也）……11-314
ウケタマハラム。（請）……14-29
ハセイム。（騁射）……14-40左
タテマツラム。（貢）……14-88
（フタリ）を（モ）て…（ト）セム「む」。（以…二人…爲…）……14-91
（ノチ）にイハム。（後應道）……14-110
シ、コノムタマフトマウサム（好獸）……14-138
マレシアラム。（罕儔）……14-177
タクヒマレラナラム。（罕儔）……14-177左
（クニ）の（サカヒ）を□□セマツラム。（□國堺）……14-262
（ネ）の（オミ）ヨケム「む」。（根使主可）……14-350
ヨカラム。（可）……14-350左
（オホムタカラ）にホトコリナム。（流於民庶）……14-428
ヤフラム。（害）……14-432割
ヒタシタテマツラム。（奉養）……17-8
ヒタシマツラム。（膝養）……17-8左
（ココロ）を（カケ）ム。（繫心）……17-12
（タテ）てキ□（ト）シマツラム。（立爲人生）……17-14
（ナ）をト（ヽ）メム。（留…名）……17-44
（ノソミ）に（コタヘ）ム。（答…望）……17-46
（ナ）ケム。（無）……17-87
（モト）の界也に（タカヒ）ナム。（違本區域）……17-94
ウツハリコトナラム。（虛也）……17-101
（コレ）をカトラム。（制之）……17-189

オヒカヘサム（追逐退）……… 17-229
ヤメム。（斷）……… 20-29
ツ（カヘマツ）ラム「む」。（事奉）…… 20-101
ウレヘム。（恤）……… 20-134
マウコサシメム。（來）……… 20-136
（サ）トク（サカシクマシマサ）む（聽明叡智）… 11-4
エてむ。（獲）……… 11-129
（イラ）む。（入）……… 11-133
（シラ）む。（知）……… 11-134
ホ（ロホサ）む。（亡）……… 11-134
（ヲハラ）む。（終）……… 11-163
カ（ノナキシカナ）ラむ。（其鳴鹿也）…… 11-238
（ヒト）の（タメ）にイ（ラ）レ（テシナ）む。（爲人見射而死）… 11-246
（ワ）レ（サラ）む。（余避之）……… 11-356
（イマシ）か（ミ）を（キラ）む。（斬汝身）… 11-357
（ノム）こと（エ）む。（得飲焉）…… 14-47
（フタリ）を（モ）て…（ト）セむ。（以…二人…爲）… 14-91
トラヘむ。（捉之）……… 14-164
（ネ）の（オミヨケ）む。（根使主可）…… 14-350
ハラハむ「む」。（除之）……… 14-399
（ハラハ）む。（除之）……… 14-399
（ナニソ）ネムコロ（ナラサ）ラむ。（何不…慇懃）… 14-420
タモ（タシメ）む。（欲令…保）……… 14-421
マタウラムル（トコロアラ）む（所復恨）… 14-431
（エ）む。（得）……… 17-144
（タエ）む。（絶）……… 17-145
（セ）む。（爲）……… 17-199
サクルこと（エ）む（得…離）……… 17-209
（オヒカヘサ）む（追逐退）……… 17-229
（タタレ）む。（爛）……… 17-255
オカむ。（措）……… 17-259
（カヘラ）む。（歸）……… 17-259
（コハ）む。（請）……… 17-265
（ツミナヒ）タマ（ハ）む。（誅）……… 20-27
（ツカヘマツラ）む。（事奉）……… 20-101
（ウレヘ）む。（恤）……… 20-134
（メサ）む。（召）……… 20-135
マウイタ（ラ）む。（至）……… 20-139
ソコを（ツ）ケむ。（築壘塞）……… 20-141
（タレ）む。（垂）……… 20-143
（タマハラ）む。（賜）……… 20-143
ツカマツラ（サ）ラむ（弗事）……… 20-210
（イカニソアヘ）て…アマツヒツキシラムヤ（何敦敢歟…登天業乎）… 11-10
セムスヘシラス（不知所如）……… 11-65
ヤツカレヲイカ、オホサムヤ（何謂我乎）… 11-68
ホソカムトシ（將防）……… 11-126左
メクマムトスレトモ（欲愛）……… 11-156
サマタケムヤ（妨）……… 11-157
アカツキニオヨハムトシテ（及將鷄鳴）… 11-244
アリカムトキニ（出行）……… 11-246
（シロキ）か（コトク）ナラムコタヘナリ（如…素之應也）… 11-247左
[シ]カムトコロニ（追之所逮）……… 11-267
ヤメム（トシテ）（除）……… 11-329
ミユアマムトオホシ（テ）（意將木[浴]）… 14-5
オクリマツラムヤ（送歟）……… 14-22
タテマタ[サ]ムヤ（送歟）……… 14-22左
アカハムことを（贖）……… 14-29
カリセムトチキリて（期校獵）……… 14-35
カリセム（ト）（校獵）……… 14-35
カリセムトハカルマネシテ（校獵）……… 14-35左
ノアソヒセムトス、メテ（勸遊郊野）……… 14-36
セムスヘを（所由）……… 14-43
コ、ロヤラム（ト）（遺慮）……… 14-45
ミコ、ロヤラムトオホシテイテス（□欲遣慮而往）… 14-45左
ツクラムに（割）……… 14-78
ウチツミヤノアヘ（セ）ムト「ト」（シ）て（欲…野饗）… 14-84
コトノリノ[ア]ヘ[セ]ムト（野饗）……… 14-84左
オイタマハムトシて（置）……… 14-86
ウカハセムトアサムキテ（僞使鸕鷀没[水][捕][魚]）… 14-99左
カタフケムトスルこと（謀叛）……… 14-195
（ヤフラ）レムコト（所破）……… 14-209
ソムキタテマツラムヤ（背）……… 14-226
（ナニヲモ）てか（ヒトリ）イケラム「む」と

（何用獨全）…14-254
スラヒタマハム（トシ）て（將刑）……14-311
コロサムトオホシヽて（自念將刑）……14-311
（クレヒト）にアヘタマハムトシテ（欲設呉人）…14-349左
（ミツカラ）ミタマハムとシて（欲自見）…14-354
マ（タ）ムマハリナムカ（更夢蔓生）……14-399
ヤスラカニセムトオホスセリ（欲寧）……14-418
シナム（ノチ）に（崩之後）……14-432割
イタ（マサルヘケ）ム[ヤ]（可不愴歟）……17-45
アカヒノミナラムヤ（朕日歟）……17-50
（ヨクマモラ）ム（ヤ）（能守）……17-88
ムロツミに立也（ムカヘ）ムト（シ）て（欲發向…館）…17-90
（イツクニカクチ）に（サカリナ）ム（詎離於口）…17-94
（ソムキ）マツラムことを（背）……17-95
ノタマハム[ヤ]（令）……17-101
イタカラ[ム]ト云て（痛乎）……17-102
マホリヲサメムカ（タメニ）（爲護衞）……17-143
ウ（タサ）ラムヤと（不…伐）……17-186
ホロヒヽヽサラムコト（存亡）……17-188
（アカハ）ムことを（贖）……17-195
コロサムトアナリケリト（誅戮）……17-238
イツハリアラム（モノハ）（虚者）……17-255
ウメナヒ申ムヲ（謝罪）……17-260
オモカラムモノソ（應重矣）……17-262
セムスヘ（所計）……20-30
（ミマナ）を返立ムことを（復任那）……20-107
サカエムを（榮）……20-143
（マサ）にツクラむとす（將治矣）……11-22
（アメ）の（シタ）を（ワツラハサ）むヤ（煩天下乎）…11-63
（タレ）か（ヨクト、メ）む（誰能留焉）…11-69
ネキラヒタテマツルこと（ナキ）こと（ヲエ）むヤと（得無勞乎）…11-71
（エ）むカ（獲…乎）……11-115
（イツクニ）ソ（ヨク）…ナ（ラ）む（ヤ）（何能爲…乎）…11-163
ミメと（ナサ）むトオホシて（納欲爲妃）…11-250
シヌルツミ（アカナヘ）むこと（贖死）…11-282
（ホリセサラ）むヤトノタマ（ヒ）て（曰…豈不欲）…14-82
（イ）むと（シ）給て（欲…射）……14-115
ウタむヤ（伐…乎）……14-191
（オヨハ）む（コト）（及）……14-192
（ウタ）むソナヘをナシて（爲攻具）……14-221
（ナニヲモ）てか（ヒトリイケラ）むと（何用獨全）…14-254
（ツカサトレルツカサヲトラ）むこと（執…所掌之官）…14-259
（タレ）か（ヨケ）む（誰好乎）……14-350
（ナニソイフニタラ）む（何足言及）…14-423
（ワ）か思也む（コト）を（朕懷）……17-57
（タマハラ）む（カ）（爾賜乎）……17-99
マ（カラ）むと（マウス）（請罷）……17-153
（タンヤウニ）に（カヘ）むと（代…段楊爾）…17-163
ツミセラレむことを（誅）……17-194
（ヤフラ）むことを（破）……17-213
（ミコトノリ）を（キカ）むとマウス（請聽勅）…17-231
（ミコトノリ）を（キカ）むト（マウス）（請聞勅）…17-234
（キカ）むトノソケメトモ（竹聞）……17-237
（ヨラサラ）む（不賴…乎）……17-245
（オコリ）を（ナサ）むことを（成驕）……17-251
（マコトナ）ラむ（モノ）は（實者）……17-255
…（トセ）むこと（爲…）……20-9
（クニ）に（イタラ）む（トキ）に（至國時）…20-27
（ミマナ）をオコシ（タテ）むとオモフ（復興任那）…20-108
（イタラ）ン（ヤ）（至…乎）……17-57
（ナカラ）ン（無…乎）……17-146
むかふ（向・四段）
ムカ（ヒ）て（面）……20-99
むかふ（向・下二）
ムカヘ（タマフ）（聘）……17-109
迎也て（聘）……17-6
（ムカ）ヘ（キタリ）て（迎來）……20-116
むくろ（體）
ムクロを（體）……11-343
むけのきみ（固名）

索引篇 むこ-むろ

むこ ムコ（コ）の（聟）……………………………14-281
ムケの（キミ）マスラヲを（身毛君丈夫）……14-169
むさ ムサ（固名）……………………………14-95
ムサの（身狹）……………………………14-204
ムサのスクリ（身狹村主）……………………14-290
ムサの（身狹）……………………………14-306
ムサの（身狹）……………………………14-281
むさしびと（武藏人）
ムサシヒトコハクヒ（武藏人強頸）……………11-128
むしろ（寧）
ムシロ（寧）……………………………14-138左
むす（蒸）
ムシテ（蒸）……………………………20-23
むすめ（女）
（ヤツコ）かムスメ（臣女）……………………14-29
ムスメ（女）……………………………14-55
ムスメ（女）……………………………14-280
ムスメは（女者）……………………………17-205
ムスメを（女）……………………………14-180割
ム□□（女）……………………………14-281
むそむら（六十邑）
チムラアマリョソムラアマリムソムラ
　　　　　　　　　　（一千四百六十四）……11-169
むちうつ（鞭打）
ムチウチて（鞭）……………………………14-284
むつかる（憤）
ムツカヘリて（發憤）……………………………20-210

むつかる（憤）
ムツカリて（發憤）……………………………14-274
むつまじ（睦）
ムツマシクムツマシト（親昵）……………………14-9
ムツマシクムツ□マシト（親昵）…………………14-9
むなかた（固名）
ムナ（カタ）の（カミ）を（胸方神）……………14-229
むなし（虚）
ムナ（キ）こと（空爾）……………………………17-146
むにいしかし（固名）
ムニイシカシの（慕尼夫人）……………………14-73割
むにはしかし（固名）
ムニハシカシ（慕尼夫人）……………………14-73割左
むね（旨）
（ム二）ハシカシ……………………………20-23
むばふ（奪）
カスミムハフて（劫掠）……………………17-97
むま（馬）
御言ノムネを（旨）……………………………17-157
むま（馬）→「うま（馬）」
むまいくさ（騎）
トキムマを（駿）……………………………14-286
ムマイクサ（精騎）……………………………11-315
ムマイクサを（精騎）……………………………14-224
むまつはもの（騎兵）
ムマイクサ（騎）……………………………14-224左
馬兵（騎兵）……………………………17-128
ムマノクチ（轡）……………………………20-145
ムマノクチヲ（轡）……………………………14-112
むまはる（蔓生）
ムマハリナムカ（夢蔓生）……………………14-399

むゆたり（六人）
ムユ（タリ）を（六口）……………………20-88
ムユ（タリ）を（六人）……………………14-274
むら（村）
ムラ（ノ）（邑）……………………………14-316
ムラに（邑）……………………………14-272
ムラを（邑）……………………………14-324
□ムラ（ノ）（邑之）……………………………20-74
むらさと（村里）
ムラサト（巷里）……………………………11-123
ムラサトニて（於聚落）……………………17-235
むるや（室屋）
ムルヤに（室屋）……………………………17-185
むろ（室）
ムロ（室）……………………………11-336
（ナニノ）ムロソ（何窨窟矣）……………………11-337
ムロナリ（窟也）……………………………14-273
ムロ（固名）……………………………20-30
むろつび（舘）
ムロツヒの（舘）……………………………17-90
むろつみ（舘）
ムロツミに（舘）……………………………17-128
ムロツミ（舘）……………………………20-145
ムロツミに（舘）……………………………20-12左
□□□ミ（舘）……………………………

め

め（女）
ヤツコメ（妾）……11-163
メ（妃）……17-146
めか（牝鹿）
メカ（牝鹿）……11-244
めき（固名）
メキ（目杵）……11-328
めきぎし（雌雉）
メキヽシ（雌雉）……11-296
めぐみ（恵）
メクミ（仁寛）……11-5
メクミのシナを（寵章）……11-17
メクミことを（哀矜）……14-270
メクミアリて（慈仁）……17-18
メクミを（恩勅）……17-131
メ（クミ）（仁孝）……14-430
メク（ミ）を（仁）……17-138
メ（クミ）を（恩）……17-187
めぐむ（恵）
メクマムトスレトモ（欲愛）……11-156
ヒトヲメクミ（仁孝）……11-11
メクミシタマ（ヒ）テナリ（愛）……11-12
□クミ□□（愛寵）……14-94
メクミ（愛）……17-8左
メクミタマフ（寵待）……17-29左
ウツクシヒメクムタマフ（愛寵）……14-370
恤タマフコトを（寵待）……17-29
メク（ミ）（仁）……17-181
メクム（愛寵）……14-370左
めぐらす（巡）
メクラシて（運之）……11-333
めぐる（巡）
メクリて（旋）……14-76
メクリ（ミル）（歴覩）……14-409
メク（リテ）（廻）……11-191
めしいる（召入）
メシイレて（納）……11-171
メシイレタウフ（納）……11-185
召入て（納）……17-6
召入（タマフ）（納）……17-58
メシイル、（ニ）（納采）……11-71左
めしつとふ（召集）
（メシ）ツト（へ）て（召聚）……20-16
めしつらぬ（召列）
召也（ツラネ）て（引列）……17-129
めす（召）
メサ（レテ）（被召）……14-169
メ（サム）（還）……17-208
メシ（テ）（喚）……11-78
メシツ（合）……11-186
メシタマフ（喚）……11-203
メシ（テ）（納）……11-223
イクタヒメシ、ヤ（喚幾廻乎）……14-65
メシ豆（幸）……14-179
メシ（喚）……14-411右
メ（シテ）（命）……14-6
召ミ給（引見）……14-354
メ（シ）て（納）……17-45
メス「す」（喚）……14-411
メ（ス）（喚）……20-110
メスこと（合）……11-157
メセ（喚）……11-28
（メ）セ（還）……17-208右
メ（セ）（召）……20-118
めづ（愛）
メテ（愛）……17-8
メテ（感）……14-408左
めづらし（珍）
メツラシキヒト（ト）（未曾有）……20-203
めとりのひめみこ（固名）
メトリの（ヒメミコ）を（雌鳥皇女）……11-250
めのおほむらじ（固名）
（メ）ノ（オホムラシ）（目大連）……14-323
（メ）の（オホムラシ）（目大連）……14-324
めのこ（女子）
メノコ（女）……17-54
メノコ（女人）……20-139
ヲノコメノコを（子女）……17-150
メ（ノコ）（婦）……14-194
めのこひめ（固名）
メノコ（ヒメ）ト（目子媛）……17-59

も

も（裳）
キヌモヲ「を」（衣裙）……14-333
も（助詞）
（ヒトヒ）モ（ムナシカルヘカラス）（一日之不可空）……11-16
ノモサハモ（郊澤）……11-122
ノモサハモヒロクトホク（シテ）（郊澤曠遠）……11-122
モノモノタマハス（[不]語）……14-15
（コ、ロサシ）モ（ウハフヘキ）こと（カタ）シ（志難可奪）……14-28
ヒモカタフ（カサルニオヨヒ）て（[末]□[移影]）……14-75
ヨウモアラヌカ（不可乎）……14-138左
イロモツクロハス（鉛花弗御）……14-176
カモソフルコト[ナ][シ]（蘭[澤]無加）……14-176
ヒサシキヨニモ（曠世）……14-177
（アマ）ツツミヲモセメウチて（伐天罰）……14-240
ヲ（シ）ケクモ（ナシ）（鳴思稽矩謀那斯）……14-322
アタシモ（ミナコレ）にナラヘ（他皆放此也）……17-58割
（クニ）をアハセテモ（合國）……17-87
トフトリモ（飛鳥天之鳥）……17-142
（ツチ）にハフ（ムシ）モ（伏地之蟲）……17-143
（カレ）モ（コレ）モ（彼此）……17-186
（カレ）モ（コレ）モ（彼此）……17-186
（オヒタル）モワ（カ）キモ（老少）……20-198
（オヒタル）モワ（カ）キモ（老少）……20-198
もがり（殯）
モカリの（ミヤ）を（殯宮）……20-205
もごよかに（透迤）
モコトヨカニシて（渡略）……14-282
もし（若）
モシ（縦）……17-101
モシ（縦）……17-228
若也（縦）……17-94
もず（百舌鳥）
モス（百舌鳥）……11-351
もずの（固名）
モスノ、に（百舌鳥野）……11-295
（モスノ）ノ、ミサ、キに（百舌鳥野陵）……11-364
もずのみみはら（固名）
モスノミ、ハラト（百舌鳥耳原）……11-352
もだ（默）
モタ（シ）て（默）……11-182
モタ（マシマシテ）（□坐）……14-14左
モタ□（[嘿]然）……14-87左
□□□ルこと（默）……14-273
もつ（持）
モタル（トコロ）（所齎）……11-269
モタルトコロノモノヲ（所齎）……17-198
モチて（齎）……11-56
ト（リ）モチて（齎持）……14-101
シルシをモ（チ）て（持節）……17-21
[モ]テイヌ（將去）……14-116
モテルモノヲ（所齎）……17-157
モテリ（有）……20-161
もて（以）
（コ、ヲモ）て（是以）……11-21
ワタコシ（ノユヱ）を（モ）て（不以私典之故）……11-77
（コ、ヲモ）て（是以）……11-99
（オホムタカラ）を（モ）て（以百姓）……11-108
（コ、ヲモ）て…（ミ）を（セ）む（是以…責身）……11-108
（コ、ヲモ）て（是以）……11-114
（コ、ヲモ）て（是以）……11-119
ヤツ（カレ）を（モ）てマヒと（ス）（以吾爲幣）……11-132
（コ、ヲモ）て（是以）……11-132
（コ、ヲモ）て（是以）……11-136
（コ、ヲモ）て（是以）……11-146
（クハタノクカヒメ）を（モ）て（以…桑田玖賀媛）……11-155
（ミウタ）を（モ）て（以歌）……11-157
（クカヒメ）を（モ）て（以玖賀媛）……11-161
（クカヒメ）を（モ）て（以玖賀媛）……11-164
（コ、ヲモ）て（是以）……11-210
（トヨノアカリノヒヲモ）て（以宴會之日）……11-277
（シホ）を（モ）て（以白鹽）……11-246

索引篇 もて-もて 394

(コ、ヲモ)て(是以…皇子)……11-248
(ワタクシ)の(ウラミ)を(モ)て(以我)……11-251
(ワタクシコト)を(モ)て(私事)(以私恨)……11-263
(フタハシラ)のミコの(シニカハネ)を(モ)て(以二王屍)……11-263
トヨノアカリ(ノヒ)を(モ)て「て」(以宴會之日)……11-275
(ミツ)ノクチナシヒサコを(モ)て(以三全瓠)……11-277
(コ)(ヲモ)て(是以)……11-283
カヤを(モ)て(以草)……11-287
(コス、)を(モ)て(以小鈴)……11-294
ヲシハのヲを(モ)て(以韋緒)……11-295
(クロカネ)のツカリを(モ)て(以鐵鏃)……11-338
(コロカネ)のツカリを(モ)て(以鐵鏃)……11-346
(コ)(ヲモ)て(是以)……11-355
(コ、ヲモ)て(是以)……11-362
…を(モ)て(以…)……14-34
…を(モ)て(オホキオミトス)以…爲大連)……14-49
…を(モ)て(オホイムラ〈シトス〉以…爲大臣)……14-50
キヨキ(ミコ、ロ)を(モ)て(以清身意)……14-66
ハカマを(モ)て(以禅)……14-67
(ヲミナコ)を(モ)て(以女子)……14-68
イロハを(モ)て(以母)……14-68

(ヒ)を(モ)て(以火)……14-72
(コトノコヘ)を(モ)て(以琴聲)……14-87
(ハタネノミコト)を(モ)て(以齒田根命)……14-88
(コノフタリ)を(モ)て(以此二人)……14-91
…(ヨリシモヲモ)て(以…以下)……14-121割
…ト云(モ)て(以…)……14-126割
ミタラシを(モ)て(以…故)……14-133
(ユへ)を(モ)て(以…故)……14-139
オノレを(モ)て(以我)……14-149
(ヒトツノフネ)を(モ)て(以一舩)……14-170
ヲトメを(モ)て(以小女)……14-170
オホメノコを(モ)て(以大女)……14-171
(ミニハトリ)を(モ)て(以鶏)……14-172
を(モ)て(以…雄鶏)……14-185
(シラキノヒト)を(モ)て(以新羅人)……14-208
(イタリ)て(ヨワキ)を(モ)て(以至弱)……14-225
ミイクサを(モ)て(以王師帥)(以王帥師)……14-240
大夫を(モ)て(以…四卿)……14-240
(コノコト)を(モ)て(將此事)……14-243
(オホシアマ)を(モ)て(以…大海)……14-245
(コ、ヲモ)て(モ)てか何用……14-248
(ナニヲモ)て(モ)てか何用……14-254
(コ、ヲモ)て(是以)……14-262
(コ、ヲモ)て(是以)……14-274
(コ、ヲモ)て(是以…口)……14-277
六人也を(モ)て(以六人也)……14-291
(コ、ヲモ)て(是以)……14-294

タ、シカラヌ(コ、ロ)を(モ)て(以石)(以邑)……14-312
ヤツを(モ)て(以…八口)……14-319
ムラを(モ)て(以邑)……14-320
(イシ)を(モ)て(以石)……14-324
タ、シカラヌ(コ、ロ)を(モ)て用不貞心)……14-331
(ユルスツカヒ)を(モ)て(以赦使)……14-335
ヲトヒメを(モ)て(以第媛)……14-340
エ(ヒメ)を(モ)て(以衣縫兄媛)……14-347
(タテ)を(モ)て(以楯)……14-347
コムナリを(モ)て(以久麻那利)……14-388
コ(ムナリヲモ)て(以久麻那利)……14-402
(シラカノミコ)を(モ)て(以白髪皇子)……14-404割
サ(トキ)(ヲモ)て(以…聰明)……14-406割
(コレ)を(モ)て(以此)……14-411左
(コレ)を(モ)て(以此)……14-431
(コノコト)を(モ)て(以…大連)……14-436
(オホムラシ)を(モ)て(以…大連)……17-38
タツルに(キミ)を(モ)て(樹以元首)……17-40
(ココ、ヲモ)て(是以)……17-48
…(ミマナラ)を(モ)て(以…任那)……17-49
…タ(サ)を(モ)て(以…滯沙)……17-91
(ナニヲモ)て(以…任那等)……17-131
(コ、ヲモ)て(是以)……17-178
(コ、ヲモ)て(是以)……17-198
(タサノツ)を(モ)て(以…多沙津)……17-199
(ツ)を(モ)て(以津)……17-200

スコシキナルを（モ）て（以小）……… 17-227
（オホイナルキ）を（モ）て（以大木）…… 17-227割
（スコシキナルキ）を（モ）て（以小木）… 17-227割
（オホキミ）を（モ）て（以大臣爲）…… 17-231割
アルカタチ（ヲモ）て（以所見）…… 17-238
（タクヒ）を（モ）て（以類）…… 17-247
コウメルを（モ）て（以兒息）…… 17-254
（ココヲモ）て（是以）…… 17-255
…を（モ）て（以…）…… 17-258
…を（モ）て（以…）…… 20-9
…を（モ）て（[以]…）…… 20-10
ネリキヌを（モ）て（以帛）…… 20-23
ツ（ヱ）を（モ）て（以杖）…… 20-30
（コ、ヲモ）て（是以）…… 20-36
コトハリを（モ）て（以禮）…… 20-37
…マサを（モ）て（以…間狭）…… 20-43
…（フタリ）を（モ）て（[以]…二人）…… 20-44
（アツキキヤ）を（モ）て（以厚禮）…… 20-54
（ツミ）を（モ）ては（以…罪）…… 20-57
…フタを（モ）て（以…籍）…… 20-60
（タテサル）を（モ）て（以…未建）…… 20-70
（ウチ）の（ヒメミコ）を（モ）て（以菟道皇女）… 20-90
イサキ（ヨク）アキラ（ケキココロ）を（モ）て（用清明心）… 20-101
（コ、ヲモ）て（是以）…… 20-107
カラサヘツリを（モ）て（用韓語）…… 20-114
…（ソコハクノヒト）を（モ）て（以…若干人）… 20-121
（ヨロコヒ）を（モ）て（以悦）…… 20-133
（ヨキ）ツカ（ヒ）を（モ）て（以能使）… 20-135
ワラハを（モ）て（以…小子）…… 20-139
（オンソチ）を（モ）て（以恩率）…… 20-141割
…（ラ）を（モ）て（以…等）…… 20-150
（メコ）を（モ）ては（以妻子）…… 20-151
（ニチラ）を（モ）て（以日羅）…… 20-157
（ミタリ）の（アマ）を（モ）て（以三尼）… 20-168
（シヤリ）を（モ）て（以舎利）…… 20-171
（シヤリ）を（モ）て（以舎利）…… 20-171
（シヤリ）を（モ）て（以…舎利）…… 20-179
（ミタリノアマ）を（モ）て（以三尼）…… 20-202

もて（以（接續詞））
モて（式）…… 17-213
（モ）て（以）…… 11-129
（モ）て（以）…… 14-151割
（モ）て（ウハヒトル）（以奪取）…… 14-327
（モ）てユハヒツナを（トク）（用解[徽]纏）… 14-340
（モ）てウ[レ]□□□（トス）（以爲憂）…… 14-370
（タタモ）て（唯以）…… 14-424
（モ）てカナフニ（タラス）（不足以稱）… 17-32
（モ）て（以）…… 17-41
（モ）て（以）…… 17-42
（モ）て（ノチノヨノナ）をト（ゝ）メム（以留後世之名）… 17-44
（モ）て（以）…… 17-87
（モ）て（以）…… 17-203
（モ）て（式）…… 17-214
（モ）て（以）…… 17-244
（モ）て（用）…… 17-244
（モ）て（以）…… 20-165

もと（所）
オフモトニ「に」（御所）…… 11-69
ミコトノモトを（皇子）…… 14-35
モトに（王）…… 14-216
（カラコノスクネ）のモトに（韓子宿禰等）… 14-262
モトより（元）…… 17-10
モトニ（所）…… 17-173
モトに（所）…… 17-226
カトモト（門底）…… 20-114
モトに（下）…… 20-124
（ミコトノモ）トを（皇子）…… 14-35
（カト）フモ（「フモ」ハ「モト」ノ誤）（門底）…… 20-114左

もとかへる（元歸）
モトカヘリテ（反）…… 14-264

もとつくに（本國）
モトツクニを（桑梓）…… 17-7
コシノミチノクチノモトツクニ（高向）… 17-8右
（モトツ）國也に（本屬）…… 17-107
（モトツ）クニに（蕃）…… 20-53

もとほる（回）
モトホリアソヒて（相羊…）…… 14-76

もとむ（求）
ヲモトメ（シメ）給（使…求覓）…… 14-102

索引篇　もと-もろ　396

もとより（タツネ）モトム（尋覓）……14-252右
もとより（元）………14-252右
もとよリ（元）………11-25
モトヨリ（元）………14-17
モトヨリ（由前）……14-265
もとる（戻）…………17-272
モトリイスカシ（因己物）（クシ）て（傲倨）……11-61
モノモノタマハス（不語）……14-15
オノカモノカラ（因己物）……14-103
ヨツ□□□ツヱハカリ（ノ）モノアリ（四五丈者）……14-161
モノタテ マツル（貢獻）……14-186
タクミスルモノヲ（巧者）……14-184
タクミナルモノヘ（巧・者）……14-269
ソムクモノヲ（逆節）……14-157
モテルモノヲ（所齎）……17-198
モタルトコロノモノヲ（所齎）……17-235
モノヲ（食）…………17-256
オモカラムモノソ（應重矢）……17-262
モノ（者）……………20-23左
軍公タル（ヘキモ）の（可將者）……20-181
ものいみ（物忌）……14-165左
モノイミ（シタマハス）（不齋戒）……14-165
物忌（シ）給（ス）（不齋戒）………17-190
ものおもふ（懷）……
コノコロモノオモヒツヽアルニ（此有懷抱）……11-239

ものかたりごと（物語）……14-10
モノカタリコトを（所語）……17-109
モノカタリシて（清談）……17-177
ものかたりす（物語）……17-236
ものくらひ（同倉瞰）……17-243
モノクラヒキ（同倉瞰食）……17-19
モノコフ（乞者）……17-19
ものこふ（物乞）………17-19
モノシレル（博物）……17-243
ものしる（物知）………17-236
モノノフ（モノ）の（乞者）………17-177
ものゝふ（物部）の（□名）………17-109
もののべのあらかひ（固名）……14-10
もののべのにへこのむらじ（物部贄子連）（モノノヘ）アラ□（物部麁鹿火）……17-19
もののべのゆげのもりや（物部弓削守屋）……20-9
もののべのめのおほむらじ（物部目大連）……14-319
もののべのメの（オホムラシ）（モノノヘ）のメ（固名）………20-129
ものもふす（言申）（モノ ヽヘ）の（ニヘ）コの（ムラシ）………20-129
もはら（專）…………11-209
モハラアシキオ（元惡）……20-98
モノマウスハ（請謁者）

モ（ハラ）（專行）……17-190
モ（ハラアシキヲ）（元惡）……20-98右

もむ（揉）
モマレナマシ（所乘）……14-226右
モムて（乘）…………11-41
モモあまり（百餘）……11-316
モノアマリノイクサを（數百兵士）……11-316
モ（ン）アマリノ（ヒト）を（數百人）……11-247
モ（ン）アマリノ馬イクサト（數百騎）……14-328
モ（ン）（タリ）を（一百）……11-141
ももたり（百人）……11-313
ももつかさ（百寮）……14-318
モノツ（カサ）を（百寮）……14-
モヨホシ（ツヽ）（催）………20-118左
もよほす（催）………20-12割
ももつき（百衝）……14-100左
ヤフレマヨリモリテ（漏壞）……20-29
（ハカリコト）モリヌ（謀汶）……20-29
もる（漏）……………20-29
モラセリ（關姓）………20-378
モヨホシ（催）………20-49
もるや（室屋）………14-49
モルヤ（固名）………14-255
モルヘキ（應盛）……17-190
モルトモニ（同時）……17-190
モロトモニ（一時）……17-425
モ（ハラアシキヲ）（元惡）をタチシて……20-98右

索引篇　もろ-やく

もろびと（諸人）（俱時發舩）ヤツカレヲイカヽオホサムヤ……20-45
モロヒトの（衆人）ノタマ（ヒ）て（煩天下乎）むヤと……20-45
もろもろ（諸）……
モロ〴〵の（諸）（エ）むヤと（得無勞乎）（何謂我乎）……14-353
モロ〴〵を（衆）（イハムヤ）トツクニクニヲヤ（何謂我乎）……14-176
諸□（賞罰）（況乎畿外諸國耶）……14-186
もんすわう（固名）（ウレヘナキ）ヤ（無愁焉）……14-415
もんとくち（固名）……14-403
（モントク）音遲（汶得至）……17-129
（モン）ス（ワウ）（汶州王）……17-158
もんもら（固名）……
音文音門（ラ）に（汶慕羅）……

や

や
ヤツコノヤに（臣舍）……14-21
舍也を（邸閣）……17-148
や（矢）
ハナツヤ（所發箭）……14-384
ヤは（箭）……14-384
ヤ（箭）……14-437
シヽヤオヘルスヽメノコトシ（如中獵箭之雀鳥焉）……20-207
や（助詞）
アマツヒツキシラムヤ（登天業乎）……11-10
アマナレヤ（有海人耶）……11-61

ヤウヤク（漸）
（ナニノユヱアリ）てかイナチタマフヤ「ナ」ハ「サ」（誤）（何由泣乎）……14-355
イタ（マサルヘケ）ムヤ（可不愴歟）……17-45
アカヒノミナラムヤ（朕曰歟）……17-50
ノタマハムヤ（令）……17-101
ウ（タサ）ラムヤと（不…伐）……17-186
（マタ）セルヤ（遣）……17-228
（アラス）ヤ（非…歟）……20-26
ヤウ（ヤク）（アラス）ヤ（非…歟）……20-186
（ヤウヤク）に（ウコキ）て（稍動）……17-246
（ヤウヤク）にクラ（シ）て（漸蔽）……17-360
ヤウ（ヤク）に（オトロへ）て（浸衰）……20-247
ヤウ（ヤク）に（ウラミ）をナス（微生怨恨）……20-208
やおも（八方）……17-135
やかたまろ（固名）
ヤカタ（マロ）（屋形麻呂）……14-299
やから（族）
ヤカラ（族）……11-285左
ヤカラ（族）……14-358
ヤカラ（族）……14-174
ヤカラ（族）……14-403
ヤカラ（屬）……14-102左
ヤカラを（種）……20-155
ヤカラを（眷屬）……20-181
ヤカラを（子弟）……20-181
やく（燒）

（アメ）の（シタ）を（ワツラハサ）むヤと……
（ヒ）て（煩天下乎）むヤと……11-63
ヤツカレヲイカヽオホサムヤ……11-68
（エ）むヤと（得無勞乎）……11-71
（イハムヤ）トツクニクニヲヤ（況乎畿外諸國耶）……11-95
（ウレヘナキ）ヤ（無愁焉）……11-104
（ナニヲ）か（トメル）と（ノタマフ）ヤ（何謂富乎）……11-107
（イカニ）ソ…を（サマタケム）ヤ（何…妨）……11-157
（イカニ）ソ…を（サマタケムヤ）（何…妨）……11-157
（モシヒメミコノ）ミ（タマ）キヤ（若見皇女之玉乎）……11-249
ナクシカナレヤ（鳴牡鹿矣）……11-276
（ナニ）ソ…サトリ（ナカラム）ヤ（何…無知耶）……11-323
オクリマツラムヤ（送歟）……14-22
（ナニノユヱニトフ）ヤ（何故問耶）……14-62
メシヤ（喚…乎）……14-65
（ホリセサラ）むヤトノタマ（ヒ）て（豈不欲）……14-82
（ウタ）むヤ（伐…乎）……14-191
ソムキタテマツラムヤ（背）……14-226
（イシニアヤマリ）アテシヤ（不誤中石耶）……14-332

ヤカレ（被燒）……………… 20-198
ヤキ（コロサ）レタルこと）を（所燔殺）… 14-142
ヤキマツル（燒）……………… 20-199
ヤク（燔）……………… 20-188
やけひと（家人）
ヤケヒトラ（家人部）……………… 14-274
やしなふ（養）
ヤ（シナヒ）（養）……………… 20-131左
ヤシナフ（所養）……………… 14-211
イタハリヤシナフ（供養）……………… 20-203
ヤシナヘ（養）……………… 14-160
やしはご（玄孫）
サホ□□のヤ□□コ（狭穂彦玄孫）……… 14-318
やすし（易）
ヤスク（シ）て（安）……………… 14-418
ハラ（ミ）ヤスキ（ヒト）は（易産腹者）… 14-67
やすむ（安・四段）
コ、ロヤスム。（慰之）……………… 11-239
やすむ（安・下二）
ヤスメ（タテマツラム）ト（シテ）（奉慰）… 14-85
ヤス（メ）て（息）……………… 14-76
（ヤス）メ（ヤシナハムト）（安養）……… 14-425
ヤ（スメ）ネ（キラフ）（慰勞）……… 20-122
ヤスム（養馴）……………… 11-294
やすらか（安）
ヤスラカナリ（安）……………… 11-9
ヤスラカナリトイフウタ（康哉之歌）… 11-93
ヤスラカニセムト（寧）……………… 14-418
（ヤス）ラカニ（安）……………… 14-422
やそ（八十）
ヤソを（八十）……………… 11-29
ヤソフセナ（「セ」ミ セケチ）（八十艘）……… 11-170
やそつづき（八十聯綿）
コムマコヤソツ、キに（子々孫々八十聰綿）… 14-360
ウミノコノヤソツ、キニ（子々孫々八十聰綿）… 14-360左
ウミノコノヤソツ、キ（子々孫々）……… 20-100
やたのかがみ（八咫鏡）
ヤタノ（カ、ミ）を（八咫 咫敷 鏡）……… 14-276
やつ（八）
ヤツを（八口）……………… 14-320
やつ（奴）
ヤツノ（「ヤツ」ハ誤訓）（奴能）……………… 14-313
やつかれ（僕）
ヤツカレ（我）……………… 11-9
ヤツカレを（我）……………… 11-12
ヤツカレは（僕）……………… 11-13
ヤツカレは（我）……………… 11-15
ヤツカレ（ノ）（臣）……………… 11-24
ヤツカレは（臣）……………… 11-26
ヤツカレヲイカ、オホサムヤ（何謂我乎）… 11-68
ヤツカレか（臣妻）……………… 11-80
ヤツカレ（臣）……………… 14-17
ヤツカレ（奴）……………… 14-184
ヤツカレに（僕）……………… 14-259
ヤツカレか（臣）……………… 20-56
ヤツカレ（ラ）（僕等）……………… 20-154
ヤツカレ（カコト）を（臣言）……… 20-184
ヤツ（カレ）を（吾）……………… 11-132
やつぎ（八匹）
ヤツ（キ）（八疋）……………… 14-320
やつこ（奴）
ヤツコナル（ハ）（臣）……………… 11-14左
ヤツコメ（妾）……………… 11-163
ヤツコに（臣）……………… 14-28
ヤツコ（臣）……………… 14-62
ヤツコ（臣）……………… 14-67
ヤツコノ（臣）……………… 14-195
ヤツコカ（臣）……………… 14-242
ヤツコソ（奴）……………… 14-335
ヤツコカ（妾）……………… 14-356
ヤツコナリ（君臣）……………… 14-421
ヤツコ（臣）……………… 14-427
ヤツコ（臣）……………… 17-35
ヤツコラ（臣等）……………… 20-100
ヤツコ（タチソチニチラ）を（臣達率日羅）… 20-127
ケヤツコ（ラ）（奴等）……………… 20-148
ヤツ□（妾）……………… 14-100
□ツコ（妾）……………… 17-7
□タマシキ奴也（奸猾）……………… 17-184
やつこらま（奴僕）

ヤツコラマナルハ（臣）……11-14
ヤツコラマ（トシテ）（爲臣）……11-15
ヤツコラマサリ（「サ」ハ「ナ」ノ誤）（君臣）……14-421左
やつめ（妾）
ヤツメか（妾）……11-210
やつりのしらひこのみこ（固名）
（ヤツリ）のシラヒコノ（ミコ）
（八釣白彦皇□子）……14-14
やとせ（八年）
ヤトセ（八年）……14-206
やどる（宿）
宿也て（次）……17-224
ヤト（リ）て（次）……17-233
ヤトル（次）……17-224割
ヤトレリ（宿）……11-243
やなぐひ（胡簶）
フタヤナクヒノ（二囊）……14-437
やはしら（八柱）
ヤハシラのミメを（八妃）……17-58
やはらぐ（和）
ヤハラキテ（邕々）……17-135
やぶさは（藪澤）
ヤフサハに（藪澤）……14-76
やぶる（破・四段）
ヤフラム（害）……14-432割
（ヤフ）ラレて（所敗）……11-317
ヤ（フラス）（不…傷）……14-332
ヤフリ（毀）……20-190
やぶる（破・下二）
（ヤ）フレて（降陷）……14-401割
（ヤフ）レ（シヌル）（傷死）……17-266
（ヤフ）ル（「レ」）テ（降陷）……14-401割左
やぶれま（破間）
ヤフレマヨリモリテ（漏壞）……11-100左
やぼのむすめ（固名）
ヤホ（ノムスメ）（夜菩之女）……20-166
やましろのつつき（固名）
（ヤマシロ）のツヽ（キ）に（山背筒城）……17-81
やまたに（山谷）
ヤ（マ）タ（ニ）（山壑）……17-16
やまと（倭）
ヤマトの（倭）……11-333
ヤマトに（日本）……14-144
ヤマトノ（日本）……14-218
ヤマトの（日本）……14-261
ヤマト（東）……14-417
ヤマトカウチノ（東西）……20-20
やまとのあや（東漢）
ヤマトノア□（東漢）……20-34
やまとのあやのひえ（固名）
ヤマトノアヤノヒエ（東漢直）……14-200
やまとのくに（倭國）
（ヤマトノ）クニの（日本）……17-135
やまのつかさ（山司）
山（ノ）司（虞人）……14-115
やまひ（病）
ヤマヒシて（發病）……11-165
ヤマヒシテ（値病而）……14-256
ヤマヒシ（遘疾）……14-422
ヤマヒ（ト）申て（稱疾）……17-96
ヤマヒス（患疾）……20-179
やみ（闇）
ヤミノヨニ（闇夜）……14-102
やむ（病）
カサヤムタマフ（患於瘡）……20-195
ヤ[ム]（患）……20-197
ヤムマネに（シ）て（患）……14-209
やむ（止・四段）
ヤム（止）……14-131
ヤ（ム）こと（已）……11-241
やむ（止・下二）
ヤメム（ト）（除）……11-329
ヤメム。（斷）……20-29
ヤメテ（除）……11-96
ヤメて（止而）……14-340
ヤ（メ）て（停）……14-334
ヤむ（止之）……14-401
ヤメヨ（斷）……20-186
ヤメ（ヨ）（斷）……20-201
やも（八方）
ヤモヲミ（眺八維）……14-269
やもめ（寡婦）
ヤモメ（寡）……11-114
ヤモメに（寡婦）……11-163

ヤモヲヤモメを（孤孀）……11-362
やもり（山守）
ヤモリのトコロ（ナリ）（山守地）……11-21
ヤモリのトコロと（山守地）……11-26
やもを（鰥）
ヤモヲ（鰥）……11-114
ヤモヲヤモメを（孤孀）……11-362
やる（遣）
ヤラム（遣）……14-45
ミコ丶ロヤラムト（遣慮）……14-45左
ヤリて（使）……14-35
ヤリて（使）……14-190
ヤリサケ[ツ]カフ（駈使）……20-147左
…をヤ（リ）て（遣…）……14-207
…にヤ（リ）て（使…）……14-215
ヤ（リテ）（過）……14-222右
やる（破）
ヤレツ（クサスハ）（不幣盡）……11-97
やれま（破間）
ヤレマヨリ（モリテ）（漏壞）……11-100

い

いとほす（射通）
イトホスこと（射通）……11-142
いはなつ（射放）
イハナツ（所發）……14-384左
いる（射）
イ（ラ）レ（テ）（見射）……11-246
ハセイム（騁射）……14-40左
マチイテ（逆射）……14-131
イ（オト）シツ（射墮）……14-264
イ（ウカ）[ツ]（射穿）……14-387
（イ）ル（射）……14-263
ユミイルコトノ（射）……11-143
イル（ヘカラス）（不可射）……14-436

ゆ

ゆく（行）
ユキて（行）……14-188
ユキ（行）……14-246
ユキて（赴）……14-254
ユキて（向）……14-256
ユキ（テ）（就）……17-14右
ユキツトヘ（シム）（赴集）……17-226
ユ（キ）て（倶歟徂）……17-183
ユ（キ）て（之）……20-113
ユイて（之）……14-180
ユク（赴）……14-75
ユク（行）……20-30
ユ（ク）（往）……14-262左
行也（向）……20-114
ミチユクヒト（路人）……11-353
ミチユクヒト（路人）……11-356
行人を（行）……14-326
スキ行トキ（過）……20-142
ゆくゆく（行行）
ユク〱（行）……14-246右
ゆくりに（不意）
ユクリニ（不意）……14-45左
ゆしむ（王子）→「せしむ（工子）」
由シム（王子）……14-401割左
由シム（ラ）を（王子等）……20-136
ゆたか（豊）
ユタカナリ（豐穰）……11-101
ユタカニマシマス（壑如）……17-9
ユタカなり（優）……17-162
スミユタカ（ニシ）て（清泰）……17-249
ユ（タカナリ）（富寛）……11-101
（トミ）ユ（タカニシテ）（富饒）……11-114
ゆだぬ（委・上二）
ユタニシメス（勿委）……14-369左
ユタニス（勿委）……14-369
ユタニ給（付）……14-415
ゆだぬ（委・下二）
ユタネ[ツ]ケ[ム]トオホセシヲ（付囑後）……14-35
ユタネタマフ（付）……14-415左
ゆづる（讓）
ユツルコト（廉節）……17-251左
ゆはひづな（結綱）
ユハヒツナを（[徽]纏）……14-340
ゆはふ（結）
トラ（ヘ）ユ（ハヒ）て（收縛）……20-152

401　索引篇　ゆみ-よし

ゆみつる（弓弦）……14-436左
ユムツルウチス（彈弓弦）……14-436
ユミツル打ス（彈弓弦）……14-436
ゆみいる（弓射）……14-436
ユミイルコトノ（射）……11-143
ユミルニ（射）……14-383
ゆむはず（弓筈）……14-438
ユムハス（弭）……14-438左
ゆめ（努力）
ユメ（努力）……14-432割
ゆるす（許）
ユルサシト（不聽）……11-182
ユルシタマハス（不聽）……11-116
ユルシマウノホラ□□□□ニス（不肯聽上）……14-168左
ユルシ（タマハリ）て（縦賜）……14-339右
ユルシ（タマハリ）（可）……17-36
ユルシタマフ（可）……17-46
ユルシタマフヘ（聽垂納）……17-87
ユルシタレタマフ（可）……17-207
ユルシタマハス（許之）……17-112
ユルシア進（セ）カ（ヘニス）（許婚）……20-138
ユルシアハセテキ（許婚）……20-112
ユルシタマフマネニシタマヘ（聽上）……20-144
ユルシタマフネニシタマヘ（陽賜豫）……20-46左
ルシタマフ（可）……17-46左
ルシツ（聽許焉）……17-182
ユルスとなり（可）……17-182
免遣（放還）……20-41
ユルス（可）……20-98
ユ（ルス）（赦）……20-98
ユル（スヘキ）は（應原者）……

よ
よ（世）
ノチノヨノシルシト（後葉之契）……11-82
ヨロツヨトイヒツ、（呼萬歳）……14-140
ヒサシキヨニ「に」モ（曠世）……14-177
よ（四）
ヨ、ロツアマリの（四萬餘項）……11-153
よ（葉）
ヨヲ（葉）……14-236
よ（夜）
ヨノ（疑存）……20-22
よ（羽）
ヨノ（羽）……11-161
よ（助詞）
ヤミノヨニ（闇夜）……14-102
クルツヒノヨ（明日之夕）……14-161
よぎる（過）
（タレカカ）ケムヨ（拖例柯々該武預）……14-338
ヨ（キリ）たり（過）……14-433
よし
ヨキレリ（相遇）……17-235
（アヒ）ヨキレリ（相遇）……

ゑ
ゆゑ（故）
ナニノユヱニカ（何所以歟）……11-67
ユヱ（由）……17-94
ゆえ（湯人）
ユエノ（湯人）……14-96

よ
よこしまのうなかみ（固名）
ヨコシマノウナカミを（横源）……11-124
よこす（譜）
…をヨコ（シ）て（譜…）……14-96
よこたふ（横）
ヨコタヘて（横）……14-312
よことし（萬歳）
ヨコトシ（萬歳）……14-140左
よこの（固名）
ヨコノ（横野）……11-149
よさ（固名）
ヨサ（ノコホリ）の（餘社郡）……14-407
よさす（任）
（ヨサ）シの（封）……17-221
よさしどころ（任所）
ヨサシトコロに（任所）……14-180
ヨサス（任）……14-363
ヨサシタマヒシ（所封）……17-202
ヨサセルコト（封）……17-363
ヨサミ（固名）
ヨサミ（依網）……11-290
よさむのつちくら（固名）
ヨサムノツチクラの（依網土倉）……11-290左
よし
ヨカラサルカ（不可乎）……14-138
ヨ（可・善）……14-350左
ヨカラム（可）……

ヨケム「む」（可）…… 14-350
ヨ[ク][モ][ア]ラス（不可）…… 14-399
ヨウモアラヌカ（不可乎）…… 14-138左
ヨ（シ）（嚢吉）…… 20-75
ヨキカト（能才）…… 11-12
ヨキヒトを（明[德]）…… 11-16
ヨキワサ（善）…… 17-136
□[キ]エマ□を（妍咲）…… 14-82
（ヨ）キ（良）…… 14-268
ヨイカナ（懿哉）…… 17-27
ヨイか（懿哉）…… 20-19

よしび（好）
ヨシヒを（好）…… 14-151割

よす（依）
ヨセて（委）…… 17-24
ヨサセルコト（封）…… 17-220

よそひ（粧）
ヨソヒを（装餝）…… 14-352
ヨソヒセシムルこと（装）…… 14-354
ヨソ[ヒ]□□（容儀）…… 17-22
コトワリノヨソヒを（禮儀）…… 17-50
（コロモヲ）ヨソヒシテ（装束衣帯）…… 20-29

よそふ（粧）
ヨソヒ（莊飾）…… 14-73割左

よそほしみ（懶）
ヨソホシムス（懶）…… 17-253

よそむら（四百疋）
チムラアマリヨソムラアマリムソムラ（一千四百六十匹）…… 11-169

よたり（四人）
ヨタリノフレ（四卿）…… 14-240左

よつえ（四丈）
ヨ[ツ]□□□ツヱハカリ（四五丈）…… 14-103

よつぎ（四世）
ミツキヨツキナリタル（三四世）…… 17-79

よなか（夜中）
ヨナカニ（夜半）…… 11-41

よなよな（毎夜）
ヨナ〳〵（毎夜）…… 11-232

よぬ（固名）
（ヨ）ヌ（餘怒）…… 20-120

よはひ（齢）
[ミ]ヨハヒ（亂）…… 11-11

よばふ（呼）
ヨハヒシて（呼）…… 14-41
ヨハヒオロラヒて（呼號）…… 14-43
ヨハヒシことを（聘）…… 17-207
オラヒヨハフ（呼號）…… 14-43左
ヨハフ（聘）…… 17-6左

よぶ（呼）
ヨムテ（呼）…… 11-66
ヨ（フ）（召）…… 17-230

よぼろくぼ（膕踵）
ヨホロクホ（膕踵）…… 11-345

よみ（詠）
（ミウタ）ヨミ（シ）て（歌以）…… 11-300
（ミウタ）ヨミ（シ）て（歌）…… 11-172
（ミウタ）ヨ□て（歌）…… 11-189

よみ（好）
ヨミスルことを（愛）…… 11-240

よみがへる（蘇生）
ヨミカヘリて（蘇生）…… 20-147

よみとく（讀解）
（ヨミ）トカ（シム）（令讀解）…… 20-16
（ヨミ）トキ（[讀][釋]）…… 20-18

よも（四方）
ヨモノ（四隣之）…… 14-400
ヨモノクニ（四海）…… 14-269
ヨモノ（四）…… 14-418左
（ヨ）モに（四方）…… 20-163

よもすがら（終夜）
ヨモスカラに（終宵）…… 14-67

より（助詞）
モトヨリ…とイ（フ）は（元謂…）…… 11-25
（コ）の（ヒ）ヨリ（ハシメ）て（是日始之）…… 11-97
ヤレマヨリ（モリテ）（漏壊）…… 11-100
ヤフレマヨリモリテ（漏壊）…… 11-100左
カハヨリサカノホリテ（泝江）…… 11-191
カハフネヨリ（ヤマシロ）にイテマス（浮江幸山背）…… 11-212
ツカノヨリ（自菟餓野）…… 11-233
（ノ）の（ナカ）ヨリ（オコリテ）（起野中）…… 11-349

(ミヽ)ヨリ(イテ)て(自耳出之)……11-351
モトヨリ…を(モトメス)(元不求…)……14-17
ミユカヨリオリて(避床)……14-355
ヤ(マ)タ(ニ)ヨリニケホトハシ(リ)て(遁山壑)…17-16
(アメ)ヨリ(天)……17-48
(ミチ)の(オミ)ヨリ(道臣)……17-185
ハシメヨリ(元)……17-221
ワレヨリサイタチテ(先吾)……17-261
(ツネ)ノ(トシ)ヨリマ(サレリ)(益恒歳)…20-69
ハムサより(「イムサ(キ)」ノ誤訓)(曾)……14-44
(イヘ)より(キ)たりて(家來)……14-435
モトより(元)……17-10
(ミチ)の(オミ)より(道臣)……17-185
(ナカト)より(長門)……17-189
(ツクシ)より(筑紫)……17-190
(オキテ)より(置)……17-201
(クマ)ナレより…に(イル)(自熊川入…)…17-232
(ムカシ)より…(ヨラサラ)む(嘗不頼…)…17-245
ハシ(メ)よりコトワルこと(ナシ)(元無能判)…17-254
(イマ)より(ハシメ)て(今始)……20-20
…(トシ)よりマ(サレリ)(益…歳)……20-69
(イヘ)の(ウチ)より(キタル)(家裏來)…20-114
…の(ムラ)より…に(ウツル)(自…村遷…)…20-145
(コレ)よりオコレリ(自茲而作)……20-176
(ヤマトヨ)リ(キ)たり(從日本來)……17-78割
品タノミカトノ…を(オキ)タマフシ(ヨ)リ(自胎中天皇置…)…17-219

よりて(仍)
(ヨリ)て(仍)……11-7
(ヨリ)て(因)……11-30
(ヨリ)て(仍)……11-73
(ヨリ)て(因)……11-125
(ヨリ)て(因)……11-129
(ヨリ)て(因)……11-148
(ヨリ)て(因)……11-238
(ヨリ)て(因)……11-268
(ヨリ)て(仍)……11-280
(ヨリ)て(仍)……11-310
(ヨリ)て(因)……11-313
(ヨリ)て(因)……11-315
(ヨリ)て(因)……11-320
(ヨリ)て(因)……11-336
(ヨリ)て(因)……11-351
(ヨリ)て(仍)……11-357
(ヨリ)て(因)……14-6
(ヨリ)て(因)……14-99
(ヨリ)て(仍)……14-160
(ヨリ)て(因)……14-254
(ヨリ)て(仍)……14-286
(ヨリ)て(因)……14-297
(ヨリ)て(仍)……14-305
(ヨリ)て(因)……14-335
(ヨリ)て(仍)……14-336
(ヨリ)て(仍)……14-371
(ヨリ)て(因)……14-372
(ヨリ)て(仍)……14-378
(ヨリ)て(乃仍)……14-412
(ヨリ)て(仍)……17-16
(ヨリ)て(仍)……17-83
(ヨリ)て(因)……17-220
(ヨリ)て(仍)……20-41

よる(夜)
ヒルヨルト(日夜)……11-118

よる(依)
ヨ(ラス)(憚)……20-134
(ユツリマス)にヨリて(由讓)……11-55
(キサキノ)ネタミマスにヨリて(苦皇后之妬)…11-156
ナニヽヨリテナラム(何由焉)……11-235
(キ)にヨリて(緣樹)……14-132
イサヽケキ(コト)にヨリて(緣小事)…14-261
(ヒトツ)の(トリノユエニ)ヨリて(由一鳥之故)…14-303
…にヨリテ(籍…)……14-421
ミカト(ニ)ヨリて(於朝庭)……17-129
カソノツミニヨリて(坐父)……17-194
…に依也て(籍…)……17-36

（コレ）に依也て（馮茲）……17-137
（コレ）にヨ（リ）て（籍此）……17-250
…に（ヨ）レ（ル）に（由…）……20-186
よる（寄）
コエヨリて（跨據）……14-193
ヨリタモ（チ）て（據有）……14-194
ヨリコ（訓後世）（スシ）て（不敬歸）……17-234左
ヨリコ（ミセ ケチ）（スシ）て（士卒（元來前行「不敬歸」ノ左訓））……17-235右
（キ）にヨリて（嬰城）……17-268
よろこぶ（喜）
ヨロコヒて（欣然）……11-9
ヨロコヒて（賀）……14-281
ヨロコフ（歡悦）……20-202
ヨロコフコ、ロ（驩心）……11-8
よろづ（萬）
ヨ、ロツアマリの（四萬餘項）……11-153
ヨロツヨトイヒツ、（呼萬歲）……14-140
よろひ（甲）
ヨ（ロヒ）（甲）……14-13
ヨロ（ヒ）を（甲）……14-384
ヨ（ロヒ）を（甲）……20-128
よわし（弱）
ヲチナクヨワク（シ）て（懦弱）……14-131

ら

ら（等（接尾））
ヤケヒトラ（家人部）……14-275
（イセノ）キヌヌヒラカ（伊勢衣縫）……14-348
（ヒカゝ）ラカの（日香々等）……14-365
（キシノ）オキ（ナ）ラを（吉士老等）……17-200
ヤツコラ（臣等）……20-100
らく（接尾）
コタヘタマフラク（對諮）……11-105
（イメ）ミラク（夢）……11-245
（ス、ム）ラク（勸）……17-174
（ミコトノリス）ラク（詔）……17-223
らる（助動）
ツミセラレむことを（誅）……17-194
（シ）セラレ（タマヒヌ）（殺）……14-13
タヘラ（レテ）（防遏）……17-179
イサチラル（哀泣矣）……14-358
（オホムタカラニ）ハ、（カラ）ル（爲百姓所憚）……14-428
ツミセラル、に（ノソミ）て（臨刑）……14-46
（ツノ）の（オミ）ト（ナツケ）ラル、こと（名角臣）……14-279

り

り（接尾）
フタリを（二人）……11-129
（ヒト）リ（一）……11-321
（フタ）リの（二）……11-321
□□リ（二）……11-360
（イツタ）リ（五）……14-151
フタリニアタル（第二）……14-411
（ヒト）リノ（一）……17-51
（ヒト）リ（一）……17-216
（フタ）リ（二）……17-216
り（助動）
ミヨハヒマタヒト、ナ（リ）タマヘリ（亂且長）……11-11
マウケキミとシタマヘリ（爲貳）……11-17
アコカ（シレ）リ（吾子籠知也）……11-27
（アコゝ）を（キテ）マウケリ（率吾子籠而來之）……11-30
イソキイテマセリ（急馳）……11-70
スキタマヘリ（慟）……11-73左
ウフトノにトヒイレリ（入于產殿）……11-78
トヒイレリ（入）……11-80
アレマセリ（生）……11-87
（ミテ）リ（滿）……11-105
オホニヘタ（テマツ）レリ（獻苞苴）……11-236
（ナキ）シ（カ）に（アタ）レリ（當鳴鹿）……11-240
ヤトレリ（宿）……11-243
（オモキツミ）に（アタ）レリ（寔當重罪）……11-268
（タカ）コウメリ（鷹產之）……11-300
エ（ヨホロ）にサセリ（差役丁）……11-329
ソムケリ（相背）……11-344
クヒカキハケリ（咋割剝）……11-351
イハメリ（滿）……11-358
ハ（「イ」ノ誤）ハメリ（滿）……11-358左

イハメリ（滿）……14-4
（ヒトニスキタマ）ヘリ（過[入]）……14-4
（ウ）メリ（生）……14-8割
ミネマセリ（眠臥）……14-11左
ミネフリシタマヘリ（眠臥）……14-11
（カハネナヲ）モラセリ（闕姓）……14-12割
（キタ）レリ（來）……14-22
アタレリ（屬）……14-28
（ウメ）リ（生）……14-53
タウハレリ（似）……14-63
サフラ[ヘ]リ（奉）……14-66左
ツカマツレリ（奉）……14-66
相望メリ（望）……14-108
タウハレリ（相似）……14-108
（キタ）レリ（來）……14-128
ツチに（ヒ）ケリ（曳地）……14-129
（ステ）に…に（アタ）レリ（既當…）……14-146
（タ）レリ（足矣）……14-176
（ソナハ）レリ（備矣）……14-176
（ア）ヘリ（逢）……14-187
從ヘリ（稱臣）……14-236
ナレリ（濟）……14-237
（ヤマト）にマウケリ（到來日本）……14-267
（マウケ）リ（到來）……14-267
（コレヨリハシマレ）リ（自此始也）……14-279
ウマハリセリト（産）……14-281左
ウマハリセリト朱消（蓬蔂）……14-282割
（カトク）ナレリ（蓬生）……14-283左
スクレテタテリ（逸發）……14-283
（スクレテ）ニエリ（逸發）……14-283左
□ニマに（ナ）レリ（爲土馬）……14-287
トノキセリ（侍宿）……14-301
（ソノウネメ）をヲカセリト（姧其采女）……14-311
ヲカセリ（姧）……14-318
（イ）ヘリ（云）……14-341割左
（マサ）レリ（益）……14-413
ヤスラカニセムトオホスセリ（欲寧）……14-418右
マウテキウコハレリ（朝參集）……14-420左
コノカミオトヒトに（カケ）リ（闕友于）……14-427
（クニ）に（ミテ）リ（充盈於國）……14-430
（アラコ）を（シ）レリ（知…荒籠）……17-25
（フミ）を（ツク）レリ（爲文）……17-58割
（ミコ）を（ウメ）リ（生…子）……17-59
サツケマツレリ（授記）……17-92
（シ）レリ（知）……17-98
（オ）ケリ（置）……17-98
（カヽ）レリ（懸）……17-137
フカミセリ（深矣）……17-143
アツミせり（厚）……17-144
（コトワリ）にカナヘリ（稱…理）……17-146
（サカシ）トオモヘリ（賢）……17-185
ツケリ（接）……17-193
（オケ）リ（置）……17-220
（アヒ）ヨキレリ（相過）……17-235
（タカヘ）リ（違）……17-253割
（カサムリマシヌト）イヘリ（崩薨）……17-283割
カケリ（書）……20-22
（トマレ）リ（泊）……20-50
オホ（ラシコロ）□リ（溺[殺]）……20-57
ア（サムキマツレ）リ（欺誑）……20-57
アサムキマツレリ（欺誑）……20-57左
アシマセリ（生）……20-63
（トツキ）タマヘリ（嫁）……20-80左
（ホロホセ）リ（滅）……20-106
（ハカリタマ）ヘリ（謀）……20-107左
（クタラヨリ）マウケリ（還自百濟）……20-111
マウケリ（來朝）……20-127
モテリ（有）……20-161
（コレ）よりオコレリ（自茲而作）……20-176
（タヽ）レリ（祟）……20-180
アマヨソヒセリ（被雨衣）……20-190
（クニ）に（ミテ）リ（充盈於國）……20-197
ヒ（ツキノミコ）とシタマヘルことは（爲大子）……11-12
ヤツカレ（ノ）アツカレルミタは（臣[所]任屯田者）……11-24
（トメ）ルは（富）……11-109
（カ）をトレル（トキ）（獲鹿之日夜）……11-239
マキタマヘルことを（婚）……11-256
サイタテルトコロ（ナリ）（所先也）……11-259
モタル（所賚）……11-269
（ヨキタマ）マケルこと（アリ）（有纏良珠）……11-279
スクレルイクサを（精兵）……11-310

ミネマセルを（睡）……14-11
（カタ）シ（ト）イヘルは（難）……14-28
アツマレルアシ（聚脚）……14-38左
[タテ]マツレル（所貢）……14-189
ト丶マレルコト（留）……14-190
カ丶レルハタシノシ（綴流）……14-216
ミタレヲミチニセルニアリテ（行亂於道）……14-265
アカウマに（ノ）レルヒトに（騎赤駿者）……14-282
（ミヌマノキミ）のタテマツレル（水間君所獻）……14-294
ニケマウケル（逃化來）……14-298
ウチツミオケル（トリ）（積鳥）……14-302
（タテマツ）レルテヒト（所獻手末）……14-344
（ケ）セル（所着）……14-352
ケ（セ）ル（所着）……14-352左
タテマツレル（モノナリ）（所獻之物也）……14-357
ミテツメル（カタチナリ）（盈積之貌也）……14-373割
タモテル（イツカヒヘ）（所有猪使部）……14-393
モテルモノヲ（所齎）……17-157
コ丶ロシラヘルは（通）……17-181
モタルトコロノモノヲ（所齎）……17-198
ヨサセルコト（封）……17-220
（マタ）セルヤ（遣）……17-228
モノシレル大夫也（博物之臣）……17-243
コウメルを（モ）て（以兒息）……17-254
（タテマツ）レル[フ]ミ（上表疏）……20-22
（ウラナヘ）ルに（ト）……20-75
マウケルカフカの（オミ）（來鹿深臣）……20-160
オコナヘル（行）……20-190
（ヤキ）マツレル（燒）……20-199左
（ソ）のサカナイをシロシメセレトモ（知其惡而）……11-36
シロシメ[セ]レトモ（知）……14-108左
カナヘレトモ（合）……17-95

る

る（助動）
ウナカサレスシテ（不領而）……11-118
（ヤフラ）レムコト（所破）……14-209
シノカレ（ナマシ）（乘）……14-226
モマレナマシ（乘）……14-226左
イハレス（不可）……14-399左
ワラハレナマシ（取嗤）……17-28
カラクニにツカハサレテ（遣於韓國）……11-27
（ユルサ）レて（免）……11-112
（ヒト）の（タメ）にイ（ラ）レ（テ）（爲人見射）……11-246
（ヤフ）ラレて（所敗）……11-317
（ヤキコロサ）レヌ（被燔死）……14-31
ヤキ（コロサ）レタルことを（所燔殺）……14-142
（コロサ）レキト云て（曰…所殺）……14-253
クハレて（所囓）……14-291
（ヤフラ）レ（シ）（所破）……17-171
カスマレ（シトコロ）は（所掠者）……17-240
（アサムカ）レて（彼被欺）……20-25
ヲカサレヌ（奸）……20-91
カヘリテナアサムカレタマヒソ（莫翻被詐）……20-140
（クタケヤフラ）レヌ（被摧壞）……20-172
ウタレ（被打）……20-198
ヤカレ（被燒）……20-198
ハムヘラル（安[置]）……14-198
セカル丶こと（塞）……11-129
る（未詳）
ル（開）……20-6左
ウ（タカハ）ル丶ことを（所疑）……14-19

わ

わ（吾）
ワカトモタチトシて（爲吾伴）……17-177
わかいらつひめ（固名）
ワカイラツ媛（稚姬）……14-55
わかご（若兒）
ワカコを（嬰兒）……14-159
わかし（幼・若）
（トシ）ワカクシて（年幼）……14-9
ワカク（シ）て（幼年）……14-411
御トシワカクシて（幼年）……17-7
ワ（カ）キモ（少）……20-198
わかたけのみこと（固名）
ワカ（タケ）の（ミコト）（幼武尊）……14-110

わかたらしひめのひめみこ（固名）
（ワカ）タラシ（ヒメ）のヒメミコ（稚足姫皇女）……14-54
わかつ（分）
ワ（カチ）て（分）……14-362
わかつる（誘致）
ワカツリ（イタ）シ（誘致）……17-175
わかもりやま（固名）
ワカモリヤマか（メ）（稚守山妻）……11-278
わかやひめのひめみこ（固名）
（ワカ）ヤ（ヒメ）の（ヒメミコ）（稚綾姫皇女）……17-71
わかやまとねこのすめらみこと→「しらかみのたけひろくにおしわかやまねこのすめらみこと（固名）」
わかる（別）
ワカレテ（辭訣）……14-147
ワカレハ□ヌ（取別）……14-286
ワカレ給て（辭訣）……14-416
わかれ（固名）
ワカレ（ノムラ）（別邑）……14-405割
わぎもこ（吾妹子）
ワ□モ□（吾妹）……14-9
わけ（別）
サホ（ノ）コトリワケ（狭穂子鳥別）……14-92
わざ（業）
アシクサカサマナルワサス「す」（暴虐）……14-326
アラクサカ（シ）キワサ（ス）（暴虐）……14-326左
ワサ（行）……14-427
ヨキワサ（善）……17-136
シヒワサシ（暴虐）……17-151
ワサト（事）……17-263
ナラ（ヒノ）ワサ（習之業）……20-21
わざはひ（災）
ワサハヒ（妖氣）……11-360
ワサ（ハヒ）を（難）……20-134
わた（海）
ワタの（ホカ）（海表）……17-219
ワタのホカニ（海表）……20-126
わたくし（私）
ワタクシ（ノ）（私典之）……11-77左
ワ[タ][ク]シノ（私）……14-380
わたこし（私）→「わたくし（私）」
ワタコシ（ノ）（私典之）……11-77
わたしもり（渡守）
ワタシモリに（度子）……11-42
わたす（渡）
ワタシタマフ（濟）……11-43左
ハシワタス（爲橋）……11-150
ワタス（爲橋）……11-150左
ワタス（絙）……17-149
わたらふ（渡）
ワタラハム（活）……11-289
わたり（渡）
ワタリに（濟）……11-186
ツワタリ（津沙）……17-201
わたりもり（渡守）
ワタリモリに（度子）……11-42右
わたる（渡）
ワタル「スク」（過）……14-60
わづかに（僅）
（ワツカ）にウチミヤノカスにツカヒタマヘ（僅充掖庭之數）……11-72
（ワツカ）に（マヌカルヽ）こと（ヲウ）（僅得免）……11-270
（ワツカ）に（僅）……17-157
わづらふ（惱）
ワツラハス（惱）……17-238
ナワツラヒソ（勿煩）……17-190
わなく（縊）
ワナキシヌ（縊死）……11-319
ワナキ（經）……14-102
わななく（震）
手足ワナヽキフルヒテ（手脚搖震）……20-207
（テアシ）フルヒワナヽイ（手脚搖震）……20-207左
わらは（童）
ワラハを（小子）……20-139
わらふ（笑）
ワラハレナマシ（取嗤）……17-28
わる（割・下二）
ワレて（破）……20-40
われ（我）
ワレ（朕）……11-90
ワレヨリサイタチテ（先吾）……17-261

索引篇　ゑか-を　408

ゐ

ゐかひのつ（固名）……11-150
ゐくはふ（率加）……11-150
ゐなべ（ハ）ヘテ（助加）……17-161
（ヰナ）ヘ（偉儺謎）……14-337
キク（ハ）ヘテ（助加）……17-161
キノ（ノシシ）（猪）……14-37
ゐのしし（猪）……14-37
ヰヤ（禮）……20-53
キヤ（禮）……20-53
ヰヤなし（無禮）……20-53
ゐやなし（無禮）……20-53
キヤナクシテ（无禮）……14-142
ゐやぶ（禮）……14-142
キヤヒテ（跪禮）……14-88
ゐやまふ（敬）……14-88
キヤマフ（敬）……20-168
ゐやまやし（恭）……20-53
キヤマフアヘタ（マ）フ（禮饗）……20-53
ゐやゐやし（恭）……20-53
ゐる（率）……14-112
キヤ〳〵（シク）（恭）……14-112
ぬる（率）……14-112

（ワ）レ（吾）……11-244
（ワ）レ（余）……11-356

ゑ

ゑが（固名）……
ユカ（カ）ノ（餌香）……14-324
ゑかき（畫師）……14-324
ユカキ（畫師）……14-324
ユカキカサラス（弗藻飭也）……11-76
ゑがく（描）……14-201
ゑし（畫部）……14-201
ユシ（畫部）……14-201
ゑまひ（笑）……14-82
イマシ[カ]□[キ]ェマ□（汝姸咲）……14-82
ゑみ（笑）……14-82左
（イマシカヨキ）□ミ（汝姸咲）……14-82左
ゑやみ（疫疾）……20-185
ユヤミ（疫疾）……20-185
ゑらぐ（笑）……14-89
ユラキマス（歡喜盈懷）……14-89

キテ（以）……11-316
キテ（キタリ）（將來）……11-333
トラヘキテ（捉）……11-333
キテノホル（引昇）……14-164
キテ（率）……14-186
キテ（領）……14-328
キテ（將）……14-344
キテ（將）……17-215
キテ（將）……17-240

を

を（緒）……11-294
を（助詞）……11
ヒトヲメクミオヤニ[シ]タカフこと（仁孝）……11-11
ヤツカレヲイカヽオホサムヤ（何謂我乎）……11-65
ミムネヲウチ（標撝）……11-68
ミコヽロヲトクシ（削心）……11-98
ミコヽロサシヲセメテ（約志）……11-98
オホウナテヲ（…）（ホリテ）……11-146
アハレトヲホスミコヽロヲ（起可怜之情）タマフ……11-233
ミコヽロヲサシシナハマホシミ（覆吾身）……11-245
ハラカラヲウシナハマホシミ（覆吾身）……11-263
ミツキタテマツラヌコトヲ（闕貢）……11-263
アルカタチヲ「を」（トフ）（問消息）……11-308
アシキイキヲ「を」（カウフリテ）……11-313
（ワ）かミヲ「を」オホフ（覆吾身）……11-321
シルマシヲ「を」（ミル）（被…毒）（視…恠者）……11-330
クルシキシタシナキヲスクフ（振困窮）……11-361
[コト]ノヨシヲカムカヘトヒタマフ（案劾所由）……14-17左

ヒトマヲエテ（得間而）……14-19
オホセシヲ（ウラミ）て（恨…欲）……14-35
エハシトヲコハシム（索女郎）……14-73割
トリシヽヲ（エ）[タ][リ]（獲禽獸）……14-83左
ムマノクチヲナラ（ヘ）て（並轡）……14-112
ミオモヒヲオコシて（興感）……14-153
ミメヲオホヒて（蔽目）……14-166
オホムミコトヲフヽミテ（銜命）……14-186左
カタラヒヲト（ク）（說…所語）……14-210
ニクルマヲカリ（過輜車重）……14-222
ヨヲ「を」カサ（ネ）て（累葉）……14-236
（アマ）ツツミヲモセメウチて（伐天罰）……14-240
馬ノ口ヲ（ナラヘ）て（並轡）……14-262左
シリ□クラホネヲ「を」（イ）ル（射…後橋）……14-264
ミタレヲミチニセルニアリテ（行亂於道）……14-265
カタ〱ヤモヲミル（旁眺八維）……14-269
ソムクモノヲ「を」オ（ヒ）ウチ（掩討逆節）……14-269
クチヲ（ナラフ）（並轡）……14-284
キヌモヲ「を」（ヌキ）て（脫衣裙）……14-333
ナカハヲハ…（タミ）と（シ）て（一分爲…民）……14-362
タチヲ「を」（トリ）て（執太刀）……14-386
ミヲ（ハケマシ）て（勵己）……14-419左
ヒトヒヲツ[ヽ][シ]ムコトハ（愼一日）……14-419左
コヽロキモヲツクシて（罄竭心府）……14-420
ヒトヲメクミ（仁孝）……14-430左
アマツヒツキヲサカエシメヨ（紹隆帝業）……17-19
マメナル心ヲ（ツクサム）ことを（盡忠誠）……17-24
ミシルシヲ「を」（タテマツリ）て（上…璽符）……17-31
モテルモノヲ「を」カスミムハフて（刼掠所齎）……17-157
ミヲスツル（ヘキトコロ）を（萬死之地）……17-193左
モタルトコロノモノヲウルヲシて（濕所齎）……17-198
オヒミノリコトノコトヲ（キカシム）（聽詔勅）……17-213
イクサアマタアルヲ（ミ）て（見…衆數千人）……17-232
…ト（イフ）コトヲ（シリ）ヌ（知…）……17-238
アルカタチヲ（キコシメシ）て（聞…行狀）……17-257
ウメナヒ申ムヲ（マチタマ）へ（待…謝罪）……17-260
オマナフル[コ]トヲコノマサラマシカハ（不愛於學）……20-19
モハラアシキオ「を」コロ（サムトス）（欲誅元惡）……20-98
イロハを…と（マウス）（母曰…）……11-3
（ミクラヰ）を（…ユツリマシ）て（讓位…）……11-6
タミを（ヲサムルヒト）（治萬民者）……11-8
オホムタカラをツカフ（使百姓）……11-9
ヤツカレを（タテ）て（立我）……11-12
ヨキヒトをエラヒて（選明[德]）……11-16
キミを（タテ）て（立王）……11-17
サイハヘタマフニミツキを（モテシ）（祚之以嗣）……11-17
（オホムタカラ）を（モテシ）タマフ（之以民）……11-17
（ソノ）メクミのシナをアカメて（崇其寵章）……11-17
オホムコト[ノ]リを（ステ）て（棄…命）……11-18
ミヤケを（ツカサトラム）（掌…屯倉而）……11-20
（アコヽ）をメセ（喚吾子籠）……11-28
ヤソを（サシ）て（差…八十）……11-29
（アコヽ）を（ヰテ）マウケリ（率吾子籠而來之）……11-30
（ミタ）を（トヒ）タマフ（問…屯田）……11-31
（ミタ）を（サタメシム）（定…屯田也）……11-32
（コレ）を（ヤモリ）のトコロと（イフ）は（是謂山守地）……11-34
（アコヽ）を…にツ（カハシテ）（遣吾子籠於）……11-35
コトノカタチを（シラシム）（令知狀）……11-36
（ソ）のサカナイをシロシメセレトモ（知其惡而）……11-36
タテタマハサルことを（ウラミ）て（恨…非立）……11-37

ヒツキノミコを（コロシ）て（殺大使）…11-38
（ソノハカリコト）をキコシメシて（聞其謀）…11-39
イクサを（ソナヘ）て（備兵）……11-39
（イクサ）を（マウケ）て（設兵）……11-40
（ソノイクサニソナヘ）タルことを（シラスシ）て（不知其備兵）…11-40
モ、アマリノイクサをヒキヰて（領數百兵士）…11-41
（マサ）に（カハ）を（ワタラムトス）（將渡河）…11-41
カチを（トリ）て（取檝櫓）……11-42
…の（ミコ）をフネニノセテ（載…皇子）…11-43
（フネ）をホムテ（蹈舩）……11-43
（ソノ）カハネを（モトメシムル）に（令求其屍）…11-47
（ソノカハネ）をミソナハシて（視其屍）…11-48
オホミヤをウチにタテ（テ）（興宮室於菟道）…11-54
（ミクラヰ）を…に（ユツリマス）（讓位於）…11-55
（ミ）トセを（ヘヌ）（既經三載）……11-56
ア[サ]□□□イヲノオホニヘをモチて（齎鮮魚之苞苴）…11-57
アタシアサラケ（キイヲ）を（トリテ）（取他鮮魚）…11-60
（アサラケキイヲ）を（ステ、）（棄鮮魚）…11-61
（ウハフヘカラサルコト）を（シレリ）（知不可奪）…11-62
ミコ、ロサシを（ウハフヘカラサルコト）（不可奪…志）…11-62
（アメ）の（シタ）を（ワツラハサ）むヤ（煩天下乎）…11-63
（ミクシ）をトキ（解髪）……11-66
（シハシハユツリ）マシマスことをマウサム（奏…且有讓矣）…11-70
（トホ）キ（ミチ）をイソキイテマセリ（急馳遠路）…11-70
（ヤタノ）ヒメミコをタテて（進…八田皇女）…11-71
キサキを（タフトヒ）て（尊皇女）……11-75
ワタコシ（ノユヱ）を（モ）て（以私典之故）…11-77
ナリハヒシヲウム（トキ）を（トトメシトナリ）（不…留耕績之時者也）…11-77
…の（スクネ）をメシて（喚…宿禰）……11-79
（ソノトリ）の（ナ）を（トリ）て（取其鳥名）…11-82
（サ、キノナ）を（トリ）て（取鷦鷯名）…11-83
ツクの（ナ）を（トリ）て（取木菟名）…11-84
（コノトシ）を（是年）……11-85
イハノヒメノミコトを（タテ）て（立磐媛命）…11-86
…ノ（スメラミコト）をアレマセリ（生…天皇）…11-88
ハタヒノヒメミコをウ（メリ）（生…幡梭皇女）…11-89
（コヱ）をアケて（誦…音）……11-92
オホセツカフことをヤメテ（除課役）……11-96
（オホムタカラノタシナミ）をイコヘヨ（息百姓之苦）…11-97
オホムソオホムフスマをウルホす（沾衣被）…11-100
ミユカミマシキをアラハにす（露床蓐）…11-100
（ナニ）をか（トメル）と（ノタマフ）（何謂富矣）…11-105
（クニ）を（ミテ）リ（滿國）……11-105
アメ（ノキミ）を（タツル）は（天之立君）…11-107
（オホムタカラ）を（モ）て（以百姓）……11-108
（ミ）を（セ）む（責身）……11-109
オホミヤをツクロフに（脩理宮室）……11-115
（ツミ）をキミに（エ）むカ（獲罪于天乎）…11-115
（オホセツカフ）ことをオホセて（科課役）…11-117
オホミヤをツクル（構造宮室）……11-117
（オイタル）を（タスケ）（扶老）……11-118
（ワカキ）をタ（ツサヘ）て（携幼）……11-118
キを（ハコヒ）（運材）……11-118
コ、を（オフ）（負簀）……11-118
（チカラ）を（ツクシ）て（竭力）……11-118
（トキ）を（ヘスシテ）（未經…時）……11-119
（コ）の（クニ）を（ミレ）は（視是國）…11-122
ヨコシマノウナカミをサクリて

(決横源)…11-124
サカフルコミを(フサキ)て(塞逆流)…11-124
ナリトコロを(マタクセヨ)(全田宅)……11-125
(ミヤ)の(キタノ)ノをホリて (掘宮北之郊原)…11-125
(ミナミ)の(カハ)を(ヒキ)て (引南水)…11-125
(ソノミツ)をナ(ツケ)て(號其水)……11-126
(マサ)に(キタ)の(カハノ)コミをホソカムトシて(將防北河之澇)…11-126
(マムタ)の(ツ、ミ)を(ツク) (築茨田堤)…11-126
(コレ)をは(コロモノコトイフ) (此云莒呂母能古)…11-128割
フタリを(二人)……………11-129
(フタリ)の(ヒト)をマイ(テ) (覓二人)…11-129
オフシヒサコフタツラを(トリ)て (取全匏兩箇)…11-131
フタツの(ヒサコ)を(トリ)て (取兩箇匏)…11-131
ヤツ(カレ)を(モ)て(以吾)………11-132
(ヤツカレ)を(シ)て(令吾)…………11-132
(ヤツカレ)を(エムト)(得我)…………11-133
(コ)の(ヒサコ)を(シツメテ) (沈是匏)…11-133
(ヒサコ)を(シツムル)こと)(沈匏)……11-134
(ワ)か(ミ)をホ(ロホサ)む(亡吾身)…11-134
(ヒサコ)を(ヒキ)て(引匏)…………11-135
(ソノフタトコロ)を(ナツケ)て (號其兩處)…11-137
(クロカネ)のマトを(タテマツル) (貢…鐵的)…11-140
モ、ツ(カサ)をツトヘて(集…百寮)…11-141
(タテマト)を(イシム)(令射…盾的)…11-141
(クロカネ)の(マト)を(イテ) (射鐵的)…11-142
スクレタ(クミナル)を(オソリ)て (畏…勝工)…11-143
(スクネ)をホメ(テ)(美…宿禰)………11-144
カハネを(タマヒ)て(賜名)…………11-144
(カハネ)を(タマヒ)て(賜名)…………11-145
(コレ)をは…(トイフ)(此云…)………11-145割
(オホウナテ)を…に(ホリテ)(掘大溝)…11-146
(マムタノ)ミヤケを(タツ) (立茨田屯倉)…11-148
ツイシネ(へ)を(サタム)(定春米部)…11-148
(ワニ)の(イケ)を(ツクル) (造和珥池)…11-149
ヨコノの(ツ、ミ)を(ツク)(築横野堤)…11-149
(ソノトコロ)を(ナツケ)て(號其處)…11-150
(オホチ)をミナトに(ツクル) (作大道於京中)…11-151
(オホ)ウナテをコムクに(ホリテ) (掘大溝於感玖)…11-152
(イシカハ)の(ミツ)を(ヒキテ) (引石河水)…11-152
…の(タ)を(ウ)(得…田)……………11-154
(クハタノクカヒメ)を(モ)て (以…桑田玖賀媛)…11-155
(コノ)ヲ(ムナ)をメクマムトスレトモ (欲愛是婦女)…11-156
(サカリナルトシ)をサマタケムヤ (妨…盛年)…11-157
(ミウタ)を(モ)て(以歌)……………11-157
(クカヒメ)を(モ)て(以玖賀媛)………11-161
(トシ)を(ヲハラ)む(終年)……………11-163
(コ、ロサシ)をト(ケムト)(遂…志)…11-164
(クカヒメ)を(モ)て(以玖賀媛)………11-164
サカノコリの(オミ)を(ツカハシテ) (遣…賢遺臣)…11-168
ミツキタテマツラヌ(コト)を(トフ) (問闕貢之事)…11-168
(ヤタノ)ヒメキミをメシイレて (納八田皇女)…11-171
(ソノトコロノ)ミツナカシハを(トリ)て (取其處之御綱葉)…11-184
(コレ)をは(カシハトイフ) (此云箇始婆)…11-184割
(キサキ)のマシマサ[ヌ][ト]キを(ウカ、ヒテ) (伺皇后不在)…11-185
(ヤタ)の(ヒメミコ)を(メトシ)て (娶八田皇女)…11-185
(ヤタ)の(ヒメミコ)をメシツと

索引篇 を —を 412

(ミツナカシハ)を(ウミ)にナゲイレ(テ) (合八田皇女)…… 11-186
トヾマリタマハヌことをシロ(シメタマハス) (御綱御綱葉投於海) …… 11-187
(カシハヲ)チラシ、(ウミ)を(ナッケ)て (號散葉之海) …… 11-187
(キサキノフネ)を(マチ)タマフ (待皇后之舩) …… 11-188
(ミサキ)を(マチ)タマフ (不知…不着岸) …… 11-189
(トネリトリヤマ)をタテマタシテ (遣舎人鳥山) …… 11-192
(キサキ)をカヘシタテマツラシム (令還皇后) …… 11-192
(ナラヤマ)を(コエ)て(越那羅山) …… 11-198
(カツラキ)を(ノソム)(望葛城) …… 11-198
オホトノを…ツクリ(テ)(興宮室) …… 11-202
(クチ)モチの(オミ)をツ(カハシ)て(遣…口持臣) …… 11-203
(キサキ)をメシタマフ(喚皇后) …… 11-203
(ヒルヨル)を(ヘ)て(經日夜) …… 11-205
(ソ)の(セノアメ)にヌレヽを(ミテ) …… 11-207
(イカリ)タマフことを(ウラミタマフ) …… 11-213
(キサキ)を(メシタマフ)(喚皇后) …… 11-217
(クワノ)キをミソナハ(シ)て(視桑枝) …… 11-225
(ミコト)を(タテ)て(立…曾)(恨…忿) …… 11-227
…(キサキ)を(ニ)(ハフリマツル) …… 11-230

ヒメミコを(タテ)て(キサキ)と(シタマフ) (立…皇女爲皇后) …… 11-231
(アハレトヲホスミコヽロ)を(オコシタマフ) (起可憐之情) …… 11-234
(ヤマノ)を(キンテ)(聞鹿聲) …… 11-239
(カ)をトレル(トキ)(獲鹿之日夜) …… 11-239
(ヤマノ)をオシハカルニ(推…山野) …… 11-240
(ワ)かヨミスルことを(シラスシ)て(不知朕之愛) …… 11-240
(サヘキヘ)をは…に(チカツケムコト) (佐伯部…近) …… 11-241
(ワ)か(ミ)を(オホフ)(覆吾身) …… 11-245
(シホ)を(モ)て(以白鹽) …… 11-246
(ヲ)シカを(イテコロシツ)(射牡鹿而殺) …… 11-248
メトリの(ヒメミコ)をイレて(納雌鳥皇女) …… 11-250
ハヤフサワケの(ミコ)を(モ)て(以隼別皇子) …… 11-251
ヲト(アル)ことを(シリ)タマ(ハシテ)(不知有夫而) …… 11-252
(コ)の(コト)を(キヨシ)メシて(知…婚) …… 11-256
マキタマヘルことを(シラシメシテ) …… 11-259
(コ)(ウラミ)をオ(コシタマフ)(起恨)(聞是言) …… 11-260

(ワタクシ)の(ウラミ)を(モ)て(以私恨)(聞是歌) …… 11-262
(ワタクシコト)を(コロサムトオモホス) (…欲殺…皇子)(私事) …… 11-263
…の(ミコ)を(コロサムトオモホス) (率雌鳥皇女) …… 11-263
(メトリ)の(ヒメミコ)を(キ)て(欲殺…皇子) …… 11-264
アカノコを(ツカハシ)て(阿餓能胡) …… 11-265
…ノ(ミ)をアラハニセニマホシ(不欲露…身) …… 11-267
(フタハシラ)の(シニカハネ)を(モ) (探皇女之玉) …… 11-268
(ヒメミコノタマ)をサ(クリ)て (ヒメミコノタマ)を(シリ)て(知兔) …… 11-269
(マヌカレヌルコト)を(シリ)て(知兔) …… 11-271
(ヤマ)を(コユ)(越山) …… 11-273
(タマ)をナトリソ(莫取…手玉) …… 11-274
(フタハシラ)の(シニカハネ)を(モ) て(以二王屍) …… 11-275
(モシヒメミコノ)ミ(タマ)を(ミ)きか (若見皇女之玉乎) …… 11-276
トヨノアカリ(ノヒ)を(モ)て(以宴會之日) …… 11-277
(オホミキ)をヒメトネ(ラ)に(タマフ) (賜酒於内外命婦等) …… 11-277
(ソノタマ)を(カムカヘトヒ)タマフ (見其珠) …… 11-279
(ヨシ)を(キコシメシ)て(推問…由) …… 11-279
(ウラミ)を(ウタ)を(キコシメシ)て アカノコをカウカヘトフ

413　索引篇　を　-を

(ヒメミコ)をコロシ、(マサ)に(アカノコ)を……將殺阿俄能胡、誅皇女…… 11-280
(ヒメミコ)をコロシ、推鞫阿俄能胡…… 11-281
(マサ)に(アカノコ)を(コロサムトス)將殺阿俄能胡…… 11-281
(ソノトコロ)を(アカノコ)を(ソノトコロ)を(アカノコ)……納其地…… 11-282
シヌルツミを(ユルス)赦死罪…… 11-282
(ソノトコロ)を(ナツケ)て(スクネ)を…(ススクネ)て遣…宿禰)號其地…… 11-283
(ヤツカレ)か(ツミ)を(ユルシタマフ) …… 11-283
(クニコホリ)のサカヒを(ワカチ)て(分國郡壇場) …… 11-284
クニツモノを(シルス)錄郷土所出 …… 11-285
(クタラノコキシ)をコロヒセム(詞責百濟王) …… 11-285
(クロカネ)のツカリを(モ)て(以鐵鎌) …… 11-286
(サケ)の(キミ)を(ナツケ)て(縛酒君) …… 11-287
(サケ)の(キミ)を(ユヒ)て(縛酒君) …… 11-287
(ソノトコロ)を(ナツケ)て遣…宿禰)……遣…宿禰 …… 11-287
(ヤツカレ)か(ツミ)を(ユルシタマフ)(赦臣罪) …… 11-289
(ソノトミ)を(ユルシタマフ)(赦其罪) …… 11-289
(アヤシキトリ)を(トリ)て(捕異鳥) …… 11-290
(アミ)を(ハリ)て(トル)(張網)……(捕鳥) …… 11-291
(コ)の(トリノタクヒ)を(エス)未…得是鳥之類 …… 11-291
(トリ)をミセテ(示鳥) …… 11-292
(サケ)の(キミ)を(メシ)て(召酒君) …… 11-292
(コ)の(トリ)を(ナツケ)て(號此鳥) …… 11-293
ヲシカハのヲを(モ)て(以韋緒) …… 11-294

(コス、)を(モ)て(以小鈴) …… 11-295
(タカ)を(ハナチ)て(枚鷹) …… 11-296
アマタノキタシを(エ)ツ(、シ)ノ誤「キタシ」ハ「キ」 …… 11-296
(ソノタカカフトコロ)を(ナツケ)て(號養其鷹之處) …… 11-297
(タカ)カヒ(ヘ)を(サタム)(定鷹甘部) …… 11-297
タカハセを(ツカハシ)て遣竹葉瀬 …… 11-300
(シロキカ)を(エツ)(獲白鹿) …… 11-308
(ヒ)を(アラタメテ)改日 …… 11-308
タチを(ツカハス)遣…田道 …… 11-309
(イクサ)を(アケ)て(擧兵) …… 11-310
スクレルイクサを(サック)(授精兵) …… 11-310
(イクサ)を(オコシテ)(起兵) …… 11-311
(タヽカヒ)を(イトム)(挑戦) …… 11-311
(ソコ)をカタメテ(固塞) …… 11-311
(アルカタチ)を(トフ)問消息 …… 11-312
ヒタノカタを(ウタ)(撃左) …… 11-313
(ヒタリノカタ)を(アケ)て(空左) …… 11-313
ムマイクサを(ツラネ)て(連精騎) …… 11-314
ヒタノカタを(ウツ)(撃其左) …… 11-314
(イクサ)を(ハナチ)て(縦兵) …… 11-315
(ソコ)をカタメテ(固塞) …… 11-315
モヽアマリノ(ヒト)を(コロシ)ツ(殺數百人) …… 11-316
(タチ)を(ツカハシ)て(遣田道) …… 11-317

(タチノ)タマキを(トリエ)て取得田道之手纒 …… 11-318
(タマキ)を(イタキテ)(抱手纒) …… 11-319
(タミ)を(ホル)(略人民) …… 11-320
ハカを(ホル)(掘…墓) …… 11-320
(メ)をイカラシテ發瞋瞋目 …… 11-320
アシキイキを(カウフリテ)被…毒 …… 11-321
(アタ)を(ムクユ)(報雠) …… 11-322
(ミチ)を(ハサミテ)(挾路) …… 11-325
ミサヽキモリトモを(サシ)て差…陵守等 …… 11-327
(ツカヒ)をツ(カハシ)て(遣使) …… 11-329
(オホヤマ)ヌシを(メシ)て(喚…大山主) …… 11-330
(ソノミサヽキモリ)をヤメム除其陵守 …… 11-333
(シルマシ)を(ミル)(視)…伎者) …… 11-335
アコ、を(ツカハシ)て遣…吾子籠 …… 11-336
(ノ)の(ナカ)を(ミタマフ)に(瞻野中) …… 11-336
(ツチ)を(モ)て(以草)(掘土) …… 11-338
カヤを(モ)て(以草) …… 11-338
(チ)スヽキを(シキ)て(敷芋荻) …… 11-339
コホリを(トリ)て取氷 …… 11-339
ナツを(ヘテ)(經夏月) …… 11-339
(ソノコホリ)を(モテキタリ)將來其氷 …… 11-340
(コホリ)をクハル(散氷也) …… 11-342

索引篇 を －を　414

ムクロをヒトツ（ニシ）テ（壹體）……11-343
ツルキをハイて（佩劔）……11-345
（ユミヤ）を（モ）チ（用弓矢）……11-346
（コ丶）を（モ）て（是以）……11-346
（タミ）をカスメて（掠略人民）……11-346
タケフルク（マ）を（ツカハシテ）（遺…武振熊）……11-347
ミサ、（キノトコロ）を（サタム）（定陵地）……11-349
（ミサ、キ）を（ツク）（築陵）……11-349
（シヌル）ことをアヤ（シ）ヒ（異…死）……11-350
（ソノ）キスを（モトム）（探其痍）……11-350
（ミン）の（ナカ）を（ミル）に（視耳中）……11-351
（ソノトコロ）を（ナツケ）て（號其處）……11-352
（

(ツノ)を(サヽケ)て(戴角)……14-37
(コヽロ)をタ(ノシヒシメ)て(娯情)…14-40
(ユミ)をヒキマカナヒ(彎弓)……14-41
(ウマ)をハセ(テ)(騁馬)……14-41
(オシハノミコ)を…(イコロシ)タマフ (射□…市邊押磐皇子)…14-42
ミ(カハネ)を(ウタキ)て(抱屍)…14-43
セムスヘをシラス(不解所由)……14-43
タカ御倉を…マウケて(設壇)……14-48
(ツヒニミヤ)を(サタム)(遂定宮焉)…14-48
…を(モ)て(オホキオミトス) (以…爲大臣)…14-49
…を(モ)てオホイムラ(シトス) (以…爲大連)…14-49
…(ト)を(ウメ)リ(生…與…)……14-53
コノカミを…(トマウス)(長曰…)……14-55
オトヽを…(トマウス)(少曰…)……14-56
(ニハ)をワタル「スク」(過庭)……14-60
アリクを(ミル)に(觀…行歩)……14-63
(ミコヽロ)を(モ)て(以…身意)……14-66
ハカマを(モ)て(以褌)……14-67
(ウタカヒ)をナシタマフ(生疑也)……14-68
(ヲミナコ)を(モ)て(以女子)……14-68
イロハを(モ)て(以母)……14-68
(ク)メ(ヘ)を(シ)て(使來目部)…14-72
エタを(キ)にハリて(張…支)……14-72
(ヒ)を(モ)て(以火)……14-72
(アレナコ)を(ツカハシて) (遣阿禮奴跪)…14-73割
…ト(イフ)をカサラシ(メ)て (莊飾…曰…)…14-73割
カリヒトをヤス(メ)て(息行夫)……14-77
(ミクルマ)をカソフ(展車馬)……14-77
カシハテヘを(シ)て(使膳夫)……14-77
ナマスをツクラシム(使…割鮮)……14-77
タチを(ヌキ)て(拔刀)……14-78
(ウマカヒ)を(キリ)給(斬…馬飼)…14-79
ヒノヒメを(シ)て(日媛)……14-81
オホミキをサヽケて(擧酒)……14-81
ミヤヒカナルを(ミソナハシ)て (見…溫雅)…14-82
ヱマ□を(ミマクホリセサラ)む (不欲覩…咲)…14-82
(トリシヽ)を(エタリ)(獲禽獸)……14-84
(コヽロ)を(シリ)て(知…情)……14-85
(スメラミコト)をヤスメ(タテマツラム)ト (シテ)(奉慰天皇)…14-85
トヒタマフを(降問)……14-86
オノレを(モ)て(以我)……14-87
(コレ)を(モ)て(以此)……14-88
(コレ)を(イフカ)(此之謂也)……14-89
(ヨロコヒ)給をミソナハシて(觀…悦)…14-89
(ヒト)をタテマツリタマハム(貢人)…14-90
(コノフタリ)を(モ)て(以此二人)……14-91
(ヒト)を(コロシ)タマフこと(殺人)…14-94
…(ト)をシコチて(譖…與…)……14-96
(…タケヒコ)をシコチて(譖…武彦)……14-97
(ヒメミコ)をケカシマツリて (奸汚皇女)…14-97
(ユヱ)をは…(トイフ)(湯人云…)……14-97割
ツテコトを(キヽ)て(聞此流言)……14-98
(オヨハム)ことを(オソル)(恐…及)…14-98
(ツカヒ)を(ツカハシ)て(遣使者)……14-100
(ヒメミコ)をトハシメタマフ (問皇々女)…14-100
アヤシキ(カヽミ)をト(リ)モチて (齎持神鏡)…14-101
アリカヌトコロをウカヽヒ(伺人不行)…14-101
(カヽミ)を(ウツミ)て(埋鏡)……14-102
ナキことを(ウタカヒ)給て(疑…不在)…14-102
タツル(トコロ)を(ホリ)て (掘…起處)…14-103
…カヽミを□□(…□□□鏡)……14-104
(クニ)ミを(コロサム)(殺國見)……14-106
タキタカキ(ヒト)を(ミル)(見長人)…14-107
(ムマノクチ)を(ナラヘ)て(並轡)……14-112
スメラミコトをオクリタテマツリタマ(ヒ)て (送天皇)…14-113
ミタヽムキをクフ(嚙…臂)……14-115
(アフ)を(クヒ)て(囓虻)……14-116
(コヽロアル)ことを(ヲシミ)タマヒて (嘉…有心)…14-116
(アキツ)をホ(メ)て(讚蜻蛉)……14-117
…ト云を(モテ)(以…云)……14-119割

(タ、シ)ト云を(モ)て(以陀々伺)…… 14-121割
(アキツ)をホメて(讃蜻蛉)………… 14-127
(コノ)トコロを(ナツケ)て(名此地)… 14-127
(ヒト)を(オフ)(逐人)……………… 14-130
(スメラミコト)をクヒマツラ(ム(噬天々皇)… 14-132
ミタラシを(モ)て(□弓)…………… 14-133
ミアシを(アケ)て(擧脚)…………… 14-133
(トネリ)を(キラムトス)(欲斬舎人)… 14-133
(トネリ)を(カヘリ)ミ給フ(顧舎人)… 14-137
キミを(イヒ)て(謂陛下)…………… 14-138
カリを(シ)給て(安野)……………… 14-138
(シヽ)を(コノムタマフトマウサム)(好獸)… 14-138
(シヽ)の(ユヱ)を(モ)て(□嗔猪故而)… 14-139
(トネリ)を(キリタマ)フ(斬舎人)…… 14-139
…トイヒツヽ(ノタマハク)を(呼…曰…)… 14-140
(ヨキコト)を(カリエ)て(獵得善言歸)… 14-141
ヤキ(コロサ)レタルことを(キヽ)て(聞…所燔殺)… 14-142
ヲムナをタ(テマツリ)て(貢女人)…… 14-142
(クニ)の(ナ)を(ウシナヘリ)(失我國名)… 14-143
ミコトを(タカヒマツ)ルヘカラス(命不可奉違)… 14-144
ミメを(タマハリ)て(賜…婦)………… 14-145
…ミメを(モテ)(以…婦)…………… 14-145
(コ)を(ウミ)たり(産兒)…………… 14-148
(コ)の(コ)を(ナツケ)て(名此兒)… 14-149
(ヒトツノフネ)を(モ)て(以一舩)…… 14-149
(コノセマ)を(ヨヒテ)(呼此嶋)……… 14-150
(キ、シ)を(マタシ)て(□□支君)…… 14-151割
(ヨシヒ)を(ヲサムルナリ)(脩…好也)… 14-151割
ナリをミソナハ(シ)て(觀…體勢)…… 14-153
(ミオモヒ)を(オコシ)て(興感)……… 14-153
(ヲノ)を(ナツケテ)(名□野)………… 14-156
キサキを(シ)て(使后妃)…………… 14-157
カヒコを(アツメ)シメ給(聚…蠶)…… 14-158
ワカコを(アツメ)て(聚嬰兒)……… 14-159
(ワカコ)を…に(タマヒ)て(賜嬰兒)… 14-159
(ワカコ)を…にヒタ(ス)(養嬰兒…)… 14-160
(カハネ)を(タマヒ)て(賜姓)……… 14-160
(ツカヒ)を(マタシ)て(遣使)……… 14-161
(…カミノカタチ)を(ミムト)オモフ(欲見…神之形)… 14-163
(ヤマノカミ)をは…(トイフ)(山之神爲…)… 14-163割
(オロチ)をトラ(ヘ)て(捉取大蛇)…… 14-165
ミ(メ)をフタキて(蔽目)…………… 14-166
(ナ)を(タマヒ)て(賜名)…………… 14-167
(オホ)ソラを(トト)メツカフ(留使虚空)… 14-168
(ツキ)をフルマて(經月)…………… 14-168
ムケノキミマスラヲを(ツカハシ)て(遣身毛君大夫)… 14-169
ヲトメを(モ)ては(以小女)………… 14-170
オホメノコを(モ)ては(以大女)…… 14-170
ヲトメノカツを(ミ)て(見幼女勝)…… 14-171
ミニハトリを(モ)て(以…雄鷄)…… 14-171
(ケ)を(ヌキ)(拔毛)………………… 14-171
(ハネ)を(キリ)て(剪翼)…………… 14-172
(ミニハトリ)を(モ)て(以…雄鷄)…… 14-172
(スス)を…(ツケ)て(着鈴)………… 14-172
アコエを(ツケ)て(着…距)………… 14-172
(カツ)を(ミ)て(見…勝)…………… 14-173
(タチ)を(ヌキ)て(拔刀)…………… 14-173
(コ)の(コト)を(キコシメシ)て(聞是語)… 14-173
(ミソタリ)を(ツカハシ)て(遣…卅人)… 14-173
(ナ、ソタリ)を(コロサ)シム(誅殺…七十人)… 14-174
(ワカヒメ)をトモニ(稚媛於朋友)…… 14-175
(タサ)をコトヲサシて(拜田狹)……… 14-178
(ワカヒメ)をメシツ(幸稚媛)……… 14-179
(ワカヒメ)を(メトシ)て(娶稚媛)…… 14-179
(ヲトキミ)を(ウミ)たり(生…第君)… 14-179
(ヲウト)を(コロシ)て(殺夫)……… 14-180左
ツカハシツルことを(キヽ)て(聞…幸)… 14-181
(ソノメ)をツカハシツルことを(幸其婦)… 14-181
タスケを(モトメ)て(求媛)………… 14-181
(シラキ)をウテ(罰新羅)…………… 14-183

…を（モ）て…にソヘて（以…副…）……14-185
（ミチ）を…に（ト）リ（取道）……14-185
（ミコト）ノリノフミを（タマヒ）て（下勅書）…14-186
タクミスルモノを（タテマツラシメ）ヨ（令獻巧者）…14-186
（ミコトノリ）の（コト）を（ウケタマヒ）て（銜命）…14-186
モロ〳〵を率て（ユキ）て（率衆行）……14-186
（チカ）サを（タツヌ）（訪…近）……14-187
（イマキノテヒト）を…にツトへて（集聚…今來才伎）…14-189
ツキをヘヌ（數月）……14-190
（カヘル）ことを（ヨロコヒ）て（喜…還）…14-190
（ヒト）をヤリて（使人）……14-191
（ヒト）を（ウタ）むヤ（伐人乎）……14-191
（メ）を（メシ）て（幸婦）……14-192
（アシ）をタテ丶（蹻足）……14-193
カタフケムトスルことを（ニクミ）て（惡斯謀叛）…14-195
（セ）を（コロシ）て（殺…夫）……14-196
ナキことを（キコシメシ）て（聞…不在）…14-197
コ（アンセン）を（ツカハシ）て（遣…固安錢）…14-198
（コレ）を…（トイフ）（此云…）……14-198割
（ヒロキツ）をは…（トイフ）（廣津…云…）…14-199割
（アンナラ）を…（ウツ）シハヘ（ラシム）（安那等遷居）…14-202
ハヘを…に（ウツ）し（遷居…）……14-202
（シシヒトヘ）を（タテマツル）（獻…宍人部）…14-203割
ハカトコを（ツカハシ）て（遣…博德）…14-204
ミコ丶ロを（オソリタテマツリ）て（懼…心）…14-206
（ヨシミ）をコマに（ヲサム）（脩好於高麗）…14-206
（モモタリ）をヤ（リ）て（遣…百人）……14-207
（シラキ）を（マモラ）シ（ム）（守新羅）…14-207
（シラキノヒト）を（モ）て（以新羅人）…14-208
典馬をは…ト（イフ）（典馬…云…）……14-208割
ソノハラをヤムマネに（シ）て（患其腹）…14-209
（イツハリマモル）ことを（シリ）て（知…僞守）…14-211
（ツカヒ）を（ツカハシ）て（遣使）……14-211
（ヲトリ）を（コロ）セ（殺…雄者）……14-211
（コ丶ロ）を（シリ）て（知意）……14-212
（コマヒト）を（コロ）す（殺…高麗人）…14-212
（イクサ）を（オコシ）て（發軍兵）……14-213
□エを（オコス）（興樂）……14-214
（マフ）を（キ丶）（聞…舞）……14-215
（イリヌル）ことを（シリ）ヌ（知…入）…14-215
（ヒト）を…ヤ（リ）て（使人…）……14-215
（ワカクニ）をウ（ツ）（征伐我國）……14-216
カ（ヒコ）をカサ（ヌル）に（於累卵）…14-217
（スクヒ）を…（コヒマツル）（請救）……14-217
…を（ス丶メ）て（勸…）……14-219
（シラキ）を（スクハシム）（救新羅）……14-219
（イクサ）をネキラフ（勞軍）……14-221
ソナヘをナシて（爲…具）……14-221
サカシキ所をウカ（チ）（鑿險爲）……14-222
シタツミチを（ツクリ）て（爲地道）……14-222
（カクレタルツハモノ）を（ハナチイタシ）て（縱奇兵）…14-224
（イタリ）て（ヨワキ）を（モ）て（以至弱）…14-225
ミカトをソムキタテマツラムヤ（背天朝也）…14-227
（ウネメト）を（ツカハシ）て（遣…與采女）…14-228
（カミ）を（マツラ）シむ（祠…神）……14-229
香賜をは…（トイフ）（香賜…云…）……14-229割
（カミ）を（マツリ）て（祠神）……14-230
（ソノウネメ）をヲカス（姧其采女）……14-230
（サイハヒ）を（イノル）（祈福）……14-230
ヒタカ（ノキシ）を（ツカハシ）て（遣…日鷹吉士）…14-231
…（トヨホ）を（ツカハシ）て（遣…豐穗）…14-232
（シラキ）を…（ウタムトオモホス）（欲…伐新羅）…14-233
ヨをカサ（ネ）て（累葉）……14-236
（ミ）を…にオキテ（投身…）……14-237
（アト）を…にカクス（竄跡…）……14-238

ミツキをフセキて（阻…貢）……………… 14-238

サシを（ノ）む（呑…城）……………… 14-239

大夫を（モ）て（以…卿）……………… 14-240

ミイクサを（モ）て（以王帥敷師）………… 14-240

（アマツツミ）をセメウチて（伐天罰）…… 14-240

（オホムラシ）を（ツカハシ）て（使…大連）… 14-241

ミコトノリを（ウケタマ）ハル（奉勅）… 14-242

（ヤツカレ）を（トリミル）（視養臣）…… 14-243

（コノコト）を…申給（此事…陳）………… 14-243

マ（ウス）ことをす（爲陳）……………… 14-244

（オホシアマ）を（モ）て（以…大海）…… 14-245

（トリミル）ことを（セシ）メ給（爲…視養）… 14-245

（コホリ）をホフリトル（屠…郡）………… 14-246

…（オト）を（キヽ）て（聞…聲）……… 14-247

（エタル）ことを（シリ）て（知…得）…… 14-247

トクの（トコロ）を（エタル）こと（得喙地）… 14-247

イクサノキミを（キル）（斬…將）……… 14-248

（ツハモノ）を（ヲサメ）て（收兵）……… 14-249

（ソノ）アロシを（タツネ）マク（尋覓其主）… 14-252

カ（ソステニミマカリヌル）を（キヽ）て（聞父既薨）… 14-256

（ヲツカサ）を（トリテ）（執…小官）…… 14-257

オヒハ（ノスクネ）を（フカク）ニクム（深怨乎大磐宿禰）… 14-258

（ヒト）を（カラコノスクネ）のモトにツ[カ]（ハシ）て（使人於韓子宿禰等）… 14-262

（クニ）の（サカヒ）を□□セマツラム（□國堺）… 14-262

（ウマノクチ）を（ナラヘ）て（並轡）…… 14-262

（シリ□クラホネ）を（イ）ル（射…後橋）… 14-264

（カラコノスクネ）をイ（オト）シツ（射墮…韓子宿禰）… 14-265

（オサ）ム（ルトコロ）を（シラス）（不知葬所）… 14-267

（ヨ）キトコロをシメ給（[占]良地）………… 14-268

（ソムクモノ）を（オヒウチ）（掩討逆節）… 14-269

（ヨモノクニ）を（クシキツク）（折衝四海）… 14-269

ハフリノツカサをア（テム）（充視葬者）… 14-270

メクミことを（イタシ）て（至哀矜）…… 14-270

オホムコトノリをウケタマ（ハリ）て（奉勅）… 14-272

（ハシノムラシコトリ）をツ（カハシ）て（使土師連小鳥）… 14-272

…ムユ（タリ）を（モ）て（以…六口）… 14-274

（ヤマトコノムラシ）を（シ）て（使倭子連）… 14-276

（ヤタ）ノ（カヽミ）を…（タテマツリ）て（奉八咫敷咫鏡）… 14-276

ム（コ）の（イヘ）をヨロコヒて（賀聟家）… 14-281

（カシラ）をヒ（トシクシ）（齊頭）……… 14-284

（ハクソン）の（ネカヒ）を（シリ）て（知伯孫所欲）… 14-286

（ウマ）をカヘて（換馬）……………… 14-286

トキムマを（エ）て（得駿）…………… 14-286

（クラ）をオロシ（解鞍）……………… 14-287

（ホムタ）の（ミサヽキ）を（モトムル）に（覓譽田陵）… 14-288

（ハニマノ）ナカに（アル）を（ミル）（見…在於土馬之間）… 14-288

（ハニマ）をオク（置…土馬）………… 14-289

（フタツ）の（カ）を（モ）て（將…二鵝）… 14-291

[ト][リ]カヒ（ト）を（タテマツリ）て（獻…與養鳥人）… 14-293

（ツミヲアカナフ）ことを（マウス）（請以贖罪）… 14-293

（トリカヒラ）を（モ）て（養鳥人等）…… 14-294

（カハセノトネリ）を（オカシム）（置川瀬舍人）… 14-297

（オモテ）をキサミて（黥面）………… 14-300

（オモテ）をキサム（黥面）…………… 14-303

ハクトク（ト）をツカハス（與…博德出使）… 14-306

タカトノをツクル給（起樓閣）………… 14-308

（タカトノ）の（ウヘ）を（アフキ）て（ミ）て（仰觀樓上）… 14-310

（ソノトクユクコト）を（アヤシヒ）て（恠彼疾行）… 14-310

サヽケ（ルトコロ）のミケツモノをコホシツ

(覆所撃饌)…… 14-310
(ミタ)を(ウタカヒ)て(疑御田)…… 14-311
(ソノウネメ)をヲカセリト(奸其采女)…… 14-311
(コトノコヱ)を(モ)て(以琴聲)…… 14-312
(コト)をヨコタヘて(横琴)…… 14-312
(コト)の(コヱ)を(サトリ)給て(悟琴聲)…… 14-317
(ソノツミ)を(ユルシ)給(赦其罪)…… 14-317
コ(シマ)コをヲカセリ(奸…小嶋子)…… 14-319
(ハタネノミコト)を(モ)て(以齒田根命)…… 14-319
…(タチ)ヤツを(モ)て(以…大刀八口)…… 14-320
ツミをハラフ(祓祭罪過)…… 14-321
(ハタネノミコト)を(シ)て(使齒田根命)…… 14-323
タカラモノを…に(ヲカシ)む(資財…置…)…… 14-323
ムラを(モ)て(以…邑)…… 14-324
(ミチユキヒト)をカヨ(ハシメス)(不使通行)…… 14-326
フネをタヘテ(斷…艖)…… 14-327
田力ミツキを進也(不輸祖賦)…… 14-327
オホ(キ)をツ(カハシ)て(遣…大樹)…… 14-328
タケキヒトモヽ(タリ)をヰて(領敢死士一百)…… 14-328
トモシヒを(モチ)て(持火炬)…… 14-328
(イヘ)を(カクミ)て(圍宅而)…… 14-328
(オホキノオミ)をオフ(逐大樹臣)…… 14-329
(タチ)を(ヌキ)て(抜刀)…… 14-330
(イシ)を(モ)て(以石)…… 14-331
テヲノをトリて(揮斧)…… 14-331
(ハ)をヤ(フラス)(不…傷刄)…… 14-332
(ウネメ)を(メシ)ツトヘて(喚集采女)…… 14-333
(キヌモ)を(ヌキ)て(脱衣裙)…… 14-333
(タフサキ)をキセて(着犢鼻)…… 14-334
(ワレ)を(オソリス)シて(不畏朕)…… 14-335
タヽシカラヌ(コヽロ)を(モ)て(用不貞心)…… 14-335
(マネ)をアタラシヒテ(歎惜眞根)…… 14-336
アタラシヒタマフことを(ナシ)て(生悔惜)…… 14-339
(コノウタ)を(キコシメシ)て(聞是歌)…… 14-339
(ヒト)を(ウシナヒ)ツル(失人)…… 14-339
(ユルスツカヒ)を(モ)て(以赦使)…… 14-340
ユハヒツナを(トク)(解徽纏)…… 14-340
(イノチシ)をカヘ(換伊能致志)…… 14-341割
…と云を(…トイ)ヘリ(…志而云…)…… 14-341割
(オトヒメラ)をヰて(將…第媛等)…… 14-345
(クレノマラウト)の(ミチ)をツ(クリ)て(爲呉客道)…… 14-345
(クレノツカヒ)ヒトを(ムカフ)(迎呉使)…… 14-346
(クレヒト)をハムヘラシム(安置呉人)…… 14-346
エ(ヒメ)を(モ)て(以衣縫兄媛)…… 14-347
(ヲトヒメ)を(モ)て(以第媛)…… 14-347
ヨソヒをミシムメ(視察装餝)…… 14-352
(トネリ)を(ツカハシ)て(遣舎人)…… 14-352
(ツカヒ)を(ムカフル)(迎使)…… 14-353
ミトコをオリて(避床)…… 14-355
オホムことをウケ(タマハリ)て(奉…勅)…… 14-356
(ワレ)をキミにタテマツリシ(進妾於陛下)…… 14-357
(ウタカヒ)をネノオミに(イタシ)て(疑於根使主)…… 14-357
(ネ)の(オミ)を(セメタマフ)(責根使主)…… 14-358
(イナ)キを(ツクリ)て(造稲城)…… 14-361
(フタ)ツに(ウミノコ)をワ(カチ)て(二分子孫)…… 14-362
(ナカハ)をは…に(タマヒ)て(一分賜…)…… 14-363
…(ウミノコ)を(モトメ)て(求…子孫)…… 14-364
カハネを(タマヒテ)(賜姓)…… 14-364
(コノコト)を(キコシメシ)て(聞是語)…… 14-367
(ヒト)を(ツカヒ)に(シ)て(使人)…… 14-367
(ハタ)の(タミ)をアカチ(秦民分散)…… 14-369
(ハタ)の(タミ)をトリて(聚秦民)…… 14-371
…カチをヒキヰて(領率…勝)…… 14-372
(キヌカトリ)を(タテマツリ)て(獻…絹縑)…… 14-372
(カハネ)を(タマヒ)て(賜姓)…… 14-372

索引篇 を –を 420

(アサヒ)イラツ(コ)をトラフルこと……14-374
(ツクリモノミツキを)(タテマツラシメ)……14-374
(ハタ)の(タミ)を(アカチ)てウツシて
ツクリモノミツキを(タテマツラシム)……14-374
アヤヘをツトヘて(聚漢部)使獻庸調……14-375
(カハネ)を(タマヒ)て(賜姓)……14-375
(カハネ)を(タマヒ)て(賜姓)……14-375
(キヨ)キ(ウツハ)を(タテマツラシメヨ)(使進…清器)……14-376割
(ワタクシ)の(カキへ)を(タテマツル)(進…私民部)……14-378
(モノ、ヘノメ)の(ムラシ)を(ツカハシ)て(遣…物部目連)……14-380
アサヒイラツコを(ウタシメタマフ)……14-382
(ユミイル)ことをホコリて(矜能射…)……14-382
(ヨロ)(ヒ)をトホス(穿…甲)(伐…朝日郎)……14-383
(タチ)を(トリ)て(執太刀)……14-384
(オホ)ヲノテを(トリ)て(大斧手)……14-386
(タテ)を(トリ)て(執楯)……14-386
(ヨロヒ)を(モ)て(以楯)……14-386
(タテ)を(モ)て(以楯)……14-387
…(ムラシ)をサシカクス(翳…連)……14-388
(アサヒイラツコ)を(トラヘ)て(獲…朝日郎)……14-388
カ(タサリシ)ことをハチて(羞愧不克)……14-389
(オホヲノテ)を(キ)て(率…大斧手)……14-389

(アサヒ)イラツ(コ)をトラフルこと(擒執朝日郎)……14-392
(アサヒイラツコ)をトラヘ(キリ)ツ(獲着朝日郎)……14-392
…を(ウハヒ)て(奪…)……14-393
(アナホ)へを(オク)て(置穴穂部)……14-394
イクサを(オコシ)て(發軍兵)……14-395
(クタラ)をホロホス(盡百濟)……14-396
(ミツカラウシナフ)(不覺自失)……14-396
(ヤマト)を(日本)……14-398
(イレ)を(ウシナフ)(失尉禮國)……14-400
(コニシシ)を(セメ)て(攻大城)……14-401割
コムナリを(モ)て(以久麻那利)……14-401割
(ソノクニ)を(スクヒオコス)……14-402
(ソノクニ)を(モ)(安興其國)……14-403
(ソノクニ)を(ナセリ)(造興其國)……14-404
(シラカノミコ)を(モ)(以白髪皇子)……14-406
カハカメを(エタリ)(得大龜)……14-408
…ト□□□スを(以…聰明)……14-411
(カウへ)を(ナテ)て(撫頭面)……14-411
(イマシムル)ミ(コト)をネムコロニシて(誠勅慇懃)……14-411
(ツハモノ)を(タマヒ)(賜兵器)……14-412
(イホタリ)をツ(カハシ)て(遣…五百人)……14-412
(コレ)を…(トス)(是爲…)……14-413
(コマ)を(ウツ)(撃高麗)……14-414

オモフコ、ロをツ(ケサラム)(不屬念)……14-417
(ウラミ)を(ノミトトム)(留恨)……14-419
(オホムタカラ)を(ヤス)メ(ヤシナハム)(安養百姓)……14-419
(タノシキ)ことをタモ(タシメ)む(保…樂)……14-419
アメノシタを(カネタリ)(兼父子)……14-421
カソコを(ツ、シム)こと(愼一日)……14-422
(ヒトヒ)を(ツ、シム)(勖己)……14-422
オ(ノロカミ)をハケ(マシ)て(小心)……14-424
(コト)を(ニキリ)て(握手)……14-424
(テ)を(ニキリ)て(握手)……14-424
(コロ)を(ニカミ)て(勖己)……14-424
(ヨキ)ことを(ツクサス)(未盡善)……14-425
(コト)をアケて(興言)……14-426
(コン)を(オモフ)(念此)……14-426
オモフコ、ロをツ(ケサラム)(割情)(不屬念)……14-426
(コ、ロ)をツクス(割情)……14-427
(アシキコト)をイ(タキ)て(懷悖惡)……14-427
(コ)を(シル)(知子)……14-427
(シラカノミコ)を(エ)て(得志)……14-428
(クニイへ)を(ヲサメ)は(治國家)……14-429
(オホキナルツキ)をタモツ(負荷大業)……14-431
(コ、ロサシ)を(ナス)(成…志)……14-431
(コレ)を(モ)て(以此)……14-431
(アメノシタ)を(ヲサメ)は(治天下)……14-432
(シラキ)を(ウツ)(征新羅)……14-434
(ワカクニ)をスヘヲサメタマフ(領制吾國)……14-434
(コホリ)をアタナフ(侵寇…郡)……14-434

フタ、ムラを（イコロス）（射死…二隊）…… 14-437
（フナヒト）を（ヨヒ）て（喚舩人）…… 14-437
（ヤ）をコハす（索箭）…… 14-437
（ユミ）を（タテ）て（立弓）…… 14-438
ハスをトラヘて（執末）…… 14-438
（アマタ）の（ヒト）を（キル）（斬數人）…… 14-440
（ヒト）を（ヤリ）て（遣人）…… 14-441割
□ロハをフルヒメ（トイフ）（母曰振媛）…… 17-4
ト云ことを（キヽ）て（聞…有）…… 17-5
（ツカヒ）を（ツカハシ）て（遣使）…… 17-6
モトツクニをハナレタリ（離桑梓）…… 17-8
（スメラミコト）をヒタシタテマツラム（奉養天皇）…… 17-8
人也をメテ（愛士）…… 17-9
（サカシキ）をキヤマヒタマフて（禮賢）…… 17-9
（ココロ）を（カケ）ム（繫心）…… 17-12
（ツハモノ）を（マケ）て（設兵仗）…… 17-14
ミコシをハ（サミ）マ（モリ）て（夾衞垂乘輿）…… 17-14
（ツハモノ）をオセリて（望…兵）…… 17-15
御アナスヱ御子タチをクハシクエラフに（妙簡枝孫賢者）…… 17-20
（オミムラシラ）を（ツカハシ）て（遣臣連等）…… 17-21
シルシをモ（チ）て（持節）…… 17-21
ミコシを（ソナヘ）て（備法駕）…… 17-21
（ツハモノ）を（ハサミマモ）る（夾衞兵仗）…… 17-21
サフラフヒトをト（ヽノヘ）ツ（ラネ）て（齊列陪臣）…… 17-23
（シルシ）を（モツ）（持節）…… 17-24
（ココロ）を（カタフケ）（傾心）…… 17-24
（イノチ）をヨセて（委命）…… 17-24
（ツクサム）ことを（ネカフ）（冀盡）…… 17-24
（アラコ）を（シ）レリ（知…荒籠）…… 17-25
（ツカヒ）をタテマタシて（奉遣使）…… 17-26
（モトツコヽロハヘ）をノヘ申サシム（述大…本意）…… 17-26
（ツカヒ）を（マタシ）て（遣使）…… 17-28
（ソノココロ）を（イフ）カ（重其心）…… 17-29
恤タマフコトを（クハフ）（加…寵待）…… 17-29
（ミシルシ）を（タテマツリ）て（上…璽符）…… 17-31
ヲホムタカラを（コ）トシ（子民）…… 17-32
（クニ）を（ヲサムル）こと（治國）…… 17-32
（オモヒ）を（メクラシ）（廻慮）…… 17-32
（サカシキヒト）を（エラ）ヘ（擇賢者）…… 17-33
（オホムタカラ）を（コ）トシ（子民）…… 17-35
（クニ）を（ヲサムルハ）（治國）…… 17-35
（オノレ）を（オス）（推寡人）…… 17-37
（ミシルシ）を（ウク）（受璽符）…… 17-38
（オホムラシ）を（モ）て（以…大連）…… 17-38
…（ノオホオミ）を（オホマヘツキミトシ）（…大臣爲大臣）…… 17-39
（オホムラシ）を…（トスル）こと（爲大連…）…… 17-39
（ヨ）を治タ（マフ）こと（宰世）…… 17-41
ア（メ）ツ（チ）をシツ（ムル）こと（鎭乾坤）…… 17-42
ツキを（ツク）こと（繼…趺蕚）…… 17-42
（オホムラシムロヤ）を（ツカハシ）て（遣…大連室屋）…… 17-43
シラカ（ヘ）を（オキ）て（安置…白髮部）…… 17-44
（ナ）をト（ヽ）メム（留…名）…… 17-44
…（ノヒメミコ）を（タテ）て（立…皇女）…… 17-45
カムツカサノカミ（ラ）を（ツカハシ）て（遣神祇伯等）…… 17-46
アマツヤシロク（ニ）ツヤシロをイ（ツキ）て（敬祭神祇）…… 17-46
（スメラミコト）のミコを（マウシ）て（求天皇息）…… 17-46
オホムタカラを（ナ）シて（生黎庶）…… 17-48
タツルに（キミ）を（モ）て（樹以元首）…… 17-48
タスケ（ヤシナフ）ことをツ（カサトラシメ）て（使司助養）…… 17-48
ミイノチを（マタカラシム）（令全性命）…… 17-48
（ワ）カコ（ナキ）ことを（ウレヘ）て（憂朕無息）…… 17-49
（マコトノ）心也を（ヒラキ）て（披誠款）…… 17-49
（クニ）を（モ）て（以國家）…… 17-49
マメナルことを（ツクス）（盡忠）…… 17-49
コトワリノヨソヒを（ソナヘ）て

(備禮儀)…17-50
(タシラカ）の（ヒメミコ）をムカヘマツレ (奉迎手白香皇女)…17-50
(ヒメミコ）を（タテ）て（…立…皇女)…17-51
(ヒト）リノ（ヒコミコ）を（ウマシ）メタリ (生一男)…17-51
(コレ）を…（トス）(是爲)……………17-51
(アメノシタ）をシルシメ（ス）(有天下)…17-53
(ソノウエ）を（ウクルコト）(受其飢)…17-54
(ソノコイ）を（ウクルコト）(受其寒)…17-55
ナリハヒを（ススメ）(勸農萊 敷業)………17-55
クハトキをス、メタマ（フ）(勉桑序)……17-56
ナリハヒヲウムことを（ステ）て (廢棄農績)…17-56
(ワ）か思也む（コト）をシ（ラシメ）ヨ (令識朕懷)…17-57
ヤハシラのミメを（メシイレタマフ）(納八妃)…17-58
(ヤハシラノミメ）を（メシイレタマフ）こと (納八妃)…17-58割
(ヨキヒ）を（ウラナヒ）エ（ラヒ）て (占擇良日)…17-58割
キサ□を定也（タマフニ）(拜後宮)………17-58割
(フミ）を（ツク）レリ（爲文)…………17-58割
(クサ）カか（ムスメ）を…ト（イフ）(草香女曰…)…17-59
(ミコ）を（ウメ）り（生…子)…………17-59
(アメノシタ）をシラス（有天下)………17-59
(ヒトリ）を（マウサ）ク（一曰)………17-59
(コレ）を…と（ス）(是爲…)…………17-60
(フタリ）を…と（マウス）(二曰…)……17-60
(コレ）を…と（ス）(是爲)……………17-61
(コ）を（消）…と（ス）(子…爲)………17-61
(イロト）を…ト（マウス）(妹曰…)……17-62
…（ヒメミコ）とを（ナス）(生…與…皇女)…17-62
(…ノミムスメ）を…（トマウス）(女曰…)…17-63
ヒメミコを（ウメリ）(生…女)…………17-63
アネを…（トマウス）(長曰…)…………17-63
ナカチを…（トマウス）(仲曰…)………17-63
スナキを…（トマウス）(小曰…)………17-64
(ミムスメ）を…（トマウス）(女曰…)…17-64
サ、ケの（ヒメミコ）を（ウメリ）(生豈角皇女)…17-65
(ミタリノヒメミコ）を（ウメリ）(生三女)…17-66
(アネ）を…（トマウス）(長曰…)………17-66
(ナカチ）を…（トマウス）(仲曰…)……17-67
(スナキ）を…（トマウス）(小曰…)……17-67
カタヒカ（ムスメ）を…（トマウス）(堅槭女曰…)…17-68
(フタリノヒメミコ）を（ウメリ）(生…二女)…17-69
(ヒトリ）を…（トマウス）(一曰)………17-69
…の（ムスメ）を…（トイフ）(…女曰…)…17-71
(フタリノヒメミコ）を（ウメリ）(生…二女)…17-71
…の（ミムスメ）を…（トマウス）(…女曰…)…17-73
(フタリノヒコミコ）を…（ウメリ）(生二男)…17-73
コノカミを…（トマウス）(長曰…)………17-73
(ヲトト）を…（トマウス）(少曰…)……17-74
…の（スメラミコト）を…にハフリマツル (葬…天皇于…)…17-75
ミツキヨツキナリタル（モノ）をヌキ (イタシ）て（括出…三四世者)…17-79
(ホツミノオミオシヤマ）を（ツカハ）て (遣穗積臣押山)…17-82
(ウマヨソキ）を（タマフ）(賜…馬卌疋)…17-83
(ツカヒ）を（マタシ）て（遣使)………17-83
(ヨツノコホリ）を（コフ）(請…四縣)…17-84
(ヤマト）を（ヘタタル）(隔日本)……17-86
クニをアハセテモ（合國)………………17-87
(ナホ）アヤ（フカラム）を（猶危)……17-87
(コノコト）を（エ）て（得是言)………17-88
ハカリ（コト）を（オナシクシ）て (同謨)…17-88
…（オホムラシアラカヒ）を（モテ）(以…大連麁鹿火)…17-89
…（ミマナラ）を（モ）て（以…任那等)…17-91
ミヤケを（オキ）て（置官家)…………17-93

423　索引篇　を　-を

ミコトノリに（ソムキ）マツラムことを（背…勅）……… 17-95
御言ノムネをサツケて（ツカヒ）を（アラタメ）て（改使）……… 17-96
（ミマナ）の（ヨツノコホリ）を（タマフ）付…制旨 ……… 17-97
（ミコトノリ）（オホキナル）ハシをトリて（賜任那四縣）……… 17-97
（チヒサキハシ）を（トリ）て持…小頭 ……… 17-99
（クニ）を（オ）ケリ（置…國）……… 17-99
（キシ）を（マタシ）て遣…吉士 ……… 17-100
（タヨリヨロシキ）ことを（ハカリ）て圖計便宜 ……… 17-102
（オホキナル）ハシをトリて持…大頭 ……… 17-102
（マヒナヒ）を（ウケ）たり受…略矣 ……… 17-104
…（シヤウクン）を（マタシ）て遣…將軍 ……… 17-106
（タンヤウニ）を（タテマツル）貢…段楊爾 ……… 17-106
（…ノヒメミコ）をムカへ（タマフ）聘…女 ……… 17-109
（チクモンチラ）を召也引列…竹次至尊等 ……… 17-130
メクミをウケタマハリ（奏…恩勅）……… 17-131
（シフキ）を（サ）（モ）て以…滯沙 ……… 17-131
（タカラ）を（マタシ）て遣戩支 ……… 17-132
（…トコロ）を（タテマツリ）（獻珍寶）……… 17-132
（アマ）ツツス（「キ」ノ誤）を（ウケ）て（承天諸）……… 17-133

國家をタ（モツ）こと（保宗朝）……… 17-133
（トシ）ウル（コト）を（イタシ）て（致豊年）……… 17-134
（ワカコ）を…に（シメス）（示朕心於…）……… 17-134
（クニ）を富也（シム）（使饒國）……… 17-135
（ワカ）ノリを…に（テラ）ス（光吾風於…）……… 17-135
ヨキワサ（スル）を…（タノシフ）（爲善…樂）……… 17-136
（ワレ）を（タ

…（アヒタ）を（マタシ）て（遣…阿比多）…17-165
（ヨシヒ）を（ムスフ）（結好）……17-165
…（ムヨロツ）を（ヰ）て（率…六萬）…17-171
…（トクコトン）を（タテ）て（興建…喙己呑）…17-171
ソ（ムク）ことを（ハカリ）て（謨叛逆）…17-172
（トシ）を（フ）（經年）……17-173
（ナリカタキ）ことを（オソリ）て（恐…難成）…17-173
（ヒマ）を（ウカカフ）（伺間隙）……17-173
（コレ）を（シリ）て（知是）……17-173
マヒナヒを…ニ（オクリ）て（行貨略于…）…17-173
…の（イクサ）をタヘヨト（防遏…軍）…17-174
（ウミツチ）をタへて（邀海路）……17-175
…（フネ）をワカツリ（イタ）シ（誘致…船）…17-176
…（イクサ）をサイキ（リ）て（遮…軍）…17-176
（ワレ）を（シ）て（俾余）……17-178
…ヒナのクニをタモ（ツ）（有…戎之地）…17-181
…サカシキことをタノ（ミ）て（負…阻）…17-184
（ミタレ）をアク（ルナ）リ（稱亂）……17-184
イキホヒを（ヤフリ）て（敗德）……17-185
キミをマ（モリ）て（助帝）……17-185
（オホミタカラ）を…スクフ（拯民）……17-185
メ（クミ）を（ホトコシ）て（施恩）……17-187
（ウツクシヒ）を（オシ）（推惠）……17-187
（オノレ）をオモハカリて（恕己）……17-187
（ヒト）を（ヲサム）（治人）……17-187
ツミを（オコナ）へ（行…罰）……17-189
（マサカリ）をトリて（摻斧鉞）……17-189
（ヒムカシ）をは（ワレ）（東朕）……17-189
（コレ）をカトラム（制之）……17-189
（ニシ）をは（イマシコレヲ）カトレ（西汝制之）…17-190
タマ（ヒ）モノツミをタクメ（オコナヘ）（專行賞罰）…17-190
計也を…に定て（決機…）……17-193
所也を（サラス）（不避…地）……17-193
（イハヰ）を（キリ）て（斬磐井）……17-194
（サカヒ）を（サタム）（定壃場）……17-194
ツミセラレむことを（オソリ）て（恐…誅）…17-194
ミヤケを（タテマツリ）て（獻…屯倉）…17-195
（アカハ）ムことを申也（求贖）……17-195
ミサキをサルコトニ（避嶋曲）……17-197
（サキ）をは（イフ）（謂…崎岸也）……17-197 割
（タサノツ）を（モ）て（以…多沙津）……17-198
オキ（ナ）ラを（ツカハシ）て（遣…老等）…17-200
（ツ）を（モ）て（以津）……17-200
ミヤケを（オキテ）より（從置官家）……17-201
（フヒト）を（ツカハシ）て（遣錄史）……17-203
（トモカラ）を…に（ムスヒ）て（結儻…）…17-204
（ウラミ）を…に（ナセリ）（生怨…）……17-204
（ムスメ）を（メトシ）て（聚娶歟…女）……17-204
ムスメを（オクルトキ）に（送女時）……17-205
（ヒト）を（マタシ）て（遣…人）……17-205
（キモノ）を（キシム）（令着…衣冠）……17-206
カヘタルことを（イキトホリ）て（嗔…變）…17-206
（ツカヒ）を（マタシ）て（遣使）……17-207
（ムスメ）を（カヘサム）と（シ）て（欲還女）…17-207
ヨハヒシことを（ウケ）て（承…聘）……17-207
（ムスメ）をメセ（還…女）……17-208
…のキを（トル）（拔…城）……17-210
…の（キ）を（トル）（拔…城）……17-210
（…オミ）を（ツカハシ）て（遣…臣）……17-211
（シラキ）を（ススメ）て（勸新羅）……17-211
（…ラ）を（マタシ）て（遣…等）……17-212
（トクコトン）を（タツ）（建…喙己呑）…17-212
（オヒミノリコトノコト）を（キカシム）（聽詔勅）…17-213
ミヤコケを（ヤフラ）むこと（破…官家）…17-213
（ヤフラ）むことを（オソリ）て（恐破）…17-213
タカキヒトを（マタサスシ）て（不遣丈人）…17-213
（…ラ）を（マタシ）て（遣…等）……17-214
（オヒミノリコトノコト）をキカシム（聽詔勅）…17-215
（タカ）トノをタテて（起高堂）……17-215
ミカトツカヒをキテノホル（列昇勅使）…17-215

ハ(シ)を(ノホル)(昇階)…………17-215
(アル)ことを(ウラム)(恨在)………17-217
ミヤケを(オキ)タマフシ(ヨリ)(置…官家)…17-220
(モトツクニ)を(ステスシ)て(不棄本壬)…17-220
(トコロ)をヨサセルコト(封…地)……17-220
(サカヒ)を(コエ)て(越境)…………17-221
(クニ)を(スクヒ)タマヘ(救助…國)…17-221
(ツカヒ)を(ツカハシ)て(遣使)……17-222
(コノマタカンキ)を(オクル)(送己能末多干岐)…17-222
申也(トコロ)を(タツネトヒ)て(推問所奏)…17-223
(アヒウタカフ)ことをネキラヘトク(和解相疑)…17-223
(コキシ)を(メシツトフ)(召集…王)…17-224
(クチフレ)をマタシ(遣久遅布禮)……17-225
(オンソチ)ミ(トリ)を(マタ)シて(遣恩率彌騰利)…17-226
(ツカヒ)を(セメトヒ)て(責問…使)…17-227
スコシキナルを(モ)て(以小)………17-227
(オホイナルキ)を(モ)て(以大木)……17-227割
(スコシキナルキ)を(モ)て(以小木)…17-227割
(ミコトノリ)を(ウケスシ)て(不…受…勅)…17-228
(ツカヒ)を(マタ)セルヤ(遣使乎)……17-228
(ミコトノリ)を(キク)トモ(聞勅)……17-229
カシコマリオ(ツル)ことをイ(タキ)て(懐怖畏)…17-230
オノカキミをヨ(フ)(召王)…………17-230
(イ)シ(フレチカンキ)を(マタシ)て(遣…伊比夫禮智干岐)…17-231
イクサミチ、を(ヰ)て(率衆三千)……17-231
(ミコトノリ)を(キカ)むとマウス(請聽勅)…17-231
(オホキミ)を(モ)て(以大臣)………17-231割
(イクサアマタアル)を(ミ)て(見…衆數千人)…17-232
(ミコトノリ)を(キカ)むト(マウス)(請聞勅)…17-234
ムラサトニてモノを(コフ)(於聚落乞食)…17-235
モノコフ(モノ)のスクルを(マチ)て(待乞者過)…17-236
(テ)をツカミて(捲手)………………17-236
(ミツキ)を(マチ)て(待三月)………17-237
(ミコトノリ)の(ムネ)を(キカ)む(聞勅旨)…17-237
詐也を(消)(シリ)ヌ(知…欺誑(消))…17-238
オホマツキミをコロサムトアナリケリ(誅戮上臣)…17-238
(ヨツ)の(スキ)をヌキカスム(抄掠四村)…17-239
(コレ)を(ヨツノスキ)ト(ス)(是爲四村)…17-239割
…を(ヨツ)の(スキトスナリ)(…爲四村也)…17-239割
(オホミタカラ)をヰて(將人物)………17-240
ハカリコトを(ノヘ)て(陳謀)………17-243
(ハカリコト)を(マウシ)て(申略)……17-244
イタハリを(タテムト)(立…功)………17-245
(タクヒ)を(モ)て(以類)……………17-247
(ススム)ことをマツ(須…進)…………17-247
タラヌ(トコロ)を(トハス)(不問…所短)…17-248
家也をタモチウケ(獲奉宗廟)…………17-248
國也を(アヤフカラシ)メ(ス)(不危社禝)…17-248
(ナラヒ)を(ナシ)(生俗)……………17-250
(オコリ)を(ナサ)むことを(成驕)……17-251
(オソルラク)は…(ナサ)むことを(恐…成)…17-251
(ヒト)を(シ)て(令人)………………17-251
キヨクカタキヒトを(アケシメ)(令…擧廉節)…17-251
(オホキナルミチ)を(ノヘアケ)て(宣楊大道)…17-251
オホイナルノリをシキハキ(ス)(流通鴻化)…17-251
(イヘ)を(オコ)シ(ツクリ)て(起造舍宅)…17-253
(マツリコト)を(キク)に(聽政)………17-254
コウメルを(モ)て(以兒息)…………17-254

定也（カタキ）を（シ）て（難決）……17-254
（シフリ）を（コロシツ）（殺…斯布利）：17-256
（ヲミナ）を（メトシ）て（娶…女）……17-256割
（ウメル）を（カラコトス）（所生爲韓子也）…17-256割
（オホミタカラ）を（ナヤマシ）て（惱人民）…17-257
（ヒト）を（ツカハシ）て（遣人）………17-257
…（ミカリ）を（モ）て（以…御狩）……17-258
（ミコトノリ）の（ムネ）を（ナサスシ）て（未成勅旨）…17-259
オホムヨコトを（ナシ）て（成國命）……17-260
（ウメナヒ申ム）を（マチタマヘ）（待…謝罪）…17-260
（ツカヒ）をタテマタシモテノチ（奉使）…17-260
（ツキ）の（キシ）を（ツカハシ）て（遣調吉士）…17-262
トモカラを（ヰ）て（率衆）…………17-262
（サシ）を（マモラシ）む（守…城）……17-262
クハシクヽタクタシキことをワサト（ナシ）て（細捽爲事）…17-263
チキシ（トコロ）を（ツトメサルコトヲ）（不務所期）…17-263
アルカタチを（シリテ）（知行迹）………17-264
（カヘ）シ（ソムク）ことを（ナス）（生虪背）…17-264
（クレシ）コモを（ツカハシ）て（遣久禮期己母）…17-265
（イクサ）を（コハシ）む（請兵）………17-265
（ヌスクリ）を…（ツカヒ）に（シ）て（奴須久利使…）…17-265
（イクサ）を（コフ）（請兵）…………17-265
（ヌスクリ）をカスヰて（投奴須久利）……17-267
（サシ）を（カクム）（圍城）…………17-267
（アリシト）を（セメノリ）て（責罵阿利斯等）…17-268
（ケナノオミ）を（イタスヘシ）（出毛野臣）…17-268
（トコロ）をハカ（リ）て（圖度…地）……17-269
（サシ）を（ヌキトル）（拔…城）………17-271
政也をナラハ（ス）（閑治體）…………17-272
（カラ）をサハカシツ（擾亂加羅）………17-273
（ウレヒ）を（フセカス）（不防患）………17-273
（メツラコ）を（ツカハシ）て（遣目頬子）…17-274
（ウタ）を（オクリ）て（贈歌）…………17-277
（クタラホンキ）を（トリ）て（取百濟本紀）…17-282割
イ（ロハ）を…と（マウス）（母曰…）……20-4
ミノリをウケタマ（ハスシ）て（不信佛法）…20-5
□□シ□□をコノムタマ□（愛[文]吏）……20-5
（キサキ）を（タフトヒ）て（尊皇后）……20-8
…（ノオホムラシ）を（モ）て（以…大連）…20-9
（ソカ）の（ウマコノスクネ）を（モ）て（以蘇我馬子宿禰）…20-10
（ミツキモノ）をカ（ムカヘ）シ（ルシ）て（檢錄…調物）…20-15
フ□を（トリタ）マヒて（執…表疏）……20-15
[フ][ヒ]トを（メシ）ツト（ヘ）て（召聚…史）…20-16
（オマナフルコト）を（コノマサラマシカハ）（不愛於學）…20-19
（ハ）を…ムシて（蒸…羽）…………20-23
ネリキヌを（モ）て（以帛）…………20-23
（ナ）を（ウツス）（寫…字）…………20-23
□□キを（ワカチ）て（分…調）…………20-26
（イマシラ）を（ツミナヒ）タマ（ハ）む（誅汝等）…20-27
（アヤマチ）を（アラハシ）マ（ウサ）は（顯導…過）…20-28
（クチ）をヤメム（ト）（斷…口）…………20-29
ツ（ヱ）を（モ）て（以杖）……………20-30
…（カシラ）を（ウチ）て（打…頭）……20-31
（オモテ）の（チ）をノ[歟コ]フ（拭面血）……20-32
…（ハラ）を（サシ）て（刺…腹）………20-33
イツハリコトを（ナシ）て（作矯詐）……20-35
（メ）を…（ニタマフ）（賜妻…）…………20-36
コトハリを（モ）て（以禮）……………20-37
（マトフ）ことをウタカヒタヽ（ヒ）て（猜…迷）…20-40
（ツカヒ）を（オクラシム）（送…使）……20-41
…マサを（モ）て（以…間狹）…………20-43
…（フタリ）を（モ）て（[以]…二人）……20-44

（フネ）をタチシて（發船）……… 20-45
（フタリ）を（トラヘテ）（執…二人）…… 20-46
（フネト）カチ（サヲト）を（タヘクフ）
（遮嚙船與檝櫂）… 20-48
…（ノマム）ことを（オソリ）て
（恐…呑）… 20-48
イツハリことを（シル）（識…謾語）…… 20-49
…（ラ）をキヤマヒアヘタ（マ）フ
（禮饗…等）… 20-54
（アツキキヤ）を（モ）て（以厚禮）…… 20-54
（イハヒラ）をマ（タシ）て（遣…磐日等）… 20-55
（ココロ）をウケタマハ（ラシム）
（請問…意）… 20-56
（ツミ）をセメて（數…罪）……… 20-56
（ミカト）をアサムキマツレリ
（欺誑朝庭）… 20-57
（ツカヒ）をはオホ（ホラシコロ）□リ
（溺殺…使）… 20-57
（ツミ）を（モ）ては（以…罪）…… 20-57
（ソノツミ）をサタム（斷其罪）…… 20-58
（ソカノウマコノオホオミ）を…（ツカハシ）て
（遣蘇我馬子大臣）… 20-59
（タヘト）をマサシ（ム）（增益…與田部）… 20-59
フタを（モ）て（以…籍）……… 20-60
（カハネ）を（タマヒ）て（賜姓）…… 20-61
（ツカヒ）を（マタシ）て（遣使）…… 20-61
（ヒロヒメ）を（タテテキサキトス）
（立…廣姫爲皇后）… 20-63
…（ヒメミコ）をアシマセリ（生…女）… 20-63
（ソノヒトハシラ）を…と（マウス）
（其一曰…）… 20-63
（ソノフタハシラ）を…（トマウス）
（其二曰…）… 20-64
ミメを（タツ）（立…夫人）……… 20-64
（ヒメミコ）を（アシマセリ）（生…女）… 20-64
（ヒトハシラ）を…（トマウス）（一曰…）… 20-64
（フタハシラ）を…（トマウス）（二曰…）… 20-65
（ミハシラ）を…（トマウス）（三曰…）… 20-65
（ムスメ）を…（トマウス）（女曰…）…… 20-66
（コト）を（カヘリコト）申（復命…事）… 20-69
（ツカヒ）を（マタシ）て（遣使）…… 20-69
（タテサル）を（モ）て（以…未建）…… 20-70
（キシノク）カネをマツ（シ）て
（遣吉士金子）… 20-71
（キシノ）イタヒを…（ツカヒセシム）
（吉士木蓮子使）… 20-72
（キシノ）ヲサ（ヒコ）を（ツカヒセシム）
（吉士譯語彦使）… 20-72
（ツカヒ）を（マタシ）て（遣使）…… 20-73
（ミツキ）を（タテマツル）（進…調）…… 20-74
（イヘトコロト）をウ□（ナフ）
（占…與…家地）… 20-75
（ミヤ）を…（ツクル）（營宮…）…… 20-76
（キサキ）を（タテム）（立皇后）…… 20-77
…（ヒメミコ）を（アレマス）（生…女）… 20-78
（ヒトハシラ）を…（トマウス）（一曰）… 20-78
…（ミコト）を（タテ）て（立…尊）…… 20-78
（フタハシラ）を…（トマウス）（二曰…）… 20-80
（ミハシラ）を…（トマウス）（三曰…）… 20-80
（ヨタハシラ）を…（トマウス）（四曰…）… 20-81
（イツハシラ）を…（トマウス）（五曰…）… 20-81
（ムハシラ）を…（トマウス）（六曰…）… 20-82
（ナナハシラ）を…（トマウス）（七曰…）… 20-83
キサイチ（ヘ）を（オク）（置…私部）…… 20-84
ヲクロの（キシト）を（ツカハシ）て
（遣…與小黑吉士）… 20-85
オホ（ミ）コトをウ（ケタマハリ）て
（奉命）… 20-86割
（イツルトコロ）を（ツハヒラカニセス）
（未詳所出）… 20-86割
（ム）ユ（タリ）を（タテマツル）
（獻…六人）… 20-89
（ウチ）の（ヒメミコ）を（モ）て
（以菟道皇女）… 20-90
キシ（サナマ）をマタシて
（遣枳叱政奈末）… 20-92
（ホトケノ）ミカタをタテマツル
（送佛像）… 20-93
（アトナマ）を（シ）て（安刀奈末）…… 20-94
（シセウナマ）を（シ）て（失消奈末）…… 20-94
（エミシ）を…コロシ（蝦夷者…斬）…… 20-97
ヒトコノカミアヤカス（ラ）を（メシ）て
（召…魁師綾糟等）… 20-97
（モハラアシキ）を（コロサムトス）

(欲誅元惡)…20-98
（ミツ）を（ス、リ）て（歃水）……20-100
…（ココロ）を（モ）て（用…心）……20-101
ツキを（タチ）タヘ（ム）（絶滅…種）……20-102
（シセウナマ）を（マタシ）て　（遣…失消奈末）…20-103
（アトナマ）を（消）（マタシ）て（消）　（遣安刀奈末）…20-103
（ウチツ）ミヤケ（ノクニ）を（ホロホセ）リ　（滅内官家之國）…20-106
（ワ）か（ウチ）ツミヤケを（ホロホセリ）　（滅我内官家也）…20-106割
（ミマナ）を返立ムことを（復任那）……20-107
…ことを（ハカリ）タマ（フ）（謀…）……20-107
（ソノコ、ロサシ）を（ナサ）スナリキ　（不滅成其志）…20-107
アヤシ（キハカリコト）を（タスケマツリ）て　（奉助神謀）…20-108
（ミマナ）をオコシ（タテ）むとオモフ　（復興任那）…20-108
ハ（シマト）を（ツカハシ）て　（遣…與…羽嶋）…20-110
（ニチラ）をヲシミ（タテマツリ）て　（奉惜日羅）…20-112
（アマノハシマ）を（ツカハシ）て　（遣…海部羽嶋）…20-113
（ニチラ）を（クタラ）に（メス）　（召日羅於百濟）…20-113
カラサヘツリを（モ）て（用韓語）……20-114
イカ（ネ）を…にイレホトヨ云て　（以汝之根入…）…20-115
（ソノコ、ロ）を（サトリ）て（覺其意）…20-115
（テ）を（トリ）て（把手）……20-116
（ミカト）をウ（タカヒマツ）ラク　（奉疑天朝）…20-117
（ヤツカレ）をタテマタイて（奉遣臣）……20-117
（ミコトノリ）をノリコト（スヘキトキ）に　（宣宣勅時）…20-118
イツクシ（ク）タケ（キ）オモヘリをミセて　（現嚴猛色）…20-118
（ニチラ）を（メス）（召日羅）……20-119
…（ソコハクノヒト）を（モ）て　（以…若干人）…20-121
…の（ムラシ）を（ツカハシ）タマヒて　（遣…連）…20-122
（ニチラ）をトフ（ラハシム）（使訪日羅）…20-123
（ヨロヒ）を（キ）（被甲）……20-123
…（ニチラ）をツカハシて（使…日羅）…20-127
（ソノ）ヨ（ロヒ）を（ヌキ）て（解其甲）…20-128
（ニチラ）をハムヘラ（シメ）て　（使住日羅）…20-128
…の（ムラシ）を（ツカハシ）て　（遣…連）…20-130
（アメノシタ）の（マツリコト）を（ヲサメ）タマフ（治天下政）…20-131
オホムタカラをマ（モリ）タマヘ　（護養黎民）…20-131
（イクサ）を（オコシ）て（興兵）……20-131
ハカリコト人をシて（合議者仕奉）……20-132
クラ（ヒ）オ（モノ）をタシ（足食）……20-133
（イクサ）を（タシ）て（足兵）……20-133
（ヨロコヒ）を（モ）て（以悦）……20-133
（オホムタカラ）を（ツカヒ）タマ（ヘ）　（使民）…20-134
（クニ）のワサ（ハヒ）をウレヘム　（恤國難）…20-134
（フネ）を（ツクリ）て（造船舶）……20-134
カシコ（マリオソル、）ことを（ナサシ）む　（令生恐懼）…20-135
（ヨキ）ツカ（ヒ）を（モ）て（以能使）…20-135
ニリムを（メサ）む（召…王）……20-136
…（ラ）を（メシ）て（召…等）……20-136
ツ、シミシタカフを（ナサム）（生欽伏）…20-137
（ツミ）を（トフヘシ）（應問罪）……20-137
（アラタ）に（クニ）を（ツクラムトオモハ）は　（欲新造國）…20-139
メノコワラハを（モ）て（以女人小子）…20-139
カクレ（イクサ）を（オキ）て（置伏兵）…20-140
マウイタラ（ム）をマ（チ）て（候至而）…20-140
ソコを（ツ）ケむ（築壘塞）……20-141
（オンソチ）を（モ）て（以恩率爲）……20-141割
（ツクシ）をスキ（ユク）トキ（過筑紫）…20-142
…（ハカリ）を（ハ）カリて（計…許）…20-142
（サムクワン）を（モ）て（以參官）……20-142割

429 索引篇 を －を

(ニチラ)を(コロサハ)(殺日羅)……20-143
(タカキ)カウフリを(タマハラ)む(賜高爵)……20-143
(ヒカリウシナフ)をウ(カヽヒテ)(賜榮於後)……20-143
サカエムを(ノチニタレ)む(垂榮於後)……20-143
(ソノメコカコラ)を(モ)(候失光)……20-147
(ソノ)ハカリコとを(ナサシ)む(以其妻子水手等)……20-150
(メコ)を(モ)ては(以妻子)(生其變)……20-151
(カコラ)を…に(オク)(水手等居干…)……20-151
(トクニラ)をトラ(ヘ)ユ(ハヒ)て(收縛德爾等)……20-152
カ(スノマヘツキミ)を(ツカハシ)て(遣數大夫)……20-152
(ソノコト)をカムカヘ(トフ)(推問其事)……20-153
(ツカヒ)を(アシキタ)に(ツカハシ)て(遣使於葦北)……20-153
(ニチラ)のヤカラを(メシ)て(召日羅眷屬)……20-155
(トクニラ)を(タマヒ)て(賜德爾等)……20-155
(ニチラ)を(モ)て(以日羅)……20-156
…イタネヒ敵を(ツカハシ)て(請…二編)……20-157
…(フタハシラ)をマセて(遣…木蓮子)……20-159
…の(アタヒヒタ)をマセて(遣…直氷田)……20-162

(ニチラ)を(モ)て(以日羅)……20-163
(シヤリ)を(ミツ)に(ナク)(投舍利於水)……20-163
(ホトケ)の(ミノリ)をタモチウケて(深信佛法)……20-164
法師カヘリ(ノヒト)を(ウ)(得僧還俗者)……20-165
…(シマ)を家出セシム(令度…嶋)……20-166
(…シマ)を(テシフタリ)をイヘテ(セシム)度…弟子二人……20-166
(ナ)を(センサウノアマ)と(イフ)名曰禪藏尼……20-167
(ナ)を(ヱセン)の(アマ)と(イフ)名曰惠善尼……20-168
(ミタリ)の(アマ)を(モ)て(以三尼)……20-168
(ミタリ)の(アマ)をカタチキヤフ(崇敬三尼)……20-169
キモノクヒモノをマツラ(シム)(令供衣食)……20-169
(ホトケ)の(オホトノ)を…にツクリて(經營佛殿)……20-169
…の(ミカタ)をイマセマツル(安置…像)……20-170
(ミタリ)の(アマ)をマセマツル(屈請…三尼)……20-170
(シヤリ)を…に(エタ)リ(得…舍利)……20-171
(シヤリ)を(モ)て(以舍利)……20-171
(シヤリ)を(モ)て(以舍利)……20-171
(クロカネ)の(ツチ)を(フルヒ)て(振鐵鎚)……20-172
(シヤリ)は(クタキヤフルヘカラス)(舍利不可摧毀)……20-172

(シヤリ)を(ミツ)に(ナク)(投舍利於水)……20-173
(ホトケ)の(ミノリ)をタモチウケて(修治佛殿)……20-174
(ホトケ)の(オホトノ)を(ツク)る(奏其占狀)……20-175
カソノウラカタをイハヒマツル(祭祠父神)……20-178
(ミコトノリ)を(ウケタマハリ)(奉詔)……20-179
(イシ)の(ミカタ)をキヤヒオカミ(禮拜石像)……20-181
ヤカラをマ(タシ)て(遣子弟)……20-181
(ソノ)ウラカタを(マウ)す(奏其占狀)……20-181
(タフ)を…に(タテ)て(起塔)……20-182
(シヤリ)を(モ)て(以…舍利)……20-182
(ホトケ)の(ミノリ)を(オコシオコナフ)に(興行…法)……20-182
ヤツカレ(カコト)を(臣言)……20-182
(イノチ)を(ノヘ)タ(マ)ヘト(延壽命)……20-182
(ヤ)の(ミカタ)をキヤヒオカミ(禮拜石像)……20-182
(シヤリ)を(ミツ)て(以…舍利)(奉詔)……20-184
(ホトケ)の(ミノリ)を(オコシオコナフ)(興行…法)……20-186
(ソノタフ)をキリタフラシて(斫倒其塔)……20-186
(ホトケ)の(ミノリ)をヤメヨ(斷佛法)……20-188
(ホトケ)の(ミカタ)を(ヤク)(燒…興佛殿)……20-188
(ヒ)をツケて(縱火)……

ヤフリハツカシムル（コヽロ）を（ナサシム）（令生毀辱之心）…20-191
（サヘキノミヤツコ）ミムロを（ツカハシ）て（遣佐伯造御室）…20-191
（センシンラノアマ）を（ヨフ）（喚…善信等尼）…20-192
（アマラ）を（ヨヒイタシ）て（喚出尼等）…20-193
（アマラ）の（サムエ）を（ウハヒ）て（奪尼等三衣）…20-193
（ミマナ）を（タテム）ことを（建任那）…20-194
…を（タテム）ことを（オモヒ）て（思建…）…20-194
…の（キミ）をサシて（差…王）…20-195
（マツリコト）を（ツトメヲサムヘシ）（可勤修乎…政也）…20-197
（カサ）をヤ[ム]（モノ）の（患瘡者）…20-198
（サンホウノチカラ）を（カウフラス）は（不蒙三寶之力）…20-200
（ミノリ）を（オコナフヘシ）（可獨行…法）…20-201
アタシ（ヒト）をヤメ（ヨ）（斷餘人）…20-202
（ミタリ）ノ（アマ）をヲカム（頂禮三尼）…20-203
ミ寺をツク（リ）て（營精舍）…20-203
（ホトケノ）ミノ（リ）を（ホロホサムト）（滅佛法）…20-204割
（ホトケ）の（ミカタ）を（ステムト）（棄佛像）…20-204割
（テラタフ）を（ヤキ）（燒寺塔）…20-204割
モカリの（ミヤ）を（ヒロセ）にタツ（起殯宮於廣瀬）…20-205
タチをハイて（佩刀）…20-206
（スヽ）をカク（ヘシ）（可懸鈴矢）…20-208
（ウラミ）をナス（生怨恨）…20-209
（ハヤト）を（シ）て（使隼人）…20-209
（アメノシタ）を（トラムトス）（欲取天下）…20-210

をあさつまわかごのすくね（固名）
ヲアサツマワカ（コノスクネ）の（雄朝孀稚子宿禰）…14-3

をあさつまわくごのすくね（固名）
ヲアサツマワクコ（ノ）スクネノ（雄朝津間稚子宿禰）…11-88

をうなみこ（皇女）
ヲトコミコヲウナミコ（男女）…17-10

をうむ（績）
麻ウマサ（ル）こと（不續 績歟）…17-54
タツクリヲウム（耕績之時）…11-77左
ナリハヒシヲウム（トキ）を（耕績之時）…11-77
ヲウムことを（績）…17-56

をか（丘）
ミモロのヲカの（三諸岳）…14-163
ヲカ（ノサキ）に（丘前）…20-149

をかす（奸）
ヲカサレヌ（奸）…20-91
ヲカス（奸）…14-229
ヲカセリト（奸）…14-311
ヲカセリ（奸）…14-318

をがひのすくね（固名）
ヲカヒノ（スクネ）（小鹿火宿禰）…14-235
（ヲ）カ（ヒ）の（スクネ）（小鹿火宿禰）…14-275

をがみ（拜）
ミカトヲカミス（拜朝）…11-144
ヲカミス（設齋）…20-170
ヲカミス（設齋）…20-178
ヲカミス（設齋）…20-178左

をがむ（拜）
ヲカミヲ（カミ）て（跪拜）…14-27
ヲカミ（跪拜）…20-124
ヲカミヲ（カミ）て（跪拜）…14-27
ヲカ（ミ）て（再拜）…17-183
ヲカム（頂禮）…20-203

をぐま（固名）
ヲ（クマカムスメ）を（小熊女）…20-66

をくら（固名）
ヲクラ（小倉）…14-274

をぐろ（固名）
ヲクロの（キシ）（小黑吉士）…20-85

をこし（上）
ヲコシタリ（上哆利）…17-84

をさ（通事）
ヲサ（譯語）…14-201

をさだ（固名）
ヲサ（タ）に（譯語田）…20-76

をさなし（幼）

ヲサナシと（不賢）……11-18
をさまる（收）
[ヲ]サマリヤスク（シ）て（[乂]艾安 安安）……14-418
をさむ（收）
マホリヲサメムカ（護衛）……17-143
ヲサメて（納）……11-282
ヲサメタルサマ（藏）……11-338
スヘヲサメタマフ（領制）……14-434
ヲ[サ]メタマ（ヒ）て（供給）……20-129
治タ（マフ）こと（宰）……17-41
（ヲサ）ム（ルトコロ）を（葬所）……14-267
をさむ（修）
ヲサムルこと（脩）……14-239
をさめもの（收物）
ヲサメ（消墨）ヲサ メ モノを（斂）……11-361
をし（惜）
ヲシキカモ（惜兮）……11-67
をしかは（韋）
ヲシカハの（韋）……11-294
をしむ（惜）
ヲシミ（タテマツリ）て（奉惜）……20-112
ヲシミマ（ツリ）テ（奉惜）……20-112左
をしろ（固名）
ヲシロ（尾代）……14-432
をぢなし（怯）
ヲチナクヨワク（シ）て（懦弱）……14-131
ヲチナシ（怯）……14-391左
をつか（小塚）
ヲ（ツカ）に（小墓）……14-302
をと（夫）
ヲト（夫）……11-252
をとこ（男）
ヲトコ（士）……17-53
をとこざかり（男盛）
ヲトコサカリに（壯）……11-5
男サカリニシテ（壯大）……17-8
をとこみこ（皇子）
ヲトコミコヲウナミコ（男女）……17-10
をとめ（乙女）
ヲトメを（小女）……14-170
ヲトメノ「の」（幼女）……14-171
ヲトメに（女）……14-408
をとめ（夫婦）
ヲトメの（夫婦）……14-72
をどらす（躍）
ヲトラシて（驟）……14-287
をとり（雄鳥）
ヲトリを（雄者）……14-211
をなきみ（固名）
ヲナキミト（童女君）……14-57
をなし（固名）
ヲナシ（小梨）……14-219
をね（固名）
ヲネノオミ（小根使主）……14-365
をの（斧）
ヲノカネ（斧鐵）……17-161
をの（小野）
（アキツノ）ヲノ（蜻蛉野）……14-127
小（ノ）（野）……14-127
をのこご（男子）
をのこ（男子）
ヲノコ□（兒）……14-281
ヲノコメノコを（子女）……17-150
をのこ（固名）
（ムケノキミ）ヲノコ（身毛君丈夫）……14-169左
をはし（固名）
ヲハシと（小橋）……11-150
をはつせ（固名）
ヲハ（ツ）セの（ミヤツコ）の（小泊瀬造）……11-145
ヲハ（ツ）セの（ミヤツコ）の（小泊瀬造）……11-168
（ヲハ）ツ（セ）の（スメラミコト）（小泊瀬天皇）……17-10
をはりた（固名）
ヲハ（リタ）の（ヒメミコ）（小墾田皇女）……20-80
をはる（終）
ヲハ（リヌル）ヒト（死者）……11-68
サカエヲハルコト（隆卒）……17-246
をふ（終）
ヲヒタマヒヌ（死）……11-63
をふな（固名）
ホムチ（ヘ）のヲフナ（品遲部雄鯽）……11-266
をほと（固名）

ヲホトの（スメラミコト）は（男大迹天皇）……17-3
ヲホト（ノキミ）に（繼體之君）……17-244
をみのいらつこ（固名）
ヲミノイラツコ（麻績娘子）……17-64
をむな（女）
ヲムナトモ（女人等）……11-253
ヲムナ（娘子）……11-66左
ヲムナを（女人）……14-142
ヲ（ムナ）を（婦女）……11-156
をもち（固名）
（マムタノムラシ）ヲモチの（茨田連小望）……17-66
をや（助詞）
（イハムヤ）トツクニクニヲヤ（況乎畿外諸國耶）……11-95
をゆみのすくね（固名）
（ヲユミ）の（スクネ）（小弓宿禰）……14-241
をり（居）
イハミヲリ（聚居）……14-397
シリウタ（ケ）ヲリ（踞坐）……14-187
（ヲ）リ（居）……20-278
ろち（大蛇）
ヲロチノ（コトクシ）て（如蛇）……14-103

尊経閣文庫本 **日本書紀** 本文・訓点総索引		
2007年8月30日　初版第一刷発行	定価（本体 22,000 円＋税）	
	編者	石　塚　晴　通
	発行者	八　木　壮　一
	発行所	株式会社 八　木　書　店
	〒101-0052 東京都千代田区神田小川町 3-8	
	電話 03-3291-2961（営業）	
	03-3291-2969（編集）	
	03-3291-6300（FAX）	
	E-mail pub@books-yagi.co.jp	
	Web http://www.books-yagi.co.jp/pub	
	印　刷	精　興　社
	製　本	牧製本印刷
ISBN978-4-8406-9411-7	用　紙	中性紙使用

©HARUMICHI ISHIZUKA